A Rainha Guinevere

La Vie de Guinevere
Copyright © 2024 Paula Lafferty

Tradução © 2024 by Book One
Todos os direitos de tradução reservados e protegidos pela Lei 9.610 de 19/02/1998. Nenhuma parte desta publicação, sem autorização prévia por escrito da editora, poderá ser reproduzida ou transmitida sejam quais forem os meios empregados: eletrônicos, mecânicos, fotográficos, gravação ou quaisquer outros.

Coordenadora editorial	*Francine C. Silva*
Tradução	*Abya Yala B. Anaya*
Preparação	*Vanessa Omura*
Revisão	*Tainá Fabrin* *Wélida Muniz*
Capa	*Renato Klisman* ♦ *@rkeditorial*
Projeto gráfico	*Francine C. Silva*
Diagramação	*Fabiana Mendes e Francine C. Silva*
Impressão	*PlenaPrint*

Dados Internacionais de Catalogação na Publicação (CIP)
Angélica Ilacqua CRB-8/7057

L164r   Lafferty, Paula
         A rainha Guinevere / Paula Lafferty; tradução de
         Abya Yala B Anaya. —— São Paulo: Inside books, 2024.

         416 p. (Coleção A Rainha Guinevere)

         ISBN 978-65-85086-47-9

         Título original: *La Vie de Guinevere*

         1. Ficção norte-americana 2. Literatura fantástica 3. Ficção
         histórica I. Título II. Anaya, Abya Yala B. III. Série

24-5393   CDD 813

PAULA LAFFERTY

A RAINHA GUINEVERE

São Paulo
2024

A Rainha Guinevere é uma obra de ficção.
Nomes, personagens, lugares e incidentes são produtos
da imaginação da autora ou são utilizados ficcionalmente.
Qualquer semelhança com acontecimentos reais, locais ou
pessoas, vivas ou mortas, é mera coincidência.

Para minha mãe e meu pai, que nunca abriram os incontáveis cadernos de histórias fragmentadas que deixei jogados por toda a casa. Que sempre me davam cadernos novos mesmo que eu nunca tenha finalizado uma única história em nenhum deles durante toda a minha infância. Enquanto eu acreditava que esse momento seria impossível, vocês acreditavam que seria inevitável.

E à Erin, que leu cada caderno que ela encontrava e, sem vergonha nenhuma, vinha à mim exigindo saber o que acontecia depois. Você é a leitora para quem eu escrevo.

I

Até onde sabia, Vera tinha vinte e dois anos. E, no momento em que terminou de amarrar o cadarço do tênis de corrida no início de uma manhã de outubro, ela tinha dez horas e quatorze minutos restantes da vida que conhecia em uma pequena cidade chamada Glastonbury, no sudoeste da Inglaterra.

Os edifícios mais altos de Glastonbury tinham três andares. Ainda assim, quando o ar estava no ponto certo, o vento açoitava a rua principal como se fosse um túnel. Era quase possível sentir que algo ali não era apenas antigo, mas sagrado. Muitos turistas que apenas passavam perto de Glastonbury acabavam sendo atraídos. Basta chegar perto o suficiente da cidade para avistar Tor, a colina mística elevando-se sobre a paisagem com sua peculiar torre de pedra, ruínas, na verdade, no pico.

Alguém com a simples intenção de passar reto vê Tor, é seduzido, volta para casa e diz para as pessoas que mais ama: "Você precisa ir e vê-lo também". Assim começaram as peregrinações ao lugar há cerca de dez mil anos. Até mesmo para espíritos ligeiramente sintonizados, Glastonbury murmura positivamente com energia sagrada, um mistério que nunca será resolvido e que sempre conteve um suspiro de expectativa.

A única pobre alma que diria de forma cética "Um morro? Você quer que eu vá ver... um morro?" simplesmente não o viu ainda ou, Deus a abençoe, tem um espírito completamente oposto ao de um curioso. Chato, até, pode-se dizer.

Tor atrai a alma, o vento agita algum lugar inexplorado e intensamente vivo, e os sussurros dos peregrinos que caminharam por essas terras ecoam a cada passo. Você bebe das águas do poço e pronto. Transformação e, algo a mais, também está no ponto para ser colhida.

Escolha uma lenda: deuses e deusas pagãos, o Rei Arthur, até mesmo o próprio Jesus. Suas histórias todas têm certa origem aqui, no meio de pessoas comuns. Alguns dos que moram em Glastonbury vendem suprimentos para bruxas comuns, artefatos e pedras preciosas que dizem conter magia pura.

Outros fazem artesanato ou preparam cafés espetaculares. Alguns vendem carpetes ou consertam carros. Se lidam ou não com o que chamam de "coisas corriqueiras", não há como saber. Onde quer que você viva, seja qual for o ar que você respira, seja qual for o tipo de pessoa excêntrica que passe, tudo se torna comum.

A sublime existência de morar em Glastonbury entre Tor, as lendas e a atmosfera mística é praticamente esquecida na rotina da vida.

Infelizmente, o preço que pagamos pela proximidade da maravilha é: ela se torna banal.

É precisamente por essa razão que, sempre que conseguia, Vera programava o despertador para antes do amanhecer e percorria o caminho íngreme que leva ao topo de Tor. Ela ansiava o sublime e estava disposta a pagar por isso com seus passos e seu suor. Ela não era particularmente rápida e, às vezes, os trechos mais íngremes eram mais difíceis, mas ela adorava a corrida previsível contra o nascer do sol. Vera acordou apenas com tempo para se vestir e descer as escadas do quarto do estalajadeiro na pousada George & Pilgrims antes de sair correndo pela porta da frente.

Levou somente uma lamparina para se orientar. Sem celular, sem música, sem distrações. Apenas o barulho de seus passos no asfalto, até que saiu da estrada e entrou no estreito caminho de cascalho que serpenteava pela superfície de Tor.

Vera costumava sorrir na escuridão quando o vento empurrava suas costas, sentia como se uma força maior a estivesse forçando adiante. Ela não acreditava mais nisso. Era apenas o vento, sussurrando em seus ouvidos enquanto chicoteava, não mais um bom presságio que está por chegar. Na realidade, nada mais era que o som de uma lembrança do que ela havia perdido.

Respirou fundo, impotente contra a lembrança crescente. Esse ruído. Era o mesmo de dois anos atrás, quando ela entrou correndo na biblioteca da universidade. Até que o vento sibilou seguido de relâmpagos.

Havia estalado com força. Dificilmente escutava trovões como aquele. Não havia muitas pessoas lá, então Vera avançou entre os corredores e as estantes, cantando baixo para si mesma enquanto esperava que a chuva estiasse.

Não havia visto o jovem sentado no chão com as costas na parede (provavelmente porque estava tão acostumada com o fato de ninguém notá-la — discutiremos isso mais tarde) até que ele gritou para ela:

— Você aceita pedidos de música?

Ela parou tropeçando e se virou para encará-lo. Foi a primeira vez que o viu, embora viria a conhecê-lo intimamente: Vincent. Ele sorriu sem afastar os olhos do caderno de desenhos que tinha sobre os joelhos. Pelos próximos dois anos, Vera adoraria chamá-lo de Vincent-não-Van Gogh, o artista que tinha as duas orelhas. Seu cabelo até tinha um brilho avermelhado sob a luz solar mais vibrante.

Enquanto caminhava pela parte mais íngreme de Tor, Vera viu aquele dia inteiro percorrer a sua mente, como se a memória estivesse passando em velocidade rápida ou como se o tempo nem sequer existisse. Como parou para falar com Vincent, depois passou horas estudando seus esboços. Era tarde da noite quando perceberam que a tempestade já havia cessado há muito tempo. Quando saíram, foram tomar um drinque (que se tornaram três) antes de ele acompanhá-la em casa. Vincent beijou sua bochecha enquanto lhe desejava boa noite.

Eles não passaram muitos dias sem se ver depois disso. Ela havia amado Vincent rápido, e ele a amara também.

Ele agora estava morto havia quatro meses.

O sabor do amor perdido era cruel, e a permanência da morte de Vincent a deixou aos cacos.

Agora, sua caminhada era menos busca de maravilhas e mais fuga dos sentimentos. Uma tentativa desesperada de escapar da dor da perda e da própria culpa por como ela poderia ter impedido isso.

Era uma corrida de quinze minutos nos dias mais lentos. A Torre de São Miguel, seu lugar de destino e a única estrutura no Tor, surgia como uma vaga massa escura sob a luz da alvorada. A torre nada mais era do que quatro paredes de pedra sem teto por cima. Se ela continuasse correndo quando alcançasse o nível mais alto de Tor, teria passado direto por um arco de um lado da torre e saído por outro no lado oposto, que se abria para um terraço do tamanho de um quintal com uma bússola geográfica bem no centro. Parecia uma pedra branca redonda, mas, olhando de perto, o disco prateado no meio tinha finas flechas gravadas nele, apontando em todas as direções. Haviam marcado as orientações do que um observador veria se pudesse enxergar longe o suficiente: quarenta quilômetros ao norte está Bristol, onde Vera fez faculdade, dezessete quilômetros ao sudeste fica Camelot, sim, aquela da lenda, onze quilômetros ao sudoeste está Somerton... e por aí vai.

Na maioria dos dias, havia outras pessoas na cidade que iam a Tor ao amanhecer com o desejo de se livrar das algemas do cotidiano. Hoje, não havia mais ninguém.

Vera passou pela torre, deslizando distraidamente os dedos pelas pedras como sempre fazia por conta de um impulso visceral de se conectar com as coisas antigas ao seu redor. Ela olhou para oeste, na direção das ruínas da Abadia de Glastonbury, lembrando que, durante uma viagem escolar até lá, seu professor do ensino fundamental a repreendeu por tocar em todas as ruínas ao seu alcance. Não estava claro o suficiente para ver a cidade a cerca de um quilômetro e meio da estrada. Não conseguiria ver as ruínas da abadia dali de qualquer forma. As impressionantes colunas de pedra do que um dia foi uma grande catedral foram cravadas bem na rua principal, enterradas com tanta firmeza que era outro lugar que deixava os visitantes admirados. Em um momento, um viajante está com os olhos grudados no celular para se orientar, e, no seguinte, vira a esquina, olha para cima e fica sem fôlego com a extensão das ruínas.

Quando os dedos de Vera encontraram a quina da torre, eles permaneceram ali um segundo a mais. Faltando alguns minutos para o milagre diário do sol, tirou os sapatos e as meias e os colocou ao lado da base da torre enquanto caminhava descalça pela grama e agitava os dedos dos pés no chão fresco e úmido de orvalho.

A menos de um pulo do seu lugar favorito da casa, no chão quase entre a Torre de São Miguel de um lado e de Tor e a grande bússola de pedra do outro, havia um pedaço de gramado perfeitamente uniforme para sentar e ver o dia começar. De acordo com a bússola, ela estava de frente para a lendária Camelot, incluída na lista para turistas, sim, mas os moradores locais acreditavam nas lendas mais intensamente que qualquer outra pessoa.

Já estava claro agora, faltando apenas um, talvez dois minutos para a aurora, onde o sol apareceria primeiro. Vera fixou o olhar no ponto brilhante, mal se atrevendo a piscar. Era um perfeito nascer do sol: sem nuvens para bloquear a visão, apesar de ter um pouco de névoa se acumulando ao redor de Tor. Desapareceriam em algumas horas, mas quando a névoa era densa, era como se um cobertor fosse colocado sobre o vale e mantivesse o momento suspenso, contendo-o por um segundo a mais. Ela prendeu a respiração, sabendo que o primeiro raio de sol estava prestes a aparecer.

Ali estava ele.

Existiam montanhas mais altas e paisagens mais magníficas, mas Vera ficaria muito impressionada se houvesse outro nascer do sol como este em qualquer outro lugar do mundo.

Ficou até o sol ter iluminado o horizonte, e isso ajudou a aliviar a sua alma. Pelo menos por um momento. Recolheu os sapatos, tocou a torre uma última vez, e voltou correndo pelo mesmo caminho.

Se ela tivesse olhado ao passar pelo antigo templo de White Spring aos pés da colina, poderia ter visto o homem encapuzado parado na entrada. Ele havia chegado ao templo no momento em que o sol apareceu no horizonte, e teria partido, levando Vera com ele, quando a noite caísse.

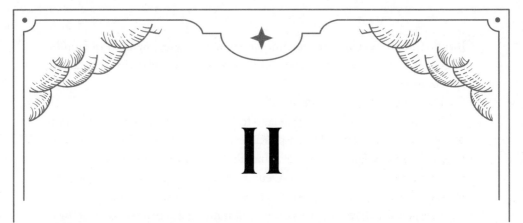

II

Vera nunca planejou trabalhar na pousada. Por toda a sua vida, os pais haviam sido os proprietários da George & Pilgrims, e ela praticamente morou lá mesmo antes que realmente se mudasse para o quarto do estalajadeiro depois de se formar na faculdade na última primavera.

Enquanto a mãe, Allison, atendia os hóspedes, a Vera de seis anos desenhava perto da lareira do bar. Quando o pai, Martin, limpava os quartos de hóspedes, correndo eternamente para trocar os lençóis em tempo recorde, Vera, de nove anos, buscava esconderijos e passagens secretas. Em alojamentos construídos no século XVI, uma criança sonhadora encontraria todos os tipos de esconderijos secretos.

Vera retornou para a pousada com tempo apenas para tomar banho e se vestir para os seus vários deveres diários. Prendeu o cabelo em um rabo de cavalo e decidiu que isso seria suficiente. Arrumado e simpático. Seus traços eram atraentes e uniformes, nada muito descentralizado ou fora do normal: nariz médio, lábios padrões, cílios normais, cabelos castanhos desigualmente ondulados. Era bonita, mas nada extraordinário.

Ela tinha vergonha de admitir, mas houve um tempo em que ser imperceptível a incomodava. Agora, depois de perder Vincent, seguir a vida sem chamar muita atenção era um alívio. A órbita do seu mundo havia ficado muito pequena, e era a maneira mais fácil de seguir em frente diante da perda. Seu pequeno quarto na pousada, muito diferente do que havia planejado para si mesma, trazia conforto. Se pudesse manter a mente afastada dele, ficaria bem.

Havia apenas seis quartos ocupados no George na noite anterior. Vera soube que uma família de hóspedes estava indo para Stonehenge hoje, então ela cuidadosamente construiu uma réplica das pedras com pedaços de manteiga na mesa deles. Eles ficaram encantados por serem recebidos com um café da manhã bem quente e uma prévia do seu dia que poderiam comer com torrada.

Os visitantes iam entrando enquanto Vera servia chá e café e anotava os pedidos. Falavam educadamente com ela mas olhavam para além dela.

Quando saíram e ela lhes desejou um bom dia, todos eles, incluindo a família que gostou da arte de manteiga, despediram-se como se nunca tivessem falado com ela antes.

Como se ela fosse uma estranha.

Seria chocante se não tivesse passado toda a vida assim, com todos ao redor tratando-a como figurante. Houve poucas exceções notáveis ao longo dos anos. Os pais de Vera. Claro, e certa vez, quando tinha doze anos, Vera tornou-se inexplicavelmente interessante para seus colegas de classe. As garotas queriam ser suas amigas, os garotos queriam ser seus namorados. Ela foi convidada a eventos especiais, inclusive para uma viagem noturna de aniversário a Londres. Então, todos pareceram decidir ao mesmo tempo que não queriam mais ficar perto dela. Não houve nenhum acontecimento horrível ou vergonhoso. Ninguém foi cruel. Eles simplesmente… perderam o interesse.

Outra vez, durante o seu terceiro ano na universidade, quando ela estava na sua fase mais abatida e solitária, algo semelhante aconteceu. Como um raio, do dia para a noite, Vera tinha um grupo de amigos. Namorou. Divertiu-se e, como antes, houve um abrupto e silencioso acordo em que todos eles seguiram em frente sem ela. Não importou tanto, pois ela havia encontrado Vincent durante esse último feitiço. Ele não a esquecera.

Agora, ele havia partido também.

Não era normal, mas Vera não conhecia nada diferente. Para ela, uma vida de insignificância era absolutamente comum.

Levou chá fresco para os que acordavam tarde. Eles mexiam no celular ou liam o jornal matinal, exceto por um homem que estava visivelmente deslocado, vestindo colete de lã cinza sobre uma camisa bem passada. Uma corrente de prata saía da lapela e ia até o bolso do peito. Sem telefone nem algo para ler.

Ele parecia sábio, mas não velho. E imponente, embora não antiquado. A roupa combinava com a barba impecável, escura e visivelmente salpicada de prata, e cabelo comprido preso em um nó apertado na altura da nuca. As pessoas andavam por Glastonbury com todos os tipos de roupa. Não era por isso que Vera se arrepiava toda vez que virava na direção dele. Era… bem, era difícil dizer. Ele sentou com os braços cruzados, se movendo apenas para pegar o relógio de bolso preso na corrente de prata. Inspecionava o objeto, colocava de volta no bolso e continuava a fazer nada.

Vera percebeu enquanto entregava a chaleira fumegante e o leite: ele olhava para ela. Ninguém a observava.

— Obrigado, Vera — disse ele.

Ela estava voltando para a cozinha, mas congelou enquanto se virava e olhava para ele.

Ela vacilou antes de recuperar a voz.

— Não há de quê. Eu... eu estou surpresa que você lembra meu nome — disse, embora ela não se recordasse de ter se apresentado.

Ele tinha olhos verdes vibrantes que encontraram os seus com uma intensidade surpreendente. O homem inclinou a cabeça e suas sobrancelhas se uniram.

— Claro que me lembro de você — ele sorriu, e algo nele parecia triste.

Nenhum dos dois falou por um momento incômodo enquanto Vera esperava reconhecê-lo. Nenhuma memória lhe veio.

— Bom — disse ela, rompendo o silêncio pesado. — Me avise se precisar de algo.

Ele concordou, a boca curvando-se nos cantos enquanto voltava a atenção para a sua xícara de chá.

Quando Vera voltou com a conta, o homem havia sumido. O dinheiro deixado na mesa era a única evidência de que ele esteve ali.

Vera continuou com os afazeres, a interação esquecida como um momento de estranheza. A corrida diária de roupas de cama, como Martin a chamava, era sua tarefa favorita. Ela estava temporariamente responsável por isso, até que Martin estivesse bem o suficiente para retomar a tarefa. Mas ela herdou o amor dele pela simplicidade de uma manhã arrumando os quartos. Escutava sua música favorita nos fones de ouvido, e, quando os melhores trechos da música começavam, ela fazia uma pausa no meio da dobra do lençol para dançar. Em uma estalagem tão antiga, ter música também servia a outro propósito.

O edifício de quinhentos anos se dilatava e rangia. As vigas de madeira porosas continham memórias de peregrinos do passado e, de vez em quando, elas vazavam para o presente. Qualquer um que tivesse trabalhado no George & Pilgrims e muitos dos, hóspedes confirmariam com as próprias experiências que o lugar era assombrado. Completamente. Estar sozinha no George entre os fantasmas e os ruídos não era tão apavorante com música em seus ouvidos. Mas quase sempre havia algo anormal, palpável.

Hoje, Vera estava trocando os lençóis do Quarto Um, particularmente conhecido por ser assombrado, quando a televisão ligou sozinha. Então, as gigantescas portas do antigo armário se abriram enquanto ela limpava o banheiro. Ambas as coisas eram facilmente justificáveis devido à fiação antiga e aos trincos tortos da mobília velha.

Mas ela havia visto vários outros fenômenos menos explicáveis. Certa vez, viu um fantasma. Foi em outro nascer do sol em Tor quase um ano atrás, no solstício de inverno. Enquanto se sentava no lugar de sempre com um cobertor sobre os ombros para afastar o frio, um movimento desviou seu olhar do horizonte para um ponto a menos de quatro metros dela. Uma pequena nuvem foi misteriosamente deixada para trás pela névoa que se acumulava no campo abaixo, como uma ovelha de neblina desgarrada do rebanho.

Tomou forma enquanto Vera observava: uma pessoa. Um homem que andou meia dúzia de passos antes de se virar e fazer o mesmo na outra direção.

— Puta merda — sibilou.

Ele parou quando ela falou, como se a tivesse escutado. Virou-se e olhou diretamente para Vera. Ele tinha alguns traços no rosto, mas estavam desgastados como uma estátua de jardim deixada do lado de fora por anos no vento e na chuva, desgastada e indiscernível. Ela ficou paralisada enquanto o sol aparecia no horizonte. Quando o primeiro raio apareceu, e a luz tocou o espectro, ele se dissolveu, e a névoa desapareceu em um sussurro.

Comparado a isso, estranhas ocorrências como as desta manhã eram mais do que manejáveis. Vera terminou os quartos sem mais incidentes e seguiu para o seu turno de meio período no bar.

Quando teve um momento para pensar, os últimos clientes haviam partido, e ela limpou todas as mesas. Era quatro da tarde. Alternou entre elas, começando do fundo até a janela da frente, empurrando cadeiras, e limpando mesas. Notou algumas migalhas no chão e foi pegar a vassoura atrás do balcão, mas ficou surpresa ao perceber que não estava sozinha. Onde momentos antes havia uma cadeira vazia, agora estava alguém vestindo uma túnica com capuz, de costas para ela.

Depois do choque inicial, ela continuou indo para o balcão.

— Sinto muito — ela disse. — O jantar só é servido a partir das cinco. Tem chá disponível há cerca de três minutos de caminhada se você… — Ela parou quando o homem inclinou a cabeça para cima, revelando seu rosto.

Embora ele estivesse com uma capa e não estivesse mais bem-vestido, era inconfundivelmente o homem daquela manhã. O canto de sua boca se ergueu. Ela não o imaginava como um druida, esotérico. Vera ficou felizmente surpresa por estar enganada sobre ele.

— Ah. Olá novamente — ela disse.

Ele sorriu, e era exatamente o mesmo daquela manhã. Parecia triste.

— Podemos conversar, Vera?

Ela enrijeceu. Ele a havia chamado pelo nome naquela manhã também.

— Er, tudo bem — ela disse. — Tem… tem algo em que eu possa lhe ajudar?

— Em muitas, muitas coisas, eu acredito. — Ele apontou para a cadeira à sua frente. — Sente-se, por favor.

Bastante hesitante, quase em câmera lenta, ela sentou à sua frente e afastou a cadeira o máximo possível da mesa, criando um espaço extra entre eles.

— Vera — disse ele. — Você não é quem pensa que é.

Suas sobrancelhas se ergueram enquanto os pelos de seus braços se eriçaram, indicando o início de um alarme.

— Senhor — ela disse, forçando cortesia. — Você nunca me viu. Não me conhece. Como eu disse, o bar está fechado.

Levantou-se rapidamente e estava pronta para repreendê-lo quando ele a encarou. Isso a deteve.

— Eu sei muito mais do que você — disse ele, sua voz quase como um sussurro.

O arrepio tomava conta dos dois braços agora. Vera já tinha lidado com bêbados e estranhos de todos os tipos, mas nunca com alguém cujo foco estivesse centrado nela. Enquanto cada parte de sua intuição gritava para que fosse embora, ela ficou paralisada, tentando descobrir o que dizer para alguém que a havia desarmado completamente.

Os olhos dele desviaram-se de Vera para a porta atrás dela. Ela ouviu o tilintar e quebrar de porcelana antes de se virar para ver. Allison estava parada com talheres e pratos quebrados aos pés. O instinto de Vera a fez correr para ajudar a mãe a recolher os cacos, mas ela foi imobilizada pelo olhar de reconhecimento de Allison.

— Meu Deus. É... — A voz de Allison vacilou, carregada de emoção. — Não pode ser. Agora?

Vera olhou de um para o outro. Havia pena no olhar do homem. Ele assentiu para Allison, um gesto minucioso.

A mãe parecia tão estilhaçada quanto a louça no chão.

— O que há de errado? O que está acontecendo? — perguntou Vera. Escutou o pânico aumentando em sua voz, e odiou. Colocou as mãos na mesa para se equilibrar.

Allison ficou parada, balançando a cabeça em pequenos e frenéticos movimentos. Algo estava totalmente errado. Em toda a sua vida, Vera nunca tinha visto a mãe assim.

O homem colocou a mão sobre os dedos de Vera. Ela não tinha certeza de por que não os afastou.

— Por que você não volta a se sentar? — ele perguntou, calmo, gentil. — Allison, você deveria se juntar a nós, também. Talvez uma bebida ajudasse?

Vera tirou a mão de perto da dele e afundou novamente na cadeira. Allison cruzou o bar como um fantasma. A alegria que normalmente iluminava seu rosto, as rugas ao redor dos olhos por anos de risada, havia desaparecido. Allison pegou três copos e uma garrafa de uísque atrás do bar e os colocou na mesa.

Serviu uma boa dose para cada um. Vera não havia notado a quantidade de fios grisalhos no cabelo de sua mãe até agora.

Allison tomou um gole e encarou o homem, Vera fez o mesmo.

— Não há uma forma de dizer isso sem soar completamente maluco, então serei franco — disse ele, quando Vera encontrou seus olhos.

— Vera, querida, acredito que saiba que Allison e Martin não são seus pais biológicos?

Vera concordou. Seus pais foram claros ao dizer que a adotaram quando ela era criança.

— Não sei o quanto você investigou sobre seus pais biológicos, mas, se o fez, tenho certeza de que não conseguiu informações.

Isso também era verdade. A agência que seus pais contrataram para sua adoção havia passado por um escândalo misterioso e fechado abruptamente quando ela era mais nova. Pelo menos, isso foi o que os pais lhe disseram. Esse homem sabia algo sobre seus pais biológicos? Algo que Martin e Allison esconderam dela?

Ele continuou.

— Sim, bem, não teria nenhum registro. Vou pedir a sua completa atenção agora. Você vai querer gritar comigo, e sinta-se à vontade para fazer isso. Mas, primeiramente, preciso que você me escute. Parece justo?

Vera debochou. A justiça não se aplicava a isso. Ela encarou a mãe, o sentimento de traição queimava em seu peito.

Allison estava quase chorando.

— Me desculpe, querida.

A imaginação de Vera correu solta com o que esse segredo poderia ser, um segredo que estava partindo sua mãe em pedaços na sua frente. Ela fitou o homem com um olhar duro, resolvendo ficar calma diante do que estava por vir.

— Tudo bem — ela disse.

— Tudo bem — ele concordou. — Você não consegue encontrar seus pais biológicos porque eles não existem em nenhum lugar que você possa buscá-los.

Vera enrijeceu. Isso devia ser algo importante. Morte trágica? Talvez eles fossem assassinos ou algum tipo de criminosos medonhos.

Os olhos do homem deslizaram para as próprias mãos.

— Você não nasceu há vinte e dois anos. Você nasceu no ano 612.

A declaração fez parar todos os pensamentos que giravam na mente de Vera. Não fazia trinta segundos que ela havia aceitado ouvir o que ele tinha a dizer, mas aquela era, sem dúvida, a última coisa que ela imaginava que ele fosse dizer, era pura maluquice.

Sem olhar para cima, ele ergueu a mão, certo de que Vera estava a um sopro de interrompê-lo. Seus olhos voltaram para o rosto dela.

— Quando você tinha vinte anos, foi ferida de uma forma que ninguém teve a capacidade de curar. Para que isso faça sentido, tem uma parte crucial que você precisa saber, que também vai soar ridículo para você. A magia é real no nosso tempo. No seu tempo original. Não é algo que todos têm, e nem todos os que têm podem acessá-la. Eu tenho magia e, deixando a humildade em prol da sua compreensão, tenho acesso considerável aos seus dons — ele balançou a cabeça, como se o pensamento o irritasse.

— Mas não pude salvar você. Eu consegui, entretanto, salvar sua essência e revertê-la a uma versão sua mais nova. Continua sendo você, mas como se tivesse pressionado o botão de reiniciar. Você foi transformada em criança novamente.

Ele deve ter notado Vera respirando fundo e cerrando o maxilar.

— Eu juro — disse ele. — Vou responder às suas perguntas assim que puder, mas me deixe dizer isto: você é insubstituível para o futuro da Inglaterra desde o momento em que você nasceu. Mesmo com toda a magia existente, não se pode apressar a geração de um ser humano. Não havia forma de transformar você em quem você era sem esperar, sem permitir que você crescesse até a idade certa de novo. Até lá, seria tarde demais.

— Então eu encontrei um meio diferente… uma alternativa, se você preferir. Poderia trazer você para este mundo, permitir que você crescesse aqui, e então, quando tivesse a idade certa, eu teria uma pequena janela pela qual eu poderia trazê-la de volta e reintroduzi-la após o acidente. Isso requer um feitiço específico, mas, se executado com perfeição, ninguém ao redor saberia que você esteve ausente por mais de um ano, e poderíamos reparar tudo o que deu errado. Estamos nessa janela hoje e apenas hoje.

Ele recolheu as mãos da mesa e a encarou, ansioso. Vera não interrompeu o contato visual enquanto pegava o uísque e tomava um longo gole que fez sua garganta arder. A consciência do ardor foi um alívio que a manteve na realidade.

— Então — ela disse. — Essa é a parte que eu digo que você está completamente maluco?

— Acredito que seria apropriado. Sim — admitiu, com um leve indício de diversão brotando em sua boca.

— Certo. Tudo bem — disse ela, uma das centenas de respostas que giravam em sua cabeça. Mas a mão da mãe de Vera segurava a dela, trêmula. Lágrimas silenciosas deslizavam pelas bochechas de Allison, o que a fez controlar a língua. Desejou que Martin estivesse em casa.

— Tudo bem — dessa vez, ela falou com mais firmeza. — Você disse que o futuro da Inglaterra depende de mim? O que, tipo, não vou nem comentar que nós já estamos no futuro da sua Inglaterra agora mesmo. Mas… supondo que isso tudo seja possível, o que é tão importante…

— Sobre você? — o homem terminou por ela.

Vera concordou. De toda aquela história absurda, essa era a parte que ela achava menos convincente.

— Bom, pra começar, você se casou com o rei.

Ela riu, mas a mão de Allison suava e tremia enquanto apertava a de Vera.

Quando Vera encontrou seu olhar, ela viu a mãe novamente, não aquele fantasma espantado se movimentando em câmera lenta. Seu rosto estava lavado em lágrimas, mas um pouco do seu brilho havia retornado. Allison olhou atentamente para a filha.

— Vera foi o apelido que demos a você, meu amor — disse ela. — O seu nome é Guinevere.

III

Vera soltou a mão de Allison como se o toque a tivesse queimado. Desesperada, ela olhou para a mãe, a pessoa em quem ela mais confiava nesse mundo.

— Mãe, é impossível! Isso não faz sentido. Não é possível que a senhora acredita nisso.

Allison assentiu, com os olhos arregalados.

— Não faz. Realmente não faz. No começo, eu também não acreditei. Merlin teve que nos mostrar…

— Merlin? — Vera gritou.

Essa parecia uma boa hora para tomar o resto do uísque. Ela se engasgou e rapidamente limpou uma gota que escapou pelo canto da boca.

— Ah, sim — o homem inclinou a cabeça para o lado e levantou o dedo. — Esse sou eu.

Vera recostou-se enquanto o observava.

— Você não se parece com Merlin.

— Ah? — disse ele, erguendo a sobrancelha. — É o meu cabelo, não é?

— Um pouco — Vera disse enquanto soltava uma risada. Ela imaginava uma longa barba prateada e não esse pelo facial escuro e bem aparado com apenas alguns fios grisalhos. Vera pensou melhor e não disse que esperava que alguém chamado Merlin seria muito mais velho também.

— Eu tento não brincar muito com o conhecimento do seu tempo, mas sei bem que meu nome é bastante familiar nas suas lendas. Eles não acertaram mais nada sobre mim — ele levantou as mãos, com as palmas para frente.

— Me perdoe por não me apresentar antes, mas pensei que só atrapalharia nossa conversa.

Vera balançou a cabeça. Isso era loucura.

— Só depois que Merlin nos mostrou, que acreditamos — disse Allison.

— Primeiro seu pai e eu pensamos que ele a sequestraria. Eu estava prestes a ligar para a polícia quando…

— Ele mostrou… magia, ou mostrou viagem no tempo? — perguntou Vera.

— Magia. — Foi quando Merlin respondeu. — Provar para alguém que você é do passado é consideravelmente mais difícil do que você deve imaginar. Posso lhe relatar várias coisas sobre o nosso tempo que os seus livros contam errado, mas a minha palavra não prova nada.

Vera o encarou, cética, mas falou com a mãe.

— O que ele te mostrou?

— Ele… — Envergonhada, Allison encolheu os ombros e passou o copo pelos dedos. — Ele transformou água em vinho.

— Você está de brincadeira — Vera disse. — Que nem Jesus?

Allison deixou escapar uma breve risada e assentiu.

— E o que você vai me mostrar, *Merlin*? — disse Vera, enfatizando o nome dele.

Merlin baixou os olhos, encarando as mãos. Ela pensou que havia escutado uma risada. Mas ele ficou sério e se concentrou. Sem se mexer nem responder, as luzes se apagaram em todo o salão. Embora o sol pairasse no céu, sua luz não penetrava completamente a janela da frente. O bar foi tomado por uma escuridão profunda. Merlin estendeu a mão, com a palma para cima, e um círculo brilhante se formou milímetros acima de seus dedos. No começo, Vera pensou que fosse branco, depois viu que as bordas eram pretas e, em alguns momentos, azul. Mas, no meio, havia uma visão.

Ela não sabia dizer se a esfera projetou uma imagem na sua mente ou se havia reproduzido uma espécie de filme dentro da bola de luz rodopiante. Vera via a si mesma claramente ali. Era seu rosto e seu corpo, mas ela usava um vestido medieval verde-escuro com acabamento dourado. Seus olhos eram taciturnos mesmo enquanto ela sorria. Era uma expressão sombria, que Vera reconheceu, uma que ela mesma portava em dias difíceis. A bola desapareceu da mão de Merlin, e as luzes voltaram ao normal ao redor deles.

Vera piscou e se encolheu.

— Porra — ela expirou a palavra mais do que falou. Não havia nada ao redor daquilo. Aquilo era magia. E, embora ela não tivesse lembranças de estar naquele lugar, aquela era ela na esfera. Não, não ela. Não poderia ser ela. Mas… com certeza era alguém exatamente igual a ela, até a expressão.

— Eu sou o clone dela? — Vera perguntou, tentando encontrar sentido nisso.

— Não, aquela era você. Você é ela. Isso — Merlin olhou explicitamente para a mão, agora vazia, onde a bola havia estado —, é o seu corpo, você antes que eu revertesse a sua idade.

— *Mas por quê?* — Vera perguntou, exasperada. Nunca gostou das lendas arturianas e atribuía seu desagrado à mania de seu pai em consumir cada filme, livro e espetáculo sobre o assunto, uma obsessão que agora fazia mais sentido.

Ela sabia que a lenda era sobre Arthur e seus cavaleiros, não Guinevere. Por que a esposa do rei teria algum papel vital...

Os lábios de Vera se separaram com pavor.

— Ela deveria ter um filho dele? — A ideia lhe causou um aperto na garganta. Ela não faria isso. Preferia lutar contra o mago e morrer do que ser uma espécie de égua reprodutora viajante do tempo.

— Não é nada disso — Merlin disse enfaticamente. — Não é assim que a sucessão funciona para nós. A magia escolhe o rei, não o sangue. Se você tem ou não uma criança, será sua escolha.

— O que é, então? — Vera perguntou. — O que ela tem que fazer que é tão importante?

— Não é *ela*. É *você*. Você testemunhou um ato que está drenando a magia do reino. Você é a única testemunha. Não é uma questão de se vai destruir nosso mundo, e sim *quando*. Suas lembranças são a única chance de reparar tudo.

— Você precisa que eu relembre o que ela viu?

Merlin a encarou, considerando a situação. Ele parecia estar escolhendo suas palavras cuidadosamente.

— Você precisa se lembrar de tudo.

Vera nunca imaginou uma vida que não fosse a que ela viveu. Nenhum vislumbre de batalhas nem de castelos.

— Eu não me lembro de nada.

— Você costumava sonhar com isso — Allison estava quieta há tanto tempo que Vera se assustou com a voz dela, e mais ainda com o que ela disse. — Você devia ter uns três ou quatro anos, e nunca lembrava pela manhã, mas se levantava no meio da noite falando dele.

— De quem? — Vera não teve a intenção de sussurrar.

— O rei. Uma vez, você disse que saiu para caminhar com ele e que todo mundo o conhecia e queria falar com ele — Allison riu um pouco. — Você pensava que ele deveria estar cansado depois de fingir que gostava de todos eles.

Vera nunca havia falado nada mais que um rápido "olá" com desconhecidos na rua. Ela concordava com a avaliação que fez quando era mais nova. Ainda assim, era um sonho de criança. Glastonbury tinha a reputação de ser a antiga Ilha de Avalon, e os monges do século XIII da abadia afirmavam ter desenterrado as tumbas de Arthur e Guinevere. Mesmo com sua aversão às lendas arturianas, mal podia andar pela cidade sem ouvir alguma referência a elas. Tinha sido uma criança criativa. Poderia ter inventado alguma história do Rei Arthur. Isso não provava nada.

— Você falava sobre Merlin, também — disse Allison.

Merlin se endireitou na cadeira, e Vera teve a impressão de que ele segurou o copo de uísque com mais força. Mas, quando falou, pareceu pouco interessado.

— Sério?

— Sim — disse Allison, balançando a cabeça e esboçando um meio sorriso.

— Ela contava que você fazia... animais de balão com água para animá-la. Parecia um absurdo. Isso te lembra de algo?

— Sim — Merlin falou.

— Você lembra qual era o favorito dela? — perguntou Allison enquanto se inclinava na direção do mago. Parecia uma pergunta estranha para Vera.

Merlin ponderou um instante antes de agitar levemente o pulso em direção ao copo de uísque. O líquido saltou do copo e, com o movimento de seus dedos, tomou a forma inconfundível de um macaco, volumoso e fluido, mas sem deixar escorrer uma única gota.

— Oh — Allison se admirou com a escultura de uísque. Vera sentiu o sorriso involuntário nos lábios. Realmente se parecia com um bichinho de balão e, de fato, era líquido.

Merlin virou os dedos para baixo, e a bebida ondulou de volta para o copo enquanto Allison relaxava na cadeira. Vera percebeu com um sobressalto que mãe o estava testando.

Ela se virou para Vera.

— E havia uma mulher chamada Matilda. Você acordou chorando uma vez e me pediu para trançar seu cabelo... que Matilda vivia no castelo e trançava seu cabelo quando você estava triste.

— Ela é a sua criada — disse Merlin. — Vê? As memórias sempre estiveram dentro de você. Pode levar algum tempo, mas quando você estiver de volta em casa, poderemos começar a desbloqueá-las.

Era perturbador ouvir um lugar diferente, em um tempo diferente, sendo chamado de lar. *Este* era o lar. Vera não era uma rainha. Ela não era, *não poderia ser*, Guinevere. Mas não podia negar que eram feitas da mesma — qual era a palavra que Merlin tinha usado? — essência, nem podia negar suas próprias memórias de infância. Talvez ela fosse algum tipo de... recipiente para a história de Guinevere.

Aceitar isso trouxe à tona a possibilidade real de partir. Isso a assustou.

— Se eu voltar com você, ficarei presa lá para sempre?

Merlin franziu a testa, com o que parecia ser pena.

— Se você conseguir se lembrar e colocar o curso da história de volta nos trilhos até o final da primavera, teremos outra chance de trazê-la de volta. Se voltar para este tempo for o que você deseja.

— Mas eu posso voltar? — Vera perguntou, lançando um olhar para mãe. Allison parecia estar se esforçando para manter o rosto impassível. — Isso não rasgaria o tecido do tempo ou algo assim?

Merlin tomou um gole cuidadoso de uísque.

— Depois de nos ajudar a consertar as coisas, eu posso trazê-la de volta, se é isso que você quer.

Vera cerrou os dentes para evitar uma careta. Ele continuava dizendo: "Se você quiser." É claro que ela iria querer. Mas, assim como o tempo era importante para Merlin e Arthur, também era para Vera.

— Isso vai me trazer de volta para agora, ou seis meses também terão se passado aqui? — Vera perguntou.

Allison soltou um murmúrio triste enquanto estendia a mão e apertava o ombro de Vera.

— Meu amor, você não pode ajustar sua vida em torno do tratamento dele.

Vera afastou-se bruscamente dela.

— Você pode garantir que ele vá sobreviver por seis meses? Os tratamentos estão indo bem…

— Nós não sabemos nem se vai funcionar por outro mês — ela lançou um olhar severo para a mãe para conter as lágrimas que começavam a surgir.

— Ah — Merlin disse, calmamente. — Suspeito que Martin está doente?

Vera roçou o copo. Ela preferia jogá-lo contra a parede.

— Sim. Maldito câncer.

Assim que disse isso em voz alta, ela congelou. Em que estava pensando? Esse homem tinha salvado Guinevere da morte.

— Você poderia curá-lo? — Vera perguntou. — Mostre-me essa magia, e eu farei o que você quiser.

Ele sorriu com tristeza, e sua esperança se tornou cinzas.

— Câncer é diferente de ferimentos mortais no corpo. Me desculpe.

Então, retornavam à questão essencial.

— Quanto tempo eu ficaria fora?

— Você não pode tocar em nenhum tempo que já viveu, então eu não poderia retorná-la ao seu passado aqui, mas posso levá-la de volta a Glastonbury após o momento em que partirmos esta noite — disse Merlin. — Não quero enganá-la, há riscos. Eu não posso trazê-la de volta a menos que você... *até* que você nos ajude a consertar o que está quebrado. Isso é imprescindível. Se decidir vir comigo ou não é sua escolha.

— E se eu escolher não ir, o que acontece? — Vera perguntou.

Ele soltou um suspiro e relanceou a mesa antes de encontrar seu olhar.

— O tempo é... — ele estalou a língua enquanto procurava as palavras —, incompreensivelmente complicado. Mas o presente como você o conhece depende de você, da sua vida e das suas ações... de você retornar ao lugar de onde veio. Se ficar aqui, o reino cairá. E eu não posso dizer quando nem de que forma isso acontecerá, mas este tempo, esta vida como você a conhece, em algum momento deixará de existir.

— Você chama isso de escolha? — Vera disse, boquiaberta — Porra. Eu tenho uma vida aqui. Eu... — Ela apontou para o bar. O que ela diria? Que ela limpa banheiros e troca roupas de cama? — Eu sou feliz.

— Sinto muito — Merlin disse. — Se não fosse por isso, a alternativa seria a morte. Você teria morrido no dia em que foi ferida e não teria vivido nada desta vida. Isso foi o melhor que pude fazer por você.

Allison conseguiu evitar um fluxo constante de lágrimas, mas seus olhos estavam vermelhos pelo esforço.

— Eu tenho que ir, não tenho? — Vera disse. Parte dela esperava que Allison se opusesse com tanta firmeza que a escolha fosse feita por ela.

— Você tem, meu amor — ela disse, enquanto segurava a mão de Allison com as suas. — Eu te amo até o fim do mundo — Allison tentou continuar, mas a voz vacilou. Ela pigarreou e tentou novamente. — Me escute. Você não está feliz. Isso não é vida. Eu quero algo melhor para você.

Era doloroso, mas era verdade. Ela não estava feliz desde que Vincent faleceu. Não conseguia se reconectar completamente com quem era antes, e Martin e Allison tinham percebido isso. Nesse sentido, o timing de Merlin foi um presente. Vera não conseguia escapar das memórias de Vincent em nenhum lugar aqui, ainda que tentasse. Ela fugira de Bristol, onde se conheceram, onde se apaixonaram, onde viveram juntos, e onde ele morreu... voltando a Glastonbury.

Fugia para Tor quase todas as manhãs. Escapava na rotina de limpar quartos e servir cafés da manhã. Não importava a distância nem a distração, a dor a alcançava e a dominava. Costumava ser boa em enterrar coisas difíceis, sufocando-as, enviando-as para o lugar onde sua consciência e seus sentimentos não a alcançavam, mas isso... isso não ia embora.

Tudo só piorou com o diagnóstico de Martin há alguns meses. Vera assumiu o peso do cronograma de tratamento dele de uma forma que sabia que não era saudável. Mas não conseguia se impedir de pensar na cura dele como sua responsabilidade.

Ela sabia o motivo. Quando se tratava de Vincent, ela não conseguia escapar da verdade da sua culpa. Quando o carro dele derrapou e colidiu com uma árvore ao voltar para casa depois do quiz no bar, ela estava dormindo no sofá. Ele havia sangrado em um córrego por quase duas horas antes que o encontrassem. Já era tarde demais. Vera geralmente ia ao quiz semanal com ele, mas ficou em casa naquela noite porque estava cansada. Se ela estivesse lá, poderia ter pedido ajuda. Mesmo se não tivesse cochilado no maldito sofá, ela teria percebido que ele não chegou em casa. Teria ligado para a polícia. Ele não teria morrido.

Vera chegou ao hospital antes que o perdessem. Ela se atormentava por não ter forçado a entrada na emergência para encontrá-lo. Ela o deixou morrer cercado de estranhos.

E, agora, sentia-se impotente enquanto o pai definhava, dia após dia, sem poder fazer nada além de observar.

Mil e quatrocentos anos era bem longe para fugir da culpa. Mas eles precisavam das memórias de Guinevere, e, evidentemente, Vera as tinha. Talvez... talvez se pudesse cumprir esse propósito, se pudesse ser o recipiente de que eles precisavam, talvez, o quê? Isso não traria Vincent de volta.

Mas talvez você pudesse se perdoar.

Quantas vidas o conhecimento bloqueado de Guinevere salvaria? Certamente, *certamente* essa ação poderia absolvê-la, e ela poderia voltar para sua vida discreta. O pai responderia ao tratamento (ele tinha que responder), e a perda, como a de Vincent, não estaria em jogo. Ela poderia subir Tor ou ler um livro ou olhar para as estrelas e se sentir alegre sem que a sensação fosse dilacerada pela dor.

Vera riu de uma forma um pouco insana. Nunca imaginou que desejaria passar o resto de sua vida lavando lençóis, mas havia uma alegria simples em estar ali. E se ela tiver que viajar mil e quatrocentos anos e desenterrar as memórias de alguma mulher importante perdida para recuperá-la, que assim seja.

— Eu vou — disse ela.

IV

Allison se remexeu na cadeira e falou timidamente:
— Eu odeio pensar nisso, mas o que devemos fazer quando as pessoas notarem que ela se foi?

— Elas não vão notar. É parte do feitiço, parte do que tornou possível Vera estar aqui por tanto tempo — disse Merlin. — Você já percebeu a forma como as pessoas interagem com ela?

Allison encontrou o olhar de Vera enquanto ela acenava com a cabeça. Só haviam conversado sobre isso quando ela era pequena e nunca mais. Vera havia chorado por não ter amigos, e a mãe a consolou, acariciando seu cabelo, dizendo que era normal se sentir incerta e insegura.

— Tentei fingir que não estava acontecendo — murmurou Allison. — Mas depois de um tempo, no entanto, ficou bastante óbvio.

Ela não conseguia decidir se era melhor ou pior que a mãe tivesse notado mas a confissão doía como uma traição, que Vera engoliu. Não queria ir, embora irritada com a mãe.

— Eles se esquecem de você aqui — Merlin disse a Vera. — Mas ninguém esqueceu Guinevere em nosso tempo. Você não será ignorada nem desconsiderada lá. É aonde você pertence — ele puxou a corrente do relógio, levantando-o do bolso para dar uma olhada no mostrador. — A viagem é possível até o anoitecer. Temos uma hora e trinta e quatro minutos. — Ele pegou uma bolsa do chão, ao lado de seu assento, e entregou a Vera. — Você vai querer se trocar antes de irmos.

Ela abriu a bolsa e espiou dentro. Tudo o que podia ver era um tecido verde. Um vestido, presumiu.

Uma hora e meia não era nem de longe tempo suficiente para se preparar, quanto mais para se despedir dos pais.

Droga.

Vera esticou o pescoço para tentar ver a porta, como se olhar fosse fazer seu pai se materializar. Martin passaria mais dois dias no hospital em Londres. Ela havia planejado partir de manhã cedo para ficar com ele durante o tratamento.

Era uma viagem de três horas.

— Droga — Vera deixou a cabeça cair nas mãos. Lágrimas embaçaram seus olhos.

— Vou tentar ligar para seu pai para que você pelo menos... — Allison não terminou a frase.

Vera concordou.

— Você poderia ter me dado mais do que uma hora de aviso, sabe — ela disse, guardando um pouco de fúria tanto para Merlin quanto para a mãe. — Só para ser totalmente clara, esse rei com quem ela... com quem eu estou casada, é...— Rei Arthur. Sim.

— Certo — Vera empurrou a cadeira para trás e sacudiu a bolsa. — Acho que vou me trocar.

Ela jogou a alça sobre o ombro. A bolsa de couro macio e bem usada balançava em sua perna enquanto ela subia as escadas para seu apartamento. Como aquilo podia ser real?

Ela abriu a bolsa sobre a cama e a sacudiu até que um vestido enrolado saiu lá de dentro, e um par de sapatilhas de couro caiu em cima dele. Era uma peça simples, felizmente. Só depois de colocar o vestido é que percebeu que não havia tirado a calcinha e o sutiã.

— Foda-se. — Seu primeiro ato de rebeldia seria contrabandear elástico para a Idade Média.

A ironia do desgosto de Vera pelo folclore arturiano a fazia se sentir enjoada ao olhar para sua estante, já sabendo que não possuía uma única versão da história. Repassou mentalmente o pouco que sabia sobre a lenda: Arthur era o filho ilegítimo do rei, escolhido pela Excalibur para assumir o trono. Havia os cavaleiros da Távola Redonda, incluindo Lancelot, que tinha um caso com Guinevere em quase todas as versões que ela conseguia lembrar. Essa parte a incomodava. Uma busca pelo Santo Graal, ou isso só tinha acontecido em *Monty Python*? Ela gostava daquela versão... e um nome estranho invadiu seus pensamentos: Mordred. Ele era o vilão, aquele que matou Arthur.

Vera suspirou, lembrando-se do comentário casual de Merlin sobre o quanto a história estava errada. Em vez disso, ela se concentrou no vestido, ajustando-o para que se assentasse corretamente ao seu corpo. Era bonito, estendendo-se até o topo de seus pés , verde-escuro com detalhes dourados e enfeites na altura da cintura que formavam um triângulo abaixo do umbigo. Vera alisou o torso e notou um pequeno rasgo na bainha da manga. O vestido não era novo. Alguém já o havia usado, embora ele se ajustasse perfeitamente às curvas de seu corpo e fosse exatamente do comprimento certo. Ela percebeu em um estalo que a pessoa que o havia vestido antes era, de fato, ela.

Este era o mesmo vestido da visão na mão de Merlin. Também não era totalmente desconfortável, não tinha espartilho nem armações, mas havia alguns cordões nas costas. Vera esticou o braço de forma desajeitada para conseguir alcançar e ajustá-lo o suficiente. Ela se virou e ficou olhando para seu reflexo no espelho.

Era engraçado se vestir com um vestido antigo. Ela se forçou a rir, mas encarou uma expressão estranhamente semelhante à outra versão de si mesma na visão de Merlin.

Vera pegou o telefone os fones de ouvido na calça que havia tirado. Lembrou-se de levá-los com ela. Não funcionariam para contato, mas ela sentiria falta do conforto da música nos ouvidos. Tocou na tela e viu que a bateria estava em dezesseis por cento. Normal para o fim do dia, mas não valia a pena tentar esconder os eletrônicos de Merlin quando ela não teria como carregá-los. Suspirou e colocou o telefone e as chaves na mesa ao lado do notebook antes de pegar uma caneta e um bloco de notas, e escrever todas as senhas relevantes que conseguia lembrar.

No entanto, Vera queria levar algo de sua vida consigo. Olhou ao redor do quarto e seus olhos pousaram em uma foto emoldurada dela com os pais. Martin a havia colocado em suas prateleiras no dia em que as montou. Retirou a parte de trás da moldura, pegou a fotografia e a colocou na bolsa de couro. Era a única foto impressa no quarto. Ela havia se livrado das fotos de Vincent no dia em que sentiu que a dor de vê-las poderia matá-la. Agora, estava furiosa consigo mesma por isso. A raiva fez com que raízes de rebeldia se espalhassem por ela enquanto observava a bolsa vazia e se dirigia rapidamente para a gaveta superior de sua cômoda. Ela pegou calcinhas, dois sutiãs esportivos e alguns pares de meias, confiante de que os equivalentes da Idade das Trevas seriam lamentavelmente insuficientes.

Era isso. Ela ajeitou o travesseiro na cama, recolocou um livro na estante e guardou a xícara de café que estava no escorredor de pratos. Havia um cesto de roupa suja meio cheio, mas isso seria deixado para Allison. Vera pegou os tênis ao lado da porta para colocá-los no armário, mas parou no meio do caminho. Certamente Merlin não permitiria, mas eles eram relativamente novos.

Também os enfiou na bolsa.

Vera apagou a luz e fechou a porta sem se incomodar em trancá-la.

Ela podia ouvir o barulho dos clientes começando a se reunir no bar antes de chegar no final das escadas. Allison e Merlin não estavam mais na mesa.

Eles tinham ido para o corredor perto da entrada, mas, de qualquer forma, Vera deu uma última olhada no bar onde ela havia crescido. Era desconcertante ver as pessoas pedindo torta de carne ou tomando um drinque quando toda a sua existência havia acabado de ser virada de cabeça para baixo.

— Vera!

Ela quase pulou com a voz de Allison. Vera colocou a bolsa no ombro e voltou para o corredor. Allison estava com o telefone colado ao rosto. Ela o afastou dos lábios para dizer:

— É o seu pai! — E voltou a se concentrar no aparelho. — Não há tempo para isso. Eles estão saindo pela porta, Martin.

Vera podia imaginar o pai do outro lado, argumentando contra sua partida. Ela pegou o telefone e se virou para ter um mínimo de privacidade.

— Pai?

— Oi, meu bem — a voz de Martin, que costumava ser rápida para uma piada e uma das mais altas em uma sala, estava suave e sombria. Vera não queria adivinhar se aquilo era tristeza ou doença. Ambas as opções a torturavam. — Sinto muito por não estar aí. Você…

Ele parou de falar. Ela sabia que ele estava chorando. Também não podia evitar o nó se formando em sua garganta.

— Está tudo bem, pai. Eu…

— Vera, querida, você vai ficar bem. Apenas… seja quem você é. Você é exatamente quem eles precisam que você seja.

Eles precisavam de Guinevere. E não era ela, mas a ideia de que cumprir o propósito de Guinevere poderia libertar Vera tinha se enraizado. Ela não sabia como explicar isso para Martin, que estava ainda mais alarmado do que Allison com sua recente mudança de comportamento.

— Se eu conseguir ajudá-los — disse ela, esperando que ele entendesse —, vou poder voltar para casa e te ajudar a terminar seus tratamentos. Estarei melhor. Terei realmente feito algo que importa.

— *Você* importa — Martin frisou — Você me ouviu?

Vera não respondeu. Ele era um bom pai. Claro que ele diria aquilo. Ela enxugou as lágrimas das bochechas rapidamente, fungando enquanto tentava impedir que a respiração se transformasse em soluços. Tudo era demais.

— Certo — ela disse depois de um momento. — Eu preciso ir, pai.

— Eu sei, querida — sua voz saiu abafada.

Vera podia imaginá-lo em seu quarto no hospital, meio sentado na cama reclinada. Sabia que ele cobria o rosto com as mãos, que mal conseguia se manter firme. E a verdade era que ela provavelmente poderia ter levado alguns minutos a mais para conversar, mas nenhum número de despedidas furtivas seria suficiente. Ela não conseguia suportar mais sem desmoronar.

— Eu te amo demais — disse ele.

As pernas de Vera vacilaram.

— Também amo você — ela disse, se sentindo boba, pois não existia forma adequada de dizer isso. Ela se encostou na parede e deslizou até o chão.

— Obrigada por ser um pai ridículo, estranho e maravilhoso. — Ela escutou sua risada misturada com um soluço. — Eu... você nem vai notar que eu fui embora. Vou voltar e...

— Está tudo bem. A gente se fala em breve, está bem?

— Sim. — Ela fechou os olhos. — Adeus, pai.

Vera encerrou a chamada sem esperar que ele respondesse. Não conseguia se manter em pé. Cada parte dela tremia. Respirou profundamente, trêmula, focando os fatos: a realidade havia mudado. Ela tinha que ir.

Respirou uma segunda vez, e foi mais firme que a primeira. Vera deixou Martin e Allison deslizarem para o fundo de sua mente. Concentrou-se na próxima etapa. Precisava sair daquele prédio. Sua última respiração profunda encheu seus pulmões, e ela soltou um suspiro antes de se levantar.

— Estou bem — falou em voz alta. O corpo parecia acreditar nela e a levou de volta para Merlin e Allison. Ela entregou o telefone a Allison.

— O meu está lá em cima. Deixei minhas senhas e chaves lá para você.

Lágrimas escorriam pelas bochechas de Allison, enquanto ela segurava Merlin pelos dois cotovelos e o encarava.

— Mantenha ela segura.

Ele concordou, dando um tapinha no braço dela.

— Eu vou. Prometo.

Allison o soltou e puxou Vera para um abraço apertado.

— Eu te amo — ela disse, no cabelo de Vera.

— Também amo você. Muito, muito, muito — Vera disse. Desvencilhou-se dos braços de Allison. Não havia tempo para um colapso. Ela tinha que ficar bem agora mesmo. — Adeus, mãe.

Allison tentou bravamente sufocar o soluço que escapou de sua garganta.

Merlin segurou a porta aberta para Vera. Ela deu uma última olhada em sua mãe, que estendeu a mão como se estivesse prestes a agarrá-la e puxá-la de volta. Não haveria um final de conto de fadas para este momento.

Vera deu meia-volta, saiu pela porta e não parou.

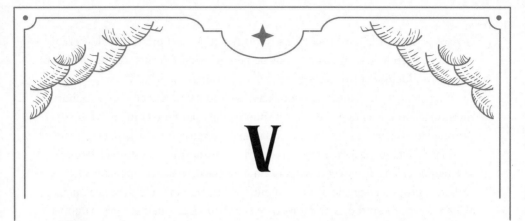

V

Não olhe para trás. Não olhe para trás, Vera instruía, silenciosamente, a si mesma. Só parou ao chegar a um banco em frente à velha igreja a alguns prédios de distância. Não se atreveu a se virar para ver se Merlin estava atrás dela, por medo de Allison ter saído. Ele a alcançou e não parou de caminhar, apenas inclinou a cabeça, convidando Vera a se juntar a ele.

Não sabia nada sobre ele. Nada sobre o lugar para onde estavam indo. Não pensou em perguntar que acidente havia deixado Guinevere à beira da morte.

Era muita coisa. Havia muitas partes. Não desmorone, ela se aconselhou. *Fique firme.*

— Você já visitou o Templo de White Spring? — Merlin perguntou, de maneira parecida com a de um visitante na George perguntando sobre a cidade. Vera se sentiu mais à vontade com ele pela gentileza da conversa casual. Talvez ele soubesse o quão delicado era o equilíbrio da sanidade de Vera à medida que a distância entre ela e sua casa aumentava.

Ela assentiu.

— É para lá que estamos indo. É... bem, suponho que você poderia dizer que há um portal lá, mas chamá-lo de buraco de minhoca magicamente estabilizado talvez seja mais cientificamente preciso — ele disse como se relatasse o que comeu no café da manhã.

Vera quase soltou uma risada enlouquecida. Pensando bem, talvez ele tivesse superestimado sua capacidade mental. No entanto, se houvesse um portal (ou buraco de minhoca ou... seja o que for) em Glastonbury, White Spring seria um dos poucos lugares que se encaixam nessa descrição.

O templo ficava em um antigo e modesto poço na base de Tor, construído sobre a nascente para servir como reservatório. Eles não atualizaram o edifício de duzentos anos com eletricidade, optando por iluminá-lo com velas e pequenos raios de sol que conseguiam entrar pelas rachaduras e pequenos orifícios nas paredes de pedra. Isso criava um ambiente místico, junto com o som constante de água escorrendo e o ecoar regular de gotas vindas de fontes invisíveis. Em cada canto, santuários em honra à Senhora de Avalon eram erguidos, adequados a todos os tipos de peregrinos religiosos. Alguns a chamavam de Deusa, outros de Virgem Maria, e outros de Mãe Terra.

A água que fluía da nascente nunca havia secado. Ela sustentou Glastonbury durante a fome e as doenças, e os visitantes devotamente confirmavam suas propriedades curativas. No entanto, quando tentaram canalizá-la para a cidade no final do século XIX, ela entupiu os canos. Cientificamente, estava claro que o alto teor de calcita da nascente havia causado danos irreparáveis no metal. Outros tinham a própria resposta: o encanamento moderno não foi feito para a magia. Ainda assim, mesmo que não fluísse de suas torneiras, qualquer pessoa podia visitar a nascente. Os turistas eram aconselhados por uma placa na entrada a pisar nas águas rasas ou se submergir completamente nas piscinas mais profundas.

Curiosamente, a White Spring estava a poucos metros de outra fonte antiga, e mais conhecida, a Chalice Well. Esta fluía vermelha, o que era razoavelmente explicado a uma mente racional pelo alto teor de ferro, mas dificilmente era vista dessa forma por caçadores espirituais. A tradição cristã afirmava que a nascente e seus poderes de cura estavam diretamente relacionados ao Santo Graal. A lenda dizia que o Graal foi trazido para a Inglaterra por José de Arimatéia e, em certo momento, enterrado em uma caverna sob a nascente. Diziam que as águas vermelhas simbolizam o sangue de Cristo, uma vez coletado sob a cruz naquele mesmo cálice. Os pagãos acreditavam que eram as águas do útero da terra.

— Estou surpresa que não seja a Chalice Well — disse Vera, sentindo-se obrigada a falar algo. Ela virou à direita na rua Chilkwell sem nem pensar nisso. Havia caminhado por essa rota tantas vezes que, se não fosse pelas roupas de época, quase poderia se convencer de que esse era um trajeto comum. Eles cruzaram com pessoas indo na direção oposta, mas em uma cidade excêntrica como Glastonbury, onde fantasias não eram nada fora do comum, ninguém prestou atenção.

— Engraçado você dizer isso — disse Merlin. — A água da White Spring vem diretamente de Tor. É de lá que flui esse tipo específico de magia. Vera — ele parou bruscamente —, percebi que ainda está carregando a bolsa que te dei. Você está usando todas as coisas que dei, mas ela não está vazia. O que colocou aí?

Vera franziu os lábios e se virou para ele ligeiramente.

— Uma foto dos meus pais, algumas meias e roupas íntimas, e... — ela deveria se dar ao trabalho de mentir para ele?

— Sim? — ele encorajou.

— Meus tênis de corrida. — Ela puxou os ombros para trás, endireitando-se e o desafiando a discutir.

Ele soltou um suspiro carregado.

— Nada mais? Nenhum tipo de eletrônico?

— Não.

Merlin riu e balançou a cabeça enquanto retomava a caminhada.

— Muito bem. Mas você deve me prometer que será cuidadosa e manter isso escondido de qualquer pessoa além dos que conhecem a sua situação.

Dessa vez, foi Vera que parou subitamente.

— Outras pessoas sabem? Quem mais sabe? — Ela não havia pensado que outros estariam envolvidos no esquema.

— Ah, Guinevere. Me desculpe. — Merlin franziu a testa. — Eu deveria ter dito antes. Arthur está ciente, assim como...

— *Ele* sabe? — Ela presumiu que teria que carregar esse segredo sozinha, especialmente para que Arthur não soubesse.

— Claro. Ele também — Merlin soltou um suspiro enquanto revirava os olhos —, indo contra a minha opinião, devo acrescentar, contou ao seu mais íntimo confidente.

— Quem é esse? Eu o reconheceria pelo nome?

Merlin começou a andar novamente sem responder. Vera correu alguns passos para alcançá-lo. Agora, estava intrigada. Era o primeiro indício de frustração que havia visto do impassível mago.

— Não é, tipo, Lancelot ou algo assim? — disse ela com ironia, mas os lábios de Merlin se apertaram com tanta força que se tornaram uma linha fina.

O queixo de Vera caiu.

— Fala *sério*. É *Lancelot!* — Talvez fosse porque Merlin havia virado seu mundo de cabeça para baixo e o enviado para o passado em questão de uma hora, mas ela se divertia com a irritação dele com o famoso cavaleiro. Ela riu.

— E você não gosta dele!

— Não é... — Merlin balançou a cabeça. — Ele é o amigo mais antigo e querido do rei. Eu nunca o conheci como sendo qualquer coisa além de ferozmente leal, e por isso sou grato. Mas Lancelot é... barulhento e tolo. — Ele abriu a boca como se fosse acrescentar mais, mas decidiu que não e prensou os lábios.

Tudo parecia distante o suficiente para não ser inteiramente a história de Vera. Mas sua mente voltou para aquela trama arturiana. Guinevere teve um caso com Lancelot. Será que Merlin sabia *dessa* parte?

— Eu sei que você disse que não se envolve muito na nossa versão da lenda, mas há uma discussão bastante consistente sobre Lancelot e Guinevere que pode...

— Sim, estou ciente — Ele a dispensou com um gesto. — Guinevere, você ficará surpresa ao descobrir quanto este tempo distorceu as coisas.

Levou um tempo para Vera perceber que, quando Merlin disse Guinevere, ele se dirigia a ela.

— Sobre o rei Arthur? — ela perguntou.

— Sobre tudo. A magia é comum no nosso tempo. Ela alimenta nossa cultura, nossa sociedade, poucas coisas serão como você espera. A magia não deixa vestígios arqueológicos, o que é em grande parte o motivo pelo qual você cresceu aprendendo sobre este período como a *Idade das Trevas* — ele lhe lançou um olhar de soslaio, e o sorriso que surgiu em seus lábios foi de orgulho. — Minha cara, você vai descobrir que não é nada disso.

Merlin tinha parado e olhado para a rua além do ombro de Vera. Ela estava tão concentrada tentando imaginar uma história que os livros haviam distorcido de maneira tão lamentável que não notou onde estavam. Eles tinham chegado à casa do poço.

A construção de pedra vitoriana estava aninhada na floresta arborizada na base de Tor. A folhagem a cobria de cima, criando a ilusão de que o telhado era feito de cipós exuberantes e verdes. Uma fonte de água corrente jorrava de um pilar de pedra perto do canto frontal. Mesmo quando o templo estava fechado, qualquer transeunte tinha acesso às águas sagradas. Uma parede baixa de pedra demarcava um pátio na parte da frente, com uma abertura que servia como caminho da estrada até a porta do edifício, que não era maciça, mas sim um portão de ferro forjado delicadamente desenhado com espirais e três formas de amêndoa verticais no centro.

O templo abria apenas por algumas horas diariamente. Estava fechado a essa hora da noite, e o portão, trancado.

— Nós...

Vera não teve tempo de terminar a pergunta. Merlin tirou uma chave do bolso da túnica e passou por ela para destrancar o portão. Ele o abriu o suficiente para que alguém pudesse passar e, educadamente, fez um gesto para que ela fosse primeiro. Ela se sobressaltou ao ouvir a chave na fechadura novamente e se virou para ver Merlin trancando o portão atrás deles. Sua garganta se fechou e ela ficou tensa. Estava presa ali com um estranho mágico. Vera cerrava e abria o punho enquanto examinava sua situação.

Quais eram as opções? Decidir que tudo até ali tinha sido uma mentira e que aquele era um esquema elaborado para matá-la? Entrar em pânico e exigir que ele destrancasse a porta para que ela pudesse correr para casa?

Não. Ela decidiu confiar em Merlin no momento em que aceitou a bolsa que trazia no ombro. Era por isso que estava usando aquele vestido. Embarcara naquela, e não havia como voltar atrás. Vera estava confiando em um lunático por sua própria conta e risco, ou sua vida estava prestes a se tornar algo que ela nunca poderia ter imaginado. Não havia um meio-termo.

Estreitou os olhos para enxergar na penumbra, esperando que a visão começasse a se ajustar. O enorme salão estava muito escuro, com o sol da tarde se pondo e fornecendo a única fonte de luz através do portão. Merlin balançou o braço, e velas que antes eram apenas formas escuras para os olhos não acostumados ganharam vida por todo o salão, em dezenas de candelabros, suportes em pequenas prateleiras, arranjos de velas ao redor de altares e velas de chá em qualquer beirada larga o suficiente para sustentá-las. O salão oscilou com um brilho cintilante acompanhado pelo som da água sobre as pedras.

Pilares de pedra se erguiam do chão ao teto, sustentando o edifício e provocando mistério também. O salão tinha refúgios e fendas em todo canto, cada um com mais velas, imagens, estátuas de santos ou divindades e altares iluminados que se destacavam na escuridão. O chão estava úmido por toda a parte, mas bacias de pedra capturavam a água corrente da nascente.

Bem no centro havia uma piscina redonda onde a água se acumulava o suficiente para chegar na altura do joelho. No canto esquerdo ao fundo, havia uma bacia de pedra em três níveis, o mais alto tinha o tamanho de uma banheira de hidromassagem de hotel. Era ali que os visitantes podiam mergulhar completamente nas águas da nascente.

— E agora? — Vera perguntou, e sua voz ecoou pela câmara, soando excessivamente alta, mesmo que ela tivesse sussurrado.

Como resposta, Merlin caminhou cuidadosamente até a parte de trás, onde estava a bacia de pedra.

— Precisaremos entrar na piscina mais funda.

— Por que me dei ao trabalho de me trocar primeiro? — questionou Vera.

— Isso não será um problema — respondeu Merlin enquanto pisava cuidadosamente no primeiro nível, à altura dos joelhos. Subiu com a agilidade de um homem muito mais jovem até o topo da bacia.

Vera suspirou, lembrando-se de que havia decidido que estava muito envolvida para voltar atrás, e o seguiu. Não era tão alto, não mais de dois metros até o topo. Escalou de forma desajeitada até sentar-se no topo da bacia, com o vestido ficando preso sob o corpo. Resmungou pelo esforço enquanto girava os pés em direção às águas. Segurando a bolsa ainda sobre o ombro, Vera lembrou-se da foto guardada.

— Merlin? — disse ela, hesitante. Ela não percebeu de imediato. Estava mais escuro nessa parte do templo, e havia apenas um pequeno candelabro aceso no limite da piscina. Depois de um momento, no entanto, ela viu que ele tinha se deslocado graciosamente para o centro. — Não tenho certeza do que fazer com minha bolsa. Tem... tem uma foto dos meus pais aqui dentro.

Não conseguia ver seu rosto, mas podia perceber que ele havia se voltado para ela.

— Está tudo bem. Seus pertences vão ficar bem.

Ela hesitou por mais um instante e então, segurando a bolsa junto a si, mergulhou. Algo entre um suspiro e um grito escapou dela quando a água fria tocou sua pele. Ela nunca tinha entrado na nascente, mas sabia que as águas eram notoriamente frias durante o ano todo.

Vera tropeçou na direção de Merlin no centro da piscina, com o vestido molhado ficando mais pesado a cada passo e se enroscando em seus tornozelos.

Era mais profundo no meio. Quando ela chegou ao lado de Merlin, a cabeça era a única parte do corpo deles que não estava submersa. Mesmo como uma cabeça sem corpo em águas congelantes, ele parecia sereno e imponente. Vera, pelo contrário, tremia violentamente e teve que segurar o braço de Merlin quando tropeçou na barra do vestido. Ele a ajudou a se manter em pé e manteve a mão no cotovelo de Vera para sustentá-la.

— Em alguns instantes, eu vou pedir que você se afunde por completo. E então começarei o feitiço — Merlin falou de forma deliberada e não quebrou o contato visual com Vera. — Depois que o feitiço começar, é preciso que você não volte à superfície. Entendido?

Ela assentiu e tentou evitar que os dentes tilintassem.

— Ficar debaixo d'água. Entendi.

— Temos apenas uma chance — ele disse. — Você está pronta?

— Acho que sim — respirou fundo. — E você?

— Estou — sua calma tranquilizou Vera um pouco, e ela se sentiu grata por sua mão firme. — Quer uma contagem até três ou é melhor ir de uma vez? — Merlin perguntou.

— De uma vez — ela disse.

— Tudo bem. E... agora.

Vera respirou profundamente e mergulhou. Ele não especificou quão fundo ela precisava ir, então ela simplesmente parou de lutar contra o peso do vestido, que a puxou para baixo até seus joelhos tocarem o fundo. Ela manteve os olhos fechados e, mesmo que não tivesse feito isso, estaria escuro demais para ver se Merlin também estava submerso. Sentiu a mão dele se deslocar para seu ombro, pressionando com firmeza, não como um empurrão, mas um apoio constante para mantê-la no lugar.

Não era nada extraordinário. Era... como estar debaixo d'água. Vera não havia perguntado quando deveria voltar à superfície ou por quanto tempo precisaria prender a respiração. Os segundos se arrastaram, e nada aconteceu. Ela permaneceu perfeitamente imóvel. Após vinte segundos, uma leve ardência começou a surgir em seu peito. Aos trinta, Vera começou a entrar em pânico. Ela não conseguiria segurar a respiração por muito mais tempo em uma água tão fria. O que aconteceria se tentasse subir antes do tempo? Instintivamente, o impulso de sobrevivência fez com que os pés a empurrassem para cima, e a vontade de emergir se tornou irresistível. Quando tentou se levantar, a mão que a mantinha no lugar empurrou seu ombro para baixo com uma força surpreendente.

Ah, droga.

Seus olhos se abriram, e ela olhou para a água escura acima, buscando respostas que nunca veria. Mesmo na escuridão, podia perceber que sua visão ameaçava se fechar nas bordas. E estava à beira de perder a consciência quando a água ao seu redor mudou.

Não era mais líquida. Em vez disso, tornou-se um gel espesso. Seus movimentos frenéticos cessaram, ela congelou. Tudo ficou imóvel, e então foi como se um vácuo se abrisse sob ela. Vera sentiu um forte solavanco e gritou na água gelatinosa enquanto o corpo era violentamente sugado para baixo, sem nunca atingir o fundo. Por um segundo, a mente estava convicta de que o terror nunca passaria.

De todo lugar e de lugar nenhum, uma voz que ela nunca havia escutado antes ecoou.

Ishau mar domibaru.

Então, não havia mais nada.

VI

A névoa na mente de Vera se dissipou enquanto ela olhava para o céu, com os olhos já abertos, observando as nuvens flutuarem acima. Havia um som em seus lábios: *ish*. O som de uma brisa de verão sussurrando pelos campos floridos. Havia mais palavras, ela tinha certeza disso. Ela as perseguiu em sua mente e tentou agarrá-las, mas elas desapareceram assim que a consciência as tocou. Ela se sentou.

— Você disse alguma coisa? — um homem perguntou. Ela se virou. Merlin estava no chão atrás dela, tão desarrumado quando Vera se sentia.

— Eu não sei — murmurou Vera. Água. Lembrava de tudo mudando e da sensação de ser sugada para baixo, e então, o quê? Vera piscou. Como ela havia saído da água? Ou do templo?

Estava sentada na grama verde em um campo aberto. Ouviu o som da água corrente antes de perceber o córrego ao seu lado. A mão esquerda estava na parte mais rasa, sobre pedras lisas e arredondadas, cobertas por apenas alguns centímetros de água. Mas sua mão era a única parte do corpo que estava molhada. O vestido, a bolsa, os sapatos, tudo o que tinha sido totalmente submerso estava seco. Vera levantou a mão e tocou a cabeça. O cabelo nem estava úmido.

O riacho serpenteava colina abaixo antes de desaparecer em meio às árvores e à folhagem exuberante. Vera seguiu o curso da água colina acima até onde ele se originava, uma fenda na rocha a menos de seis metros acima dela.

— Onde estamos?

— Você não reconhece? — Merlin perguntou.

Ela se virou e o viu de pé, tirando a sujeira da túnica e ajustando os bolsos. Vera começou a balançar a cabeça, mas o movimento ajudou a montar as peças do quebra-cabeça.

A nascente do riacho em uma encosta exuberante. Ela se atrapalhou para ficar de pé e os olhos passaram por Merlin em direção ao bosque atrás dele. Não havia uma casa de poço, e as árvores obscureciam a vista, mas estava quase certa de que, se tivesse uma vista desimpedida, estaria olhando diretamente para Tor.

— Oh! — Vera girou sem sair do lugar, tentando captar cada detalhe. — Oh! — ela repetiu enquanto começava a reconhecer a paisagem.

Abaixo da colina, mais adiante, a grama estava bem pisada e formava uma trilha ao longo do que ela julgava conhecer como a estrada. Passava em frente a Vera e Merlin e se curvava ao redor das árvores, indo para o que ela presumiu ser o topo do Tor. Na outra direção, Vera supôs estar a marca para o que um dia seria a estrada que levava à cidade.

— Podemos? — Merlin apontou para o caminho diante deles.

— É, acho que sim. — Ela colocou a bolsa no ombro. — Então é isso? Estamos aqui? Esse é o ano seiscentos e não sei quanto?

Merlin sorriu e afagou o ombro de Vera.

— Precisamente seiscentos e algo. Agora nós caminhamos até Glastonbury, pegamos nossos cavalos, e terminamos a jornada até o castelo.

Vera presumiu que a viagem no tempo também os levaria ao seu destino, onde quer que fosse. Não tinha imaginado que veria Glastonbury em sua forma antiga. Certamente também haveria pessoas lá, residentes vivendo suas vidas medievais. O que eles faziam para passar os dias? Sobre o que conversavam?

Uma pontada de preocupação atravessou os pensamentos de Vera.

— A língua inglesa é diferente agora, não é? — ela perguntou. — Como vou conseguir entender e me comunicar?

— Não precisa se preocupar. Ei, cuidado onde pisa. — Merlin a guiou ao redor de esterco fresco de cavalo no caminho. — Você vai entender todo mundo perfeitamente. E eles vão entender você. É…

— Parte da magia? — Vera terminou por ele.

— Você aprende rápido — ele disse, com carinho. — Qualquer linguajar que você usar será compreendido na língua comum. Nenhum ajuste é necessário. Embora — ele acrescentou, franzindo a testa como se quase não quisesse dizer isso —, você poderia usar menos a palavra "porra". Ela se traduz bem, mas com certeza é menos apropriada para uma dama da sua posição.

— Farei o possível — Vera disse enquanto olhava de soslaio para o mago.

Ele riu, parecendo muito mais divertido do que irritado com as gracinhas dela. Vera estava impressionada com a facilidade de Merlin diante de tudo que precisava dar certo para trazê-la até ali. Tudo o que restava na lista assustadora era que ela recuperasse as memórias de Guinevere. A viagem em si não havia trazido nada à tona. Ela estava pensando em uma maneira de recuperar a memória quando o murmúrio do riacho próximo, a brisa através das árvores e o canto dos pássaros da tarde começaram a se misturar com outros sons.

Eles haviam saído da área arborizada, e o burburinho vinha de mais adiante na estrada. Era um barulho de vozes, muitas vozes. E havia música: cordas, flautas e canto carregados pelo vento. Havia uma cabana à esquerda, e as duas janelas que flanqueavam sua porta estavam com as persianas de madeira abertas. Uma criança de sete ou oito anos rindo estridentemente correu de trás da casa e se jogou através da janela aberta, suas tranças balançando sobre a cabeça.

Assim que ela desapareceu, o que devia ser seu irmão mais novo apareceu na esquina com o grito animado de um garoto de cinco anos. Ele teve que se esforçar muito mais para escalar pela janela atrás da menina.

Era reconfortante ver crianças se comportando da mesma forma que fariam em seu tempo. Uma rajada de vento carregou o cheiro de comida cozinhando sobre o fogo. Já era final da tarde, e o estômago de Vera roncou em resposta. Ela alisou o cabelo bagunçado pelo vento e percebeu que o rabo de cavalo havia se soltado. Vera parou de andar para remover o elástico de cabelo e consertá-lo.

— Isso me lembra — Merlin disse, vasculhando outro bolso de sua túnica e retirando uma coroa delicada. Era feita de um metal fino entrelaçado em um padrão arredondado e minuciosamente moldado até um ponto onde havia uma única pedra da lua ovalada. — Você vai querer usar isso.

Vera trançou o cabelo e o colocou sobre o ombro. Ela não tinha certeza de como o cabelo do século VII era penteado, mas uma trança simples parecia adequada. Merlin ajudou-a a posicionar a coroa de modo que a pedra da lua ficasse no centro de sua testa. Ficou admirada como ela se ajustava perfeitamente à sua cabeça. Provavelmente, percebeu, porque ela a havia usado antes.

Merlin a olhou e balançou a cabeça.

— Perfeito. Você está... como você mesma.

Quanto mais eles caminhavam, mais cabanas surgiam dos dois lados da rua cada vez mais larga. O tráfego de pedestres também aumentava constantemente. Quase todas as pessoas que passavam os cumprimentavam com reverências, murmurando "Senhora" ou "Sua Majestade" enquanto o faziam. Cochichavam atrás das mãos e apontavam desde o outro lado da rua. As palmas de Vera estavam úmidas apesar do frio da noite. Nunca houve um momento em sua vida em que tantas pessoas prestassem atenção nela.

Ela balançou a saia do vestido, certificando-se de que ela caía corretamente sobre suas pernas.

— Esse tipo de atenção é normal?

— É normal para você, querida — ele respondeu gentilmente, pegando sua mão e envolvendo-a em seu cotovelo. — Eles conhecem você. Eu diria até que eles a adoram. Arthur é um rei muito amado. Você já veio a Glastonbury muitas vezes. Isso causa uma grande impressão nas pessoas.

— Preciso responder de alguma forma particular? — ela perguntou, tentando mover os lábios o mínimo possível.

— Você está indo muito bem — ele deu um tapinha em sua mão. — Sorria, diga "boa noite" se quiser. É só isso que precisa fazer.

Aquele devia ser o setor residencial mais movimentado. As casas eram coladas umas nas outras, com os moradores correndo para dentro e para fora, fogões a lenha queimando e grupos sentados juntos em mesas ao ar livre para a refeição da noite. Vera ouviu mais risadas do que esperava. A rua terminou e ela reconheceu vagamente que ali seria onde a rua principal ficaria. Eles dobraram a esquina e ela não se decepcionou.

Seus pés vacilaram até parar. A descrença a deixou imóvel. A rua estava ladeada por edifícios, todos de pedra ou madeira, e bastante menores do que as estruturas da época de Vera. Mas não foram as construções que a deixaram sem fôlego. Lanternas brilhantes do tamanho de bolas de futebol estavam penduradas alegremente, entrecruzando-se por cima da estrada de terra e cobrindo a rua abaixo com um calor suave. Havia carrinhos e barracas a cada passo que davam. Vera sentiu o cheiro das especiarias antes de vê-las. Vendedores estavam por toda a parte, vendendo seus produtos: comida, joias, roupas e tecidos finos. E havia artistas com pinturas, esboços e bordados. Quando a música começou novamente, Vera procurou sua origem e encontrou o grupo de músicos após a barraca de especiarias, tocando uma canção animada que rapidamente se revelou ser sobre uma fada travessa que se escondia nas casas e abençoava as crianças com magia.

E, de fato, havia magia.

Prestando mais atenção, as lanternas que pendiam pela rua não estavam suspensas por cordas, mas balançavam no lugar por conta própria. E não brilhavam com fogo, mas com uma luz que Vera não conseguia identificar. Do outro lado da rua, um menino cuidava de um carrinho. A mulher atrás dele torrava nozes com um cheiro doce sobre um fogo azul. Vera notou outra mulher mais adiante, recebendo pagamento e levantando o cliente a um pé ou mais do chão.

Para onde quer que olhasse, havia algo incrível. Merlin guiou Vera através da multidão que a observava com tanto interesse quanto ela os observava. Ela se dirigiu até dois cantores, um homem e uma mulher, que misticamente criavam uma harmonia de quatro partes entre eles. A Glastonbury que ela amara a vida toda seria para sempre um lugar especial. Mas o mercado noturno desta Glastonbury era a feira de rua encantadora dos contos de fadas.

— Devemos continuar, Guinevere — disse Merlin. Levaria algum tempo para se acostumar com esse nome.

Ela deixou que ele a guiasse sem desviar os olhos do espetáculo feliz ao seu redor. Muito cedo, chegaram ao fim da rua mágica, onde as lanternas paravam e a multidão se tornava esparsa.

— Arthur nos encontrará ali — ele apontou para o final da rua principal, onde, na escuridão tranquila, Vera podia distinguir um celeiro.

Seu estômago se revirou. Merlin deve ter visto sua expressão mudar.

— Não precisa ficar nervosa. Reencontrá-lo vai ajudar a liberar suas memórias. Espero que você lembre dele antes de se lembrar do resto. Isso vai ser bom — ele disse a ela.

Sua certeza só confortou Vera até certo ponto. Ela respirou fundo e assentiu. À medida que se aproximavam do celeiro, ela viu alguém sentado no chão do lado de fora, com as costas apoiadas na parede. Estava escuro o suficiente para que ela não conseguisse distinguir seus traços, mas ele também devia ter visto Merlin e Vera, pois se levantou. Isso a deixou nervosa.

Era ele.

— Por que você não vai em frente? — disse Merlin. — Lhes darei um momento a sós.

Isso definitivamente não era o que ela queria. Ela não sabia como fazer seus pés se moverem. De que forma deveria encontrar um dos homens mais famosos da história como seu marido? Jesus. *Marido*. Ela teria rido da situação absurda se não fosse também tão aterrorizante. Vera não tinha palavras nem voz para protestar. Ficou paralisada no lugar. Merlin a empurrou para a frente. Ela deu um passo trêmulo, e depois mais um.

O coração batia forte no peito, e o sangue circulava tão rapidamente pelo corpo que ela tinha certeza de que podia sentir o pulsar nas pontas dos dedos. Estava certa de que o homem podia ver o quanto ela estava tremendo. Antes que ela se desse conta, seus pés a estavam levando até ele. Ele era bonito e alto, e sua figura não era nem ampla nem estreita, mas esbelta, musculosa e em forma. Ele usava uma barba curta, aparada rente ao queixo, e o cabelo castanho-dourado estava longo o suficiente para que um fio solto atravessasse sua testa. O que ela notou mais do que tudo foi a bondade de seus olhos.

Assim que seus olhares se encontraram, um intenso afeto surgiu de seu ventre.

— Olá — Vera disse, hesitante.

Ela não percebeu o quanto sua boca estava rígida até que ele relaxou ao ouvir a saudação. A preocupação gravada nas linhas de seu rosto deu lugar ao alívio, e seus olhos brilharam. Ele correu até Vera e a envolveu em um abraço. Ela, hesitante, permitiu-se derreter no abraço, experimentando a sensação de encostar a cabeça em seu ombro e retribuir o gesto, tocando suas costas com uma das mãos. Ele soltou os ombros dela, dobrando os joelhos para ficar na altura de seus olhos. Suas sobrancelhas se franziram quando ele a examinou cuidadosamente.

— Você está bem? — perguntou ele.

— Acho que sim — ela disse com uma risada nervosa. Embora não tivesse memória dele, Vera imediatamente sentiu como se o conhecesse. Isso poderia funcionar.

— Droga!

Vera pulou com a voz de Merlin, xingando logo atrás dela.

— Onde diabos está Arthur? — Seu olhar queimava o homem.

Vera se tencionou e se virou novamente para o homem que segurava seus ombros. Esse não era Arthur? O estranho viu o choque em seu rosto. Ele soltou as mãos dos braços dela e deu um passo em direção a Merlin.

— Posso falar com você?

A postura calma de Merlin, que Vera havia testemunhado minutos atrás, se transformou em uma raiva palpável. Ela supôs, considerando a gravidade da situação, que era compreensível. O homem desconhecido, por outro lado, guiou Merlin gentilmente, com um braço em volta de seu ombro como um velho amigo. Vera não conseguia ouvir a conversa, mas podia ver, pelos gestos e pela postura do homem, que ele estava tentando acalmar a ira de Merlin. Ela os observava sem tentar disfarçar o interesse. Se havia alguma razão para Arthur não aparecer para um passeio a cavalo depois que ela deixou toda a sua vida para trás, Vera sentia-se no direito de saber. Havia suposto que ela seria o único obstáculo para o sucesso desse plano, não outra pessoa. Não lhe ocorrera pensar em como Arthur se sentia sobre isso, nem havia considerado até este exato momento que o relacionamento de Guinevere e Arthur pudesse ter sido infeliz.

Quando Merlin se virou para Vera, com o outro homem logo atrás dele, parecia que seus esforços não tinham sido em vão. Merlin ainda estava enfurecido, mas a aura furiosa havia se dissipado.

— Parece que sou urgentemente requisitado. Vou na frente. Sir Lancelot a escoltará até o castelo. Estará segura com ele.

Ele se virou e apressou-se para o celeiro sem dizer mais nada, deixando Vera sozinha com Lancelot.

— Merda — ela disse entre um suspiro.

Estava mais confusa que nunca quanto a si mesma e este mundo, uma combinação irritante de preocupação e ofensa pela ausência de Arthur, e profundamente envergonhada por sua interação com o homem que agora sabia ser Lancelot. Ele batia a ponta dos pés, com uma expressão leve e impassível.

— Há algo de errado com Arthur? — ela perguntou.

— Ah, ele está bem — disse ele, fazendo um gesto de desdém. — Você está com fome? Temos uma boa cavalgada pela frente. Talvez umas três horas.

Vera suspirou, questionando se Merlin tinha minimizado intencionalmente a dificuldade de toda a jornada. Para piorar, estava mesmo faminta. Depois de comer apenas torradas e chá após a corrida e colheradas apressadas de sopa enquanto atendia as mesas no almoço, seguidas pelos questionamentos de sua existência, Vera estava completamente esgotada.

— Estou — ela disse.

— Ótimo, porque eu estou morrendo de fome — ele ofereceu o braço a ela, e Vera o aceitou antes de voltarem em direção ao mercado noturno. — Há uma barraca com boas tortas aqui. Cerveja ou vinho?

— Ah, bem, cerveja — Vera respondeu. Água poderia ter sido a melhor opção, mas ela não tinha certeza se isso era possível, e a vergonha da ingenuidade a impediu de perguntar.

Lancelot a guiou pela multidão crescente sob as lanternas mágicas. Ele traçou um caminho direto até uma barraca específica. Enquanto ele conversava com o velho que preparava a comida, Vera se afastou e voltou para a rua, tomando cuidado para manter Lancelot à vista. Esta versão de Glastonbury era bagunçada, iluminada e magicamente vibrante. Era claramente a cidade que ela conhecia tão bem, mas agora a via como se estivesse refletida em um espelho de joias. O instinto de pegar o celular e tirar uma foto estava tão enraizado que Vera até estendeu a mão para onde o bolso da calça deveria estar, antes de se lembrar de que ele não estava lá. Isso seria mais estranho do que se acostumar com o novo nome.

Sentiu a presença de Lancelot ao seu lado. Ele trazia uma caneca em cada mão, com uma torta fumegante equilibrada em cima, e a observava com interesse perspicaz. Ela se apressou para liberar uma das mãos dele, pegando uma torta e uma caneca, e o seguiu quando ele se dirigiu para uma das muitas mesas longas compartilhadas com bancos de cada lado.

Vera tinha acabado de se sentar quando deu uma mordida grande o suficiente para ser considerada educada e balançou a cabeça enquanto mastigava. O interior estava tão quente que Vera teve que segurá-la de forma indelicada na boca e inspirar o ar pelos dentes.

— O que você estava olhando lá atrás? — perguntou Lancelot.

Ela mal conseguia sentir o recheio da torta sob o calor abrasador, mas juraria pelo resto da vida que estava deliciosa. Assim que conseguiu engolir, respondeu:

— É tão diferente de como tudo isso acaba na minha época. Você só encontra magia em histórias, e, quer dizer, esta é a nossa história. Eu aprendi sobre esse período na escola, e nós entendemos tudo tão errado. Que diabos aconteceu entre agora e depois?

— Ninguém sabe — Lancelot disse, reprimindo um sorriso com um gole de sua cerveja. Vera registrou vagamente que isso devia ser uma reação à sua linguagem. Ela estava mais concentrada no que ele havia dito. Não esperava que ele tivesse uma resposta. — Merlin não consegue acessar o tempo entre agora e 1900.

— Como você sabe disso? — Vera perguntou.

— Sou muito inteligente e sei muitas coisas — disse Lancelot depois de encher a boca. — A magia é limitada.

— Sério?

— Sim, muitas coisas — ele se inclinou para a frente, olhando Vera com intensidade fingida. — Me pergunte qualquer coisa.

Ela riu, o que fez seu companheiro sorrir, satisfeito.

— Não, eu quis dizer...

— Entendi o que você quis dizer. Há um bloqueio total nos próximos mil e trezentos anos que a magia não consegue penetrar. Não há conhecimento além disso — ele disse como se isso encerrasse o assunto.

— Ah — Vera ficou em silêncio enquanto terminava a torta e tomava um gole da cerveja, tentando organizar o que havia aprendido e o que ainda precisava perguntar. Não era uma tarefa pequena. Parecia que quanto mais se informava, menos sabia. Ela segurava seu copo com força, o corpo tenso com o esforço para evitar o pânico. *Respire fundo. Coloque tudo de lado. Você está bem.*

Ela não precisou se esforçar muito, pois seus olhos se fixaram em um homem marcadamente desencaixado no meio da celebração, que se movia com pressa pela multidão, com a testa suada e o olhar fixo em Lancelot. O medo de Vera diminuiu com a distração enquanto ela inclinava a cabeça para o lado. Lancelot seguiu seu olhar quando o homem chegou até eles, apoiando ambas as mãos na mesa para se estabilizar.

— Sir Lancelot! — ele disse, entre respirações ofegantes. — Ouvi dizer que estava aqui. Momento perfeito, também. — Ele rapidamente direcionou o foco para Vera, e ela se sentiu atordoada com a sensação desconhecida de estar sendo notada. — Estou tão feliz que a senhora está bem e voltou, Vossa Majestade. E, por favor, perdoe minha intrusão. O assunto é muito urgente.

— São os ladrões? — Lancelot perguntou. A atmosfera ao seu redor mudou diante dos olhos de Vera. Seus traços de repente ficaram mais marcados e o brilho de sua simpatia esmaeceu instantaneamente. O Lancelot à frente de Vera agora era bastante temível.

— Eles foram vistos se aproximando pela estrada ao leste. Devo chamar os soldados? — O homem se endireitou, evidentemente ansioso para agir. — Já está na hora de esses rapazes irem para a cadeia.

Lancelot suspirou, parecendo estranhamente relutante, mas acenou com a cabeça, e o homem virou-se para ir embora. Então, os olhos de Lancelot brilharam, e ele agarrou o homem que se afastava pelo braço.

— Espere. Eles feriram alguém?

— Os ladrões? Não — respondeu o homem. — Apenas arranhões e contusões, felizmente.

— Hum — Lancelot tamborilou os dedos na mesa. Seus olhos se voltaram brevemente para Vera. — Garth, poderia dar um momento à rainha e a mim?

Garth, angustiado pela urgência, soltou um suspiro e franziu os lábios.

— Eu sei. O tempo é essencial. — Lancelot levantou um dedo. — Um instante.

Ele se inclinou em direção a Vera através da mesa enquanto Garth dava alguns passos relutantes para longe.

— Esses ladrões… são meninos. Não passam de crianças — ele disse, rapidamente. — São uns moleques, não há dúvida. Têm emboscado viajantes no Caminho Real há três semanas e têm conseguido evadir os soldados locais, o que diz algo sobre a esperteza deles.

— Ou sobre a competência dos soldados — Vera gracejou.

Lancelot sorriu olhando para suas mãos.

— Bom ponto. De qualquer forma, não unimos toda a maldita nação e lutamos contra invasores por dez anos para que esses meninos tornassem o Caminho Real inseguro. Dizem que eles não têm casa. Eles claramente estão desamparados, mas não podemos permitir que suas ações continuem. Uma de duas coisas vai acontecer: eles escolhem roubar a pessoa errada e acabam se matando ou… esses moleques crescem e se tornam grandes merdas. E grandes merdas fazem uma bagunça que não pode ser limpa, se me permite a linguagem.

— Não precisa se desculpar — Vera disse. — É bastante ilustrativo.

Garth pigarreou e mudou o peso de um pé para o outro.

— Acho que posso assustá-los e colocar as coisas em ordem antes de sairmos da cidade. Se você estiver de acordo, é claro — disse Lancelot. — E se tudo correr como planejado, eles terão uma vida melhor amanhã do que tiveram hoje. Você não terá que fazer nada, e nós a manteremos fora de vista. Não estará correndo perigo.

Vera fingiu descrença enquanto levantava uma sobrancelha, mas uma sensação vibrante e surpreendente de euforia sacudiu seu estômago.

— Não?

O meio sorriso de Lancelot quase desfez sua fachada. Droga. Ele era adorável, e tão simpático. Mas foi o que veio em seguida que a deixou desnorteada. O sorriso desapareceu, e ele a olhou com uma sinceridade ardente.

— Eu vou mantê-la segura, Vossa Majestade. — Ele parecia muito mais sério do que deveria.

E ela acreditou nele.

VII

Após bombardear Garth com uma enxurrada de perguntas, Lancelot apertou o passo para levar Vera aos estábulos. Ele continuava a olhá-la de soslaio enquanto ajustava os passos para acompanhar as pernas muito mais curtas dela.

— Nós podemos correr — ela sugeriu antes que tivesse tempo de pensar melhor.

Os olhos dele se arregalaram.

— Sério?

Em vez de responder, Vera começou uma corrida leve. Ela ouviu a risada dele antes que a acompanhasse e ficasse ao seu lado. Agora era Vera quem lançava olhares em sua direção, satisfeita ao ver que ele parecia maravilhosamente surpreso quando alcançaram os cavalos.

— Guinevere, esta é Calimorfis — ele disse, acariciando o pescoço de uma égua malhada nas cores marrom e cinza, de temperamento doce. — Calimorfis, tenho certeza de que você se lembra de Guinevere — por um breve momento, Vera não soube dizer se Lancelot estava brincando ou se o cavalo poderia responder. Animais falantes não pareciam fora do reino das possibilidades ali. Mas Calimorfis respondeu apenas com os sons convencionais de um cavalo, e Vera descobriu que gostava um pouco mais de Lancelot.

Ele se movia com impressionante eficiência, vasculhando seu alforje, pegando uma capa de viagem para Vera colocar sobre o vestido, ajudando-a a subir no cavalo e montando em sua sela com graça, tudo em menos de um minuto.

Enquanto cavalgavam para fora da cidade, Lancelot explicou o plano. A tática dos rapazes tinha sido a mesma a cada ataque: eles esperavam do lado de fora da cidade e, quando o alvo se aproximava, um fingia estar sozinho e ferido. Enquanto o viajante ajudava o jovem, os outros dois apareciam por trás e roubavam tudo o que podiam. Quando o alvo percebia o que estava acontecendo, os garotos ladrões já tinham fugido, e o que fingia estar ferido também escapava.

O plano de Lancelot era uma boa dose do próprio remédio deles. Fingiria estar em apuros na estrada, esperando que eles mordessem a isca de um trabalho fácil e inesperado. Ele os pegaria em flagrante durante o roubo e, como Lancelot disse, "assustaria os moleques a ponto de fazerem xixi nas calças".

Vera deveria permanecer escondida com o capuz posto o tempo todo. Ele amarrou a espada ao cavalo dela, comprometendo-se totalmente com a aparência de estar desarmado e vulnerável. Era uma decisão que lhe parecia arriscada, pois, na verdade, não criava apenas uma aparência de vulnerabilidade, mas uma realidade dela.

Quando Vera o questionou, ele apoiou a espada na palma da mão, considerando a pergunta dela, e então a prendeu com firmeza atrás da sela.

— Acho que consigo me virar — ele disse.

A descrição que Merlin fez de Lancelot ecoou em sua mente, soando agora como um aviso: barulhento e tolo. Mas havia também o afeto instantâneo que sentia por ele, que levou a algo que Vera sabia ser mais perigoso: ela já confiava nele.

A estrada de Glastonbury era uma descida íngreme até se nivelar em todas as direções à frente deles. Adiante, o único solo firme era uma faixa de estrada que cortava o campo. Bosques esparsos de árvores se aglomeravam às margens da estrada. Mas o terreno ao redor não era verde. Além da estrada de terra batida, que se estendia até onde ela podia ver, a última luz do dia brilhava como uma miragem no deserto, uma ilusão de água. Na verdade, não era uma miragem. Eles estavam cercados por pântano, com a água rasa formando um vasto lago. Ela sabia que, muito tempo atrás, Glastonbury havia sido uma ilha, e se viu encarando tal realidade.

— Aqui está bom. — Lancelot acenou com a cabeça em direção a um grupo de árvores e arbustos particularmente denso. Vera guiou o cavalo até o bosque. Ela havia cavalgado apenas duas vezes no acampamento de verão e percebeu que este era um animal excepcionalmente bem treinado. O que Vera não tinha de habilidade, a égua compensava com intuição. Ela parecia saber exatamente onde Vera queria ir, e, uma vez posicionados atrás da vegetação mais densa, Lancelot confirmou que estavam bem escondidos.

Então, eles esperaram.

Vera se inclinou para o lado para observar Lancelot através de uma abertura nos galhos. Ela não deveria ser vista, mas isso não significava que queria perder a ação. Ele desmontou e ficou frente a frente com o cavalo, acariciando-o afetuosamente entre os olhos enquanto murmurava palavras que ela não conseguia ouvir. Havia um som sutil de risadas ruidosas ao vento. Lancelot parou e olhou por cima do ombro. Então, sem cerimônia, ele jogou o corpo grande e gracioso no chão. Vera teve que cobrir a boca com a mão para não rir alto. Ele virou a cabeça na direção dela com uma risada silenciosa.

— Controle-se — ele disse, alto o suficiente para ela ouvir. — Fique quieta, Guinevere.

Foi estranho ouvi-lo dizer isso. Ela mesma se repreendera com essa exata frase mais cedo naquela noite. Vera esticou o pescoço para ver a estrada enquanto formas indistintas se aproximavam e tomavam a forma de três garotos.

Um deles era enorme. Ele se movia de maneira desajeitada, mais como um bebê do que como um homem, com mãos e pés maiores do que seu corpo sabia lidar. Era o dobro da largura do menor dos garotos. Eles formavam um contraste cômico, um deles com cerca de dois metros de altura e o outro cerca de cinquenta centímetros mais baixo. O menor tinha características de ratinho e cabelo da cor e textura de palha seca. O terceiro tinha uma expressão zangada no rosto coberto de acne, mas tinha o mesmo nariz do menino de características de ratinho, e Vera desconfiou de que fossem irmãos. Todos estavam imundos e vestiam roupas que precisavam urgentemente serem lavadas ou até mesmo jogadas fora. As camisas e as calças eram mais remendas do que tecido. Nenhum usava sapatos. Vera sentiu um aperto de tristeza.

Eles estavam tão imersos em sua conversa ruidosa que haviam quase chegado ao lado do bosque de Vera, quando o menor gritou:

— Olhem! — O sussurro foi alto demais para manter qualquer segredo. Eles pararam, e os rostos se tornaram famintos.

— Ele parece ferido — disse a voz profunda do garoto enorme, com as sobrancelhas franzidas.

— Ele parece rico. — O menor retirou uma adaga do cinto e a girou com habilidade entre os dedos. — E esse cavalo poderia ser vendido por uma fortuna.

Eles ficaram na estrada debatendo o que fazer. O garoto com acne e seu irmão mais novo queriam verificar o homem ferido em busca de dinheiro e levar o cavalo. O maior argumentava que estavam sendo gananciosos e deveriam apenas levar o cavalo, sem arriscar nada mais. Eles ainda não tinham chegado a uma conclusão quando o garoto de características de ratinho se virou sem aviso e começou a se dirigir a Lancelot.

— Dunstan! — o irmão sussurrou, com a voz trêmula. — Pare!

Mas Dunstan não parou. Ele avançou, com a adaga preparada para atacar, enquanto os outros garotos permaneciam paralisados no lugar. Ele deu um chute forte na costela de Lancelot, e toda a simpatia que Vera sentia desapareceu instantaneamente. Lancelot nem sequer se mexeu. Ela não conseguia imaginar como. Seu coração batia furiosamente.

Lancelot tinha duas bolsas na cintura e, satisfeito de que sua presa não estava consciente, o garoto começou a mexer com o fecho de uma delas. Quando a mão de Lancelot se ergueu para agarrar seu pulso, Vera pulou quase tanto quanto o garoto.

Em um movimento fluido, ele estava sentado cara a cara com o garoto perplexo. Dunstan balançou desajeitadamente a adaga em retaliação. Em um piscar de olhos, Lancelot estava com a adaga na mão e suas posições foram trocadas, agora Dunstan estava no chão, com Lancelot ajoelhado sobre ele. Seus movimentos eram tão precisos que tentar entender como o cavaleiro conseguiu isso era tão inútil quanto tentar descrever as asas de um beija-flor em pleno voo. A pergunta de Vera sobre se ele deveria enfrentar a situação desarmado agora parecia absurda.

Para seu crédito, os outros garotos ainda não haviam virado as costas e fugido. Na verdade, o irmão de Dunstan estava avançando, puxando a própria adaga. Lancelot nem sequer virou, apenas estendeu a mão e agarrou o garoto pelo pulso. Ele se levantou à sua altura total, torcendo o braço do irmão mais velho até que a adaga caísse no chão.

— Ah, merda — gemeu o irmão de Dunstan, com um lampejo de reconhecimento iluminando seu rosto cheio de espinhas.

Lancelot inclinou a cabeça e sorriu com um olhar de desdém.

— Bem dito. — Ele olhou por cima do ombro, para o maior dos três. — Se você quiser ter alguma chance de manter as mãos, venha cá agora. — Sua voz era tão autoritária que Vera quase quis descer do cavalo e obedecer também.

O garoto grande, avançou com relutância. Lancelot guardou as adagas dos irmãos no cinto. Todos tinham se posicionado de forma que Vera não conseguia ver, então ela aproximou o cavalo da estrada. Estava menos escondida, mas tinha uma visão muito melhor. Já tinha quase escurecido, e os garotos estavam de costas para ela de qualquer maneira. Enquanto Lancelot se virava para Dunstan, o garoto maior parou na metade do caminho entre Vera e Lancelot. Ele saltava nas pontas dos pés, pendendo entre o movimento para frente e para trás. Lancelot olhou para cima, percebendo que algo estava errado. O garoto estava prestes a fazer algo estúpido.

Ele se virou e começou a correr desajeitadamente na direção de Vera. Ela não parou para refletir nas possíveis consequências. Agarrou as rédeas e pressionou os calcanhares nos flancos da égua, levando-a para se afastar do garoto. Desembainhou a espada de Lancelot com as duas mãos, a girou em um arco alto sobre a cabeça e a apontou para o menino, interrompendo seu caminho. Ele deslizou até parar e caiu de bunda no chão, olhando para ela, estarrecido.

— Eu reconsideraria — ela disse.

O garoto ficou sem palavras, rastejando para trás como um caranguejo.

— É a rainha? — perguntou o garoto com acne, com uma expressão horrorizada e maravilhada.

Lancelot olhou para Vera com o canto dos lábios levantado.

— Sim, é ela.

Vera achou que ouviu um tom de espanto em sua voz, mas decidiu que poderia estar enganada, já que Lancelot se virou para fitar o maior dos garotos. Ele se afastou e se juntou aos outros.

— Sente-se — Lancelot soltou a palavra com desdém.

Todos se sentaram, o que não foi surpreendente. Nenhum deles ousou se mover. Provavelmente, nem mesmo ousaram piscar.

— Não sei como é a vida de vocês — Lancelot começou após um longo e desconfortável silêncio de olhares fixos —, mas a bagunça que criaram nesta estrada não passou despercebida pelo seu rei. Isso não continuará. — Ele caminhou na frente deles, encontrando o olhar de cada um de forma intencional. — Vocês têm uma escolha. Apareçam amanhã no arsenal, jurem lealdade ao rei e juntem-se às suas tropas. Vocês terão um lugar para morar, comida para comer e aprenderão a se tornar homens de bem em vez de garotos ladrões. Ou, se não aparecerem, serão encontrados pela guarda do rei, e não serão tratados com a leniência que estou oferecendo hoje. Fui claro?

Eles assentiram vigorosamente, como galinhas ansiosas ciscando por vermes.

— Ótimo — disse Lancelot. — Agora vão, antes que eu mude de ideia.

Os garotos se levantaram às pressas e correram de volta para Glastonbury. Boquiabertos, olharam para Vera enquanto passavam por ela, exceto o garoto grande, que fixava o olhar no chão. Em pouco tempo, eles eram apenas formas indistintas desaparecendo à distância.

Vera se virou para Lancelot. Sua expressão severa permaneceu, mas desapareceu quando encontrou o olhar dela.

— Isso! — ele gritou, erguendo os dois punhos no ar. — Você — ele disse, apontando para ela. — Você foi brilhante pra caralho.

Ela ficou tão surpresa que riu.

— Foi uma coisa estúpida de se fazer — Vera disse —, e essa espada é incrivelmente pesada. Quase deslocou meu ombro. — Ela estendeu a espada para ele, com os dois braços se esforçando com o peso.

Ele a aceitou, e enquanto ela teve dificuldade em manejar a espada com duas mãos, ele a desembainhou com facilidade com uma só mão e montou no cavalo com a mesma fluidez com que vestiria um casaco.

— Você foi brilhante — Lancelot repetiu. Ele estalou a língua, e os cavalos deles começaram a trotar obedientemente. — Eu não deveria me surpreender. Você sempre teve uma boa mente tática.

— Menta tática? — Vera o encarou.

Ele assentiu.

— Você e Arthur se casaram poucos meses antes da invasão final. Você desenvolveu uma parte crucial da nossa estratégia de batalha.

— Eu... eu fiz isso? Tem certeza?

Ele riu, embora a olhasse inquisitivamente.

— Com toda certeza. Você não se considera estratégica agora?

— De jeito nenhum. — Essa era a última forma como ela se descreveria.

Um meio sorriso tomou conta do rosto de Lancelot, e ele observou Vera por um momento.

— Você é diferente de... — ele balançou a cabeça e estalou a língua. — Você está diferente.

Ela se mexeu na sela.

— De uma maneira boa ou ruim?

— Só... diferente — ele disse, embora parecesse esperançoso. — Suponho que seja justo, no entanto. O que foi um ano para nós foi uma vida inteira para você. Como é? No seu outro tempo, quero dizer.

Ela não tinha certeza de como responder. Como poderia explicar o celular que havia esquecido de não pegar cerca de vinte vezes na última hora? Por onde começar a descrever o futuro?

— Eu ajudo meus pais a administrar uma pousada — ela disse.

Lancelot tinha muitas perguntas sobre como Vera passava o tempo. Ela gaguejou ao listar seus interesses, mas quando mencionou correr, ele se endireitou na sela.

— Você corre? — ele disse.

— Sim — Vera mordeu o lábio. Será que era algo extraordinariamente estranho de se dizer?

Ele a olhou com um sorriso encantado.

— Não deveria me surpreender depois daquela cena perto dos estábulos. Você parecia confortável correndo.

Ela não tinha pensado nisso, mas Lancelot também parecia à vontade. Seu andar e postura... Vera o encarou boquiaberta.

— Você corre? Eu não pensei que as pessoas corriam nesta época.

— Soldados correm — ele explicou. — Estivemos em guerra por quase uma década e corríamos todos os dias para manter a forma para a batalha. A maioria dos soldados se espalhou pelos cantos do país e leva uma vida muito mais tranquila e bem merecida, devo acrescentar. Eu treino as forças locais e a guarda do rei, e ainda corro para manter a forma. E eu gosto. — Deu de ombros. — Acalma a minha mente.

— Sim! — Vera quase gritou. — É exatamente isso. Na verdade... — Ela se lembrou dos tênis guardados no alforje atrás dela e tomou a rápida decisão de mostrá-los. Ele ficou absolutamente encantado, girando os cadarços verde-azulados entre os dedos, e seus olhos se arregalaram ao sentir o acolchoado na sola interna.

— Guinevere — sua voz estava baixa e reverente —, essa deve ser a maior invenção de todos os tempos.

Ela riu.

— Está bem no topo da lista.

Mal houve um espaço de silêncio após isso. A escuridão havia caído de fato, e a noite escura e aveludada estava salpicada de estrelas antes que Vera percebesse que aquela era a conversa mais fácil que já tivera com alguém além de seus pais. Essa amizade em formação foi uma surpresa agradável, mas, quanto mais Vera simpatizava com Lancelot, mais seu estômago se revirava. Ele a observava com um olhar compreensivo e olhos gentis.

— Você achou que eu era Arthur quando nos conhecemos, não foi?

Ela esperava que a escuridão pudesse esconder o calor que subia em suas bochechas.

— Sim — disse ela. — Por que ele não veio?

Lancelot examinou o rosto de Vera.

— Sinto muito. Isso deve ser incrivelmente difícil para você.

Vera se recusou a preencher o silêncio. Ele não havia respondido à sua pergunta.

— Eu não quero te enganar. Não sabíamos que hoje seria o dia em que Merlin te traria de volta. Ele só enviou uma mensagem por mensageiro esta tarde, e Arthur tinha dúvidas sobre Merlin tentar... — Lancelot fez uma pausa, com os lábios apertados. — Bem, sobre Merlin tomar medidas tão extremas para te trazer de volta.

Ele parecia escolher as palavras com muito cuidado. Vera poderia muito bem fazer a pergunta diretamente.

— Arthur odeia Guinevere?

— Não — Lancelot respondeu com firmeza. — Tem sido um tempo difícil. — Ele lançou um olhar carregado para Vera. — Mas não é nada comparado ao que você passou.

Ela ficou tensa, e a lembrança de Vincent ensanguentado e morrendo passou por sua mente. Como ele poderia saber disso?

Mas ele percebeu sua reação e acrescentou, em um tom mais suave:

— Você deixou toda a sua vida para trás.

— Ah. — Claro. Engraçado que ela não tinha pensado nisso. Mas era verdade. E sua capacidade de voltar para casa, de recuperar sua vida, de se recuperar, dependia de uma tarefa muito mais complicada do que Vera ingenuamente imaginava. — E se eu não conseguir fazer o que Merlin precisa?

Lancelot a observou por um momento.

— Merlin é obstinado em seu compromisso com o reino, até demais, sinceramente. Não tenho certeza se as expectativas dele para você são razoáveis.

Vera zombou.

— Eu não acho que ele confiaria na sua avaliação da situação.

— Ah. — Lancelot esboçou um sorriso torto, reacendendo seu humor. — Você já percebeu que não sou exatamente o favorito de Merlin.

— Você foi a única coisa que quebrou a sua... — Vera procurou as palavras certas para descrever a calma poderosa de Merlin.

— Postura severa? — Lancelot sugeriu. Vera riu. — Continue. O que ele disse sobre mim?

— Ele disse que você é o amigo favorito de Arthur. E que você é muito leal — respondeu Vera.

— Ah, isso é bem legal. E?

—E... que você tolo e barulhento.

— Isso é, hum... — A princípio, Vera achou que Lancelot estava indignado, mas ele estava sorrindo. — Ele está começando a gostar de mim. Tolo e barulhento. Deve ser a maneira mais gentil com que ele já me descreveu. Claro, ele pode ter exagerado um pouco tentando, sabe, te convencer a deixar tudo para trás... mas estou considerando um progresso no relacionamento Merlin-Lancelot.

Estavam cavalgando havia quase duas horas quando o silêncio amigável caiu, seguido pelas pálpebras de Vera. Era como se pesassem cinquenta quilos, de tão difícil que era mantê-las abertas.

Ela acordou com um susto ao sentir uma mão firme em seu braço, mantendo-a equilibrada.

— Quase caiu ali — Lancelot disse suavemente. — Você teve um dia de mil anos. Deite-se sobre o pescoço do cavalo.

Os olhos de Vera mal estavam abertos. Ela acenou com a cabeça em silêncio e se deitou para a frente enquanto Lancelot mantinha a mão firme em suas costas. Ela achou tê-lo ouvido dizer: "estou com você", mas poderia ter sido um sonho, pois ela já estava dormindo.

Ishau mar domibaru.

Pela segunda vez, palavras desconhecidas reverberaram pelo corpo de Vera, palavras das quais ela não teria lembrança ao acordar.

VIII

Um brilho suave trouxe Vera de volta à consciência, mas não era a lua. A lateral de seu rosto estava apoiada no pescoço da égua, e a luz vinha da direção de Lancelot, não do céu.

Vera piscou, tentando entender o que estava vendo. Havia uma lanterna, uma bola de luz não muito diferente das que tinha visto em Glastonbury, do tamanho de uma toranja, flutuando por conta própria entre os dois cavalos. Não criava sombras fortes nem doía olhar diretamente para ela, mas iluminava o espaço ao redor em todas as direções, como uma bolha viajante. Ela se sentou e esfregou o rosto.

— Bom dia — disse Lancelot. — Tirou uma boa soneca?

Ela não sabia quanto tempo tinha dormido. O suficiente para que o pescoço e as costas estivessem rígidos pela posição desconfortável e para que a pedra-da-lua em sua testa houvesse marcado sua pele. Seus ouvidos captaram o barulho característico de cascos sobre pedras. Eles haviam deixado o pântano e chegado a uma rua de paralelepípedos. Passaram por uma casa de fazenda com telhado de palha, e ela viu luz concentrada no topo de uma grande colina à frente, imaginando que fosse aquele o seu destino. — É para lá que estamos indo?

— Sim. Assim que atravessarmos os portões da aldeia, levará poucos minutos até o castelo.

Poucos minutos até o castelo. O estômago de Vera deu um salto. Aquilo estava realmente acontecendo.

Eles seguiram um caminho sinuoso pela colina até uma imponente muralha de pedras que se estendia em ambas as direções. Se a muralha parava ou fazia curva, estava longe o suficiente para que Vera não pudesse ver. Entendeu imediatamente por que esse local poderia ser escolhido para um castelo: o terreno elevado por milhas, fácil de defender e de reforçar. Os portões da cidade estavam fechados e guardados, com homens postados em pilares alternados no topo da muralha de pedra, com apenas suas silhuetas escuras visíveis do chão.

O caminho estava bloqueado por um portão de madeira maciça em forma de arco, dividido em duas portas. Com ambas abertas, seria largo o suficiente para a maioria dos veículos modernos. Dois soldados estavam posicionados em cada lado do portão. Lancelot os chamou, e eles o reconheceram imediatamente.

O guarda no topo da muralha gritou:

— Dois a pé!

O lado esquerdo se abriu com um rangido. O caminho de paralelepípedos serpenteava pela cidade. Casas eram comuns em trechos intercalados com lojas e barracas de mercado. Um ferreiro aqui, talvez um bar ali. O cheiro de fogo de turfa queimada subia das chaminés rudimentares, e o brilho das lareiras espiava pelas frestas nas janelas onde as famílias se agitavam. Algumas luzes pela cidade emanavam uma cor de pôr do sol familiar, inconfundivelmente o mesmo tipo de luz mágica que Lancelot carregava.

Eles contornaram a esquina, e ela viu. Não conseguia imaginar como não tinha notado antes, talvez o posicionamento inteligente das estruturas na colina. Mesmo no escuro, no entanto, o castelo era inconfundível. Não era a fria estrutura medieval que Vera esperava. Era mais alto, a pedra de uma cor pérola — claro, com um brilho opalino à luz da lua.

A mesma muralha que cercava a cidade desenhava outro caminho em frente ao castelo, oferecendo uma camada adicional de proteção, com cada seção dividida por uma torre de vigia com ameias. Quatro torres muito mais altas se erguiam atrás dela, marcando os cantos do castelo. Três delas tinham a mesma impressionante altura, encimadas por um silo de pedra redondo com um telhado em forma de cone. A quarta torre, a mais distante de Vera e Lancelot, era ainda mais alta e tinha o cume sólido e plano. Telhados pontudos se erguiam por trás e, entre a muralha e as torres. Não eram pináculos que se erguiam a doze andares de altura, nem havia um fosso com ponte levadiça ou fontes em cascata, mas era belo em sua forma simples e reluzente.

— Camelot — disse Lancelot enquanto Vera observava maravilhada.

Ela levantou as sobrancelhas. As histórias tinham acertado o nome.

Lancelot a conduziu através de mais um portão até um pátio amplo. Havia estábulos à esquerda, e Vera sentiu o cheiro dos cavalos antes de ouvi-los ou de se virar para ver cabeças e cascos espiando para fora das portas das baias. Outra estrutura no vasto campo se destacava à sua direita. Era da mesma pedra pérola, com um telhado alto e pontudo, mas com uma diferença em relação a qualquer outra estrutura: a porta era ladeada por um vitral de cada lado e um conjunto triplo de janelas.

Painéis de vidro com formas diferentes em verde-marinho, azul-crepuscular, brancos com tons de cinza e um vermelho intenso e marcante eram separados por grossas faixas de algum tipo de argila escura entre eles. Não formavam uma imagem, mas o efeito era um agradável mosaico de pedras coloridas e brilhantes. Uma cruz de pedra robusta estava no ponto mais alto, onde um lado do telhado encontrava o outro.

Além da capela, diante de Vera e Lancelot, estava a entrada principal do castelo propriamente dito. Lancelot apeou, e Vera fez o mesmo. Ela não tinha notado o sonolento cavalariço atrás deles até que ele lhe entregou a bolsa que estava na parte de trás da sela e levou os dois cavalos em direção ao estábulo.

— Já é quase meia-noite — a voz de Merlin cortou o silêncio do pátio, soando irritada. Ele estava à espera na entrada do castelo. — Por que demoraram tanto? Vocês chegaram duas horas mais tarde do que eu esperava.

— Perdoe meu cavalheirismo — repreendeu Lancelot, com as mãos na cintura. — Você trouxe uma mulher mil anos através do tempo e não se preocupou em perguntar se ela estava com fome. — Ele evitou convenientemente mencionar o encontro com os meninos ladrões na estrada, e Vera também não comentou nada. Não sabia dizer da posição em que estava ao lado de Lancelot, mas achava que ele poderia ter lhe direcionado uma leve piscada. Ele apalpou sua esfera de luz, que se apagou antes de encolher até o tamanho de uma ameixa. Lancelot a guardou no bolso com a mesma naturalidade com que se guarda uma nota de cinco libras.

Merlin suspirou.

— Desculpe, Guinevere. Foi um dia e tanto.

Ela seguiu os dois homens para uma câmara de entrada com tetos altos e abobadados que amplificavam o eco dos passos mais alto do que os próprios passos. Havia uma porta de cada lado, uma à esquerda, uma à direita e uma porta maior à frente. Com um gesto de Merlin, as luminárias ao longo das paredes se iluminaram.

— Ele está...? — Lancelot perguntou.

— Ele está vindo — Merlin disse rapidamente, mas com uma nota de incerteza na voz. — Esperem aqui.

Ele se apressou em direção à porta grande à frente.

Um tremor surgiu na parte mais baixa do ventre o de Vera. De repente, ficou muito consciente de que havia cavalgado por horas e com o rosto pressionado contra o animal. Ela ajustou a coroa, certificando-se de que a pedra da lua estava no centro da testa, e tentou alisar o vestido ao redor das pernas.

— Como estou? — ela perguntou sem pensar, e logo se sentiu estúpida e desejou poder retirar a pergunta.

Lancelot, no entanto, respondeu sem hesitação.

— Você está linda.

Uma chama de afeição aqueceu novamente seu peito. O pomo de adão de Lancelot saltou com uma pesada deglutição. Ele também estava ansioso.

Através da porta aberta por onde Merlin havia desaparecido, um som tênue além do corredor ficava cada vez mais alto e mais distinto. Era o som de passos. Vera ficou rígida. Desejou poder segurar a mão de Lancelot para apoio. Olhou para baixo. A mão dele mais próxima da dela estava posicionada no pomo da espada, uma postura que parecia adotar por hábito mais do que por uma posição defensiva. Ele também observava a porta, mas deu um pequeno passo em direção a Vera, de modo que seu cotovelo roçou o braço dela.

Merlin virou primeiro no corredor, seguido por outro homem. Ele devia ser Arthur. Seus olhos estavam fixos no chão à frente de seus pés. Não usava coroa nem adornos e estava vestido de forma simples com uma camisa bege e calça escura. Não era um homem pequeno. Ele se destacava acima de Merlin. Tudo em Arthur era mais intenso do que em Lancelot: seus ombros eram mais largos, e seu cabelo muito mais escuro. Parecia chegar até o queixo, mas estava puxado para a parte de trás do pescoço, levemente ondulado, tornando difícil determinar seu comprimento exato. O ondulado nas pontas poderia fazê-lo parecer mais jovem se não fosse pela linha severa de sua boca. Ele atravessou o cômodo atrás de Merlin e parou a três passos de Vera e Lancelot antes de olhar para cima.

Vera não esperava uma reunião emocionada e alegre, mas ainda assim ficou chocada. Ela deu um passo para trás por reflexo antes de se controlar. O rosto de Arthur era um mármore frio, vibrando com raiva, embora ele mantivesse as feições de forma decididamente impassível. Podia até ser bonito, mas Vera não conseguia ver nada além da raiva reprimida dele.

Seus olhos eram de um cinza opaco quando a luz incidia sobre eles da maneira certa. Eles brilhavam, um pouco lacrimosos, mas não como se ele estivesse chorando, mais como se... mais como se tivesse bebido. Um frio na nuca de Vera surgiu enquanto Arthur a encarava. Ela sabia que devia parecer exausta e se perguntava se também parecia assustada.

Merlin também a observava, ansioso. Esperançoso.

Ela desviou o olhar de volta para Arthur e tentou, tentou de verdade. Mas não havia nada familiar no homem à sua frente.

Ninguém pediu confirmação a Vera. Seu silêncio falou por si.

Merlin suspirou.

— É sensato afirmar que lembrar de Vossa Majestade lerá tempo.

Então Arthur desviou o olhar dela e falou pela primeira vez, com uma voz profunda e um rosnado baixo que o fazia parecer assustador.

— Essa não é ela — ele disse para Merlin.

Sem uma palavra nem mesmo um gesto para Vera, ele se virou e saiu pela mesma porta por onde havia entrado.

Lancelot havia permanecido imóvel como uma estátua o tempo todo, mas agora se moveu rapidamente. Ele colocou a mão no cotovelo de Vera.

— Eu preciso… — disse ele, com a mandíbula tensa enquanto dava um passo em direção à porta. — Mas você quer que eu fique aqui?

Vera queria que ele ficasse, mas balançou a cabeça.

— Vá.

— Vejo você amanhã! — ele gritou enquanto se apressava atrás de Arthur.

A energia nervosa que pulsava em seu coração se transformou em um nó no estômago.

— E agora? — ela perguntou a Merlin.

Ele fechou os olhos, respirou fundo antes de abri-los novamente.

— Isso não está saindo como eu esperava.

— Não brinca? — Vera comentou, soltando uma risada amarga.

Ele sorriu e inclinou a cabeça para o lado, como se Vera fosse uma pintura, ou um objeto estranho que ele via pela primeira vez.

— Acho que muitos de nós seriamos gratos por uma segunda chance de infância com pais como Allison e Martin. Isso claramente fez bem ao seu espírito.

Vera não pôde deixar de se sentir grata pelo elogio. Ela só havia pensado em Vincent uma vez desde que chegou, o que era muito melhor do que qualquer outro dia desde sua morte. Mesmo enquanto se congratulava, afastou a memória dele, temendo que, se deixasse seu nome pairar em seus pensamentos, pegaria o vírus da dor também nesta época.

— Eu pensei que Arthur reagiria de maneira mais estoica. — Merlin deu um tapinha no braço dela. — Vou mostrar o caminho até o seu quarto. Sua camareira estará lá para assisti. Ela ajudou a administrar os assuntos do castelo enquanto você estava fora.

— Ela sabe sobre mim? — Vera perguntou.

— Não — disse Merlin de forma severa. — Matilda, como todos os outros, acreditava que você estava fora em um mosteiro no último ano se, recuperando-se de um acidente. De qualquer forma, ela ajudará com suas tarefas enquanto você se readapta.

Eles passaram por um labirinto de corredores com candelabros na parede que se acendiam à medida que passavam e se apagavam ao se afastarem, até chegarem a uma porta aberta que dava para uma escada em espiral subindo uma das torres de pedra que Vera havia visto do lado de fora.

A torre era tão grande que as escadas formavam um corredor ao subir por ela.

A cada andar, havia um patamar com um corredor atravessando a largura da torre. Eles pararam no topo, no quarto andar, onde uma mulher encantadora estava à espera.

Seu cabelo, cacheado, era de um tom de vermelho que lembrava as folhas de bordo no outono. A maior parte estava presa em um coque baixo na altura da nuca, com alguns fios enrolados que escapavam e emolduravam sua testa. O vestido simples, azul-índigo, sobre a túnica branca que ia até os tornozelos complementava perfeitamente tudo, desde sua pele até seu cabelo e seus olhos. Vera supôs que esta fosse Matilda, embora não a reconhecesse. Ela devia estar na casa dos quarenta anos e era uma das mulheres mais naturalmente belas que Vera já havia visto.

A testa de Matilda se franzia com preocupação, e seus olhos incrédulos estavam fixos em Vera.

— Vossa Majestade, não consigo acreditar que está... — Ela não terminou a frase. Seus braços se estenderam como se quisessem abraçar Vera. Em vez disso, ela entrelaçou as mãos diante de si com rigidez. — Bem, estou tão feliz que está de volta em casa.

— Obrigada — Vera disse, não conseguindo reprimir a dor ao ouvir a palavra "casa".

— Acredito que você tem tudo em ordem a partir daqui? — Merlin perguntou.

Matilda assentiu, e o mago desejou-lhes boa noite antes de desaparecer escada abaixo.

O silêncio caiu. Os olhos de Matilda procuraram Vera por um momento antes de a conduzir pelo corredor até uma porta à esquerda. Ela a destrancou com uma chave que retirou do bolso do avental.

Vera entrou no quarto atrás dela. Estava limpo e bem iluminado por um lustre pendurado no teto, salpicado com pequenas esferas brilhantes. Centralizada na parede à esquerda de Vera estava uma grande cama com quatro postes, com grossas cortinas azul-marinho penduradas em cada um deles. Na parede à direita, ao lado de outra porta, havia uma escrivaninha de madeira escura.

O som de um estrondo, madeira contra pedra, chamou a atenção de Vera para a parede oposta, a parede curva da parte externa da torre. Ela viu a fonte do som quase instantaneamente: uma janela, maior que ela, esculpida na parede. Três degraus de pedra levavam até ela, onde havia uma almofada azul em um banco, no que ela pensava ser um charmoso cantinho de leitura. A janela não tinha vidro. Em vez disso, varas de madeira se cruzavam formando uma treliça de diamantes, cada um do tamanho do rosto de Vera. Uma rajada de vento assobiava através delas, e, novamente, a persiana de madeira não fixada batia contra a parede.

Vera começou a se dirigir para a janela, mas Matilda a interceptou. Ela subiu rapidamente os degraus para fechar a persiana e a prendeu com um pino de metal na parte superior. Os olhos ansiosos de Matilda se voltaram para Vera enquanto ela descia as escadas de pedra.

— Desculpe, Vossa Majestade. Isso deveria estar fechado. Gostaria que o fogo fosse aceso para aquecer o ambiente?

Havia uma grande lareira ao lado da janela. Vera estava tão encantada com ela quanto com o assento da janela. Almofadas fofas cercavam uma pequena mesa de madeira no meio de um tapete de pele macio.

— Não, obrigada — Vera disse quando percebeu que estava admirando com deslumbramento um espaço que Guinevere conhecia bem.

Quando Matilda se ofereceu para ajudá-la a trocar de roupa e vestir a camisola dobrada na cama, Vera recusou freneticamente, lembrando-se das roupas íntimas inadequadas que usava. Matilda, claramente confusa, fitou Vera com um olhar atento antes de, de forma não muito convincente, considerar isso cansaço de viagem. Ela então desfez os cordões do vestido a pedido de Vera.

— Deixei algumas coisas fora caso queira se limpar após a viagem — ela disse, os dedos trabalhando rapidamente nos cordões trançados do vestido de Vera. Ela indicou o canto mais próximo da porta por onde haviam entrado. Havia um pedestal de madeira quadrado que se parecia de maneira desconcertante com uma torneira.

— Tem certeza de que não há nada mais em que possa ajudar? — Matilda perguntou mais devagar.

Vera balançou a cabeça, e Matilda não fez nada para disfarçar a desaprovação.

— Tudo bem — ela cedeu com um suspiro, as mãos na cintura. — Minhas acomodações foram transferidas para cá até a senhora se sentir mais acomodada. Estarei logo em frente, no corredor.

— Obrigada — disse Vera.

Matilda ficou na frente dela por alguns segundos a mais, esperando. O quê? Vera não sabia dizer. Então ela balançou a cabeça e saiu.

Vera esperou, prendendo a respiração, até estar segura de que Matilda não retornaria. Primeiro, deixou a bolsa sobre a cama e vestiu as roupas dispostas na cama. Estava acostumada com camiseta e leggings mas a túnica branca, não muito diferente do que Matilda usava sob seu vestido azul, chegava até os tornozelos. Era macia e grossa o suficiente para mantê-la aquecida.

Então, começou a explorar o quarto com mais afinco. Abriu o armário ao lado da cama e encontrou vestidos com joia deslumbrantes e bordados elaborados. Vera sentiu o trabalho de linha intricado na manga de um deles,

XIII

Vera sentiu uma certeza absurda de que, apesar da estranha gentileza dos buquês, algo *tinha* acontecido para fazer Arthur tratá-la tão mal. E ela sabia que precisava perguntar a alguém específico. Baseada inteiramente em sua experiência até agora, se houve algo que Guinevere fez, Lancelot saberia. Porque teria acontecido na presença dele.

A manhã estava mais quente que o normal quando eles saíram na escuridão matinal. Lancelot não mencionou o comportamento de Arthur na noite anterior, mas observava Vera com mais atenção... como se ela fosse uma chaleira prestes a ferver, prestes a gritar a qualquer momento. Ela já estava acostumada com o trajeto, mas ele virou à direita em vez de à esquerda na bifurcação da estrada, e Vera o seguiu sem questionar. Seria bom ter um desvio da conversa que ela sabia que precisava ter no final da corrida.

Gostou do novo caminho e compreendeu por que ele esperou para mostrá-lo até ver que ela era capaz. Enquanto o outro se desenrolava entre e ao redor das colinas, mantendo o percurso praticamente plano, essa trilha era mais estreita e os levava para a floresta, com subidas e descidas frequentes. Mas era mais bonita, mesmo no escuro. As árvores por onde passavam estavam ricas com suas folhas de outono, e Vera podia ouvir água corrente nas proximidades.

Vinte minutos depois, Lancelot parou. Ele não havia feito isso durante as corridas anteriores.

— O que há de errado? — Vera perguntou.

Ele saiu da trilha e segurou um galho flexível, convidando Vera a seguir.

— Nada — ele disse. — Queria lhe mostrar algo.

Ela o seguiu por uma trilha bem pisoteada, com o som da água corrente crescendo em seus ouvidos até que os galhos se afinaram e deram lugar a um bosque saído diretamente de um conto de fadas. Um lago se estendia adiante, com água tão clara que ela não tinha certeza de onde começava até que um sapo pulou, e as ondas crescentes traçaram o contorno da margem. Do outro lado, havia uma árvore tão vasta e antiga que o tronco tinha o tamanho de uma pequena casa. Ela se virou para associar o som a um riacho que escorria pela ladeira rochosa três metros acima e caía no lago, uma estreita cortina de cachoeira.

Vera se virou para Lancelot, a alegria por aquele lugar estampada em seus lábios, justo a tempo de vê-lo tirar a camisa.

— O que você está fazendo? — ela perguntou, horrorizada, mas rindo.

— Vou nadar — ele disse, como se fosse a resposta mais óbvia para a pergunta mais boba. — Não consigo imaginar que teremos um dia mais quente do que este antes da primavera. E eu tenho uma regra que sigo rigorosamente: quando você encontra um riacho bonito, sempre entre nele. Sempre.

Ele tirou os sapatos e os deixou em uma pilha com a camisa, ficando apenas de calça. Ele lançou a orbe de luz com um movimento de baixo para cima em um arco alto sobre o lago, mas, em vez de cair após alcançar o ponto mais alto, parou e ficou suspensa ali, como uma miniatura da lua que apenas respondia à maré do bosque sagrado.

Lancelot subiu correndo na rocha ao seu lado e desamarrou uma corda do galho da árvore acima. Ele se segurou firmemente logo acima de um nó robusto na ponta, balançou para o lado e pulou, seu corpo em uma bola apertada, bem no meio do lago. Um impressionante jato de água explodiu em todas as direções ao redor dele.

Ele emergiu momentos depois, uivando e ofegante, o som específico que os humanos fazem quando são surpreendidos pela água fria.

— Pegue a corda, Guinna! — ele gritou entre as respirações ofegantes.

Vera, obedientemente, fez o que ele pediu enquanto a corda balançava de volta em direção à margem. Lancelot riu alto no meio da noite, mais ainda ao ver seu espanto.

— Está bem frio, Majestade — ele disse. — Não é apropriado para uma dama — ele mergulhou a cabeça na água e nadou para longe sem lhe dar tempo para responder.

— Droga — Vera murmurou. Ele a conhecia bem. Não havia como ela ficar em terra seca agora. Vera subiu na rocha e prendeu a corda antes de tirar os tênis e as meias. Hesitou com as mãos sobre os botões das calças. Poderia ficar completamente vestida, mas teria que terminar a corrida ensopada. Ou poderia despir-se o mais rápido possível e entrar na água antes que Lancelot visse seu corpo quase nu.

Ele ainda estava debaixo d'água. Ela ouviu a batida de suas pernas enquanto ele nadava para longe e viu as ondulações se estendendo em seu rastro. Vera suspirou. Lutou com os botões na cintura e conseguiu tirar a calça. Jogou a camisa sobre a cabeça e atirou as roupas em uma pilha, exceto o sutiã esportivo e a calcinha, antes de pegar a corda. Segurou firme e tomou impulso. A entrada na água foi menos uma bola de canhão e mais uma agitação desajeitada.

Ela atingiu a superfície com um estalo e um salpico, e o frio a envolveu, despertando cada centímetro do seu corpo. Vera voltou à tona, ofegante e gritando palavras desconexas enquanto Lancelot erguia os dois punhos para o ar.

— Isso! — ele gritou, boiando para cima e para baixo enquanto as pernas batiam debaixo d'água. Ele ergueu uma mão e olhou para Vera com expectativa. Ela deu de ombros enquanto dava braçadas no lugar para se manter na superfície.

— Eu sei que sou novo nisso, mas eu diria que isso é digno de um "toca aqui" — disse Lancelot.

— Ah! — Vera riu. Ela nadou até lá e bateu a mão na dele. Manteve os olhos propositalmente acima do queixo de Lancelot, longe do peito nu. Há uma semana, ela não teria pensado duas vezes ao ver um homem sem camisa, mas o contexto era tudo. Vera estava surpresa com muitos aspectos da vida do século VII, mas sentia que este era um território perigoso.

Lancelot nadou em direção à cachoeira, e apesar de seu receio, Vera o seguiu. A cada braçada, a água se tornava mais suportável. Quando chegaram ao outro lado, ela quase achou que estava agradável. Ele a esperou do lado de fora da cortina de água até que ela chegasse ao seu lado.

— Posso te mostrar algo do outro lado? — ele perguntou.

Vera assentiu.

— É um pouco instável aqui. Fique perto de mim — ele disse. Abaixo da superfície da água, Vera o sentiu pegar sua mão. Eles respiraram fundo juntos e mergulharam. Ela imediatamente entendeu o que ele quis dizer. Abaixo da cachoeira, a água girava de um jeito que poderia facilmente desorientar Vera e jogá-la de cabeça para baixo sem o apoio de Lancelot puxando-a para frente. Não foi necessário nadar muito para chegar às águas calmas. Ela sentiu o fundo rochoso sob seus pés e se levantou, com o pescoço e os ombros rompendo a superfície enquanto Lancelot soltava sua mão.

Estava muito escuro. A luz que ele havia suspenso sobre o lago não chegava ali. Vera mal conseguia distinguir sua forma, que se movia apressadamente à sua frente.

— Só um momento — ele pediu.

Ela piscou quando uma nova esfera se iluminou. Levou um segundo para entender o que estava vendo. Primeiro, era apenas a esfera. Então, percebeu que Lancelot a segurava e sorria, e ele estava de pé sobre a rocha seca à sua frente, mas não estavam ao ar livre. Eles estavam em uma caverna com paredes de rocha lisa. A única abertura visível era o caminho que haviam seguido, sob a cachoeira. Vera andou metade do caminho, nadou por outra metade, e subiu para a margem. Lancelot já estava vasculhando uma caixa na base da parede.

— Aqui — ele estendeu um cobertor atrás de si sem se virar para encará-la. Manteve os olhos na parede até que Vera estivesse envolta no tecido segurando-o fechado sob o queixo. Ele pegou um segundo cobertor e fez o mesmo, os dois pareciam crianças brincando de se vestir com capas improvisadas. Lancelot sentou no chão, usando um canto do cobertor para secar o cabelo. Vera sentou ao lado dele e ergueu as sobrancelhas, divertindo-se. Ela não era a primeira pessoa que ele havia levado lá.

Se ele notou sua reação, ignorou-a. Ele sorriu para ela.

— O que você acha?

— É... incrível. Como você a encontrou?

— Uma mistura de boa sorte e travessura, suponho. — Distraído, Lancelot passou a mão sobre as pedras lisas aos seus pés, pegou uma e começou a traçar o polegar sobre ela. — Pensando bem, foi assim que encontrei quase tudo de bom.

Vera procurou entre as pedras também, até que os dedos encontraram uma pedrinha achatada. Ela a pegou e a lançou sobre a água. A pedra deslizou pela superfície até dar seu último salto e desapareceu na cachoeira. Ele fez um som de apreço e encostou o ombro no dela. Era isso. Ela não podia adiar mais.

— Tem algo importante que preciso te perguntar — Vera disse, o nervosismo deixou sua voz trêmula.

Lancelot sentou-se mais ereto.

— Você está bem?

— Estou. — Ela respirou fundo e sentiu o coração acelerar. — Antes do acidente, nós... *fizemos* algo? Você é a única pessoa que parece familiar desde que cheguei aqui. E eu realmente gosto de você.

— Eu também gosto muito de você — ele disse em voz baixa.

Isso encorajou Vera a continuar.

— Bem, eu me perguntava se isso significa... aconteceu algo inadequado entre nós?

Lancelot piscou, atônito, enquanto entendia o que ela queria dizer.

— Você acha que tivemos um caso.

— Eu, bem, não sei. — A vergonha percorreu Vera antes que ela tomasse uma decisão e dissesse com firmeza. — Sim, na verdade, eu acho. Nas lendas sobre vocês da minha época, Guinevere e Lancelot tiveram um caso... um que acabou arruinando o reino, eu acho. Isso parece tão forte. Baseado no que estamos fazendo agora... Lancelot, estamos sentados juntos , vestindo quase nada, em uma caverna onde você claramente trouxe mulheres antes, e não tente negar. Você tem uma caixa inteira de cobertores, luz à disposição, e eu não ficaria surpresa se você tivesse vinho escondido em algum lugar também.

Ele abriu a boca para argumentar, mas a fechou e riu desviando o olhar para a pedra que girava entre os dedos.

— Não posso deixar de me perguntar se você me trouxe aqui antes. E isso também pode explicar por que Arthur não consegue suportar me olhar, muito menos falar comigo. — Agora, a voz dela era pouco mais que um sussurro.

— Você não esteve aqui antes, e nós *não* tivemos um caso de nenhum tipo — ele disse. E ficou em silêncio por um momento antes de se virar completamente para encarar Vera. Ela também se virou. Ambos se sentaram de pernas cruzadas, joelho com joelho. — Guinna, isso realmente parece forte agora. Você está certa. E pode parecer loucura, mas eu mal te conhecia antes. Claro, eu te conhecia. Mas você e eu nunca tivemos mais do que uma conversa de cinco minutos.

— Não? — Vera perguntou, completamente perplexa. — Mas isso é tão fácil. Eu não acho que já me senti tão confortável com alguém. E se nós nem conversamos antes, por que você estava me esperando em Glastonbury quando voltei?

— Eu não queria que você ficasse sozinha — a mandíbula dele se contraiu, e ele encarou os próprios pés.

Ela podia sentir, ele estava escondendo algo.

— O que você sabe que não está me contando? Por favor — ela implorou diante do silêncio dele. — Como vou fazer isso se eu não souber de nada?

Vera bufou quando ele não respondeu.

Lancelot balançou a cabeça.

— Guinevere estava, você estava triste antes do ataque. E eu sabia que Arthur estava com dificuldades, e Merlin é… Merlin — ele disse de forma casual com um meio sorriso. Então, ficou sério. — Eu não queria que você ficasse sozinha sem ninguém que soubesse o que aconteceu. Sem ninguém que pudesse ser seu amigo. Eu nunca teria imaginado que seria assim, no entanto. Isso é diferente.

Ele estava com o rosto iluminado por uma adoração incontrolável. Ela entendeu o que ele queria dizer. Vera teria chamado essa amizade de mágica antes mesmo de saber que magia existia. Mas a forma como ele se corrigiu ao se referir a Guinevere como outra pessoa fazia a mente dela coçar.

— Acho que sou apenas um recipiente para as memórias dela — Vera disse. — Eu não sou realmente ela.

Ele inclinou a cabeça e encontrou seus olhos, procurando por ela.

— Talvez não. A forma como você se move e fala… até suas expressões são as mesmas. Mas Guinevere muitas vezes parecia estar caminhando por um sonho, e você é… — ele soltou uma risada antes de terminar —, nada disso. Não consigo imaginar a rainha se despindo até ficar só com as roupas íntimas e pular em um lago, mas havia vislumbres. Como quando ela apresentou a estratégia de batalha. Era bastante destemida. Essa parte parece ser você.

Vera riu. Ele não a estava vendo claramente. Talvez fosse difícil para ele enfrentar a verdade: a única parte dela que era importante era a memória de Guinevere.

— Isso é gentil — ela disse. — Mas estou longe de ser destemida, e com certeza não deveria estar nem perto de comandar alguém. Eu ainda faço Matilda se dirigir à equipe da cozinha por mim.

— Eu a acompanharia em uma batalha — ele disse. — E estou sendo sincero.

— Obrigada — Vera disse, corando com o elogio. — O que você tem aí? — Ela estendeu a mão para estabilizar os dedos ocupados sobre a pedra.

Ele sorriu enquanto a entregava a ela, sabendo que ela estava perguntando apenas para mudar de assunto.

— Tem um formato bonito, não é?

Vera virou a pedra nas mãos e sorriu.

— É um coração.

E era isso mesmo: uma pedra de rio preta e lisa, na forma de um coração, que se encaixava confortavelmente em sua palma.

— Um coração? — ele se aproximou para ter uma visão melhor. — Eu já vi um coração. Não se parece com isso.

Vera riu.

— Bem, no meu tempo, essa é a forma usada para representar um coração ou o amor. As pessoas desenham, fazem joias com isso… minha mãe, na verdade, encontra pedras em forma de coração em todos os lugares que vai. Ela tem um vaso cheio em casa. — Ao lembrar de Allison, a dor foi instantânea. Vera devolveu a pedra para Lancelot.

— Você deveria ficar com ela. Para lembrá-la dela — ele disse.

— Eu não quero ser lembrada dela — Vera disse, mais brusca do que pretendia. Se pensasse nos pais, se pensasse na própria vida, pensaria em Vincent. Ela era bastante *destemida*, sim. Tudo que podia fazer para tornar as coisas dolorosas suportáveis era se esconder delas.

— Certo. Eu vou ficar com ela. — Com uma mão, Lancelot pegou a pedra e a colocou no bolso, com a outra, ele segurou a mão de Vera e a apertou suavemente.

Seu olhar se desviou dos dedos entrelaçados para o corpo dela envolto no cobertor, até seu rosto, e foi como se a proximidade deles lhe atingisse pela primeira vez. Ele retirou a mão.

— Sabe que não a trouxe aqui para seduzi-la, certo? Não tenho nenhum interesse em… Não sinto desejo físico por você — ele disse. Então, apressadamente, como se isso pudesse tê-la ofendido, emendou: — Você é uma mulher linda, mas não é assim que a vejo.

— Eu sei — e, ao dizer isso em voz alta, o nó no estômago de Vera se desfez porque ela sabia que era irrevogavelmente verdade. — Você se preocupa, no entanto, que nossa amizade seja suspeita para os outros? Quero dizer, *eu* questionei se já estivemos juntos.

Ele considerou aquilo brevemente.

— Não sei como era no seu tempo, mas é bastante escandaloso para uma mulher estar sozinha com um homem que não é seu marido ou seu pai. Mas você e eu temos uma amplitude bastante favorável. Fui nomeado sua escolta. Confiam em mim por causa da minha posição no reino e da minha amizade com Arthur. Admito — ele olhou para a caverna e para o ninho de cobertores ao seu redor e franziu o cenho com culpa —, isso pode estar ultrapassando os limites.

— Ultrapassando os limites ou pisando neles?

— Poderia ser pior — Lancelot disse, com os lábios se curvando para cima nos cantos. — Eu normalmente nado nu.

XIV

Vera fez uma escolha. Após seus esforços para se aproximar de Arthur fracassarem, decidiu parar de tentar, e a liberdade que se seguiu foi um alívio notável. Ela se tranquilizou com a promessa de Merlin de que começariam a intervenção mágica quando ele retornasse. Ele havia encorajado Vera a se readaptar. Como Arthur se isentou como ponto de conexão, ela interpretou isso como um sinal verde para passar seu tempo livre exatamente como desejasse. Não tinha ilusões de que poderia ser mais do que um canal para memórias perdidas, mas pelo menos podia tentar aproveitar a situação.

Nas duas semanas seguintes, começou a buscar recantos de prazer. O primeiro foi a capela que tinha notado no pátio na sua primeira noite ali. O interior era lindo. A luz brilhava através dos vitrais em corredores de cores, especialmente encantadora quando banhava as muitas estátuas com seus feixes. As esculturas, com suas vestimentas drapeadas esculpidas sobre uma musculatura precisamente talhada, lembravam a Vera as estátuas romanas que tinha visto em exibição no Museu Britânico.

Mas uma estátua, a mais próxima da frente no lado esquerdo, era de uma mulher grávida que Vera associava à imagem de Gaia, Mãe Terra, de Glastonbury. Algo na forma como ela estava posicionada, com um pé ligeiramente à frente do outro como se estivesse caminhando, os ombros puxados para trás e o peito erguido, com o olhar fixo à frente, uma expressão de força e sabedoria que parecia capturar eternamente os adoradores com seu olhar. Ela tinha uma mão abaixo e uma acima do globo de sua barriga grávida, enquadrando-a de forma marcante. Vera nunca tinha visto a mãe de Jesus esculpida com essa aura de poder antes, mas estava segura de que a mulher petrificada em mármore era Maria. Ela amou a capela desde o momento em que a viu, e teve bastante tempo para admirá-la quando assistiu às missas de domingo com um Arthur firme e silencioso ao seu lado.

Havia falhado em resistir ao impulso de olhar para a porta da capela toda vez que ela se abria.

— Ele não vai vir — a voz baixa de Arthur havia ressoado perto de seu ouvido. Ele olhava para frente, com o rosto impassível, mas inclinara a cabeça ligeiramente na direção de Vera.

— Quem não vai vir? — ela havia respondido instintivamente.

— Lancelot — ele disse, acertando ao adivinhar quem ela estava esperando.

— Ele professa a antiga fé.

— Ah. — Ninguém parecia se importar com o fato de o general do reino seguir a "antiga fé", como Arthur havia chamado. Na verdade, Vera descobriu que a população de Camelot estava quase dividida igualmente entre cristãos e pagãos e, evidentemente, ainda não haviam chegado a um ponto na história em que isso se tornaria um ponto de discórdia. Vera não tinha certeza se essa convivência pacífica do século VII estava registrada nos livros escolares acumulando poeira na estante de sua casa em Glastonbury.

Matilda foi talvez a surpresa mais encantadora. Inicialmente, seu senso de propriedade fazia com que ela mantivesse Vera a uma distância segura, rígida em sua presença. Vera tentou incluí-la nas conversas descontraídas após o jantar com Lancelot, mas Matilda apenas lhes oferecia o sorriso de uma mãe que pacientemente tolera as histórias pouco interessantes de seus filhos.

Ela decifrou o enigma de Matilda por acidente na semana seguinte, quando o jovem cavalariço que conhecera na sua primeira noite, que ela descobriu que se chamava Grady, deu seu informe semanal. O pai de Grady, o mestre dos estábulos, o deixou no comando enquanto estava fora treinando os novos cavalos. O menino tinha apenas quatorze anos e levava seu papel muito a sério. Ele usava as botas do pai, grandes demais para ele, e havia passado algum tipo de óleo em seus cachos escuros e desarrumados, que só os alisava parcialmente.

Grady devia ter ouvido ao longo de sua vida o quanto seu sorriso com covinhas era adorável, pois ele mal o mostrava durante a visita de Vera e Matilda. Como todos os meninos jovens, queria ser visto e tratado como homem. No entanto, ele era o menos intimidante de toda a equipe do castelo, então Matilda incentivou Vera a retomar suas funções ali primeiro.

— O nosso cronograma de alimentação está no ponto — Grady falou com a voz um pouco mais baixa do que o natural enquanto as conduzia pelos estábulos. — E meu pai me disse que os novos cavalos estão treinando excepcionalmente bem. Há um pequeno problema — ele fez uma pausa, olhando para Vera com preocupação. — Com Calimorfis.

Vera levou um momento para se lembrar de que esse era o nome de sua égua, já que não tinha montado desde a noite de sua chegada.

— O que há de errado com ela?

— Nada está errado — ele disse enquanto os conduzia até a baia de Calimorfis. Ela estava impecavelmente escovada, e relinchou, inclinando o pescoço sedoso em direção a Grady. Ele se esqueceu de não sorrir enquanto acariciava sua cabeça. — Desde o seu retorno, ela não tem sido muito montada e está ficando inquieta.

— Ah. — Vera se sentiu envergonhada por não ter pensado nisso. — Quem a montava enquanto eu estava fora?

— Geralmente o rei, Vossa Majestade. Ocasionalmente, ele me pedia para montar. Ela é uma égua incrível. Foi uma honra — Grady riu enquanto o cavalo inclinava a cabeça em seu ombro. Ele a acariciou de volta. — Sempre que desejar montar, eu a prepararei com prazer, é só mandar. Eu consigo fazer isso em minutos — disse com orgulho. — E, se preferir, posso pedir a um dos cavaleiros para montá-la — ele soou melancólico com a ideia.

— Você se importaria de montá-la para mim? — Vera perguntou.

Os olhos dele se iluminaram.

— Eu? — Sua voz grave desapareceu, substituída por uma empolgação ofegante.

— Claro. Mas só se não for um incômodo...

— Vossa Majestade, eu ficaria honrado! — Na sua alegria, ele nem percebeu que a interrompeu.

— Obrigada, Grady — ela disse, abrindo um sorriso largo enquanto Calimorfis continuava a se inclinar para ele. — Está claro que ela o adora. Acho que perdi a preferência.

— Ela é facilmente conquistada com apenas um pouco de carinho. O rei me mostrou — disse Grady. — Dê uma boa escovada nela, e você cairá em suas graças. Posso pegar uma escova e lhe mostrar? — Ele estava tão esperançoso que Vera se viu acenando entusiasmada.

Grady saiu correndo da baia e disparou pelo corredor.

— Ele sempre teve uma queda por você — disse Matilda. — Agora a amará para sempre.

Vera corou e escondeu o rosto nas mãos. Ambas estavam rindo, então não ouviram o tumulto imediatamente.

Grady devia estar voltando com a escova, mas a paz momentânea foi interrompida por gritos raivosos e o estrondo de um punho batendo na madeira.

— O que você tem de errado, garoto? — Vera não reconheceu a voz. Quem quer que fosse, gritava tão alto que ela tinha certeza de que poderia ser ouvido até o saguão. — Meu cavalo! Meu cavalo deveria estar pronto uma hora antes da minha partida. Seu estúpido de merda, o que você está olhando?

— Eu, meu senhor, eu... — Grady gaguejou. — Não fui informado da sua partida.

Vera olhou desesperada para Matilda. Ela queria intervir em defesa de Grady, mas estava preocupada que pudesse envergonhá-lo ao intervir prematuramente em uma situação que ele poderia resolver sozinho.

— Ah, como se fosse verdade que você não soubesse. Faça isso agora, garoto. Agora! — O homem parecia ficar mais furioso a cada instante.

Grady, admiravelmente, manteve a compostura.

— Meu senhor, eu estarei aí em um momento. Estou com a...

Passos pesados se aproximaram do estábulo. Mais perto de Grady.

— Eu não me importo, seu merda insolente! — Houve o som distinto de um soco atingindo carne, o gemido e o grunhido de um garoto, e Vera estava em movimento em um piscar de olhos. Ela contornou a porta. Grady estava no chão, com os braços erguidos defensivamente acima da cabeça, uma forquilha em uma mão e uma escova na outra.

Um nobre impecavelmente vestido, que era baixo, mas tinha mais do que o dobro do tamanho de Grady devido à altura e à largura, estava acima dele, pronto para dar um chute no rosto do garoto.

— Pare! — ela gritou. Vera sentia o sangue pulsar nas veias, o rosto queimava de raiva. Não se lembrava de como percorreu a distância entre onde estava antes e onde estava agora, perto o suficiente para agarrar o pulso do homem à sua frente.

Ele tinha um rosto inchado que parecia extremamente feio com uma expressão carrancuda e uma mancha de algo fedido e marrom na metade inferior da bochecha esquerda. A mancha devia ter saído da forquilha quando Grady foi jogado ao chão. O cabelo do nobre era negro como tinta, e ele usava uma túnica de veludo longa e justa que Vera imaginava que Arthur e Lancelot usariam antes que ela os conhecesse. Ele parou e desviou o olhar de Grady, com os lábios curvados com crueldade, pronto para direcionar seu veneno para Vera até que a viu claramente, e o reconhecimento amoleceu suas feições.

— Majestade. — Ele deu um passo para trás, tropeçando. — Eu não percebi que estava...

— Como se atreve a desrespeitar um membro deste castelo? — Vera rosnou.

— Desrespeitar? — o homem explodiu. — *Eu* é que fui desrespeitado. Tenho uma viagem de quatro horas pela frente, e este *estúpido*...

— Não. — A voz de Vera era pura frieza. — Nem mais uma palavra.

Ele a olhou com raiva, mas permaneceu em silêncio.

— Grady — ela disse, continuando a encarar o homem. — Por favor, prepare o cavalo dele. É melhor que ele vá embora o quanto antes.

— Sim, Majestade. — A voz de Grady estava tranquila atrás dela.

— O senhor vai esperar ali. — Ela apontou para um banco na metade do estábulo. — E não vai falar com este jovem novamente, exceto para pedir desculpas.

Vera suspeitava que ele preferiria dar-lhe um tapa do que ouvir.

— Sabe quem eu sou? — o homem disse em um sussurro perigoso.

— Não — disse Vera, e se virou de costas para ele.

O rosto de Grady estava coberto de sujeira, com marcas cortadas por suas lágrimas silenciosas. Ele se levantou às pressas, ainda com o forcado e a escova na mão. Vera desejou poder dizer algo a ele, qualquer coisa que o fizesse se sentir menos pequeno naquele momento. Quando ouviu o homem resmungar e se dirigir ao banco para onde o mandara, ela estendeu a mão para pegar a escova da mão de Grady.

— Eu vou ficar com Calimorfis.

Ele fixou o olhar choroso no chão.

— Grady — Vera colocou a mão em seu ombro e esperou até que ele relutantemente encontrasse seus olhos. — Ele tem o triplo da sua idade e não é metade do homem que você é agora.

Ele estava à beira das lágrimas, com o queixo tremendo fortemente.

— Ele que se dane — Vera acrescentou.

Grady soltou uma risada surpresa e nervosa. Ele assentiu e levantou o queixo antes de começar a trabalhar.

— Muito bem dito, Guinevere — disse Matilda. Ela estava na porta do estábulo, mantendo os olhos fixos no nobre enquanto Vera começava a escovar Calimorfis. Lágrimas ardiam em seus olhos como se tivessem passado de Grady para ela como um vírus potente.

— Eu não me importo se eu tiver que escovar este cavalo doze vezes. Não vamos sair deste estábulo até que aquele homem vá embora — Vera disse.

— Eu concordo plenamente.

Felizmente, o trabalho de Grady foi rápido. Quando ouviu o homem se mexendo do lado de fora do estábulo, Vera fingiu estar levando a escova de volta para a prateleira de ferramentas, mas na verdade ficou próxima a ele. Grady levou o cavalo para fora, com o rosto fechado ao passar as rédeas para o homem..

— Sinto muito, garoto — o homem resmungou, sem parecer de fato sentir qualquer remorso. Grady baixou a cabeça respeitosamente antes de se apressar para se ocupar com cordas e arreios do outro lado do estábulo.

Vera cruzou os braços, observando o homem montar.

— Eu consideraria encontrar um novo cavalariço — ele disse, enquanto puxava as luvas de equitação, incapaz de resistir à última palavra. — Este estábulo fede mais do que qualquer outro que já visitei. Precisa de uma boa limpeza. É vergonhoso que este seja o estábulo do nosso rei.

Vera, sem dizer nada, atravessou até a pilha de panos de limpeza, pegou um e voltou para o homem. Ela o estendeu para ele, enquanto seus olhos saltavam de Vera para o pano e de volta, em perplexidade.

— Tem merda de cavalo no seu rosto.

Ela ficou satisfeita ao ver que o homem parecia prestes a explodir.

— Quando eu voltar — ele disse, com o rosto rubro de fúria —, vou tratar disso com o rei.

— Oh, por favor, faça isso — disse Vera, e o homem foi embora furioso.

Assim que o choque inicial passou, ela percebeu que Matilda estava se esforçando bastante para não deixar os cantos da boca se curvarem para cima e, depois disso, sua guarda baixou. O riso veio com facilidade, e até mesmo o tempo que passava ajudando Vera a se vestir foi mais preenchido por conversas. Em resumo, as duas se tornaram amigas. Ela mal protestou quando Vera insistiu em servi-la durante suas visitas noturnas.

— Há mais cobertores? — Vera perguntou em uma noite fria. Matilda havia acabado de acender um fogo na lareira e se acomodado em seu pufe aconchegante.

— Sim, naquele baú. — Ela gesticulou para um baú atrás de Vera e começou a se levantar, mas Vera a dispensou com um aceno.

— Eu vou pegar — disse. Matilda apenas sorriu e balançou a cabeça.

O baú estava cheio de cobertores pesados, todos cuidadosamente dobrados. Vera pegou dois e notou um pedaço de tecido mais fino saindo debaixo da pilha. Ela o puxou, e algo preso ao material raspou na lateral do baú. Com um puxão firme, mais tecido surgiu preso a um bastidor de bordado. O projeto mal havia começado: um simples guardanapo de pano. Tudo o que estava terminado era uma fina linha de vinhas verdes e quatro pétalas de flores bordadas com pontos azuis bem-feitos.

Vera adicionou o bordado à pilha de cobertores. Jogou um deles em Matilda e puxou o outro sobre si enquanto passava o polegar sobre as saliências dos pontos de Guinevere, sentindo como se estivesse segurando um fantasma entre os dedos.

— Você se lembra de como bordar? — A voz de Matilda rompeu o transe dessa conexão entre Vera e Guinevere.

— Na verdade, sim. — Era verdade, mas não era uma memória recuperada. O bordado teve seu auge em Glastonbury alguns anos atrás. Vera e Allison participaram de um *workshop* divertido de costura e vinho, onde deram risadinhas e compartilharam um *pinot noir* enquanto uma senhora idosa as instruía em vários pontos de bordado. Vera gostou e adotou a prática como hobby nos meses seguintes, até perder o interesse. O bordado esquecido era algo que ela e Guinevere tinham em comum, pois Vera sabia que também tinha um projeto parcialmente concluído guardado em alguma gaveta.

— Aposto que teve bastante tempo para esse tipo de atividade no mosteiro — disse Matilda. Vera a encarou com um olhar vazio. — Enquanto você estava se recuperando no mosteiro — ela explicou.

— Ah! Sim. Certo. Hum, um pouco. — Era do que todos tinham sido informados: Guinevere havia passado o ano se recuperando em um mosteiro ao sudoeste do reino, em uma ordem dedicada à cura.

— Como era lá? — Matilda perguntou. — Ouvi dizer que os monges gostam de jogar para passar o tempo livre. É verdade?

Vera estava tão encantada com essa nova amizade que se ouviu responder "sim", mesmo sem saber nada sobre os monges que supostamente haviam cuidado dela.

— Você pode me ensinar um?

— Hum… — Claro que ela não tinha ideia de quais jogos os monges jogavam, se é que jogavam. Então Vera ensinou a Matilda o único que lhe veio à mente. — Chama-se pedra, papel, tesoura.

Depois de compartilhar uma jarra de vinho no calor de uma lareira com uma amiga que continuava esquecendo qual item vencia qual e proclamando vitória falsamente vez após vez, acabou que o jogo foi bastante engraçado.

— Certo, certo. Entendi. Desta vez, eu entendi — disse Matilda, confiante.

— A quinta vez é a que conta — Vera riu. — Eu acredito em você.

Três batidas de punho na mão seguidas da revelação. Matilda fechou a mão em forma de pedra, e Vera estendeu a sua aberta como papel. Matilda deu um gritinho de alegria antes que Vera pudesse dizer qualquer coisa.

— Eu ganhei, não ganhei? — Matilda praticamente gritou. Vera não conseguia falar. Ela balançou a cabeça, com lágrimas escorrendo pelas bochechas enquanto se dissolvia em um tipo de riso que não produzia som algum.

— Eu não ganhei? — Matilda exclamou. — Isso não faz sentido! Aqueles monges são uns tolos.

Isso só fez Vera cair ainda mais em sua crise de riso histérica. E então Matilda começou a rir também. Por um momento, o bastidor caiu do colo de Vera, esquecido, mas havia inspirado uma ideia.

O jantar na noite seguinte prosseguiu como de costume: eles comeram, os artistas se apresentaram, e Arthur inventou uma desculpa para sair. Chegaram à sua partida como um relógio.

Ele acenou para Lancelot e depois para Vera enquanto murmurava "Boa noite".

Esse foi um dos poucos aspectos positivos que mudaram. Desde a noite em que ele havia sido tão ríspido, Arthur pelo menos a cumprimentava antes de partir. Ela não tinha certeza se isso se devia à sua nova atitude de "não dou a mínima", se Lancelot havia dito algo a ele, ou se ele simplesmente se sentia culpado. No entanto, depois que ela parou de procurar a atenção de Arthur, ele parecia mais relaxado. Ele até ria das piadas de Lancelot na presença dela ou se esquecia de endurecer o olhar quando acidentalmente encontrava os olhos de Vera, mas apenas por um momento.

Embora seu olhar tenha lhe causado arrepios em mais de uma ocasião, Vera fez questão de dar pouca atenção a isso. Encontraria as memórias sem a ajuda dele e nunca precisaria ir mais a fundo para descobrir qual era o problema dele o rei. Afinal, ela tinha seu mais novo plano para colocar em prática. Examinou o salão até encontrar Matilda no canto de trás. A mulher sorriu, como se soubesse de tudo, enquanto se dirigia a Vera, com uma bolsa discreta pendurada no ombro.

Aparentemente, Matilda estava acompanhando Vera até seus aposentos. Na verdade, elas cruzaram o terreno com passos largos, gotas de chuva começavam a salpicar o topo da cabeça das duas e explodiam em pequenas gotas no caminho de pedra ao redor delas. Ao chegar ao vestíbulo do castelo, Matilda entregou a bolsa para Vera e seguiu sozinha até a capela. Com um rápido aceno de confirmação ao chegar em segurança, Matilda se retirou.

Inicialmente, a mulher hesitou quando Vera sugeriu a ideia, achando imprudente mandar Vera sozinha. Mas, no fim da tarde, Matilda teve uma mudança de opinião repentina. Vera ficou tão satisfeita que nem se preocupou em perguntar o motivo.

Depois do primeiro serviço na capela, o padre a incentivou a ir rezar a qualquer momento, dizendo que a capela estaria vazia e destrancada à noite, caso quisesse usá-la, e de fato ela o fez. Vera não tinha certeza se chamaria isso de oração. Mas, assim que a ideia surgiu, soube que queria sentar-se sozinha naquela capela e se banhar nos raios do pôr do sol, coloridos como joias, que atravessavam os vitrais, bordando à sombra da belíssima estátua de Maria. Tudo era tão encantador quanto ela havia imaginado.

Depois disso, todas as noites que não passava com Matilda, Vera corria para a capela, onde abraçava os benefícios da solidão sem se preocupar com quem estava assistindo ou ouvindo. Enquanto bordava, cantava o que quisesse. Não tinha uma voz que fizesse as pessoas taparem os ouvidos, nem que provocasse uma lágrima inspirada nos olhos de alguém, mas gostava de música e não queria esquecer as canções de sua vida anterior. Cantava as que amava, com um amplo catálogo de músicas que combinavam com o momento: *The Beatles, Adele, The Mamas & the Papas, Ed Sheeran, Whitney Houston,* até mesmo as *Spice Girls.*

Naquela noite, a quinta de sua rotina, uma leve chuva fazia uma percussão suave no telhado alto. Estava tão imersa na canção que seus dedos vacilaram, e ela pressionou a agulha através do tecido com força demais, cravando-a profundamente no polegar. Vera deu um grito alto e sibilou um "Droga" enquanto puxava a agulha.

Então, ela ouviu um barulho vindo da frente da capela. Ficou completamente imóvel enquanto o medo pulsava em seu estômago. Talvez não estivesse sozinha afinal.

Percebeu, naquele momento, que nunca tinha caminhado até o fundo da capela. Podia haver uma alcova à esquerda. Ela não pensou em verificar.

Levantou-se e deu alguns passos cautelosos para a frente.

— Olá? — chamou.

O silêncio pesado e retumbante, respondeu.

O sol já havia se posto. Vera mordeu o lábio, lembrando-se do mármore que controlava as luzes no lado oposto do salão. Desejava ter deixado as luzes mais fortes. Por hábito, quase estendeu a mão para pegar o celular, que não estava lá para usar como lanterna.

— Tem alguém aí? — Vera chamou com mais firmeza.

— Boa noite. — A voz do homem veio de trás dela. Ela pulou e girou tão rapidamente para enfrentá-lo que quase caiu.

— Desculpe, Majestade. Não queria assustá-la — disse ele. Ele estava ao lado da porta e tinha mais ou menos a idade do pai de Vera, com cabelo predominantemente grisalho, exceto por manchas mais escuras que ainda permaneciam no tom castanho jovial. — Vi a luz e pensei que padre John pudesse estar aqui. Meu nome é Thomas. Fui nomeado sub-tesoureiro durante sua ausência. — Ela ficou aliviada por ele ter se apresentado e por não ser mais uma pessoa de que ela tinha que fingir lembrar. — Me desculpe pela interrupção. Eu esperava que o padre John pudesse escrever uma carta para mim, mas parece que está sozinha aqui?

— Sim — Vera disse. — Sinto muito.

Thomas entrelaçou as mãos, parecendo dividido entre entrar mais na capela ou sair. Ele hesitou por um momento e, com uma respiração profunda, decidiu pela primeira opção.

— Me permitiria um momento de ousadia? — Thomas perguntou.

Sua curiosidade foi despertada.

— Com prazer.

Ele se aproximou dela e acabou parando em um feixe de luz azul refletido pelos vitrais. Ele não percebeu que seu rosto estava imerso em azul, e Vera fez bem em não rir com a visão.

— É muito reconfortante ver uma dama passando seu tempo livre em oração — disse Thomas.

Ele disse como um elogio. Vera murmurou seu agradecimento, curiosa para saber o que ele teria dito se tivesse ouvido seus palavrões após espetar o polegar.

— Sei que escolhemos com a graça de Cristo ser tolerantes com todos — disse ele, apressadamente, com um gesto de desprezo. — Mas com tantos que seguem os antigos caminhos pagãos, eu, por exemplo, sou grato por nosso rei e rainha seguirem o caminho cristão. A senhora a rainha de que nosso povo precisa.

Vera teve que se controlar para não reagir aos comentários de Thomas. Quase tudo nessa época era mais liberal do que ela poderia ter imaginado. E se sentiu tocada pela convicção sincera e pelos generosos elogios dele, mesmo que os achasse mal direcionados.

— O senhor é muito gentil — disse ela, sinceramente, enquanto procurava as palavras certas para dizer. — Eu... não tenho certeza se minhas orações satisfariam o Senhor.

Ele sorriu radiante. Em sua tentativa de ser sutilmente sincera, Vera havia, sem querer, se encaixado ainda mais na caricatura modesta de Thomas sobre ela.

— A senhora é uma jovem adorável. É uma honra conhecê-la, minha rainha.

Enquanto o observava se afastar, Vera se lembrou do que Lancelot havia dito sobre ela estar sozinha com um homem e se perguntou se a violação do protocolo valia para Thomas.

Nunca mais pensou em explorar a alcova na frente da capela e esqueceu de se perguntar: se não foi Thomas, o que, de fato, havia feito o barulho que ouviu naquela noite chuvosa?

XV

Nas três semanas desde sua primeira noite na capela, Vera calculou que ela e Lancelot haviam corrido mais de cento e cinquenta quilômetros em seis rotas diferentes. Ambos ficaram surpresos quando Randall os esperava nos arredores da cidade ao retornarem ao castelo certa manhã. Sem qualquer aviso, ele havia feito para Vera dois novos conjuntos de roupas de corrida, incluindo uma camisa mais grossa, que era muito necessária, já que as manhãs perfeitamente frescas do outono haviam mudado para o frio cortante do inverno.

— Vejo vocês correndo quase todos os dias — disse Randall, empurrando o pacote de roupas para os braços dela. — Ter peças extras pode ser útil, e Matilda não precisará recolher roupa para lavar com tanta frequência.

Vera lhe agradeceu profusamente, o que ele dispensou com um gesto enquanto inventava uma desculpa para sair.

— Gosto desses sapatos, Vossa Majestade — ele falou por cima do ombro.

Vera e Lancelot se entreolharam, surpresos.

Os dois também haviam voltado a jogar o jogo de cabra-cega algumas vezes, mas não retornaram ao bosque sagrado. Com os ventos de dezembro aumentando e a chuva caindo com mais frequência, eles mudaram suas conversas pós-corrida da colina para um local bem protegido perto da parede do castelo, com uma clareira perfeita para relaxar confortavelmente.

Sentada na capela, Vera completou três projetos de bordado. Thomas passava pelo menos uma vez por semana, sempre com uma conversa educada. Levou uma flor para ela em duas ocasiões, que ela colocava no buquê em seu quarto, mesmo quando não combinava. Ele frequentemente elogiava sua piedade ou pureza, mas era gentil com ela, embora um pouco ácido em relação a outras mulheres. Ela se contorcia internamente e se lembrava de que, com ou sem magia, era a Idade Média, e tolerá-lo educadamente até que ele fosse embora devia ser o resultado menos confrontador.

Thomas estava lá na noite em que ela terminou seu terceiro projeto de bordado. Foi agradável ter alguém com quem comemorar. Ela lhe mostrou orgulhosamente, e ele o examinou com atenção, passando o polegar pelos pontos bem-feitos.

— Se dedica essa atenção ao bordado, só posso imaginar o que dedica ao seu marido. Nosso rei é abençoado por ter sua devoção.

Seu sorriso vacilou. Ela duvidava que Arthur compartilhasse de sua admiração.

Além de um "boa noite" silencioso durante o jantar, Arthur havia evitado totalmente falar com Vera. Então quando ele se sentou para a refeição da noite e imediatamente se virou para ela, Vera sabia que algo estava prestes a acontecer. Sua taça estava quase nos lábios. Ela a pousou sem sequer dar um gole e arrumou as mãos juntas à sua frente na mesa. Em um momento que teria perdido se não estivesse atenta, ficou otimista quando viu os lábios de Arthur se curvando ligeiramente nos cantos antes que ele tivesse tempo de esconder.

— Merlin lhe contou sobre a corte? — ele perguntou com tanta seriedade que Vera ficou convencida de que havia imaginado o seu breve momento de leveza.

Ela olhou ao redor da sala. Esta era a corte, não era?

— Não é só isso — Arthur fez um gesto em direção ao grupo no jantar. — Estamos em pausa desde a sua chegada, mas toda semana costumamos realizar uma audiência. Qualquer pessoa no reino pode vir falar conosco falar comigo. Merlin tinha planejado que você participasse como Guin... — Ele cerrou os dentes. — Como você costumava fazer antes.

Toda vez que ele parava de falar, cerrava os dentes e depois os relaxava, um padrão repetitivo. Vera não teria notado se não estivesse tão próxima dele e se não estivesse estudando seu rosto com o fervor de um botânico de campo, esperando qualquer mudança na folhagem com paciência diligente. O músculo à frente de suas orelhas dilatava e contraía no mesmo ritmo do ciclo de apertar-relaxar.

Quando ele ficou em silêncio, Vera percebeu que também a observava de perto. Seus olhares se encontraram, e, pela primeira vez, Arthur não desviou o dele. O estômago se agitou sob a intensidade do olhar do rei. Droga. Após semanas de sua rudeza deplorável, por que ela se importava se ele a olhasse? Certamente, ele estava se lembrando da Guinevere de antes. Talvez seu tempo aqui estivesse fazendo com que Vera se parecesse mais com ela.

— Eu não me importo de ir — tratou de dizer, qualquer coisa para quebrar a tensão daquele momento. — Quando é?

— Amanhã. — Ela ouviu a voz de Lancelot antes de ele se inclinar para que ela pudesse vê-lo do outro lado de Arthur. — Terça-feira. Toda maldita terça-feira. A maioria dos reinos realiza a audiência uma vez por mês, mas não este. Seis horas inteiras de reclamações e perguntas e pedidos absurdos toda semana — ele disse alegremente. Bateu a taça contra a de Arthur antes de esvaziá-la e a colocar com entusiasmo na mesa, fazendo uma expressão exagerada de desdém. — É muita sorte sua recuperar *essa* experiência.

Vera bombardeou Lancelot com uma série constante de perguntas sobre a audiência durante a corrida na manhã seguinte.

— É valioso e incrível para o moral do reino — ele cedeu sem fôlego enquanto eles alcançavam o topo de uma colina íngreme na floresta. — Mas, claro, todos acham que o que têm a dizer é a coisa mais importante do universo. Todos querem se sentir compreendidos pelo seu rei, e vou ficar impressionado se Arthur não cumprir as expectativas. Só leva *muito* tempo, Guinna, e costuma ser incrivelmente entediante.

Ela, por instinto, estava comparando tudo com o sistema judicial.

— Mas não é lá onde você trataria de crimes ou violência?

Seus olhos estavam fixos no chão enquanto corriam, sempre atentos a pedras e raízes, mas Vera podia sentir Lancelot relanceando-a pelo canto do olho.

— Bem, sim, mas as coisas têm estado notavelmente boas desde que as guerras acabaram. Tem sido como viver em uma bolha... houve pouco crime.

— E... ? — Vera incentivou, percebendo que havia mais.

— E é uma cultura cuidadosamente cultivada. Não há como durar. Vamos superar esse idealismo. Mas se você disser a Arthur que eu falei isso, vou negar até o dia da minha morte. Tentamos manter o máximo possível de sentenças fora das audiências. Quando o crime acontece, é uma batalha com Arthur para punir os infratores de maneira apropriada.

— Ele é severo? — perguntou Vera, lembrando do olhar afiado de Arthur e dos olhos vidrados na primeira vez que o viu. Não era necessário ser um historiador para saber que a Idade Média era uma época cruel, cortando mãos por roubo e cabeças por capricho. Estava com medo até de perguntar. Com medo de descobrir como Arthur usava seu poder quase divino para manter a terra em uma paz tão utópica.

Lancelot riu tão alto que Vera tropeçou. Ela bufou e continuou correndo em silêncio.

— Eu esqueci que você não o conhece mais — ele disse de forma mais gentil. — Ele não é severo. Esse é o problema. Passamos tantos anos no campo de batalha. A justiça na guerra era implacável e brutal. Arthur tinha uma visão diferente. Quando a justiça precisava ser aplicada, poderia ser feita com misericórdia. Ele sempre quer encontrar uma maneira de escolher a misericórdia.

— E você não quer que ele faça isso?

— Ele não pode, Guinna. Não se pode governar e fazer com que todos voltem para casa felizes. Quando surge uma queixa criminal na audiência, Percival, você o conhecerá mais tarde hoje. Ele, é o cavaleiro mais jovem e fácil de identificar, pois tem uma cicatriz por todo o rosto. Enfim, Percival e eu trabalhamos para convencer Arthur quando chega a hora da sentença. Arthur não é tolo. Ele sabe o que precisa ser feito, mas ouvir isso confirmado pelos que você mais confia... bem, no final, ele estabeleceu as bases que espera para o país. Na maioria das vezes, se ele aplicar uma justiça justa, pode confiar que seu povo corresponderá com misericórdia.

— Mas raramente acontece *algo* interessante. Recebemos muitos anúncios de casamentos, problemas agrícolas, magia que deu errado, alguém brigando com o primo do irmão da tia por causa de terras... Será mais interessante quando você começar a retomar as consultas — ele acrescentou com um tom provocativo que Vera sabia, sem precisar olhar, que era acompanhado por um sorriso astuto.

— Você está brincando — ela disse, esforçando-se para manter a voz neutra e não dar a ele a satisfação de reagir à provocação. Ela não havia considerado que esperariam que ela participasse dos procedimentos.

— Sim, mas não completamente — ele disse. — Uma vez que você esteja se sentindo mais como você mesma, Merlin acha que você deveria. Mas parece que isso pode demorar um pouco, não é?

Vera não podia nem imaginar.

A corte ficava em uma câmara em que ela nunca estivera. Ela se sentou no trono ao lado de Arthur, sobre um estrado na frente da sala. Várias outras cadeiras estavam atrás deles, uma ocupada por Matilda, as restantes por conselheiros e assistentes: o tesoureiro da coroa, dois representantes dos cidadãos, que Lancelot lhe disse que mudavam a cada semana, Lancelot e Percival. Ela o reconheceu pela cicatriz proeminente que começava sob o olho e se estendia pela metade inferior direita do rosto jovem antes de desaparecer sob sua túnica. Merlin foi o último a entrar. Ele havia retornado no dia anterior. Havia olheiras sob seus olhos, e ele se movia mais devagar do que o habitual.

Vera o encontrou por acaso no pátio, no caminho de volta de sua corrida. Estava preocupada que ele quisesse trocar gentilezas e prolongar a conversa, mas Merlin estava quase tão ansioso quanto ela para chegar ao cerne da questão.

— Arthur já...? — Ele parou. Vera já estava balançando a cabeça.

— Eu tentei — disse ela, ao ver o olhar de decepção dele. Para sua surpresa, ela percebeu que realmente se importava com que ele soubesse disso. — Podemos tentar magia?

Merlin apertou a ponte do nariz enquanto suspirava.

— Não acho que tenhamos outra opção.

Ela estava pronta para segui-lo até o escritório dele naquele exato momento.

— Depois da audiência — ele disse, exausto. — Preciso pensar em como faremos isso. Em breve terei mais tempo. — Foi enigmático, mas o significado se tornou claro assim que a corte começou.

Merlin foi a primeira audiência do dia. Ele e Arthur anunciaram que haviam convocado um segundo mago para assumir a posição de Viviane.

— Ele é o mais jovem no conselho de magos. É muito inteligente, embora um pouco estranho. — Merlin sorriu carinhosamente antes de continuar. — A urgência em manter as estruturas mágicas atuais de Camelot me impediu de atender às necessidades de longo prazo do reino. Vai ajudar. — Ao dizer isso, seus olhos cansados se voltaram para Vera, e ela desviou os seus, sentindo-se inexplicavelmente culpada. Arthur é quem deveria se sentir envergonhado.

Seu lado mais mesquinho se deliciava com a ideia de vê-lo sob pressão naquele dia. Poderia haver alguma reclamação sobre ele que ele teria que responder. Algo de que ele não poderia se esquivar com um olhar gélido.

Mas não foi nada disso. *Ele* não era nada disso.

Ela tinha visto dele pouco mais que uma expressão fria, e ele mal falava. Ali, ele era uma pessoa completamente diferente do homem que dormia no quarto ao lado do dela. Este homem ouvia seus cidadãos com interesse e respeito. Não importava se estavam vestidos com trajes elegantes ou trapos, se abordavam Arthur com preocupações graves sobre a sobrevivência de sua fazenda, uma disputa por uma quantia irrisória de dinheiro, ou até mesmo um anúncio de nascimento. Arthur fazia perguntas importantes e conversava com cada um deles. Sua voz, que Vera até então havia ouvido apenas em algumas frases curtas, agora era o som que ancorava o ambiente. Ela se assustou ao perceber que o som dela, firme, constante e profunda, a acalmava.

Dependendo do assunto, Arthur consultava cada membro de seu conselho reunido. Lancelot e Percival forneciam conselhos sobre assuntos militares, e os dois cidadãos serviam como um ponto de referência para questões interpessoais e do cotidiano. Todos eram regularmente incluídos no processo, exceto Vera, que observava em silêncio ao lado de Arthur.

Ele nunca se cansava, mesmo com o passar das horas e com a entrada constante de pessoa após pessoa na sala do trono. A mente de Vera por vezes vagava, e seus olhos ficavam vidrados, mas o tom grave da voz de Arthur a trazia de volta. A imagem que Merlin e Lancelot pintavam dele começava a ganhar forma. Talvez essa fosse a magia que eles haviam descrito. Até Vera conseguia sentir. Arthur foi feito para isso. Feito para construir, governar e amar seu país. Era extraordinário presenciar, ali estava um homem que fazia jus à sua lenda.

A dor foi imediata. Vera tinha se saído tão bem em enterrar o medo, a perda e todo tipo de coisa desagradável. Até mesmo Vincent. Guardar a memória dele em um lugar inacessível era mais fácil ali, tão longe do mundo onde o conhecera. Havia decidido se desvincular da frieza distante de Arthur, e isso deveria ter resolvido a questão. Normalmente, conseguia dominar essa tarefa, mas isso a atormentava. Por que ele não sentia a necessidade de ajudá-la, conhecê-la ou sequer mostrar-lhe a gentileza básica?

Mas agora Vera o havia visto. Ela o viu entre amigos, interagindo com seu povo, testemunhou sua suavidade, seu sorriso fácil, seu rosto acolhedor. Ele riu de uma piada que Vera não ouviu e deu uma resposta jovial que provocou uma risada geral em todos na sala do trono. Esse era o verdadeiro Arthur, e ele o mostrava a todos, menos a ela. Esse foi o golpe doloroso. Ficou cravado em Vera como um machado esquecido enfiado em um toco e deixado ali para enferrujar.

Mas a audiência não tratava apenas de Arthur sendo um governante carinhoso. Questões com magia eram prevalentes. Enlutados anunciaram que um brilhante artista, que tinha o dom da imitação vocal perfeita de qualquer voz que já tivesse ouvido, havia morrido após uma longa doença. Um idoso gentil pediu ajuda para reconstruir a cerca encantada para cabras que sua falecida esposa havia construído. Em seguida, um apicultor, temendo que suas colmeias pudessem ter contraído uma doença, esperava por um feitiço ou poção para salvar suas abelhas e seu mel. O mais alarmante veio logo depois, rumores de violência mágica na França, que chamavam de Reinos Francos.

Os olhos de Vera se voltaram imediatamente para Arthur. A brusquidão de seu movimento atraiu a atenção dele ou talvez a natureza do assunto. Ele olhou para Vera pelo canto dos olhos antes de se dirigir ao homem à sua frente.

— Como você soube disso?

O homem engoliu em seco enquanto procurava em seu bolso e retirava um pedaço de papel dobrado.

— Minha irmã mora na Normandia. Ela enviou notícias dos rumores em sua carta. Eu queria contar a Vossa Majestade imediatamente.

A irmã foi muito útil. Ela havia ouvido várias versões de ataques ao longo da costa sul, cada uma era ligeiramente diferente da anterior. Todas empregavam o uso brutal da magia. Todas eram devastadoras. Mas também eram apenas suposições, não havia nada a fazer a não ser enviar um olheiro para investigar e deixar todos inquietos enquanto isso.

A próxima mulher avançou tão silenciosamente que levou um momento para que todos notassem sua presença, enquanto suas mentes vagavam para campos de batalha imaginários em terras estrangeiras. Ela usava um vestido preto e um véu combinando, e Vera se surpreendeu ao perceber que seu rosto redondo e olhos gentis a faziam lembrar de Allison.

Ela suspirou, trêmula.

— Meu filho morreu — disse ela, e foi só até ali que conseguiu ir. Ela caiu de joelhos com um lamento, como se o peso da perda a esmagasse.

Lancelot e Percival se olharam, atônitos. Os dois habitantes da cidade sussurravam por trás das mãos. O tesoureiro olhava ao redor da sala, para qualquer lugar, menos para a mulher. Aflita, Vera se virou dos observadores para Matilda, cuja expressão refletia a tristeza de Vera pela mulher, e então para Arthur.

Seus olhos se fixaram na mulher que soluçava sozinha no chão frio e de pedra. Ele se levantou e desceu os degraus, ajoelhou-se ao lado dela e, com cautela, envolveu seu braço ao redor dela. Quando a mulher se inclinou para Arthur e chorou em seu pescoço, ele a abraçou com ambos os braços.

— Sinto muito. Sinto muito mesmo — ele falou quase em um sussurro. Arthur permaneceu no chão com ela, encerrando o abraço somente depois que ela o fez.

— Sei que não há nada que eu possa fazer para aliviar sua dor — ele disse. — Podemos aliviar seu fardo? Há coisas com as quais precisa de ajuda, que seu filho costumava fazer?

A mulher devastada acenou com a cabeça e, com lágrimas escorrendo pelo rosto, contou a Arthur:

— Meu marido se foi há algum tempo. Meu filho cuidava dos nossos animais e colhia o grão. Temos uma colheita pronta no campo, e eu, eu não sei...

— Está tudo bem — ele a acalmou. — Podemos ajudá-la. — Ele olhou para Lancelot, que acenou com a cabeça. — Está feito. Enviaremos homens hoje.

A mulher conteve um soluço enquanto aceitava as mãos estendidas de Arthur para ajudá-la a se levantar. Ele a abraçou e falou tão baixinho que Vera só conseguia ouvir o tom de sua voz, um murmúrio sem palavras. O que quer que ele tenha dito, a mulher sorriu um pouco e deu um tapinha em seu ombro. E então, Vera viu a coisa mais extraordinária.

Arthur cuidava daquela mãe com ternura, como se fosse seu próprio filho. Era como se tudo desacelerasse para que Vera pudesse ver claramente. Naquele exato instante, ela sentiu que estava vendo Arthur pela primeira vez. E ele era lindo.

Desviou rapidamente o olhar quando ele se virou para voltar ao trono e, em vez disso, observou a mãe enlutada sair enquanto outro homem era conduzido para a frente. Havia algo familiar em sua figura corpulenta, vestido com roupas elegantes e acompanhado por três assistentes que o seguiam. Alguém tossiu do assento logo atrás dela. Depois de alguns momentos, ouviu novamente e se virou. Matilda lançou um olhar significativo do homem para Vera.

Vera se virou bruscamente e olhou para a frente.

— Merda — ela sussurrou devagar, alongando a palavra, com ênfase no "e".

A cabeça de Arthur se inclinou na direção de Vera, mas ela manteve os olhos no homem. Ele exibia um sorriso enviesado, que não chegava aos olhos e transparecia satisfação presunçosa. Ele estava apenas um pouco menos desagradável sem a mancha de esterco no rosto, pois sua crueldade era uma característica permanente.

Era o homem do estábulo e, como prometido, parecia estar pronto para apresentar sua queixa ao rei.

XVI

Vera se inclinou na direção de Arthur. Ele copiou o gesto, inclinando-se em sua direção no braço da cadeira.

— Isso provavelmente tem a ver comigo — ela murmurou, movendo a boca o mínimo possível.

— Tem certeza? — Arthur perguntou.

— É… sim.

O nobre parou e ficou ali, esperando.

— Bem-vindo, Lorde Wulfstan — Arthur o cumprimentou cordialmente, sem revelar nada dos sussurros de Vera. — Que surpresa. O senhor nunca havia participado da audiência enquanto estava em Camelot para comércio.

— Nunca tive motivo até o momento, Vossa Majestade — disse Lorde Wulfstan. Agora que se dirigia ao rei, uma demonstração de reverência substituiu seu sorriso presunçoso, exibindo uma preocupação piedosa com sua arrogância bem disfarçada.

Droga. Um nobre comerciante saberia como manipular bem uma situação. Vera deveria ter contado a Arthur o que aconteceu antes, como se ela tivesse tido uma chance. Foi tola ao acreditar que suas ações se sustentariam por seus méritos e sua palavra sozinha.

— Conte-me o que o aflige — disse Arthur.

Lorde Wulfstan umedeceu os lábios, e uma satisfação vingativa passou por sua expressão enquanto lançava um olhar fulminante para Vera.

— Lamento informar, Vossa Majestade, que, ao sair dos estábulos reais após minha última visita, fui tratado com desrespeito e descaso pelo seu cavalariço.

A audácia dele fez Vera segurar os braços da cadeira com tanta força que os nós dos dedos ficaram brancos, e as bordas de madeira se cravaram em suas palmas. Ela sabia que a fúria estava estampada em seu rosto. Vera cerrou os dentes para evitar rosnar enquanto ouvia.

— E o mais chocante de tudo — continuou o homem descarado e horrível —, foi o meu encontro com Sua Majestade, a rainha, e a linguagem vulgar que ela usou. Dói-me dizer isso, tendo negociado com o pai dela no Norte por muitos anos. Ele ficaria horrorizado.

Vera, por um momento, esqueceu raiva. Durante os anos que passou procurando em vão por seus pais biológicos, não lhe ocorreu que poderia conhecê-los ali. Ela teria que voltar a esse pensamento porque Lorde Wulfstan continuou.

— Sua Majestade me disse, e perdoe minha linguagem enquanto cito diretamente, que eu tinha — ele fez uma pausa dramática —, merda de cavalo no rosto.

A sala e todos nela ficaram mais quietos, e o silêncio estava mais profundo do que em qualquer outro momento da audiência. Vera imaginou que podia sentir os olhos de Merlin em suas costas.

Arthur a fitou sem dizer nada. Quando Vera encontrou seu olhar, sua sobrancelha se levantou. Ela fez o menor sinal de um aceno em confirmação.

Uma única risada irrompeu atrás dela, disfarçada de forma convincente com uma tosse. Se não fosse Lancelot, cujo riso ela conhecia tão bem, Vera teria sido enganada.

O rosto de Arthur não revelou absolutamente nada. O controle que ele exibiu foi magistral enquanto voltava sua atenção para Lorde Wulfstan.

— E havia merda de cavalo em seu rosto? — ele perguntou com calma.

Foi a última coisa que Vera esperava que Arthur dissesse. Ela mal conseguiu conter sua reação, limitando-a apenas aos olhos arregalados. Lorde Wulfstan, por outro lado, passou de ter compostura a ter as bochechas da cor de um tomate maduro. Ele bufou alto pelo nariz.

Por fim, respondeu com um curto "Sim", entre dentes.

Arthur se virou para Vera.

— O que aconteceu exatamente?

Se ela não contasse tudo naquele momento, provavelmente não haveria outra chance. Seu peito apertou, mas ela se obrigou a encontrar voz. Ela contou tudo de que podia lembrar. Os insultos grosseiros que Wulfstan lançou, a maneira como ele não ouviu quando Grady tentou explicar que estava com a rainha e a força com que atingira. Ela não se deixaria intimidar pelo homem à sua frente.

— Exigi que ele se desculpasse com o jovem — disse Vera. — E… não tenho objeções quanto à forma como Lorde Wulfstan contou a minha parte do restante da história. Sua descrição da minha linguagem é precisa.

O silêncio que se seguiu foi pesado enquanto Arthur observava Wulfstan. Alguém se mexeu em um assento atrás de Vera, e a voz de Merlin soou.

— Devo dizer, senhor, que a rainha tem se recuperado de…

Arthur levantou a mão para interrompê-lo, seu olhar indecifrável fixo em Wulfstan. O coração de Vera batia forte no peito. Ela não sabia o que esperar nem mesmo qual resultado desejar. Arthur deixou o silêncio pairar por mais tempo do que era confortável antes de baixar a mão.

— Embora eu não possa dizer se teria abordado o assunto fazendo uso da mesma linguagem que Lady Guinevere, compartilho do sentimento.

Vera se endireitou, seus olhos disparam para Arthur. *É isso aí, porra.*

— Ninguém — Arthur fez uma pausa para respirar —, deve pôr a mão em um membro da equipe deste castelo, nem usar a língua com crueldade indevida. Fazer isso contra um cavalariço é fazer contra mim.

Lorde Wulfstan inclinou o queixo para baixo, devidamente intimidado.

Arthur se virou para Vera após outro longo silêncio.

— Gostaria de dizer mais alguma coisa sobre o assunto?

Ela não tinha certeza se ele estava pedindo que se desculpasse. Vera procurou qualquer sinal nas águas calmas de seu rosto e não encontrou nenhum indício do que ele esperava dela.

— Sim — ela disse.

O sorriso de Wulfstan voltou ao lugar. Ele certamente pensou que uma desculpa estava a caminho, o que era uma pena, já que Vera estava mesmo considerando isso até avistar sua expressão arrogante. A raiva fervilhou por dentro novamente.

— Milorde — ela começou, impressionada consigo mesma pela calma com que soava. — Nunca deveria ter usado uma linguagem tão pouco feminina, especialmente na presença de um cavalheiro. — Ela se referia a Grady, mas resistiu à tentação de esclarecer isso. — Estou muitíssimo arrependida. Não era meu lugar. Nunca deveria ter lhe informado que tinha esterco no rosto.

Ela fez um grande esforço para não acrescentar: *Eu deveria ter deixado você sair com ele e sentir o cheiro durante toda a viagem de volta para casa*, mas Vera deixou a declaração pairar no ar e falar por si mesma. Ela não ousou desviar seu foco de Wulfstan, ansiosa para ver se ele estava apaziguado ou se captou o insulto velado.

Arthur olhou rapidamente para o chão. Seria aquele um sorriso que ele estava escondendo? Ele havia captado o insulto de Vera e começou a falar antes que o nobre pudesse reagir.

— Aí está. O senhor pediu desculpas ao nosso cavalariço, e sua rainha ofereceu suas desculpas.

Wulfstan inclinou a cabeça.

— Acho que isso resolve a questão para mim — ele disse, um tanto relutante. Ele se preparou para sair, fazendo um gesto com o pulso para sinalizar seus servos, mas todo movimento parou quando Arthur falou.

— Receio que para mim, não. — Um arrepio subiu pelos braços de Vera. Arthur soava perfeitamente indiferente, perigosamente indiferente. — Senhor, já pediu desculpas à sua rainha?

Vera permaneceu tão imóvel que até mesmo reteve a respiração. Arthur realmente disse aquilo? Lorde Wulfstan gaguejou palavras desencontradas, a cor subiu novamente às suas bochechas.

— Eu... perdão?

— À sua rainha — Arthur repetiu devagar. — A linguagem que usou na presença dela foi, no mínimo, imprópria. Pelos seus próprios padrões, o senhor deve um pedido de desculpas. Certamente, não se manteria a um padrão menor de conduta do que a dama. Pediu desculpas?

— Pedi, senhor — ele disse apressadamente. — Assim que percebi sua presença.

Arthur olhou para Vera em busca de confirmação. Ela devolveu o olhar com uma expressão vazia. Não se lembrava do que ele tinha dito naqueles segundos logo após ter golpeado Grady. Estava muito irritada.

— Ele não pediu, Vossa Majestade — Matilda interrompeu. — Perdoe-me, mas ele não pediu. — Ela então falou diretamente com Lorde Wulfstan. — Milorde, disse que não percebeu que a rainha estava lá. Não pediu desculpas.

Arthur se virou novamente para Wulfstan.

— Além disso — ele disse. — O senhor veio ao assento deste trono com pleno conhecimento das expectativas de como deve tratar nossa equipe e, acreditando que estava sozinho com nosso membro mais jovem, desafiou conscientemente essas regras e, quando foi repreendido pela sua rainha, ousou discutir com ela. A autoridade da rainha é igual à minha. — O veneno era palpável em cada palavra de Arthur.

— Eu-, eu sinto muito, Vossa Majestade. — O olhar frio de Arthur interrompeu Wulfstan no meio da frase.

— Não se desculpe comigo. Peça desculpas a Guinevere. — Seu tom permaneceu igual, mas a voz estava visivelmente mais áspera, e não havia dúvida de que Arthur estava furioso.

Wulfstan deu um passo para trás e franziu a boca enquanto engolia com dificuldade.

— Peço sua compreensão, Vossa Majestade. Errei em desrespeitá-la. Eu... sinto muito.

— Aceito sua desculpa — disse Vera.

Arthur deu um aceno seco.

— Muito bem. Vamos encerrar isso e seguir em frente.

Os olhos de Wulfstan se voltaram para o chão. Ele se curvou rigidamente, deu meia-volta e saiu da câmara com passos firmes, seus servos tropeçando e apressando-se para seguir sua retirada pouco cerimoniosa.

Vera não se deu tempo para pensar antes de estender a mão e tocar delicadamente o braço de Arthur, só o suficiente para chamar sua atenção. Ainda assim, ele se assustou e olhou para seus dedos.

— Sinto muito — ela sussurrou. — Eu deveria ter controlado meu temperamento, eu...

— Não estou com raiva — Arthur disse de forma seca antes de desviar o olhar.

Então, o que diabos há de errado com você? Ela quase perguntou em voz alta. *Diga*, ela disse a si mesma. *Vá em frente*. Mas as palavras nunca vieram. Como ele pôde defendê-la e logo depois voltar a isso?

— Isto é uma merda de cavalo — ela murmurou para si mesma. A única razão que Vera conseguia ver era que Arthur defendia o trono e sua autoridade, o delicado equilíbrio do reino, e não a ela. Cruzou os braços e se inclinou para trás em seu assento, sentindo-se como uma criança birrenta e se perguntando, talvez pela centésima vez, por que sua presença neste mundo realmente importava.

Mas a audiência ainda não havia terminado. Já havia outra pessoa entrando na sala do trono, e Vera levou um momento após a saída de Wulfstan para perceber que algo estava errado. Um soldado uniformizado, com o brasão do rei estampado em vermelho no peito, atravessou a sala correndo. Lancelot e Percival se levantaram, as mãos movendo-se instintivamente para a espada.

— Vossa Majestade — disse o soldado. Ele não esperou para terminar a reverência antes de continuar. — Há inundações. A notícia se espalhou rapidamente. Precisamos de ajuda.

— Onde? — disse Arthur.

— Exeter.

Agora era Merlin quem se levantava e se aproximava de Arthur. Dúvida franziu a testa do mago. Ele tinha acabado de voltar de Exeter, não tinha?

— O que aconteceu? — ele disse.

— Eu... não tenho certeza do que deu errado, mas...

— A magia? — Merlin perguntou com firmeza.

— Sim. A água continua fluindo, mas agora está inundando, e não temos como parar.

— Eu coloquei barreiras — Merlin disse a Arthur. — Elas não devem ter funcionado.

— E a notícia já se espalhou? — Arthur perguntou ao soldado.

Ele engoliu com dificuldade.

— Sim. Mesmo aqui na cidade, todos estão dizendo isso: a colheita não pode ser salva.

— Isso é verdade? — disse Arthur.

O soldado hesitou.

— Qual é o seu nome, soldado?

— Marcus.

— Marcus, seu trabalho não é me trazer boas notícias — disse Arthur. — Eu preciso da verdade, e preciso dela imediatamente.

— Sim, senhor — Marcus disse com mais confiança. — Não está tudo perdido, mas precisamos agir agora. Precisamos de homens para salvar o que resta, e precisamos de magia para resolver o problema. Precisamos disso rapidamente, o mais rápido possível.

— Entendido — disse Arthur.

— Vossa Majestade, posso partir imediatamente e levar uma unidade de homens comigo — ofereceu Lancelot.

— Não — disse Arthur. — Quero que você e Percival permaneçam em Camelot. Percival, encontre Sir Bors. Diga a ele para reunir sua unidade e se preparar para partir. Marcus trará as ordens para o arsenal. Voltem diretamente para cá. Temos mais a discutir.

— Sim, senhor — Percival imediatamente entrou em ação, saindo da sala sem demora. Arthur olhou para Merlin sem dizer uma palavra. Ele acenou com seriedade.

— Partirei agora mesmo.. — Merlin lançou um olhar para Vera enquanto falava. A luz de esperança em seus olhos se apagava, uma vela piscando no vento segundos antes de ser sufocada.

Arthur então se dirigiu aos dois representantes civis atônitos, um homem por volta da idade de Vera e uma mulher mais velha com os cabelos grisalhos presos em um coque no topo da cabeça, como um ninho de pássaro.

— Obrigado pelo seu serviço hoje. Vocês tiveram acesso a informações especialmente delicadas. Confio em sua discrição ao retornarem para casa.

— Eu diria que as chances de discrição são pequenas — Lancelot disse assim que a porta se fechou atrás dos dois representantes da cidade. Ele pegou sua cadeira com uma mão e fez um gesto para a de Matilda.

— Posso? — ela se levantou, e moveu ambas para um semicírculo ao lado dos assentos de Vera e Arthur. Ela ficou surpresa ao ver que Lancelot tomou a cadeira ao lado dela, deixando a de Matilda ao lado de Arthur, e não o contrário. Agora todos podiam se ver.

— Estamos esperando Percival? — Lancelot perguntou a Arthur. Ele concordou distraidamente e esfregou o queixo.

Lancelot também estava pensativo. Ele se recostou na cadeira, olhando para o teto.

— O que foi que você disse? — perguntou abruptamente. Seus olhos brilhavam enquanto se fixavam em Vera. — Merda de cavalo no seu rosto... — ele disse, saboreando a forma das palavras. — Você realmente disse isso a Wulfstan?

Vera olhou para cada um deles.

— Sim.

Lancelot sorriu. Ele ergueu a mão, esperando um cumprimento. Matilda e Arthur assistiram, perplexos, enquanto eles trocavam um "toca aqui", Lancelot com entusiasmo e Vera com relutância.

— Mas eu não sabia quem ele era — ela disse.

— Bem, eu vou te dizer. Ele é um idiota convencido, um babaca colossal com dinheiro demais e influência econômica em excesso. Então, na verdade, não há ninguém neste reino que pudesse se safar do que você fez, exceto você, e talvez Arthur, mas ele nunca faria isso — ele acrescentou com desdém. — Não achei que pudesse amá-la mais, mas cá estamos. — Ele se acomodou na cadeira como se não tivesse acabado de dizer a Vera que a amava e feito isso na frente de seu marido e da camareira. Arthur havia ouvido tudo, mas continuava focado na porta fechada do outro lado do corredor.

— Matilda — Lancelot continuou —, vou sentir inveja pelo resto dos meus dias por você ter ouvido tudo pessoalmente.

Matilda conteve o sorriso e empurrou uma mecha de cabelo para trás da testa.

— Não conheço pessoalmente o homem, mas não foi insatisfatório.

A porta da sala se abriu de repente, e Percival entrou apressado. Lancelot pegou uma cadeira para ele, e o homem se acomodou nela, pouco ofegante, embora devesse ter corrido o caminho todo até o arsenal e voltado.

— As tropas estão se preparando — disse Percival. — Partirão esta tarde.

— Ótimo — Arthur olhou para todos na sala. — Precisamos fazer o que pudermos aqui. Esta é nossa primeira crise desde que comecei meu reinado. O medo é poderoso, e o pânico se espalha como uma praga. Todos em nosso reino lembram como foi sentir fome durante as guerras. Eles devem ter a certeza de que seus filhos não vão passar fome durante o inverno. Matilda, podemos utilizar nossos estoques de alimentos para preencher a lacuna? Um gesto de abundância entre agora e a chegada da colheita pode ajudar a aliviar os medos.

Matilda lançou um olhar furtivo para Vera. A pergunta deveria ter sido feita a ela, mas ela não saberia como responder.

— Sim, Vossa Majestade. A rainha pode dar essa ordem hoje.

— Bem. Precisamos que nossos soldados estejam envolvidos e que nossos embaixadores façam viagens para as outras cidades afetadas enquanto enviamos suprimentos. O dano será pior aqui, no entanto. Nossas tropas na cidade precisam saber o que dizer. E vocês dois — disse ele a Lancelot e Percival —, devem permanecer visíveis para tranquilizar nosso povo. Eu farei o mesmo.

— Que tal um pronunciamento público? — perguntou Percival.

— Acho que seria sábio. E a rainha — Lancelot começou, mas parou abruptamente quando Arthur lançou-lhe um olhar irritado. Deus, como ele deve odiá-la. — Precisamos dela, Arthur. Se quer um gesto de solidariedade para elevar o moral, ela não pode estar ausente quando toda a cidade sabe que ela está aqui.

— O que acha? — Arthur perguntou a Matilda. Ela olhou para Vera, com os lábios firmemente comprimidos antes de responder.

— Tenho certeza de que sabe o que penso, Vossa Majestade. Seria benéfico para a rainha e para mim estarmos presentes nas retiradas de suprimentos, assim como tem sido para ela retomar suas funções e estar nas reuniões com o pessoal do castelo. Lancelot está certo. É bom para o moral. Eu diria que já causou danos que não tenhamos feito isso antes.

— O que você acha? — perguntou Percival a Vera.

Ela não sabia muito sobre Percival, mas com seus olhos sinceros fixos nela, esperando sua resposta enquanto os outros falavam ao seu redor, Vera já gostava dele. Percebeu o quão jovem ele era simplesmente pelo contraste de estar sentado ao lado de Lancelot. Estava claro que Percival era forte, mas tinha mais o corpo de um adolescente do que o de um homem. Seus ombros eram mais estreitos que os de Lancelot, e os traços eram mais suaves, não tão marcados quanto os de Lancelot ou de Arthur. Não tinha como ele ser mais velho que ela, e se havia lutado nas guerras como Vera suspeitava pela cicatriz em seu rosto, significava que ele havia estado em batalha ainda na adolescência.

— Farei o que precisarem — disse Vera.

Arthur suspirou. Ele provavelmente sentia a mesma hesitação que Vera: o conhecimento concreto de que era uma farsa e de que ela não poderia, de forma alguma, substituir a rainha.

XVII

Agir com rapidez foi uma decisão sábia. A atmosfera de Camelot mudou da noite para o dia, com o pânico ameaçando explodir a qualquer momento. O discurso público de Arthur foi bem recebido, e os soldados cumpriram seu papel com dedicação impressionante. Lancelot e Matilda estavam certos sobre seu instinto de que Vera também deveria estar envolvida na campanha. Os três foram recebidos como heróis pela maioria, enquanto tinham a agradável tarefa de acompanhar as entregas de alimentos na cidade. Matilda e Lancelot sorriam, distribuíam suprimentos, ofereciam garantias e brincavam com as crianças. Tendo decidido que já havia causado problemas demais com Lorde Wulfstan, Vera fez o possível para estar visível enquanto se envolvia o mínimo possível.

A gratidão esperançosa prevaleceu nos primeiros dias.

Mas isso não durou.

Apesar das garantias de Arthur, juntamente com sua presença constante e a de Vera por toda a cidade, houve dificuldades. Comerciantes impiedosos tentaram lucrar com a insegurança e elevaram os preços. Eles tiveram que ser rastreados pelas tropas e corrigidos. Alguns, com recursos para isso, estocaram mais alimentos do que precisavam por medo de que logo não houvesse o suficiente, o que criou temporariamente uma escassez legítima e deixou os mais pobres da cidade sem meios para comprar comida. Arthur estabeleceu limites de ração sobre quanto cada família podia comprar. Embora garantisse que ninguém passasse fome, isso não melhorava o ânimo do povo.

Uma frente fria entrou na cidade na manhã do sexto dia. Com o gelo pairando nas pontas de cada árvore veio um calafrio entre as pessoas também. Vera não esperava que continuassem fazendo desfiles de gratidão enquanto a ansiedade aumentava. A frequência dos encontros tensos com os cidadãos parecia razoável, mas ela continuava pegando Matilda e Lancelot trocando olhares preocupados quando pensavam que ela não estava vendo.

Fazia quase duas semanas que estavam trabalhando para elevar o moral quando o que Merlin conseguiu salvar da colheita começou a chegar. Os preços começaram a se corrigir, e embora não fosse a economia de abundância à qual o reino havia se acostumado, os medos de escassez diminuíram. Mas, assim como o clima mais frio, que parecia ter ficado confortável e planejado ficar por um tempo, o frio permaneceu nas pessoas também.

Lancelot adotara um jeito casual de manter a mão no pomo da espada o tempo todo. Ele acompanhava Vera e Matilda em todas as saídas pela cidade agora, e, embora participasse da conversa, seus olhos estavam continuamente atentos ao redor.

Eles estavam pegando lenha para a semana quando Lancelot, distraído, tocou o ar vazio antes de encontrar a mão de Vera para ajudá-la a descer do assento da carroça puxada por cavalos. Haviam parado no final de uma longa fila, há mais ou menos meia quadra de distância do lenhador. Matilda mal desceu de seu assento, e quatro grupos a mais se formavam atrás deles.

Lancelot lançou um olhar para os recém-chegados, com os lábios firmemente cerrados. Não era uma multidão maior do que a do fosso no primeiro dia de Vera, mas o tamanho não era o problema. Os sons felizes de risadas e gritos animados para amigos do outro lado da praça eram frequentes antes. Agora, teriam parecido estranhos e inadequados. As pessoas estavam agrupadas em pequenos grupos, falando em vozes baixas e lançando olhares inquietos para qualquer um fora de seus círculos. Era alarmantemente diferente. Lancelot estava como um cão com as orelhas em riste e claramente descontente por não poder observar tudo ao mesmo tempo.

Vozes se ergueram no começo da fila, acompanhadas por um murmúrio de desconforto.

— Precisamos de guardas aqui — Lancelot olhou ao redor, exasperado, como se um pudesse aparecer. Nunca precisaram de soldados posicionados pela cidade antes. Era algo totalmente novo. Mais vozes se juntaram ao que havia se transformado em uma discussão perto da frente.

— Vá ajudar — disse Vera. — Tomar conta de mim é certamente a menor das suas tarefas. Isso, na verdade, é o seu trabalho.

Ele suspirou, mas não discutiu.

— Eu já volto — ele e Matilda trocaram aquele olhar preocupado por cima da cabeça de Vera antes de ele desaparecer na multidão.

— O que foi? — Vera resmungou. — Por que vocês continuam fazendo isso?

— Não sabe mesmo sabe? — Matilda perguntou.

— Eu sei que todos estão um pouco nervosos, mas... — Ela parou ao ver o olhar de pena de Matilda. — O quê?

— Lancelot e eu começamos a notar cerca de uma semana depois de tudo isso começar. As pessoas não estão apenas nervosas, estão tratando você mal.

— Não é verdade. Eles são… — mas ela parou. Naquela manhã, no mercado, a risada de uma mulher havia cessado abruptamente quando seus olhos caíram sobre Vera. Seu rosto endureceu enquanto ela pegava, às pressas, o marido pelo braço e saía irritada. Vera vinha deliberadamente ignorando isso, mas todos os olhares hostis nas últimas semanas haviam sido direcionados a ela.

— Mas… por quê? — ela perguntou.

— Não sei — disse Matilda, mas ela deve ter notado como Vera ficou tensa. Ela colocou uma mão em seu braço. — Contamos a Arthur, e ele pediu a Percival para ficar atento. Vamos resolver tudo. As pessoas se comportam… de forma estranha quando estão sob estresse.

— Não me faça falar com eles — Vera se apertou contra a carruagem, ansiando pela invisibilidade que antes parecia uma maldição.

Quase na mesma hora, a atmosfera mudou. Não demorou mais do que alguns segundos para que os resmungos se transformassem em murmúrios elétricos e para que todos os olhos se voltassem na mesma direção. Vera sabia o que encontraria antes de se virar para ver.

Arthur estava lá. Só ele tinha esse impacto sobre a multidão. Ele e Vera nunca haviam participado dessas iniciativas juntos, embora ele estivesse constantemente entre o povo. Seus olhares se cruzaram por um segundo. Ele deu um aceno rígido para Vera, e ela retribuiu com um sorriso fugaz, sentindo o coração vacilar.

Ela se encolheu no cantinho atrás do assento, com as costas encostadas na carruagem, evitando contato visual com qualquer pessoa. Mas estava constantemente ciente da presença de Arthur. Nas outras vezes que o vira na cidade, ele ficava do lado oposto da praça, longe dela. Desta vez, ele se aproximou, cada vez mais perto, de forma que Vera poderia dar alguns passos, estender a mão direita e tocá-lo.

Conseguia ouvi-lo mesmo através do barulho da multidão, às vezes apenas o tom de sua voz, sem conseguir distinguir palavras. Quando a voz dele estalava em risadas ou para chamar alguém mais distante, ela conseguia distinguir algumas palavras. Estava encantada em ouvir, confortada por sua presença e inquieta por ele ter esse impacto sobre ela.

Ele se moveu quando Lancelot o chamou, tirando-o da visão de Vera. Ela saiu do seu esconderijo e avançou como se estivesse indo cuidar do cavalo.

Os olhos de Arthur a encontraram imediatamente, como se ele conhecesse cada movimento dela enquanto ela acompanhava os dele. Desta vez, suas sobrancelhas estavam franzidas enquanto sua atenção era desviada para o que Lancelot estava dizendo.

Então Lancelot apontou *para Vera*, e o casal com quem estavam conversando se virou com rostos iluminados. Não era apenas um casal. Havia um pequenino de rosto angelical, com cachos despenteados como se tivesse acabado de acordar de um cochilo, aninhado nas calças do pai, e a mãe carregava um embrulho de panos brancos nos braços, que se revelou ser um bebê ao erguer um punho minúsculo no ar.

Eles estavam se aproximando dela agora. *Droga*. Não havia como evitar isso. O homem, que devia ser quem concedeu os cachos o seu filho, embora os dele não fossem tão bagunçados, diminuiu a distância com alguns passos e fez uma reverência.

— Vossa Majestade, meu nome é Roger, e esta é minha esposa, Helene.

Helene inclinou a cabeça e ajeitou o vestido com uma mão, tentando fazer uma reverência da melhor maneira possível com o bebê nos braços. Lancelot sorriu com um brilho no olhar por trás de Helene, enquanto Arthur permanecia tenso ao seu lado.

Que diabos era isso?

— É… é um prazer conhecê-los. — Vera não sabia se devia fazer uma pergunta ao casal, mas Roger resolveu isso por ela.

— Sabemos que não está recebendo consultas, mas… esperamos que você possa abençoar a nossa nova filha — disse Roger.

— Ah — se isso era uma das responsabilidades de Guinevere antes, podia ser acrescentado às inúmeras outras coisas de que Vera não sabia.

Arthur lançou a Lancelot um olhar desprovido de sua habitual reserva antes de suspirar e se aproximar de Vera, posicionando-se entre ela e os outros. Ele se inclinou próximo ao seu ouvido e falou em voz baixa, causando arrepios em seu pescoço.

— Isso é bastante comum, e você é totalmente capaz se quiser fazer — disse ele. — Mas eu posso fazer se você preferir.

A proximidade e o olhar fixo de Arthur eram novos para Vera. Não havia nenhuma máscara de frieza, ele estava focado em governar bem, sem deixar que o desprezo nem a amargura atrapalhasse seu amor pelo povo. Ela queria demonstrar a ele que poderia fazer algo útil.

— Posso tentar — disse ela. Arthur assentiu enquanto se afastava, e Vera se voltou novamente para o casal. — Apenas, hum, uma bênção padrão, então? Para uma, ah, vida saudável e coisas do tipo?

Roger sorriu. Helene assentiu.

Guinevere tinha algum treinamento religioso que Vera não sabia? Helene usava um véu. Era uma escolha religiosa? Vera lambeu os lábios secos.

— Devo usar orações cristãs ou pagãs? — ela não conhecia muitas de nenhuma delas.

— Tanto faz para nós — respondeu Helene. — Ficaremos honrados com qualquer bênção que oferecer.

Vera engoliu em seco.

— Posso? — ela perguntou, fazendo um gesto em direção ao pequeno volume.

As bochechas rosadas de Helene se iluminavam com um sorriso enquanto entregava o embrulhinho a Vera. O bebê, pouco maior que um recém-nascido, usava um vestido de batismo branco. Os dedinhos perfeitos de uma mão balançavam ocasionalmente no ar, enquanto o outro punho estava fechado sob o queixo. Seu rosto, com o nariz delicado, lábios e olhos fechados, estava relaxado enquanto dormia.

Como se tivesse sentido a transferência para os braços de uma estranha, o bebê começou a chorar, seus gritos cortando o silêncio recém-encontrado da praça. Vera a balançou no mesmo ritmo de um "shh-shh-shh" reconfortante até que ela voltasse a dormir profundamente.

— Qual é o nome dela? — Vera perguntou em voz baixa.

— Guinevere — disse Roger — Nós a nomeamos em sua homenagem.

A respiração de Vera falhou.

— Obrigada — murmurou ela, surpresa por estar lutando contra a emoção. Afinal, o bebê foi nomeado em homenagem à verdadeira Guinevere. Não a Vera.

— Nossa cidade foi a mais próxima da batalha final. Amamos nosso rei — disse Roger com um olhar para Arthur. — Não esquecemos que foi nossa rainha quem nos salvou.

Impostora. Mentirosa. Vera não conseguia parar de se repreender. Mas o bebê era lindo e a família era adorável, e as pessoas estavam observando.

— Deus de todos — Vera começou com os olhos no bebê, sem saber quão alto deveria falar. — Pedimos sua bênção para esta criança maravilhosa. Que ela viva uma longa vida de saúde, segurança, prosperidade, amor e alegria todos os seus dias.

Os pais agradeceram a Vera, mas sua atenção se voltou para o menininho. Ele havia se escondido atrás da saia da mãe, mas se aproximara muito mais de Vera, ficando na ponta dos pés para tentar espiar a irmã.

Vera se agachou para que ele pudesse ver.

— O que você acha da sua nova irmã?

O menino fez uma carinha desapontada, seus olhos ameaçando se encher de lágrimas.

— Ele está frustrado por não conseguir pronunciar o nome dela — explicou Helene.

Uma ideia surgiu à frente de seus pensamentos. Helene havia voltado para seu marido e Lancelot. Arthur também estava com eles, com a atenção voltada para o que quer que estivessem dizendo. Ninguém estava prestando atenção em Vera. Ótimo.

— Você consegue dizer "Vera"? — ela sussurrou para a criança.

— Ve-ra — ele disse, separando as sílabas.

Ela assentiu, encorajadora.

— É assim que meus pais costumavam me chamar. Você acha que gostaria de usar esse nome especial para sua irmã?

Os olhos dele se iluminaram.

— Sim! — ele disse. — Vera — ele murmurou o nome três vezes e deu um beijo desajeitado na cabeça da irmã, tropeçando em um graveto que havia colocado no bolso da calça.

— O que você tem aí? — Vera perguntou.

Ele puxou o graveto e o exibiu, toda timidez esquecida.

— Minha espada! — proclamou ele. — Veja! — O braço rechonchudo balançava o graveto. Lancelot avistou a cena e entrou para brincar com o menino. Vera riu enquanto se levantava para tirar o bebê da zona de perigo do jogo, justo quando foi atingida nas costas e tropeçou para a frente.

Foi um homem que havia esbarrado nela. Ele continuou olhando de esguelha para Vera.

— Desculpe-me — disse ela automaticamente, embora não tivesse feito nada de errado.

O homem parou abruptamente e se virou com um rosto tenso e quase roxo, cheio de raiva. Vera deu um passo para trás quando ele avançou em sua direção e sibilou:

— Não perdoarei um bebê bastardo.

Ele começou a se afastar enquanto a mente de Vera lentamente entendia suas palavras. Talvez ele conhecesse esses jovens pais adoráveis, e eles não tivessem se casado de uma forma que ele aprovasse. Seja qual fosse o caso, as bochechas de Vera ficaram quentes enquanto uma raiva repentina surgia nela. Ela poderia ter deixado passar, poderia ter deixado o homem ir embora com seu julgamento petulante, mas ele chutou terra no menininho enquanto passava.

— O que isso significa? — Vera disparou.

Ele parou e se virou para encará-la. Ela achou que o jeito como seus olhos se estreitaram fosse hesitação. As pessoas ao redor começaram a notar a briga, parando o que estavam fazendo e observando. A mão do homem permaneceu no bolso enquanto ele encarava o chão. Se era culpa e constrangimento, então que *bom*. Ele merecia isso por ofender Helene e Roger. O que deu coragem a Vera.

— Não são palavras das quais você se orgulha? — ela provocou.

— É a filha de uma vadia — disse o homem, e o queixo de Vera caiu. Mas ele não parecia tão certo nem convicto com a atenção voltada para ele.

O sangue de Vera ferveu. Como ele ousava? Ela o enfrentaria por atacar Helene, mas ele continuava.

— Você não enganou ninguém — a forma como seu olhar de desprezo queimava em Vera a assustava. — Conveniente você ter desaparecido por um ano inteiro. Tempo suficiente para crescer e dar à luz seu bastardo vergonhoso. Você não é uma rainha. Você trará nossa ruína!

Espera.

O quê?

Não houve tempo para processar a loucura enquanto o homem retirava a mão do bolso, recuava o braço e atirava o que parecia ser um ovo em Vera. Ela agarrou a bebê junto ao peito, tentando protegê-la do impacto.

Mas o impacto nunca chegou. Em um momento, Arthur estava totalmente focado no casal, de costas. No seguinte, ele se lançou e pegou o ovo, que se quebrou em sua mão.

— Não! — O homem que o atirou caiu de joelhos e gritou em terror, os restos de sua raiva derretendo em um choro lamentável. — Era para ela — ele lamentou.

Vera fez o melhor que pôde para ignorá-lo, o que ficou mais fácil pelo cheiro avassalador e putrificado que surgiu no instante em que o ovo quebrou. Devia estar podre, mas era uma nuvem de fumaça esverdeada que emanava dele, e não a meleca esperada. Além da fumaça, o ovo estava vazio. Mas a pele de Arthur começou a formar bolhas e inchar, movendo-se como de água fervente.

Vera encarou a cena, mas Arthur estava focado nela. Com a mão não ferida, ele segurou seu ombro, os olhos procurando a ela e a bebê em seus braços, que dormia tranquilamente, alheia a tudo.

— Ela está bem — disse Vera.

— Ela é uma bruxa! — o homem gritou através das lágrimas enquanto Lancelot o derrubava. O rosto do homem se contorcia raiva desenfreada. — Ela trouxe uma maldição sobre nós! Queime-a.

Ele forçou o braço para fora da pegada de Lancelot, apenas o suficiente para apontar para Vera. E o rosto daqueles em meio à multidão não estava como deveria estar ao ouvir as palavras de um homem enlouquecido.

Eles estavam com medo, mas olhavam para Vera.

Eles tinham medo dela.

XVIII

Estava assustadoramente silencioso. Eles estavam na sala do trono, Matilda perto de Vera. Lancelot, do outro lado, estava incomumente sombrio. Ele havia levado o homem para a masmorra antes de se juntar a eles na sala do trono e foi diretamente até Vera quando chegou.

— Você está ilesa? De verdade? — ele havia perguntado, com a testa franzida enquanto segurava suas mãos e estudava seu rosto.

— Estou bem — ela se sentia enjoada, e pele formigava e queimava após o choque, mas não estava ferida. A respiração de Lancelot tremia enquanto ele exalava. Ele beijou cada uma de suas mãos. Vera olhou para Arthur, que estava no círculo deles. Ele não prestou atenção na afetuosa demonstração de Lancelot.

Eram apenas os quatro, com um assento vazio reservado para Percival. Percival, que tinha todas as informações. Percival, que havia sido enviado para interrogar o homem enlouquecido. Seria Arthur, mas sua mão em ebulição o impediu. O médico de Camelot insistiu em tratá-la imediatamente, enquanto as bolhas que se formavam, se aproximavam de seu pulso e ameaçavam tomar seu antebraço.

Mão e pulso tinham bandagens agora, embora as bolhas vermelhas e inflamadas continuassem a se espalhar. Uma nova bolha estava surgindo acima do curativo. Ele devia estar em agonia, embora seu domínio sobre a expressão quase ocultasse isso, exceto pelo fato de que sua mandíbula estava tensa desde que chegou.

Havia guardas do lado de fora da sala do trono. Nunca houve antes. Eles abriram as portas para Percival quando ele chegou. O homem se deixou cair na única cadeira restante e soltou uma respiração profunda enquanto Arthur inclinava a cabeça para o cavaleiro mais jovem, em um claro convite para que ele começasse.

— Temos boas notícias — disse Percival, embora seu rosto estivesse sombrio. — Vamos começar por aí. O trabalho em Exeter está concluído. Nossas tropas já começaram a voltar e devem estar todas aqui amanhã. Merlin estará com eles. A colheita teria sido excelente. Temos sorte por isso. Eles conseguiram salvar uma quantidade razoável. Nossas reservas vão estar quase esgotadas quando tudo estiver dito e feito. É um risco acreditar que a colheita da próxima temporada será boa... mas ninguém passará fome neste inverno. Por enquanto, isso é motivo para celebração.

Vera percebeu a angústia na voz de Percival. Algo havia mudado nele e em Lancelot, uma dureza que traiu seu medo. Arthur manteve o rosto cuidadosamente vazio.

— O agressor? — ele perguntou em voz baixa.

— Ele está fora de si — Lancelot murmurou.

— Ele está — disse Percival. — Mas isso não muda as acusações que fez. Acusações perigosas. E, lamento dizer, compartilhadas por outros.

Uma linha profunda se formou entre as sobrancelhas de Arthur enquanto elas se franziam.

— Isso não faz sentido.

Mas Vera entendeu instintivamente. Ela havia passado toda a manhã pensando nisso.

— Os problemas começaram depois que eu voltei — ela disse.

Percival assentiu.

— Você está diferente do que era antes, embora quem poderia esperar o contrário? Nenhum dos nossos soldados, incluindo os presentes, foi o mesmo depois das guerras. Por que você deveria estar igual depois de quase morrer?

— Claro que ela mudou — interveio Matilda com um tom de orgulho defensivo —, e ela está melhor por isso. Todos nós estamos melhores por isso.

— Concordo — os olhos de Lancelot se voltaram para Arthur antes de se fixarem em Vera com seu calor familiar.

O calor subiu às suas bochechas, e ela encarou os pés. Sentia-se menos lisonjeada e mais como se tivesse enganado com sucesso a todos. Não tinha coragem para ver como Arthur reagiria.

— Sinto que conheço mais de você agora, após meros minutos de conversa, do que jamais conheci em anos de sua presença, Majestade — disse Percival. — Você parece mais forte.

Arthur se mexeu em seu assento, e Vera achou que viu um lampejo de raiva passar por ele. Percival ignorou isso.

— Esse é um dos problemas, no entanto. Eles se ofendem que a dama seja franca.

Droga. Ela nunca havia levado isso a sério o suficiente. Vera havia se comportado como se Camelot fosse um parquinho... todos os momentos em que riu de forma inadequada durante o jantar com Lancelot, aquele dia em que fizera um escândalo no campo. Depois sua língua afiada, tanto com Lorde Wulfstan quanto com o homem preso na masmorra.

— Por outro lado — continuou Percival —, a principal reclamação nas últimas semanas é a de que a dama não interage com o povo. Eles a acham... — ele fez uma pausa com um olhar de esguelha para Vera.

Oh Deus. O que mais?

— Diga sem meias palavras — ela disse, com o estômago em reviravolta.

— Distante — ele disse. — Que você sente que sua criação no Norte a torna melhor do que eles. — Percival abriu um sorriso sombrio. O canto de seus lábios, que era cruzado pela cicatriz, não se ergueu junto com o resto. — É uma expectativa injusta, deixando você em um corredor estreito de comportamento aceitável.

— E quanto à traição? — a voz de Matilda saiu baixa e pesarosa. — Outros pensam isso também?

Percival deixou cair os cotovelos sobre os joelhos e juntou as mãos entre eles. Ele parecia lutar para que as palavras saíssem ou tentando evitar vomitar.

— Há alguns rumores de que a rainha está passando suas noites com outros homens. Não consegui encontrar a origem.

Vera e Lancelot se entreolharam. Suas manhãs juntos. Tinha que ser isso. Era exatamente o que ela temia o tempo todo.

Ela ficou alarmada ao notar que Percival também havia desviado seu foco para Lancelot, que riu.

— Ah, vamos lá. Ela tem permissão para ter amigos. — Ele sabia melhor do que qualquer um nesta sala que a amizade deles, embora não fosse romântica, não seria vista como inocente por nenhum desconfiado.

— Ela está sempre com você — disse Percival, com a voz cuidadosamente equilibrada. Vera afundou em sua cadeira.

— Ela também está sempre com Matilda — retrucou Lancelot. — Eu não vejo...

— Isso é diferente.

— Claro — ele ironizou. — Porque duas mulheres nunca se envolveram.

— Pare com isso — disse Matilda, bruscamente. — Certo ou errado, é diferente. E você está agindo como criança ao fingir que não é.

O rosto de Percival ficou vermelho enquanto Lancelot, indisposto a ceder, revirava os olhos e continuava.

— Ela está bastante com Arthur também. Em todas as audiências. Todas as refeições. Pelo amor dos deuses, eles vão para o mesmo quarto todas as noites.

— Mas ela está feliz quando está com você! — retrucou Percival, sua voz aumentando junto com frustração. — Isso é o que realmente está no cerne da questão. A rainha... — ele pareceu se dar conta. Percival olhou para ela, depois para Arthur, que havia escutado em silêncio frio.

— Continue, Percival — disse Arthur, com uma calma irritante. Percival inspirou para começar, mas se conteve.

— Estou falando sério — insistiu Arthur. — Diga-me a verdade. Toda ela.

— Ela... — Percival hesitou e, em vez disso, se dirigiu a Vera.

— Você parece apavorada ao lado do rei. E Vossa Majestade — ele se virou para Arthur —, parece que está sendo torturado. O povo observa com atenção. Eles observam com muita atenção tudo o que vocês fazem. E notaram sua aparente insatisfação com a rainha. O povo o ama, e seguirá seu exemplo quando se trata dela — engoliu em seco. — Eles têm seguido o seu exemplo.

O rosto de Arthur mudou por uma fração de segundo. De estar ao lado dele, ouvindo-o e observando-o com diligência durante todas essas semanas, Vera percebeu que tinha começado a captar as pequenas mudanças em sua expressão cuidadosamente construída. Reconheceu a que passou por seus traços. Era a mesma que ela tinha visto em sua primeira noite, quando perguntou se a água era segura para beber.

Arthur estava envergonhado.

Que bom, pensou Vera com uma selvageria que só se equiparava à profundidade de sua mágoa e talvez fosse apenas uma substituta para ela.

— E há a acusação de que ela é uma bruxa — acrescentou Percival.

Vera zombou e observou o rosto de todos eles. Nenhum achou graça.

— Mas... não há bruxas em todos os lugares? — ela havia presumido, aparentemente de forma incorreta, que qualquer mulher com um dom seria considerada uma bruxa. Era provavelmente algo que ela deveria ter sabido. A sobrancelha erguida de Percival foi confirmação suficiente.

Arthur disfarçou.

— Vocês usam um termo diferente no Norte. No Sul, "bruxa" é uma mulher que usa magia negra. Magia não autorizada.

Percival assentiu.

— O fato de o estrago da colheita ter vindo logo após o retorno da rainha...

— Droga. — O brilho da risada e indignação de Lancelot desapareceu de seus olhos enquanto ele olhava para Percival. — Não há como contornar isso, há?

Percival balançou a cabeça.

— Arthur — Lancelot disse em voz baixa. — Há dez anos, talvez até cinco, isso teria sido evidência suficiente. Ela já teria sido queimada por isso. — Olhou para Percival, e Vera percebeu que eles haviam começado a falar com Arthur em conjunto. Eles estavam tentando convencê-lo de algo, mas... de quê? Queimá-la? O pensamento mal passou pela mente de Vera antes de ela descartá-lo. Pode ter sido ingenuidade, mas ela confiava completamente em Matilda e Lancelot e ficou surpresa ao perceber que também confiava em Arthur para não lhe fazer mal.

— Eu gostaria de dizer que isso não é um problema, Vossa Majestade — disse Percival, assumindo o fio da conversa que lhe foi passado. — Mas essa crença é profunda. Para alguns, começou enquanto a rainha estava ausente e se desenvolveu lá. Poucos lhe deram mérito. Mas isso plantou uma semente, e a nossa realidade atual a enraizou. As pessoas que acreditam nisso não são poucas. Aquele homem que a atacou hoje pretendia desfigurá-la. — Percival gesticulou para a mão ferida de Arthur. — Ele me disse que uma bruxa deve ser tão feia quanto o mal que causou.

Ela não precisava saber disso. A cabeça de Vera girava. Começara a refletir sobre as dificuldades que havia causado ao reino, mas não tinha compreendido até agora que sua vida também poderia estar em perigo.

— Eu preciso fazer isso — Arthur finalmente disse.

Lancelot soltou um suspiro enquanto balançava a cabeça. Ele e Percival haviam conseguido, embora nenhum dos dois estivesse satisfeito.

— Precisa.

— Deve ser feito hoje — Arthur disse. Ele nunca pareceu carregar um fardo mais pesado do que agora. — Prolongar só vai atrair mais gente. Quero enviar uma mensagem clara sem causar medo desnecessário.

— O que você... — as palavras de Vera saíram tão baixinho que ninguém as ouviu.

— Será a primeira no seu reinado, não será? — Lancelot perguntou com uma suavidade assustadora.

Arthur assentiu.

— A primeira o quê? — Vera perguntou. A apreensão fez sua voz soar como uma exigência.

Finalmente, Arthur encontrou seu olhar e o manteve firme.

— Execução.

Ela não conseguiu compreender a palavra a princípio. Ao chegar a este tempo, ela imaginou uma sociedade brutal, uma realidade repleta de punições cruéis. Era uma noção que rapidamente descartara. Eles tinham construído um mundo diferente. Arthur sonhava com um novo tipo de nação, e ele a havia criado e...

Ele ia executar o homem que a atacou.

Era tudo devastador, tudo pelo que eles haviam lutado. Tudo que ela deveria ajudar a salvar. Era culpa de Vera. Aquele homem iria morrer porque ela não havia se contido. Era culpa dela.

Um lamento de dor escapuliu de Vera antes que ela encontrasse palavras.

— Não. Não, você não pode. — Camelot era diferente. Esta Inglaterra era melhor. Tinha sido melhor... até ela chegar. Ela consertaria isso. Imploraria.

Suplicaria. — Eu nunca quis que nada disso acontecesse. Sinto muito. Eu deveria ter permanecido em silêncio. Eu não deveria ter fingido ser ela...

— Você não fez nada de errado — Lancelot falou por cima dela, tentando cobrir sua gafe antes que Percival ou Matilda a ouvissem.

— Deve haver outro castigo. Ele... — Seus olhos se voltaram para a mão enfaixada de Arthur. — Ele não quis te machucar. Isso não teria me matado.

— Você estava segurando uma criança, Guinevere — Matilda disse, com delicadeza. — Se ele tivesse te atingido, certamente teria matado o bebê.

A consciência se dissipou da mente de Vera, substituída por rajadas rápidas que não se conectavam bem umas com as outras. Ela fechou os olhos com força, tentando bloquear tudo, mas tudo o que conseguia imaginar atrás das pálpebras era a morte. Uma criança morta em seus braços. O homem. Vincent.

Culpa dela.

Arthur poderia resolver isso. Ele amava seu povo.

— Sinto muito. Sinto muito. Por favor. Por favor, não...

— *Não é culpa sua* — Vera pensou ter ouvido Arthur dizer. Talvez fosse simplesmente o que ela queria ouvir. Sua visão ficou turva. Ela não conseguia vê-lo com clareza..

— Eu não quero isso. — Sua voz estava ficando mais alta, sem se importar com o que estava dizendo. — Eu vou embora. Voltarei para Glastonbury. Eu nunca deveria ter vindo aqui. Eu não posso ser ela...

— Isso não tem a ver com você! — Ela ouviu isso. Arthur gritou tão alto, com tanto fúria como ela poderia não ouvir? Vera inspirou fundo, e sua visão clareou o suficiente para encontrar repulsa gravada nas linhas do rosto dele. — A decisão é *minha*. Aquele homem cometeu traição. As ações dele são uma ameaça ao meu reinado e ao reino que construímos. Ele morre. Você não tem voz nisso.

Não tinha a ver com ela. Nunca foi teve. Envolvia o reinado dele. Claro. Aquilo não deveria tê-la deixado com raiva. Vera sabia que ela não era nada mais que uma substituta para Guinevere. Ela rangeu os dentes e devolveu o olhar com firmeza. Qualquer coisa menos intensa que a raiva a teria feito chorar.

Quando Arthur falou, sua voz estava baixa, embora surpreendentemente severa.

— Isso não tem nada a ver com você. Entende?

Ela ia desabar. Choraria se falasse.

— Ela entende — Lancelot começou, mas Arthur o interrompeu com um olhar antes de voltar a atenção para Vera.

— Entende?

Era uma mentira. Tudo tinha a ver com ela, e Vera se odiava por isso. Mas, naquele momento, ela também o odiava, e isso tornava tudo mais fácil.

— Sim, *senhor* — Ela lançou a palavra como uma adaga.

— Quem realiza a execução na ausência de um mago? — Percival quebrou o silêncio prolongado que se seguiu. — Merlin só voltará amanhã.

— Eu faço. — A resposta veio da porta, surpreendendo a todos. Lancelot e Percival se levantaram automaticamente e assumiram posturas defensivas, não correspondidas pelo homem que estava parado junto à porta fechada, com as mãos entrelaçadas na frente de seu manto marrom sujo. Seus olhos estavam profundamente afundados no crânio. Talvez fosse isso que enfatizava a expressão perturbada esculpida em suas feições. O cabelo escuro como tinta não era longo nem curto. Caía preguiçosamente até o meio das orelhas, com a aparência distinta de alguém que pretendia ter o cabelo curto, mas não se importava em mantê-lo assim. Junto com a carranca, os olhos e o nariz fino, Vera o achou bastante alarmante.

O choque boquiaberto de Percival fez Lancelot esboçar um meio sorriso, embora sua espada estivesse também meio desembainhada.

— Quem diabos é você? — Percival vociferou. — Como entrou aqui?

O homem não respondeu. Em vez disso, disse friamente:

— Eu farei a execução. — Os lábios de Percival se moveram em exasperação, embora nenhum som saísse.

— Essa é uma oferta generosa de um estranho não identificado — Lancelot disse com a sobrancelha arqueada. — Mas todas as execuções devem ser realizadas por um mago.

— Estou ciente — respondeu o homem taciturno, seguido por um silêncio.

Um murmúrio de reconhecimento veio da direção de Arthur.

— Você é o mago Gawain.

Vera se sobressaltou. Esse era um nome da lenda arturiana. Um cavaleiro, um dos cavaleiros de Arthur. Ela tinha certeza disso. Pela centésima vez desde sua chegada, ela se odiou por nunca ter se interessado o suficiente pela lenda para ter lido um único maldito livro sobre ela. Mas esse homem não era um cavaleiro.

Gawain fixou os olhos na mão ferida de Arthur enquanto dava um aceno curto, o cabelo caiu sobre os olhos com o movimento.

— Acabei de chegar.

— Agradeço — Arthur inclinou a cabeça. — Lamento que essa seja sua recepção.

— A traição é o maior crime contra o senhor. — Os olhos sombrios de Gawain os examinou e se fixaram explicitamente em Vera. — É meu dever na ausência de Merlin, mas insisto em cuidar do seu ferimento primeiro.

— Já foi tratado pelo médico.

Gawain deu de ombros.

— Se está satisfeito em ficar permanentemente mutilado. — Ele não ofereceu mais explicações.

— Você está sendo deliberadamente ignorante? — Percival encarou Gawain, perplexo. — Por favor, explique o que quer dizer.

Os olhos afundados de Gawain permaneceram fixos em Percival por um longo momento

— A ferida foi causada por magia. Deve ser curada como tal.

— Você tem o dom de cura? — Lancelot perguntou com a cabeça inclinada para o lado.

Gawain assentiu.

— Eles são raros. Eu sou sortudo.

Devem ter sido extremamente raros, pois até Percival ficou tão intimidado com a revelação que ficou de queixo caído. No entanto, isso trouxe de volta o receio de Vera. As mãos que iriam curar, logo fariam uma execução. Ela queria que o tempo desacelerasse. Queria que o trabalho dele em Arthur levasse horas... algo que os salvasse do que estava por vir. Devia haver uma maneira de sair dessa.

Mas tudo aconteceu rapidamente. Ninguém precisava dizer a Vera que ela tinha de comparecer à execução, que Guinevere deveria ficar ao lado de Arthur após as revelações de Percival. Era uma conclusão inevitável, embora ela não conseguisse lembrar como chegou à praça da cidade. Não havia um local designado para execuções, mas a praça foi escolhida por suas condições logísticas. Um lugar para Arthur supervisionar o ato com Vera ao seu lado: um palco elevado que, ironicamente, tinha sido construído para observar as muitas celebrações de Camelot e amplo espaço ao redor para os espectadores. A praça estava quase cheia, salpicada com rostos desanimados e assustados que haviam se acostumado a um tempo de paz exuberante. No centro estava o homem com as mãos atadas, ajoelhado em uma plataforma de madeira improvisada.

Ela não conseguia ver as lágrimas de onde estava, mas Vera ouviu seu choro. Ele estava flanqueado por Lancelot em toda a sua formalidade e um contraste marcante com Gawain do lado oposto, em seu manto marrom sujo. Vera também reconheceu o padre John, sacerdote do castelo, que estava sobre o homem, oferecendo os últimos ritos antes de se afastar e desaparecer na multidão.

Soldados estavam posicionados em um amplo círculo para criar espaço entre os espectadores e o evento principal. Percival e Randall estavam nas extremidades de um grupo de soldados que protegiam Arthur e ela com as costas voltadas para eles.

Então, era hora. As pernas de Vera tremiam tão violentamente que era um milagre ela conseguir ficar em pé. Ela cerrou os dentes para evitar que batessem.

Arthur deu um passo à frente para fazer o discurso.

— Joseph, filho de Cuthbert, o carpinteiro — ele disse, e Vera prendeu o fôlego. Ela não tinha pensado em perguntar o nome dele até agora. — Você é indiscutivelmente culpado de traição por atacar seu rei e sua rainha, colocando em perigo não apenas a vida deles, mas também as de inúmeras testemunhas presentes. Você está condenado à morte. — Não houve menção direta ao seu ataque verbal, mas foi a razão pela qual ele não teria a oportunidade de dizer suas últimas palavras.

O rosto de Lancelot estava tenso , e a expressão dura enquanto ele se posicionava atrás do homem, Joseph, e o segurava pelos ombros. Ele acenou para Gawain.

Estava prestes a acontecer. Ela percebeu o movimento de Arthur pela visão periférica e sentiu o peso de seu olhar. Não conseguia suportar a ideia de ver seu ódio.

Dizia a si mesma que era curiosidade, mas a verdade era que a solidão a fazia se voltar para ele. Nos olhos dele, encontrou medo e foi tomada pela sensação inquietante de que ele precisava dela. Não, não dela, de Guinevere.

Mas ela o olhou por instinto e teria parado se ele não tivesse se movido em direção a ela exatamente no mesmo momento. Os dedos de sua mão enfaixada tocaram a dela, que estava incólume, e se fecharam lá, segurando firmemente.

Os gritos de Joseph aumentaram e se transformaram em clamores, e o momento terno desapareceu como espuma ao vento.

Gawain envolveu sua mão esquerda ao redor da cabeça de Joseph, sustentando firmemente seu pescoço abaixo do queixo. Na outra mão, ele segurava uma adaga de lâmina fina e prateada.

Vera arfou. Quando não havia guilhotina, nem corda, nem espada maciça, ela havia suposto que o mecanismo para o ato seria magia. Não uma adaga. Suor se formou em sua nuca, embora o dia estivesse fresco.

— Feche os olhos — murmurou Arthur, com os lábios mal se movendo. — Por favor, não olhe.

Seu choque com o pedido gentil quase lhe tirou o fôlego, mas Vera precisava olhar. Ela não conseguia desviar o olhar quando o sangue daquele homem estava em suas mãos.

Gawain golpeou rapidamente, perfurando o peito de Joseph no centro, até o punho da lâmina. Joseph gritou, e era o som de um animal capturado por sua presa. Ele arfava e se contorcia sob o aperto do mago. A cada puxão e grito, o sangue jorrava da ferida, mas Gawain permaneceu imóvel por uma longa inspiração e expiração antes de virar a cabeça para o lado.

Foi como se o movimento puxasse o fio da vida de forma limpa do corpo de Joseph. A tensão se dissipou dos músculos dele, que transmutou de homem a cadáver em um único piscar de olhos.

XIX

Vera mal dormiu naquela noite. Picos de ansiedade a invadiam, seguidas por uma sensação de pavor tão avassaladora que sentia o coração acelerado pulsando por toda a pele. Quando até suas cobertas ficaram úmidas de suor, ela as afastou.

O dia tinha sido horrível, tão aterrorizante que até despertou a pena de Arthur. Sua mente relembrava a mão dele segurando a dela inúmeras vezes, mas era uma das duas coisas do dia que não a fazia ficar olhando para o teto em absoluto terror.

A outra era o bilhete na mesa de cabeceira dela. Matilda havia entrado discretamente no quarto para entregá-la pouco antes da meia-noite, preocupando-se, desnecessariamente, em acordá-la. Era de Merlin. Ele havia voltado. Vera deveria se apresentar em seu escritório pela manhã. Finalmente.

Estava decidida a esperar por Arthur, sabendo de alguma forma que, depois de ontem, ele a ouviria. Ela sentia a necessidade de se desculpar e, mais do que isso, ter uma conversa verdadeira com ele. Mas ele nunca voltou. Mesmo quando a manhã finalmente chegou e Matilda veio ajudar Vera a se vestir, a porta do quarto dele estava entreaberta, exatamente na mesma posição em que estivera na noite anterior.

Talvez tudo acabasse depois de hoje, de qualquer forma. Vera não havia questionado se poderia sobreviver ali até a primavera, quando a viagem no tempo seria possível novamente. Isolada pelos muros do castelo e pela companhia de Merlin, Lancelot e até mesmo Arthur, com suas leituras noturnas iluminadas por magia literal e seus jantares adornados com espetáculos de contação de histórias, ela havia tratado tudo mais como se estivesse em um conto de fadas do que em um lugar real à beira do desastre, onde sua vida estava realmente em perigo.

Mas é claro que estava. Guinevere encontrou seu fim aqui.

Então, hoje, ela recuperaria magicamente as memórias , e o que aconteceria depois? Realmente se esconder em algum mosteiro no interior e esperar o inverno passar? Eles poderiam fingir que ela havia morrido. Seria bem recebido. Ela afastou a dor de tristeza ao pensar em deixar Lancelot e Matilda. A vida deles estaria melhor, e eles a esqueceriam logo. Ela iria para casa.

Casa. Ver os pais era bom demais para sequer pensar. Mas imaginar a si mesma de volta a Glastonbury como era... de volta ao George, correndo sozinha todas as manhãs, de volta à sua vida esquecível. Era o que ela queria então, por que era tão difícil imaginar? Vera não pertencia a lugar algum.

Não era uma caminhada longa até o escritório de Merlin, descendo os degraus da sua torre, passando pelos guardas que agora flanqueavam a maior parte dos corredores e atravessando o pátio dos fundos, mas ela e Matilda pararam abruptamente ao pé das escadas. Porque o ar silencioso da manhã foi rasgado pelo som de gritos.

Um nó se formou no estômago de Vera. Oh Deus. O que era agora?

Havia muitas vozes, a mais alta era a de uma mulher, lamentando com terror primitivo. Antes que Vera soubesse que seus pés estavam se movendo, ela começou a correr em direção ao som.

— Guinevere, espere! — Matilda chamou atrás dela, mas também a seguiu até a sala do trono. Havia quatro guardas no meio da confusão com Arthur e Lancelot, e a mulher gritando... Vera a reconheceu. Embora seu rosto fosse uma máscara retorcida, ela segurava o bebê embrulhado firmemente junto ao peito. Helene, a mãe de ontem.

Roger também estava lá, de costas para Vera. Ele segurava o menino de rosto angelical. O garoto parecia assustado e tinha uma lágrima perfeita escorrendo pela bochecha, mas seus olhos brilharam quando ele viu Vera sobre o ombro do pai. Ele acenou com um punho gordinho para ela.

Arthur e Lancelot estavam reunidos com os pais, ambos trabalhando para acalmar Helene, quando Arthur viu Vera. Seu rosto escureceu, e ele agarrou o braço de Lancelot e o empurrou na direção dela.

Lancelot pareceu confuso com o gesto até que se virou e viu Vera e Matilda. Ele se apressou até elas.

— O bebê está doente.

— O que você quer dizer? Onde está o médico? — enquanto Vera perguntava isso, Percival entrou no pátio com Gawain correndo atrás dele.

— O bebê está *muito* doente — disse Lancelot. — Vamos. — Ele estava tentando apressá-la com uma mão em seu cotovelo. Vera o afastou.

Gawain foi direto até Helene e pegou a criança. O pacote mal se movia, quase não havia um tremor quando uma mãozinha pequena escorregou de dentro. As pernas de Vera cederam, e Lancelot a segurou pelas axilas para estabilizá-la.

— Ela está morta?

Mas então os dedinhos pequenos se fecharam em um punho.

Com as mãos agora vazias, Helene girou e seus olhos selvagens se fixaram em Vera. Eles se transformaram, ficando turvos com raiva.

— O que você fez com ela? — ela gritou.

— Helene, por favor — disse Roger através de suas próprias lágrimas. Arthur tentou conter a mulher, mas ela tinha a força da fúria dolorida de uma mãe e avançou diretamente sobre ele. Lancelot avançou para detê-la, lançando um olhar cansado para Vera e Matilda. Estava tão desgastado. Ele e Vera se divertiam tanto juntos durante suas corridas. Eles riam. Ele a entendia.

Mas nunca se aprofundaram. Nunca falavam de suas difíceis realidades, e agora era tudo com o que lhes restava. Ela esperava que não demorasse muito para que ele se cansasse dela, um pensamento trivial diante de uma mãe que estava perdendo um filho.

Matilda puxou o braço de Vera.

— Precisamos ir.

Desta vez, ela não resistiu. Seguiu Matilda na direção oposta, com Helene gritando atrás dela. Tentou não ouvir as palavras, mas elas ecoavam seus próprios pensamentos. Ela era egoísta. Ela era destruição. Ela era uma maldição.

Ela tremia de náusea e continuava se movendo, com os olhos fixos no chão à sua frente, porque desabaria se parasse. Como poderia ter sido tão iludida a ponto de pensar que poderia fazer isso?

Ela nem mesmo sabia para onde Matilda a estava levando. Haviam chegado ao saguão. Vera ouviu o burburinho de alguém que estava lá, mas não deu atenção até que Matilda parou abruptamente.

— Não — ela disse em um sussurro horrorizado.

— O que há de errado? — Vera perguntou.

— É seu pai.

Vera seguiu o olhar de Matilda para o homem elegantemente vestido que se aproximava delas com passos seguros, deixando um grupo de servos para trás. Ela não o reconhecia, mas o medo a dominou, e ela teve que lutar contra o impulso de se encolher. Seus olhos estavam fixos em Vera sem sequer olhar para Matilda.

Foi o primeiro vislumbre de seu pai biológico.

Ele era mais jovem do que ela imaginara, com quase nenhum fio de cabelo grisalho e apenas alguns em sua barba bem feita. Ela havia sonhado em conhecê-lo e agora desejava estar em qualquer lugar que não fosse sob seu olhar frio. Desejava que ele não fosse tão alto e imponente. Desejava não sentir instantaneamente e de forma irracional a necessidade de sua aprovação.

— Meu senhor — disse Matilda. — A rainha.

A linha fina de seus lábios se curvou para baixo, não uma carranca, mas um olhar severo voltado para Vera.

— Preciso de uma conversa privada.

Ele agarrou a parte superior do braço de Vera, seus dedos se enterraram lá dolorosamente. Ela lançou um olhar impotente para Matilda enquanto o homem, seu pai, a arrastava para o corredor lateral, fora da vista de qualquer espectador.

— Você envergonhou o Norte — ele cuspiu enquanto puxava o braço de Vera para fazê-la olhar para ele. — Você *me* envergonhou.

Ela havia imaginado que sentiria algo ao encontrar seu pai. Nunca esperava que ele fosse assustador. Seu rosto estava a poucos centímetros do dela, e ela não conseguiu deixar de procurar, em vão, por algo reconhecível em suas feições.

— Wulfstan já teria sido ruim o suficiente. E agora ouço que você tem se comportado como uma prostituta — ele disse através dos dentes cerrados enquanto se aproximava dela. Vera tropeçou para trás contra a parede do corredor.

— Juro, filha, se você tiver se desonrado, farei com que deseje ter morrido naquele acidente.

Vera o encarou, sem palavras, apoiando-se nas pedras atrás dela.

Não era a resposta certa. O pai recuou e a avaliou dos pés à cabeça, com nojo.

— Sua vadia estúpida, você abriu as pernas?

Ela deveria ter negado categoricamente. Claro. Mas balbuciou palavras sem sentido e, incapaz de suportar seu julgamento, desviou o olhar do dele.

Ele a agarrou pelo queixo e virou seu rosto com força em sua direção.

Um instinto mais profundo e primitivo do que sua necessidade de apaziguá-lo atravessou-a como um foguete. Ela se afastou para olhar para o chão. Soube que foi um erro apenas um segundo antes que o dorso da mão dele cortasse seu rosto. Vera gritou quando o anel que ele usava a atingiu no canto dos lábios e ardeu mesmo que já não estivesse lá.

O tapa dele fez com que seu rosto voltasse na direção dele.

— Eu a criei para isso. Você tem que ser perfeita. — Ele agarrou os ombros de Vera e a sacudiu violentamente. — Você…

— Lorde Aballach! — A voz de Arthur veio do fim do corredor, e, embora não fosse uma ordem, soava como uma. O pai de Vera obedeceu, ficando em silêncio e deixando as mãos caírem ao lado do corpo. Quando o pai e Vera olharam para ele, Arthur já havia fechado a distância entre os dois,, mas ele se aproximou desconfortavelmente do pai dela, o peito quase tocando o ombro de Aballach enquanto exalava uma respiração forte.

— Não — disse ele, com uma fúria trovejante que deixou Vera atônita. — Toque novamente na minha esposa.

Aballach deu um passo instintivo para trás.

— Ela é *minha* filha e...

— E agora é sua rainha. — O rosto de Arthur tremia com ira mal contida. Ele se colocou na frente de Vera, virando-se para ela e bloqueando completamente sua visão do pai. Seus olhos não encontraram os dela, pararam em seus lábios e escureceram. Vera tocou o lugar onde o anel a havia atingido e retirou os dedos. Sangue. Ela sentiu uma onda de pena por Guinevere, a verdadeira Guinevere, que cresceu com esse homem.

— Vá — disse Arthur, tão baixo quanto um sussurro, antes de se virar novamente para Lorde Aballach. Vera não se iludia com o propósito da intervenção dele. Ele precisava proteger seu reinado. Ainda assim, estava grata. Dar-lhe uma chance de escapar foi a coisa mais gentil que ele poderia fazer. Ela não sabia o que teria acontecido sem a intervenção dele.

Se não houvesse guardas no portão para detê-la, teria saído do castelo e continuado andando. Desaparecer seria o melhor que poderia fazer por todos eles. Mas seus pés a levaram para a capela sem que a mente os guiasse. Por hábito, supôs, caminhou até a estátua de Maria e se afundou no chão. Puxou os joelhos para perto, envolveu as pernas com os braços e descansou a cabeça sobre eles. Era o menor que ela conseguia ficar.

Vera não chorou. Ficou olhando vagamente para o chão. Passou uma vida inteira aprendendo a desviar a mente da tristeza, mas agora não havia mais nada. Então, ficou encarando o nada enquanto o peso de suas transgressões a pressionavam. Isso era pior do que ser inútil.

Quando a porta se abriu e o som de passos se seguiu, ela encostou a cabeça no peito e fechou os olhos. Devia ser Thomas. Ela não tinha certeza se conseguiria conversar com ele agora.

Mas não era ele.

— Quer que eu chame Lancelot? — A voz de Arthur, gentil e suave. Ele devia ter visto para onde ela foi.

Os olhos de Vera se abriram de repente. Ela esperava encontrar raiva ou pena lá. Mas a máscara de pedra estava firme no lugar. A raiva surgiu e a tirou de seu estupor.

— Não — ela disse. — Eu preciso de você. — Ela sentiu uma vergonha insuportável ao admitir isso e acrescentou às pressas: — Preciso que seja capaz de estar na mesma sala que eu. Correr para Lancelot é exatamente como eu arruinei tudo. — Vera deixou a testa cair em seus braços. — Eu sei que você me odeia e, neste ponto, tem todo o motivo para isso. Sou pior do que uma impostora. Eu manchei o nome de Guinevere e sua memória. Estraguei tudo o que você construiu. Eu — eu sinto muito. Eu não posso fazer isso. Eu não consigo consertar isso.

Esperou por tanto tempo que a voz dele preenchesse o silêncio que começou a pensar que tinha imaginado que ele estivesse ali. Olhou para ele, absolutamente imóvel, exceto pelos ombros subindo e descendo com a respiração. A mandíbula se moveu para o lado, e ele pareceu decidir algo.

— Você está certa — Arthur disse, e o pavor a inundou, mas ele veio e se sentou no chão ao seu lado. — Você não pode consertar isso. E não foi você quem estragou. Há algumas coisas que você precisa entender. O que você ouviu, que Guinevere nos salvou na batalha final, é verdade. Mas muitas pessoas morreram por causa disso. Funcionou porque foi muito mortal, e não importava o que eu dissesse, ela carregou o peso daquilo.

— Eu deveria ter cuidado dela. Protegido-a. Falhei com ela tantas vezes.

— Ele engoliu em seco e virou a cabeça para a parede de pedra para olhar para Vera, e não havia nada de frio ou calculado ali. Apenas angústia. — Eu pensei que se eu me mantivesse afastado de você, seria… — Arthur balançou a cabeça. — Que seria melhor para você, mas eu também falhei com você. Eu preciso que você me ouça: nada disso é sua culpa. Eu fiz tudo errado. Tudo o que aconteceu nos últimos dias, é por causa do meu comportamento. Esses são os meus fracassos.

— Mas aquele bebê — disse Vera, com a garganta imediatamente apertada.

— Eu a segurei, e agora ela está morrendo. Talvez haja uma maldição…

— Não foi você.

— Mas foi, sim.

— Não — ele disse com firmeza. — Foram os vapores do Venovum. O objeto amaldiçoado que aquele homem jogou em você. Foi isso que deixou a bebê doente. Gawain já tinha a poção pronta desde que tratou a minha mão. Ela vai ficar bem.

— Ela vai? — A voz de Vera vacilou. — Você tem certeza?

— Olhe — Arthur levantou a mão esquerda para que Vera pudesse examiná-la. As bandagens haviam sumido. Estava apenas levemente rosa da em alguns pontos. — Gawain é bom no que faz. A bebê começou a melhorar imediatamente.

— Ah. Que bom. Isso é… — Sua respiração deu uma guinada. *Esqueça isso*. Ela tensionou os músculos. *Não pense nisso*. Vera respirou profundamente três vezes e engoliu com dificuldade.

Ela estava prestes a dizer "Estou bem", quando Arthur deslizou o braço esquerdo ao redor de suas costas e envolveu o direito em torno de suas pernas, envolvendo sua forma encolhida nos braços. Talvez o mero choque de encontrar tamanha ternura dele, ou talvez a barreira instável que Vera havia construído para manter o horror afastado dentro dela estalou, mas um soluço ofegante rasgou através dela. Não sabia onde o alívio terminava e o medo e a tristeza começavam. Eles poderiam ser todos a mesma coisa, e se manifestaram em suas lágrimas. Ela apoiou a testa no ombro dele, inconsciente naquele momento do que seu cuidado significava ou de por que ele o dera, apenas sabendo que se sentia segura, e chorou. Chorou cada lágrima que havia engolido desde o dia em que deixou sua casa, e algumas de antes também.

Não havia lugar para eles. Vera havia flutuado como o espectro nebuloso de Tor, e os braços de Arthur, de alguma forma, a tomaram e lhe deram uma forma, um recipiente no qual ela poderia desmoronar. Ele não disse uma única palavra. Só quando suas lágrimas diminuíram é que ela começou a questionar isso. Era íntimo demais, especialmente com ele. Vera se endireitou, e Arthur retirou as mãos para o colo.

— Você não precisa fazer isso. — Ela passou os dedos embaixo dos olhos, um esforço inútil para apagar as evidências de suas lágrimas. — Agradeço por você estar falando comigo, mas não quero que finja gostar de mim.

— Não estou fingindo. Eu — eu realmente gosto de você.

— Não, não gosta — Vera protestou, embora quisesse acreditar nele. — Talvez gostasse dela, mas eu não sou ela.

— Você não precisa ser ela. Seja você mesma.

Vera o encarou com desdém, o que, por algum motivo, fez Arthur esboçar um meio sorriso breve.

— Eu meio que tentei isso. Não deu certo antes.

Ele concordou.

— Eu era um idiota colossal antes.

Vera quase riu. Ela ainda não tinha conseguido manter seus olhos assim nem vê-lo tão desarmado.

— Não sei como fazer isso — ela disse.

— Eu também não. — A mão dele estremeceu, e ela pensou que ele poderia estar prestes a alcançá-la, mas agora parecia hesitante em tocá-la. Seu rosto ficou rígido, e ele abaixou os olhos para seu queixo. — Sinto muito. Eu lhe devo muitas desculpas. Não mereço seu perdão, mas preciso consertar isso. Não vejo outra maneira a não ser pedir que, pelo menos publicamente, você suporte minhas afeições para poupá-la de um tratamento ruim e pelo bem do reino. E... — Ela ficou aliviada quando ele encontrou seus olhos novamente, embora a tristeza marcasse seu rosto. Pelo menos era real. — E, em particular, eu lhe ofereceria amizade se estiver disposta a aceitá-la. Eu não culparia se não quiser.

— Isso é tudo o que eu sempre quis de você. Todo esse tempo, é tudo o que eu queria.

— Desculpe — ele disse.

Ele esfregou a mão direita onde as articulações estavam inchadas e terrivelmente vermelhas. Vera não havia percebido que as bolhas causavam tanto inchaço. Mas… era a mão esquerda que ele havia usado para segurar o ovo. Ela apresentava apenas manchas rosa-claro onde antes havia bolhas.

— O que aconteceu com a sua mão?

— Ah. É… — Ele tentou esconder a mão, mas Vera a pegou com gentileza.

As articulações estavam tão terrivelmente inchadas, especialmente ao redor do dedo indicador, Vera podia sentir o inchaço com um toque superficial.

— O que aconteceu? — ela perguntou novamente.

Ele mordeu os lábios.

— Bem. Eu, é, perdi a paciência. Com seu pai.

— Como isso… — *Ah* seus lábios formaram a palavra, embora ela não a tenha dito. — Você bateu nele?

Ele puxou a mão e a colocou de volta ao seu lado.

— Hum. Sim.

— Hum… — Ela tentou suprimir um sorriso, a mesma sensação de formigamento que havia sentido com o carinho protetor dele no caso com Wulfstan floresceu em seu peito, antes de se lembrar de que se tratava de seu governo. Não de cuidar dela.

Ele deve ter notado a mudança em sua expressão.

— Isso a incomoda?

Ela não sabia como responder.

— Essa foi a primeira vez que vi meu pai biológico. — Não tinha certeza do motivo pelo qual estava dizendo isso, exceto que parecia importante que alguém soubesse. — Ele é sempre assim?

— Receio que sim. Ele é… — Arthur balançou a cabeça. — Ele é um idiota. Guinevere me disse que sua infância não foi feliz.

— O que ele disse? — Vera perguntou.

— Hum?

— O que ele disse para você querer acertá-lo? — Ela forçou a voz a ficar tranquila, mas desejava muito saber.

— Ah… — Os olhos de Arthur se voltaram para o teto. — Não foi nada.

Vera zombou.

— Não poupe meus sentimentos. Me conte.

Arthur suspirou, e suas bochechas ficaram coradas.

— Ele disse que eu deveria engravidar você para domá-la.

O formigamento aumentou em seu peito.

— Isso fez você querer socá-lo?

— Bem na boca — disse Arthur. Ele olhou para os lábios dela, e Vera, reflexivamente, levantou a mão para tocar o corte que ainda doía. — Me pareceu justo.

XX

Lancelot os encontrou na capela com uma intimação para Arthur vinda do pai de Vera e dos senhores locais. Arthur ofereceu enviar Percival no lugar, mas Vera insistiu que estava bem. Todos sabiam que Arthur era necessário. Ela planejava ir para o escritório de Merlin sozinha depois disso, determinada a não atrasar a sessão, mas Lancelot acompanhou-a em vez de seguir Arthur.

— Você não é necessário para qualquer que seja a diplomacia que está prestes a acontecer? — Vera perguntou.

— Ah, não — ele disse. — Arthur é muito mais adequado para isso. Não preciso ser empurrado além do limite da ofensa e da exaustão para começar a trocar socos.

Ela pensou que ele se despediria na porta da torre de Merlin, mas entrou logo atrás dela e a olhou expectante quando ela parou no umbral.

— Você me trouxe com segurança até aqui — ela disse. — Não precisa me acompanhar até o fim.

— Ah, não estou apenas acompanhando. Estou ficando.

Ela tinha certeza de que todo o problema que havia causado o faria fugir para se afastar dela.

— Tenho certeza de que você preferiria estar treinando com os soldados ou...

— Guinna — ele disse com firmeza. — Eu *quero* estar aqui.

— Só se você tiver certeza.

— Eu tenho. Insisto. — Sua intensidade desapareceu quando um sorriso travesso apareceu em seu rosto. — Caso alguém precise dar um soco em Merlin.

À primeira vista, o escritório do mago continuava o mesmo: peculiaridades penduradas em ganchos, empilhadas em prateleiras, enfurnadas em cestos. Era uma espécie de bagunça agradável que na verdade estava arrumada, com apenas a aparência de uma desordem bizarra, exceto por uma ilha de caos puro explodindo do epicentro daquilo que uma vez foi a mesa vazia de Viviane. Pedacinhos de pergaminho amassado e pilhas de lixo descartado cobriam o chão ao redor dela. A mesa havia se transformado em uma trincheira improvisada, fortificada por pilhas de livros pesados alinhados nas bordas de três lados e parcialmente em um quarto, deixando um espaço no meio onde Gawain agora trabalhava. Bem, aparentemente, era Gawain. Tudo o que era visível além da abertura nas paredes de livros era a metade inferior de um homem de manto sentado.

Vera imaginou completar o forte de mesa com um aviso escrito à mão de *"Mantenha distância!"* e sorriu, até que encontrou o olhar de Merlin na área da cozinha. Ela havia imaginado inúmeras versões do que ele poderia dizer a ela, de como poderia estar irritado. Desapontado com ela. Ela se perguntara se haveria piedade.

Mas ele simplesmente pareceu um pouco assustado, o que poderia ter sido pior do que as alternativas. Ele estava ocupado, combinando cuidadosamente ingredientes na bancada. Lancelot se acomodou na cadeira de Merlin, chegando a abrir o gigantesco livro em sua mesa e folhear as páginas.

— O que você está fazendo? — Merlin perguntou com brusquidão assim que percebeu.

— Lendo — Lancelot disse inocentemente. — Merlin, o que é — ele abaixou a cabeça sobre o livro — a postulação de transferência defensiva?

O topo de uma cabeça e dois olhos mal apareciam acima das paredes do forte enquanto Gawain se sentava e piscava para Lancelot, aparentemente interessado.

— Olá — Lancelot disse para ele. — Não tinha certeza se era você aí dentro.

— Estou saindo — Gawain disse. — Recebi instruções de que isso é um assunto privado.

Lancelot abriu um sorriso agradável enquanto juntava as mãos sobre a mesa.

— Mas você está aí — Gawain acrescentou com uma boa dose de desaprovação.

O sorriso de Lancelot se alargou.

Merlin atravessou a sala e fechou o livro com força. Lancelot mal teve tempo de se afastar para não levar uma livrada na cara.

— O rei ordenou, Gawain — Merlin disse.

— Então, aí está. — Lancelot ergueu as mãos em um gesto de falsa irritação —, estou aqui por ordens. Não posso fazer nada a respeito.

Gawain inclinou a cabeça para a frente e lançou um olhar fulminante para Lancelot.

— Não acho você engraçado.

O que serviu apenas para deixar Lancelot ainda mais encantado.

— Que pena.

— Devemos terminar até o jantar — Merlin disse, encerrando a conversa.

Gawain encarou a mão de Merlin, mas não... Vera percebeu que ele segurava um frasco de vidro. Ele ajustou a posição para que seus dedos o cobrisse, atraindo a atenção de Gawain para cima, enquanto o mago mais velho inclinava delicadamente a cabeça em direção à porta.

— Claro — Gawain disse rapidamente, arrastando as pernas da cadeira pelo chão enquanto se levantava às pressas, segurando uma prancha retangular de madeira. Vera só notou porque pensou, à primeira vista, que fosse um celular. Tinha exatamente o mesmo tamanho. Mas ele guardou o que quer que fosse no bolso de seu manto e saiu sem ao menos um cumprimento ou um adeus para Vera. Ela não tinha certeza se ele havia notado que ela estava lá.

— Ele é um bom rapaz — Merlin disse. Então suspirou e balançou a cabeça. — Vou ter que pensar no que dizer a ele sobre você em breve. Ele é assustadoramente perceptivo.

— Ah, sim — Lancelot comentou, balançando confortavelmente os polegares na cadeira de Merlin. — Tem um talento para nuances, aquele lá.

Merlin não estava mais satisfeito com a presença de Lancelot do que Gawain estivera. A dinâmica deles era a de uma criança pequena que conseguia sentir o aborrecimento do cuidador e que agora se aproveitaria dessa fraqueza sem piedade.

Ele riu quando Merlin agarrou o livro fechado e se virou.

Pare! Vera falou exasperada sem emitir som, embora também sorrisse. Ela estava nervosa. As travessuras dele eram uma distração bem-vinda.

Merlin os conduziu até a piscina no canto mais escuro de seu escritório. Era maior do que parecia a distância e tinha a forma de um caixão.

— Vamos experimentar uma forma aprimorada de privação sensorial — disse Merlin.

— Para, tipo, me colocar em um transe? — Vera perguntou.

— Serve para isso e tem mais algumas funções. Com a ajuda da magia através de uma poção, sua função cerebral regular será quase paralisada. Isso permite que a parte inconsciente da sua mente assuma o controle.

— Como ela sai disso? — Lancelot perguntou enquanto inspecionava a banheira e passava os dedos pela superfície da água. Era uma boa pergunta. Ficar presa na mente inconsciente dela seria um tipo de inferno.

— Praticamente, ela seguirá seu curso — disse Merlin. — Mas também podemos estabelecer um limite, e eu posso puxá-la de volta se for além.

— E vai funcionar com certeza? — Vera perguntou.

Merlin balançou a cabeça para frente e para trás.

— É a opção menos invasiva. Não acredito que o bloqueio na sua mente tenha sido adequadamente afrouxado. Isso deve ajudar. Não posso garantir que revelará uma memória de sua vida anterior, mas revelará algo da sua mente inconsciente. Pelo menos, será um passo na direção certa.

O medo oscilou por Vera. Havia muitas coisas guardadas em que preferiria não tocar, mas sua determinação em recuperar as memórias de Guinevere era mais forte. Ela deu uma olhada furtiva para Lancelot. Ele havia parado de fazer piadas e a observava com um sorriso tenso e as sobrancelhas franzidas. Se ele estava ali, ela ficaria bem.

— Certo — disse ela.

Merlin providenciou um pesado vestido branco que lembrava uma roupa de coral. Ela não hesitou em pedir a Lancelot para soltar os cordões do seu vestido, embora Merlin tenha franzido os lábios e sacudido a cabeça levemente, antes de se afastar para uma barreira de privacidade para trocar de roupa. Quando ela voltou, Merlin lhe entregou o pequeno frasco e um grosso pedaço preto de tecido.

— Quando estiver pronta para entrar, beba todo este líquido. Você terá cerca de quinze segundos antes que o pensamento consciente se dissipe. Deve ser tempo suficiente para entrar na água com segurança, deitar-se e colocar a máscara nos olhos. Depois de beber a poção, nenhum de nós pode tocar em você ou os efeitos serão anulados. Estou pronto quando você estiver.

Lancelot apertou seu ombro.

— Beba tudo, querida — disse ele enquanto se ajoelhava ao lado da bacia.

Vera olhou para o frasco de líquido claro, do tamanho da palma de sua mão. Era menos que uma dose de bebida, então ela respirou fundo e o bebeu como se fosse vodca. Não tinha cheiro, nem gosto, embora sua garganta tenha ficado dormente enquanto o líquido deslizava.

Ela entrou nas águas agradavelmente mornas e colocou a venda sobre os olhos enquanto se deitava. A água sustentava seu peso, com os pés flutuando no fundo da banheira e apenas o rosto acima da superfície.

— O sal e o feitiço que adicionei à água podem parecer estranhos — disse Merlin. A sensação que se espalhou pela pele de Vera era de um formigamento agradável. Ela ouviu as palavras do mago como se estivessem vindo de um lugar distante, e, à medida que se afastava ainda mais, um último pensamento consciente lhe ocorreu: ela ouvia palavras, as mesmas palavras, toda vez que adormecia. Começou com sua jornada de volta a este tempo e acontecia diariamente, mas nunca conseguia se lembrar delas nem mesmo um momento depois, como se uma borracha as apagasse assim que as ouvia, deixando apenas migalhas, a única pista de que tinham sido ditas. E lá estavam elas.

Ishau mar domibaru

Os pensamentos de Vera ficaram turvos, a realidade e a fantasia se misturando. E as palavras se foram. E todo o mundo ficou na escuridão.

Até que não estivesse.

Vera estava descalça em um campo. Sentia o pinicar das pedrinhas e o arranhar da grama seca sob os dedos dos pés. Havia montanhas baixas ao longe e, entre ela e as montanhas, o afluente de um rio, e mais perto um campo cheio de flores amarelas esguias, que lhe chegavam até os joelhos. Centenas delas. Elas balançavam para ela enquanto se moviam para frente e para trás. Ouviu o murmúrio do rio e sentiu a brisa beijando sua bochecha. O cheiro doce da vida brotando da terra era vívido, mas havia uma segunda nota de podridão. E o som mudou.

Começou mais suave do que o barulho pacífico da água, mas se destacou porque os dois sons estavam em desacordo. Ficou cada vez mais alto até que Vera mal conseguia ouvir o rio.

Gritos. Gritos petrificados que não precisavam de palavras para serem um pedido de ajuda. Vera se virou, e todo o ar saiu de seu corpo, pois ali estava sua mãe. Allison estava ajoelhada no campo, agarrando o estômago abaixo do umbigo, e enquanto ela chorava, sangue jorrava entre seus dedos.

Vera correu até a mãe. O rosto de Allison passou por várias emoções, desde o medo que ela deve ter sentido até o horror por Vera estar ali, até chegar a uma tranquilidade firme que só uma mãe poderia oferecer, e depois seu rosto cintilava como se estivesse debaixo d'água. Não era mais Allison. Por um momento, Vera encarou a imagem refletida de si mesma. Outra cintilação.

A nova mulher era uma estranha, embora sua expressão não tivesse mudado nas três iterações. Mas ela era tão real quanto antes. Os soluços de Vera se juntaram aos dela, seu coração tão devastado quanto no momento em que era Allison. Havia tanto sangue jorrando da ferida aberta. Ela não sabia que o sangue que jorrava era tão espesso e, conforme coagulava, ficava quase roxo.

Vera pressionou as mãos na ferida, mas eram pequenas demais, ou a ferida era grande demais. Seus dedos escorregaram pela gosma escorregadia de sangue. As mãos estavam cobertas por ele em segundos, e o cheiro forte de ferro a invadiu. Tudo o que ela conseguia ver, cheirar e sentir era sangue, e o único som era gritos, embora agora fossem os seus próprios, pois a mulher estava silenciosa.

Os olhos de Vera se abriram de repente, e ela se levantou da banheira com um suspiro. Havia uma mão segurando seu pulso e outra em seu ombro.

— Você não pode tocá-la! — Merlin o repreendeu.

Ela puxou a venda dos olhos. As mãos sobre ela eram de Lancelot. Sua respiração estava ofegante.

— Você estava gritando — ele disse.

Ela não conseguiu encontrar um momento para tranquilizá-lo. Vera agarrou Merlin pelo pulso.

— É minha mãe, eu a vi morrendo. Eu tenho que voltar. Eu tenho que...

Merlin pôs as mãos no rosto dela.

— Guinevere — disse ele de forma severa, mas não indelicada. — Allison está bem. Nada aconteceu com ela. Você estava sonhando. Não é incomum adormecer durante esse processo.

Ela balançava a cabeça em protesto, mesmo enquanto se lembrava de como o rosto de Allison havia se transformado. Tudo tinha sido real, exceto por isso.

— O rosto dela também se transformou no meu. Você acha... que eu estava lembrando da morte de Guinevere, do ataque de Viviane de antes? — Vera perguntou.

A mão de Lancelot apertou seu ombro enquanto Merlin inclinava a cabeça pensativamente para o lado.

— Onde estava a ferida?

Vera apontou para o local em seu estômago.

Merlin balançou a cabeça.

— Não. Não é isso. — Seus olhos ficaram vidrados, como se ele não visse nada à sua frente. Ele ficou em silêncio por tanto tempo que Vera se surpreendeu quando ele falou.

— Sua lesão anterior foi no coração. Você estava sonhando. Foi um pesadelo.

Parecia ter sido mais do que isso. Vera encostou a testa na borda da banheira, e Lancelot esfregou a parte de trás do pescoço. Ela respirou lentamente e com dificuldade. *Esqueça isso,* instruiu a si mesma. Outra respiração profunda, desta vez mais firme, à medida que a memória do que ela viu se dissipava. Mais uma respiração, suave e profunda. Ela ergueu a cabeça para encontrar o olhar cauteloso de Lancelot.

— Estou bem — disse ela.

— Tentamos novamente? — perguntou Merlin.

Vera disse "Sim", enquanto Lancelot soltou um firme "Não".

— Parece perigoso. Eu não gosto disso — ele disse entre dentes.

— Eu estava dormindo — insistiu ela. — Estou bem.

Ele pressionou os lábios e balançou a cabeça.

— Eu preciso fazer isso — disse ela. — Depois dos últimos dias, você tem que entender.

Ela achou que ele queria discutir. Se o fizesse, poderia convencê-la a mudar de ideia. Ela não queria fazer aquilo novamente, mas precisava.

Vera segurou as mãos dele para tirá-las dela e as colocou firmemente na parede da banheira.

— Eu vou ficar bem.

— Vamos precisar de um pouco mais de poção — disse Merlin. — Para colocá-la de volta no estado necessário.

O medo se instalou em seu estômago.

— Podemos tentar sem ela?

Merlin pressionou um segundo frasco em sua mão enquanto respondia.

— Não vai funcionar. Você foi tocada.

Foi uma alfinetada bem direcionada, como ele pretendia. Lancelot baixou os olhos. Ela não queria que ele se sentisse culpado.

— Não me importo. — Vera bebeu o conteúdo do segundo frasco. Desta vez, ela não se lembrava de ter se recostado, e a venda mal estava sobre seus olhos antes que as palavras começassem a vir. Nos segundos finais antes de sua consciência evaporar completamente, ela sentiu um aumento de apreensão. Isso estava errado.

Ela estava de volta ao campo. A mulher moribunda agora tinha apenas o terceiro rosto: a mulher que Vera reconhecia em um instante e tinha certeza de que era uma estranha no seguinte. Desta vez, ela se viu semicerrando os olhos para o sol da manhã. Brilhante demais. À medida que caminhava em direção à mulher, assim como antes, a grama sob seus pés, que na vez anterior apenas arranhou suavemente suas solas desgastadas, agora parecia afiada como cacos de vidro.

Além disso, tudo estava... *mais* do que deveria: cores saturadas demais, bordas mais nítidas, cheiros esmagadores.

Tudo estava pior.

Quando a mulher chorava, seus gritos perfuravam os ouvidos de Vera a ponto de ela pensar que, se colocasse as mãos, encontraria sangue escorrendo delas. O medo da mulher diante da morte, que a segurava com uma firmeza assustadora, as tentativas dela de ser corajosa, seus gemidos... era tudo tão insuportável que Vera tentou ajudar de maneira muito mais frenética do que antes. Ela rasgou a saia para usar como compressa, mas não havia o suficiente, era apenas um vestido leve de verão. Ela o pressionou ferida. O fedor de sangue era tão forte que cobria a língua de Vera, e ela começou a engasgar e a cuspir.

Desamparada e derrotada, deitou-se no chão ao lado da mulher cuja respiração começou a cessar até que Vera contemplou o vazio de um ser humano. Fechou os olhos. Algo mais deveria acontecer agora. Tinha que acontecer.

E se não acontecesse, Merlin poderia tirá-la de lá. Quando ela abrisse os olhos, tudo estaria acabado.

Vera inalou pelo nariz, aliviada por sentir apenas o ar fresco em vez do odor pungente de sangue, e abriu os olhos.

Ela ainda estava no campo.

No lugar onde havia começado ambas as vezes anteriores. Ela se virou para olhar, e lá estava.

A mulher, com as mãos no abdômen. Sangrando.

Estava começando tudo de novo.

Não havia nada que Vera pudesse fazer além de viver tudo novamente, em sua nova hiper-vibrância que tornava a cena, já tão real, ainda mais intensa.

Ela estava de joelhos, agarrando os cabelos, sem saber se os gritos em seus ouvidos eram seus ou da pobre mulher moribunda.

Quando o grito cessou e o cheiro diminuiu, e apenas o som da brisa cortava o ar, Vera ousou abrir os olhos.

Novamente. No campo. E duas vezes mais depois disso.

Era tortura.

Na próxima vez, Vera nem se levantou. Ela se encolheu no chão e gritou para o vazio, para o abismo de desespero que a poção havia dado errado, e que ela estava condenada a reviver aqueles momentos horríveis até perder a sanidade e não restar nada dela.

Portanto, foi um choque quando o ciclo parou com uma mínima mudança.

Havia uma mão na dela. Como um mergulhador perdido no fundo do mar encontrando sua corda, ela a guiou para fora do ciclo maldito. No momento seguinte, Vera estava em outro lugar.

A mão ainda segurava a dela enquanto caminhavam ao lado de um riacho. Não conseguia explicar, mas era como se o toque tivesse um cheiro, e ela sabia, sem precisar olhar, que era Arthur. Ela se virou para confirmar e lá estava ele, com o rosto tenso e nervoso enquanto olhava para o horizonte.

Vera sabia, de maneira distante, que eles não se conheciam há muito tempo. Um olhar para trás trouxe mais evidências: seu pai e Merlin estavam um pouco afastados. Cuidadores. A presença de Merlin trouxe um turbilhão de sentimentos. Sentimentos de Guinevere. Ele era o único em quem ela confiava. Era ele quem se importava com ela da maneira que seu pai nunca tinha feito.

Um clarão. O riacho havia sumido. Eles estavam na sala do trono para a audiência. Guinevere havia feito um comentário que Arthur achou engraçado. Ele apertou a mão dela e deu um sorriso astuto.

Então era o grande salão. Vera reconheceu os homens da guarda do rei reunidos em torno de uma mesa no meio, não a do estrado, e ninguém estava como são normalmente. Lancelot estava largado na cadeira, sua cabeça só se salvou de bater na mesa por conta da forma como estava apoiada em sua mão. Seu cabelo estava desarrumado, e as pálpebras pareciam exigir um grande esforço para se manter abertas. Vera sentiu pena, mas essa não era sua memória, era a de Guinevere. E Guinevere sentia uma estranha onda de nojo gutural em relação a ele.

Lancelot não era o único exausto na sala. Outro homem mais velho, com cabelos prateados e ondulados, desarrumados e soltos, cochilava em seu assento e roncava baixinho. Os que estavam acordados o suficiente tinham expressões mais severas. Percival roía a unha do polegar enquanto olhava para um mapa desdobrado diante deles, e a forma como seus olhos se dirigiam para os líderes mais experientes na sala traía seu medo. Randall tinha uma expressão fantasmagórica de resignação. E havia outros rostos intercalados entre os que ela conhecia tão bem. Mais dois homens e mulheres ao lado deles, focados e desolados. Vera se virou para Arthur. Ele também estudava o mapa, com o rosto duro e determinado. Debaixo da mesa, porém, ele segurava a mão de Guinevere. Ela passava o polegar sobre o dorso da mão dele, um gesto de conforto neste momento que tinha gosto de desesperança.

Era o fim da guerra, de uma forma ou de outra, tudo estaria acabado em breve. Eles haviam resistido a inúmeras invasões e a maior ainda estava por vir. Os rostos naquela sala eram uma mínima porcentagem das forças de Arthur. Mesmo os melhores entre eles tinham pouco a oferecer.

A sensação de saber atingiu-a como um raio. Guinevere sabia o que fazer, Vera podia acessar isso em sua mente, mas não conseguia penetrar mais fundo... não conseguia saber *o quê* dos pensamentos dela.

— Tenho uma ideia — Guinevere disse. A voz de Vera disse.

A sala desapareceu. Ela estava deitada na cama, e Vera não tinha contexto para entender o motivo, mas sentia o mesmo que Guinevere sentia, e isso a assustava. Mesmo em seu momento mais sombrio, mesmo no dia do acidente de... de... Qual era o nome dele? Ela o amava e ele morreu. Vera sentia náuseas enquanto as dualidades de sua vida e a de Guinevere competiam dentro dela.

Então o nome veio a ela. Mesmo no dia da morte de Vincent, ela nunca havia sentido uma desesperança tão profunda. Arthur estava ao lado da cama, sua mão sobre a dela, os olhos cheios de arrependimento e um brilho estranho de admiração.

As bordas se apagaram como se a noite estivesse caindo sobre as visões. Vera se perguntou se isso significava que o efeito da poção havia começado a perder seu controle. A escuridão se fechou de todos os lados até que o olho da mente dela fosse apenas um pequeno ponto de luz no centro, e então nada. A sensação voltou ao seu corpo acordado.

Vera se levantou com um suspiro ofegante, os últimos vestígios da visão se dissipando, exceto por uma peça que permanecia: sua mão não estava vazia.

XXI

Vera arrancou a faixa dos olhos.

Arthur estava ajoelhado ao lado da banheira, segurando sua mão, com a manga molhada até o cotovelo. Por que ele não havia levantado a manga? O cérebro de Vera estava confuso. Ela ainda estava sonhando, lembrando, seja o que fosse?

A água pingava de seu cabelo encharcado em gotas silenciosas e, por um momento, era o único som. Arthur e Vera se encararam. Ela queria perguntar o que ele estava fazendo ali, mas não conseguia transformar o pensamento em palavras. Algo nela não estava funcionando direito.

— Você está aqui? — ela disse com imenso esforço, surpresa com a aspereza da própria voz. — Como? — Vera engoliu em seco e limpou a garganta, que percebeu estar dolorida.

— Eu... senti que deveria estar — ele disse. Seus olhos a examinavam. Ela não entendia por que ele parecia tão assustado.

Mas o outro homem também estava lá. Seu amigo. Era bobagem, na verdade. Vera não conseguia lembrar o nome dele. Ela sabia... claro que sabia.

— Foi diferente na segunda vez — ele disse. Lancelot. Esse era o nome dele.

— Você gritou por meia hora sem parar.

Então ela percebeu Merlin, ao lado de Arthur, mais próximo de sua cabeça. Uma camada de suor cobria sua testa, e uma gota se soltou e desceu por seu rosto. Ainda não havia visto o mago suar.

— O que aconteceu? — Merlin perguntou. — Você se lembra do que foi tão terrível?

Vera limpou a água do rosto com a mão livre. Ela não soltou Arthur.

— Eu... — Ela queria contar sobre o campo e como ele não parava, mas era muito difícil formar palavras. Difícil demais. — Eu me senti presa — foi tudo o que ela conseguiu dizer.

— Você estava presa — Lancelot disse, seus olhos incomumente arregalados, a camisa manchada com marcas de água. — Nós dois começamos a tentar te puxar para fora, talvez uns dez minutos depois. Te sacudimos bastante, para ser honesto. Merlin meio que te deu um choque com magia. Você continuou gritando. Nada funcionou até que... — Ele olhou para Arthur.

— Vossa Majestade apareceu depois que tentamos de tudo e tentou uma segunda vez — disse Merlin. — Quando ele segurou sua mão, você parou de gritar, mas não saiu como deveria ter saído. — Seu rosto cansado mostrava um leve brilho de esperança. — Você se lembrou de alguma coisa?

A névoa de estar com duas mentes ao mesmo tempo estava se dissipando, e, por isso, a resposta de Vera veio rapidamente e com segurança.

— Sim. Eu lembrei.

Seca e vestida, ela se sentou perto da mesa de Merlin com os três homens. Merlin sugeriu que eles se reunissem perto do fogo, mas Vera quase desmaiou só de pensar nisso. Ela suava desde o momento em que saiu da água, e sua pele ardia intensamente. Pelo menos, a névoa mental havia se dissipado em grande parte. Quando ela tentou falar, as palavras vieram. Então contou o que havia visto.

— Isso foi antes da batalha final — Arthur disse quando ela chegou à cena no grande salão.

Lancelot soltou um suspiro.

— Não foi nosso melhor dia.

A lembrança do desdém de Guinevere por ele voltou com força.

— Ela não gostava de você — Vera disse.

— Não — ele disse com um sorriso triste. — Ela não gostava.

— Eu pensei que vocês mal se conheciam — Vera disse. — Por que ela não gostaria de você?

Ele deu de ombros, e seus olhos brilharam ao olharem para Merlin.

— Provavelmente algo sobre ser barulhento e tolo — Merlin suspirou e Lancelot riu, mas Vera não acreditou completamente em sua resposta despreocupada.

Ela hesitou antes de terminar com a memória em seus aposentos, quando Guinevere estava acamada em desespero.

— E isso foi depois da batalha — Arthur murmurou. Ela queria dizer a ele que agora sabia com certeza, tendo testemunhado, de uma forma estranha, que não havia nada que Arthur pudesse ter dito para aliviar a dor de Guinevere. Não pareciam ser suas próprias memórias, era mais como se estivesse escutando a conversa de outra pessoa.

— Acabou ali — Vera disse.

— Isso não deve ter sido mais do que algumas semanas antes do ataque — disse Merlin. — Foi mais frutífero do que eu esperava. Você está chegando perto.

A ânsia por respostas era evidente em seus olhos. Equivalente ao próprio impulso de Vera.

— Quando podemos tentar de novo? — ela perguntou.

Lancelot fez um som engasgado, mas Merlin sorriu.

— A magia tem um custo. Deixe sua mente descansar por alguns dias.

Lancelot se mexeu na cadeira, pronto para argumentar, mas Arthur foi mais rápido.

— Você não vai fazer isso de novo.

— Estou bem! — Vera protestou, uma mentira descarada. Ela estava suando. A voz estava fraca, especialmente conforme ela ficava mais agitada. E quando não estava falando, lutava para manter os olhos abertos. — Está funcionando. Nós podemos realmente consertar isso!

— Não — disse Arthur. Ela queria chutá-lo na canela. Insistir não era bravura, era necessidade. Esse era seu único propósito. Essa era a razão pela qual ela existia. Ela podia suportar a dor. Ela tinha que suportar.

— Sua Majestade está certa — disse Merlin. — Não hoje.

— Nunca mais — resmungou Lancelot. Vera queria chutá-lo também.

Ela bufou, preparada para retrucar.

— Preciso ter uma palavra em particular com Merlin — disse Arthur.

— Agora? — Lancelot ergueu uma sobrancelha.

— Agora mesmo — disse Arthur ao se levantar, o gesto indicando que estava decidido.

E assim foi.

Eles estavam tão perto de desenterrar a verdade. Como Arthur não compartilhava da sua urgência? Uma ideia surgiu em seus pensamentos, fugaz, mas presente, de qualquer forma. Pela primeira vez, Vera se perguntou se ele talvez não *quisesse* que ela se lembrasse. E logo em seguida veio a pergunta: por quê?

Vera não conseguia focar a visão quando se deitou para ler naquela noite. Não devia ter terminado nem uma página antes de adormecer, mas acordou com um sobressalto quando Arthur entrou. Antes, ele sempre ia direto para o quarto ao lado, ocasionalmente com um desvio para pegar um novo livro na mesa. Mas nos últimos dois dias… Deus, será que realmente tinham sido apenas dois dias? Poderia muito bem ter passado uma década, considerando tudo o que havia mudado.

Quando viu que Vera estava acordada, ele se dirigiu até a cama e se sentou ao lado dos pés dela.

Ela se sentou mais ereta. Isso era novidade. E fez seu coração bater mais rápido. Também era novo. Ela não gostava disso. O cuidado dele, após tanta evasão deliberada, deixou-a com um patético desejo de estar perto dele. Desgostosa, lutou contra a sensação.

— Eu teria ficado bem se tentasse mais uma vez — Vera disse.

— Não tenho dúvidas de que você é capaz de suportar, mas esse procedimento deve ser apenas um último recurso. — Arthur tinha um olhar distante, a sombra de antes. Pelo modo como os três reagiram, o sofrimento de Vera na banheira deve ter sido uma visão chocante. — A dedicação de Merlin ao reino é louvável, mas isso distorceu seu julgamento. Devemos proceder com mais cautela. Ele vai fazer mais pesquisas sobre como compensar o impacto que o trabalho com as memórias teve em você. Podemos tentar depois do Yule e do Natal.

— Não podemos esperar tanto tempo!

Ele a encarou com um sorriso triste e compreensivo.

— São apenas duas semanas.

— Eu... — Ela estava estupefata. Vera sabia que era inverno, obviamente. Mas sem checar um telefone ou computador todos os dias, não tinha percebido a data.

Arthur abriu os lábios, inalou como se fosse falar e então balançou a cabeça. O que ele não estava lhe dizendo?

Ele olhou para o livro no colo de Vera.

— *O Hobbit*? — ele perguntou, surpreendendo-a com a mudança de assunto.

Ela assentiu. Claro que ele reconheceu. Era o único livro da mesa com uma capa verde musgo.

— Eu li todos os livros que Merlin trouxe para você. No começo, para aprender mais sobre o mundo de onde você veio. Eu simplesmente... os desfruto.

— É um dos meus favoritos — Vera disse. — Meus pais e eu costumávamos lê-lo em voz alta juntos na época do Natal.

— Você gostaria de... — Com timidez, ele gesticulou cabeça na direção dela e, depois, na do livro.

Um calor floresceu em seu peito.

— Você quer ler junto comigo?

— Eu gostaria — ele disse.

— Tá bom.

Arthur começou a mudar de posição, mas hesitou

— Você ficaria à vontade se eu me sentasse perto de você?

Vera se concentrou em manter a expressão neutra, apesar do aumento repentino em seu pulso. Ela contou silenciosamente até três antes de responder.

— Está bem.

Ela se deslocou para o meio da cama para dar espaço para ele sentar ao seu lado. Estavam ombro a ombro, ambos encostados na cabeceira da cama.

— Podemos começar do começo — ela ofereceu. Havia lido até a metade.

— Não, tudo bem. Vamos continuar de onde você parou.

Vera abriu *O Hobbit* na página que havia marcado com a fotografia dela e dos pais. Arthur passou o polegar pela imagem.

— É você aí — ele disse. — O que é isso?

— É uma fotografia. É como... — Vera pensou em como explicar. — É como uma pintura, mas é feita còm luz usando uma coisa engenhosa chamada câmera. Alguém aponta, você pressiona um botão, e ela tira uma foto.

— Esses são seus pais?

— Sim. — Ele continuava olhando para a foto, então ela continuou: — O nome da minha mãe é Allison. Meu pai é Martin. — Houve uma dor em seu estômago ao mencionar o nome dele.

Arthur segurou a foto perto do rosto.

— Isso é extraordinário — ele disse, e então sua voz suavizou. — Você parece tão feliz.

Ela parecia mesmo. A foto havia sido tirada após a sua graduação na universidade, cerca de seis meses atrás, com uma garota que jamais imaginaria o que estava por vir, entre Allison e Martin, com os braços ao redor do pescoço deles. Allison segurava alegremente o diploma de Vera, e Martin usava o capelo de formatura de forma torta na cabeça, o cordão pendendo no rosto enquanto Vera estava capturada no meio de uma risada. Ela não teria rido se soubesse do câncer que já estava crescendo dentro de seu pai naquele mesmo dia.

— Quem fez a foto? — Arthur perguntou.

— Hum? — Vera disse, distraída.

— Você disse que alguém segura a câmera e pressiona um botão. Quem tinha a câmera?

Ela entendeu por que ele poderia estar curioso. Na foto, Vera parecia estar olhando diretamente para a imagem, compartilhando uma piada particular com o observador. Arthur adivinhou corretamente que o momento havia sido compartilhado entre Vera e o fotógrafo.

— Eu não me lembro — ela murmurou enquanto a tristeza ameaçava dominá-la. Sentiu os olhos dele sobre ela e não retribuiu o olhar de propósito.

— Devo começar? — ela perguntou, com um tom excessivamente animado.

Vera segurou o livro entre eles para que Arthur pudesse ver enquanto ela lia em voz alta. Sua voz saiu mais hesitante do que nunca havia sido quando lia com os pais. Mas logo ela entrou na história, e as vozes para cada personagem começaram a sair. Ao fazer a voz mais engraçada dos anões, Vera sentiu a risada profunda de Arthur vibrar em seu ombro. Quando o capítulo terminou, ela passou o livro para ele, que a olhou com confusão.

— É a sua vez.

Arthur lambeu os lábios e limpou a garganta, desconcertado, mas começou a ler com seu tom profundo. Era o capítulo em que Gollum aparecia. A mandíbula de Vera caiu em deleite quando Arthur lançou sua voz em um sussurro áspero para o personagem.

— Esse é um Gollum maravilhoso — ela interrompeu.

Arthur encostou o queixo no ombro com um sorriso.

— Além do meu tutor e dos meus pais, eu nunca li em voz alta para ninguém, na verdade.

— Bem, você é muito bom nisso.

— Meu pai ficaria orgulhoso — disse ele. Encontrou seu lugar e retomou a leitura.

A voz de Arthur era tão suave. Ela não se lembrava de ter decidido fechar os olhos nem de como sua cabeça foi repousar em seu ombro. Em um momento de clareza meio acordada, ela percebeu que sua bochecha estava encostada nele, mas com a voz constante dele vibrando através dela e o calor de seu ombro largo sob sua pele, não conseguia se afastar de tal contentamento. Era quase como estar com Vincent. Quase podia fingir. Talvez ele pudesse imaginá-la como Guinevere, a verdadeira Guinevere, de sua memória. Talvez esse fosse o caminho a seguir... um caminho quebrado e imperfeito pelo qual Vera e Arthur poderiam dar conforto um ao outro.

Por fim, ele deve ter parado de ler. Ela voltou a si quando ele a estava colocando delicadamente de volta no travesseiro, e então seu peso desapareceu da cama. Ela abriu os olhos a tempo de vê-lo colocar a foto de volta no livro e deixando-o na mesa antes de tocar na laje para apagar as luzes. Vera deixou os olhos se fecharem enquanto sentia o cobertor sendo cuidadosamente puxado sobre seus ombros.

Ela sempre pensou, sempre presumiu, que era Matilda quem vinha verificá-la durante a noite, abaixando as luzes e guardando o livro. Agora, não tinha tanta certeza.

XXII

Aquela noite marcou a amizade cuidadosa deles e uma mudança imediata na vida de Vera em Camelot.

— É melhor demonstrar algum afeto — Arthur disse no dia seguinte, enquanto se dirigiam para a cidade. — Posso segurar sua mão?

O coração dela quase saltou do peito.

— Seria ótimo — ela disse.

Ao final da semana, ele inclinava a cabeça na direção dela para compartilhar piadas privadas durante o jantar. Ela colocava a mão em seu braço enquanto ria. Era um ato convincente em parte porque não havia fingimento nenhuma para Vera. Ela gostava dele. Sua proximidade era como respirar ar fresco depois de passar muito tempo em um porão. E o povo de Camelot começou a notar.

Não seria resolvido em um estalo, mas a mudança já começava a se espalhar. A maior parte disso era surpreendentemente devido a Gawain, que Vera estava convencida que a detestava muito. Lancelot insistia que era coisa da cabeça dela, mas ela juraria que o olhar dele se tornava mais sombrio e suspeito quando a olhava.

No entanto, não tinha muito motivo para encontrá-lo. Gawain era regularmente enviado para reparar déficits mágicos em Camelot e nas cidades vizinhas. Era uma tarefa que ele desempenhava bem, ao que parecia, já que as queixas mágicas na corte tiveram uma queda significativa na semana seguinte.

Em uma das mais lindas manhãs de inverno, Vera e Arthur observavam Lancelot e Percival jogando no fosso enquanto os cozinheiros do castelo preparavam os ingredientes nas proximidades. O Yule seria em dois dias, o Natal logo em seguida, e Vera e Arthur viajariam na manhã seguinte com um pequeno grupo, como ela alegremente descobriu que era costume, para Glastonbury para as festividades de Yule. Tudo parecia estar certo em Camelot. A caçada festiva ao javali estava em andamento fora das muralhas da cidade, e um grande clarim soava ao longe, sinalizando que o grupo estava se aproximando do javali. As portas deveriam ser abertas em breve para que pudessem desfilar com o corpo do animal de volta ao local de preparação.

Margaret, a chefe de cozinha do castelo, que era doce e acolhedora em tudo, exceto nos assuntos de administração da cozinha, parou de cortar cebolas ao ouvir o som.

— Eles voltarão com o animal em breve — ela disse, olhando ao redor. — Achei que teríamos um pouco mais de tempo. — Ela limpou as mãos no avental e deixou seu posto de corte, chamando enquanto andava. — Ei! Chame o rapaz do açougue para preparar a carne com magia. Vamos acender o fogo para o espeto! — Ela deu um último grito por sobre o ombro. — E, pelo amor de Deus, alguém termine de cortar os vegetais!

Vera olhou para a esquerda e para a direita. Todos os outros funcionários do castelo já estavam ocupados. Ela não tinha certeza se mais alguém havia ouvido as ordens de Margaret.

Ela se afastou da parede do poço sem dizer uma palavra a Arthur, aproximou-se do espaço vazio na mesa e pegou a faca. Não cortava nem mesmo um nabo há meses, mas anos de trabalho na cozinha do George não eram esquecidos tão facilmente.

— Devo ficar alarmado com sua habilidade com a faca?

Ela perdeu o foco apenas por um momento para descobrir que Arthur havia saído de seu lugar de espectador e a observava.

Vera riu.

— Fui treinada pelos melhores.

Ele inclinou a cabeça e levantou a sobrancelha.

— Minha mãe — ela explicou, surpreendendo a si mesma por compartilhar tão prontamente. Ela havia evitado a maior parte das conversas sobre seus pais e não os havia mencionado de boa vontade até agora. — Ela me fazia cortar vegetais antes mesmo que fosse sensato colocar uma faca nas minhas mãos. Imagino que sua mãe não o recrutou para a cozinha?

No momento em que a pergunta saiu de seus lábios, ela quis retirá-la. O sorriso dele não havia desaparecido, nem seus ombros se tencionaram, mas havia algo... indescritível que mudou nele e fez Vera ter certeza de que tocara um ponto sensível.

— Não — ele disse, e desviou o olhar para a mesa enquanto rolava uma cebola sob a palma da mão. Assim como se fosse nada, a sombra desapareceu de seus traços. — Quer me ensinar?

— Não quer assistir ao jogo? — Ela indicou o campo, tentando dar a ele uma desculpa gentil para se afastar. Mas ele não se moveu.

— Podemos ver daqui. — Seus olhos brilhavam um pouco enquanto os lábios se curvavam em um sorriso. Ela percebeu que não conseguia desviar o olhar dele. Foi atingida pela percepção de que Arthur sabia muito bem como era beijá-la. Ele conhecia o sabor de seus lábios, enquanto ela não tinha ideia do sabor dos dele.

Afastou o pensamento enquanto encontrava uma faca extra para ele e começava a mostrar a técnica correta de corte, como Allison havia ensinado. Ele não estava acostumado com a proximidade dos gases da cebola e lágrimas começaram a escorrer por suas bochechas em segundos, reduzindo-os a acessos de riso antes de Vera trocar a cebola por um repolho.

As pessoas começaram a observá-los... apontando para o rei e a rainha preparando vegetais para o jantar da cidade. Grady acenou para ela enquanto passava com um dos cavalos recém-domados. Ela sorriu e inclinou a cabeça, grata pelo rosto amigável. Cortar vegetais para o jantar não era exatamente uma atividade real apropriada, o que quase fez Vera hesitar, mas Arthur estava com ela. Quem estivesse assistindo via que estavam se divertindo, que ele estava sendo tão caloroso... ah.

Foi quando ela percebeu. O flerte era um espetáculo eficaz.

Não a teria incomodado se, estupidamente, não tivesse sido envolvida por ele. O homem era encantador demais.

Quando o som de uma trombeta cortou o ar novamente, ela teve sorte de a faca não escorregar. O som voltou a se repetir, mas desta vez parou no meio do toque.

O que aconteceu a seguir foi muito rápido. Vera não teria notado nada de estranho, exceto que seus olhos já estavam em Lancelot na arena quando sua expressão se endureceu. Ele parou de jogar e, em um estado quase de transe, subiu na parede da arena, segurando um poste enquanto equilibrava-se na estreita beirada. Ninguém reagiu muito a princípio, exceto por olhares curiosos dirigidos a ele.

— Dois toques significam que a caçada acabou — Arthur disse, mas também olhava para Lancelot. — Eles vão abrir os portões ali. — Ele gesticulou na direção para onde Lancelot estava olhando, onde havia um campo expansivo entre as muralhas de Camelot e a floresta. — Assim, o grupo pode desfilar pela cidade com seu prêmio.

Mas Lancelot estava balançando a cabeça. Arthur largou a faca e foi para o lado dele. Vera o seguiu.

— Esse toque não soou bem — ele murmurou.

— O que você quer dizer? — Arthur perguntou.

— Não sei… apenas… Arthur, acho que você deveria mandar fechar os portões.

Arthur não se importou em fazer perguntas. Ele chamou Percival e o enviou correndo para a muralha da cidade. Não era longe, apenas descer a rua e virar a esquina.

Mas já era tarde demais.

— Droga! — Lancelot pulou do beiral enquanto uma cacofonia de gritos se erguia de onde Percival havia desaparecido. — A caçada não acabou. O maldito javali escapuliu. Está dentro das muralhas.

De repente, todos estavam se movendo.

— Entrem! — Arthur berrou.

Ele e Lancelot gritavam alertas repetidos enquanto Arthur pegava uma criança caída e a passava para uma mãe em pânico, e Lancelot corria para onde tinham deixado as espadas, mas era tarde demais. Ele mal havia tocado no cabo de sua arma quando a besta furiosa virou a esquina e invadiu a praça.

Vera ofegou. Não poderia ter imaginado quão rápido e feroz um javali seria. Não era um porco. O tamanho era mais parecido ao de um touro, e seus olhos estavam tão arregalados de raiva que eram mais brancos do que pupilas. Passou por ela, perto o suficiente para que visse que seus pelos negros eram ásperos e oleosos, que tinha espuma ao redor da boca e que as presas curtas eram maliciosamente afiadas. Arthur saltou ao seu lado, sem poder fazer mais do que segurar seu braço enquanto o javali trovejava ao seu redor. Os gritos de pânico vinham principalmente de dentro das casas, pois, felizmente, a maior parte das pessoas na praça já havia encontrado abrigo.

Percival virou a esquina, com a espada desembainhada e o escudo pronto. Lancelot já estava correndo em direção ao javali quando ele parou bruscamente. Mesmo se tivesse uma lança em mãos, pronta para ser lançada, estava longe demais para obter a força necessária para perfurar sua pele. E de qualquer forma, ele não tinha uma. Nenhum dos guerreiros armados que corriam atrás da besta tinha.

O passo de Lancelot foi interrompido por uma parada inesperada. Vera ouviu o relincho do cavalo antes de seguir o olhar do javali para vê-lo. Grady tinha um braço em torno do pescoço do potro recém-domado, e o outro segurava com toda a força a rédea do cavalo, mas o terror do cavalo mal treinado era muito mais poderoso do que o aperto de um garoto de quatorze anos. O cavalo se levantou sobre as patas traseiras, fazendo Grady cair para trás com um gemido. Liberado, o cavalo galopou em alta velocidade, deixando Grady sozinho e atordoado no chão, preso em um canto entre dois edifícios de cada lado e um monstro espumante à sua frente.

— Grady! — Arthur gritou. O garoto olhou imediatamente, procurando por Arthur, mas viu primeiro o javali, que fez seus olhos se arregalarem. Arthur, armado com absolutamente nada, correu em direção a ele, mas não havia como chegar a tempo. Lancelot estava mais próximo, mas também não chegaria a tempo.

O javali resfolegou. De novo. E de novo, em um ritmo crescente como um tambor de batalha antes de atacar. Grady se arrastou para trás até não poder mais se mover quando suas costas bateram na parede. Ele levantou os braços impotentemente na frente do rosto.

Oh Deus. Ela não conseguia assistir, mas também não conseguia desviar o olhar. Vera caiu de joelhos com um grito, sem sentir a dor das pedras cravando-se neles, apenas uma sensação de queimação na pele que não vinha do ar frio. Mesmo que Grady não soubesse que ela estava ali, mesmo que fosse horrível, Vera não desviaria o olhar. Não abandonaria o garoto para morrer sem alguém que se importasse, pelo menos como testemunha. Uma parte distante dela notou o quão sombrio era esse pensamento, mas o calor que ardia dentro dela reduziu tudo a cinzas.

Quando o javali estava prestes a atropelar Grady, quando ele deveria estar dando seus últimos suspiros, aconteceu algo diferente. Começou no peito de Grady e explodiu a partir daí, um disco de luz branco-azulado irrompeu dele com uma rajada de vento gigantesca, tão poderosa que o javali foi lançado no ar como um boneco de trapo, virando de costas. A explosão enviou uma onda de choque, como uma corda esticada por todos eles, tensa e vibrante. Se a besta não estivesse atordoada pela impossibilidade do que havia acontecido, ainda assim teria lutado para encontrar Grady. Cada pedaço solto de madeira, fosse a alça de uma ferramenta, fosse uma tábua extra ou até mesmo um carro de feno, voou em direção a Grady e formou uma parede na frente dele. Isso deu a Lancelot e Percival tempo para chegar ao javali atordoado e acabar rapidamente com ele.

Vera correu para alcançar Arthur. Todos ficaram olhando para um Grady ileso atrás de sua fortaleza improvisada. Ele olhava para ela em choque.

— Parece que alguém usou seu dom para proteger você — Percival gritou enquanto amarrava as patas do javali morto. Vera encontrou os olhos de Arthur e soube que ele também havia visto tudo.

— Eu, eu fiz isso — Grady disse, admirado. Para confirmar, ele passou a mão, e toda a parede formada se desfez desajeitadamente em um monte no chão. — Senti como se algo dentro de mim explodisse e então — ele balançou a cabeça, e sua queixo caiu —, eu sabia que conseguiria. Eu sabia que podia, e sabia como.

— É impossível — disse Percival. Seus olhos procuravam respostas entre os homens reunidos. — Esses poderes não aparecem assim do nada. Você tem que nascer com eles.

Ninguém presente jamais havia visto alguém manifestar um novo dom após a infância, mas não havia como negar. Impossível ou não, Grady agora tinha magia, um dom que salvou sua vida.

XXIII

A história da caçada que deu errado e suas consequências se espalharam pela cidade tão rapidamente quanto o próprio javali. O chamado da corneta, confundido com o fim da caçada, deveria ser uma série de sinais de emergência alertando que a besta havia se soltado, mas foi interrompido por presas afiadas no abdômen do pregoeiro. Graças ao trabalho rápido de Gawain, que chegou a tempo de manter o homem à essa beira da morte, o pregoeiro sobreviveria.

Na manhã seguinte, antes da partida para Glastonbury, Arthur enviou Percival para encontrar o mago e trazê-lo de volta para que o rei pudesse lhe agradecer, mas não foi uma tarefa fácil.

— Bem, eu o encontrei depois de vasculhar todo o maldito castelo e metade da vila. — Percival revirou os olhos. — E não vai acreditar, mas ele simplesmente se *recusou a vir*. Disse que estava muito ocupado.

Irritação surgiu nos olhos de Arthur, mas Vera viu como seus lábios se curvaram no canto.

Eles decidiram ir ao encontro de Gawain.

Percival levou Arthur e Vera diretamente para o campo de treinamento e além do fosso onde se jogava a bola. A princípio, Vera achou que Percival havia se confundido. Ela não viu ninguém além dos habitantes da vila, que lançavam olhares desconfortáveis para o local onde Grady quase fora morto no dia anterior. Seria a superstição que atraía sua atenção? Não havia nada ali.

Seus pensamentos pararam abruptamente quando ela viu um homem em um manto marrom sujo rastejando na terra. Gawain.

Percival limpou a garganta. Gawain o ignorou.

— Mago Gawain — chamou Arthur.

— Sim — respondeu ele, quase inaudível, enquanto abaixava o lado do rosto para examinar o chão sem sequer olhar para Arthur.

Percival olhou para Gawain, horrorizado, enquanto seus olhos se estreitavam.

— Mago Gawain — gritou ele. — Seu rei o chama. Outro governante o amarraria em um tronco por muito menos do que esta demonstração de desrespeito.

Ele piscou enquanto se levantava.

— Eu estava suplicante no chão, não estava? — perguntou, mordaz, dirigindo-se apenas a Percival.

— Sim — disse Percival com exasperação, gesticulando na direção de Arthur. — E ainda assim você continua a ignorar seu rei e sua rainha.

Os olhos fundos de Gawain permaneceram em Percival por um longo momento. O rosto deste ficou vermelho, talvez até tivesse parado de respirar. Arthur observava em silêncio, divertido.

— Você está certo — murmurou Gawain. Ele limpou a garganta. — Vossa Majestade, peço desculpas. — Ele soava tão desinteressado quanto se estivesse lendo a lista telefônica. Vera desejava que Lancelot estivesse lá para testemunhar, pois ela *juraria* que a expressão carrancuda de Gawain se aprofundou quando ele se dirigiu a ela. — E à senhora, minha rainha.

Ela fez uma curta e pobre reverência, esperando que fosse o suficiente. Mas manteve os olhos sombrios nela, como se estivesse fazendo uma acusação silenciosa.

— Por que não compareceu quando foi convocado? — perguntou Arthur, com um tom calmo enquanto inclinava a cabeça para o lado.

— Magia sem precedentes aconteceu bem aqui ontem. — Gawain deixou o rosto voltar para o chão, retomando seu estudo do solo com aparência comum. — A magia deixa um rastro, mas não permanece. Eu não podia me dar ao luxo de atrasar.

Percival bufou alto.

— O que está esperando encontrar? — perguntou Arthur.

Gawain suspirou e se sentou, a atenção de Arthur evidentemente sendo uma irritação para ele.

— Esta é minha área de pesquisa.

— O quê? Terra? — retrucou Percival.

Gawain sorriu, carregado de condescendência.

— Padrões nos dons que aparecem e onde. Mas, acima de tudo, como o rompimento mágico acontece.

— O que é um rompimento mágico? — Vera perguntou.

— O exato instante em que uma pessoa exibe seu dom pela primeira vez. Eu costumava estudar apenas bebês, mas a guerra mudou minha opinião.

— Por quê? — Arthur perguntou.

— Algo que eu vi uma vez.

— O que — Percival pressionou enfaticamente — você viu?

— Uma execução no campo de batalha. Não apenas uma, claro. Eu vi muitas, como vocês dois, tenho certeza. Mas, quando a espada caiu em seu pescoço desta vez, eu vi ele ter um rompimento mágico.

A pele na nuca de Vera se eriçou.

— Parecia que uma luz explodia dele?

Gawain assentiu.

— Do peito. Foi que aconteceu com o menino ontem?

— Sim — ela disse. — Eu vi. Arthur e eu vimos. Então Grady a usou, o dom dele.

— Qual era o dom do homem no campo de batalha? — A irritação de Percival havia dado lugar a um interesse genuíno.

— Não faço ideia — disse Gawain. — Ele morreu.

Eles ficaram olhando para o mago, embora Percival tenha expressado o sentimento compartilhado.

— Você está sendo obtuso de propósito?

Gawain continuou como se Percival não tivesse dito nada.

— O soldado provavelmente nunca soube que aconteceu. Mas o menino de ontem — Gawain disse. — Algum de vocês conseguiu ver os olhos dele quando aconteceu?

— Eu consegui — disse Vera.

— Como eles estavam?

— Aterrorizados — ela estremeceu ao se lembrar do rosto de Grady, marcado por um horror que nenhum adolescente de quatorze anos deveria conhecer.

— Em pânico? Petrificado? Desesperado? — A voz de Gawain escalava em excitação com cada sugestão.

— Sim, claro. Todas essas coisas. Ele achava que estava prestes a morrer.

Gawain se recostou sobre os calcanhares e suspirou com um ar melancólico.

— Eu gostaria de ter visto isso.

Vera se afastou.

— Foi o pior momento da vida dele.

— Sim, mas com todo o respeito, Vossa Majestade, ele não morreu, e agora tem um dom muito útil. — Gawain deve ter encontrado o que procurava no chão, pois retirou um frasco do bolso da túnica e o encheu com terra antes de voltar a atenção para Arthur. — E, especialmente porque eu não testemunhei o evento, é imprescindível que eu estude o traço do que ficou para trás. Não poderia esperar.

— Eu entendo — disse Arthur. Vera lançou-lhe um olhar fulminante que ele ou não percebeu ou não reconheceu. — Mas se não puder atender a uma convocação, espero que envie uma explicação para sua ausência.

— No mínimo — acrescentou Percival, embora claramente gostasse de ter dito mais.

— Peço desculpas, Vossa Majestade — disse Gawain. — Foi desconsideração da minha parte. Não se repetirá.

— Ótimo — disse Arthur.

— O senhor estava aqui ontem quando o incidente ocorreu — disse Gawain. — Conseguiu ver o menino claramente?

— Sim — respondeu Arthur.

— Diga-me, com o máximo de detalhes possível, sobre o terror no rosto dele.

Vera decidiu que preferia não conhecer melhor Gawain, mas, à medida que o grupo de viagem de Arthur se reunia algumas horas depois nos estábulos do castelo, ficou claro que ela teria dificuldades para evitá-lo. Como uma peça deformada inserida em um quebra-cabeça já completo, lá estava Gawain, de pé na borda do grupo que vibrava de animação, com uma bolsa de viagem volumosa aos pés e o rosto sombrio.

Enquanto preparavam os cavalos, Percival e Lancelot conduziam as festividades com uma garrafa de algum licor âmbar, passada entre eles. Além de Arthur, Lancelot, Percival e Matilda, apenas quatro outros soldados os acompanhariam. E Gawain. Os soldados exibiam cada um uma variação de expressão atônita, com um deslumbramento alegre por terem a sorte de viajar com o grupo do rei. E havia também alguns que vieram se despedir: Grady, seu pai e Randall.

Enquanto Grady e o pai se certificavam de que os cavalos e os arreios estavam adequados para a jornada, Lancelot incentivava o menino, de maneira irreverente, a exibir seu recém-descoberto dom. Ele começou timidamente rearranjando alguns troncos de lenha. Sua relutância inicial derreteu sob os elogios entusiasmados dos soldados, e logo ele estava fazendo malabarismos com os troncos sem tocar em nenhum deles. Gawain se aproximou de fininho, certamente tentando descobrir como encurralar Grady e interrogá-lo sobre seu recente trauma.

Randall, que reafirmou que não, ele não estava indo ao festival, permanecia próximo a Matilda. Enquanto ela tomava um generoso gole do licor âmbar e passava a garrafa para ele, sua tensão relaxou, e ele também sorriu e tomou um gole.

Percival caminhou em direção a Vera e Arthur, com os olhos voltados para Gawain.

— Aqui, Vossa Majestade. Esta é a bolsa de Merlin — disse ele, oferecendo um saco com um certo peso. Os olhos de Arthur escureceram ao olhar para o pacote, mas ele o aceitou e o guardou no alforje.

— Por que diabos ele acha que deve vir? — Percival resmungou com arrogância, fazendo um gesto brusco em direção a Gawain, interrompendo qualquer pensamento que Vera pudesse ter sobre o pacote de Merlin.

Arthur lançou um olhar para o mago antes de amarrar a bolsa e montar graciosamente no cavalo.

— Provavelmente porque eu o convidei — disse ele.

Percival ficou boquiaberto, mas se recompôs e pressionou os lábios. Ele venerava demais Arthur para dizer qualquer coisa em voz alta, embora ao voltar para o próprio cavalo, seu rosto expressa a sua opinião. Vera compartilhava bastante do sentimento.

Arthur riu.

— Eu convidei Gawain por cortesia — disse ele, quando Percival estava longe o suficiente para não ouvir. — Não esperava que ele aceitasse.

— Perdão. Vossa Majestade? — A voz de Randall chamou-a de trás. Vera continuou a ajustar o alforje no cavalo. Randall limpou a garganta. Aparentemente alheio, Arthur estava puxando as luvas de montar até notar que Vera o observava.

— Ele está falando com você — disse Arthur com um sorriso de canto.

— Comigo?

O sorriso se alargou para ambos os lados enquanto ele concordava.

— Vossa Majestade, pode me dar um momento? — Randall disse, e Vera se virou para encará-lo desta vez.

— Sinto muito. Achei que estava se referindo ao rei.

Randall não respondeu. Ele mudou o peso de um pé para o outro.

— Entreguei a Matilda algo para a senhora, caso aceite. — Então, após uma nova pausa, ele disse: — Tem um vestido para a celebração de amanhã?

— Trouxe um de que eu gosto. — O vermelho com mangas largas.

— É um vestido de antes? — Randall perguntou. Vera demorou um momento para entender o que ele queria dizer: de antes do acidente. Antes de ela ter ficado "ausente" por um ano, e toda uma existência.

— Sim — ela disse.

— Deveria ter uma peça de roupa, além do seu traje de treino, que tenha sido feita para a senhora, Vossa Majestade. Eu lhe fiz um vestido. Não precisa usá-lo — ele acrescentou rapidamente. — Mas terá a opção.

— Claro que vou usá-lo — Vera disse em voz baixa.

O rubor de Randall subiu acima dos pelos do rosto.

— Apenas se lhe servir bem.

— Randall, você tem sido tão gentil comigo. Obrigada. — Vera teria gostado de abraçá-lo, mas ele não lhe deu a chance.

Ele fez um aceno para ela e uma reverência para Arthur.

— Boa viagem, meu senhor. Feliz Yule, feliz Natal, feliz seja lá o que estamos celebrando agora. Vamos garantir que Camelot não vá para o fundo do poço enquanto vocês estiverem fora.

As celebrações continuaram assim que o grupo partiu. Não foi uma viagem tranquila de forma alguma. A conversa foi abundante enquanto viajavam em grupos, compartilhando sua empolgação ao contar histórias dos festivais de Yule anteriores.

Vera ficou perto de Lancelot e dos soldados. Mesmo enquanto ria junto com os outros, ela olhava para Arthur e Matilda, notando a facilidade de sua conversa. Percebia que Matilda o olhava com tanto amor. Por que ela não tinha visto isso antes? Nunca lhe ocorreu, até aquele momento, que eles poderiam ter encontrado o amor juntos desde a morte de Guinevere. Ela não poderia culpá-los por isso.

E, ainda assim, doía, uma confirmação surpreendente de que não apenas tinha se afeiçoado a Arthur. Vera havia começado a desejá-lo.

Ela procurou algo mais em que se concentrar e encontrou Gawain cavalgando ao longe, sozinho, com a cabeça baixa e os olhos escuros encarando o nada, um enorme contraste com o entusiasmo dos outros. Vera estava bem familiarizada com a sensação de ser a única deixada de lado para testemunhar a amizade alheia.

Ela suspirou e murmurou "Droga" enquanto guiava o cavalo para perto de Lancelot e pegava casualmente o odre de bebida misteriosa. Eles o haviam passado durante toda a manhã, então ele apenas lhe ofereceu um sorriso enquanto o entregava, sem perder o ritmo em sua conversa com os soldados.

Vera puxou as rédeas e se manteve atrás até que Gawain chegasse ao seu lado. Ele olhou para cima, surpreso, o que deixou seu rosto mais agradável do que seu habitual semblante carrancudo. Ela ofereceu o odre a ele.

— O que é isso? — ele perguntou, espiando com ceticismo a abertura do recipiente..

Vera deu de ombros.

— Álcool. Não tem um gosto ruim.

— Bebeu sem saber o que é?

— Sim — ela riu, mas se incomodou com o tom de julgamento. — Percival trouxe. Eu confio nele.

Gawain continuou a estudar a garrafa. Uma luz verde, apenas um leve brilho, começou na base e se espalhou debaixo de seus dedos pela superfície do odre. Seus olhos estavam fechados, concentrando-se, e seus lábios se moviam silenciosamente formando palavras que não faziam sentido para Vera. Quando o último vestígio do brilho verde desapareceu, Gawain abriu os olhos.

— É seguro — ele inclinou o jarro para os lábios e tomou um bom gole. Então disse abruptamente: — Encontrei sua tia, Cecily, a caminho do magistério de magia. Ela disse que o casamento de seu primo será na primavera.

— Ah! — disse Vera, acompanhando o costume que se tornara dela. — Que notícia maravilhosa. — Ela arquivou mentalmente a nova informação sobre a família de Guinevere.

Gawain a observou.

— O que foi? — ela perguntou.

— Você não tem uma tia. Pelo menos, não que eu saiba. Eu inventei. — O peito de Vera se contraiu com a revelação e ainda mais com o modo como ele a olhava. Como se estivesse sendo avaliada e não estivesse à altura. — Merlin me disse que você teve perda de memória devido ao ataque, mas pensei que pudesse estar fingindo.

Vera enrijeceu.

— Por que eu mentiria sobre isso?

— Para evitar a responsabilidade por suas ações — ele disse, como se fosse óbvio. — Mas não se lembra de nada.

— Eu lembro de como montar um cavalo. — Uma tentativa ruim de humor para evitar o desconforto, mas Gawain esboçou um sorriso condescendente.

— Isso não é muito. De qualquer forma, não precisa fingir lembrar na minha frente. E, se tiver perguntas, eu posso respondê-las.

Seria uma oferta generosa se não fosse acompanhada pelo afeto de um bloco de concreto. Ele era a última pessoa com quem Vera queria compartilhar qualquer coisa. Sua guarda já estava alta antes. Esta conversa a fortaleceu.

— Eu tinha a impressão de que você não gostava muito de mim — disse Vera.

— Você estava certa — ele disse de forma direta. — Mas isso foi antes de eu perceber seu déficit mental. — Vera soltou uma risada curta. Gawain a olhou e piscou. — Mas não lembrar... talvez seja uma dádiva. Você pode recomeçar.

— Eu tenho que lembrar — Merlin lhe disse que os magos sabiam da traição de Viviane. Gawain deveria entender melhor do que ninguém. — Você sabe que eu tenho que lembrar.

Ele ficou em silêncio por um tempo antes de tomar outro gole, fazendo careta ao engolir e passando o frasco para Vera.

— Não tenho tanta certeza. A magia vem se comportando de maneira peculiar há algum tempo, desde muito antes do ataque de Viviane.

A boca de Vera adquiriu um gosto estranho e sua cabeça girou.

— Há quanto tempo? — ela perguntou, esquecendo-se de não demonstrar interesse.

— Desde antes das guerras — ele respondeu. — Não tenho evidências para provar, mas eu estimaria que pelo menos desde o Massacre de Dorchester.

Por que isso lhe soava familiar? E por que ela via uma névoa caindo em sua mente ao pensar nisso? Névoa, trovão e uma dançarina... Então, ela entendeu. Era a história que os artistas contaram em uma das suas primeiras noites aqui.

— Quando toda a cidade foi massacrada por um mago enlouquecido?

Gawain lhe lançou um demorado olhar de esguelha.

— Não foi toda a cidade. Foi o extermínio eficiente de todas as pessoas não mágicas em Dorchester. Um experimento sombrio com a população. Se pessoas com o dom só se reproduzissem com outras que também o tivessem, a hipótese era de que isso aumentaria o número de nascimentos mágicos.

— E isso aconteceu?

— Não — disse Gawain. — Duvido que recuperar suas memórias faça alguma diferença — ele continuou, como se não tivesse destruído brutalmente o único objetivo de Vera em sua nova existência. — De acordo com meus estudos de censo, a taxa de nascimentos mágicos tem caído constantemente há quase uma década. A taxa aumentou apenas o suficiente recentemente para que fosse percebida.

Vera sentou-se rígida na sela, contraindo os músculos para proteger-se do medo que descia sobre ela. Por mais estranho que pareça, isso divertiu Gawain. Seus olhos até brilharam brevemente enquanto ele dava uma risada.

— É sábia por desconfiar. Não deve confiar em ninguém.

Vera voltou a si o bastante para encontrar sua voz.

— E quanto ao rei? E quanto a Merlin?

Gawain deu de ombros.

— Certamente não nele — apontou para Lancelot. — Ele exala mentiras.

Vera riu.

— Vou manter isso em mente. Olha, na verdade, eu só queria pedir desculpas por ser a razão pela qual você teve que executar aquele homem. — Ela não sabia que ia dizer isso antes que as palavras saíssem de sua boca.

— É meu dever — disse Gawain.

— Sim, bem, não é um dever que já tenha realizado oficialmente, é?

Ele lhe lançou outro olhar de soslaio.

— Não oficialmente. Mas não era incomum no campo de batalha.

Ele foi tão habilidoso e preciso. Era razoável supor que já havia realizado a tarefa antes.

— Como os magos treinam para essas coisas? — ela perguntou.

— Como? — Gawain riu. — Você está fazendo as perguntas erradas, Vossa Majestade. — Uma risada alta irrompeu do grupo de cavaleiros de Lancelot e Percival, e Vera os fitou com um olhar sonhador.

— Não quer mais falar comigo, quer? — ele perguntou.

Ela estava tão surpresa com sua avaliação direta, e correta, que não sabia como responder.

— De qualquer forma, já terminei de falar — ele disse. — Ouvi que você era estranha, mas gosto mais de você do que pensei que gostaria.

E, com isso, Gawain puxou as rédeas do cavalo para recuar e cavalgar sozinho.

Ainda em choque, Vera alcançou Percival e Lancelot, agora sozinhos, afastados dos outros soldados.

— Estive a observando lá atrás. O que foi aquilo? — perguntou Percival.

— Aquele cara é um esquisito — Vera disse.

Isso fez Lancelot começar a rir descontroladamente, então ela se sentiu compelida a continuar.

— Ele disse que tinha terminado de falar comigo e queria seguir sozinho.

Percival murmurou alguns insultos bem escolhidos entre os dentes.

— Uau, eu nunca vi ninguém irritá-lo assim — Lancelot disse a ele. — Você gosta de quase todo mundo.

— Eu nunca conheci ninguém com tanto desrespeito por Arthur. E agora pela rainha também. Ele é um odioso, pomposo…

— Certo, certo. Entendi o ponto — Lancelot disse. — Você não se sente um pouquinho mal por ele? Sozinho nesse grupo barulhento?

— Não — disse Percival.

— Além disso — Vera acrescentou, participando da irritação de Percival com o fato de que Lancelot claramente não entendeu. — Ele me disse que você exala mentiras e que eu não deveria confiar em você.

— Sério? — os olhos de Lancelot brilharam com prazer. — Isso é fabuloso. Vou incomodar bastante ele. Saúde! — Ele fez um som suave com a língua, e seu cavalo começou a trotar em direção a Gawain antes que qualquer um deles pudesse tentar impedi-lo.

XXIV

Ao contrário da familiaridade abismal de Vera com a lenda arturiana, uma piada bem hilária do universo, ela estava bem familiarizada com a história de Glastonbury. Com base em todos os relatos que havia aprendido na escola e durante as excursões à abadia, todos os edifícios e alojamentos deveriam ter sido feitos de madeira, estruturas simples para manter os antigos povos menos civilizados protegidos dos elementos. Como já era costume em sua nova vida, seu conhecimento estava errado.

O grupo chegou à rua principal de Glastonbury no início da tarde, quando uma chuva fria começava a cair em gotas esparsas, como se o céu estivesse falando muito rápido e não conseguisse evitar que ao menos algumas gotas escapassem.

Uma mulher alegre os encontrou na entrada da cidade com um dramático "Bom dia!" que escalou e descendeu, soando como um arco.

— Essa é Maria. A responsável pelo festival — Arthur murmurou para Vera.

Maria era encantadora, com um monte de cachos dourados arranjados no topo da cabeça e um vestido magenta brilhante que não parecia pertencer ao século VII. Ela os conduziu animadamente até um edifício de pedra que, pelo que Vera pôde perceber, ficava a cerca de meia quadra de onde a George and Pilgrims se ergueria daqui a aproximadamente oitocentos anos.

— Deixem seus cavalos com Edwin, ele vai cuidar deles. E não ouse tocar nessas bolsas — ela gritou para Lancelot, que sorriu e afastou as mãos do alforje. — Tawdry vai levá-las para o quarto de vocês. Majestade, posso roubá-lo por um instante? Minha rainha, a senhora pode seguir para seus aposentos, se desejar. Tenho certeza de que precisa descansar após a viagem.

Esses eram os alojamentos que usavam todos os anos quando estavam na cidade para o festival. O grupo do rei tinha todo o andar térreo.

— Este é o seu — Matilda disse no ouvido de Vera, estendendo o braço à frente dela para abrir a primeira porta à esquerda. Ela espiou lá dentro, e os olhos foram logo atraídos para o fogo ardendo em uma grande lareira na parede oposta, com tudo o que era necessário.

— Eu estou no quarto ao lado. Lancelot está do outro lado do corredor — disse Matilda. — Quer que eu a ajude a se instalar?

Vera assegurou a Matilda de que estava bem e a dispensou. Estranhamente, ela notou, com a cabeça inclinada para o lado, que o quarto era todo iluminado pelo fogo, desde o que estava aceso na lareira até as chamas das velas ao longo das paredes. Havia um lustre de orbes pendurado no teto, completamente apagado, e o painel de mármore que teria sido usado para acendê-lo estava em seu lugar habitual junto à porta, mas coberto com um pano.

— Usamos apenas luz de fogo para o solstício. — Ela se sobressaltou ao ouvir a voz de Arthur às suas costas. — Desculpe por assustá-la — ele sorriu. — Sem iluminação mágica para o Yule. É tudo da terra para celebrar a luz do sol começando a retornar. — A preocupação apareceu em suas feições enquanto ele examinava o quarto. — Está tudo bem por você?

Vera olhou para os móveis ao redor.

— É lindo.

Mas Arthur continuava tenso.

— Tem apenas um quarto para nós dois.

Ah. Ela não tinha pensado nisso, não tinha se preocupado com isso. Eles nunca haviam compartilhado a cama antes.

— Eu não preciso — Arthur começou —, posso ficar no quarto de Lancelot.

Vera riu.

— Seria terrivelmente injusto com ele. — Ela imaginou que pelo menos uma das garotas que ele havia levado ao seu bosque sagrado poderia estar presente.

— Está tudo bem — disse ela sinceramente, esperando que sua segurança pudesse suavizar a expressão preocupada dele. — Eu confio em você. — Um nó dentro dela também se desfez, porque ela realmente confiava.

A celebração da Véspera de Yule seria naquela noite, uma noite de comida, bebida e excelentes artistas. Quando passaram por um enorme arco de pedra na entrada dos terrenos do festival, todo o campo de visão de Vera foi tomado por tochas altas, com suas chamas abertas lançando uma luz oscilante em todas as direções. Havia também candelabros por todo o pátio, fogueiras com grupos de festeiros reunidos ao redor delas na parte de trás do espaço e, no meio, perto da frente, um palco iluminado de maneira engenhosa por bacias rasas de fogo. Mesas e cadeiras contornavam as bordas do pátio, e cada canto tinha um bar improvisado servindo vinho e cerveja.

Um tremor subiu pelos braços de Vera, e foi preciso que seus olhos se ajustassem à luz ao redor para ver além da área do pátio. A princípio, ela só conseguia distinguir uma estrutura imponente. Algo lhe parecia familiar sobre o lugar onde estava. O tremor se transformou em arrepios quando se virou para a rua principal, orientando-se. Ela estava nos terrenos do que um dia seria a igreja. Agora, no ano de 633 d.C., se houvesse uma estrutura aqui, seria uma humilde igreja de madeira. Mas ela caminhou em direção a ela, semicerrando os olhos na escuridão.

Arthur a seguiu.

— O que você está olhando?

— Isso é… — Ela ia dizer "impossível" enquanto olhava boquiaberta para uma catedral de pedra ornamentada que se erguia imponente à sua frente. Duas torres estavam voltadas para Vera, com o corpo do edifício entre elas, não no estilo gótico que ela reconhecia das ruínas da igreja em seu outro tempo, cheio de pontas agudas e contrafortes. Era mais arredondada e suave, mais no estilo do castelo de Camelot, embora certamente tão grandiosa quanto qualquer estrutura mais moderna que ela já tivesse visto. E, como não havia registro dela, nem arqueologia para marcar essa realidade que Vera poderia ter avançado e tocado com seus próprios dedos, ela sabia que devia ter sido feita com magia. A estrutura de pedra da qual *tinham* evidências arqueológicas foi construída mais de cem anos depois. O que poderia acontecer entre agora e depois que apagaria a beleza colossal diante dela?

— Existem apenas ruínas aqui no meu tempo — ela disse. — Ruínas impressionantes, mas não como esta. Isto é... ninguém do meu tempo viu algo assim.

Arthur inclinou a cabeça para o lado.

— Exceto você.

— Suponho que isso seja verdade.

Vera seguiu Arthur de volta para as festividades. Eles se dirigiram a uma mesa perto da frente, onde Matilda, Percival, Gawain e Lancelot já estavam sentados, assistindo aos artistas que haviam começado seu show. Vera se sentou ao lado de Percival, que parecia especialmente infeliz, com o cotovelo na mesa e a bochecha pressionada na mão para manter a cabeça ereta, fazendo a cicatriz em seu rosto parecer ainda mais pronunciada do que o habitual. Ele relanceava o palco e, então, fitava o copo.

— Estão encenando a história de Percival — Lancelot sussurrou para Arthur e Vera.

— Esta é excelente — disse Arthur, com os lábios tão perto do ouvido de Vera que os arrepios, que mal haviam diminuído, surgiram novamente em seu pescoço. Ele pegou dois cálices de um garçom que passava e entregou um para Vera enquanto se sentavam.

Percival gemeu, e Lancelot revirou os olhos.

— Oh, pobre guerreiro sofredor. Deve ser tão difícil ser admirado e amado por ter sido um menino tão heroico — disse ele enquanto pegava um cálice.

Notando que Gawain era o único que ainda não tinha uma bebida na mão, pegou outro cálice e o passou para ele.

Gawain parecia quase tão infeliz quanto Percival, embora ela suspeitasse que fosse apenas a natureza de seu rosto. Ele lançou um olhar carrancudo para o palco, murmurando um quase inaudível "Obrigado" para Lancelot.

Vera voltou a atenção para o palco. Um orador narrava enquanto os atores interpretavam graciosamente a história em dança com o acompanhamento dos músicos.

— Não teve nenhuma dança — resmungou Percival. Ela sorriu e o ignorou, ansiosa para ouvir sua história. Eles montaram a cena: era a batalha mais crucial da guerra.

— Isso nem chega perto da verdade — disse Percival.

Percival tinha apenas quinze anos.

— Na verdade, eu tinha quinze anos quando me uni às forças. Na batalha, eu já estava com dezesseis — ele disse a Vera. Matilda pediu silêncio, e ele suspirou, mas permaneceu calado depois disso.

Sua bravura e lealdade o levaram diretamente ao serviço do rei. Eles haviam perdido a batalha anterior, e a situação estava sombria. Arthur estava no meio do combate, e Percival lutava corajosamente para chegar até ele e oferecer ajuda. Cada um envolvido em um duelo de espadas, lutando pela própria vida.

Vera olhou para os três guerreiros à sua mesa. Percival mordeu o lábio enquanto assistia relutantemente à performance. Arthur e Lancelot exibiam sorrisos orgulhosos. Eles não estavam tentando provocá-lo. Estavam celebrando-o como um irmão muito querido. Arthur observava a multidão reunida, certificando-se de que as pessoas estavam prestando atenção.

O clímax da história ocorreu com Arthur e Percival lutando a uma curta distância um do outro. Arthur estava ocupado, e seus braços ficaram enredados. Havia outro agressor, e sua espada estava prestes a cortar a garganta de Arthur pela lateral. Percival também estava sob ataque. Ele poderia facilmente ter desviado o golpe que vinha em direção ao próprio rosto. Em vez disso, ele estendeu sua espada para parar o atacante de Arthur e, sabendo disso, recebeu o golpe diretamente na cabeça pela espada larga do agressor.

Deveria tê-lo matado, mas não o fez. Segundo o contador de histórias, o poderoso e altruísta espírito de Percival serviu como um escudo enviado por Deus que o manteve vivo. Todas as forças de Arthur, testemunhando esse milagre, encontraram uma força inédita, e a batalha foi vencida logo depois. Arthur conferiu a Percival o título de cavaleiro ali mesmo no campo de batalha, e ele se tornou a pessoa mais jovem a ser nomeada.

— Mas isso não foi o que aconteceu — disse Percival a Vera. — A magia impediu que a espada me atingisse com toda a sua força, ou minha cabeça inteira teria sido cortada ao meio, de frente, em vez de me deixar com uma cicatriz pequena.

Era longe de ser uma cicatriz pequena, cobrindo quase toda a extensão do seu rosto. Percival coçou inconscientemente a parte dela abaixo do olho.

— Foi como... — Ele sacudiu a cabeça com frustração e olhou para o vazio enquanto lembrava — Um braço invisível ou... ou como se uma corda ou algo assim tivesse puxado o braço do soldado justo no momento em que o golpe iria cair.

— Quem fez isso? — perguntou Vera. — Quem te salvou?

— Não faço ideia — disse Percival. — Mas não foi um milagre enviado por Deus. Foi a magia de alguém que estava no campo conosco. — Ele olhou ao redor, como se seu salvador pudesse se revelar.

— Sim, e Arthur não te nomeou cavaleiro ali no campo. Ele esperou a hemorragia parar primeiro — disse Lancelot. — Mas isso não faz uma boa história!

Percival balançou a cabeça e esvaziou o copo em um único gole. Ninguém mencionou o assunto novamente pelo resto da noite, que foi passada com risos e inúmeros cálices de bebida em sua mesa. Os participantes do festival foram até eles para dar boas-vindas, especialmente para cumprimentar Arthur e Vera.

Vera segurou cerca de uma dúzia de bebês, teve sua mão beijada mais vezes do que conseguia contar e suas bochechas doíam de tanto sorrir. Não foi nada desagradável, embora ela tenha ficado cansada com o passar das horas e já tivesse planejado o que fazer com sua manhã de solstício em Glastonbury. Ela não podia estar tão perto do Tor sem escalá-lo para ver o nascer do sol.

Matilda percebeu seu bocejo do outro lado da mesa.

— Está pronta para ir dormir? — ela perguntou.

Vera sorriu agradecida.

— Sim, acho que sim.

Matilda se levantou para acompanhá-la.

E Arthur também.

— Você pode ficar. Eu vou ficar bem. — Ela tocou o braço dele. Foi um gesto que não chamou a atenção de ninguém, mas Arthur olhou para os dedos de Vera enquanto um friozinho surgia em sua barriga. Ela já o havia tocado antes. Por que isso era diferente? Ela piscou para se livrar da sensação.

— Você está me fazendo um favor — disse Arthur. — Caso contrário, esse grupo vai tentar me manter aqui até o amanhecer.

— É verdade — disse Lancelot em voz alta. Ele sorriu para os dois com os olhos vidrados. — São só alguns dias no ano todo que não tenho deveres e obrigações e… — Ele acenou com a mão, procurando a palavra — E coisas assim. Eu pretendo aproveitar ao máximo. — Sua fala se misturava o suficiente para denunciar a embriaguez, embora ele fizesse um esforço valente para soar coerente.

— Imagino que não queira correr até o topo de Tor pela manhã? — Vera perguntou com uma risada, esperando que sua decepção não fosse perceptível.

— De jeito nenhum — respondeu Lancelot. — Mas eu vou, Guinna. — Ele bateu o punho na mesa e apontou para ela com seriedade. — Só por você.

— Não se atreva — disse ela. Por mais que adorasse compartilhar isso com ele, Vera não ia roubar sua única manhã de descanso. Ela certamente não o faria se sentir culpado pela tortura de uma corrida com ressaca em uma colina perigosamente íngreme.

— Eu nunca estive no topo de Tor — disse Arthur. — Gostaria de ir com você.

— Sério? — Vera perguntou. — Tem certeza?

— Só se não se importar comigo a atrasando. Não sou muito bom em correr como vocês dois.

— Eu não ligo — ela disse. — Obrigada.

Será que esse era realmente o mesmo homem que só lhe dava um olhar frio durante a maior parte dos últimos três meses? O rosto de Arthur estava agora inundado de gentileza, com os olhos brilhando de preocupação. Ele sabia o quanto aquilo significava para ela.

XXV

Correr até Tor era tão familiar quanto respirar, mas pela aventura daquela manhã poderia muito bem ter sido a primeira vez que fazia o trajeto. Em muitos aspectos, foi mesmo. Cronologicamente falando, de um jeito que quase confundiu seu cérebro, essa era sua primeira corrida no que um dia se tornaria seu caminho habitual. Também era a primeira vez sabendo a verdade sobre seu passado, bem, sabendo mais da verdade. A primeira vez com Arthur.

A cama que eles compartilharam era grande o suficiente para que nem sequer se tocassem com as pontas dos dedos durante a noite. Ela pensou que saber que ele estava tão perto poderia mantê-la acordada, mas adormeceu logo e dormiu mais profundamente do que em semanas.

Essa parte poderia ter algo a ver com estar em um lugar que parecia sua casa, e retomar seu ritual matinal favorito. Ele já estava acordado e vestido quando Vera despertou. Sem saber em que condições estava o caminho até o topo, eles saíram mais cedo do que o necessário e abriram caminho pela paisagem. Correram pela estrada, passaram pelo riacho de White Spring, onde Vera havia emergido pela primeira vez neste tempo, e seguiram em frente, subindo a longa encosta. O caminho estava livre. Muitos peregrinos já haviam feito a trilha, deixando um rastro natural de pegadas em meio à colina gramada. Ainda assim, era um terreno mais difícil para correr. Eles subiram um trecho particularmente íngreme, Vera meio passo à frente de Arthur. Quando ele parou, ela sentiu sua ausência e também parou.

— Droga — ele gemeu, olhando para a subida à frente. Seu rosto brilhava de suor, e a respiração ofegante saía em nuvens de vapor frio.

Vera sorriu.

— É, é difícil. Quer andar um pouco?

Ele riu entre um arquejo e outro e olhou para ela com admiração.

— Não — disse ele.

Era mentira, e ela sabia que ele a contou valentemente apenas por causa dela. Vera tinha ficado mais rápida depois de tantas manhãs correndo com

Lancelot e, em sua empolgação por estar de volta a essa trilha, pode ter acelerado o ritmo mais do que o habitual. Arthur manteve o passo com ela até o trecho final, quando sua empolgação transbordou. Ela correu na frente até o topo. Sua respiração teria sido tirada do corpo, mesmo que ela não estivesse ofegante.

Arfando, maravilhou-se com a visão, e abriu um enorme sorriso. A Torre de São Miguel só seria construída dali a centenas de anos. Em vez disso, um único totem de pedra estava no centro do que um dia seria a base da torre. Era mais alto do que ambos, embora não fosse gigantesco. Arthur poderia pular e tocar o topo, que parecia o final arredondado de um giz de cera sem ponta. Pedras cinzentas e baixas rodeavam-no em intervalos iguais, pareciam bancos. Vera contou doze e se perguntou se formavam um relógio de sol.

Então ela notou a base do totem no centro. Estava cercada por uma coleção de oferendas, um santuário improvisado no chão. Havia velas, pinturas do tamanho da palma da mão presas com pedras, cordões e fitas amarrados, nós celtas feitos de galhos finos e flexíveis, e uma dispersão de estatuetas de barro feitas à mão.

Arthur alcançou o topo de Tor e se juntou a ela no círculo. Ele nunca tinha visto nada disso, também.

— Isso está aqui no seu tempo? — ele perguntou.

Ela balançou a cabeça.

Ele se ajoelhou para levantar uma estátua em miniatura que havia caído antes de começar a olhar as outras pinturas e notas. Vera girou no lugar. Tor estava vazio, e não havia uma única direção em que a vista não fosse deslumbrante. E lá estava o seu cantinho: o lugar onde ela gostava de se sentar, ou, supôs, o lugar onde *um dia* se sentaria num futuro distante. Ela tirou os sapatos, deixou Arthur no círculo, e permitiu que seus pés descalços a conduzissem até aquele lugar de conforto.

As névoas se reuniam ao redor da base de Tor. Essa parte sempre fez parecer que ele era uma ilha. Agora, realmente havia água e pântanos sob a neblina acumulada. *Ilha de Avalon.* As palavras vieram a Vera quando Arthur se sentou ao lado dela.

Seu rosto estava fixo na paisagem ao redor, com a expressão de alguém que havia descoberto uma maravilha do mundo, embriagado com o esplendor dela.

— Você pode ver quilômetros daqui — ele disse, olhando em direção a Camelot. — Eu viajei por todo este reino. Passei por esta colina dezenas de vezes. Mas nunca realmente a *vi* antes.

Sua máscara cuidadosa havia desaparecido, substituída por uma reverência absoluta, os olhos percorriam o horizonte de um lado para o outro, como se fosse uma escritura a ser lida. Mas, mesmo em sua contemplação, ele parecia cansado. Não era o tipo de cansaço por acordar cedo para correr. Havia olheiras sob aqueles olhos deslumbrados e uma ruga quase permanente em sua testa. Ele estava exausto e sobrecarregado. Era algo que Arthur não deixava transparecer com frequência, mas que sempre carregava. Havia muito que ele não deixava transparecer.

— Com que frequência você corria até aqui? — ele perguntou.

— Algumas vezes por semana, pelo menos. — Vera deu de ombros, um gesto casual que não combinava com a importância da lembrança. — Quase todos os dias desde que voltei para casa depois que... — Sua voz ficou presa na garganta. — Depois que... — ela queria desesperadamente contar a ele. Não podia continuar vivendo essa existência de meias verdades, de meia vida, mas não sabia como desfazer isso.

Arthur deixou o vazio pairar entre eles.

— Como seria se você terminasse essa frase? — Seu convite diminuiu a distância entre o que havia sido e o que poderia ser. — Eu gostaria de saber o que você não disse — ele falou.

Ela não se permitiu pensar demais no assunto. Se hesitasse, encontraria uma maneira de escapar do refúgio, e do terror, de contar a verdade.

— Depois que Vincent morreu — ela disse. Isso não explicava nada para ele. Mesmo assim, Arthur esperou. — Eu o amava. — Ela estava tremendo, mas não parou. — Foi ele quem tirou aquela foto minha com meus pais. Menos de duas semanas depois, ele morreu.

— O que aconteceu?

— Acidente de carro — Vera disse e percebeu que isso não fazia sentido para ele. — Hum... eu não sei bem como explicar isso. É como uma carruagem sem cavalos.

— Eu conheço os automóveis — Arthur disse. Ela se virou para ele, confusa, e ele esclareceu. — De alguns dos livros que Merlin trouxe para você.

Ficou curiosa para saber como essa descoberta havia sido para ele, mas deixou isso de lado por enquanto. O conhecimento dele simplificava as coisas para essa história. Ela engoliu em seco e continuou.

— Recebi a notícia de que ele tinha se envolvido em um acidente de carro e foi levado às pressas para o hospital. Eu sabia que era grave, mas não disseram quanto. Cheguei a tempo de vê-lo sendo levado para o atendimento. Foi horrível. Ele estava... mutilado. Eu deveria saber que ele estava morrendo, mas estava ingenuamente esperançosa. Ele morreu sozinho. Então os pais dele chegaram, e eu contei que o filho deles estava morto. Foi pior do que um pesadelo.

Suas palavras eram fermento para a memória enquanto ela contava a história. Tudo voltou à vida novamente: os sons frenéticos, a luz fluorescente brilhando acima, moldando tudo com sua aura pútrida, e a mãe de Vincent... como levou segundos extras para ela compreender as palavras depois de ouvi-las, e o modo como o horror atravessou fisicamente seu corpo.

— Eu nunca contei a ninguém sobre aquela noite.

Ele pegou sua mão.

— Sinto muito.

— Foi o que facilitou vir para cá — Vera disse. — O que também faz com que eu me sinta terrível.

— O que você quer dizer? É perfeitamente compreensível.

Será que realmente contaria tudo a ele?

— Meu pai, meu verdadeiro pai, aquele que me criou, está muito doente. Ele está em tratamento e pode sobreviver, mas é... — Ela parou. Pretendia dizer improvável, mas não conseguiu. — Ele não está bem — disse ela em vez disso, ainda precisando apertar os dentes e olhar para o horizonte antes de confiar em sua voz. — Se eu puder ajudar você a consertar as coisas aqui, voltarei para ficar com ele e com minha mãe até que ele esteja melhor — ela terminou com uma mentira desconfortável, um sorriso forçado.

Nesse ponto, todos poderiam ter desejado que ela tivesse ficado onde estava desde o começo. Vera deu uma risada desdenhosa.

— Embora eu esteja muito mais perto de levar seu reino à ruína do que de ajudar. Talvez se eu conseguir parar de perder a cabeça toda vez que... — Seus pensamentos tropeçaram na memória de Joseph e no momento em que ele se tornou um corpo vazio. — Um homem foi morto porque me insultou, por eu não ter conseguido conter a língua.

Mas o rosto de Arthur mudou para algo como descrença enquanto seu olhar penetrava em Vera.

— Não foi isso que aconteceu. Eu estava a dois passos de você. E conversei com todas as testemunhas daquele dia.

Ele havia feito isso? Ela sabia que ele estava por perto, mas não achava que ele tivesse ouvido.

— Você pensou que ele estivesse insultando Helene. — Arthur esfregou o polegar nas costas da mão de Vera, e ela sentiu um friozinho na barriga.

— Isso também não foi o que aconteceu com Wulfstan. Nunca foi assim.

— Como você sabe disso? — Soou mais acusatório do que ela pretendia. Vera soltou a mão de Arthur, fingindo mudar de posição, lamentando ter feito isso antes que o calor dos dedos dele tivesse desaparecido de sua pele.

— Porque você não faz isso por si mesma — ele disse. — Eu lhe dei uma centena de razões para despejar sua ira em mim, e você não fez isso.

Ela sabia o que responder, mas um brilho começava a se formar no horizonte.

— O sol está prestes a nascer — Vera acenou na direção dele. — Você não vai querer perder esta parte.

Isso efetivamente estourou a bolha de tensão enquanto ele desviava o olhar expectante dela. Quando o primeiro raio de sol apareceu, Arthur ofegou.

— Eu nunca assisti ao nascer do sol antes — disse ele. Ficaram em silêncio até que o sol aparecesse completamente na linha do horizonte, uma moeda de ouro pairando baixo no céu, banhando a terra com seu brilho.

— Não teria sido errado se você tivesse se defendido — ele disse, com os olhos fixos no horizonte. — Eu gostaria que você o fizesse.

— Eu preferiria que você não me desse mais motivos para isso — ela disse como uma piada, mas a resposta dele não combinou com seu sorriso. Foi como se um peso tivesse caído sobre ele.

O peso da perda dele, talvez? Ela não era a única a sofrer. Vera envolveu os joelhos com os braços.

— É isso que Guinevere teria feito? Gritado com você?

A respiração dele saiu em uma risada amarga.

— Não tenho certeza. Certamente havia muitas coisas que ela precisava dizer e que morreram com ela — ele cerrou o maxilar. A tensão desapareceu antes que Vera tivesse tempo de entender o que significava.

— Você se parece com ela em muitos aspectos. Gosto dessas coisas em você — ele acrescentou quando ela se irritou. — E você é diferente em muitos outros.

— Você a amava? — ela perguntou rapidamente.

A resposta dele foi quase uma careta. Culpa? Ela pensou em Matilda. Se Vera e Arthur estavam sendo sinceros, ela podia muito bem esclarecer tudo.

— Você está apaixonado por Matilda?

A careta dele desapareceu. A reação de Arthur foi como se tivessem derramado água gelada na cabeça dele. Ele riu.

— É isso que você pensa?

Vera deu de ombros timidamente e assentiu.

— Eu amo Matilda — ele disse, com tato. — Mas nunca foi algo romântico. Ela é da família. Minha mãe e a dela eram irmãs. Matilda é a pessoa mais próxima de um irmão que eu já tive, exceto talvez por Lancelot.

Agora foi Vera quem riu.

— Você poderia ter mencionado isso antes.

— Eu não pensei nisso porque…

— Porque eu já sabia — ela completou o pensamento por ele e então se corrigiu. — Guinevere sabia.

Arthur suspirou, se levantou e deu alguns passos à frente. Balançou a cabeça e começou a andar de um lado para o outro, imerso em pensamentos.

— Odeio que sua vida tenha sido roubada de você. Isso é uma confusão.

— É mesmo. Eu amo minha casa. Meus pais. É uma vida simples, mas é boa. — Ela não tinha certeza de como lidar com seus sentimentos, mas tentou mesmo assim. — Mas há partes de estar aqui que são bem encantadoras. Eu nunca tive amigos antes. E... estar em Glastonbury para o solstício, vendo tudo de uma maneira com que ninguém do meu tempo poderia sequer sonhar? — Ela olhou ao redor e ficou novamente maravilhada com o nascer do sol e o círculo no topo de Tor. Então, seus olhos caíram sobre Arthur. Estar ali com ele era a parte que fazia seu coração disparar. — É espetacular. Vou me lembrar dessa manhã para sempre.

Arthur sorriu, embora parte da máscara tenha voltado, cobrindo um lampejo de vergonha. Ele deu alguns passos, virou e fez o mesmo na direção oposta. Se ela deixasse o silêncio se prolongar o suficiente, sabia que ele encontraria as palavras que estava lutando para trazer à tona. Mas quando ele se virou para andar na outra direção, Vera percebeu que já tinha visto aquilo antes.

Ela ofegou, e Arthur olhou para ela, completando a visão, combinando perfeitamente.

— Era você — ela sussurrou.

— O quê? — Arthur estava perplexo.

— No último solstício, eu estava aqui. Estava bem aqui, sentada neste lugar, e pensei que tinha visto um fantasma. — Ela engoliu em seco. Suas mãos tremiam. — Foi isso. Eu vi exatamente este momento. Eu vi você.

XXVI

Vera contou a Arthur toda a história enquanto desciam Tor: o que ela viu, como tudo coincidiu com cada detalhe.

— Eu sei que era você — ela disse. — Tenho certeza disso. É muita loucura?

Mas ele não achava que fosse. Talvez o véu da magia e do tempo estivesse fino: mesmo dia, mesmo lugar. Talvez tenha sido sorte. De qualquer forma, fosse o *que* fosse, parecia significar algo, pelo menos *algo* acontecendo estava certo com o universo.

Eles fizeram uma parada rápida para Vera trocar os sapatos e colocar um vestido antes de continuar a caminhada pela rua principal. A rua já estava movimentada com os festeiros diurnos começando a fazer compras dos produtos festivos do mercado. Arthur parou em uma barraca de comida para pegar tortinhas de maçã, bem quentes, mas tão deliciosas que, mesmo quando o vapor lhe queimou a língua, Vera fechou os olhos em êxtase.

Teria sido sábio esperar para dar outra mordida, já que a próxima estava mais no meio, ainda mais farto de recheio, quase à temperatura de lava derretida. Mas a fome pós-corrida levou a uma decisão diferente. Nesse ponto, Vera tinha duas opções, nenhuma delas particularmente elegante: cuspir a torta no chão ou fazer o possível para aguentar. Vera escolheu a segunda opção e, sem elegância, começou a sugar ar fresco para dentro da boca queimada, tentando esfriar as traiçoeiras maçãs, enquanto Maria se aproximava. Arthur desviou o olhar preocupado das palhaçadas de Vera, que, é claro, ela não podia explicar porque estava com a boca cheia de comida, para cumprimentar Maria.

Por sua parte, Vera fez o possível para sorrir sem fechar completamente a boca, já que o vapor precisava sair por algum lugar, sem deixar transparecer que sentia uma dor absurda que ela mesma tinha se proporcionado.

Maria não notou.

— Bom dia, Majestades! — ela exclamou, com a voz se elevando melodiosamente sobre as palavras. — Olha só vocês dois. Vê-los juntos novamente...

e, minha nossa! Inseparáveis, parece. Bem, suponho que faz sentido depois de estarem afastados por tanto tempo.

Vera semicerrou os olhos enquanto engolia, outro erro, já que agora sentia como se a garganta estivesse quente o suficiente para respirar fogo. Maria, no entanto, continuou.

— Não íamos perguntar porque sabemos que a rainha tem se recuperado. Mas agora que vimos vocês dois juntos, quer dizer, vimos como a rainha está bem... — Maria sorriu para ela. Vera percebeu o significado oculto. Os rumores sobre problemas entre ela e Arthur haviam chegado até ali.

— Sim? — ele a incentivou.

— Lembra-se do ano em que vocês dois abriram as festividades? Com a Yule Carola? — ela perguntou.

— Sim — Arthur respondeu, e Vera começou a acenar com a cabeça também, tentando acompanhar. Ele mordeu o lábio para reprimir um sorriso.

— Seria maravilhoso se vocês pudessem fazer isso esta noite. Poderiam? Por favor?

Os olhos cintilantes de Maria se voltaram para Vera.

— Certamente! — ela disse com um encolher de ombros, ainda lidando com a boca queimada, mas para a alegria de uma efusiva Maria e para a surpresa de olhos arregalados de Arthur.

Maria praticamente gritou de alegria enquanto corria para informar a quem fosse necessário que Vera havia aceitado.

— O que é isso? O Yule Carola? — ela perguntou a Arthur. — É, tipo, uma leitura ou procissão ou... recital?

— Aquilo... não consigo acreditar que isso acabou de acontecer — Arthur disse. — Hum, não. É uma dança.

— Ah — Vera disse. — Droga.

A preocupação desapareceu de seu rosto. Ele riu.

— Tudo bem. Temos o dia inteiro para você aprender.

Eles não tinham *exatamente* o dia todo. Maria deixou claro que pretendiam dar a Vera um tratamento real mais tradicional para se preparar para a noite. Mas ainda tinham várias horas antes que isso começasse, mesmo depois que Arthur disse que precisaria de tempo para reunir algumas coisas. Vera e Matilda fizeram compras no mercado por um tempo, onde encontraram tesouros suficientes, tornando a decisão de voltar para seus aposentos fácil.

Fazia pouco que ela havia chegado quando Arthur voltou com as mãos cheias também, carregando um alaúde.

Vera levantou as sobrancelhas para ele e tomou um gole da bebida que havia servido para si mesma.

— Você tem talento musical?

Mas ele não respondeu da mesma forma. Seus olhos escureceram e se fixaram no cálice dela. Eles se dirigiram para o canto onde seus alforjes estavam na mesa.

— Onde você pegou essa bebida? — ele perguntou com um tom de pânico na voz.

— Eu comprei um pouco de vinho, vinho de maçã, enquanto estava fora com Matilda esta manhã. — Vera tropeçou nas próprias palavras. — Está tudo bem?

A rigidez desapareceu de sua postura.

— Claro que está.

O que diabos foi isso?

— Quer um pouco? — ela perguntou. Maçãs eram uma especialidade de Glastonbury na época de Vera também. A manhã inteira parecia que ela estava segurando a ponta de um fio no século VII com uma pipa do outro lado em seu tempo. Especial. Místico. Ela havia comprado o vinho com a intenção de compartilhá-lo com Arthur.

— Ah, sim — ele disse um pouco desajeitado. — Obrigado.

Ele ajustou o alaúde nas mãos para aceitar a bebida.

— Então… — Vera tocou o instrumento com o dedo indicador. — Qual é a do alaúde?

— Ah — ele disse. — Não poderemos ter um músico para tocar para nós enquanto você aprende. — Era um bom ponto. Seria estranho Arthur precisar ensinar a ela. — Perguntei a Gawain se ele poderia encontrar uma maneira de termos música para praticar em privado para esta noite. — Ele levantou o alaúde. — É um feitiço brilhante.

Arthur colocou o instrumento sobre uma cadeira e dedilhou uma única corda. A nota ressoou pela sala e, quando estava prestes a desaparecer em silêncio, o alaúde começou a tocar sozinho, uma melodia curta e alegre que se repetiu duas vezes.

— Essa é toda a música que temos que dançar? — Vera perguntou.

— É isso — ele confirmou. — Não sou um dançarino especialmente talentoso, e mesmo assim acho que essa é fácil.

Arthur se desmereceu. Ele era um professor paciente e agradável, dando lembretes úteis enquanto realizavam os movimentos.

— Mãos direitas juntas... bom. Troque para a esquerda, e, como era mesmo que você chamava esse movimento? Pés chiques — ele riu. Vera havia começado a nomear os movimentos. Nomes que se tornavam suspeitosamente mais engraçados conforme a garrafa de vinho de maçã diminuía.

— Ah, droga! — Ela reclamou ao errar o mesmo movimento pela terceira vez consecutiva.

Arthur pousou a mão nas cordas do alaúde e parou a música.

— Tudo bem. Quer fazer uma pausa?

— Já terminamos a maior parte?

— Estamos quase lá — ele disse.

— Certo. — Vera acenou para o alaúde. — Vamos tentar novamente.

Mas Arthur a viu sorrindo e parou.

— O que é engraçado? — ele perguntou.

— Nada. Não é nada.

— Ah, vamos, diga.

— Eu inventei uma letra para a música — disse Vera.

Arthur sorriu para ela enquanto dedilhava a corda do alaúde para iniciar a música.

— Espero que você cante, então.

Eles começaram a dançar. Aproximação, palmas se encontrando, um passo para trás. A mão dele na cintura dela e a dela na dele para uma volta. Arthur a observava com expectativa divertida. Era a vez de Vera rir. Quando a melodia começou a se repetir e eles passaram para o próximo conjunto de movimentos, ela cantou suas palavras.

— *Era uma noite de inverno, a rainha selvagem estava apavorada. Ela não era tão bela e graciosa; aceitou liderar uma dança desonrosa.*

Arthur riu.

— Você não é nada desonrosa. Está indo muito bem.

Ele lhe ensinou outro passo na dança, e eles recomeçaram com o novo movimento acrescentado. Vera não pensou em nada enquanto a música chegava ao fim com sua mão na de Arthur. Ele segurou os dedos dela perto dos lábios enquanto ela fazia uma reverência.

Ele a olhou com uma expressão muito engraçada.

— O que foi?

— Esse foi o fim da dança. Mas eu... não te ensinei essa última parte ainda.

Ele estava certo. Ele não tinha. E não foi só a reverência. Houve outras duas partes antes disso, uma quando suas mãos direitas se juntaram na altura do peito e as mãos esquerdas se encontraram acima da cabeça, e outra quando Vera fez uma espécie de passeio ao redor de Arthur. Nenhum dos dois eram movimentos que poderiam ter acontecido por acidente. Ela se lembrava. Dois bons sinais em um dia.

— Hum — Vera disse enquanto se sentava aos pés da cama. Ela não se *lembrava* conscientemente, mas conhecia a dança. Conhecia os passos, isso era certo. — Sei que não aprendi isso na minha época. Nossa dança é bem diferente.

— Como é? — ele perguntou.

— A *minha* dança, em particular, pode ser melhor caracterizada como movimentos desajeitados — ela respondeu. — Eu... sinto a música, sabe?

— Não, não sei — Arthur disse com um sorriso. — Acho que você precisa me mostrar.

— Sério?

Ele deu de ombros e fez um gesto para o espaço vazio perto dele.

Vera balançou a cabeça e tomou um gole do seu cálice antes de se levantar e se dirigir para onde ele havia indicado.

— É meio que...

Por conta de já estar um pouco embriagada e do tanto que já haviam se divertido, Vera ficou surpresa com a facilidade de sua vulnerabilidade ao mostrar alguns dos seus movimentos mais engraçados: mãos acima da cabeça, um balanço de ombros, pulos e giros. Após um giro saltitante, ela encontrou Arthur no meio de uma risada calorosa, um som encantador e desinibido. Mas isso não a fez se sentir constrangida nem zoada. Seus olhos estavam brilhantes. Por um instante, o vislumbre de seu rosto na noite em que o conheceu, com a expressão dura e fria, surgiu em sua mente. Ela não conseguia acreditar que era a mesma pessoa. Na verdade, ele não era. Aquele homem parecia um estranho, e Arthur parecia diferente.

— Essa é a primeira vez que ouço você rir assim — disse Vera.

Ele abriu ainda mais o sorriso.

— Eu vi muita coisa desde que te conheci, e essa é certamente a primeira vez que vejo você dançar assim.

Também era a primeira vez que Arthur se referia a Vera como se ela e a Guinevere de antes fossem a mesma pessoa. O sorriso dela vacilou, se perguntando se ele perceberia sua gafe. Foi também nesse instante que ela entendeu que tinha feito uma suposição terrível esta manhã ao não lhe dar tempo para responder se ele havia amado Guinevere. Se ele a amava, e agora estava olhando para uma mulher idêntica a ela...

Não conseguia pensar naquilo e, particularmente, tinha medo de que a atmosfera desse momento doce pudesse se romper abruptamente.

— Como as pessoas normais dançam umas com as outras no seu tempo? — Arthur perguntou, fingindo inocência.

— Mas que grosseria! — Vera abriu a boca teatralmente, embora não conseguisse segurar o sorriso. — Bem, geralmente não é coreografado, e é muito mais simples do que o que estamos fazendo esta noite. É basicamente... balançar, na verdade. Não tem muito segredo.

Arthur encarou os próprios pés. Quando olhou para cima, ainda estava sorrindo, mas os olhos estavam fixos nos de Vera. Ela ainda não estava acostumada com isso, com ele a fitando daquele jeito.

— Vai me mostrar? — ele perguntou.

Agora ela estava nervosa.

— É, é estranho sem música. — Foi difícil de controlar sua voz. — A música do alaúde não funcionaria. É mais lenta do que isso.

— E quanto à canção com o pássaro na árvore de sicômoro? — ele perguntou.

Vera o olhou sem entender. Então Arthur, o antigo rei da Britânia, começou a cantarolar a melodia inconfundível de *Dream a Little Dream of Me*. Ela não conseguia acreditar. Ouvir sua voz régia cantarolar a música que ela havia crescido ouvindo, interpretada pela The Mamas and the Papas, a encantou.

— Você cantando essa música deve ser a coisa mais estranha de toda a história — ela disse.

— Essa vai servir?

Vera concordou e estendeu a mão para ele. Suas palmas estavam úmidas, e seu coração batia mais rápido do que deveria. Arthur olhou para ela com uma intensidade desestabilizadora quando os dedos tocavam os dela.

— Aqui — ela disse, guiando a mão direita dele para sua cintura. Os dedos dele deslizaram além, até a parte inferior das suas costas, segurando-a mais perto do que precisava. Ela não esperava isso, mas também era exatamente o que queria. Vera engoliu em seco, consciente de que ele poderia sentir o pulso acelerado sob seu toque.

Ela começou a cantarolar baixinho, e eles dançaram. Vera não conseguia imaginar fitar Arthur nos olhos quando estavam tão perto um do outro, então apoiou a lateral da cabeça no peito dele. Quase instantaneamente, duvidou da decisão. Estaria muito próximo de um abraço completo? Mas então ele respondeu da mesma forma, descansando a bochecha na cabeça dela.

Ela não soube quem se afastou primeiro, assim que a música terminou, eles não estavam mais tão próximos um do outro. Ele havia tirado a mão das costas dela e ela do ombro dele, e, embora também tivessem baixado a outra mão, Arthur delicadamente segurou os dedos dela.

— É mais ou menos assim — Vera conseguiu sussurrar enquanto inclinava a cabeça para trás para encontrar o olhar dele. — Como você conhece essa música?

— Você costumava cantá-la na capela — disse Arthur. — Eu não... eu queria estar lá para você sem a machucar, e não sabia como fazer isso... — A voz dele foi diminuindo. — Eu ia à capela depois de você e me sentava no nicho para que você não ficasse sozinha.

Ela não soube o que dizer. Encarou o chão, sem saber como lidar com esse carinho. Carinho que pertencia a outra pessoa, mas no qual ela havia se perdido, apesar de tudo.

— Desculpe — ele disse. — Foi estúpido e invasivo.

Ele parou quando Vera olhou para ele.

— Não foi — ela disse.

Ele não tentou esconder a dor em sua expressão. Seus lábios se abriram e ele inalou profundamente.

— Eu tenho algo a lhe dizer.

Vera estava quase certa de que sabia o que era.

Achava suspeito que Merlin concordasse em deixar o trabalho de memória em espera sem nada em seu lugar. E a forma como o comportamento de Arthur mudou em relação a ela depois daquele dia no escritório de Merlin... Merlin o convenceu a tentar se conectar com Vera. Como ele havia notado o carinho dela por ele florescer, ela supunha que ele estava se sentindo culpado por não ser sincero. Devia ser isso.

Mas ele não continuou. Uma batida alta soou na porta pouco antes de ela se abrir para revelar Maria já vestida esplendidamente com um vestido de cetim azul-cobalto e com brilho verde e turquesa ao redor dos olhos. A metade superior do rosto dela estava pintada como as penas de um pavão.

— Odeio interromper um momento íntimo — Maria cantarolou enquanto seus olhos passavam de Arthur para Vera, parecendo que ela preferiria saborear uma interrupção mais lasciva do que essa. Vera soltou os dedos de Arthur, mais parecendo crianças envergonhadas do que cônjuges. — Mas precisamos começar a nos preparar para esta noite se Vossa Majestade quiser estar pronta a tempo.

— Pode esperar alguns minutos? — Arthur perguntou.

— Não, Vossa Majestade! Já estamos atrasados. — Pela forma como Maria estava escandalizada, parecia que Arthur havia pedido a ela que traísse o país e ele.

— Está tudo bem — Vera disse, inclinando-se perto do ouvido dele. Seus lábios estavam a milímetros da pele dele. Arrepios surgiram em seu pescoço. — Me conta depois? — Por que estragar o momento?

Ele passou a mão pelo braço dela.

— Tudo bem.

Isso foi suficiente para Maria, que empurrou Vera para fora do quarto com a tenacidade de um *border collie* conduzindo ovelhas. Vera arriscou uma mordiscada no calcanhar para dar uma última olhada em Arthur, que sorria enquanto a observava ir embora.

XXVII

Preparar-se para o festival não era nem de longe tão simples quanto se preparar para um dia no castelo, informalidade que Maria lamentou várias vezes durante a tarde. Para seu crédito, cada reclamação vinha com uma solução, geralmente incluindo a presença permanente de Maria em Camelot. Vera fez o possível para desviar do assunto com elegância em vez de gritar em pânico "Não" cada vez que o tema surgia.

Para o festival, no entanto, Maria planejou a tarde de forma impecável, providenciando para que Vera tivesse o cabelo e a maquiagem feitos sucessivamente. Vera tinha ouvido falar de chumbo sendo usado em alguns blushes antigos e gordura animal fresca em outros, então ficou aliviada e encantada ao ver que os cosméticos eram misturados frescos diante de seus olhos. A mulher magra com olhos afiados e lábios pintados de rosa trouxe duas malas cheias de suprimentos. Ela contou a Vera histórias de seus anos na rota do comércio de especiarias enquanto realizava sua alquimia, usando beterrabas do Egito como base para o blush, frutas que Vera nem sequer reconhecia para os lábios, e folhas secas e escuras moídas em pó fino para os olhos.

Com as instruções incisivas de Maria, as servas ajudaram Vera a colocar o vestido que Randall havia feito para ela, enquanto elogiavam o trabalho dele.

Vera adorou tudo na peça. Era uma obra de arte, uma obra-prima que ela se sentia honrada em usar. Não teria acreditado que um vestido assim fosse possível se não soubesse que Randall tinha literalmente magia na ponta dos dedos. Era branco, com vinhas em espiral bordadas por todo o corpete ajustado. Os fios eram de um dourado que, de alguma forma, era da cor da luz brilhando em um riacho. O decote mergulhava profundamente, parando abaixo do busto de Vera, mas terminava em um ponto estreito, evitando ser revelador a ponto do desconforto. A parte de trás descia até suas costelas, e as mangas eram ajustadas aos cotovelos onde se dividiam. O restante pendia livre, revelando um bordado dourado mais vibrante no lado avesso do tecido.

Elas se afastaram para admirar o trabalho, parecendo satisfeitas, especialmente Maria. Enquanto Vera desejava ter um espelho, Maria fez um gesto dramático com o braço, como um maestro de orquestra. Em vez de música tocando a seu comando, a água da fonte que gotejava seguiu seu movimento e formou uma coluna diante de Vera, criando um reflexo perfeitamente suave.

Vera não havia visto seu reflexo desde que saiu do George & Pilgrims, e quase não se reconheceu. Era exatamente assim que esperava parecer se um dia se casasse. E lembrou que, de fato, estava vivendo uma vida em que já era casada, então talvez usar esse lindo vestido e dançar com um rei bonito fosse suficiente.

Maria fez a água voltar ao seu lugar com apenas um movimento.

— Arthur vai vir aqui? — Vera perguntou. Maria a olhou sem expressão. — Para... me acompanhar? — ela acrescentou.

— Ah, de jeito nenhum — Maria disse de forma seca. — Sua Majestade está totalmente ocupado até depois da sua chegada. Sir Lancelot vai...

— Não, ele não está — a maquiadora interveio casualmente enquanto guardava seus utensílios em um rolo de couro.

Maria piscou para ela, sem entender.

— O rei — disse a maquiadora. — Ele está do lado de fora da porta... disse que esperaria ali... até terminarmos. — Sua voz foi sumindo à medida que a expressão de Maria se transformava em horror.

— Você deixou o rei esperando no corredor? — Maria disse cada sílaba como se fossem tapas interrompidos. A maquiadora murchou. Elas trocaram olhares ansiosos, paradas no lugar, até que Vera revirou os olhos e marchou até a porta por conta própria.

— Espere! — Maria chamou quando Vera a abriu sem cerimônia. Arthur estava encostado na parede oposta. Maria reclamou por trás dela.

— Então tanto faz a revelação — ela disse.

Vera sorriu quando seus olhares se encontraram.

Arthur usava uma túnica com cinto muito mais refinada do que o habitual, com fios e botões que complementavam o vestido de Vera. Seu cabelo escuro estava preso em um coque na nuca, Vera decidiu naquele exato segundo que aquele era seu penteado favorito. Ele se endireitou ao vê-la, e com o sorriso agradável e torto que dirigiu a Vera, algo em seu rosto prematuramente envelhecido parecia jovem.

— Oi — Vera disse, sem fôlego. — Você está muito bonito.

Arthur corou com o elogio, e Vera ficou encantada com isso.

— Obrigado — ele disse, com os olhos percorrendo-a. — Você está deslumbrante.

Maria não teve escolha a não ser mandá-los embora com pouca cerimônia, tranquilizada apenas pela garantia de que eles estavam planejando liderar a dança de abertura. Arthur ofereceu o braço a Vera, e eles caminharam até o local do festival, onde encontraram seus amigos sentados à mesma mesa de antes.

Lancelot correu até eles, batendo uma mão no ombro de cada um deles. Então ele voltou a atenção para Vera e lhe deu um beijo na bochecha.

— Guinna! — ele disse. — Você está linda. Esse é o vestido que o Randall fez?

— Sim. E obrigada. — Ela enfiou as mãos nas fendas laterais da saia, ansiosa para mostrar a alguém que apreciaria a melhor parte. — Tem bolsos!

— É isso aí! — ele disse com apreço.

Ela sentiu o peso do olhar de Gawain antes de vê-lo. Lancelot percebeu e deu de ombros.

— Acho que eu o decifrei. Para falar a verdade, ele é bem engraçado.

Não havia tempo para discutir os méritos de Gawain. Maria já os convocava para a dança. Tudo aconteceu muito rápido. Em um momento, eles estavam ao redor da mesa com os amigos, no seguinte, parecia que estavam sozinhos na área de dança, com os olhos de centenas de foliões de Yule sobre eles. A respiração de Vera falhou.

— Está nervosa? — Arthur sussurrou.

— Um pouco — ela disse.

Arthur e Vera começaram a dançar quando os músicos ao lado do palco começaram a tocar. Seus movimentos estavam rígidos enquanto ela concentrava toda a sua energia em não cometer erros, mas durante a primeira parte, quando ela e Arthur se aproximaram, ela ouviu sua voz grave cantar baixinho e olhou para ele, de olhos arregalados em surpresa.

— Eu inventei uma letra também — ele disse.

Ela direcionou seu foco para ele, esforçando-se para ouvir a voz grave e suave que seguia a melodia.

— *O rei concordou em ensinar uma dança, mas Vossa Majestade estava muito ocupada; e quando a festividade foi arruinada, Maria teve um chilique enorme.*

Vera jogou a cabeça para trás e riu.

— Não é bem uma obra-prima — Arthur disse, enquanto ele e Vera se aproximavam para girar, mas ele sorriu por tê-la agradado tanto. O resto da dança foi mais solto e, inacreditavelmente, divertido. O público desapareceu da visão periférica de Vera, e ela via apenas Arthur. Cada vez que se aproximavam o suficiente para sussurrar, um ou outro murmurava o nome inventado para o próximo movimento. Ela quase ficou triste quando a música terminou.

Em seguida, veio a apresentação das coroas de Yule. Não foi Maria quem entrou no campo, mas um grupo de quatro crianças. As duas mais novas estavam na frente, uma menina e um menino, cada um carregando uma coroa em uma almofada, lembrando os pajens de alianças. Eles estavam no final da infância e tinham um acompanhante mais velho para mantê-los concentrados quando queriam se afastar ou se esquivar da multidão ao redor.

Vera agachou-se para ficar ao nível dos olhos das crianças, e Arthur fez o mesmo. Ela sorriu encorajadora, dando coragem à menininha para percorrer o espaço entre eles.

— Feliz Yule, minha rainha! —A menininha estendeu a coroa de Yule para Vera. As belas e rústicas coroas eram feitas com pedaços de quartzo e envoltas em fios de ouro. Os servos mais velhos as colocaram na cabeça de Vera e Arthur. A dele era mais simples: fios entrelaçados com um cristal escuro e redondo no centro. A de Vera era uma radiante explosão de cristais.

— Podemos usá-las todos os dias? — ela perguntou a Arthur.

Ela estava brincando, mas Arthur disse:

— Sim — embora seus olhos dissessem claramente como quiser.

A festa e a dança começaram de verdade depois disso. Arthur e Vera se retiraram para a mesa deles, recebendo uma barulhenta acolhida de seus amigos, que estavam claramente se sentindo muito bem. Lancelot se preocupou em garantir que ela tivesse comida, porque era o que ele fazia, e ela o amava por isso, e Arthur pegou uma bebida para Vera.

— Preciso dar uma volta rápida para cumprimentar as pessoas, mas você — ele disse, erguendo a mão enfaticamente quando ela se levantou para acompanhá-lo — deve ficar aqui e se divertir. Este não é um evento oficial. Ninguém a condenará por isso.

Ela não tinha vontade de argumentar. Essa mesa cheia de risadas barulhentas e sem expectativas de que ela fosse alguém além de si mesma era exatamente onde queria estar.

— Guinna — Lancelot disse. — Estamos interrogando Gawain para conhecê-lo melhor, e está sendo muito divertido.

Matilda se inclinou em direção a Vera para colocá-la a par.

— Até agora, descobrimos que ele é o mago mais jovem do alto conselho.

— Por vinte e dois anos — Lancelot interrompeu.

— Sim, eu ia chegar nisso — ela disse, batendo em Lancelot com seu guardanapo. — Por vinte e dois anos. O dom favorito dele é poder fazer algum trabalho de cura, e está bem ciente de quanto seu comportamento irrita Percival.

— Mas só porque Lancelot contou para ele — Percival interrompeu com a exasperação que reservava especialmente para o mago. — Caso contrário, ele acharia que estávamos indo bem.

Até Gawain abriu um sorriso relutante, embora ele também tivesse uma bebida diante de si, e Vera achou que seria justo supor que nenhum deles estava na primeira rodada.

— Tenho uma pergunta — Percival olhou para Gawain com atenção. — Você disse que estuda em quem a magia emerge e como se manifesta e toda essa baboseira, certo?

Gawain não reconheceu o insulto, apenas assentiu.

— A taxa de nascimento mágico não é de uma em cada quatro pessoas?

— Percival perguntou.

Gawain inclinou a cabeça de um lado para o outro.

— É menor que isso agora. Mais perto de um para dez, de acordo com minha pesquisa. Mas era cerca de um para quatro quando você nasceu.

— Certo. — Percival revirou os olhos. — Aqui. — Ele gesticulou em volta da mesa. — Há quatro de nós, e nenhum tem uma habilidade mágica.

Gawain esperou com expressão impassível.

— Você tem uma pergunta?

— Sim! — A irritação de Percival fez todos abafarem risadas. — Minha pergunta é: Que diabos? O que está acontecendo? Pelo menos um de nós não deveria ter algum poder?

— Estatísticas não se organizam de acordo com nossas expectativas. — Se Gawain pretendia soar condescendente, ele conseguiu. — Tudo se resume à dispersão da população, como as pessoas tendem a se agrupar e quais papéis cada grupo tem a desempenhar. Descobri que as taxas de magia, por exemplo, entre líderes de exércitos tendem a ser bem mais baixas. Talvez eles se sintam ameaçados por sua incapacidade e prefiram manter aqueles com magia em um papel mais limitado? Talvez aqueles que não podem fazer deem ordens para que outros façam.

Se Vera tivesse um dardo tranquilizante e pudesse oferecer a Gawain a misericórdia de tranquilizá-lo, ela o faria. Lancelot pressionou a mão com força contra a boca, mas ela podia ver que ele estava rindo. Matilda deu tapinhas no braço de Percival, que parecia querer apenas socar Gawain. Felizmente, a mesa estava entre eles.

Gawain continuou sem ter ideia do que estava acontecendo.

— Seja qual for a causa real, a verdade é que é perfeitamente razoável que nenhum de vocês tenha poderes.

— Deixe-me ver se entendi. — Percival inclinou-se o máximo que pôde em direção a Gawain, que finalmente percebeu sua posição precária e recuou um pouco. — Você está dizendo que Lancelot e eu somos ou fracassados sem talento que têm medo de magia ou que simplesmente temos um azar danado e somos anomalias estatísticas. Entendi bem?

— Er... — Gawain disse, seus olhos indo de um para o outro. Isso foi um sim. Quando Percival explodiu em risadas, todos o acompanharam.

— E quanto à habilidade de Guinna para estratégias? — Lancelot disse. — Isso poderia ser um dom... embora, se for, é muito mais chato do que poder fazer fogo ou curar pessoas ou algo assim.

— Não — disse Gawain. — Se Guinevere tivesse um dom, ela não teria acabado como rainha.

— Por quê? — Vera perguntou.

— Você devia ser muito jovem para lembrar — ele disse rapidamente, sua explicação para a ignorância de Vera tão suave que até Lancelot pareceu não notar. — Mais ou menos na época em que você nasceu, os líderes cristãos próximos à casa de sua família, nos territórios de North Upton, reuniram todas as crianças com o dom, não importa quão poderosa fosse a manifestação, e as enviaram para treinamento vocacional para se juntarem à ordem religiosa. Era a tentativa deles de responder à fundação do conselho de magos após o massacre de Dorchester. Eles queriam seu próprio conselho supremo de poder. E — ele acrescentou solenemente — queriam eliminar qualquer traço de magia de suas populações. Uma reação automática ao horror infligido por...

— Ah! Entendi! — Percival apontou para nada em particular. — Lancelot é realmente sortudo. Ninguém nunca morreu em batalha quando fazia dupla com ele. Pensando bem. — Ele se virou para Lancelot. — É realmente brilhante ter você na guarda do rei.

Lancelot bufou.

— Muito obrigado, Perce. Vamos convenientemente esquecer que eu treino desde a infância e dediquei toda a minha vida a ser um soldado. Não pode ser que eu seja um excelente lutador. Não, tem que ser mágica.

Gawain olhou para Lancelot avaliando-o.

— Ninguém nunca morreu lutando ao seu lado?

Ele inclinou a caneca em direção ao mago.

— Nem uma vez. Um ponto de orgulho para mim. Mas, mesmo na minha arrogância, posso reconhecer que muito disso se deve à sorte.

— Isso pode ser um dom — Gawain disse, pensativo enquanto coçava o queixo. — Parte da minha teoria sobre a manifestação mágica em idade avançada sustenta que, mesmo alguém inconsciente de seu dom latente, pode exibir traços mágicos latentes. Como o espécime em Camelot...

— O nome dele é Grady — Vera disse, com um olhar zangado.

Ele parou e, depois de uma pausa, assentiu rigidamente.

— Obrigado. Como Grady, sim. O pai dele me disse que ele sempre teve uma inclinação natural para a marcenaria. Claro, isso não é uma prova evidente, mas a correlação entre isso e a manifestação do seu poder me faz pensar.

Lancelot cutucou Gawain com o cotovelo e deu seu sorriso mais cativante.

— Você acha que eu tenho algum poder fantástico esperando para se manifestar?

Gawain levantou os olhos enquanto considerava.

— Hum. A magia é astuta, e acredito que ela se esconde de propósito. Se você tivesse um dom, na verdade, seria muito menos provável que ele aparecesse ao lhe contar dele. A magia que se manifesta mais tarde na vida geralmente se revela pela necessidade de um desastre.

— Aí está — disse Lancelot. — Minha vida esteve em perigo extremo centenas de vezes, então, se meu incrível dom secreto não se manifestou em nenhuma dessas ocasiões, estou bastante certo de que ele não existe.

— Parece tão provável quanto a existência dos dons originais — admitiu Gawain. — Isso quer dizer: altamente improvável.

— O que são os dons originais? — Matilda perguntou. Ela se inclinou para frente, atenta.

— Rumores, na maioria das vezes. São os poderes que estão em mitos e histórias de todo o mundo. Um fala do poder de trazer os mortos de volta à vida, outro de invencibilidade, e há muitas versões diferentes do dom da imortalidade: a fonte da juventude. Nas histórias gregas, é a ambrosia…

Vera se animou à medida que as conexões se formavam.

— O Santo Graal?

Gawain se virou para ela, seus olhos amarelados cheios de desconfiança.

— Como sabe disso?

Vera cutucou a mesa com a unha para ganhar tempo.

— Eles o mencionaram isso no mosteiro. — Ah. Mesmo com Gawain ciente de sua perda de memória, ela tinha que ter cuidado para não revelar o detalhe da viagem no tempo. Não tinha certeza de quanto tempo sua desculpa padrão de "o mosteiro" duraria para todas as coisas que ela não deveria saber.

Gawain manteve o olhar fixo em Vera.

— O que é o Santo Graal? — Lancelot perguntou. Percival e Matilda também estavam intrigados. Isso respondeu a uma pergunta. Arthur e seus cavaleiros não estavam em busca do Graal. Essa parte da lenda tinha que ser falsa.

Após uma pausa que pareceu mais longa para Vera do que realmente foi, Gawain respondeu:

— Dizem que é o cálice que Jesus de Nazaré usou em sua última ceia e que recolheu seu sangue enquanto ele morria na cruz. Dizem que ele contém dons de imortalidade para aqueles que bebem dele, como em todas as outras histórias das culturas. Mesmo objetivo, diferentes mecanismos mágicos para alcançá-lo.

— Então, o *objeto* dá o poder? Você nem precisa ter o dom para recebê-lo? — Matilda perguntou.

— Esse é o mito — disse Gawain. — Mas não há verdade lógica por trás disso.

— Como você pode ter certeza? — Percival disse. — Se tantas pessoas em todo o mundo chegaram à mesma conclusão, talvez haja algo nisso.

— O que todas as pessoas que vivem têm em comum? — Gawain perguntou. Ele esperou, como um professor esperando que seus alunos se destacassem. Quando não responderam, ele continuou. — Todos temos medo de morrer. É isso que pessoas assustadas fazem. Elas inventam histórias para se sentirem melhor. Nesse caso, a humanidade inventou uma história de magia que pode aliviar nosso maior medo. É uma perspectiva atraente de se acreditar, especialmente quando os tempos se tornam sombrios.

— Até mesmo o Magistério dos magos se deixou levar por esse pensamento. Mas, a menos que tenhamos respostas concretas, a magia como a conhecemos está condenada. Não ganhei muita popularidade ao dizer isso, mas alguém tem que enfrentar a situação com honestidade. A magia está morrendo. Se continuar se dissipando nesse ritmo, terá desaparecido completamente da humanidade em duas gerações. Não tenho certeza se o mundo pode sequer sobreviver sem ela.

Vera se remexeu na cadeira, sem saber como sua vida no futuro fazia sentido em meio a tudo isso. Lancelot a observava atentamente, com o queixo apoiado na mão, e levantou as sobrancelhas quando ela encontrou seu olhar.

— Há uma seita de magos que acredita que os dons originais são a nossa chave para salvar as coisas. — Apesar da gravidade do assunto, a voz de Gawain permaneceu seca. — Eles são tão iludidos quanto quem inventou a ideia dos dons originais. A ideia de que existe um poder por aí que possamos encontrar e usar para consertar as coisas em uma situação marcadamente sombria é reconfortante. Mas também é uma farsa.

— Então... é isso? — Matilda perguntou. — Estamos condenados?

Eles o encararam no pesado silêncio que se seguiu, apenas interrompido quando Percival soltou um assobio baixo.

— Nossa, Gawain — ele disse com uma risada incrédula. — Você deve ser a pessoa mais divertida das festas, não é?

— Pode ser difícil de acreditar — murmurou Gawain. — Mas não fui convidado para muitas festas.

Eles não tinham certeza se ele estava brincando até que ele olhou para cima de sua bebida, e seu rosto sombrio exibiu um sorriso hesitante.

— Uma piada! — Lancelot gritou enquanto jogava as mãos para o alto. Eles riram e brindaram aos esforços de Gawain na conversa da festa, uma recepção não oficial à sua presença entre eles. Vera ainda não estava completamente convencida, mais ainda, depois que suas teorias abalaram o propósito de sua existência. Mas, se Lancelot tinha feito amizade com Gawain, isso seria suficiente para considerar o homem, pelo menos, tolerável por enquanto.

Este último brinde deixou muitos copos vazios. Vera se levantou rapidamente e começou a recolher as canecas com a habilidade peculiar de uma mulher que trabalhava como garçonete desde os dezessete anos.

— De jeito nenhum! — Matilda tentou pegar as canecas, mas Vera, com teimosia, as afastou. — Você não vai nos servir!

— Pedra, papel, tesoura para decidir? — Vera perguntou.

Matilda revirou os olhos e concordou a contragosto. Enquanto Vera colocava as canecas na mesa e elas começavam a jogar melhor de três, Lancelot as olhava boquiaberto.

— O que diabos é isso? — ele perguntou. — Isso é um jogo? Por que eu não conheço?

Vera encerrou a rodada, cobrindo a pedra de Matilda com seu papel. Ela deu de ombros para Lancelot.

— Desculpe! Matilda vai te ensinar porque ela acabou de perder, e eu vou buscar as bebidas!

Ela havia esquecido que não seria possível se misturar. Não neste tempo, não nesta noite, e certamente não em seu incrível vestido com a coroa cintilante em sua testa, marcando-a como realeza. A garçonete parecia deslumbrada quando Vera cuidadosamente colocou as cinco canecas no balcão.

Ansiosa, ela olhou ao redor enquanto enchia as canecas.

— Por favor, deixe-me encontrar alguém para ajudá-la a carregar isso. Há servos aqui em algum lugar.

Vera tentou tranquilizá-la, mas as canecas estavam bastante pesadas, e ela não havia pensado em como iria levá-las cheias. Felizmente para ela, e para maior nervosismo da garçonete, Arthur se aproximou do bar ao lado dela.

— Posso ajudar — ele disse. E também entregou sua caneca vazia para encher. — Cumpri satisfatoriamente minhas tarefas de cortesia. Acha que conseguimos levar as seis?

— Facilmente.

Quando voltaram para a mesa, Lancelot, Percival e Matilda aplaudiram a chegada de Arthur.

— Perfeito! — Lancelot disse, enquanto Vera e Arthur se sentavam. — Agora temos um número par. Certo: o jogo é pedra, papel, tesoura. Quem ganhar duas de três vence. Quem perder bebe. Arthur, você vai entender. Faça isso, isso ou isso. — Ele imitou as três opções. — No "já". É questão de sorte, de qualquer forma.

Vera perdeu a conta de quantos jogos havia ganhado ou perdido, mas tinha certeza de que nunca houve uma noite em sua vida em que riu tanto, nunca houve um momento em que seu nome, bem, mais ou menos seu nome, foi chamado tantas vezes por alguém, por um amigo, que quisesse conversar com ela.

Ela e Arthur jogaram pedra simultaneamente pela terceira vez consecutiva quando ela riu e se encostou em seu ombro. Ele sorriu enquanto tocava gentilmente seu cotovelo, seus dedos traçando uma das espirais bordadas antes de retirar a mão. O coração de Vera afundou assim que ele afastou aquele toque suave. Ela queria estar perto dele.

— Você gostaria de dançar mais um pouco? — ela perguntou, completamente por impulso.

Ele não a lembrou de que ela só conhecia uma dança. E ela não sabia dizer quanto tempo dançaram, apenas que Arthur ditava os movimentos como fizera naquela manhã. Ninguém parecia se importar que sua rainha frequentemente cometesse erros ou fosse na direção errada, apenas que ela ria com a cabeça jogada para trás, enquanto seu rei, mais alegre do que jamais o tinham visto, não desviava os olhos dela nem por um momento.

Quando a noite avançou e a dança terminou, a área foi limpa para preparar uma fogueira com as árvores secas do Yule do ano passado. A mesa dos amigos se dispersou pela festa. Vera avistou Matilda e Percival perto dos guardas que haviam viajado com eles para Glastonbury. Lancelot se mostrou mais difícil de encontrar. Depois de um tempo vasculhando a multidão, Vera avistou Gawain contornando a borda da área iluminada do festival. Ela estava quase pronta para desistir de procurar Lancelot quando notou um movimento na escuridão além de Gawain.

Ele parecia um espectro nebuloso até que atravessou o limite da lanterna e entrou na luz.

Era Lancelot, com certeza. Ela teve apenas alguns segundos para se perguntar onde ele estivera quando uma jovem bonita, com os cabelos escuros e encaracolados desarrumados de um lado, surgiu da escuridão também. Agora que Vera prestava mais atenção, percebeu que a túnica de Lancelot também estava desalinhada, e ele se apressou em tirar a grama da calça.

Era algo comum. Outros surgiram na luz de vários pontos ao longo das bordas, rindo e ofegantes. Embora estivessem claramente acompanhados na escuridão, muitos voltaram um de cada vez, como Lancelot, fazendo um esforço para serem discretos.

Lancelot estremeceu quando seus olhares se encontraram, sua expressão se fechando com pânico.

Ela não queria que ele se sentisse desconfortável por ela saber. Por que ela deveria se importar se ele e aquela mulher haviam desfrutado da companhia um do outro? Ela ergueu uma sobrancelha, lançou um olhar para a mulher de cabelos escuros que ela suspeitava ter sido a parceira de Lancelot e abriu um sorriso cúmplice, esperando aliviar suas preocupações. O olhar dele se voltou para a senhora, e agora, pego em flagrante, o medo se dissipou, sendo substituído por um sorriso torto e um aceno desdenhoso de "O que você pode fazer?"

Ela não disse uma palavra quando ele se juntou a eles à mesa, e os outros chegaram logo depois, exceto Gawain, que ajudou a colocar as árvores na fogueira com sua magia. Ele manteve a mão fechada em frente ao rosto e mexia o polegar para frente e para trás entre os dedos, seu olhar escuro estava fixo nas árvores pairando sobre a fogueira. Quando Maria sinalizou para ele, ele abaixou o punho e as árvores caíram com um estrondo na fogueira. As chamas saltaram famintas com o novo combustível e o engoliram em segundos, lançando uma explosão de fogo alto no ar. A multidão ofegou, aplaudiu e torceu enquanto uma rajada de vento quente da fogueira passava por todos eles.

O efeito espetacular iluminava o festival tão brilhantemente quanto ao meio-dia, embora estivesse muito mais perto da meia-noite. Vera conseguiu ver claramente Arthur, seus olhos vidrados como ela os havia visto apenas uma vez antes, na primeira noite em que se conheceram. Embora essa fosse a extensão das semelhanças. Esta noite, ela não via nada além de felicidade neles.

— Majestade — ela disse de maneira tímida. — Está embriagado?

Arthur riu e levantou a mão para mostrar a ela o menor pedaço de ar entre o dedo indicador e o polegar.

— Um pouquinho — ele disse.

Vera riu, inclinando-se para ele e apoiando a cabeça em seu ombro, um gesto casual de afeto. Sua inibição marcada lembrou-a de que ela também não estava completamente sóbria. Arthur envolveu o braço em torno de sua cintura com a mesma facilidade de quem o fazia o tempo todo. Ela olhou para cima do confortável colo de seu braço e encontrou Matilda observando-os com um brilho perspicaz nos olhos. Repentinamente envergonhada, Vera se endireitou. Arthur retirou o braço com a mesma casualidade com que o havia colocado, no meio da conversa com Percival do outro lado. Ainda assim, ele parecia ciente de cada movimento dela.

Sua voz estava em seu ouvido quando ela não conseguiu mais conter um bocejo.

— Guinevere — ele disse.

Ela sentiu um aperto ao ouvir o nome. Já estava acostumada com isso, mas, quando ele o usava, a culpa se agitava. A primeira vez, sentiu isso porque lembrava que ela era uma impostora, tentando ocupar o lugar de sua falecida esposa. Agora, Vera ansiava para que ele dissesse seu nome. Para que ele a quisesse, não a Guinevere.

— Está pronta para ir dormir?

— Só se você estiver — ela disse, embora estivesse completamente exausta. Arthur já estava se levantando e oferecendo-lhe a mão. Como na noite anterior, Matilda ficou de pé para acompanhá-los e ajudar Vera a se trocar para deitar.

Vera a deteve.

— Eu nem vou desafiar você para um jogo de pedra, papel e tesoura por isso. Fique aqui e divirta-se na festa. Como sua rainha, eu ordeno. — Ela não tinha tido coragem de usar o peso de sua posição antes e descobriu que gostou bastante disso.

Matilda riu e balançou a cabeça.

— Sim, vossa teimosa majestade. Como desejar.

— Lancelot — Vera chamou, interrompendo sua conversa animada. — Corrida amanhã?

Ele espelhou sua energia e ergueu o copo para ela.

— Nem pensar!

Arthur sorriu com a troca de palavras, e enquanto "boa noite" e "feliz Yule" eram ditos uns aos outros à mesa, ele deslizou o braço ao redor da cintura de Vera, e ela fez o seu melhor para fingir que era algo comum e que não estava encantada com seu toque.

Ajudou um pouco que Arthur cantasse suas palavras inventadas para a música, com Vera acompanhando e tornando-as ainda mais engraçadas. Eles carregaram as sombras de suas risadas quando chegaram ao quarto.

Alguém havia entrado e acendido um fogo na lareira. As velas ao longo da parede também estavam acesas.

— Foi tão divertido! — Vera disse. Ela tirou sua coroa de quartzo e a colocou de lado antes de, em vão, tentar alcançar as amarras nas costas do vestido. Ela só fez se contorcer e tropeçar para trás, e Arthur riu tanto que caiu na cadeira atrás dele.

— Seja um cavalheiro então e me ajude — ela o repreendeu.

— Isso é uma novidade — ele disse com um sorriso. — Uma dama me pede para ser um cavalheiro ao exigir que eu a ajude a se despir.

Ela abriu a boca para protestar, mas Arthur levantou a mão.

— E eu vou ficar feliz em ajudar.

Ambos estavam rindo enquanto ela se virava para ele, e seus dedos se atrapalhavam ao tentar desamarrar e desabotoar várias partes nas costas do vestido dela.

— Talvez eu tivesse me saído melhor tentando sozinha — ela brincou.

Ele conseguiu desatar logo depois que ela disse isso. Vera sentiu o corpete afrouxar. Pode ter sido apenas sua imaginação, mas ela achou que os dedos de Arthur demoraram um segundo a mais do que o necessário na pele nua na parte inferior de suas costas. Ela fechou os olhos. Um arrepio a atravessou. Ficou aliviada por ele não poder ver seu rosto.

Ela ouviu seus passos se afastando pelo quarto e soube que ele havia se virado educadamente, dando-lhe privacidade enquanto ela colocava a camisola.

Quando se virou para encará-lo, encontrou-o lutando com os fechos sob a gola de sua túnica. Eles se olharam e caíram na risada.

— Suponho que agora é minha vez de ser uma dama e ajudar você a se despir — ela disse.

— Não sei — Arthur respondeu enquanto ela se aproximava dele. — Rir da minha falha lhe cai bem.

Vera sorriu. Estava muito perto dele, mas a sensação era diferente de quando ele estava desatando seu vestido. Agora estavam cara a cara, uma intimidade da qual não podiam escapar, embora ela tentasse manter o humor enquanto lutava com os fechos.

— Deus santo, quem eles estão tentando afastar? Alguém deveria contar ao Randall sobre esses fechos. Isso pode ser melhor do que a armadura tradicional. — Ela puxou com tanta força que Arthur quase tropeçou, colocando uma mão em sua cintura para se equilibrar.

Ele fez um barulho de riso baixo, um som que Vera podia sentir através dos dedos em seu peito. Ela se concentrou na túnica até conseguir avançar no fecho preso. Não estava nem pensando enquanto continuava a desatar os outros. Quando chegou ao último, bem no esterno dele, e estava prestes a se afastar, Arthur colocou a mão sobre os dedos dela.

Ele não estava mais rindo. Fechou os olhos enquanto segurava sua mão. Ele a levou até os lábios, beijou suavemente as pontas de seus dedos e então parou, os olhos se abrindo como se despertasse de um sonho. Ela não moveu um músculo enquanto mantinha seu olhar.

Então ela sentiu. O polegar dele se movendo para cima e para baixo, uma leve carícia em seu torso. Sua respiração vacilou. Quando Vera se atreveu a deixar-se sentir algo relativamente romântico desde a morte de Vincent, tinha sido tristeza. Muita tristeza e o peso da perda. Mas, agora, a dor estava coberta de desejo, e o desejo era bom... como se tivesse sido eletrizada.

Arthur olhou para o chão em um momento de hesitação. Era como se ele estivesse à beira de um penhasco, decidindo se deveria ou não pular. A pausa era agonizante, mas Vera queria mantê-la por uma eternidade, esse momento suspenso no equilíbrio onde tudo era possível e não havia consequências para atitudes não tomadas. Com a mão livre, que não estava na dele, ela percorreu o lado da bochecha de Arthur descendo pela curva de seu maxilar com um toque gentil.

Em um movimento fluido, Arthur decidiu pular. Ele deslizou a mão para a nuca dela, e seus lábios estavam sobre os dela, beijando-a com uma fome insaciável.

Vera não tinha percebido que estava à beira do penhasco também, mas pulou com ele. Foi uma explosão dentro dela enquanto o beijava em resposta, o desejo rapidamente se tornando necessidade. Arthur a puxou para mais perto, as pontas dos dedos entrelaçando-se no cabelo dela, na base de seu pescoço enquanto se abraçavam. Ela queria mais.

Ela queria tudo.

— Diga-me para parar — ele sussurrou apressado.

Mas ela não diria. Podia sentir seus lábios se curvarem em um sorriso sob os dela enquanto puxava seu corpo em direção ao dela e se pressionava nele, as duas forças opostas se encontrando.

Uma parte indesejada da mente de Vera interrompeu a felicidade: a memória dele chamando-a de Guinevere há menos de meia hora. *Ele está te vendo como Guinevere.* Ela não conseguia enterrar essa ideia. Por mais que desejasse isso, quisesse estar perto dele, quisesse estar com ele… Por mais que ela o quisesse, nunca se perdoaria se fazer isso fosse manipular seu amor pela mulher que ela não podia ser.

Seu corpo deve ter traído o pensamento por um mísero segundo, e Arthur percebeu.

Ele rompeu o contato entre seus lábios, mas permaneceu perto, sua testa repousando na dela.

— Você está bem? — sua voz estava ainda mais grave quando falou baixo, e Vera estremeceu com o som do peito dele contra o seu.

— Arthur, eu não sou ela. Eu não posso ser ela. Eu... — Vera hesitou. Sabia que não tinha as palavras certas, mas prosseguiu mesmo assim. — Eu… se eu pudesse te trazer conforto... — Tudo errado. Ela odiava as palavras à medida que saíam de sua boca.

Arthur ficou rígido. Ele a segurou por uma única respiração profunda.

— Desculpe — ele murmurou, e se afastou. O distanciamento de corpos foi como ser dividida em duas. Ele deu as costas para ela e recuou dois passos para longe, virou-se de novo, com a boca aberta e os olhos fixos no chão. Ele ficou lá como se estivesse prestes a falar, mas, em vez disso, balançou a cabeça. Seu rosto escureceu, toda a gentileza de momentos antes se tornou rígida.

— Não — ele disse entre dentes cerrados. Vera nem tinha certeza se ele estava falando com ela. Ele se virou e saiu do quarto.

— Droga — Vera disse. Ela não foi atrás dele. Bebeu água. Andou pelo aposento. E foi para a cama, sabendo que ele não estaria lá pela manhã, aterrorizada com a possibilidade de ela e Arthur terem arruinado cada passo que avançaram com alguns momentos de impulsividade embriagada.

XXVIII

A quentura fora de estação dos últimos dias se transformou sob a influência de um vento do norte enquanto Vera dormia. Ela achava que não conseguiria pregar o olho. Não apenas estava em um lugar estranho e sozinha, mas o espaço que Arthur teria ocupado era um lembrete inevitável de sua ausência, como o espaço negativo em uma pintura. Em um momento, ela relembrava o instante em que os lábios dele encontraram os dela. No outro, seu estômago afundava com a lembrança da raiva retornando ao rosto dele antes de sair do quarto.

Vera não queria se virar ao acordar com a luz suave da manhã, sabendo que o lugar vazio dele a levaria pelo mesmo caminho de prazer e temor cíclicos, enquanto revivia mentalmente cada movimento do dia anterior. Ela se virou, consolando-se com o fato de que, pelo menos, poderia se espalhar ou dobrar as cobertas para fazer seu casulo de cobertores ainda mais aconchegante contra o frio.

Mas a cama não estava vazia. Arthur estava lá, dormindo profundamente, deitado de lado, voltado para Vera. Seus traços eram serenos, com o peso da consciência longe dele. Ela gostaria de acariciar sua bochecha, como fez na noite anterior.

Em vez disso, ela se levantou, esforçando-se para se arrumar em silêncio, mas até colocar o vestido de viagem mais simples não se prestava ao silêncio. A saia farfalhava, não importava a delicadeza com que a manobrasse. Quando terminou, as amarrações inalcançáveis nas costas ficaram soltas, mas aguentariam até que ela encontrasse Matilda.

Enquanto se arrumava, não ouviu Arthur se levantar e ir até a lareira. Ele se ajoelhou ali, colocando lenha nas brasas fumegantes e reacendendo as chamas. Ela evitou olhar em sua direção, dizendo a si mesma que queria dar-lhe privacidade enquanto ele se vestia. Mas, na verdade, tinha medo de encontrar a mesma casca de antes se o visse de perto demais.

Ela se ajoelhou no chão frio, dobrando o vestido da noite anterior e tentando guardá-lo de volta na bolsa sem bagunçar tudo.

— Guinevere? — Arthur disse atrás dela. Ela se sobressaltou com a voz dele e disfarçou ao se levantar para encará-lo. A ansiedade a invadiu: lá estava o olhar mascarado dele. — Eu bebi mais do que deveria na noite passada. Peço desculpas. — Ele não ofereceu mais explicações, e um buraco se formou em seu estômago com o pedido de desculpas. Eles estiveram tão perto de ser algo mais do que duas pessoas forçadas a compartilhar o mesmo espaço, quase amigos.

Agora, ela o perdeu.

— Está tudo bem. Nós dois bebemos — disse Vera.

Ele gesticulou para os cordões pendurados nas costas do vestido.

— Quer que eu...

Ela não queria. Seria muito parecido com a noite anterior, que agora estavam chamando de um erro lamentável. Mas também seria bom estar pronta e não enfrentar Matilda nem qualquer conversa desconfortável que pudesse surgir da interação.

Arthur teve cuidado para não tocar na pele dela, nem de leve.

Quando saíram das acomodações e pisaram do lado de fora, o vento forte queimou o rosto de Vera, e ela percebeu tarde demais que havia guardado sua capa. Arthur colocou a dele sobre os ombros dela. Eles não se olharam.

Ela havia se deixado levar, envolvida em seu próprio conto de fadas, e agora tudo o que restava era uma náusea constante e sutil revirando seu estômago. Ele considerou o abraço deles um ato movido pela embriaguez e que exigia um pedido de desculpas.

Mas havia preocupações maiores. Na verdade, a noite anterior foi um modelo quase perfeito do que estava acontecendo no reino: um brilho de felicidade quando tudo parecia certo no Yule, mas era uma camada superficial sobre uma realidade mais sinistra. A partida de Glastonbury foi adiada enquanto os líderes da vila discretamente pediam a Gawain para reparar uma longa lista de problemas mágicos. Vera ouviu o relatório que Lancelot trouxe a Arthur: outro ataque. Este foi mais ao norte, ao longo da costa francesa, muito mais perto do que o anterior.

Combinando a noite de celebração e o clima menos hospitaleiro, resultou em uma viagem silenciosa até Camelot.

Após a caminhada contida de Vera e Arthur até o quarto, ela estava pronta para se enfiar debaixo das cobertas e dormir o dia inteiro. Imaginava que Arthur se retiraria para o quarto ao lado, mas ele não o fez. Ele desabotoou o cinto da espada e o pendurou na mesa. Então, simplesmente ficou ali, olhando para o chão e mexendo no queixo com o polegar e o indicador.

— O que você está fazendo? — ela perguntou.

— Eu não sei como lhe dizer...

Houve uma batida na porta.

Arthur soltou um leve suspiro antes de ir abri-la.

— Posso falar com Vossa Majestade? — Era a voz de Gawain? Vera se inclinou para a frente para poder ver. Nenhum dos magos entrava nesta torre. No entanto, lá estava ele.

— Agora não — disse Arthur. — Vou ao seu escritório quando…

— Não — disse Gawain. — Não. Tem que ser aqui. Imediatamente. É sobre a maldição e a perda de memória da rainha. Não podemos correr o risco de sermos ouvidos.

Gawain virou-se de lado e passou por Arthur, entrando no quarto sem ser convidado.

Vera e Arthur trocaram um olhar. Ela quase esboçou um sorriso antes de se lembrar de que ele não era mais a pessoa com quem ela poderia compartilhar isso. Seu rosto se fechou, e ela engoliu em seco.

Os três se sentaram perto da lareira, com Vera deixando bastante espaço entre ela e Arthur, enquanto o jovem mago fixava o olhar vazio neles.

— Tenho minhas dúvidas sobre a natureza do desaparecimento da magia, e me pergunto se perseguir as memórias da rainha é o curso mais sábio. Não sei se a rainha lhe contou de nossa conversa…

— Ela contou. — Havia um tom defensivo na voz de Arthur que deixou Vera confusa. — Ela me contou imediatamente. — Era verdade. Ela tinha contado a Arthur toda sua interação com Gawain. Mas isso foi… antes da noite passada.

Gawain mal assentiu antes de começar a falar.

— Imagino que haja mais na sua perda de memória do que sei… mais do que Merlin está disposto a me contar, com certeza. Pela minha observação, parecia que a poção havia fomentado parte da atração desejada entre vocês dois, mas sem nenhum resultado em relação à sua memória. Estou certo? — ele perguntou a Vera.

Arthur havia se mexido, sua mão meio levantada como se quisesse interromper Gawain. Mas as palavras já haviam sido ditas. Palavras que Vera não compreendeu totalmente, mas uma sensação de queimadura surgiu em sua pele, como se tivesse tocado uma boca de fogão escaldante, porém sem a mente ter processado o dano.

Uma poção. Para atração.

Gawain devia estar enganado.

Não havia nenhuma poção. Bem, exceto a da cerimônia para o procedimento de recuperação da memória, e isso era só para o procedimento, não era? Mas…

Ela nunca perguntou a Merlin o que havia na poção. E a sua atração, aquele desejo, aquela necessidade por Arthur era nova.

Maldição. Sua cabeça girou. Seus sentimentos por ele vieram da poção. Será que Arthur sabia? Será que ele sabia que Merlin a havia drogado para que ela o desejasse? Suas bochechas queimavam de vergonha enquanto ela tentava entender o quão patética e desesperada havia se comportado com ele. Mas ele certamente havia correspondido. E não era como se ele tivesse tomado uma poção.

Espera.

Havia o pacote de Merlin. Aquele que Arthur tinha feito uma careta ao receber. Para o qual ele olhou rapidamente no quarto quando Vera estava bebendo vinho de maçã.

Não. Não, não, não. Ele não mentiria para ela sobre isso. Gawain estava enganado. Ou Arthur não sabia. Ele não podia saber.

Ela esperava sua negação ou indignação, mas ele apenas a olhou, imóvel como uma estátua.

O campo de visão de Vera se estreitou. Seus ouvidos começaram a zumbir.

— Há outra rota que poderíamos... — Gawain ainda estava dizendo algo, mas suas palavras se misturaram com o zumbido e se tornaram barulho, e apenas isso. A respiração de Vera acelerou, e sua raiva se expandiu a cada momento em que Arthur mantinha seu olhar e admitia silenciosamente sua cumplicidade.

— Você vai dizer algo? — ela disse, interrompendo um Gawain alheio no meio da frase.

Arthur lançou um olhar fugaz para o mago.

— É complicado.

Vera estava tão furiosa que mal conseguia ver direito.

— Oh. É complicado — ela repetiu, arrastando cada sílaba.

Gawain olhou entre eles com cautela enquanto se ajeitava na cadeira.

— Não entendo o que está acontecendo.

— Eu descomplico — disse Vera enquanto seus músculos começavam a tremer de tensão. Ela desejava poder gritar com ele, mas nunca se sentiu tão pequena. — Fique longe de mim.

Não queria ficar perto dele nem por um segundo a mais. Levantou-se rapidamente, quase perdendo o equilíbrio enquanto corria para a porta. Estava no pátio dos fundos antes de perceber que seus pés a estavam levando até lá. A torre d'água se erguia à sua frente. A torre de Merlin.

Nem sabia se o mago estava lá. Ele teve o bom senso de evitá-la desde o dia do procedimento e da poção. Mas a porta do escritório dele estava aberta, então ela entrou, furiosa.

Merlin estava sentado à mesa e levantou o olhar dos frascos de poção à sua frente, o choque com sua entrada mudando de um sorriso de saudação para uma expressão de preocupação ao ver seu rosto. Tudo isso passou por suas feições em um segundo.

— Guinevere? — ele se levantou, mantendo as pontas dos dedos na mesa abaixo dele.

— É isso? — Ela apontou para os frascos em sua mesa.

— O quê? — O olhar perplexo de Merlin seguiu seus olhos. — Ah, isso — ele disse. Pegou o menor frasco e caminhou na direção dela, segurando-o na frente. — Esta é uma poção novíssima que desenvolvi para...

Vera agarrou o frasco que ele segurava tão delicadamente e o lançou com toda a força contra a parede atrás dele. O frasco se estilhaçou, o estrondo e o choque subsequente de Merlin a estimularam ainda mais.

— Para me drogar secretamente e foder com meus sentimentos? — Vera perguntou. Mas não era uma pergunta. Não realmente.

Merlin suspirou antes de, irritantemente, sorrir com tristeza.

— Não.

— Onde está aquela?

— Guinevere...

— Eu vou destruir cada maldito frasco se precisar. — Seus olhos se voltaram para as prateleiras onde as centenas de frascos coloridos de Merlin piscavam de volta para ela na luz do globo.

— Seria imprudente — ele disse baixinho.. Voltou para sua mesa e se sentou, empurrando os frascos restantes para o canto mais afastado de Vera.

— Muitos desses são raros, únicos. Eu não tenho acesso aos recursos necessários para replicá-los. Incluindo a poção para viajar no tempo.

O peito de Vera se apertou enquanto ela voltava os olhos para os cacos de vidro espalhados pelo chão, sob os restos da poção que escorria pela parede. O que ela havia feito?

— Aquela — disse Merlin — era uma poção que fiz para ajudar as colheitas a persistirem em condições adversas. Eu esperava que ajudasse o reino na próxima estação. — Ele fez um gesto para o assento próximo à sua mesa. — Você poderia, por favor...

Ela permaneceu onde estava.

— Por que você não me disse o que essa poção faria? Eu deveria ter tido uma escolha.

— Eu teria — disse ele. — Mas achei imprudente na frente de Sir Lancelot. E, após o rei me proibir de continuar trabalhando, não tive oportunidade suficiente para falar com você.

— Mas você arranjou tempo para levar a porra de uma poção para Arthur — Vera retrucou.

Merlin assentiu devagar.

— Levei.

— Bem, não funcionou. Não vai funcionar. Não haverá nenhuma conexão.

— Sinto muito ouvir isso — disse Merlin. Sua calma era irritante. — Achei que havia deixado claro quanto esse trabalho é importante.

Vera ergueu as sobrancelhas.

— Gawain disse que as memórias podem não ser necessárias.

— Elas são.

— Como você me assegurou — Vera rosnou. Devia haver mais nisso. Mais *motivos*. — Se se conectar comigo é tudo o que é necessário para salvar o reino de Arthur, por que diabos é tão impossível para ele? O que você não está me contando?

Talvez ele tenha visto em seus olhos que ela não sairia daquela sala até que ele respondesse. Merlin fez um gesto paciente para o assento próximo a ele. Desta vez, Vera se sentou.

— Fiquei surpreso — Merlin começou aos poucos — que você nunca tenha perguntado por que Viviane nos amaldiçoou, surpreso, mas grato. Eu esperava que você lembrasse sozinha, e eu não precisaria ser o responsável por lhe contar. — Ele não se moveu. Sua expressão não havia mudado, mas arrepios subiram pelos braços de Vera e se espalharam pelo seu pescoço.

— Quando as guerras terminaram e Arthur começou a estabelecer o reino, Viviane ficou desanimada — disse Merlin. — Ela acreditava que ele seria um tipo diferente de governante, distinto dos conquistadores sedentos por poder, e não se engane, ele é. Mas ela queria mais. Ela sonhava com uma estrutura econômica bastante idealista, e, quando Arthur aceitou dinheiro dos ricos para construir o reino e lhes concedeu títulos de nobreza, terras e poder, Viviane ficou desiludida ao ver que era tudo igual. Qual era o ponto em lutar para construir um país como qualquer outro? Sua perspectiva não era desprovida de mérito. De muitas maneiras, era uma crítica justa, o tipo de coisa que um governante como Arthur deseja em seus conselheiros: alguém para desafiá-lo e mantê-lo a um padrão mais elevado. Mas ele também é pragmático. Sabia que precisávamos começar de algum lugar.

Merlin esfregou as têmporas e fechou os olhos por um momento, como se as palavras estivessem drenando suas energias.

— Viviane era uma maga exploratória. Ela viajava para descobrir e desenvolver novas maneiras de usar magia. Ausentava-se com frequência. Não sabíamos que ela usava essas viagens para procurar outro líder, alguém que considerava mais digno que Arthur. Seu plano começou quando ela encontrou um governante saxão que compartilhava sua visão. Viviane pretendia orquestrar a queda de Arthur e de seu reino — os olhos de Merlin permaneceram fixos nela, como se esperasse que ela se lembrasse do resto da história para que ele não precisasse contar. — Viviane enfeitiçou você. Você era uma peça-chave, a peça-chave do plano dela contra o trono.

Enfeitiçada. Isso ressoava em sua mente, o toque sutil e persistente de uma peça que não se encaixava completamente.

— O que quer dizer com enfeitiçada?

Merlin não respondeu.

— Ela usou um feitiço, ou uma poção, ou algo assim? — Vera insistiu, o medo crescendo em seu estômago.

Merlin olhou para a mesa antes de encontrar seus olhos. Isso quase confirmou sua suspeita: o "feitiço" não tinha nada a ver com magia.

— Viviane era muito poderosa e muito convincente. E você estava em uma posição única para ser influenciada. Passou por coisas horríveis. Ela viu como isso a afetava e se aproveitou. E não havia ninguém melhor posicionado que você para assumir esse papel. Você tinha a confiança do rei e acesso a todas as informações militares. Era fácil para você passar informações. Quem melhor para ajudar a derrubar o líder do que a pessoa mais próxima dele?

Uma nova palavra agora: *traição*.

— Derrubá-lo? Eu não, ela não. — Na verdade, Vera não sabia o que Guinevere teria feito. — Mas... — Pensou em como Arthur amava seu povo e o atrativo mágico que o levou ao trono. De todas as partes insustentáveis, essa pode ter sido a maior. — O povo não aceitaria outro governante. Ela tinha que saber disso! Eles se revoltariam.

Merlin juntou as pontas dos dedos frente aos lábios. Se ela não soubesse o contexto da conversa e apenas tivesse entrado na sala naquele momento, pensaria que ele estava lidando com um problema matemático complicado.

— A magia que chama Arthur ao trono terminaria com sua morte. Não sei os detalhes do plano de Viviane. Não posso dizer se ela pretendia matar Arthur ou se queria que isso fosse feito por suas mãos.

— Não — Vera sussurrou. Ela não sabia o que tinha imaginado, mas não era isso. Isso era muito pior. Um caso com Lancelot teria sido brincadeira de criança em comparação. E Arthur, ela tinha visto a maneira como seu rosto se endureceu na noite passada. — Arthur sabe, não sabe?

Ela não precisava de uma resposta, mas Merlin a deu.

— Sim.

Ah. Ali estava.

Ela era uma traidora. Para Arthur, ainda por cima. Todo o tempo em que ele havia sido frio, havia fisicamente se afastado de Vera, também fora extremamente generoso, considerando tudo. Não é de se admirar que ele permanecesse tão distante. Se Vera tivesse qualquer coisa de Guinevere nela além das memórias, seria um perigo para ele e para tudo em que ele havia investido a própria vida.

Vera apoiou a testa nas mãos. O combustível foi sugado do fogo de sua raiva, sufocado pela verdade. Seus sentimentos restantes de desdém por Arthur se derreteram em vergonha.

— Por que não me contou antes?

— Eu achava que teríamos tempo para você se lembrar por conta própria — disse Merlin. — Antes, minha força vital conseguia sustentar a magia em todo o reino. Seu alcance diminuiu. Agora, ela não se mantém de forma confiável nem até Exeter. — A frustração amarga borbulhou em sua voz, e a palidez de seu rosto parecia mais cinza do que antes, como se apenas pensar em seus esforços recentes o esgotasse. — E há os ataques nos Reinos Francos, ocorreu outro recentemente. Não estou convencido de que seja algo não relacionado ao governante de Viviane. A única chance que temos de reverter o dano é se você se lembrar do que ela fez. Se a magia continuar a enfraquecer tão rapidamente, os saxões vão aproveitar isso e invadir, mesmo sem Viviane. Precisaremos das suas memórias também para termos uma chance tática contra qualquer informação que você tenha dado a eles.

Vera tentou engolir, mas percebeu que a boca estava seca.

— E uma vez que eu me lembre do que Viviane fez, você não tem certeza de que será capaz de consertar, não é?

Merlin sustentou seu olhar por um instante antes de balançar a cabeça amargamente.

— Isso não é muita esperança — ela disse.

Ele entrelaçou os dedos e se inclinou em sua direção.

— É tudo o que temos. Se não conseguirmos restaurar a magia, nossa sociedade será arruinada. Os saxões vão invadir, e eles vencerão.

Embora ela não se movesse, ciente da pressão das unhas cravando na palma das mãos e da maneira como a borda da cadeira estava se tornando desconfortável contra a dobra dos joelhos, Vera sentia como se estivesse caindo para a frente ou como se a sala estivesse girando para trás ao seu redor. Ela não conseguia discernir qual das duas sensações era real. Só sabia que estava em sua mente porque Merlin estava diante dela, uma âncora na realidade enquanto a mente girava.

— Mas isso... como você sabe o que deveria acontecer? É assim que meus livros de história contam. Os saxões, por fim, conquistam. — Vera puxou as palavras, pesadas como chumbo, de suas profundezas e se forçou a não pensar em ninguém, especialmente em seus amigos, não em Lancelot, que seria o líder dos exércitos em seu fim. — Talvez seja assim que sempre deveria ser. Que a magia morra, e o reino de Arthur — seu estômago se revirou —, que Arthur... — *e Lancelot, e Matilda, e Percival...* Vera fechou a boca com força, sufocando o impulso de vomitar enquanto uma onda de náusea a dominava.

— Com certeza você não deseja isso — disse Merlin baixinho, e não havia dúvida em sua voz. Ela se esforçou para manter o rosto neutro, afastando a visão intrusiva de seus amigos sangrando no campo de batalha de sua mente.

— Não — ele disse. — Não é assim que deve ser.

— Mas eu vivi lá. Não há magia no meu tempo.

— Como você sabe disso? — Seus lábios se curvaram nos cantos, e seus olhos brilharam. — Só porque você não a viu, não significa que ela não esteja lá.

Ela nunca havia considerado que seu próprio mundo pudesse não ser como parecia.

— Você está dizendo...

— É complicado, Guinevere. Tudo isso. E o futuro não é fixo. — Merlin levantou a mão em antecipação ao protesto de Vera. — Eu sei. Você viveu lá. Você se tornou quem você é lá, mas a única coisa que mantém essa realidade em existência é você.

— Não pode ser. Eu... eu servia comida. Eu limpava banheiros — protestou Vera, sem muita ênfase.

Isso levou um sorriso irônico ao rosto de Merlin.

— Sim. E você manteve a existência intacta a cada esfregão. Essa é a parte complicada sobre a presença da magia em nosso mundo. É uma força orientadora, muito parecida com a maneira como chamou Arthur ao trono e a maneira como me faz sentir que ele deve permanecer lá, mas ela não nos controla. Podemos romper seu chamado para nosso próprio prejuízo.

— O que eu posso fazer? — Sua voz falhou. — Você pode me fazer lembrar? Existe magia que possa trazer isso à tona?

Vera viu a empolgação de Merlin, mas uma determinação marcada pelo cansaço rapidamente a substituiu.

— Existe — ele disse. — É invasiva, e será dolorosa.

— Tudo bem — disse Vera. Que escolha ela tinha? Como poderia escolher seu próprio conforto e condenar o reino, condenar o futuro? — Como fazemos isso?

— O procedimento requer seu consentimento, e você pode interrompê-lo a qualquer momento. Eu entrarei em suas memórias conscientes e... — Ele parou, pensando. — Adicionarei minhas memórias de você de antes. Vou usar coisas que se assemelham a experiências emocionais da vida que você conhece para ajudar a regenerar a vida de que você não se recorda. Essa é a parte que dói. É melhor fazermos isso apenas uma vez, então, quando estiver pronta, você deve tomar isto.

Ele segurou uma pequena ampola de vidro entre o polegar e o dedo médio. A substância cinza dentro dela girava por conta própria, contida apenas pela rolha. Parecia mais uma névoa e menos um líquido batendo preguiçosamente na rolha como se soubesse que aquela era a saída. Vera não precisou fazer a pergunta em voz alta. Merlin já estava respondendo.

— Tem um elemento que aumenta sua atração por Arthur. Sinto muito, mas não podemos prosseguir sem ele. Essa conexão é o fio essencial de sua memória. Em grande parte, no entanto, esta é uma poção de sensibilidade. Não vai ajudá-la a recordar nada de antes, mas tornará tudo o que você experimentar hoje mais vívido. Você não vai esquecer um único momento do que está por vir. Não desejo enganá-la, Guinevere. — Ele baixou a mão livre até o braço dela. — Não será agradável. Se procedermos da maneira certa, pode fazer toda a diferença.

Isso a fez hesitar. O primeiro procedimento já havia sido assustador e debilitante o suficiente.

— Estou surpreso — disse Merlin, tirando Vera de sua ansiedade. — Você nunca me perguntou por que Viviane se voltou contra você.

Ela não havia pensado nisso.

— Por quê?

— Ah, querida menina. — Um leve sorriso triste cruzou seu rosto. — Você mudou de ideia. Seu amor por Arthur a trouxe de volta. Chame o controle de Viviane sobre você de feitiço, chame-o de convincente... o fato de você ter conseguido quebrá-lo não foi uma pequena façanha. Você veio até mim e me contou tudo. Eu não deveria ter deixado você desprotegida nem por um momento depois disso. Nunca vou me perdoar por esse erro. Estive a segundos de chegar tarde demais. — Ele balançou a cabeça antes de olhar para Vera com profundo carinho, talvez até admiração. — A questão é que você estava disposta a sacrificar a própria vida para tentar consertar o que estava quebrado.

Distraído, Merlin girava a ampola entre os dedos. Guinevere tinha influenciado na criação do problema, mas ela deu a vida para tentar corrigir as coisas. Vera não sentia nenhuma conexão com as ações de sua antiga versão. No entanto, estava tomada por um senso de responsabilidade. Ela podia suportar a dor para desfazer o estrago da traição de Guinevere. De fato, ela foi literalmente feita para isso.

Vera pegou a ampola da palma estendida de Merlin, a destampou e jogou o conteúdo para dentro como se fosse uma dose de licor. A substância cinza deslizou sobre sua língua, suave e sem sabor. Deixou um rastro de calor por todo o caminho até sua garganta.

À medida que tudo se assentava em seu estômago, o calor se transformou em queimação, e sua impulsividade pareceu um erro. Vera agarrou a mesa à sua frente, ofegando com desamparo. O calor ardente começou a desaparecer tão rápido como começou, substituído por algo diferente de tudo o que ela já havia conhecido.

As pontas dos dedos de Vera formigavam com a sensação. Sentia não apenas a cadeira sob ela, mas a textura da madeira através das roupas. O ambiente escuro agora parecia banhado em luz, e além do aroma terroso da adega, Vera percebeu um leve cheiro de pão assando das preparações para o jantar na cozinha. Ela podia ouvir o mecanismo do poço girando acima. Seus sentidos estavam imbuídos de todo o fogo da poção. Devia ser assim que Randall se sentia o tempo todo.

Merlin se levantou e contornou a mesa para ficar bem atrás de Vera.

— Tenho permissão para entrar em sua mente? — ele perguntou. Vera ficou aliviada por ser quase um sussurro.

— Sim — ela sussurrou. Seu coração batia tão alto quanto o fogo crepitando na lareira.

— Se precisar que eu pare, diga a palavra. — Merlin ergueu as mãos e as posicionou cuidadosamente na cabeça de Vera. Suas palmas selaram sobre suas orelhas com firmeza suficiente para criar uma sucção, causando um ruído branco surreal de rosnado. Seus dedos médio e indicador pressionaram em cada uma de suas têmporas, o próximo dedo bem em cima das maçãs do rosto, os mindinhos ao longo da mandíbula, segurando-a firmemente no lugar. Vera tremeu sob a pressão da surpreendente força do mago.

— Pronta? — ele murmurou.

Ela tentou acenar com a cabeça, mas as mãos de Merlin mantinham seu crânio no lugar.

— Feche os olhos, Guinevere.

Ela respirou profundamente e fechou os olhos enquanto exalava.

— Vamos começar.

XXIX

A escuridão atrás das pálpebras de Vera se expandiu para uma vastidão anormal que ela intuitivamente entendeu ser parte de sua mente. Tudo além de sua mente, até seu corpo físico, parecia um sonho.

"O que você está procurando?" ela perguntou silenciosamente, testando a sensação de que Merlin não podia ouvir seus pensamentos ativos. Ele não respondeu.

Ela sentiu sua presença perambulando por suas memórias, mas não havia imagem dele, nada para ver. Ele não estava em sua mente ativa e pensante. Sua presença estrangeira estava apenas em suas memórias. Merlin se movia como se soubesse para onde estava indo. Havia um puxão distinto em direção a uma sensação: afeto.

Ele a trouxe à tona como quem tira um livro da estante. Então, imagens passaram rapidamente, slides de memória deslizando até que desaceleram. A primeira coisa que entrou em foco foi o que Vera lembrava: Arthur segurando-a enquanto dançavam diante da multidão e rindo enquanto ele dizia os passos para ela. Deus, isso havia sido ontem? Ela pensou que Merlin poderia parar ali. Parecia um bom lugar para começar, mas ele passou para o próximo.

Em seguida, foi Lancelot. Cenas curtas em rápida sucessão: ele a beijando na testa na sala do trono, dando-lhe um empurrão com o ombro na colina, rindo com ela enquanto corriam. Nem todas as suas memórias com ele passaram, mas havia tantas: levantando as mãos no ar de alegria naquela primeira noite, correndo em direção à floresta no dia em que foram ao bosque sagrado... Vera se afastou deliberadamente dessa, percebendo que tinha algum controle se Merlin estava folheando sem rumo. Em vez disso, ela puxou uma memória de quando jogaram o jogo da velha e viu a adoração em seu rosto na sua lembrança.

— Guinevere — disse Merlin com desagrado. Sua voz física soava como se viesse do ponto mais distante de um poço escuro como breu. — Você precisa ter cuidado.

— Não é isso — ela disse, mas ele já havia avançado antes que ela pudesse oferecer mais uma réplica. Ela riu, apesar do desconforto. O que ele teria dito se os visse seminus na caverna juntos?

Merlin avançou ainda mais nas memórias dela, voltando para a universidade. Isso não podia estar certo. Era muito tempo atrás. Era o início do terceiro ano de Vera, e ela se lembrava daquele dia em particular. O dia tempestuoso em que conheceu Vincent na biblioteca. Tudo se desenrolava como ela lembrava. Era doloroso olhar para ele nessa memória, tão cheio de vida e luz. Ele não tinha ideia... nenhum traço de medo do que estava por vir e do que seria seu fim.

A imersão de Vera na memória foi interrompida. Estava aberta à sua frente, mas o foco mudou. A escuridão caiu como se o poder em sua mente tivesse sido cortado, e um forte som na escuridão a sacudiu como se ela estivesse dentro de um sino de igreja sendo tocado. O tom fez com que ela se contraísse. Merlin havia prometido que haveria dor, e esse foi o primeiro sinal dela.

— Mantenha a respiração — disse ele, sua voz firme aliviando um pouco Vera.

Uma incisão cortou a escuridão, e uma memória nasceu em sua mente através dela, mas não era dela. Ela estava vendo a partir da perspectiva de outra pessoa. As emoções que vieram com isso eram estranhas. Devem ser de Merlin. Elas não tinham lugar nela e experimentá-las era doloroso.

A nova memória ganhou foco, e Vera viu Guinevere pela perspectiva de Merlin.

Algo do contexto de Merlin foi misticamente transferido para Vera, e ela soube que estava assistindo ao primeiro encontro entre Guinevere e Arthur. Ela irradiava uma alegria nervosa enquanto fazia uma reverência diante dele. Lá estava seu pai, nem a dois passos atrás de Guinevere, severo mesmo enquanto sorria, observando enquanto entregava um presente a Arthur. Ela não conseguia ver o que era a partir de seu ponto de vista — ou, corrigiu-se, a partir do ponto de vista de Merlin. Guinevere e Arthur se moveram, e Vera não podia ver bem o rosto dela, apenas o dele. Sorridente, ele passou o presente diretamente para Lancelot e segurou as duas mãos de Guinevere nas suas. Ele beijou o topo de uma delas.

As emoções de Merlin inundaram Vera com toda a força. Alívio e alegria. Guinevere e Arthur, uma esperança para o reino.

Não era tão ruim agora que estava acostumada com essa memória. Merlin a manipulou totalmente para se aninhar junto à de Vincent. Elas se encaixavam bem ali juntas. Um pouco do que Vera sentiu naquele primeiro dia com Vincent transbordou para a nova memória, derramando e reanimando seu afeto por Arthur.

Então, houve emoções que não eram de Merlin nem de Vera, mas que também invadiram sua mente. Era a compreensão de Merlin sobre o que Guinevere sentia: afeto e atração. Ele as inseriu junto com o resto, formando um pacote deformado. Aquela parte doía um pouco mais. Vera agarrou os braços da cadeira e exalou uma respiração dura e trêmula. A memória irregular se acomodou com o resto, e Merlin se afastou dela. Ela relaxou os músculos à medida que a dor diminuía.

Eles estavam se movendo novamente nas memórias de Vera, passando por elas em um borrão. Elas as percorriam rapidamente como as cenas com Lancelot: os dedos de Vincent sobre os dela sob a mesa em um bar, aquela pouco antes de começarem a namorar oficialmente, dançando no casamento da irmã dele e, por fim, uma de suas últimas memórias dele. Merlin parou.

Vera e Vincent estavam deitados em sua cama em Bristol. A mão dele desenhava espirais em sua barriga nua, de uma forma que fazia suas costas arquearem, meio sentindo cócegas, meio estimulada por um desejo alegre. Era íntimo demais. Ela não queria lembrar disso, e com certeza não queria que ninguém mais visse. E Vera não podia esquecer que foi sua última noite com Vincent antes que ele morresse, em junho. Pouco mais de meio ano atrás. Ela havia evitado pensar naquilo, e embora pudesse saborear a doçura para sempre, estava manchada pelo fim da história.

Ela tentou afastar a memória da mesma forma que fez com o bosque sagrado, mas Merlin estava focado como se estivesse procurando aquilo, e não se movia.

Na lembrança, ela se virou para Vincent, e ele enterrou o rosto em seu pescoço.

— Não consigo acreditar que tenho o privilégio de te amar — ele murmurou, provocando calafrios que percorriam sua pele.

Ela riu. Olhou nos olhos castanhos e quentes dele, ricos em sinceridade e deleite, e antes que pudesse dizer uma palavra, os lábios dele estavam nos seus, sem necessidade de resposta verbal. A forma como os quadris de Vera se curvaram para ele, a profundidade do beijo e a alegria que emanava de seus movimentos eram suficientes.

Uma lágrima escorreu pelo canto do olho fechado e deslizou pela sua bochecha no abismo turvo do mundo fora da mente de Vera. Merlin, misericordioso, afastou a memória, presente, mas não mais o foco.

A escuridão caiu antes que a dor de uma nova incisão queimasse através dela. A luz entrou, indesejada. A imagem cintilou como antes e focou. Guinevere e Arthur novamente, mas estava errado. No mesmo instante, ela podia sentir que estava errado. Era um momento privado.

Eles estavam no topo da muralha do castelo, onde Vera só havia visto guardas. Ela nunca havia pensado em tentar entrar ali, mas viu tudo pelos olhos de Merlin a partir de onde ele estava, escondido na torre de guarda mais próxima. Vera podia sentir sua culpa por observá-los em segredo.

Os braços de Guinevere estavam estendidos ao longo da grade de pedra da muralha, sua cabeça inclinada entre eles. Os cabelos estavam soltos e emaranhados. Ela usava um vestido de camadas branco amarelado, do mesmo tipo que Vera havia usado como camisola. Arthur estava ao seu lado. Ele estendeu uma mão hesitante para seu ombro, e ela se afastou bruscamente do toque dele.

Vera ofegou ao ver a expressão dela: a de um animal encurralado, sabendo que estava acabado. Não havia luta em seu olhar. Arthur se aproximou dela propriamente, com as mãos estendidas para frente e as palmas voltadas para cima.

— Por favor — ele disse, estendendo a mão em direção a ela, mas sem diminuir os últimos quinze centímetros entre eles. — Por favor, deixe-me ajudar você.

Foi Guinevere, com os ombros caídos, quem agarrou a mão dele como se fosse um bote salva-vidas e o puxou para si, rígida contra seu peito. Arthur envolveu os braços em torno dela. Ele a segurou até que ela se afastasse, o olhar selvagem substituído por algo que Merlin via como calma, mas que Vera reconhecia mais intimamente como resignação.

Seu estômago revirou enquanto Guinevere passava a mão pela nuca de Arthur e o beijava com desespero em seus membros tensos. Ela agarrou a parte da frente da camisa dele e puxou com toda a força. Ele cedeu ao puxão, afundando no beijo dela enquanto tropeçava para a frente.

O alívio de Merlin veio como uma enchente. Ele acreditava que era uma demonstração de amor. Ele viu devoção. Inseriu sua interpretação dos sentimentos de Guinevere: amor, gratidão e desejo. Mas essa mulher, que era tão idêntica a Vera, parecia uma irmã que ela nunca conheceu, e Vera soube bem. Estava errado também para Arthur também. Seus olhos se abriram, e estavam preenchidos com preocupação, não com amor. Nem mesmo com desejo.

O que Vera experimentou em seu corpo não foi dor no início. Desconforto, certamente. Náusea, com certeza. Não era tão ruim, e se isso funcionasse para trazer as memórias de Guinevere em união com sua mente, tudo valeria a pena.

Veio como uma rocha caindo sobre sua cabeça de repente: súbita, inesperada e com uma dor ofuscante. Incendiou os pulmões de Vera, cada pedacinho de sua pele doía. Não havia um lugar em seu corpo que não estivesse em tormento ardente: olhos, couro cabeludo, até mesmo a língua.

Então ela entendeu o porquê. Merlin estava tentando combinar essa memória com a delicada de Vincent. Ele as pressionava juntas como fizera com as outras. Talvez fosse porque as emoções não eram nem de perto genuinamente paralelas ou porque havia muita dor em ambas as memórias. Era uma agonia além de qualquer coisa que Vera já conhecera. Era essa a sensação da tortura.

Só piorava. A memória não se fixava. Merlin pressionava mais forte.

— Pare! — ela gritou, mal conseguindo encontrar fôlego.

Ele parou, mas não a soltou. Merlin manobrou sua memória ao redor da dela, espreitando as bordas e procurando uma maneira de entrar.

— Estamos tão perto — murmurou ele. Ele pressionou, e Vera gemeu.

— Pare, pare, pare — ela disse freneticamente, esperando que ele se afastasse enquanto as lágrimas fluíam. Ele havia prometido que pararia.

Ele começou a puxar a memória de volta.

— Quase lá — disse ele.

Vera percebeu tarde demais que Merlin estava apenas voltando para ganhar impulso. A tranquilidade durou duas respirações antes que a memória estrangeira viesse em direção à sua, e não havia nada que ela pudesse fazer para impedir. Ela colidiu com a memória de Vera com tanta força que ela gritou de uma maneira que não fazia desde que era criança, com toda a força que podia reunir nos pulmões doloridos. A nova memória empurrou tão violentamente contra a antiga que ela achava que iria se despedaçar sob a pressão. Não poderia haver uma dor pior do que essa. No meio daquela angústia implacável, ela teria sentido alívio se morresse.

Mas seu peito continuava a subir e descer. Ela tentou gemer, mas não havia ar em seus pulmões.

Merlin empurrava implacavelmente contra sua memória.

E então aconteceu.

Ela não se despedaçou, mas a memória de Vincent, sim. Os estilhaços dela explodiram e cravaram sua mente em todas as direções.

Vera respirou com um suspiro agonizante e gritou com toda a força de seu corpo *"Não!"* enquanto abria os olhos. Ela ouviu um estrondo e o som de algo caindo no chão atrás dela. Não percebeu que havia se levantado de um salto, livre do aperto de Merlin. Ela se virou para encontrá-lo deitado de costas no chão atrás dela, ileso e levantando-se sobre os cotovelos. Ela respirava de maneira irregular, furiosa e horrorizada, e o encarava com raiva.

As implicações de sua memória despedaçada se infiltraram nela. Ela sabia o que era, sabia que estivera em sua cama com Vincent. Ela podia lembrar o nome dele, mas a memória em si, a imagem, os detalhes, os sentimentos estavam todos rapidamente desaparecendo como um sonho que escapa ao acordar. Água já descendo pelo ralo.

O mais horrível era que o rosto de Vincent havia sumido. Simplesmente desaparecido. Sua imagem havia sido apagada não apenas dessa memória, mas de todas as outras. Ela sabia quem ele era, podia até descrever suas características, mas era uma representação pobre, um esboço que um artista faz após uma testemunha frenética descrever o agressor. Não era ele.

— Você sabia? — Vera rosnou. — Você sabia o que isso faria à minha memória?

Ela esperava que ele dissesse que não sabia. Implorava em silêncio para que ele dissesse isso, mas Merlin simplesmente a encarou. Era quase uma confissão.

— Meu Deus — ela respirou, as mãos indo para a cabeça, agarrando o cabelo. Nunca tinha perguntado se o procedimento era seguro. Nunca pensou em perguntar se haveria perdas. — Você é um maldito psicopata!

Quando Vera se virou para ele, Merlin estava se levantando e teve a audácia de agir desapontado.

— Achei que você entendesse a gravidade da nossa situação.

— Eu entendo! Mas tudo o que eu tinha dele era a memória. — Sua voz traidora falhou, e Vera mordeu os lábios para controlar a respiração. — Ele era o único, além dos meus pais, que podia escapar dessa maldição e me conhecer.

— Ela nunca quis bater em alguém com tanta vontade, mas seu corpo todo tremia. A fúria tomou toda a sua energia. Ela teve que apoiar uma mão na mesa para se equilibrar. — O que aconteceu com parar se eu pedisse?

— Precisava funcionar — Merlin disse, sem pedir desculpas. — Eu não queria que você tivesse que fazer de novo.

— Ah, eu não vou. Quer que Arthur se conecte comigo? Brinque com a cabeça dele. Eu cansei. — Vera saiu furiosa em direção à porta, sentindo-se mais vazia do que nunca.

— Guinevere…

Vera se virou para encará-lo da porta.

— Eu pensei que ser trazida de volta para gerar um filho seria a pior coisa que você poderia ter feito comigo. Mas você me deu uma vida inteira para me encher com pais que me amavam e com Vincent, que… — Ela parou e engoliu em seco. — E para quê? Para que eu tivesse mais a sacrificar em troca das memórias de Guinevere?

Merlin a olhou em silêncio, com tristeza.

— Você deveria ter deixado Viviane me matar. — Vera bateu a porta atrás de si e não olhou para trás.

XXX

Vera não percebeu quanto tempo havia passado no escritório de Merlin até que saiu do porão esperando encontrar a luz do dia e se deparou com o cair da noite. Os sons do jantar vindo do grande salão chegaram até ela com a brisa. Esperava que isso significasse que não encontraria ninguém a caminho de seu quarto, mas a sorte estava contra ela. Estava tão absorta que mal levantou os olhos a tempo de evitar esbarrar diretamente em Thomas. Ela tropeçou para trás e quase caiu, não fosse ele ter segurado seu cotovelo.

— Desculpe — disse ela. A visão estava turva enquanto tentava se concentrar nele e fingir estar bem.

Não funcionou.

— O que aconteceu, Vossa Majestade? — A voz dele estava carregada de preocupação. — A senhora parece indisposta.

Desejou que ele soltasse seu braço. Tentou se afastar, mas ele manteve o aperto. Provavelmente era o que a mantinha de pé.

— A senhora está prestes a desmaiar — disse Thomas. Ela estava realmente perto de desmaiar, mas a forma como ele falou aumentou sua raiva. — Vou chamar o rei.

— Não, por favor, não...

— Você precisa do seu marido — insistiu ele.

— Não preciso — Vera disse entredentes.

— Eu — eu posso ajudar a senhora, minha rainha. — Os dedos de Thomas cravaram-se dolorosamente em seu braço, e Vera se desvencilhou de seu aperto.

— Não toca em mim, porra — ela grunhiu.

Ele recuou, olhando para ela como se fosse uma estranha. A boca dele se abriu e se fechou como um peixe antes de engolir em seco e dar um passo hesitante para o lado, permitindo que Vera passasse.

A dor e o cansaço continuavam a aumentar à medida que o choque inicial passava. Estava em tamanha agonia física que mal conseguiu chegar ao quarto, e desabou no chão depois de fechar a porta atrás de si. Não sabia se tinha ficado ali por minutos ou horas até que percebeu estar encharcada de suor, e rastejou pelo aposento até chegar à janela. De alguma forma, ela conseguiu abrir a persiana e se encostou nos caibros frios, deixando o vento da tarde açoitar seu rosto. Por um tempo, fechou os olhos e tentou dormir ali sentada à janela, mas tudo o que conseguia ver eram as mãos de Guinevere arranhando a camisa de Arthur, e tudo o que sentia era o vazio da memória destruída. Aquela realmente nascida do amor substituída por medo e desespero.

Ela se lembrava de cada segundo que passou no escritório de Merlin e sentia como se estivesse derretendo em nada. Era demais. Apoiou-se totalmente nas barras da janela, com os olhos abertos e desfocados. Teria sido melhor se as barras não a segurassem e ela caísse. Sabia que não se sentiria assim pela manhã, mas a dor do momento a devastava.

Quando a porta se abriu, Vera não percebeu. O som da conversa entre amigos, tão deslocado, trouxe sua visão de volta ao foco. Virou-se a tempo de ver a luz nos olhos de Arthur se apagando ao encontrá-la. Matilda estava com ele, e o semblante dela também caiu em seguida.

Ele deu um passo em direção a Vera e parou, olhando desesperadamente para Matilda. Ela assentiu e logo começou a agir.

— Vamos para a cama — ela disse. Era um tom diferente do que Vera estava acostumada, aquele que logo era seguido por sorriso ou uma piada. Ela falava com a determinação de alguém que já havia lidado com uma crise antes.

— Estou bem — Vera murmurou.

— Sim, bem, de qualquer forma. — Matilda pegou sua mão com um sorriso assustado. Vera permitiu que ela a ajudasse a descer e a levou para a cama sem objeções, pelo menos porque parecia fazer sua amiga se sentir melhor.

— Eu cuido dela — Matilda disse por cima do ombro. Vera virou a cabeça, mas foi mais um movimento desajeitado do pescoço. Não tinha muito controle sobre seu corpo.

Arthur ficou ali, com os punhos cerrados, congelado entre ficar ou ir. Ele encontrou os olhos de Vera e deu uma respiração trêmula antes de se virar e sair, não pela porta lateral, mas de volta para o corredor. Ela não se deu ao trabalho de adivinhar para onde ele foi. Não conseguia se concentrar. Ainda sentia como se fragmentos estivessem perfurando seu cérebro.

Enquanto Matilda a ajudava a vestir o pijama, a mão dela passou pelo rosto de Vera. Ela respirou fundo.

— Você está pegando fogo!

Vera percebeu um pano frio em sua testa enquanto mergulhava em uma inconsciência inquieta.

Ela acordou do que devia ter sido uma dúzia de pesadelos antes de o sol nascer, com a pele ardendo como se tivesse se queimado ao sol e sentindo-se enjoada como se estivesse de ressaca, mas a mente estava mais clara, e ela sentia uma vontade insuportável de se mover. Ela nem se importava se Lancelot apareceria naquele dia. Não haviam confirmado a corrida, mas Vera iria sozinha se fosse necessário.

Quando abriu a porta, quase tropeçou nele. Lancelot estava sentado bem na frente de seu quarto, com os joelhos erguidos.

— Oi. — Ele respirou com uma mistura de alívio e preocupação. Vera se perguntou qual saudação medieval estava sendo traduzida magicamente para "oi", mesmo enquanto um toque de irritação surgia com a sua preocupação.

— Pronto? — ela disse com rigidez.

Ela não esperou resposta. Começou a descer as escadas e deixou que ele corresse para alcançá-la. Seu olhar se voltava para ela a cada poucos passos. Vera ignorou.

— Está tudo...

— Não quero conversar. Só quero correr — ela disse, ainda mais frustrada porque a voz tremia, fazendo a declaração soar como um apelo.

Lancelot pressionou os lábios.

— Tudo bem. Você dita o ritmo. Eu sigo.

Era o dia de inverno mais frio até agora, mas Vera estava em chamas. Ela corria mais rápido do que o habitual. Eles mal haviam começado, e sua camiseta estava encharcada de suor. Ela parou na clareira onde costumavam conversar após as corridas, puxou a camiseta sobre a cabeça e a lançou sobre um galho de árvore baixo.

Agora vestida apenas com o sutiã esportivo e a calça de corrida, Vera se virou para Lancelot, desafiando-o a dizer uma palavra, rir ou fazer piada, mas ele não fez. Seu olhar firme encontrou o dela sem vacilar.

— Melhor? — ele perguntou.

Ela assentiu com amargura, e eles partiram. Vera se enfureceu interiormente nos primeiros quilômetros. Arthur devia ter corrido para contar a Lancelot sobre a noite anterior. Por que mais ele teria estado ali na porta do seu quarto, todo preocupado? Afinal, Lancelot devia saber coisas sobre a vida dela e as mantinha em segredo. Pensando bem, ele também devia contar a Arthur o que ela compartilhava durante as corridas. O ressentimento a fez acelerar o ritmo.

Ela resmungava com raiva, querendo que Lancelot dissesse algo para que ela pudesse ter um motivo para gritar com ele. O homem permaneceu em silêncio, seguindo o mesmo ritmo que ela, bem ao seu lado. À medida que os quilômetros avançavam, a endorfina começava a dissolver a ira de Vera. A névoa em sua mente levantou-se o suficiente para ela perceber que estar com raiva de Lancelot era mais fácil do que enfrentar a experiência aguçada pela poção do dia anterior.

Ela fez uma oferta de paz no último quilômetro antes da clareira deles.

— Lancelot?

— Sim?

— Raiz de árvore — ela disse, apontando para o caminho.

O rosto dele se iluminou com um meio sorriso, e Vera deu uma risada ofegante.

— Aí está você — ele disse com alívio.

Eles chegaram à clareira e se jogaram no chão. Vera sentou-se mais perto dele do que geralmente fazia. Quando ela se deitou de costas, ele seguiu seu exemplo e se deitou ao seu lado. O sol estava surgindo tão tarde pela manhã que permaneceu escuro durante todo o tempo que passaram juntos. Era um manto de nuvens escuras acima deles, com breves vislumbres de uma estrela piscando através das brechas.

Depois de um intervalo de silêncio, Lancelot falou.

— Não acredito que você não esteja congelando.

Ela havia esquecido que não estava usando camisa. O suor mal tinha secado, e o ar apenas começava a ficar fresco.

— Acho que posso ter tido febre.

— Deuses, Guinna. Se é assim que você corre com febre... — Ele parou de falar abruptamente, o rosto contorcendo-se de dor enquanto as mãos se dirigiram para a panturrilha. — Ah, merda, isso dói.

Vera se sentou sobre os cotovelos, com as sobrancelhas erguidas.

— Câimbra? — ela perguntou, o que foi totalmente desnecessário.

O músculo da panturrilha dele estava se contraindo visivelmente sob a pele. Ele assentiu com os olhos fechados.

— Aqui. — Ela se virou de lado e pressionou o polegar com firmeza sobre o nó. — Você precisa de mais potássio.

— O que diabos é isso? — ele se forçou a dizer entre as contorções.

— É um nutriente que tem em bananas e batatas, é claro que, até agora, você não tem nada disso. — Vera disse com um risinho enquanto massageava o nó.

Lancelot gemeu de prazer enquanto o músculo se soltava sob a pressão do polegar de Vera, fazendo-a rir ainda mais.

— Ainda bem que não tem ninguém por perto ou...

As folhas sobre o ombro de Vera se mexeram. Ela e Lancelot congelaram. Eles ouviram algo se chocando contra as árvores, recuando na direção oposta à deles.

Ele estava de pé em um instante.

— Tem alguém aí? — ele gritou. A única resposta foi o sussurro da brisa, distintamente diferente do outro som que haviam ouvido. — Merda. — Lancelot pegou seu orbe, considerando-o brevemente antes de lançá-lo na direção do som. O orbe pairou acima da vegetação, iluminando uma bolha de espaço ao redor. — Se fosse uma pessoa, provavelmente conseguiríamos vê-la correndo para longe.

— Provavelmente — disse Vera, mais como um desejo do que um acordo. Ela não havia se movido do chão.

Ele acenou com a cabeça como se estivesse tomando uma decisão.

— Deve ter sido um animal, talvez pensando que meus patéticos sons de câimbra eram um roedor moribundo para um café da manhã fácil.

Mesmo assim, Lancelot pegou a camisa de Vera no galho da árvore e a jogou para ela enquanto mantinha os olhos na luz à distância. Ele estendeu a palma para o céu, e o orbe voltou voando para ele. Nenhum dos dois disse em voz alta o que mais os sons poderiam ter parecido para alguém passando por ali.

Lancelot suspirou, com uma mão na cintura e a outra preocupada na testa.

— Precisamos ser mais cuidadosos.

— Aff. É exatamente o que Merlin disse. — Um impulso de irritação atravessou Vera enquanto ela vestia a camisa às pressas.

— Por que Merlin diria isso?

— Não é nada — disse ela rapidamente.

— Não, não é. — Ele cruzou os braços e franziu a testa. — Eu diria que é algo. Como envolve a mim, acho que tenho o direito de saber.

Vera tinha muito a dizer sobre tudo que achava que ela tinha o direito de saber. Suas sobrancelhas levantadas diziam tanto, mas ela manteve a língua presa.

— Todo esse tempo juntos, só nós dois... como Percival disse, e você meio que me olhou com aquele olhar apaixonado quando eu te ensinei a jogar jogo da velha. — Ela tentou manter a voz brincalhona, embora tenha se dado conta de seu erro quase assim que terminou.

Lancelot inclinou a cabeça para o lado, o sorriso sumindo de seus olhos.

— Merlin não estava lá para ver. Você contou a ele?

— Eu, bem...

— Porque se não contou, não tenho certeza de quem foi.

— Não, eu...

— Então quem foi? — Ele não estava lhe dando tempo para pensar.

— Ninguém! Ele viu quando... — A névoa mental de antes estava voltando. — Eu meio que mostrei a ele. Eu não queria.

— Está bem. — Os olhos dele se suavizaram enquanto observava Vera lutar para encontrar as palavras. Ele voltou a se sentar e bateu no chão ao seu lado. — Fale de uma vez.

Vera afundou-se na terra ao lado dele. Contou quase tudo: que sabia sobre a traição de Guinevere com Viviane, sua desesperada tentativa de recuperar a memória, as poções e o horrível procedimento que Merlin havia tentado. Que ele tinha visto o quanto Vera e Lancelot haviam se aproximado. Ela hesitou ao chegar à parte de Vincent, mas apenas por um segundo, tomando a decisão instintiva de confiar a ele toda a história. Ele colocou a mão livre em seu joelho, aproximando-se mais dela na profundidade de sua dor. Quando ela contou quanto o procedimento de Merlin havia sido doloroso e como seu corpo ainda queimava por causa disso, ele ficou rígido, o rosto escurecendo, especialmente quando ela relatou como sua memória havia se despedaçado.

— Então, se eu pareço quebrada, pode ser que minha mente tenha se apunhalado em uns mil lugares distintos. Por tudo que sei, eu poderia muito bem estar tendo uma hemorragia cerebral. — Foi uma tentativa fraca de piada.

— Foi horrível o que ele fez com você. — Lancelot movia a mandíbula de um lado para o outro e encarava os próprios pés. — Você contou para o Arthur?

Vera deu uma risada fria.

— Não. Na noite passada, eu mal consegui formar uma maldita frase.

— Ele vai querer saber. Você tem que contar a ele, Guinna.

— Não ouviu o que eu disse sobre a "traição a tudo o que ele representa"? — ela disse, a faísca de raiva reacendendo. — E a poção que ele teve que tomar só para conseguir ficar perto de mim?

Lancelot teve a audácia de parecer exasperado.

— Pelo amor de Deus. Eu não acredito nem por um segundo que ele tomou aquela poção. E todos sabemos que o que Guinevere fez não é o que você fez.

Vera começou a protestar, e Lancelot levantou a voz.

— Pare! Você tem que tentar conversar com ele de verdade.

— Você está de brincadeira? Eu tentei. Eu tento.

— Não, você não tenta. Você fica estranha e silenciosa. Por que não fala com ele assim? Por que não disse a ele o quanto ele tem sido um idiota? Você está a meio quarto de distância dele todas as noites, e nunca o confrontou como faria comigo. O que disse a ele quando descobriu sobre aquela poção, hein? Você o xingou ou simplesmente saiu correndo?

Vera fez uma expressão de desdém, mas não disse nada.

— Isso não é tentar.

Seu queixo caiu.

— Não posso acreditar que você está me culpando por isso.

— Você não entende pelo que ele passou...

— Você está certo! Eu não entendo. Esse é o problema. Vocês dois conhecem todos esses segredos sobre mim e minha vida, coisas que eu não tenho direito de saber. Que se dane. *Vocês* que lidem com isso.

Ela se levantou para sair, tropeçando alguns passos devido ao cansaço de ter forçado tanto a corrida. Vera ouviu Lancelot se levantando apressadamente para ajudá-la antes que ela se virasse para ele.

— Não — ela disse. Estava confiante de que ele entendeu todos os significados daquela única palavra.

Não me toque. Não me ajude. Não me siga.

Ela voltou para o castelo sozinha.

Perder o rosto de Vincent foi como reviver sua morte. A destruição daquela memória trouxe o dia em que ele morreu para um foco mais nítido. Foi o pior dia da vida de Vera. E assim continuaria sendo por um tempo.

Mas esse dia, o dia que mal havia começado, com o sol esperando timidamente para beijar o horizonte com seu calor, traria sua própria escuridão.

Assim começava o segundo pior dia da vida de Vera até agora.

XXXI

À medida que a névoa e o mal-estar do dia anterior diminuíram, Vera sentia a magia de Merlin em ação. Quando seus pensamentos se voltavam para Arthur, embora confusos e desconexos, ela encontrava uma indesejada sensação de afeição. Essa atração por ele tinha uma aura agradável, mas tingida pelo veneno de sua origem. Era como o cheiro de uma funerária: doce demais na tentativa de mascarar o odor de uma putrefação inevitável.

Vera poderia, a contragosto, admitir que Lancelot estava certo, Arthur precisava saber. Maldito fosse ele. Ela invadiria o quarto do rei e o acordaria aos gritos. Ela faria isso.

Mas ele não estava lá.

Vera o procurou o dia inteiro, mas suas horas estavam muito mais ocupadas do que o habitual. Era véspera de Natal. Havia muito o que fazer para preparar o castelo para os convidados do banquete daquela noite. Pensou que teria tempo para procurá-lo depois de terminar suas tarefas, mas foi direto para o seu quarto para vestir seu vestido verde, a tiara de pedra da lua, e então para o grande salão sem demora.

O lugar estava mais acolhedor do que de costume. Não havia uma mesa sobre o estrado. Em vez disso, o espaço estava ocupado por uma banda tocando uma música de fundo animada. Luzes suspensas orbitavam de um lado ao outro do teto abobadado. Convidados perambulavam pelo balcão, bebendo de seus cálices enquanto sussurravam sobre a crescente multidão abaixo.

Em outras circunstâncias, Vera teria adorado tudo, mas a febre maldita continuava queimando, assim como sua fixação em encontrar Arthur.

Ela o viu do outro lado do salão, e sua respiração parou. Ele havia trocado seu traje habitual e muito mais casual por uma armadura de couro justa, escura como carvão queimado, dos ombros aos pés, exceto pela capa de um vermelho profundo presa à clavícula, o brilho do punho da espada na cintura e a simples coroa de ouro na cabeça. O cabelo estava preso em um coque apertado na nuca.

Ele não havia se vestido tão formalmente desde a chegada de Vera, mas parecia tão natural nele quanto qualquer outra coisa, e era extraordinário. Seu olhar encontrou o dela antes de ele se virar rapidamente para cumprimentar um convidado. Um súbito tremor agitou seu peito. Ela sentiu a vontade de colocar a mão na a bochecha dele. O pensamento de sua pele contra a dele fez o calor do desejo se espalhar por seu corpo. De repente, ela percebeu que essa sensação correspondia ao que pertencia à memória que se fora... que sua paixão dormente e guardada pelo amor que havia perdido agora estava direcionada a Arthur.

Algo no que aconteceu ontem havia ligado um fio da memória destruída de Vincent diretamente a Arthur. Mesmo após a desintegração da lembrança, suas emoções permaneceram intactas, buscando e se prendendo ao próximo rosto que surgisse. Com a poção e tudo o mais, Arthur já era o alvo principal. Como ela podia se sentir intensamente atraída por ele e, ao mesmo tempo, querer gritar de raiva em sua cara e chorar por dias?

A conversa dele aparentava estar chegando ao fim: acenos de cabeça e uma leve inclinação para se afastar. Se Vera não se mexesse agora, perderia a coragem. Colocou no rosto o sorriso mais relaxado que conseguiu forjar.

Fingindo confiança, aproximou-se dele. Será que o corpo dele enrijeceu com sua chegada, mesmo enquanto sua voz permanecia firme? Ela decidiu que tinha imaginado tudo e tocou seu braço. Arthur se afastou dela. Não, ele puxou com violência o braço de seu alcance, como se o toque dela o queimasse. Bem na frente do nobre, que era um estranho para Vera, e que certamente notou e se remexeu, desconfortável.

Vera não tentou manter uma expressão agradável. Ela encarou Arthur com raiva evidente. *"Que se dane, que se dane, que se dane"* ela disse em sua mente e esperava que ele pudesse sentir isso, apesar de sua recusa em olhar em sua direção.

As bochechas arderam quando notou as pessoas ali perto, de olhos arregalados e trocando sussurros por trás das mãos. O silêncio se espalhou a partir dela e de Arthur, o epicentro do evento. Um rosto na multidão não combinava com o desconforto de todos os outros. Ela lançou um olhar feroz para Lancelot, bem à sua frente. Sua feição se contorceu de culpa. Ela ergueu os ombros, seu olhar desafiador, uma pergunta e uma provocação. *"Viu? O que você quer que eu faça?"*

Ele teve a decência de encarar o chão.

Tudo bem. Todos podiam ter a satisfação de acreditar que Vera era a desgraça do reino. Não era totalmente mentira, afinal. Ela se virou sem dizer outra palavra, pegou uma taça de vinho da bandeja de um garçom que passava e se afundou em uma cadeira bem ao lado da porta lateral por onde os funcionários entravam e saíam, o mais longe do caminho possível. Não falaria com ninguém, nem tentaria desempenhar o papel de boa rainha.

Viu Merlin pelo canto do olho. Ela evitou seu olhar propositalmente, mas ele estava vindo em sua direção.

Detestava o fato de tremer com a simples ideia de falar com ele. Lancelot, por sua vez, percebeu a intenção do mago e o interceptou, desviando-o para um grupo de visitantes ansiosos por sua atenção. Vera estava muito irritada para reconhecer a gratidão por essa gentileza.

Arthur tinha voltado a cumprimentar os convidados com seu sorriso rápido e risada fácil, como se não tivesse nada com o que se preocupar. Isso empurrou Vera para perto de seu ponto de ebulição, que parecia muito mais literal do que ela gostaria, já que ainda se sentia a um milhão de graus. Afundou na cadeira e manteve a cabeça baixa.

— Você não precisa fazer isso.

Vera se sobressaltou. Não sabia há quanto tempo Matilda estava parada ao seu lado. A sempre amável mulher se curvou à altura da cintura, de modo que o rosto ficou próximo ao ouvido de Vera, enquanto colocava uma bolsa em seu colo. Os materiais de bordado. Tinha esquecido completamente deles após a tarde de pesadelo no escritório de Merlin.

— Quer sair discretamente? — Matilda perguntou. — Eu dou cobertura.

Vera apertou a mão da amiga.

— Obrigada. — Abençoada seja, a única entre todos que ela não queria estrangular no momento. — Se vir Arthur, diga que fui para a cama.

A sobrancelha de Matilda se arqueou.

— Não quero que ele me siga. Estou falando sério.

Matilda parecia querer argumentar, mas apenas acenou com a cabeça. Ela se posicionou na frente da mesa, dando a Vera uma saída discreta pela porta atrás dela. Um grupo de convidados cercava Merlin, encantados com as histórias de magia que ele contava, mas nem Arthur nem Lancelot estavam à vista. Ótimo.

O vento invernal no pátio era um contraste acentuado com o calor opressor no grande salão. Isso, junto com o fato de ter escapado do banquete, elevou um pouco o ânimo de Vera . Chegou ao saguão e estava atravessando as grandes portas para cruzar o pátio em direção à capela quando seus passos vacilaram ao ouvir vozes alteradas ecoando do corredor à sua direita.

Ela hesitou perto das portas principais, esperando ter uma ideia mais clara de se as vozes estavam se aproximando. Na verdade, não importava. Deveria continuar e sair rapidamente. Quem quer que fosse, nunca saberia que ela esteve lá. Mas Vera se viu movendo-se para longe da entrada, em direção à outra porta, a que dava para o corredor.

As vozes estavam distantes o suficiente para que o som não formasse palavras coerentes. Aproximou-se enquanto as vozes voltavam a se intensificar, uma sensação de familiaridade fez seus braços se arrepiarem. Ela achava que poderia ser Arthur e, com ou sem palavras, era claro pelo volume e pela cadência cortada de sua fala que ele estava irritado. A porta do corredor já estava aberta o suficiente para que ela pudesse passar, e... sim, havia um canto onde poderia se esconder e permanecer invisível, contanto que eles não passassem por ali.

Avaliou o risco diante do perigo, mas o acaso decidiu por ela. Viu a sombra no meio do corredor, o sinal de alerta de que Arthur e quem quer que estivesse com ele estavam prestes a aparecer. Ela se encolheu no canto. Enquanto os corredores principais do castelo eram bem iluminados, aquele tinha apenas uma tocha acesa em toda a sua extensão. Ninguém deveria estar ali.

Dois pares de passos vinham na direção de Vera, e rápido.

— Eu não vou fazer isso — Arthur disse abruptamente.

Os passos pararam, seguidos por sons de luta. Parecia que algo havia sido jogado contra a parede. Vera se inclinou o suficiente para ver e quase tropeçou de seu esconderijo ao perceber que o barulho tinha sido o corpo de Arthur sendo empurrado por Lancelot contra a parede. Lancelot o mantinha preso com o braço pressionado em seu peito.

— Não fuja de mim! — o grito de Lancelot ecoou pelo corredor. Vera teria se encolhido se ele tivesse falado com ela daquele jeito. — Você está totalmente enganado. Sabe quanto tempo levou para eu entender? Uma conversa com ela na primeira noite em Glastonbury. Só isso.

Vera cobriu a boca para abafar o arquejo. Ele estava falando dela. Ele havia empurrado seu amigo, seu rei, e gritado com ele em defesa dela.

Arthur empurrou o braço de Lancelot para longe, sem muita convicção.

— Eu sou veneno para ela — disse.

— Ah, que besteira! — Lancelot jogou as mãos para o alto. Vera nunca o viu tão irritado. Pensou que o homem poderia socar Arthur enquanto se virava para ele. — Besteira! Não é para a proteção dela. Não é nobreza nenhuma. O que você está fazendo agora, *isso* é veneno. Continue assim, e vamos perdê-la de novo. E desta vez — ele acrescentou, com o dedo tremendo enquanto apontava para Arthur —, será *sua* culpa. Você nunca se perdoará. — Suas últimas palavras foram como um tapa severo. Os dois homens se encararam em silêncio, enfurecidos. Lancelot balançou a cabeça. — Eu também nunca vou perdoar você. — Ele se virou e voltou na direção de onde tinha vindo.

Vera nunca teve um melhor amigo, e não havia percebido, até ver aquele olhar nos olhos de Lancelot, que agora tinha um.

Ela se encolheu no canto e esperou pelo som da retirada de Arthur, mas não ouviu nada. Começou a se perguntar se ele tinha saído e, de alguma forma, ela não havia notado. Vera espiou de seu esconderijo quando um sussurro exasperado de "Merda" ecoou pelo corredor. Com a palavra, ele entrou em movimento, andando de um lado para o outro, com as mãos na cabeça. Vera prendeu a respiração quando ele parou.

— Merda! — Arthur rugiu tão alto que Vera se sobressaltou. Ele ficou imóvel o suficiente, de modo a parecer que a escuridão o havia engolido, até que ele também seguisse para onde Lancelot tinha ido.

A raiva de Vera em relação a Lancelot se dissipou, e Arthur? Bem, ela não sabia o que pensar.

Apressou-se para a capela, onde seu bordado era um bálsamo, embora não tivesse cantado nem murmurado naquela noite e mantivesse as luzes apagadas. O conforto que a estátua de Maria lhe provia não deixava de surpreendê-la. Vera se sentou com as costas apoiadas na parede, e o ombro direito encostado no pedestal abaixo da estátua. Pegou o bordado, uma borboleta desta vez, e começou a trabalhar em uma grande seção da asa, com linha azul brilhante. Devia estar nessa já havia algum tempo porque fizera um bom progresso quando a porta principal da capela se abriu, despertando-a de sua admiração pela peça.

Era apenas uma silhueta contra a noite, até que entrou na sala e fechou a porta atrás.

— Thomas — Vera disse, reconhecendo-o rapidamente, a princípio aliviada por ser um rosto familiar, mas algo a incomodou. Ela o encontrou ontem, não foi? Enquanto estava quase fora de si. O que tinha dito a ele? Não havia sido amigável.

Evidentemente, ele não estava com raiva, porque falou com ela de forma calorosa.

— Eu esperava que a senhora estivesse aqui — disse ele enquanto se encostava na porta e fechava os olhos.

— Desculpe se fui grossa ontem — Vera disse, apoiando o bordado no colo. — Eu estava me sentindo mal.

Thomas caminhou em direção a ela, e Vera sentiu um puxão instintivo de alerta. Não conseguiu identificar de imediato o que o causou, mas, conforme ele se aproximava, seu passo hesitou em seu impulso e ele tropeçou.

Vera enrijeceu quando ele se sentou ao seu lado, um pouco perto demais para o seu gosto.

O homem inclinou a cabeça contra a parede, com o queixo erguido e os olhos fechados.

— Pode ser o destino, você estar aqui agora.

Vera sentiu o cheiro inconfundível de bebida em seu hálito, e quando seus olhos se abriram, ela viu os sinais também. As pupilas estavam dilatadas demais. Olhar para aquela escuridão artificial trouxe a sensação de que o que Vera interpretava como calor à distância era mais precisamente embriaguez. Mordeu os lábios, considerando suas opções quanto ao que poderia dizer ou fazer, para conseguir sair sem causar alvoroço. Quantas vezes esteve sozinha com Thomas? Ele nunca havia feito nada de impróprio. Isso acalmou o alarme que agora gritava dentro dela. Estava segura ali.

— As festividades interferiram um pouco nas minhas visitas à capela, mas não tenho tanta certeza quanto ao destino — disse ela enquanto retomava seu bordado. Afastou-se dele e se encostou no pedestal da santa. — Venho aqui muitas noites. — As mãos de Vera estavam tremendo. Ela esperava que ele não notasse o bastidor sacudindo.

— Mas não pela manhã — disse Thomas.

Havia acusação em seu tom. Ela fixou os olhos na borboleta ainda parcialmente formada, e, mesmo tremendo, forçou as mãos a continuar se movendo, obrigando a agulha a atravessar o tecido. Precisou de duas tentativas para fazê-la atravessar o tecido, e estava no meio de seu próximo ponto trêmulo quando a voz dele a interrompeu.

— Eu vi você — disse ele. Os olhos de Vera se ergueram para encontrar os dele. — Você e Sir Lancelot juntos esta manhã.

Ela parou de respirar. Ele não poderia ter visto. Não poderia. Fora um animal.

— Eu vi você. — A voz de Thomas estava estranhamente melódica. — E eu ouvi você.

Vera balançou a cabeça rapidamente para os lados, a breve negação foi tudo o que conseguiu fazer. Por instinto, sabia que nunca esteve em maior perigo do que agora.

— Thomas, não é o que você está pensando...

— Eu acreditava que você era diferente. Leal. Mas até mesmo aqueles escolhidos pelo Senhor podem cair em caminhos malignos — disse ele como se ela não tivesse falado. — Pensei que você fosse uma dama gentil, e eu o pecador lascivo.

Vera apertou o bordado com mais força. Não conseguia acreditar no que estava ouvindo.

— Mas agora eu vejo — disse Thomas. — Suas tentações são incessantes. Você deve ser detida.

A agulha escorregou e se cravou em sua palma, alojando-se na pele como uma flecha enterrada no alvo. Ela gritou ao puxar a mão para longe do ponto. Uma gota espessa e brilhante de sangue surgiu ali e caiu em uma parte ainda em branco na asa da borboleta, um fluxo constante a seguiu.

Thomas agarrou a mão de Vera com ambas as suas, e a velocidade surpreendente de seu movimento a paralisou. Seus olhos vorazes se fixaram na erupção de sangue da ferida. Então ele puxou sua mão até a boca e sugou o sangue dali.

Vera não teve nem tempo de pensar direito quando se colocou em movimento. Aproveitando-se da mão livre no pedestal ao seu lado, ela se levantou, pretendendo se soltar dele e correr o mais rápido possível, mas a força de Thomas a deteve. Ele a puxou de volta com um vigor tão surpreendente que, no instante seguinte, ela estava de barriga para baixo, no chão, do outro lado do homem.

O hálito dele estava em seu pescoço em um segundo. Vera pressionou as mãos no chão e arqueou a cabeça e os ombros para trás, atingindo-o. Ele caiu contra o pedestal da estátua. Ela ouviu o balançar da grande pedra e o estrondo que se seguiu, sabendo que a bela estátua havia se estilhaçado.

Isso mal deteve Thomas. Vera tentou se levantar enquanto ele agarrava seu tornozelo e a puxava de volta ao chão. Desta vez, ele a virou de costas, segurou seus ombros com as mãos e imobilizou suas pernas montando em seus quadris.

Cada instinto lhe dizia para lutar, e ela fez isso, como louca. Com toda a força que tinha, ela se debatia contra seu aperto. Contorcia-se e se agitava, mordia as mãos dele e até conseguiu se libertar e acertar seu olho antes que ele a forçasse a baixá-la novamente.

Thomas soltou ambos os ombros dela, e Vera pensou que poderia ter uma chance. Achou que ele estava desistindo ou voltando à razão, mas não era o caso. Ele agarrou sua cabeça com ambas as mãos, a levantou e a bateu no chão.

Os olhos de Vera estavam abertos, mas tudo o que via à sua frente eram estrelas. Seus ouvidos zumbiam, e ela gemia de dor. Os segundos em que a desorientação a imobilizou eram preciosos, e ela não podia se dar ao luxo de estar incapacitada. Quando a visão clareou, ela viu uma faca de lâmina curta na mão de Thomas, com menos de dez centímetros de comprimento. Ele havia saído de cima de Vera, puxado ambas as pernas para um lado, e cortou um rasgo no vestido, da cintura para baixo, revelando o começo de sua perna.

Essa era sua oportunidade. Ele não estava em cima dela. A mente de Vera ordenou a seu corpo que se movesse, e seu pânico só aumentou ao perceber que ele não respondia, atordoado pelo golpe na cabeça. Thomas estava irreconhecível, seu rosto agora contorcido como o de um monstro, incomparável a qualquer horror que Vera já tivesse visto de perto, com as pupilas consumindo completamente seus olhos. Ele direcionou a faca para a coxa dela, na parte externa da perna. Deliciou-se ao pressioná-la em sua pele, agonizantemente devagar. Vera gritou quando a lâmina perfurou sua carne, enquanto ele exercia uma contenção cruel ao empurrá-la, milímetro a milímetro, devastadoramente devagar até o cabo tocar sua pele. Isso não estava acontecendo. Não podia estar acontecendo.

Lágrimas escorriam pelo rosto de Vera. Ela não sabia quando havia começado a implorar para que ele parasse, mas agora tudo o que ouvia eram seus próprios gritos frenéticos de "Por favor!" repetidamente.

Ele retirou a faca com a mesma lentidão com que a havia empurrado. Vera mal teve tempo de recuperar o fôlego antes que Thomas levantasse o polegar e o pressionasse com força na ferida, espalhando o sangue e lhe arrancando mais gritos. Eram intermináveis. Vera já não conseguia distinguir os sons que saíam de sua boca entre "por favor" e "pare" e gritos mudos de agonia. Nunca tinha sentido uma dor assim em toda a sua vida.

Encontrou novas palavras quando ele retirou o polegar de sua coxa, pegajoso com seu sangue. "Socorro! Socorro, por favor!". Ela gritou bem alto, rezando para que alguém pudesse estar passando perto o suficiente para ouvir.

Thomas apoiou o peso do corpo sobre o dela. Vera estremeceu, recordando que, certa vez, achou esse homem parecido com o pai.

— Eu tranquei a porta. Não há ninguém por perto. Não esta noite. — Sua boca estava tão próxima do ouvido de Vera que ela podia sentir o calor da respiração dele em sua pele.

— Por que você está fazendo isso? — Vera choramingou através dos soluços.

Ele não respondeu. Arrastou a lâmina da faca por seu decote e atravessou seu seio como se estivesse espalhando manteiga sobre o pão, pressionando o suficiente para pegar pedaços de pelúcia verde de seu vestido enquanto raspava até seu ombro, onde parou, com um novo brilho de malícia no olhar. Vera forçou-se a encará-lo, permitindo que todo o seu medo se manifestasse, esperando contra todas as expectativas que isso o ajudasse a ver uma pessoa e não a sedutora que ele havia conjurado em sua mente.

— Por favor, não — ela chorou. Era a única estratégia que tinha no momento, e era a errada.

Thomas sorriu sem misericórdia. Ele se deleitava com seu terror. Novamente, levantou o punho da faca e pressionou a ponta em sua pele. Ele a perfurou no ombro até o cabo com o mesmo ritmo atormentador de antes.

Vera queria desmaiar, que a dor acabasse, mas ele parecia estar tentando perfurar seu corpo com cuidado, causando o máximo de agonia possível sem deixá-la inconsciente. Quando ele retirou a faca e a limpou em seu vestido,

Vera reuniu suas forças e se lançou contra ele. Não adiantou. Ele tinha muita vantagem em tamanho e posição.

Thomas jogou a perna de novo sobre ela. Bateu a cabeça dela no chão de pedra para impedir seus movimentos e gritos. O segundo golpe na cabeça foi o suficiente. Ela não estava mais totalmente consciente. Thomas pressionou a faca em sua garganta com uma mão e prendeu ambas as mãos dela acima da cabeça com a outra.

— Não se debata, ou posso escorregar — disse ele, com uma calma surpreendente enquanto fazia um pequeno corte sob o queixo de Vera, como comprovação. Ela gemeu e sentiu uma poça se formando na parte de trás da cabeça. Uma parte racional de sua mente se perguntou se era sangue.

Ela mal percebeu em sua confusão atordoada que ele havia se deslocado, que suas mãos não estavam mais presas ao chão. Ele as havia soltado, em vez disso, apalpavam seu corpo, agarravam seu seio e, em seguida, brincavam no topo de sua coxa. A faca também havia desaparecido de sua garganta. Com aquela mão, ele lutava com os fechos da calça. Ele pretendia tomar cada pedaço dela.

Vera gemia. À medida que o som saía de seus lábios, o último resquício de sua determinação para lutar se esvaía. Ela não era uma rainha estrategista brilhante. Ela não era ninguém. E havia falhado no único propósito de sua existência. Nem mesmo conseguia ser um receptáculo para a memória de Guinevere. De que isso importava? Ela ficou imóvel. A torrente de súplicas foi se tornando silêncio.

Vera ia morrer ali.

Você é mais do que um receptáculo.

Ouviu com clareza as palavras em sua mente estilhaçada, como se alguém as tivesse dito em seu ouvido. Uma corrente, potente e elétrica, surgiu do núcleo de Vera até as pontas dos seus dedos. As pontas dos dedos *livres*.

Thomas continuava lutando com a calça. Embora momentos antes estivesse pronta para se render, agora seus instintos gritavam para ela agir.

Vera apalpou descontroladamente ao redor da cabeça, procurando por qualquer coisa que pudesse agarrar, e seus dedos se fecharam em algo que cabia facilmente em sua palma. Seus cabelos se espalharam sobre o rosto, bloqueando sua visão.

De forma distante, ouviu um grito vindo da frente da capela enquanto balançava o braço em direção a Thomas e fazia contato.

Foi tudo tão rápido. Ele não estava mais em cima dela. Vera estava livre. Ela levantou um pouco a cabeça, e seus cabelos caíram dos olhos. Arthur estava em pé acima dela, depois de ter empurrado Thomas para longe com o próprio corpo. Thomas havia rolado para trás sobre a estátua destruída, e agora se agarrava à pedra inerte, tentando se levantar. A espada de Arthur estava desembainhada, e o último vestígio de raiva ainda não havia desaparecido de seu rosto enquanto ele olhava para Thomas, em choque.

O que antes era um monstro inconcebível agora se transformava em um homem aterrorizado, mal se segurando à vida. Em sua tentativa de se erguer, Thomas conseguiu apenas ficar de joelhos. Seus olhos estavam claros e preenchidos de medo. Ele se agarrou à garganta enquanto o sangue jorrava em horríveis e volumosos jatos entre seus dedos.

Vera ficou de joelhos e se ergueu, hipnotizada, enquanto os suspiros de Thomas se tornavam mais rasos e seus olhos saltavam enquanto ele se engasgava. O homem abriu a boca, e o sangue despejava dela tão livremente como se fosse balde virado.

Foram talvez apenas alguns segundos desse espasmo, ofegante e borbulhante, mas pareceram uma eternidade. Eles ecoaram pela acústica impecável da capela, um coro que era a canção da morte. À medida que os intervalos de silêncio entre seus suspiros se alongavam, a cor desaparecia do rosto de Thomas antes de ele desabar, com os olhos arregalados, ensanguentado e completamente imóvel sobre a estátua quebrada.

Os olhos de Vera se voltaram para a espada de Arthur, brilhante e limpa, refletindo brilhantemente na luz tênue. Ela olhou para o que sua mão havia encontrado em desespero: a pequena faca de Thomas. A faca que ele havia limpado em seu vestido e que agora estava recém banhada de sangue vermelho-rubi.

XXXII

Vera olhou para o corpo de Thomas, sem conseguir compreender que agora estava diante de um cadáver. Seu rosto estava pressionado contra a barriga grávida da estátua, de modo que a bochecha estava amassada junto aos olhos vazios e sem vida, tão inanimados quanto a pedra abaixo dele. Sangue escorria da boca aberta.

Enquanto esperava que o homem desse uma respiração que nunca viria, a dela ficou ofegante. A tal ponto que tudo se alojou em algum lugar entre a boca e os pulmões, o ar inútil pairando no vazio.

O que diabos acabou de acontecer? E, pelo amor de Deus, por quê?

A espada de Arthur caiu no chão quando ele se ajoelhou ao lado dela. Ele colocou uma mão cautelosa em suas costas. Era como se Vera tivesse esquecido como usar o ar. Ela ofegava repetidamente, mal conseguindo engolir um gole raso. Mal sentia a segunda mão de Arthur em seu braço. Vera se virou para ele, tentando se ancorar em algo que respirasse, algo vivo. Seu rosto era um borrão, uma mancha abstrata contra um fundo de caos.

— Guinevere. — Ela achou que ele tinha dito seu nome. Não conseguia ter certeza devido ao zumbido ensurdecedor nos ouvidos. Quando isso começou?

Vera se sentou, o pânico foi se avolumando. Ela havia sobrevivido a Thomas. Ela havia *matado* Thomas, e agora não conseguia respirar. Talvez o último golpe em sua cabeça a estivesse matando. E se ela estivesse sangrando tanto quanto Thomas, só que todo o sangue estivesse dentro da cabeça, fazendo com que seu cérebro inchasse e esquecesse como realizar tarefas básicas e vitais?

Vera sentiu Arthur atrás dela, seu braço alcançando o dela e atravessando seu torso enquanto ele a ajudava a se levantar. Ela segurou seu antebraço contra o peito, mas logo descobriu que as pernas não conseguiam sustentar seu peso. Os joelhos cederam, e ela caiu contra ele. Suas tentativas de respirar ficaram mais altas e frenéticas a cada segundo.

— Eu... eu não consigo respirar — ela se engasgou.

— Você está segura. Está tudo bem. — A voz de Arthur cortou o pânico dela enquanto ele a colocava no chão. Ele se apoiou na parede, com os joelhos dobrados de cada lado dela enquanto a segurava junto ao peito.

— Respire — ele disse, e, como se quisesse mostrar como, ele respirou profundamente, seu peito subindo contra suas costas. Ela tentou. Tentou com tanto desespero que as unhas se cravaram no braço dele devido ao esforço.

— Eu não consigo! — Ela conseguiu forçar as palavras a saírem.

— Você consegue — ele disse enquanto continuava a respirar calmamente. Então falou mais baixo, bem ao lado de seu ouvido. — Você já está conseguindo. Vá devagar. Vamos lá, comigo.

Ele respirou fundo novamente, mas Vera continuava lutando. A escuridão puxava os cantos de sua visão. Quando Martin e Allison nunca mais tivessem notícias dela, ela esperava que pensassem que ela tinha encontrado a felicidade. Rezava para que eles nunca soubessem o que aconteceu com ela, não suportava a ideia de...

— Respire comigo, Vera — Arthur disse, com a boca a dois centímetros do seu ouvido.

Algo se encaixou. Na próxima vez que o peito de Arthur se ergueu, o de Vera se juntou ao dele. Uma respiração completa de vida para acalmar seus pulmões ardentes. Seu corpo estremeceu enquanto expirava. Logo, suas respirações estavam no ritmo das de Arthur, em vez da hiperventilação descompassada. Quando ela se acalmou quase em silêncio, Arthur a soltou.

Ela saiu engatinhando para a frente. Por quê, não sabia. Talvez a onda de dor, raiva, confusão e alívio fosse demais, ela precisava de uma ilha só para si para liberar tudo aquilo. A visão clareou, e a destruição diante dela desatou um grito gutural e inumano, talvez vindo da própria alma. Vera se encolheu no chão e soluçou. Os sons que ouvia vindo de seu corpo eram completamente estranhos para ela.

E, então, se acalmou.

— Você está ferida. — Ouviu Arthur dizer. Quando Vera se moveu para olhar para cima, com a lateral da cabeça ainda no chão de pedra aterrorizantemente molhado, ele estava retirando seus dedos ensanguentados do local em seu ombro onde a parte de trás de sua cabeça havia repousado. Ele se arrastou pelo chão ao lado dela e tocou com delicadeza a ferida em sua cabeça. Embora ela não tenha feito careta, ele retirou a mão rapidamente, como se soubesse que a estava machucando.

— Ele me esfaqueou — a voz de Vera soou baixa até mesmo em seus ouvidos.

Arthur se moveu para impedir a vista do horrível cadáver. Ele parecia tão deslocado ali, apesar de ser o único corpo na sala vestido para a batalha. Vera e

Thomas eram as vítimas da guerra, enquanto a coroa dourada de Arthur brilhava em sua cabeça. O cheiro de sua armadura de couro imaculada era tão agradável quanto um aromatizante no meio do odor enferrujado de sangue e morte.

— Eu preciso levar você para o quarto para podermos tratar suas feridas — disse Arthur.

— Eu consigo ficar de pé. Gostaria de tentar andar. — Ela não queria ser impotente, e ele não questionou.

Após a loucura que aconteceu, temia ver piedade lá. Mas em seu rosto ela encontrou apenas o soldado. Estava focado no que precisava ser feito, em sobreviver ao momento, e não havia espaço em sua expressão para coisas supérfluas como a piedade.

Mas não era mecânico.

Arthur inadvertidamente pressionou a ferida à faca em seu ombro enquanto tentava ajudá-la a ficar em pé, o que lhe arrancou um grito de dor. Ele recuou, e ela viu através do olhar semicerrado que suas mãos tremiam. Se não tivesse notado, não teria noção de que ele também estava com medo. Arthur esfregou as palmas das mãos na testa enquanto respirava lentamente antes de ajudá-la a se levantar com uma firmeza restaurada.

Ela apoiou o ombro não ferido nele, que a envolveu pela cintura.

Mas o ombro e a perna boa de Vera estavam do lado esquerdo, o que dificultava a locomoção. Ela não questionou Arthur enquanto ele a guiava para longe das portas da capela e, em direção ao altar. Eles viraram à esquerda em uma alcova, e havia uma porta ali, simples e pequena. A porta de um monge. Ela teria comentado sobre isso em outro momento. Tudo que importava agora era que isso a tirasse de lá o mais rápido possível.

Ela conduzia a um caminho que ficava na sombra da parede do castelo. Arthur tentou acelerar o ritmo assim que chegaram ao ar livre. A respiração de Vera sibilava pelos dentes enquanto a pressão de cada passo forçava uma nova onda de sangue a sair de sua coxa. Cada pisada em seu lado direito pulsava mais do que a anterior. Arthur parou, lançando um olhar de soslaio para ela. Vera não havia percebido o quanto a ferida estava sangrando. O tecido de seu vestido estava tão encharcado de sangue que ficou preto. E a fenda na saia, que Thomas havia cortado, se abriu até a cintura com a brisa noturna. Toda a sua perna exposta, até a sapatilha no pé, era uma cena de um filme de terror.

— Posso carregar você? — Arthur perguntou, com o rosto tenso pelo esforço para manter a expressão neutra.

Vera assentiu.

Ele se inclinou para passar o braço livre sob seus joelhos. Era ridículo que ela tivesse tentado andar. O esforço apenas a enfraqueceu. No momento, Vera estava acolhida em seus braços, seu sangue ensopando ambos, e seu ritmo dobrou. Ela abaixou o queixo, encaixando a cabeça na curva de seu pescoço. Apesar da dor em todo o corpo, apesar do coração estar despedaçado pelo que teve que fazer para sobreviver, apesar de estar à beira de vomitar devido à náusea causada pela perda de sangue, uma leve satisfação ressoava em Vera ao ser carregada por ele, encolhida em seu peito. Voltou a chorar, amaldiçoando o que quer que Merlin havia feito com ela.

Nada, *nada* disso deveria ter sido bom.

— Eu quero ir para casa — ela sussurrou entre soluços.

— Eu sei — ele disse.

Vera manteve os olhos fechados na maior parte do caminho de volta, como se isso pudesse protegê-los de qualquer pessoa nos jardins que visse sua passagem. Nem ela nem Arthur haviam dito, mas o instinto transmitia um aviso claro: eles precisavam permanecer invisíveis.

Matilda quase sempre encontrava Vera em seu quarto à noite para ajudá-la a se preparar para dormir, então não foi surpresa ouvir seu grito chocado diante da aparência macabra de Vera e Arthur.

— Meu Deus! O que aconteceu? Ela está viva? — ela perguntou, soando como se esperasse que a resposta fosse não.

— Sim — Arthur disse enquanto baixava Vera e a deitava em algo macio, provavelmente sua cama, e ela abriu os olhos. Grande parte do que a fazia se sentir tão mal era o movimento. Já se sentia melhor por estar deitada imóvel ou talvez por estar em um quarto sem o fedor da morte.

— Você deveria chamar Merlin? — perguntou Vera. Ela não quis sussurrar. Pretendia falar em um volume normal, mas sua voz estava fraca. Mesmo assim, a mão de Matilda voou para o peito, como se o fato de Vera falar já fosse um milagre.

Arthur não respondeu. Ele pegou panos limpos, encheu uma jarra com água fresca da pia e se ajoelhou ao lado dela, pressionando um pano em seu ombro.

— Você consegue segurar isso aqui? — ele perguntou. Vera acenou com a cabeça, revigorada por ter algo para fazer. — Matilda, preciso que você pegue suprimentos médicos. — Ele olhou para sua perna, em péssimo estado. — Onde está o ferimento?

Vera apontou para o local exato na parte superar da coxa. Embora a ferida não tivesse estancado, o sangue estava tão espesso que era difícil identificar a origem.

Ele fez um movimento para pressionar o outro pano, mas parou, com a mão suspensa entre eles.

— Você prefere que Matilda ajude você?

— Arthur, isso não é de forma alguma minha especialidade. Eu não sou ... — Matilda se calou ao vê-lo olhar para ela. Um olhar, e ela fechou a boca. Qualquer linguagem não verbal que tivesse passado entre eles fluía com facilidade.

Lágrimas borraram os olhos de Vera novamente enquanto ela balançava a cabeça. Seja pela maldição de Merlin ou não, ela queria Arthur ali e temia a ideia de que qualquer mão além das dele estivesse perto dela. Matilda saiu correndo porta afora.

— Está bem — ele disse. Sua voz quase nunca era tão suave, mas, por outro lado, ela também não costumava sangrar devido a duas facadas e a uma lesão na cabeça.

Com uma mão pressionando o ferimento na coxa, a outra mão de Arthur trabalhava rapidamente para limpar o sangue restante com um pano úmido. A perna já parecia mais com uma perna do que com um massacre quando Matilda voltou com os suprimentos.

Arthur se afastou com ela. Vera podia ouvir sussurros tensos antes que Matilda saísse novamente.

Quando voltou para o lado de Vera, ele se agachou mais perto de sua cabeça, no topo da cama.

— Você consegue se sentar para que possamos tirar o seu vestido?

Ela assentiu. Com gentileza, Arthur a ajudou a ficar sentada. Ela não tinha percebido que ele estava com uma faca a postos até ele começar a cortar os cordões nas costas do vestido e ajudá-la a tirá-lo. Vera estremeceu, especialmente ao retirar o ombro da manga. A dor era descomunal. Ela teve que se lembrar de continuar respirando.

Ele jogou o vestido destruído para o lado e começou a cuidar do ombro de Vera, limpando o ferimento e despejando um líquido que cheirava a vinagre sobre ele. Ela não pensou em se sentir exposta em seu sutiã esportivo e calcinha enquanto sibilava com a dor aguda do ácido queimando seu ombro. Ela teria se encolhido através do colchão se pudesse.

Arthur estremeceu com ela.

— Eu sei — disse ele. — Sinto muito. Sinto muito mesmo. — Ele aplicou uma substância pegajosa para unir as bordas da pele perfurada e envolveu seu ombro com uma atadura, o que lhe arrancou outro gemido através dos dentes cerrados. Mais uma vez, ele pediu desculpas, com o rosto refletindo o som da dor dela.

Arthur se moveu para fazer o mesmo na ferida da coxa, tomando cuidado para não olhar para seu corpo seminu.

— Nenhum desses ferimentos é muito profundo — murmurou ele.

— Era uma faca pequena — Vera disse com uma careta enquanto Arthur apertava o curativo ao redor de sua coxa.

Ele a olhou como se tivesse mil coisas a dizer em resposta.

— Foi o suficiente — disse ele. — Suficiente para fazer isso com você. E suficiente para acabar com ele.

Medo e arrependimento na primeira metade, satisfação sombria na última.

— Você pode segurar isso na nuca? — ele perguntou.

Vera pegou o outro pano e pressionou contra o ferimento na cabeça. Ela não tinha percebido até então que sua coroa havia desaparecido, e se perguntou onde ela estaria na confusão da capela. Também se perguntou onde o bordado destruído tinha ido parar e o que a primeira pessoa que encontrasse a cena poderia pensar.

Arthur voltou sua atenção para limpar o sangue do corpo dela. Não tinha como saber o que era dela e o que era de Thomas. Ele limpou tudo meticulosamente. Depois, jogou um cobertor sobre ela e passou a cuidar de sua cabeça.

Seu rosto estava tão próximo do dela e tão controlado. Os olhos dela foram para aquele músculo perto da à orelha dele e, sim, lá estava: o inchaço, a única indicação de que ele estava cerrando os dentes. Por algum motivo, estar tão perto dele a fez chorar de novo. Ela tentou disfarçar, mas ele já havia notado. Claro que notou. Ele franziu a testa enquanto pegava um pano limpo e o passava debaixo dos olhos dela. Ela não queria que ele limpasse as lágrimas com a sujeira, poeira e sangue. Era demais, muito vulnerável. O esforço para parar foi inútil, como abrir uma torneira quando queria fechá-la.

Vera estremeceu com seus soluços e se forçou a respirar profundamente. Uma respiração, abafe, enterre. Outra, mais firme agora, e uma última. As lágrimas pararam.

— Estou bem — disse ela, com voz apática.

— Pare — Arthur praticamente rosnou. — Pare de fazer isso, de se obrigar a ficar... — Ele balançou a cabeça enquanto procurava a palavra. — Vazia.

Uma centelha se acendeu em Vera enquanto a raiva borbulhava, mais poderosa do que a dor intensa de seus ferimentos.

— O que eu devo fazer? Não posso simplesmente desmoronar com o peso da existência repousando sobre essas memórias. E você precisa de uma maldita poção para sequer ficar perto de mim. Não consegue nem suportar isso para salvar seu reino. Há algo mais do que a traição dela, não é? — ela perguntou entre dentes cerrados, lutando contra a dor. — Então, o que é? O que estou deixando passar?

— Você está sangrando. Não é o momento. Amanhã...

Ela se inclinou para a frente e agarrou o pulso dele, dominando o impulso de gritar com o movimento abrupto e, em vez disso, despejando tudo o que tinha, toda a sua dor, medo e impotência, em suas próximas palavras.

— Agora. — Sua voz tremia. As mãos tremiam. — Agora mesmo. Ou você me conta o que diabos tem escondido de mim, ou eu vou continuar fingindo que estou bem porque não tenho outra maneira de sobreviver. — O esforço a deixou ofegante.

— Está bem — ele cedeu, e logo moveu a mão livre para amparar a parte de trás do pescoço dela. Vera estava pronta para repreendê-lo por isso, mas quase desabou em seu aperto. Ele a deitou no travesseiro com cuidado, com os olhos prendendo os dela com um estranho brilho de adoração. Mas ela estava tonta e devia estar enganada.

— Você está certa — ele disse, enquanto recolhia as mãos e abaixava a cabeça . O modo como ele cuidava dela o deixara em uma postura de súplica, ajoelhado ao lado dela, com as mãos entrelaçadas na cama ao lado de Vera e a cabeça inclinada. — Fui um completo tolo. — Seu rosto não exibia nenhum traço da máscara pétrea. Agora, tudo o que ela via era tristeza e arrependimento.

— Fui muito pior do que isso, e sinto muito.

Ela se aninhou nos travesseiros, incapaz de conter o gemido que escapou. Mas não suavizou o olhar.

— Quanto você tem escondido de mim?

— Muito — ele disse tão rapidamente que surpreendeu Vera, tirando-a de sua ira. — Tudo o que importa. Estava errado...

— Me diga por que você precisa de uma poção para ficar perto de mim. — Não haveria descanso até que a verdade estivesse sobre a mesa.

— Não preciso. — Arthur respirou fundo, tremendo, antes de ceder e sentar-se na cama ao lado dela, sem se importar com o sangue manchando os lençóis. — Quando Viviane atacou Guinevere, e Merlin reiniciou sua essência, houve tanto dano que, eu não entendo bem como isso se deu, mas ele não tinha certeza se daria certo. Ele conseguiu três partes. Três pedaços separados da essência dela.

Ele parou de falar e sustentou o olhar de Vera. O coração dela disparou no peito.

— O que isso significa?

— Havia três de você — Arthur disse. — Duas outras versões de Guinevere foram reiniciadas quando você foi. Elas voltaram antes de você.

Toda a dor física, os sentimentos de pavor, até mesmo a raiva que sentia de Arthur, tudo desapareceu abruptamente enquanto Vera absorvia suas palavras.

— O que... — ela começou, mas tudo o que saiu foi um som rouco e inin- teligível. Ela limpou a garganta. — O que aconteceu com elas?

Arthur olhou para Vera, com uma resolução encharcada de medo.

— Elas estão mortas.

Vera respirou fundo.

— Foi a mesma coisa que com você — Arthur continuou —, elas foram criadas em outro tempo. Merlin trouxe a primeira de volta uma semana após o ataque de Viviane.

— Ela se lembrava? — Vera perguntou.

— Ela se lembrava. Não do ataque. Ela não tinha nenhuma lembrança disso, mas, depois de um tempo, lembrou-se de mim, de quem ela era, de sua vida… E então, foi como se algo tivesse quebrado. Ela se tornou homicida, quase colérica. Ela me atacou e atacou o soldado que interveio, e acabou sendo morta.

A estranha maneira de falar não passou despercebida por Vera.

— Por você? — ela perguntou.

— Não — ele disse. Continuou antes que Vera pudesse questionar mais. — Naquele momento, nem Merlin nem eu queríamos que tudo tivesse sido em vão. Ele insistiu que tentássemos novamente. Tanta coisa havia dado certo, e era uma Magia nova. Complicada. Não podíamos simplesmente desistir. Merlin trouxe a segunda, e ela parecia mais ela mesma. Ela se lembrava mais ou menos do mesmo que a primeira, mas caiu em uma melancolia ainda mais profunda que a de Guinevere, a de antes. Uma manhã, ela acordou… — A voz de Arthur falhou. Ele fechou os olhos e engoliu em seco. Suas boche-chas ficaram vermelhas enquanto lutava para conter uma onda de emoção. Ele voltou a olhar para Vera. — E não havia mais nada dela. Ela era — ele balançou a cabeça —, a personificação da tristeza. — Seus olhos se voltaram para a janela. — Ela se jogou.

Isso lembrou Vera de Matilda, o horror nos olhos dela quando viu Vera encostada na janela na outra noite.

— E Matilda viu — ela disse. Não precisava de confirmação, embora Arthur tenha acenado com a cabeça. E a dor no rosto dele a fez perguntar:

— Você estava lá também?

Arthur acenou com a cabeça.

— Você viu as duas vezes?

— Sim — ele fez uma pausa. — E a primeira vez também. Depois do ataque de Viviane.

Arthur testemunhou aquele horror três vezes. Ela sentiu como se o ar tivesse sido arrancado de seus pulmões. Deveria ter se estendido para con-fortá-lo, mas ficou ali, congelada. Não sabia ao certo se era a história ou se o choque estava passando e a deixando vazia, mas um mal-estar começou a revirar seu estômago.

— Quando ela caiu, ou melhor, pulou — Arthur corrigiu. — Foi mais público. As pessoas viram, viram o corpo dela. Só de longe, é verdade, mas não havia como negar que algo havia acontecido. A notícia se espalhou rapidamente e teve que ser explicada. Foi daí que surgiu a história sobre a cura no mosteiro. Merlin queria tentar de novo imediatamente, e eu recusei. Ele concordou em esperar um ano, o que também serviu como explicação. Qualquer pessoa que viu sabia que ela não poderia ter ficado bem, não por muito tempo. Merlin passou esse ano tentando me convencer a mudar de ideia. Chegou a hora, e eu ainda recusei. Queria dizer ao povo que Guinevere tinha morrido devido aos ferimentos e deixar você onde estava. Merlin foi pelas minhas costas e trouxe você assim mesmo. Tudo o que eu pude pensar foi em ficar o mais longe possível de você para que não terminasse como antes. — Ele a olhou com um olhar de desculpas, suplicante.

— Por que está tão convencido de que você foi a parte que as quebrou? — Vera perguntou. — A magia deu errado, Arthur. Você não fez isso.

Ele estava em sofrimento evidente, e ela sabia que ele continuava a falar com os olhos fixos nela porque estava comprometido em lhe contar tudo.

— Houve um ponto de virada, e foi a mesma coisa. Ambas as vezes — ele disse. — Tudo deu muito errado muito rápido depois que ela e eu tivemos uma relação física. Quando eu te vi na noite passada, depois que Merlin te feriu e você estava tão — ele procurou a palavra — destruída, pensei que era por causa de mim. Pensei que o que aconteceu em Glastonbury tinha… bem, não importa. Eu teria entendido se tivesse perguntado ou mesmo ouvido quando você tentou me contar.

— Ah — Vera disse, estupefata. — E… — Droga. Ela precisava perguntar. — Se não tivéssemos parado naquela noite, acha que o que aconteceu com as outras teria acontecido comigo?

— Não sei — ele disse, balançando a cabeça. — É tão óbvio, quando paro para refletir. Dividir uma pessoa em três foi loucura. Magia ou não, não havia como dar certo. Apenas uma de vocês teve alguma chance, e é um milagre que você tenha conseguido. Você é uma pessoa única. Nunca vou te forçar a nada, se eu puder evitar. Você não deve estar comigo só porque estou aqui… porque sou a primeira pessoa com quem você foi colocada em proximidade, que pode te conhecer e lembrar de você. Que pode cuidar de você. Seus sentimentos já foram manipulados com magia contra a sua vontade. Você deve ficar com quem quiser. Não tenho nenhum direito sobre você. Você não me deve nada. Se quiser ficar com Lancelot…

— Eu não quero — disse Vera, incapaz de continuar calada.

— Eu sei — Arthur disse com uma certeza que a surpreendeu. — Ou Percival ou… Gawain.

Vera riu, um som fraco em sua condição atual, mas uma risada mesmo assim. Ele deixou um dos cantos dos lábios se curvar em um meio sorriso.

— O ponto é que a escolha é sua. Você não será forçada. Nem pela magia, nem pelas circunstâncias.

— É a única forma de me lembrar de algo — ela disse. — Eu tenho que lembrar. Não posso voltar para casa até conseguir. Meu pai...

— Você não pode voltar se o trabalho de recuperação de memórias te matar — Arthur disse. — Eu a levarei para casa. Vamos encontrar outra maneira. Merlin disse que a próxima vez que o portal estará acessível será no final da primavera. Temos tempo. Se o mundo começar a acabar ou... bem, podemos lidar com isso se acontecer. Mas, por enquanto, temos tempo.

Muito menos do que teriam se Vera simplesmente soubesse a verdade desde o início.

— Por que você não me contou antes? — ela perguntou.

— Merlin não achou aconselhável, e, antes de conhecê-la, eu tinha medo que isso a destruísse também. — Ele colocou a cabeça nas mãos. — E então eu não sabia como lhe contar. Achei que se você pudesse recuperar suas memórias e nós conseguíssemos levá-la para casa, então não importaria. Mas eu estava errado. Esconder isso de você foi errado.

No entanto, Merlin havia insistido. Ela tinha visto na memória de Guinevere como a mulher confiava nele, como o adorava. E Vera também tinha depositado toda sua fé nele. Mas para ele fazer isso?

— Você confia em Merlin? — ela perguntou.

Arthur enrijeceu.

— Ele foi encurralado em sua própria situação. Também por minha causa. — Ele estava mais consumido pela culpa do que qualquer pessoa que ela já havia conhecido, e Vera suspeitava que estava vendo apenas a ponta do iceberg. — Eu confio nele com o reino, mas não confio nele com você. Ele se importa com você, mas fará o que acredita ser melhor para o reino, independentemente do custo. É aí que sempre está sua lealdade.

— E quanto à sua? — Vera perguntou. — Não é leal ao reino?

— Não às suas custas — ele respondeu sem hesitar. — Não mais. Já cometi esse erro três vezes. Não vou cometê-lo de novo. Não a destruirei para restaurá-lo.

— É por isso que não o chamou?

— Eu vi como aquele primeiro procedimento a deixou desorientada. E o que Merlin fez ontem... sabendo muito bem o que aconteceu com as que vieram antes de você — ele disse. — Estou mandando ele de volta para o Magistério ao amanhecer. Ele não deve retornar a Camelot a menos que encontre uma alternativa além dessa tortura. Você...

Ela achava que ele tinha mais a dizer, embora engolisse as palavras, como fazia com frequência.

— O que foi? — Vera perguntou. — Por favor, diga.

— O que você fez há algum tempo, quando ficou... vazia? Ela costumava fazer isso perto do fim. Cada vez mais, na verdade, até parecer que era tudo o que restava dela.

Ficou claro para Vera o quanto ela se identificava com o impulso de se desconectar, o quão perto havia chegado disso no chão da capela.

— É mais suportável do que a realidade. Desmoronar... doer tanto a ponto de não conseguir respirar.

— Eu não sei como aliviar sua dor — Arthur disse, e ela pôde ver o quanto ele desejava poder fazê-lo. — Mas prometo que não vou deixar você enfrentá-la sozinha novamente. Sinto muito, Guinevere.

Quando ele a chamou de Guinevere, a memória de Vera voltou ao momento em que estava no chão da capela, quando ela não conseguia respirar, e então algo se encaixou, e ela conseguiu.

— Você disse meu nome — ela disse.

Foi a vez de Arthur ficar confuso.

— O que você...

— Na capela. Você disse *meu nome*. Você me chamou de Vera. Como você sabia?

Arthur passou a mão na barba por fazer. Ela sabia que esse era um gesto de ansiedade, após tantas horas observando-o na corte.

— Eu ouvi você dizer ao garotinho quando abençoou a irmã dele. Desculpe. Eu estava desesperado. Achei que poderia ajudar.

— Ajudou — disse Vera. Enquanto a verdade se assentava, ela se corrigiu. — Ajuda.

— É melhor assim? Se eu a chamar de Vera?

— Sim. — Um arrepio passou por ela. Nunca tinha pensado que um nome tivesse poder, mas o som dele, o ato de alguém dizê-lo em voz alta e ela ouvi-lo... fez diferença.

— Vera — Arthur disse, enquanto colocava a mão sobre a dela.

— Sinto muito, profundamente.

Vera tinha uma escolha a fazer agora. A verdade havia dissipado sua raiva. Ela não conseguia mais invocá-la, mesmo que tentasse. Estava magoada.

Mas Arthur também estava.

— Eu te perdoo — ela disse.

Ele olhou para ela como se ela tivesse lhe dado um tapa.

— Um pedido de desculpas não é suficiente. Não deveria ser suficiente para você.

— Se realmente quer que eu controle minha vida, a decisão não é sua — disse Vera. — Você promete não esconder nada de mim de agora em diante? Falo sério. Nada.

— Sim — ele disse solenemente.

— E... — Se ela estava esperando sinceridade, era melhor ser sincera também. — Depois do que aconteceu entre nós em Glastonbury...

— Desculpe. Eu não deveria ter...

— Não se lamente — disse Vera. Suas mãos tremiam e o coração batia forte. — Eu não lamento.

Os lábios de Arthur se entreabriram enquanto ele a encarava, seus olhos estavam em chamas. Ela teve a sensação de que o havia surpreendido ao ponto de despertar seu desejo, que ele não queria nada além de reduzir a distância entre os dois e terminar o que haviam começado. Passou em um instante, substituído por seu arrependimento resoluto, em parte provavelmente devido aos ferimentos recém-tratados e ao sangue ao redor dela, em outra, devido à poção. Arthur escolheu cuidadosamente suas próximas palavras.

— Não podemos fingir que a magia não interferiu em nós. Existem limites que não podemos ultrapassar, mesmo que queiramos.

Suas bochechas coraram enquanto ele parava e olhava para suas mãos. Vera assentiu rapidamente. A vergonha era insuportável.

— Você precisa descansar — ele disse.

Ela poderia ter feito mais cem perguntas, mas ele estava certo. Ela estava se agarrando à consciência por um fio. Ele a ajudou a vestir uma camisola e colocou cobertores limpos na cama.

Arthur trouxe um copo de água, que ela bebeu com gratidão, percebendo, ao sentir a primeira gota tocar sua língua, o quão sedenta estava.

— Posso limpar o sangue do seu cabelo? — ele perguntou. Vera assentiu. Tinha esquecido que o cabelo estava emaranhado e ensanguentado na parte de trás da cabeça.

Arthur se pegou um dos muitos travesseiros extras e o colocou ao lado da cama. Ele ofereceu cautelosamente o braço para ajudar Vera a se ajeitar e deitar sobre ele. A expressão de dúvida no rosto dele, como se não acreditasse que ela aceitaria sua ajuda, quase a fez sorrir. Quase. A única pessoa que sofreria com a teimosia de Vera seria ela mesma.

Ela se deitou de costas, com o cabelo pendendo sobre a lateral da cama.

Arthur sentou em um banquinho atrás dela e despejou água morna em sua cabeça, para ajudar a remover o sangue. Seus dedos eram hábeis e gentis.

— Está tudo bem? — ele perguntou.

— Sim. — O toque dele trouxe mais conforto do que ela esperava. — Não quero ficar com raiva de você — disse Vera, surpreendendo-se por ter decidido dar voz ao pensamento.

Os dedos dele pararam. Ela desejou poder ver sua reação.

— Certo — ele acabou dizendo, enquanto retomava o trabalho em seu cabelo. — Mas, se mudar de ideia, estarei pronto.

Ela abriu um sorriso suave, quase um suspiro, já a caminho de uma boa noite de sono.

Eles caíram em silêncio. Estava suficientemente tranquilo para que Vera começasse a oscilar entre o sono e a vigília enquanto ele trabalhava. Ela sentiu quando ele secou seu cabelo com uma toalha e aplicou algo no corte da cabeça. Arrumou seu cabelo no travesseiro e puxou os cobertores ao redor dela, pensando que ela estava dormindo. Ela se deleitava na meia-consciência, suficientemente alerta para sentir sua presença, mas distante o suficiente para não precisar responder. Ele não se afastou muito. Sentou-se novamente no banquinho.

Quando Vera ouviu o trinco da porta, não tinha certeza se era um sonho até ouvir a voz de Matilda.

— Vossa Majestade, posso falar com o senhor por um momento?

Os olhos de Vera se abriram abruptamente e ela agarrou a mão de Arthur enquanto ele se levantava.

— Não me deixe de novo.

Ela não se importava se ele saísse da sala por um momento. Não foi o que ela quis dizer, e ele sabia. Arthur se ajoelhou novamente e envolveu a mão dela com ambas as suas.

— Não vou. — E havia muita coisa não dita por trás de suas palavras. — Prometo.

Vera manteve o olhar dele, esperando que ele se apressasse para escapar de sua proximidade em busca do conforto de alguma tarefa urgente, como governar o país. Ele não fez isso. Foi Vera quem, por fim, assentiu e quebrou o momento.

— Vamos te ajeitar direitinho — disse Arthur.

Ele a ajudou a se aconchegar na cama, com o braço direito sobre um travesseiro dobrado e um travesseiro sob o joelho. Seus olhos se fecharam quando ela o ouviu dizer:

— Eu já volto.

Ela acreditou nele.

XXXIII

Devia ser fim da manhã, dado como a luz entrava pelas barras da janela aberta. Flores brancas e frescas adornavam a mesa perto da lareira, que havia se reduzido a brasas incandescentes. Ela gostava desse contraste ao dormir: um quarto aquecido com uma janela aberta para deixar uma rajada fria passar quando o vento achasse conveniente.

E, como prometido, ela não estava sozinha. Arthur estava sentado em uma cadeira ao lado de sua cama, lendo. Ele parecia diferente quando achava que ninguém estava prestando atenção. Sua testa estava um pouco mais franzida do que o normal enquanto seus olhos acompanhavam a página da esquerda para a direita e de volta rapidamente, como uma máquina de escrever silenciosa. Houve um momento em que seus lábios se moveram um pouco, formando meio que as palavras que ele lia, enquanto os cantos de sua boca se erguiam. A imagem pintada pelo trecho parecia agradá-lo.

Ela teria gostado de observá-lo por mais tempo, mas seus olhos se voltaram para ela. Arthur colocou o livro de lado e se inclinou em sua direção.

— Como você está se sentindo?

— Não tão mal quanto eu esperava — Ela começou a se sentar.

Sua voz estava rouca, e Arthur lhe passou um copo de água que estava na mesa de cabeceira.

Ele esticou o pescoço de um lado para o outro, sem conseguir reprimir um bocejo.

— Você dormiu? — ela perguntou.

— Um pouco. — Antes que Vera começasse a se sentir mal pelo desconforto dele com a noite passada em uma cadeira, ele continuou: — Como você se sente sobre permitir que Gawain trate suas feridas?

A xícara estava a meio caminho da boca de Vera quando as palavras dele a fizeram parar.

— Mas Merlin vai saber. Gawain vai contar a ele, não vai?

— Ele poderia — Arthur cedeu. — Mas não tão cedo. Merlin já se foi. Eu consigo cuidar bem de uma ferida no campo de batalha, mas seria melhor que Gawain as examinasse e curasse. Pode parecer tolo, mas Lancelot acha que ele é confiável, e isso é suficiente para mim.

Ele deu de ombros com um sorriso tímido.

— Falando nisso, ele está ansioso para te ver. Quando você estiver pronta.

— Quem? — Vera se sentou mais ereta. — Lancelot?

Arthur acenou com a cabeça.

— Ele não se importa de esperar até suas feridas...

— Eu estou bem. Não dói muito — Vera insistiu. — Estou pronta: — As últimas palavras que ela havia compartilhado com Lancelot foram horríveis. Estava ansiosa para dizer novas.

Ela pensou que ele teria que mandar chamar Lancelot, mas Arthur mal tinha aberto a porta de seu aposento quando ele entrou rapidamente.

— Você estava dormindo no corredor? — Vera perguntou com uma risada incrédula.

Ele não respondeu. Correu para o lado dela, puxou a cadeira na qual Arthur havia dormido para o mais perto possível da cama e se largou nela.

— Vera? — Arthur disse, chamando sua atenção e fazendo seu coração dar um salto. — Voltarei em breve.

Ela acenou com a cabeça e prendeu a respiração enquanto o observava ir embora, como se pudesse tocar a sensação de ouvi-lo dizer seu nome.

— Você... você ainda está aqui — Lancelot disse. Seus olhos procuraram o rosto dela e se fixaram no curativo em seu ombro, que aparecia sob o decote do pijama. Em transe, sua mão subiu para tocá-lo, com muita suavidade. Ela mal conseguiu sentir as pontas dos dedos dele através da bandagem.

— Estou aqui — Vera o tranquilizou.

— Eu... eu fui um idiota ontem de manhã. Sinto muito.

— Pare. Não precisa se desculpar.

— Sim, Guinna — ele retrucou, fazendo uma careta, e ela sabia que era só para si mesmo. — Sim, preciso. Você suportou uma espécie de tortura que eu não posso nem imaginar, e isso foi antes do que aconteceu ontem à noite.

Sem querer, seus olhos se desviaram para a garganta dele, onde o pomo de adão se movia enquanto ele engolia. Ela sabia como seria se ele fosse esfaqueado no pescoço, como se moveria e vacilaria. Sabia a forma como o sangue jorrava de uma artéria com força a cada batida desacelerada do coração. Encontrou os olhos dele novamente. Ele havia visto como seu rosto mudou. Duas linhas se formaram no meio de sua testa.

— Eu vi a capela — ele disse. — E o corpo.

— Eu o matei — Era a confissão que ela carregava como um peso de chumbo. Ela havia matado Thomas. Não importava que tivesse sido em legítima defesa. Tudo o que ela conseguia lembrar era o medo nos olhos dele enquanto a vida se esvaía.

Lancelot colocou uma mão em seu joelho.

— Eu sei.

A forma como ele disse isso... como se entendesse de um jeito que nenhum ser humano deveria. Mas era a ternura em sua voz que a desfazia. As lágrimas de Vera vieram rapidamente, desaguando em soluços convulsivos que sacudiam seu corpo dolorido.

— Ah, querida — ele sussurrou. Lancelot subiu na cama ao lado dela e envolveu-a com os braços com cuidado. — Eu sei. Eu sei.

Vera se agarrou à camisa dele e chorou em seu ombro.

— Você quer conversar sobre isso? — ele perguntou.

Ela queria. E quando tentou se desculpar por lutar para falar através das lágrimas ele a silenciou, insistindo para que ela tomasse todo o tempo que precisasse. Ele a abraçou mais forte enquanto ela explicava como Thomas a puxou para o chão quando ela por fim,, tarde e estupidamente, tentou fugir. Ele acariciou seu braço enquanto ela terminava a história com a faca ensanguentada na mão.

— Por que ele fez isso? — Vera perguntou enquanto sua respiração se acalmava. — Mesmo que tivesse razão sobre nós dois, isso foi suficiente para ele tentar me matar ou me controlar ou... eu não entendo. Ele sempre foi gentil comigo antes disso. Como um amigo, até.

O queixo de Lancelot estava sobre sua cabeça. Ela se afastou e inclinou o pescoço para olhá-lo, esperando que ele pudesse explicar.

Mas ele não explicou.

— Eu não sei. As pessoas podem ser terríveis, e às vezes não há razão para isso.

Vera se acomodou novamente em seu ombro, tão confortável com ele quanto jamais se sentira com qualquer outra pessoa e absolutamente certa de que não havia outra intenção além do cuidado. Mas ela não era tola. Sabia o que até mesmo a aparência de suas afeições havia causado, e estava grata pela privacidade que isso permitia agora. Pela privacidade que Arthur lhes dera. Um suspiro nervoso escapou dela em forma de riso.

— O que foi? — Lancelot perguntou.

— Na noite passada, quando Arthur me contou tudo, ele sugeriu que eu me envolvesse com você.

— Ele sugeriu? — O tom dele subiu com a diversão.

— Uhum. E quando eu insisti que não estava interessada — Lancelot fez uma careta de falsa ofensa — ele sugeriu Gawain.

Ele riu alto.

— Que combinação impecável. — Ele se desvencilhou dos braços de Vera e a acomodou, encostada nos travesseiros. Mas não se dirigiu para a cadeira. Em vez disso, se ajeitou para sentar-se contra os travesseiros ao lado dela. — Será interessante ver como Gawain lida com o papel de mago principal enquanto Merlin estiver ausente.

Merlin. Droga. Vera lamentava ter desapontado o mago da mesma forma que lamentava desapontar os próprios pais, mas não conseguia acreditar na dor que ele havia lhe causado.

— Acha que Merlin se arrepende do que fez? — ela perguntou.

— Espero que sim — Lancelot disse com uma careta. — Nunca fui seu maior admirador, mas admito que ele foi muito bom para você, para Guinevere, antes. Ele era seu confidente mais próximo, muitas vezes o único que conseguia tirá-la da melancolia.

— Eles eram tão próximos assim? — Vera perguntou. Embora ela tenha sentido a verdade disso na memória de Guinevere, era difícil lidar com o assunto no momento.

— Eram — Lancelot disse. — Acho que é parte da razão para Arthur confia nele, por como Merlin cuidava dela. Ele quer muito consertar as coisas… — Ele balançou a cabeça. — Os magos são um grupo bastante complicado, geralmente vêm com um complexo de salvador. Já te contei que minha mãe era maga?

As sobrancelhas de Vera se ergueram.

— Não, você não contou.

Ele sabia que não tinha contado. Ela se lembraria, e ele se lembraria de ter lhe dito.

— É uma vida solitária. Acho que é por isso que eu irrito tanto o Merlin — ele disse, com um sorriso. — Eu o conheço melhor do que a maioria. Quando eu era pequeno, sempre tentava fazer minha mãe jogar alguns jogos bobos comigo, para distraí-la do trabalho e dos estudos. Costumava falhar miseravelmente, é verdade, mas quando ela jogava, deuses, ela era tão divertida. Era criativa e boba. E inventava as melhores histórias. Eu gostaria que ela tivesse usado seus talentos para ser uma grande contadora de histórias em vez de… — Ele balançou a cabeça.

— Ela morreu? — Vera perguntou.

Ele sorriu com tristeza.

— Sim. Há algum tempo.

— Sinto muito.

— Obrigado. Sinto falta dela.

— E seu pai? — Vera perguntou. — Ele está vivo?

— Não faço ideia. Nunca conheci o homem. Sou um bastardo completo. A maioria dos magos acaba sozinho, me disseram. Foi bastante extraordinário minha mãe ter tido um filho. Fale-me de seus pais proprietários da estalagem — ele disse com muito mais animação. E foi a vez de Vera se sentir desconfortável.

— Eles são... eles são os melhores. Minha mãe, bem, você teria dificuldade de encontrar alguém mais gentil que ela. Ela é do tipo que deixa todo mundo à vontade. Há pessoas que se hospedaram no hotel por duas noites há uma década e ainda ligam por volta do Natal. E meu pai... — Vera riu. — Acho que a palavra "vergonha" não faz parte do vocabulário do meu pai. Ele nunca se preocupou com o que alguém pensa. Nem por um segundo. Ele ia adorar você.

Lancelot sorriu melancolicamente com ela.

— Eu gostaria de conhecê-los. Você deve sentir falta deles..

— Sinto. — Sua respiração falhou — E meu pai está bastante doente, o que torna, hum... — Ela não sabia como colocar em palavras, mas não era necessário.

— Torna tudo mais difícil — ele disse baixinho.

— Eu tenho evitado pensar neles o máximo possível desde que cheguei aqui — Vera disse. — Achei que desmoronaria se deixasse meus pensamentos se fixarem neles por muito tempo. — Não era mentira. O efeito de falar um pouco de suas histórias e deixar-se afundar em suas memórias foi imediato.

— Você pode desmoronar comigo. — Ele tinha uma ruga profunda entre as sobrancelhas enquanto a observava. — Por que está me olhando assim? — ele perguntou.

— Nós nunca conversamos sobre coisas sérias. — Vera mexeu na costura do cobertor, envergonhada de dizer a próxima parte. — Eu tinha medo de que você decidisse que eu não era divertida.

— Não é divertida? — Ele estalou a língua. — Eu não te amo porque você é divertida. Eu te amo porque eu te amo.

Seu coração estava tão cheio que parecia prestes a explodir.

— É tão simples assim?

— Sim — ele disse. Reclinado nos travesseiros, ele acrescentou: — E pelo seu poder e influência, obviamente.

Ela resmungou.

— Mas eu te abandonei, Guinna. — Algo minúsculo mudou em sua voz, e seus olhos se nublaram como se sua mente estivesse em outro lugar antes que ele se sacudisse do que quer que fosse a memória que o havia tomado. — Você nunca deveria ter ficado sozinha ontem à noite. Farei o que for necessário para manter você segura. Serei seu guarda-costas pessoal a cada minuto de cada dia.

O coração de Vera se afundou.

— Eu sei que você está tentando ajudar, mas isso parece horrível. Precisar de proteção constante é a última coisa que eu quero.

— Desculpe. — Seus olhos procuraram o rosto dela. — O que posso fazer?

— Eu preferiria aprender a me proteger.

Os lábios de Lancelot se curvaram em um sorriso torto enquanto ele inclinava a cabeça para o lado.

— Eu posso te ensinar isso. Na verdade, sou muito bom nisso.

— Tudo bem — Vera disse. — Está decidido.

Ela não pretendia que ele fosse naquele exato momento, mas ele começou a pensar em voz alta sobre como poderia estruturar o plano de treinamento de Vera com a guarda do rei. Foi assim que Arthur os encontrou quando entrou: sentados na cama, ombro a ombro, imersos na conversa.

— Desculpe interromper — ele disse, soando como se lamentasse de verdade. Mesmo após as revelações da noite anterior, Vera estava impressionada com a tranquilidade de Arthur ao vê-los juntos. Mas o pensamento parou abruptamente quando viu que Gawain o seguiu.

— Meu Deus — disse Lancelot. — Alguém deveria convidar Percival e Matilda, e teremos uma festa adequada!

— Por favor, evitem isso — disse Gawain. — Estou aqui para tratar da rainha, o que deve ser um assunto privado. Preferiria que você também se retirasse.

Lancelot sorriu.

— Entendido. De qualquer forma, devo ir treinar. — Ele beijou o topo da cabeça de Vera antes de sair da cama, acenou para Arthur e deu um tapinha no ombro de Gawain. O mago revirou os olhos, mas Vera percebeu um esboço de sorriso.

Arthur sentou-se ao lado da cama, com Gawain de pé ao seu lado, pronto para começar o tratamento na coxa de Vera. Mas, no momento em que a mão de Gawain tocou a bainha de sua camisola, ela sentiu como se estivesse no chão da capela. Podia ver os olhos vorazes de Thomas, ouvir o rasgar de seu vestido da bainha até a cintura, sentir o cheiro do suor dele como se ele estivesse por cima dela.

— Não. — Ela ofegou a palavra enquanto segurava a camisola nas laterais com os dedos trêmulos. De repente, a garganta de Vera se contraiu e o coração bateu forte.

Gawain deu um passo para trás.

Sua respiração estava descompassada.

— Sinto muito. Não sei por que eu... — Ela estendeu a mão para Arthur, e ele estava lá, segurando-a. — Eu estava bem quando Arthur fez os curativos.

— É compreensível — disse Gawain com seu tom impassível, embora ele falasse mais baixo. — A memória do corpo é mais poderosa do que a da mente. Seu corpo se lembra de Sua Majestade, mesmo que sua mente, não.

Ela mordeu o interior das bochechas e evitou olhar para Arthur.

— Não tenho outras obrigações — disse Gawain. — Não precisamos ter pressa. Arrume seu pijama como precisar, e Sua Majestade pode ajudar a remover os curativos. Diga-me quando estiver pronta. — Ele a olhou com algo parecido com ternura antes de se virar e dar alguns passos para longe.

As mãos de Arthur trouxeram apenas conforto. Ele ajudou a remover os curativos, e suas sobrancelhas se ergueram enquanto ele inspecionava as feridas. Ambos os pontos de incisão estavam abertos e em carne viva, mas nenhum sangrava.

— Não estão tão ruins quanto eu esperava. Eu devia estar mais apavorado do que imaginava na noite passada.

Vera chamou Gawain de volta.

— Vou começar pela sua coxa e precisarei tocar nas bordas da ferida — ele disse, esperando até que ela acenasse com a cabeça para prosseguir. Ele foi explicando o que fazia conforme avançava. Ela não esperava sua maneira sensível de lidar com a situação. Mas isso ajudou.

— O ombro e a perna são ambos ferimentos de faca? — ele perguntou enquanto passava o polegar sobre o corte aberto logo abaixo da clavícula.

— Sim — Vera respondeu.

— Hum — Gawain franziu a testa enquanto dobrava as mãos na frente dele e olhava para um ponto no cobertor ao lado do joelho de Vera.

O silêncio se prolongou. Vera e Arthur trocaram um olhar.

— Há algum problema? — Arthur perguntou, mas Gawain olhou para cima ao mesmo tempo.

— Não. Eu posso curá-las. — Ele se aproximou da coxa dela mais lentamente.

— Será desconfortável, mas não deve doer.

A cura em si foi... estranha. Gawain passou os dedos sobre o corte na coxa dela, e então Vera se sentiu muito tonta. Achou que ele tinha dito algo. Havia o som de uma brisa, e uma sensação de formigamento surgiu em seu pescoço.

À medida que cabeça parava de girar e a visão clareava, a pele na coxa estava inteira, restando apenas uma linha rosa-pálido onde o ferimento de faca havia estado.

Ele passou para o do ombro, e foi muito parecido. Finalmente, Gawain tratou do corte na parte de trás da cabeça. Ela se inclinou para a frente para que ele pudesse tocar o local. Desta vez, o suor se acumulava na superfície do corpo de Vera enquanto a energia de toda a cura crepitava sob sua pele. Seus pensamentos ficaram lentos como antes. Mas dessa vez, ela estava certa de que ouviu uma voz.

— O que foram aquelas palavras? — ela perguntou como se através da névoa do sono.

Arthur lhe lançou um olhar curioso. Ele claramente não havia ouvido nada.

— Você... você ouviu palavras? — Gawain perguntou.

Ela acenou com a cabeça. Ele deu um passo para trás para olhá-la, com a testa franzida e os lábios entreabertos, mas não voltou a mencionar o assunto.

— Suas feridas estavam mais avançadas no processo de cicatrização do que deveriam. Normalmente, não sou capaz de curar ferimentos de faca. — Ele afundou na cadeira como se o esforço o tivesse esgotado. — Mas as suas já haviam começado a cicatrizar.

— Como? — Arthur perguntou. Ele se sentou na cama ao lado de Vera, e o estômago dela deu uma pirueta irritante.

Gawain permaneceu imóvel como uma estátua, com uma expressão vazia. Engoliu em seco e deu um aceno rígido, como se tivesse tomado uma decisão.

— Antes do procedimento que causou tantos danos no outro dia, você tomou uma poção.

Vera estava muito atônita para confirmar ou negar. Arthur também havia contado a Gawain sobre o procedimento?

Mas o rosto perplexo de Arthur deixava claro que ele não sabia.

Merlin, que havia enfatizado o perigo de outros saberem a verdade, não teria... teria?

— Desde a minha chegada, tenho estocado as despensas do castelo com poções de cura. Eu suponho — Gawain fez uma pausa com um olhar duro para Vera — que Merlin incluiu em sua poção, antecipando o modo como o trabalho de memória dele poderia danificar sua mente. Não há evidências de que poções de cura funcionem quando administradas preventivamente, mas é a única explicação. Ele ficou em silêncio por um momento. — É a única explicação viável em que consigo pensar.

— Merlin te contou sobre o procedimento? — Arthur perguntou.

— Não. Eu sabia que havia segredos, então estive ouvindo onde não deveria. Ouvi sobre o procedimento. Ouvi muito mais do que isso também. — Ele encarou Vera com um olhar significativo. — Há algumas lacunas na história para mim. Mas... eu sei.

— Você precisa começar a explicar o que quer dizer, e é melhor fazer isso bem rápido — Arthur disse em voz baixa, o que de alguma forma era mais inquietante do que se ele tivesse gritado.

Gawain suspirou. Ele se levantou e foi até o canto da cama mais próximo da porta, alcançou embaixo dela e pegou um pequeno disco de madeira, menor do que a palma de sua mão. Ele se moveu para o lado de Arthur, uma escolha corajosa, pensou Vera, e entregou-lhe o objeto.

— Isso capta som, e isso — ele retirou um bloco de madeira do bolso, o que Vera havia visto com ele antes do Yule e que ela achava que parecia um telefone — é o receptor. O disco estava escondido em nosso escritório antes, e eu o escondi aqui ontem.

— Você fez o quê? — Arthur quase rosnou para ele.

Para seu crédito, Gawain não recuou. Mas a mente de Vera estava nas conversas, nas que ocorreram durante o procedimento com Merlin sobre sua viagem no tempo. E sobre Vincent. E aqui com Arthur sobre as duas versões de Guinevere que vieram antes dela.

A boca de Vera ficou aberta.

— Você sabe de tudo.

— Mais ou menos — Gawain disse. — Não vou tentar justificar minhas ações. Tudo o que posso fazer é assegurar a você e mostrar, se me deixar, que sou digno de sua confiança. Não vou relatar o caso ao conselho dos magos. Posso ajudar você.

Arthur se levantou, e ele realmente se destacava sobre Gawain.

— Se você acha...

— Por quê? — Vera perguntou.

Arthur ficou em silêncio. Ambos olharam para ela.

— Por que você deveria confiar em mim? — Gawain perguntou.

— Não, bem, sim. Mas... por que você quer nos ajudar?

— Eu não quero que vocês sofram — ele disse de forma direta, seu olhar pálido penetrando Vera. Não foi a primeira vez que ele a surpreendeu hoje. — E eu não quero que a magia morra. Você, ambos — ele corrigiu ao se voltar para Arthur —, são a melhor chance que temos. Sei que meu comportamento não inspira confiança, mas que sou leal ao meu rei, eu sou — Gawain disse isso com um fervor ardente.

Arthur manteve o olhar em silêncio antes de exalar um longo suspiro e se sentar.

— Eu nunca soube que Merlin tivesse habilidades de cura — Gawain continuou, agora se dirigindo a Vera. — Qualquer coisa que ele tenha feito para salvá-la é um poder que ele escondeu por completo.. Não há nenhum mecanismo mágico que possa reiniciar a essência da vida de alguém no âmbito dos dons conhecidos. É inédito. E quando ele entrou na sua mente...

— A respiração dele vacilou. — Vossa Majestade, o fato de ter sobrevivido a isso é nada menos que milagroso. O que acelerou sua cura foi poderoso. Você pode até... — Ele respirou fundo e franziu a testa. — Tudo o que posso dizer é que sua existência é um equilíbrio precário e... — Ele balançou a cabeça em descrença — Delicado. Tão terrivelmente delicado. É muito mais chocante que você ainda esteja aqui do que o fato de que as outras duas tenham perecido. O ponto em comum entre as outras duas que foram perdidas foi a intimidade física, correto? — ele disse de forma clínica, e Vera não conseguiu decidir se assim era pior.

— Sim — Arthur disse. A mão deslizou sobre o cobertor até a de Vera.

— Antes, com a Guinevere original, houve trauma com essa experiência? — Gawain perguntou.

Vera respirou fundo. Arthur também se assustou.

— Eu... nenhum. — Ele olhou para Vera como se estivesse sendo esmagado novamente. — Pelo menos, se eu te machuquei, você nunca me disse.

— Seja o que for, a memória do corpo é mais profunda do que a da mente.

— Gawain disse, repetindo a frase que havia dito apenas minutos antes. — Há algo vitalmente importante em sua mente. E sua intimidade pode bem desencadear a recuperação dessa memória, porém... posso estar errado, mas acredito que você foi sábia em se abster de ter relações sexuais. — Santo Deus. Ali estava o Gawain que Vera esperava, sem perceber que isso a fazia querer derreter em uma poça. — Pelo menos até entendermos a magia envolvida. E você também não deve se submeter a mais procedimentos de memória.

— Então, o que devemos fazer? — Vera perguntou.

— Se Merlin estiver certo, se é uma maldição lançada por Viviane, há mais de uma maneira de quebrá-la. O trabalho mágico perde força com o tempo. A maldição de Viviane enfraqueceria naturalmente, ainda mais após sua morte. Podemos acelerar seu fim fortificando os poderes já existentes ao redor de Camelot. Um dom é bom. Múltiplos dons usados juntos são melhores. As pessoas não costumam tentar combinar dons frequentemente. Posso ajudar os dotados de Camelot nesse aspecto.

— E você pode fortalecer o reino diplomaticamente. Devemos fazer tudo o que pudermos para apoiar o país, o vínculo do povo com você, entre eles... Dê poder a eles, construa o reino ao máximo. Isso pode quebrar a maldição se uma maldição é realmente o que está em jogo.

O "se" permaneceu com Vera. Porque, se não fosse uma maldição, então o que, em nome de Deus, seria?

XXXIV

A história do ataque a Vera não seria compartilhada publicamente. Já tinham feito algum progresso com o povo de Camelot, não precisavam que a notícia de outro ataque à rainha se espalhasse. Apenas um pequeno círculo saberia e, ainda sim, uma versão da verdade: a guarda do rei e o padre que já tinham visto a carnificina. O dia seguinte foi todo dedicado a criar e compartilhar a narrativa de que Vera e Arthur foram atacados juntos por um espião saxão e que Arthur foi quem o matou. Ninguém seria informado dos ferimentos de Vera. Foi a mentira que Arthur contou a Merlin antes de partir também.

A mentira não caía bem, especialmente quando se tratava de Percival, que havia apoiado Arthur, e Vera, aliás, com toda a sua energia. Mas Gawain havia sido insistente. Eles não podiam correr o risco de que a notícia se espalhasse e começasse a modificar a história. Uma mentira levou a outra. Como a rainha havia se curado tão rapidamente de ferimentos de faca que o mago não deveria ter sido capaz de curar?

Porque ela havia tomado uma poção de cura preventiva.

Por que ela tomou?

Porque Merlin estava fazendo magia perigosa em sua mente.

Por quê?

Porque ela não tinha memória. Por causa do que Viviane fez. Uma verdade levava a todas as verdades. Eles estavam profundamente enredados em mentiras.

Arthur odiava isso.

— Deveríamos ter confiado a verdade ao povo no dia em que Viviane atacou — ele disse, com o rosto tenso de arrependimento, enquanto Percival voltava para o campo de treinamento, depois de ter sido informado da última mentira.

— Não — disse Gawain. — O alto conselho dos magos está desconfiado de todas as histórias da rainha, assim como eu estava. Naiam é nossa líder, e ela é conhecida por ser justa, mas o conselho inferior ouve mais prontamente a Ratamun. Temo que sua sede de poder o cegue. Esta magia é uma força tentadora demais. Somente para o conselho, você jamais seria confiável.

— Porque eles poderiam aprender a usar aquela magia? — Vera se virou para ele.

Ele franziu os lábios.

— De certa forma.

— O que isso significa?

— Há algumas coisas sobre magos e magia que eu não poderia lhe contar, mesmo que quisesse. — Ele a olhou com atenção. — Não precisa se preocupar. Concentre-se em seu trabalho com o rei.

Gawain estava certo. Ela e Arthur continuariam o que haviam começado antes do Yule: serem vistos juntos por Camelot como um casal amoroso. Desta vez, Vera estava determinada a fazer tudo certo, determinada a interpretar o papel adequado de rainha. Ficaria séria nas refeições e reservaria sorrisos modestos apenas quando os homens sorrissem. Não cometeria o erro de evitar conversas e parecer distante como antes, mas falaria com moderação, como uma dama bem-educada faria. O que não soubesse sobre os costumes da corte, aprenderia. Ela e Arthur convenceriam o povo de que eram almas gêmeas. Que o reino era tudo o que os súditos sonharam durante os anos de guerra, e que o povo poderia descansar em segurança sob o comando de seu líder benevolente e sua rainha dedicada e amorosa.

Era o *século VII*, e Vera já havia permitido distrações egoístas demais. Seu momento de clareza durante o ataque de Thomas realmente repercutia: ela não era apenas um receptáculo para as memórias de Guinevere. Claro que não. Ela também era um receptáculo para a memória de todos sobre a Rainha Guinevere.

Precisava melhorar.

Teria sua primeira oportunidade mais tarde, pela manhã, quando ela e Arthur se encontrariam na praça da cidade e visitariam o mercado juntos. Primeiro, Lancelot a levaria ao arsenal para experimentar várias espadas e cotas de malha para prepará-la para o treinamento. Ele estava bastante animado, mas ela não conseguia aproveitar devido ao foco total no que viria a seguir.

Estava completamente imersa enquanto ele a acompanhava por Camelot, e uma gritaria estridente a tirou de seu devaneio ansioso. Ela e Lancelot viraram a cabeça simultaneamente em direção ao som: o fosso de pega-pega, que estava cercado pela maior multidão que Vera já tinha visto lá, era a fonte da agitação.

— O que, em nome dos deuses... — Lancelot murmurou. Seus pés pareciam flutuar por conta própria, a multidão do campo o atraindo como uma mariposa para a chama. A multidão se abriu quando ele tocou um ombro aqui ou lançou seu sorriso encantador e torto ali, e Vera apenas seguiu no rastro dele até a frente.

Ele riu alto ao alcançar a parede lotada.

— Macacos me mordam.

Vera se espremeu por uma brecha, contornando o ombro de Lancelot para poder ver o que estava acontecendo. À primeira vista, nada parecia estranho, exceto pela considerável multidão. Então, seus olhos o encontraram. Como ela poderia ter perdido sua forma, imponente e graciosa, por mesmo um segundo entre os seis jogadores era incompreensível. Havia quatro homens restando no jogo de um lado do fosso, e do outro, havia uma menina minúscula que parecia pertencer a uma creche e que estava se escondendo atrás do último jogador.

Arthur.

— Ele já jogou antes? — Vera perguntou.

Lancelot abriu um sorriso largo, sem tirar os olhos de Arthur.

— Não que eu saiba.

Arthur protegia a garota com o corpo, os braços abertos, as mangas arregaçadas até os cotovelos e as calças sujas de terra. Suor escorria pela sua testa, apesar da manhã fria. Ele estava lutando com unhas e dentes para manter a si mesmo e sua pequena sombra no jogo. Ela gritava ordens detrás de Arthur, para o deleite dele e da multidão.

— Rei, pega ele! Pega ELE! — ela gritava, apontando para o homem que tinha jogado a bola na direção deles. Ela o chamava assim todas as vezes: "Bate na bola, Rei!" ou "Não assim, Rei. Chuta *melhor.*"

Arthur fazia um grande esforço para manter o rosto sério e focado, mas seu sorriso frequentemente escapava. A multidão rugia de tanto rir enquanto a colega de equipe de Arthur o repreendia para jogar com mais firmeza.

De alguma forma, ou porque os outros jogadores estavam rindo demais para continuar ou talvez por sua generosidade, logo restavam apenas Arthur e a criança. Ele cruzou o fosso para abrir espaço entre eles e se virou para encará-la, com a bola parada bem entre eles. Os olhos da menina estavam muito arregalados.

— O que eu faço? — ela perguntou a Arthur.

— Chuta, Flora — ele disse. — Vamos lá, veja se consegue me pegar!

Flora lambeu os lábios e jogou o cabelo dourado para trás. Ela correu o mais rápido que pôde em direção à bola e deu um chute desajeitado de que Arthur não fez nenhum esforço para desviar. A bola quicou no chão e rolou lentamente até o pé dele. Assim que o objeto fez contato, ele caiu na terra como se tivesse sido nocauteado. Flora gritou de alegria enquanto a multidão explodia em risos. Arthur sorriu de onde estava no chão, antes de se levantar, sendo praticamente agarrado por Flora, que jogou os braços ao redor de seu pescoço, gritando:

— Nós vencemos! Nós vencemos!

— *Você* venceu! — Ele a girou alegremente, deixando o olhar pousar em Vera. Os olhos de Arthur brilhavam enquanto ele falava baixinho com a criança. Ela olhou para Vera também, depois deu um sorriso radiante antes que ele a colocasse no chão.

Flora não perdeu tempo e correu até Vera, puxando Arthur com uma das mãos e pegando a de Vera com a outra.

— Vamos! — ela disse. — É a sua vez!

Vera olhou para o doce rosto de Flora, com seus grandes olhos suplicantes, e depois para Arthur e os outros se preparando para o jogo.

— Vá em frente. — Lancelot a cutucou com o cotovelo.

— Eu... — Isso não fazia parte do plano de Vera. — Eu não deveria.

— Eu insisto — disse Arthur. — Vamos jogar.

Então ela jogou, e esse foi apenas o começo. Sempre que o clima permitia, os jantares com os artistas eram transferidos para a praça da cidade. Havia danças, iniciadas pelo próprio Arthur em mais de uma ocasião. Vera não precisava se tornar mais formal, porque Arthur se tornava menos, e todo o reino de Camelot parecia acompanhar o ritmo.

No meio de tudo isso, seu treinamento com a guarda do rei havia começado para valer. Era exaustivo e absolutamente humilhante, mas também era um prazer. Ela ficava até depois com frequência para assistir aos combates mais rápidos e intensos que a deixavam boquiaberta diante da habilidade deles. Mas hoje Randall estava ajudando Percival a vestir uma armadura completa com capacete, enquanto Lancelot montava um equipamento mais estranho na outra extremidade do campo: um poste com um braço de madeira que se estendia a partir dele e uma placa peitoral pendurada abaixo. Ele deu um tapa, e o braço girou ao redor do poste. Lancelot o segurou quando estava voltando e acenou, satisfeito.

Do outro lado do campo, Percival estava a cavalo, e Randall lhe entregou uma lança robusta de pelo menos dois metros de comprimento. A boca de Vera se abriu. *Com certeza não...*

Percival encaixou a lança debaixo do braço e fez seu cavalo galopar em direção à placa peitoral pendurada. A ponta da lança bateu com força, fazendo o braço articulado girar ao redor do poste.

— Ele está... treinando justa? — Vera perguntou. — Vocês têm justas?

Arthur assentiu.

— Temos um torneio em Camelot toda primavera. É a única época do ano em que todos os cavaleiros se reúnem no mesmo lugar. O maior torneio do reino. — Ele disse com evidente orgulho.

— Isso... — Percival deu a volta para fazer outra investida. — Eu sou uma péssima historiadora, mas tenho quase certeza de que isso não deveria existir ainda. Só daqui a centenas de anos. — Grande parte de Camelot tinha avanços além do que ela esperava, tudo graças à magia. Mas coisas como ter luzes em forma de orbe e água aquecida magicamente faziam sentido. Por que a magia adiantaria o surgimento da justa?

Arthur acenou para Randall à distância, que levantou a mão e deu um aceno rígido.

— Surgiu durante as guerras. Acho que foi um soldado do Reino Franco que nos apresentou, mas começamos a brincar disso entre as batalhas para aliviar a tensão, e acabou se tornando bastante popular.

Talvez isso explicasse, e a justa tivesse alguma origem mais antiga na França.

Percival largou os fragmentos quebrados de uma lança, cavalgou até Randall para pegar uma nova, e iniciou a próxima investida.

— Só assistir a ele praticar já é bastante emocionante — ela disse.

Arthur se encostou na cerca ao lado dela e a observou.

— O quê? — ela perguntou na defensiva,, mas Vera vivia por momentos como esse. Pequenos gestos privados que provavam que sua promessa de amizade não era apenas para o público.

Ele sorriu.

— Quer tentar?

— Eu? — Vera riu, embora Arthur, não. — Eu, ah Deus, eu nunca conseguiria. Seria um desastre... se eu não cair ou morrer, provavelmente perderia o controle e mataria alguém.

— Não, você não faria isso — Arthur disse com calma.. — Você deveria tentar.

— Então me diga, quem vai me ensinar?

— Eu posso — ele disse.

Nem dois dias depois, Grady selou os cavalos, e Vera e Arthur cavalgaram até a floresta onde ela e Lancelot costumavam correr. Ela o seguiu até uma clareira completamente equipada, igual à arena de prática de justa na cidade.

Ele havia pensado em tudo e se preparado de acordo, trazendo uma armadura que provavelmente tinha sido feita para um garoto adolescente, suas roupas de corrida para vestir por baixo, e três tamanhos de lanças. Depois de se virar para lhe dar privacidade enquanto ela trocava o vestido pela calça e pela camisa, ele a ajudou a colocar a armadura. Primeiro, uma calça mais grossa para colocar sobre a dela. Por cima, uma camisa acolchoada de manga longa.

— Isto se chama jaquetão — Arthur disse prestativamente enquanto o segurava no alto, pronto para que ela enfiasse a cabeça e os braços, seguido pela placa peitoral com uma saia de metal que pendia sobre a parte superior de cada uma de suas pernas. Depois, as peças dos ombros e braços foram presas de forma semelhante a um arnês.

Ele se ajoelhou para ajustar as peças completas das pernas, cada uma amarrada na parte de trás, logo abaixo das nádegas. A pele dela formigou quando as costas dos dedos dele roçaram em suas coxas. Ela precisava que aquilo acabasse imediatamente e queria que nunca terminasse.

Ele também vestiu a armadura. Começaram apenas praticando cavalgar com a armadura, o que já era desafiador por si só. Depois, ela praticou com a lança mais leve, e ele a guiou pelos movimentos com a placa de treino em um ritmo extremamente lento. Mesmo assim, ela errou duas vezes. Mas essa foi apenas a primeira de várias sessões nas semanas seguintes. Sessão após sessão, Arthur acrescentava mais elementos da justa.

Durante todo o tempo, ele lhe dizia como ela estava indo bem e como estava aprendendo rápido. Vera fez uma performance perfeitamente adequada, mas ele a tratava como se fosse um presente de Deus para o esporte medieval. Ela se cobrava no treino gritando frases de filmes que eram pura bobagem para Arthur, mas que o faziam rir, e esse era um som adorável, então ela continuava.

Ele tornava a outra parte da atuação, a de fingir estar apaixonado, fácil... fácil demais.

Bastava ele encontrar seus olhos com o rosto iluminado por risos para que o interior de Vera vibrasse. Quando ele pegava sua mão, quando o braço dele casualmente envolvia sua cintura no mercado, ou, pior, quando eles compartilhavam até mesmo um beijo rápido e casto em público para manter as aparências, qualquer noção de fingimento evaporava. Sua mente estava completamente dominada por ele. A poção tinha feito seu trabalho bem, e doía toda vez que Vera lembrava da verdade: que seus sentimentos não eram realmente dela.

Mas ela não queria que aquilo parasse, e estava funcionando. Quanto mais afetuoso Arthur se comportava com ela, mais as pessoas procuravam sua atenção, quase tanto quanto a dele. Ele era ou um diplomata experiente, ciente dos impactos daquela encenação, ou ainda estava enfeitiçado para adorá-la também. Talvez ambos.

Porque ele também se comportava assim quando estavam só os dois. Antes de Arthur se retirar para o quarto ao lado para dormir, eles passavam a maior parte das noites juntos. Eles estavam terminando o último capítulo de *O Hobbit* quando ouviram uma batida na porta. Era uma carta para Arthur. Uma sombra passou por sua expressão enquanto ele lia.

— O que foi? — Vera perguntou, sentada na cama com as pernas cruzadas.

— Os Senhores do Norte — ele suspirou ao jogar a carta na mesa. — Estão ameaçando se separar do reino.

Ouvir aquilo foi como levar um soco no estômago. Vera pressionou as mãos no rosto.

— É minha culpa. O pai de Guinevere. Wulfstan... eles estavam bem até eu aparecer.

Arthur começou a balançar a cabeça antes que ela terminasse de falar. Ele se sentou na cadeira ao lado da cama.

— Eles sempre tiveram ideias diferentes sobre como estruturar o reino. Não haveria nem aliança sem esse casamento. Os lordes estavam hesitantes quanto a como a unificação diminuía seu poder, mas com a ameaça de invasão e a necessidade de proteção tão alta, não tiveram muita escolha. — Ele riu amargamente enquanto se inclinava para a frente na cadeira e descansava os cotovelos nos joelhos. — Mas o povo deles quer fazer parte da Grã-Bretanha. Como podemos capitalizar isso? E como ajudamos toda a nação a lembrar que estamos tentando construir algo diferente?

— Agindo conforme — Vera disse sem pensar. — Você tem que realmente construir algo diferente, e não apenas dizer que é diferente.

Os cantos dos lábios dele se ergueram de leve.

— Desculpe — ela disse. — Isso foi...

— Não. Você está certa. — Ele esfregou o queixo enquanto a outra mão batia um dedo no joelho. — Não posso simplesmente dizer que quero governo que compartilhe poder enquanto os lordes continuam sendo os únicos com voz ativa. Mas como construímos isso sem que o poder seja tão esticado que acabe colapsando sobre si mesmo?

Vera esperou Arthur continuar. Ele não o fez.

— Desculpa, você quer que eu responda? — ela perguntou.

— Sim.

— Arthur, eu não... — Ela soltou uma risada abafada — O propósito inteiro da minha existência é recuperar as memórias de Guinevere. Se você não precisa delas, o melhor que posso fazer até que o reino possa romper a maldição por conta própria é não causar mais danos. Eu não sou ninguém. Sou um receptáculo para uma mulher que... se foi. — Eram palavras que ela já havia dito. Palavras em que acreditava. Mas nunca as havia dito a Arthur. Agora, pareciam ainda mais uma recitação e menos verdade do que antes.

O rosto dele ficou rígido enquanto ela falava. Vera se inquietou com o pensamento de que ele pudesse se distanciar dela novamente. Mas ele se levantou e ajoelhou-se na cama ao lado dela, olhando-a dentro dos olhos.

— Você não vê, não é?

— Vejo o quê?

— Nós somos melhores porque você está aqui. Você não precisa ser Guinevere para ser importante. Você, Vera, é muito importante para este reino.

Ela abaixou o queixo até o peito e fechou os olhos com força.

— Sim, eu levei o reino à beira da guerra...

Ela sentiu a mão dele em seu ombro, e a outra gentilmente levantando seu queixo. Seus lábios estavam tão próximos dos dela. Ela ansiava por fechar o espaço entre eles.

— Você é importante para *mim*. Não quero fazer isso sem você. Quero saber o que você pensa.

Ela desejou poder se jogar nos braços dele. Em vez disso, afastou-se um pouco para que ele pudesse se sentar ao seu lado. Eles não resolveram todos os problemas do reino naquela noite, mas foi o começo de algo. O peso que cada um carregava, sem mais segredos entre os dois, tornou-se um fardo compartilhado.

E com uma voz suave dentro de Vera sussurrando que talvez ela pudesse fazer algo de bom ali, algo de bom com ele, eles deixaram de lado as preocupações sobre o reino por aquela noite e terminaram o último capítulo de *O Hobbit*.

— É uma história maravilhosa, não é? — Arthur colocou o livro de lado. — Ir em uma aventura que muda a vida e depois voltar para casa? Talvez você tenha sua própria história de *Lá e de volta outra vez* para escrever em breve.

— Talvez — ela disse, esperando que ele não ouvisse sua incerteza. Afinal, ainda era janeiro. O fim da primavera estava longe. Não fazia sentido se preocupar com isso agora. — Este livro é, na verdade, o início da história.

— Sério? Bilbo tem mais aventuras?

Vera inclinou a cabeça para o lado.

— Hum, não exatamente. É mais sobre o anel que ele encontrou. Acontece que é, tipo, a coisa mais poderosa da Terra Média, feita por esse senhor do mal, Sauron, para governar o mundo ou algo assim. — Ela se sentou mais ereta, animada. — Enfim, o sobrinho de Bilbo tem que ir em uma missão para destruí-lo. Essa é uma trilogia chamada *O Senhor dos Anéis*. É incrível. Eles até fizeram filmes fantásticos.

O sorriso de Arthur se aquecia enquanto ouvia.

— Você conhece a história bem o suficiente para me contar?

— Não! — Vera disse, escandalizada. — Quer dizer, sim, eu conheço bem, mas não posso fazer isso. Não quero te dar *spoilers*!

Ele riu.

— Como isso é possível? — Sua expressão suavizou. — Vera, eu nunca vou ler esses livros na minha vida. E certamente nunca vou assistir a esses filmes.

Ele estava certo, é claro. Ela sabia disso, mas ainda assim. —

— Eu não posso — ela insistiu. — E se conseguirmos convencer Merlin a trazê-los...

Quando ele me levar para casa.

Ela não conseguiu terminar a frase. Não precisava. Arthur entendeu.

— Eu gostaria disso — ele disse, seus olhos brilhando. Ele parecia feliz. Vera queria poder compartilhar dessa alegria. Arthur pertencia a outro mundo, e havia algumas coisas, muitas coisas, que eles nunca compartilhariam. Não importava que seus sentimentos por ele fossem resultado da magia, ela decidiu que não desperdiçaria nenhum momento.

Ele se levantou para sair, como sempre fazia quando terminavam de ler.

— Você poderia ficar? — Vera perguntou antes que tivesse tempo de mudar de ideia.

Quando ele hesitou e olhou para trás com um brilho de desejo, isso a encorajou a continuar.

— Eu sei que você dormiu na cadeira algumas noites. E que você entra durante a noite para ver se estou bem. — Ela estava acordada algumas dessas vezes, embora fingisse não estar. — Você está governando um país novo que está imerso em caos. Dormir bem é o mínimo que precisa fazer agora. — Ela tentou sorrir de forma reconfortante, mas isso não fez nada para desfazer a preocupação em sua testa.

— Eu não quero que você se sinta...

— Eu me sinto segura com você — ela disse.

Vera viu de novo: um lampejo de vergonha, tão breve quanto o brilho de uma faísca.

— Tudo bem — ele disse.

Ela se moveu para o lado em que vinha dormindo, e Arthur se acomodou do outro.

Eles não se tocaram naquela noite, mas ele nunca mais voltou a dormir na cadeira nem sequer no outro quarto. Não demorou muito para que o disfarce do sono se tornasse um refúgio para o que eles não permitiriam à luz do dia.

Sob o véu da inconsciência, os braços de Vera e Arthur se encontraram. Tudo começou inocentemente, quando ela se virou alguns centímetros antes de dormir e sua mão pousou em seu peito. O reflexo de um amor que já não existia, era assim que ela costumava dormir com Vincent quase todas as noites, mas congelou ao perceber onde estava e quem estava debaixo de seu braço. Os olhos dele não se abriram, mas sua respiração mudou. Ele estava acordado. Ele não se afastou. Cobriu sua mão com a dele e a segurou.

Mas sempre era ela quem iniciava. Uma noite, quando estava decidida a não ceder à sua necessidade de tocá-lo, Vera deitou-se de lado, virada para longe de Arthur. Foi uma surpresa quando ele se aproximou por trás, deslizou o braço em volta de seu torso e a segurou, acariciando suavemente sua clavícula com o polegar, de um lado para o outro.

Isso a encheu de alegria e a assustou na mesma proporção ao perceber que, nos braços dele, ela se sentia em casa.

XXXV

As noites de Vera com Arthur os mantinham acordados até tarde, lendo e sonhando. Pela manhã, ela não queria sair da cama quando ele estava ao seu lado. Sentia-se um pouco culpada, pois ela e Lancelot estavam correndo consideravelmente menos, embora o amigo não parecesse se importar. Vera suspeitava que havia outra coisa, ou outra *pessoa*, ocupando o tempo dele. Talvez a dama com quem ele havia escapado em Glastonbury fosse de Camelot?

Ele não fazia perguntas sobre o status dela e de Arthur... fosse lá o que aquilo fosse, então retribuiu com a mesma cortesia. Ele tinha encontrado um grande amigo em Gawain, de todas as pessoas. A parceria deles funcionava surpreendentemente bem. Lancelot agia como intérprete social de Gawain, enquanto o mago conhecia os talentosos da cidade e começava a treiná-los.

Certa manhã, Vera e Arthur chegaram aos estábulos para buscar os cavalos e encontraram Grady sentado com Gawain no gramado, com um único tronco flutuando entre eles, girando devagar. A testa de Grady estava franzida em concentração, embora Vera já o tivesse visto fazendo malabarismo com oito pedaços de madeira ao mesmo tempo, todos bem maiores do que esse que pairava lentamente no ar. Suor escorria de sua testa, apesar de o chão ao seu redor carregar um leve toque de geada.

— Isso mesmo — disse Gawain. — *Muito* bem, Grady! — Era um nível baixo, mas Vera sentiu um afeto crescente pelo mago pela gentileza em sua voz e pelo simples fato de ele usar o nome de Grady.

— Sabe o que ele está fazendo? — Arthur murmurou para Vera, mas o som foi suficiente para atrair a atenção de Grady. O tronco congelou no ar antes de cair no chão.

— Vossas Majestades! E... eu sinto muito. Perdi a noção do tempo. — Ele olhou para o leste, para um feixe de luz perolada subindo ao longo da parede do castelo como uma faixa iridescente de tinta. Só que não era tinta, era o mesmo material de todas as orbes e luzes por toda Camelot. Ao lado, havia marcações distintas: a primeira, a um terço do caminho, sinalizando o nascer do sol, outro terço para o meio-dia e, no topo, o pôr do sol. Era um relógio, uma das muitas adições de Gawain a Camelot nas últimas quatro semanas, em colaboração com ninguém menos que o sacerdote do castelo, padre John.

Vera não havia pensado em como o padre John conseguia marcar perfeitamente os horários da missa com o nascer do sol a cada semana, acontece que esse era o seu dom. Ele sabia a posição do sol no céu o tempo todo, por quantas horas ele estaria visível e quanto tempo faltava para o anoitecer. A faixa perolada estava iluminada do chão até entre as primeiras duas marcas, sinalizando que era o meio da manhã. Havia um relógio mágico na aldeia e dois no castelo.

O garoto correu para dentro dos estábulos, gritando desculpas por cima do ombro. Gawain segurou o tronco na frente dele com uma mão enquanto se levantava e o examinava.

— O que você estava fazendo? — Vera perguntou.

Ele entregou o tronco para ela como se aquilo fosse resposta. Era mais leve do que deveria ser e parecia oco. Ela o passou para Arthur enquanto Gawain dizia:

— Grady removeu quase toda a umidade do tronco.

— Grady fez isso? — ela perguntou. — Você deu esse poder a ele? Achei que ele só conseguisse mover madeira.

Gawain a olhou com desconfiança mordaz, estendendo a mão para pegar o tronco.

— Eu não dei nada a ele. A maioria dos dons é mais complexa do que parece e pode ser usada de formas muito mais variadas do que os próprios beneficiários percebem. As pessoas não foram ensinadas a explorar os limites do que seus dons podem fazer, e são raras as que descobrem isso por conta própria. Você olha para Grady agora e pensa que ele tem vários dons, mas ele simplesmente aprendeu a usar seu único poder de forma mais eficaz. Fora os estudos na escola de magos, onde nós, magos, somos treinados, não houve oportunidades para ninguém aprender sobre isso. Os poucos jovens que são identificados como tendo vários dons e enviados para treinar como magos geralmente começam com apenas um poder... mas esses poucos têm uma compreensão natural mais profunda da amplitude de seu único dom, não porque realmente têm mais de um. Isso vem depois.

Vera tinha tantas perguntas para fazer, mas Gawain continuou, mal parando para respirar.

— Grady agora consegue controlar a quantidade de umidade na madeira: ele pode torcê-la como um pano molhado. Também pode aumentar sua porosidade e absorção, comprimir qualquer pedaço de madeira, dividi-la ao meio... se ele continuar praticando e aprimorando a habilidade, não vejo por que ele não poderá moldar e esculpir qualquer material de madeira com a precisão de um entalhador usando uma faca afiada.

— Isso seria uma arma impressionante — disse Arthur com uma carranca. — Moldar pontas de lança e ter o poder de lançá-las pelo ar...

— Hum — disse Gawain. — Eu não tinha pensado nisso, Vossa Majestade.

— O que tinha em mente? — Vera perguntou.

Ele corou e engoliu em seco.

— Hum... flautas muito finas.

A criação colaborativa guiava cada movimento de Gawain, e os efeitos disso criavam uma maré que varria Camelot. A cidade nunca foi uma comunidade tão forte. E Vera e Arthur seguiram esse exemplo ao governar, coisa que eles fariam juntos.

Arthur mantinha os ideais que tinha desde que formaram o reino. Seu objetivo final era que o poder associado à nobreza não fosse baseado em riquezas, mas em mérito. No entanto, a estrutura já havia sido construída sobre uma fundação na qual os lordes foram considerados como tal porque tinham dinheiro para financiar a construção de um reino. Alterar esse rumo seria um processo lento. Após muitas horas de troca de ideias e discussões, até envolvendo outros membros da corte e moradores confiáveis da cidade, eles chegaram a um primeiro passo. Iriam criar uma nova posição de poder. Semelhante a nomear cavaleiros, soldados que se destacassem além do mais alto padrão de expectativa, fariam algo parecido para os cidadãos que servissem especialmente bem às suas comunidades locais, concedendo-lhes a honra de administrador da cidade.

Eles não governariam sua cidade. Em vez disso, supervisionariam a eleição popular de um conselho local. Os lordes poderiam manter sua posição de supervisão, enquanto a coroa discretamente dispersava mais poder para as pessoas "não nobres".

Entre governar, aulas de justa, corridas com Lancelot, ainda que com menos frequência, e treinos com a guarda real, Vera ficava mais forte a cada dia. Nada acontecia tão rapidamente quanto ela gostaria. Gostava de chegar cedo às suas sessões para poder assistir ao final dos treinos apropriados da guarda real. Aprendia muito apenas observando esses homens que haviam lutado e treinado a vida inteira.

Arthur geralmente a escoltava até o campo de treinamento, então nunca participava das lutas de espadas. Hoje, porém, Vera se encontrou com Randall antes de suas aulas, para tirar as medidas para sua própria armadura. Ele trabalhou especialmente rápido enquanto ela elogiava o vestido perfeito de Yule que ele havia feito para ela, e a atenção deixou o armeiro visivelmente desconfortável. Ele a apressou para fora e a conduziu até o campo de treinamento, deixando-lhe mais tempo do que o habitual para assistir à guarda real.

Cada cavaleiro era reconhecível pelas variações em suas armaduras ou pelos pequenos detalhes de personalização. Dois soldados estavam travados em uma intensa luta de espadas. Vera reconheceu a forma e o capacete brilhante de Lancelot imediatamente, mesmo a distância, mas demorou um segundo para perceber que o lutador com a armadura mais escura do outro lado era Arthur. Ela correu para se aproximar e ficou ao lado de Percival.

Antes disso, ela só tinha visto Arthur ensinando, seu ritmo normalmente era mais lento, mas aquilo era diferente. Caramba, ele era bom nisso. Mais rápido do que sua estrutura mais robusta indicaria, forte e muito habilidoso. Quando ambos já deviam estar exaustos, após minutos lutando a todo vapor com espadas pesadas e armaduras incômodas, surgiu uma brecha, e Arthur investiu com o ombro contra Lancelot, fazendo-o tombar de costas. Com o joelho, prendeu no chão o braço da espada do adversário e, ao mesmo tempo, cravou sua espada na terra diretamente ao lado do rosto de Lancelot antes de se levantar sem causar alarde e oferecer a mão ao amigo, que soltou um grito frustrado no chão. Ele aceitou a mão de Arthur para se levantar e tirou o elmo, já balançando a cabeça enquanto sorria.

— Droga! — ele gritou, deixando cair as mãos sobre os joelhos enquanto recuperava o fôlego. O restante da guarda real, que já havia passado bastante tempo sendo derrotada por Lancelot, rapidamente se juntou para zombar de forma amigável. Arthur não disse nada enquanto colocava o elmo de lado, enxugando o suor da testa.

— Sim, bem… — Lancelot puxou as luvas, tirando-as dos dedos, um de cada vez. — Quando se observa alguém lutar a vida inteira, como Arthur fez comigo, tem uma certa vantagem. — Ele lançou um sorriso presunçoso.

— Você não o observou lutar a vida toda também? — Vera perguntou lentamente.

Wyatt, o mais velho e também o mais entusiasmado membro da guarda real, soltou uma gargalhada estrondosa. Lancelot a olhou em silêncio, atônito, enquanto Percival lhe dava um tapinha no ombro. Até Randall soltou uma risada ruidosa.

Arthur olhou para Vera com apreço.

— Como é aquela coisa que você e Lancelot fazem? — Ele deu alguns passos em direção a ela e ergueu a mão para um toque.

— Isso é uma baita de uma bobagem! — Lancelot se lançou entre eles, agarrando o pulso erguido de Arthur e estendendo o braço para trás, impedindo fisicamente que Vera se aproximasse. — Esse é o nosso lance, Arthur, e você não pode roubar!

Os dois meses seguintes foram, indiscutivelmente, os melhores da vida de Vera. Ela nunca esteve em uma situação em que constantemente esbarrava com pessoas que a conheciam e queriam conversar com ela. Fosse Margaret, da cozinha, que ficava entusiasmada com o interesse de Vera nos ingredientes disponíveis, o padre John, que a acompanhava com certa frequência, os moradores da cidade, felizes com a atenção de sua rainha, ou um de seus muitos amigos.

Muitos amigos... e aumentavam a cada dia, à medida que ela se aproximava dos membros da guarda real. Não estava acostumada a isso, e esperava que a qualquer momento, ao passar por Percival, Wyatt ou qualquer um dos outros na estrada, eles a vissem como uma estranha.

E então vinham as noites.

Em uma delas, Arthur voltou para o quarto após as reuniões e encontrou Vera e Matilda rolando de rir no meio de um jogo de "Eu Nunca". Ele começou a inventar uma desculpa para dar-lhes privacidade, mas ambas gritaram tão enfaticamente que ele não conseguiu entender uma única palavra do que estavam dizendo, e só pela animação e gesticulação sabia que queriam que ele ficasse. De dois, passaram a ser três.

Durou cerca de duas noites esse encontro antes de Lancelot ouvir falar do jogo e aparecer no próximo. Não demorou muito para que decidissem mudar para a câmara quase inutilizada no andar de baixo, com uma lareira do tamanho de um banheiro e várias cadeiras e sofás para uma festa adequada. Pelo menos uma vez por semana, toda a guarda real local, e até Gawain, com seu alaúde a tiracolo, se reuniam no grande salão, nome dado por Vera, mas que colou, para... se divertir.

Novos brotos adornavam as árvores todas as manhãs. O torneio da primavera estava a menos de uma semana, e a justa era o único assunto em que as pessoas em Camelot conseguiam pensar.

— E todos os nossos cavaleiros estarão aqui — disse Percival uma noite, enquanto descansavam no grande salão, nas poltronas mais confortáveis, dispostas em semicírculo perto da lareira. — O torneio de justa será o maior que já tivemos.

Gawain estava sentado no círculo, dedilhando seu alaúde e tentando inutilmente ensinar Lancelot a tocar. Até Randall ficou esta noite, com a cabeça inclinada perto da de Matilda, ouvindo atentamente com um sorriso sonhador enquanto ela lhe contava uma história. Vera sorriu antes de voltar a atenção para Arthur e Percival, que ainda falavam sobre a justa.

— Você tem um título a defender, não é? — Arthur perguntou. — Tem se preparado?

Percival deu de ombros modestamente.

— Talvez eu não ganhe o prêmio, mas estou confiante de que vou fazer uma boa apresentação.

Arthur lançou um olhar para Vera, como se estivesse considerando algo. Ele deslizou a mão sobre a dela e disse:

— Guinevere tem aprendido a justar.

Ela não se incomodou com Arthur a chamando de Guinevere na presença de outros que não conheciam sua história, mas ficou surpresa ao ouvi-lo compartilhar a novidade com orgulho.

O interesse de Percival foi logo despertado. Ele se inclinou em sua direção.

— Sério? Como está indo?

— Hum, é uma mistura de coisas. — Ela riu com nervosismo. — Mas já consigo segurar uma lança de tamanho real de forma consistente, o que é um avanço.

— Você está sendo modesta — disse Arthur a ela antes de se virar para Percival. — Ela não acredita em mim quando digo, mas está indo incrivelmente bem. Acho que está pronta para um oponente.

Era a segunda vez que ele dizia isso em voz alta naquela semana. A primeira foi na sessão de treinamento mais recente, e Vera encarou como um pouco de exagero para fins de encorajamento. Quando Arthur olhou diretamente para Percival, ela começou a perceber que o comentário daquela noite não era apenas para manter a conversa. Percival inclinou a cabeça em dúvida. Arthur assentiu.

— Eu posso fazer isso — disse Percival, com os olhos brilhando enquanto se inclinava para a frente.

— Você tem a melhor mira — disse Arthur.

Percival sorriu.

— É a única coisa em que realmente consigo superar Arthur e Lancelot. Vossa Majestade é mais forte, Lancelot é melhor em… bem, em todas as outras coisas. Mas eu dominei a lança. Um pouco inútil em qualquer outra coisa que importe, mas eu aceito. Você quer? — ele perguntou a ela.

Vera se endireitou no assento.

— Sério?

As vozes elevadas atraíram a atenção de Lancelot.

— Sobre o que estamos sendo sérios?

— Arthur tem ensinado Guinevere a justar — disse Percival. — E eu serei seu primeiro oponente.

O sorriso não havia desaparecido do rosto de Lancelot, mas escureceu significativamente enquanto ele olhava cada um deles nos olhos, parando em Arthur, a quem lançou um olhar severo.

— Você está fora de si? Isso é extremamente perigoso. Não. De jeito nenhum.

As sobrancelhas de Vera se ergueram.

— Certo, certo — Percival cedeu, levantando as mãos em sinal de desculpas diante dele.

Lancelot assentiu, aparentemente satisfeito. Assim que voltou sua atenção para o alaúde, Percival se inclinou sobre Arthur em direção a Vera.

— Ele não precisa saber.

XXXVI

Antes de sua corrida pela manhã, Vera havia decidido que não contaria a Lancelot que ela, Arthur e Percival haviam feito planos para sua primeira justa oficial algumas horas mais tarde, mas o maldito homem lia seu rosto como se fosse um livro infantil. Mesmo de longe, ele sabia que ela estava escondendo algo. Depois de ele insistir que ela respondesse por boa parte da hora, espremendo-a com uma preocupação irritantemente sincera, a culpa de Vera prevaleceu e ela acabou contando a verdade.

Ele ficou em silêncio por alguns minutos tensos.

— Você está bravo comigo — disse Vera, surpresa ao perceber isso.

— Não estou — ele parou. — Tudo bem. Sim, estou. Isso é um absurdo. Estou bravo com vocês três. Não vou permitir que isso aconteça.

Mas não era da sua conta, e ele sabia disso no fundo.

Ele foi metódico em sua tentativa de desestabilizar o plano da justa enquanto caminhavam para o campo de treino na floresta.

— Você não pode usar aquela armadura mal ajustada que tem usado para uma competição real. Vai ter que esperar até que ela tenha a própria armadura — disse ele.

Vera franziu os lábios enquanto Arthur dizia:

— Isso é verdade, mas Randall já a terminou. Ela está usando a nova armadura há duas semanas.

Lancelot bufou e se virou para Vera.

— E o que você pretende fazer se Percival errar o alvo e você se machucar seriamente?

— Bem — começou ela com calma, o que só serviu para fazer a testa de Lancelot se franzir ainda mais.

— Felizmente, você teve a boa ideia de trazer Gawain. Ele pode nos socorrer se qualquer um de nós se machucar.

— Mas não muito — Gawain interveio de forma pouco útil. — Se qualquer um de vocês for perfurado, estará muito além do alcance da minha magia. Vocês estariam ferrados.

Percival se virou devagar para lançar um olhar irritado para Gawain, enquanto Lancelot dava um olhar semelhante, porém cortante, para Arthur.

— Ela não vai ser perfurada — disse Arthur pacientemente. — Por isso não serei eu, e também por isso não pedi a você. — Ele não tinha a intenção de ofender, mas era a verdade. — A mira de Percival é a mais firme e precisa que existe.

Chegaram à clareira, e Arthur e Percival começaram a ajudar Vera a colocar a armadura. Ela adorava como a armadura se ajustava e a maneira como a fazia se sentir uma verdadeira guerreira. Mas, apesar de sua confiança fingida enquanto discutia com Lancelot, Vera tinha, secretamente, muitos dos mesmos receios.

Ela e Percival montaram, e com a justa iminente agora parecendo inevitável, Lancelot virou sua raiva contra Percival.

— Essa é uma péssima ideia — disse ele, a veia em sua testa pulsando enquanto pegava as rédeas do cavalo de Percival para forçá-lo a ouvir. — Se você inclinar sua lança e a machucar, como seu oficial comandante, farei com que você seja executado.

Será que era realmente Lancelot falando? O mesmo Lancelot que disse a Wyatt para não ajudar Vera quando ela lutava durante o treino, que a provocou a se balançar de uma corda para um lago escuro, pelo amor de Deus, o mesmo Lancelot que trouxe Vera para uma apreensão de ladrões adolescentes na estrada na noite que o conheceu. Agora, quando ela estava adequadamente treinada e armada, e seu oponente era firme e confiável, Lancelot estava fora de si. Percival parecia intimidado pela ameaça, porque , ao que tudo indicava, ele falava sério.

— Lancelot — disse Vera —, se eu for acidentalmente ferida por Percival, ordeno que você não o execute. E — acrescentou, tendo recentemente compreendido bem os status hierárquicos —, no que diz respeito a ordenar execuções, tenho quase certeza de que tenho um posto superior ao seu.

— Ela tem — Arthur exclamou de trás deles.

Lancelot se virou para ele e soltou um rugido sem palavras antes de marchar até Gawain, com os braços cruzados enquanto murmurava e balançava a cabeça. Com um suspiro e um sorriso de desculpas para Vera, Gawain deu um tapinha nas costas de Lancelot. A inversão de papéis poderia ter sido cômica se a fervorosa indignação de Lancelot não a incomodasse mais do que deveria.

Vera e Percival estavam quase prontos. Eles se encontraram no meio, próximo de onde logo colidiriam na justa.

— Não se atreva a inclinar sua lança — ela lhe disse severamente, preocupada que a ameaça de Lancelot pudesse ter o abalado demais.

Mas Percival levantou o visor, e seus olhos brilharam.

— Eu nem sonharia com isso, Vossa Majestade. — Ela não podia ver sua boca, mas sabia pelos músculos das bochechas pressionados contra os olhos que seu sorriso era igual ao dela.

Arthur encontrou Vera no ponto de partida para ajudá-la a posicionar a lança.

— Você está assustada? — ele perguntou.

— Um pouco — ela admitiu.

— Isso é bom. Mantenha um pouco de medo, mas não deixe que ele a controle. Você está bem treinada, é capaz e está pronta. Mantenha a lança bem firme. — Ele imitou o movimento, puxando o cotovelo para o lado. — Cabeça um pouco inclinada para manter o capacete estável e faça o melhor para se manter montada. — Enquanto dava as instruções, Arthur acariciava o pescoço do cavalo dela. Se ele estava nervoso por ela, não demonstrava. — Pronta?

Vera acenou e abaixou o visor, deixando a maior parte da visão escura e uma pequena fenda por onde ver.

— Eu vou agitar a bandeira, e esse será o seu sinal. — Ele passou os dedos pelo único lugar não protegido na parte de trás da perna de Vera. Ela prendeu a respiração com o toque e o jeito que ele sorriu para ela. — Você está pronta.

De vez em quando, há momentos na existência em que o tempo passa extraordinariamente rápido e, simultaneamente, se move a passos de tartaruga. Vera sentia que Arthur nunca chegaria ao ponto central onde ele deveria agitar a bandeira. Ele parecia estar andando em câmera lenta. Então, com o coração disparado e as pernas tremendo o suficiente para ouvir o leve tilintar da armadura estremecendo nas articulações, a bandeira se ergueu alta no ar e desceu rapidamente. O tempo se corrigiu na outra direção, e tudo começou a acontecer rápido demais para se notar cada detalhe.

Vera fez seu cavalo começar a correr com força total, com o peso apoiado nos pés nos estribos para estabilizar seu corpo. Estava focada em manter a lança apontada diretamente para o peitoral da armadura de Percival enquanto seu cavalo trotava pelo campo. Ela nunca seria capaz de dizer se alguém estava torcendo ou gritando encorajamentos, ou se havia algum barulho além do trotar dos cascos e da sua respiração ecoando estranhamente na estreita caverna do elmo.

Ela teve um breve momento de apreço por Percival, que, ao se aproximar, mostrava ser um homem de palavra. Sua lança estava inclinada para ela, e ele para a frente na sela. Não era alguém prestes a perder a coragem nem decidir que seu oponente não suportaria o golpe.

Não havia mais tempo para pensar. Quando sentiu o impacto distinto de sua lança no peito de Percival, ela *achava* que fosse o peito dele, mas não podia ter certeza, um segundo de euforia a percorreu.

E, pelo amor de Deus, quando a lança dele atingiu o centro de seu peito, uma explosão de estilhaços se espalhou em todas as direções. Uma parte distante dela admirava o som satisfatório do estalo e da quebra das enormes armas.

A sensação de impulso transformou-se em um choque físico quando Vera sentiu mais coisas ao mesmo tempo do que ela poderia ter imaginado. A adrenalina pulsava em suas veias e impulsionava sua determinação de, acima de tudo, permanecer no cavalo. O golpe fez com que todo o seu corpo superior balançasse para trás. Vera apertou as pernas nos flancos do cavalo enquanto seu torso se apoiava contra as ancas do animal. Ela fez o possível para evitar que as pernas voassem sobre a cabeça e a derrubassem do cavalo, mas, de algum modo, quando o mundo voltou à sua velocidade normal e o controle e a calma foram restaurados, ela ainda estava em cima do animal.

Vera se endireitou e tirou o elmo. Ela percebeu que estava segurando o que restava de sua lança, não mais do que um cabo irregular agora, e a deixou cair. Ela se virou para ver como tinha se saído.

Percival praticamente saltou do cavalo e arrancou o elmo da cabeça enquanto corria em sua direção, gritando animadamente, com o punho no ar.

Ela desmontou e uma dor aguda surgiu em seu pulso, fazendo-a estremecer, mas ela ignorou.

— Foi ótimo! — Percival disse, olhando-a com admiração. Arthur passou por ele, com o rosto cheio de orgulho e empolgação. Ele abraçou Vera com tanto entusiasmo que a levantou do chão, com armadura e tudo.

— Você foi incrível — ele disse.

— Obrigada — ela disse, ofegante. — Eu quase não consegui me manter em cima do cavalo.

— Bem, eu também, Guinna! — exclamou Percival. — Foi muito bom!

Sem saber o que fazer, Vera olhou para as mãos, suas bochechas queimaram com a atenção recebida. Havia uma lasca de madeira saindo de sua luva de metal. Justamente onde ela desaparecia na manopla, sua mão agora latejava.. Para complicar as coisas, a sensação de formigamento por toda a pele estava começando a se mudar para uma de queimação.

Lancelot e Gawain se aproximaram do meio do campo. Certamente Lancelot não entraria em pânico por causa de uma lesão tão pequena. Ainda assim, Vera puxou rapidamente a lasca grande para fora e a deixou cair antes de esmagá-la na terra com o pé. Ninguém pareceu notar. Gawain estava com a mesma expressão carrancuda de sempre, o que era um certo conforto.

No entanto, Lancelot estava pálido enquanto exalava um longo suspiro e conseguiu dar apenas um sorriso constrito para ela.

— Você está sangrando — disse Arthur.

Vera abriu a boca para responder, mas ele estava falando com Percival, não com ela, que tinha um fio de sangue indiscutível escorrendo pela armadura de prata no peito. Ela o havia ferido.

Percival olhou para baixo com uma expressão de desaprovação apreciativa. Ele nem sequer tinha notado. Vera prendeu a respiração enquanto a placa de peito dele era removida, revelando apenas um corte menor no ombro, onde a borda da armadura deve ter penetrado e rasgado a pele sob a força do impacto da lança. Percival deu de ombros, e Vera exalou uma risada baixa.

Então, de repente, foi como se ela tivesse sido mergulhada em água fervente. Era o mais quente que sua pele já havia queimado. Ela se curvou e se apoiou nas pernas.

— Você está machucada? — perguntou Arthur. Ela não conseguia vê-lo. A dor a fazia fechar os olhos com força.

No mesmo instante em que a sensação começou, ela terminou.

— Não — Vera disse, endireitando-se. Gawain ainda tinha uma mão sobre o ferimento de Percival, mas a observava com olhos estreitados. Lancelot levantou um punho branco de tanta força e o levou à boca.

— Estou bem — ela não entendia por que sua pele às vezes queimava assim. Começou depois de sua primeira sessão de memórias e vinha acontecendo com cada vez mais frequência desde então, mesmo depois que o trabalho com as memórias cessou. Passou rapidamente hoje, como sempre, e Vera tentou ignorar como se não fosse nada. — Só… — ela riu nervosamente, procurando por uma desculpa — sobrecarregada. Percival, sinto muito…

— Não se preocupe! — Ele a despachou com um gesto. O sorriso largo ainda não havia desaparecido do rosto. — Você ainda não está totalmente pronta este ano, mas continue treinando e poderá competir no torneio de justa na próxima primavera!

Lancelot gemeu, provocando uma risada vibrante em Percival. Vera e Arthur trocaram um olhar. O sorriso de ambos não vacilou, embora ela visse o reconhecimento nos olhos dele também. Ela não estaria lá na próxima primavera.

Ela voltou ao lado de seu cavalo para retirar sua armadura. Quando ouviu o movimento atrás de si, presumiu ser Arthur, então ficou surpresa ao ver que foi Gawain quem falou.

— Guinna?

Alguns dos outros haviam adotado o apelido de Lancelot para ela, mas parecia estranho vindo de Gawain.

— Posso verificar se você está machucada? — ele perguntou.

Vera olhou além dele, notando Lancelot dez passos atrás, roendo a unha do polegar e fingindo não perceber.

— Isso é ideia do Lancelot?

— Sim — Gawain disse, de maneira muito direta.

— Ah, tudo bem — ela cedeu. — Talvez eu tenha um corte na mão. — Vera retirou a luva de metal e, de fato, um fio de sangue escorria dela. O corte nas costas da mão doía, mas a manopla deve ter ajudado o sangue a coagular e a estancar o sangramento. Não estava jorrando como ela esperaria de uma lasca de quinze centímetros.

Gawain passou os dedos pelo corte, indo e voltando, com pressão crescente enquanto o examinava. Na última vez, ele pressionou tão forte que Vera gritou de dor.

— Desculpe. — Os dedos dele pararam, mas sua testa permaneceu franzida. — É mais superficial do que eu esperava.

Vera esperava que o nevoeiro onírico aparecesse enquanto ele colocava a mão direita sobre o ferimento e fechava os olhos em concentração. Mas sua mente permaneceu clara.

— *Ishau mar domibaru* — ele murmurou.

Seu corpo vibrou com uma sensação de alívio. Gawain inalou profunda e audivelmente, e exalou da mesma forma. Era semelhante a como ela havia sido instruída a respirar por um médico segurando um estetoscópio frio nas costas, mas Gawain fazia isso com controle e intenção, como se fosse a respiração mais valiosa de seu corpo.

— Eu conheço essas palavras — Vera respirou enquanto a mão de Gawain se levantava da sua.

Ele se afastou, fixando-a com seu olhar penetrante.

— Você conhece?

— Acho que sonhei com elas. — No mesmo instante, no entanto, Vera não conseguia mais lembrar o que ele havia dito. Ela também não conseguia encontrar as palavras em sua mente. — Pode repeti-las?

Ele balançou a cabeça.

— Alguns segredos dos magos são tão importantes de se manter que somos vinculados a eles por magia. A maioria das pessoas esquece essas palavras imediatamente. — Ele examinou Vera cuidadosamente. — Mas tenho certeza de que Merlin as usou quando te salvou.

— O que são essas palavras?

— Palavras de poder. Transmitidas aos magos ao longo das gerações. São mais frequentemente pronunciadas em voz alta quando se faz magia relacionada à força vital. Há poder nas palavras — ele lhe disse. — Não posso repeti-las, mas posso te contar sobre o fim. — Gawain deu uma leve batida na mão dela, de um jeito engraçado de avó. Ele fez uma pausa antes de respirar daquele jeito audível e intencional mais uma vez.

— O sopro da vida — ele explicou. — É o nome para a fonte de todas as coisas.

Isso lembrou Vera de algo que ela pensava vir das escrituras hebraicas.

— Deus? — ela perguntou. Estava certa? Que o nome de Deus era o sopro da vida?

Gawain deu de ombros.

— É o que alguns dirão. Criador. Deus. É tudo a mesma coisa, mas os magos simplesmente dizem "Fonte".

— Os magos são religiosos?

— Ah, sim. O Magistério de Magia é uma ordem religiosa própria. Acreditamos que nosso poder, nossos dons, vêm da nossa Fonte. Se essa Fonte é um ser consciente, isso é questão de interpretação pessoal. De qualquer forma, todos concordamos que a magia é um presente para a humanidade, e é nosso dever dar seguimento à obra contínua da criação.

— Dá para ver que você leva isso a sério — disse Vera. Se havia alguém que encarnava isso, era Gawain. Ele sozinho havia treinado as pessoas talentosas da cidade e usado a magia para ajudar a revitalizar Camelot de inúmeras maneiras.

Ela espiou por cima do ombro dele e, ao mesmo tempo, viu Lancelot a observando. Ele desviou o olhar rapidamente. Vera bufou.

— Estou bem — ela gritou para ele. Esperava que ele relaxasse e risse, que viesse correndo com algum comentário mordaz. Em vez disso, ele deu meia-volta e se juntou a Arthur e Percival.

— O que há de errado com ele? — Vera murmurou, exasperada.

— Ele não pôde te protegê-la. Isso está enlouquecendo-o.

— O quê? Não é isso. Nós já fizemos várias coisas perigosas juntos. Na verdade, normalmente ele é quem mais incentiva.

Gawain ergueu as sobrancelhas.

— Sim, mas eu diria que ele também estava diretamente envolvido nessas coisas. Se algo desse errado, ele poderia intervir. Esse não é o caso em uma justa. Você estava sozinha.

— Eu — Droga. Ele estava certo. Ela olhou para Arthur, que continuava sua conversa. Ele parecia bem. Até satisfeito. Ela sentiu um aperto. — Seria de se pensar que seria essa a reação do rei.

— Claro que não. — disse Gawain, como se fosse óbvio.

— Por que diz isso?

Das centenas de maneiras que Vera poderia ter imaginado que o mago responderia, nunca teria adivinhado corretamente.

— Porque ele sabia que você não precisava de proteção.

Vera nunca acreditou que se apaixonar acontecia em um instante. Acontecia com o tempo, à medida que laços eram formados como um fio entre duas almas, um simples fio de afeto que lentamente se transformava em uma corrente dourada de amor.

Mas foi naquele exato momento, quando a simples declaração de Gawain se instalou como verdade, e enquanto Arthur sorria para ela com orgulho, tranquilidade e carinho, que Vera soube. Como era possível enxergar tudo isso em uma única expressão?

Ela o amava.

XXXVII

Ela havia feito isso.

Havia esquecido de afastar seus sentimentos. Em vez disso, aproximou-se deles e acabou acolhendo seu amor até não poder mais negá-lo. E agora? Agora, era inevitável. Nos dias que antecederam o festival, as palavras estavam ali, na ponta da língua, a tentá-la toda vez que olhava para Arthur.

Mas continuava a engoli-las.

Havia a dúvida amarga sobre a origem daquele amor. Era o que ela tinha sentido por Vincent, transferido por magia para uma nova fonte?

Se todo o reino estivesse prosperando como Camelot, eles deviam estar perto de quebrar a maldição. Deviam estar. O que a levava à questão mais simples da realidade: ida e volta. A história de Vera. Ela iria embora no final da primavera. Faltavam... o quê? Dois meses? Talvez menos?

Então, ela não diria as palavras, mas *passaria* cada momento possível com ele. No dia do banquete de boas-vindas do festival, a manhã de Vera estava cheia de atividades ajudando a preparar o castelo, enquanto Arthur recebia viajantes e cavaleiros que chegavam à cidade durante toda a semana.

Mas os dois teriam uma pausa ao meio-dia e, quando o sino do relógio tocou, Vera foi direto ao pátio do castelo, quase avançando quando chegou à sala do trono, afinal, a porta estava entreaberta, mas ela parou ao ouvir vozes. Arthur ainda não devia ter terminado.

Ela inclinou o ouvido em direção à fresta, tentando entender se a conversa estava no tom educado de encerramento, mas quase pulou de susto quando o próximo som não foi uma voz, mas algo, um punho? Batendo na mesa.

— Vai dar certo, vossa majestade. — Ela reconheceu aquela voz com um sobressalto. Era Merlin. Não sabia que ele havia retornado de suas viagens.

— Eu não vou permitir!

Ela se afastou da porta. Arthur havia gritado. Ele estava furioso.

— Você não viaja desde o Yule. — Merlin contrapôs o volume de Arthur com um sussurro agitado. — Não viu como a infraestrutura está falhando.

Temos mais de cem magos, e a magia está se deteriorando a um ritmo que não conseguimos acompanhar. Seu reino está sofrendo. Se acha que a notícia de nossa fraqueza não chegou aos saxões...

— Pode garantir que ela não será ferida?

Ah, droga. Estavam falando dela. Vera se inclinou o suficiente para olhar dentro da sala e viu os dois homens separados por uma mesa. Arthur estava inclinado sobre ela, com as mãos abertas e apoiadas na superfície. Se ele parecia zangado, não era nada comparado à fúria que seu rosto demonstrava.

Houve silêncio antes que Merlin respondesse.

— Posso garantir que conseguirei recuperar as memórias dela...

— Não quero ouvir isso. — O tom de Arthur estava controlado e equilibrado novamente. Era o máximo de trégua que Merlin poderia esperar.

— Você precisa! — O mago contornou a mesa até o lado de Arthur. — Quando os saxões atacarem e você não tiver um plano, a sobrevivência de ninguém será garantida. Este é o seu dever!

Aquilo era a coisa errada a dizer. Arthur lançou a Merlin um olhar frio.

— E quanto ao seu dever? Até agora, os magos fizeram promessas sobre a magia que não conseguiram cumprir. — Sua voz começou a se erguer novamente. — E a sua responsabilidade? O fato de me pedir um sacrifício humano por uma magia que você não compreende é revoltante. E que seja Guinevere? Você disse que ela era como uma filha para você.

— Ela era. Ela é! — Merlin exclamou. — O que só reforça a importância de...

Arthur bateu o punho na mesa novamente.

— Eu te disse para não voltar sem uma solução segura. Você não governa este reino. Não governa a mim. E você não vai tocar nela.

Vera tomou cuidado para não se mover no silêncio que se seguiu, ciente de que até o menor ruído seria audível.

— Se não quiser servir sob meu comando — Arthur disse calmamente. Merlin bufou. — Eu o dispenso para voltar ao conselho dos magos. É isso que você quer?

— Claro que não — Merlin disse. — Vossa Majestade, é isso que você quer?

Arthur lançou um olhar em direção à porta, e Vera se afastou rapidamente, saindo de vista, antes de ouvi-lo dizer:

— Prove para mim que consegue desbloquear as memórias dela e mantê-la segura.

Ela não podia ficar ali. Atordoada, com a cabeça zunindo, Vera saiu. Ela sabia para onde precisava ir.

A porta do escritório dos magos estava fechada. Merlin poderia voltar a qualquer momento, mas ela decidiu que a chance de uma palavra em particular com Gawain valia a pena. Ele talvez nem estivesse lá, mas... ela bateu na porta.

— Agora não. — A voz de Gawain repreendeu do outro lado da porta fechada. — Já te disse que vou te encontrar na preparação do festival. — Ele abriu a porta no meio da frase e parou ao ver Vera ali. — Ah. Desculpe.

— É um mau momento? — ela perguntou, curiosa para saber quem ele esperava encontrar.

Ele abriu a porta mais um pouco, convidando-a, e Vera entrou prontamente.

— Só estou terminando... — Ele fez um gesto vago para a mesa enquanto fechava a porta.

Havia um instrumento de vidro lá: um globo redondo com um tubo da largura da ponta do dedo mindinho de Vera saindo de sua base e subindo ao lado do recipiente bulboso até o topo.

— O que é isso? — ela perguntou. Estava enrolando.

Mas a expressão de Gawain se iluminou.

— É... bem, a magia cria uma espécie de pressão. Sua presença impacta a atmosfera de um espaço, especialmente um espaço fechado. — Ele pegou o objeto, que cabia confortavelmente em sua mão enquanto o segurava entre eles. — Este dispositivo é capaz de medir essa pressão. Acabei de fazer o primeiro teste bem-sucedido.

Ele sorriu para ela.

— Brilhante — disse Vera, sem entender muito bem o que aquilo significava. — Parabéns.

— Obrigado. É realmente brilhante. — Ele riu como se estivesse segurando a chave do mundo na palma da mão. — Na verdade, é revolucionário. — Quando ele encontrou o olhar dela novamente, sua empolgação diminuiu, e ele inclinou a cabeça. — Mas não é por isso que você está aqui. Há algo errado?

— Como está o reino fora de Camelot? — ela perguntou, tentando soar casual. — A magia está melhorando lá fora também?

Gawain colocou o dispositivo de volta na mesa.

— Por que pergunta?

Vera passou a acreditar que toda vez que Gawain evitava responder a uma pergunta, havia uma razão. Seu coração se apertou, com medo de que já tivesse sua resposta.

— Eu ouvi Merlin e Arthur discutindo sobre isso.

Ele suspirou e puxou a cadeira ao lado da mesa de Merlin para mais perto. Em seguida, sentou-se na beirada da própria mesa, em frente a Vera.

— As condições pioraram. Especialmente na parte oriental do reino.

— Eles não têm um Gawain — ela disse, tentando amenizar a situação, embora um nó apertasse seu estômago. Ela estava tremendo um pouco e afundou na cadeira.

Ele sorriu brevemente.

— Eles não têm você e Sua Majestade.

— Você está melhorando nas piadas.

Mas Gawain nem sequer riu.

Vera precisava ser corajosa agora.

— Parece que Merlin descobriu como desbloquear minhas memórias.

— Foi o que compreendi também — ele disse lentamente.

— Arthur não quis ouvir porque Merlin não pode garantir minha segurança.

Ele assentiu.

— Uma escolha prudente.

— No começo, fiquei aliviada... por não ter que fazer isso. — Mas o alívio havia atingido um impasse. Ela estava apavorada com a ideia de deixar a magia entrar em sua mente. Mas se o reino estava sofrendo e eles não estavam mais perto de quebrar a maldição de Viviane fora dos muros desta cidade, que escolha isso deixava? Ela não queria fazer isso.

E se Merlin estivesse certo, e essa fosse a única maneira? O final da primavera não era mais uma visão distante. O reino estava ficando sem tempo, e Vera também.

— Eu nunca vou poder voltar para casa se não me lembrar — ela disse. — Você sabe o que Merlin faria para acessar minha mente?

— Sim — ele disse. — Não é muito diferente do que ele fez antes.

Ela tentou esconder quando um tremor involuntário percorreu seu corpo, mas tinha certeza de que Gawain havia percebido. Seus olhos profundos estavam fixos nela.

— Seria como antes, com a dor e... — A dor. Ela podia sentir aquele terror abrasador e devastador só de pensar nisso. Havia o buraco deixado em sua memória, aberto onde o rosto de Vincent deveria estar. — E a perda — ela acrescentou.

— Não sei — disse Gawain.

— E se... *você* pudesse tentar?

A surpresa o fez parecer mais jovem.

— Eu só conheço a teoria. Nunca coloquei isso em prática.

— Bem, nem Merlin — Vera disse. — Você poderia?

Gawain franziu a testa. Ela havia passado tempo suficiente com ele para saber que ele fazia isso ocasionalmente: ficava em silêncio no meio da conversa para pensar. Então ela esperou.

— Eu poderia tentar — ele disse. — Não vou fingir que meus motivos são inteiramente altruístas. Estou curioso. Gostaria de estudar melhor esse bloqueio por mim mesmo. Tenho a poção para isso. E... — Nesse momento, ele se inclinou para a frente e disse, com a mandíbula tensa — Não vou prosseguir sem sua permissão.

Se três meses atrás alguém tivesse dito a Vera, que ela escolheria Gawain para mexer em sua mente em vez de Merlin, ela teria rido. Merlin era a pessoa em quem Guinevere confiava. Mesmo as memórias de seus sonhos de infância incluíam Merlin fazendo Guinevere sorrir em seus dias sombrios. E Merlin, aquele com quem a rainha se confidenciava quando recuperava a consciência. Merlin, que havia salvado a vida de Guinevere.

Não completamente por bondade, porém. Ele a havia salvado para cumprir uma tarefa, uma que ele acreditava ser vital para a sobrevivência deles. Ela havia ouvido mais de uma vez: Merlin sempre colocaria o reino em primeiro lugar. Acima de tudo. De todos. Vera deveria ter, pelo menos, a metade do altruísmo dele. Esse era seu *propósito*, maldição.

Mas... qual era o problema de Vera ter algum conhecimento prévio do que estaria enfrentando desta vez? E Gawain, o jovem mago rude e insuportável que espionara seus momentos mais privados, e que ninguém *realmente* conhecia, foi em quem ela escolheu confiar. Gawain, a alma secretamente terna que prosperava ao ensinar os outros a usar magia e sonhava com dons sendo usados para criar instrumentos musicais em vez de armas.

Sim. Era egoísta, talvez até tolo. Mas ela escolheu Gawain.

Ela pegou a poção e sentiu todos os seus sentidos despertarem enquanto se sentava na cadeira. Ele ficou atrás dela como Merlin, com as mãos na mesma posição sobre seus ouvidos, os dedos nas têmporas. O coração de Vera acelerava, batendo no peito como se quisesse escapar de seu corpo.

Mas assim que ele adentrou o espaço onde sua mente começava, foi diferente. Ele se movia com gentileza. Enquanto explorava os corredores da mente de Vera, ela podia sentir seu cuidado em evitar coisas que não eram pertinentes. Ele inspecionava suas memórias a uma distância segura, como uma criança com as mãos nos bolsos em um museu, passando rapidamente pelos momentos em que estava sozinha com Arthur. Ignorando completamente Lancelot. Ele não puxou nada para o primeiro plano, embora tenha permanecido próximo dos locais onde Merlin havia interferido antes.

Essas seções pareciam... papel rasgado. Uma página arrancada de onde pertencia.

Ela sabia, não sabia como, apenas sabia, que, se ele tivesse chegado mais perto daqueles lugares irregulares, teria doído. Mas ele não chegou. Vera começou a relaxar.

Então Gawain alcançou um ponto onde ele simplesmente parou.

— Oh — ele disse, atônito, e isso ecoou pela caverna de sua mente. — Você consegue sentir isso?

Ela balançou a cabeça sob seus dedos. Não havia nada onde ele havia parado. Estava… vazio.

Espere.

Estava *vazio*. Nenhuma outra parte de sua mente estava vazia.

— Acho que se eu… — A presença dele se aproximou do vazio escuro, desenhando um perímetro ao redor dele, trazendo-o para o foco de Vera. Havia uma sensação também. Um pulso surdo que estava muito confortável nela, como uma dor de dente que ela tivera por tanto tempo que já havia esquecido.

Era uma barreira.

— Puta merda — Vera disse. Era extensa e… era isso. Estava totalmente segura. Aquilo era tudo o que ela não conseguia acessar. Estava ali dentro. Gawain percorreu ao longo dela, para trás, para trás, para trás nas profundezas de sua memória.

— Eu diria que a parte da frente, onde comecei, são suas memórias mais recentes. Está blindada. Acredito que esta parte — ele disse do espaço mais distante em sua mente — seja o início de sua vida como Guinevere. Parece mais porosa. Provavelmente poderíamos encontrar algumas aberturas lá, embora doa se eu aplicar pressão.

Eles estavam perto, porém. Agora, tendo sentido e sabendo que realmente estava ali, Vera não suportava a ideia de se afastar.

— Você pode tentar?

A presença de Gawain ficou imóvel.

— Você tem certeza?

— Tenho.

Ela se preparou para o início. Quando ele começou a aplicar pressão, a dor veio junto. Ela ofegou, e ele hesitou, mas ela sentiu. A barreira estremeceu levemente.

— Continue — ela disse. Mas ele não se moveu. Ela perderia a coragem se ele não fosse agora. — Vai!

Ele foi, com vigor renovado. A agonia aumentou como se sua cabeça estivesse sendo lentamente esmagada. Vera segurava com força os braços da cadeira, os dentes rangiam com tanta força que poderiam se partir. Doía tanto que ela não conseguia respirar. Explosões de luz apareciam nas pálpebras. A consciência e a razão se afastavam cada vez mais de seu alcance.

Então tudo parou.

A presença cuidadosa de Gawain havia sumido, dentro e fora, seus dedos a haviam soltado. Vera ficou ofegante enquanto a pressão diminuía para um alívio doce e abençoado.

— Eu estava bem — ela mal conseguiu murmurar enquanto o queixo caía sobre o peito, o que apenas serviu para enfatizar que, de fato, não estava.

Ela esfregou as têmporas, estavam surpreendentemente quentes ao toque. Vera abriu os olhos e piscou. Não conseguia ver claramente. Ouviu um chiado alto que não fazia sentido antes de algo frio e sólido ser pressionado em sua mão.

— Beba — disse Gawain. Era um copo cheio de água.

Ela bebeu tudo antes que sua visão se ajustasse. Gawain havia arrastado sua cadeira e estava sentado na frente dela. Um alívio fresco e abençoado de ar soprava a sua pele. Ele havia aberto a porta e também apagado o fogo.

Vera forçou-se a falar e descobriu que não conseguia.

— Eu poderia ter rompido essa barreira — Gawain disse suavemente, seu baixo volume um presente para sua cabeça pulsante. — É do mesmo jeito que Merlin faria. — Ele engoliu em seco e balançou a cabeça. — Você não ficaria bem. Isso cortaria muitas das conexões em seu cérebro, deixando-a permanentemente alterada.

Parecia a explicação para uma lobotomia. Bem… muitas pessoas passaram por isso. Não era o ideal, mas algumas tiveram uma boa vida depois, não tiveram? Diferentes, mas… talvez boas.

Gawain se certificou de que ela estivesse olhando para ele antes de continuar.

— Mas esse é o melhor resultado que você poderia esperar, e é altamente provável que haveria impactos muito piores. A minha melhor suposição é que você sucumbiria ao trauma de suas lesões antes de poder compartilhar essas memórias. O tipo de magia necessário para salvá-la só existe na mitologia. Merlin deveria saber disso… — Ele olhou para as brasas da lareira. — Você estaria morta, e tudo o que continha se perderia com você.

Era uma ideia estranha considerar sua vida como uma questão em uma aula de ética: você deve arriscar encontrar a chave para consertar um mundo inteiro à custa de uma vida?

Seria uma escolha fácil de fazer, se houvesse uma chance decente de funcionar.

— Droga — Vera disse.

Gawain emitiu um riso amargo.

— De fato.

— E você está começando a concordar com Merlin… Acha que minhas memórias são necessárias, não é? — ela perguntou.

— Há algo importante dentro de você — ele disse cuidadosamente, assim como havia dito antes. — Mas o rei está certo: esta não é uma opção.

— O que eu vou fazer? — Vera deixou a cabeça cair em suas mãos. — Eu tenho que resolver isso, Gawain.

— Se eu quebrar a barreira à força, causará o dano. Mas você sentiu como ela se movia um pouco sob pressão?

— Sim — ela disse.

— Com uma intervenção de cura, poderíamos seguir adiante isso. Eu pressiono o suficiente para desgastar a barreira, mas te dou a poção e o tempo para se curar entre as sessões, e então tentamos novamente. Não será tão rápido quanto Merlin espera, e certamente não é ideal para seu bem-estar, mas após algum tempo, acredito que pode funcionar para desmontar a barreira. Creio ser a nossa melhor opção.

Ele pegou uma poção de cura para ela, mas, além de estar quente, ela já se sentia bem no momento em que a bebeu.

— Você está ocupado. Não quero tomar mais do seu tempo — Vera disse, pensando em quem ele havia achado que estava repreendendo quando ela entrou. Quer ela reconhecesse ou não, ela era a rainha, e Gawain tinha a obrigação de interromper o que estava fazendo por ela.

Ela estava a meio caminho da porta quando ele disse:

— Guinna?

Ela se virou enquanto ele cuidadosamente guardava seu instrumento com a esfera de vidro em uma caixa embaixo de sua mesa.

— Gostaria de caminhar comigo até o local do festival? — ele perguntou.

Ela sorriu enquanto acenava com a cabeça, e eles saíram da torre em silêncio. Vera nunca sentiu a necessidade de preencher o silêncio com Gawain.

As mesas e cadeiras já estavam arrumadas para o banquete de boas-vindas no espaço aberto atrás do campo de treinamento. Trabalhadores corriam de um lado para o outro, empilhando uma mesa de bufê com bandejas e pratos. Cinco homens posicionavam uma escultura maciça e ornamentada de mármore no meio dela. A peça impressionante devia ter pelo menos a altura de Vera, representando um soldado com a espada erguida. Era difícil de manejar, exigindo toda a força dos homens para mantê-la estável.

Gawain começou a trabalhar imediatamente, e Vera varreu o campo com os olhos até pousar em Arthur. Ele estava ao lado de Percival e Lancelot, sentados a uma mesa na borda do local. O olhar de Arthur foi atraído para ela como se fosse compelido por uma força invisível, e seu rosto se iluminou, com os lábios se curvando para cima. Um friozinho explodiu em seu estômago. Como ela havia duvidado de sua beleza?

Assim que estava ao alcance dele, sua mão tocou sua bochecha. Quando ela pôde pressionar seu corpo contra o dele, o fez. Esses eram os momentos desejados em que ela podia deixar tudo à mostra. Eles estavam em público. A afeição era boa para o reino. Vera se entregou à sua adoração e o beijou, tremendo de prazer ao ver que ele se entregava ao beijo e deslizava o braço ao redor de sua cintura para segurá-la junto a si.

Poderia ter durado horas, e Vera teria ficado perfeitamente feliz. Mas deveria parecer como qualquer outro beijo que um casal casado pudesse compartilhar e não como o de uma mulher desesperadamente apaixonada que pensava no toque daquele homem mais do que jamais gostaria de admitir. Seus lábios permaneceram nos dele o máximo que ela se atreveu antes de se afastar.

Ele sorriu para ela, acariciando sua bochecha com o polegar e depositando outro beijo em sua testa.

—Está tudo...

— Ei! — Lancelot chamou. — Desculpe a interrupção, mas estávamos no meio de um assunto importante. — Seu esforço para parecer escandalizado foi frustrado pelo sorriso colossal em seu rosto, como uma criança que esperava há tempos que seus pais separados se reconciliassem. Ele apontou para o campo. — Pobres Merlin e Gawain estão pendurando as luzes uma por uma e vocês estão se beijando.

— Por assunto importante — Arthur disse conspiratoriamente para Vera. — Ele se refere ao planejamento das celebrações pós-torneio de justas.

— E — Percival acrescentou, segurando um pedaço de linho — fechamos um acordo com Margaret. Ela reservará um pouco de seu bolo impecável para nós se dobrarmos os guardanapos para ela.

— Como eu disse — Lancelot balançou o próprio guardanapo e apontou para a pilha à espera na mesa —, assunto importante.

Percival e Arthur riram, mas o sorriso de Vera foi meramente educado enquanto ela se virava para observar Gawain e Merlin erguendo esferas e ordenando-as. Ambos, agiam como se nada estivesse acontecendo, como se um não estivesse irritado, e o outro não tivesse explorado as profundezas de sua memória meia hora atrás. Eles eram bons em fingir. Focavam apenas a tarefa, cada esfera levando alguns minutos para ser pendurada perfeitamente no ar.

— Por que eles fazem isso assim? — Vera perguntou.

Os três a encararam.

— O que você quer dizer? — Lancelot perguntou.

— Não podem simplesmente jogar uma esfera e ela vai ficar onde querem? Ele riu e balançou a cabeça.

— Não, eles não fazem isso.

Ela se virou para ele.

— A sua faz isso.

Os lábios de Lancelot se comprimiram em uma linha.

— A minha é um pouco diferente.

Arthur inclinou a cabeça para o lado.

— Os cavaleiros do conselho chegaram — Lancelot disse casualmente.

— Todos eles? — Arthur perguntou, franzindo a testa, enquanto Percival simultaneamente perguntava:

— Elaine está aqui?

Lancelot riu.

— Sim. Para ambas as perguntas. Eu havia esquecido que você tem uma queda por…

Ele não teve chance de terminar esse pensamento, pois uma comoção surgiu do lado oposto dos homens que estavam colocando a escultura na mesa de bufê. A peça inteira de mármore estava balançando perigosamente, e então o enorme pedaço começou a cair para trás. Não havia nada que os trabalhadores pudessem fazer a não ser gritar e se afastar para longe do local onde iria cair.

Mas o estrondo nunca veio. A escultura parou no meio da queda, pendurada a um ângulo de quarenta e cinco graus como um dançarino segurado baixo em uma inclinação. Então, foi como se alguém tivesse lançado uma corda ao redor dela e começado a puxá-la para cima. Ela subiu lentamente para a posição vertical, onde balançou para frente e para trás sobre sua base três vezes e parou. Gawain ficou de pé, com a mão ainda levantada, em direção à estátua salva. Muitos espectadores aplaudiram.

Mas o rosto de Percival se iluminou com reconhecimento.

— Foi assim desse jeito quando a magia me salvou. — Sua voz estava baixa, reverente. — Foi *exatamente* desse jeito. — Ele soltou uma risada. — Se Gawain já tivesse servido com os soldados, acho que teria resolvido o mistério do meu milagre.

Lancelot parou de dobrar seu guardanapo.

— Ele serviu com os soldados.

Percival resmungou.

— Não, não serviu.

— Todos os magos serviram — Arthur disse.

— Mas não com *nossa* brigada. Eu o teria visto.

Arthur e Lancelot trocaram um olhar.

— Perce — Lancelot disse. — Éramos quatro mil no total, com quase cem magos. Você realmente acha que poderia ter conhecido todos eles?

Percival havia parado de dobrar o guardanapo. Ele olhou para Gawain com uma expressão de descrença até que, de repente, levantou-se.

— Mago Gawain! — ele gritou enquanto se dirigia até ele, chamando a atenção de todos que acabavam de celebrar a salvação da estátua. — Você esteve na Batalha de Kent?

Gawain não respondeu. Ele deixou o braço cair e se mexeu desconfortavelmente sob a atenção.

— Foi você? — Percival insistiu, com a voz tremendo de ansiedade. Os trabalhadores nem sequer fingiram continuar, pararam completamente para acompanhar a troca de palavras.

Gawain engoliu em seco.

— Sim.

— Caramba — Lancelot murmurou, surpreso.

Percival deu um passo para trás como se tivesse levado um golpe.

— Era você, não era?

Gawain não precisou dizer nada. Ele manteve o olhar de Percival e não fingiu ignorância, o que foi confirmação suficiente.

— Você salvou a minha vida. Todo esse tempo, eu pensei que você fosse um idiota. Eu o tratei como se você fosse um idiota. — Percival sacudiu a cabeça, exasperado com Gawain mesmo nesse momento de reverência.

Gawain deu de ombros.

— Um bom homem estava prestes a morrer, e você decidiu dar sua vida para salvá-lo. Do meu ponto de vista no campo de batalha, você, outro bom homem, estava prestes a morrer pelo seu rei e não me custou nada intervir.

Percival soltou um breve suspiro divertido e sacudiu a cabeça enquanto murmurava:

— Droga, Gawain. — Ele lançou um olhar para Arthur, fazendo uma pergunta não dita com uma sobrancelha levantada.

Vera e Lancelot também olharam para ele. Um canto dos lábios de Arthur se curvou para cima. Sua mão se moveu até o pomo da espada e ele assentiu.

— De quantas testemunhas precisamos? — Percival perguntou.

— Duas. — Arthur inclinou a cabeça em direção a Vera e Lancelot.

— Você está pronta para fazer parte de algo incrível? — Lancelot murmurou ao se levantar. Vera se apressou para acompanhá-los.

Arthur avançou, desembainhando sua espada.

— Gawain, ajoelhe-se.

Os olhos de Gawain se moveram de Arthur para o outro lado do campo, onde Merlin corria em direção a eles.

— O que você está fazendo? — Merlin gritou, um tanto frenético.

— Tornando Gawain um cavaleiro. — A voz de Lancelot estava carregada de emoção. Ele limpou a garganta e se controlou com um sorriso orgulhoso.

Merlin lançou um olhar de advertência para Arthur.

— Magos não podem ser cavaleiros.

— Eles *não foram* cavaleiros — Arthur corrigiu. Ele se virou novamente para Gawain e continuou. — Não há lei que proíba. Gawain — Arthur repetiu.

Gawain hesitou e avançou, ajoelhando-se.

Arthur segurava a espada na cintura.

— Prontos? — ele perguntou a todos.

Gawain parecia prestes a falar, mas fechou a boca.

— O que houve? — Arthur perguntou.

— A espada precisa ser segurada pelo rei, ou qualquer cavaleiro pode fazê-lo? Arthur sorriu compreensivo.

— Qualquer cavaleiro, com a minha aprovação.

— Se estiver bem para você, eu ficaria honrado se Sir Percival realizasse a cerimônia.

Os olhos de Gawain voltaram-se para o chão.

Arthur sorriu amplamente ao estender sua espada para Percival, cujas bochechas ficaram de um tom profundo de carmesim. Ele avançou, com a expressão de um homem que ganhou um prêmio que não sente merecer.

— Gawain — Arthur disse. — Por seus atos de heroísmo altruísta no campo de batalha, por sua dedicação ao aprimoramento da magia no reino, e por seu serviço valente sem expectativa de recompensa ou reconhecimento, eu, Arthur, rei dos britânicos, o nomeio cavaleiro de nosso grande reino.

Arthur acenou para Percival.

— Eu, Sir Percival, o encarrego de servir seu rei e seu povo com justiça, com honra e generosidade. — Percival colocou a lâmina de Arthur sobre os ombros de Gawain. — Levante-se, Sir Gawain.

Vera piscou, e a primeira lágrima rolou pela sua bochecha, que doía de tanto que ela sorriu, mas não havia como escapar da pequena inquietação no fundo de sua mente.

Sir Gawain.

Mesmo para ela, para alguém que não conhecia uma fração das nuances da tradição arturiana, não havia como negar que as histórias haviam acertado muitas partes. Ela olhou reflexivamente para Merlin. Ele sabia disso também. Sob a camada de sua raiva, ela viu medo.

XXXVIII

Acontece que ninguém havia sido nomeado cavaleiro desde o fim da guerra, e isso era uma grande notícia. Vera ficou impressionada com o número de habitantes da cidade que queriam, pessoalmente, parabenizar Gawain à medida que a notícia se espalhava. Ela sabia que ele havia levado seus dons para ensinar magia para a aldeia, mas não compreendia o número de vidas que ele havia tocado. Seu comportamento distante não parecia ser um problema. Na verdade, parecia até aproximá-lo mais deles.

Quando o sol começou a se pôr e se aproximou do horizonte, todas as esferas da cidade começaram a piscar, sinalizando que era hora de se reunir para o banquete da noite. Era costume que um arauto anunciasse a chegada dos convidados ou artistas, e, esta noite, o conselho de cavaleiros visitantes de Arthur era o convidado de honra. Eram cinco, e conforme seus nomes eram chamados, cada um deles entrava com diferentes graus de conforto com a atenção recebida.

Vera e Arthur estavam juntos na frente para a entrada. Ela reconheceu imediatamente que esses cavaleiros eram os mesmos da memória de Guinevere no grande salão, a memória de antes da batalha final. Ela havia presumido incorretamente que as duas mulheres na mesa eram esposas de cavaleiros. Não eram esposas, eram *cavaleiras*.

Primeiro foi Elaine, que tinha o ar de uma caubói de faroeste estadunidense. Era uma pequena tragédia que ela não estivesse com um revólver preso ao quadril, mas uma mão se direcionou para a espada enquanto a outra fez um gesto de pulso, mais uma saudação do que um aceno. Ela caminhou entre as mesas espalhadas para se curvar diante de Arthur e Vera, seguida por um abraço bem menos formal iniciado por Arthur, e se sentou à mesa com a guarda do rei.

A seguir veio Tristan, com seus olhos verdes brilhantes como a grama nova na primavera e cabelo castanho-claro que se enrolava e se projetava em ângulos estranhos, mas que de alguma forma o fazia parecer rude e atraente. Ele seguiu da mesma forma, não insatisfeito com a atenção, mas desconfortável com ela. Ele soltou um longo suspiro com as bochechas infladas quando chegou à frente.

Edwin tinha cabelo grisalho cortado curto e um jeito sábio e sereno. Então Lionel, que tinha o corpo como um tanque que poderia atropelar qualquer oponente, mas que tinha profundas rugas do sorriso e uma risada alta enquanto incentivava a multidão, como um jogador de futebol pedindo aplausos mais altos após uma jogada excepcional. Marian foi a última a chegar, graciosa e relaxada, com seus cabelos longos e escuros presos em uma única trança. Suas pernas esguias e corpo musculoso atraíam os olhares encantados de muitos enquanto passava. Ela estava resplandecente em seu vestido preto fluido, embora a espada curta pendurada na cintura enviasse uma mensagem clara de que ela estava longe de ser indefesa. Marian sorriu radiante, apertando o ombro de alguém que reconheceu ao se dirigir para a frente.

Quando Arthur a abraçou, ela beijou sua bochecha e segurou seu rosto entre as mãos com um olhar afetuoso. Vera se certificou de que seu sorriso não vacilasse, embora uma parte profunda dela gritasse.

O ciúme se dissolveu quando a mão de Arthur deslizou ao redor de sua cintura, segurando-a enquanto os outros iam se servir. Ele se inclinou perto de seu ouvido.

— Há algo que eu deveria te contar sobre Tristan.

— O jovem? — Vera lançou um olhar para Tristan a tempo de ver sua cabeça inclinar-se para trás, rindo do que quer que Elaine tivesse dito. Ele tinha covinhas quando ria. Ela sabia, de alguma forma, que elas estariam lá antes de aparecerem.

— Sim. — Arthur fez uma pausa enquanto Lionel e Edwin passavam e se sentavam no extremo mais distante da mesa. — Vocês dois cresceram juntos. Seus pais pretendiam que vocês se casassem.

— Ah — ela disse. — Droga.

Ele riu.

— E isso mudou quando eu manifestei interesse na parceria do seu pai. E em você.

— Então eu troquei Tristan por você. Estou certa?

— Algo assim — disse Arthur com um sorriso fugaz. — Ele é um bom homem. Sinto-me honrado por tê-lo como membro do meu conselho.

Ela não sabia por que ele lhe disse aquilo, e a oportunidade de perguntar desapareceu quando o resto dos cavaleiros se aproximou da mesa. Eles eram um grupo barulhento. Sua mesa era a mais alta de todas enquanto contavam história após história.

Quando o jantar terminou, a noite ainda era uma criança, e os cavaleiros do conselho e a guarda do rei tinham planos para a noite. Eles poderiam ter pedido ao pessoal do castelo para preparar o grande salão para as festividades pós-jantar, mas uma unidade de soldados que não tinha tido necessidade de uma missão nos últimos anos agiu como se fosse uma operação secreta deles.

Lionel pegou travessas de comida, Elaine e Wyatt saíram com jarros de bebidas em cada mão. Arthur interveio para desencorajar o plano de Edwin e Percival, incentivando Gawain a trazer a enorme estátua de mármore enquanto Marian estava próxima, assistindo feliz às travessuras.

Lancelot tentou usar Randall como carregador de talheres, colocando colheres em seu bolso toda vez que passava. Randall notou cada tentativa, talvez devido ao seu dom sensorial, mas mais provavelmente por causa da falta de discrição de Lancelot. Randall retirou os utensílios sem dar sequer um olhar em sua direção.

Após sua tentativa frustrada de truque com talheres, Lancelot encontrou o olhar de Vera e fez um gesto para que ela o seguisse.

— Vem comigo até a cozinha para pegarmos bolo? — ele perguntou enquanto ela acompanhava seus passos.

Ela duvidava de que ele precisasse de ajuda, mas o fato de que todos os seus amigos mais queridos estavam em um só lugar e que ele queria passar um tempo com ela trouxe a Vera uma felicidade que ela não sabia como manter.

Margaret tinha os bolos fatiados e prontos em uma bandeja.

— Você é boa demais para nós — Lancelot exclamou.

— Claro que sou. — Ela apertou a bochecha dele e lhe deu um sorriso com os olhos enrugados, reservando um tapinha para o braço para Vera. — Agora, vão, quero ver se consigo dormir um pouco antes de cozinhar para metade do reino amanhã!

Eles sorriam como crianças na escola, prontos para levar seu prêmio.

— Ah! Um momento — Margaret disse enquanto levantava um dedo. Ela se apressou até os armários e vasculhou até encontrar o que parecia uma grande caixa de leite, exceto que era feito de couro. — Você verá Merlin antes de mim, tenho certeza. Usei o resto do seu tônico esta noite, Vossa Majestade. Que sorte que ele voltou para fazer mais!

O sorriso de Vera ainda não tinha desaparecido, mas seu estômago se revirou.

— Meu tônico?

— Bem, seu e do rei — ela corrigiu enquanto colocava o odre nas mãos de Vera. — Eu não tinha pensado em usar os dons do mago para manter sua saúde durante o inverno, mas parece que fortaleceu bem vocês dois.

— Quanto, hum há quanto tempo você tem usado o tônico? — Lancelot perguntou, lançando um olhar para Vera.

— Merlin me deu o primeiro lote depois do Yule. Seja bonzinho e peça para ele reabastecer, sim?

Vera não tinha certeza se tinha respondido ou reconhecido as palavras de Margaret. Ela ouviu de forma distante as vozes dela e de Lancelot trocando alguns cumprimentos, que foram misericordiosamente curtos. Ela precisava sair daquela sala.

Deixou a cozinha o mais rápido que podia sem correr e chegou à metade do pátio antes de parar para deixar Lancelot alcançá-la.

— Eu pensava que pelo menos Arthur estava seguro da influência da magia agora. — Ela queria lançar o maldito odre sobre o muro do castelo. — Nunca pensei em me preocupar com o que vem das malditas cozinhas. *Por que* Merlin...

— Pare com isso — Lancelot disse baixinho. — Talvez seja um tônico para a saúde.

Vera lhe lançou um olhar cortante.

— Tudo bem — ele cedeu. — Não parece bom, mas você estava se divertindo esta noite?

— O quê? — Ele tinha perdido a cabeça. — Não! Esta não é a minha ideia de...

— Antes — ele disse. — Você estava se divertindo antes de saber?

— Sim, claro.

— Nada mudou. — Ele acenou para o odre nas mãos de Vera. — Está vazio. Não há nada que possamos fazer quanto ao que já foi feito. Não deixe que isso estrague uma noite perfeitamente agradável.

Vera riu com desdém.

— É idiotice.

— É? — ele riu. — Você está certa. Que tolice se permitir aproveitar uma festa com os maiores cavaleiros que você já conheceu, quando você poderia passar o tempo todo infeliz por algo sobre o qual você não pode fazer nada.

Ele tinha um ponto.

— E se conseguir deixar o peso do mundo de lado por algumas horas de diversão temida — Lancelot acrescentou —, prometo que conversaremos com Gawain sobre isso antes que a noite termine e veremos se ele pode nos dar algumas respostas.

Ela teve que admitir que enterrar a cabeça na areia por um tempo tinha seu apelo.

— Certo — ela suspirou. — Mostre o caminho.

O grupo, com todo o seu contrabando a tiracolo, já havia chegado ao grande salão quando Vera e Lancelot chegaram lá. Ela escondeu o odre da cozinha sob uma mesa perto da porta. Tristan entrou alguns minutos depois, carregado com uma bolsa de cordão volumosa pendurada em um ombro e uma espada embainhada na mão oposta.

— O que *você* roubou? — Lionel falou enquanto empilhava sua recompensa de travessas na mesa com orgulho.

— Nada! — Tristan disse, indignado. Havia duas mesas abertas, uma de cada lado da enorme lareira. Ele jogou a bolsa na menor das duas, já que a outra estava ocupada por alguns dos cavaleiros. — Estes são presentes para o rei e para Guinevere, das minhas viagens.

— Você trouxe presentes? — Lionel bufou. — Está fazendo o resto de nós ficar mal.

Tristan sorriu.

— São presentes de Tang Gaozu.

— Eu tenho certeza de que você inventou essas palavras — disse Wyatt, embora ele e Marian atravessassem a sala para dar uma boa olhada na espada. A bainha era de uma madeira escura e brilhante e estava perfeitamente reta. Wyatt puxou a lâmina pela empunhadura incrustada com jade. Estava afiada até a ponta com uma extremidade inclinada. Ele franziu a testa com apreço enquanto equilibrava a arma nas mãos.

— Ele é o imperador no Extremo Oriente, idiota — disse Marian enquanto também observava a maestria da peça. — Arthur vai adorar.

Arthur era o único que ainda não havia chegado. Isso era normal, especialmente quando convidados lotavam o castelo. Ele era o primeiro a chegar às refeições e reuniões e o último a se retirar.

Vera permaneceu na mesa com Tristan e os presentes enquanto os outros se dispersavam para seus assentos perto da lareira. Era um verdadeiro achado. Ninguém de sua época havia tocado em artefatos como aqueles, itens que poucos haviam até mesmo visto sob vidro grosso em museus. Ela passava os dedos pela espada enquanto Tristan desembalava mais tesouros. Vera ainda carregava o instinto de tocar as coisas antigas, como tocou na Torre de São Miguel em Tor ou nas paredes da abadia. Mas esses itens ainda não eram tão antigos. Eles estavam brilhando e novos.

— Não sei que diabo é… desculpe. — Tristan lhe lançou um olhar. Guinevere não devia ter a boca suja de Vera. Ele se corrigiu e continuou. — Não sei o que é isso ou o que fazer com isso. — Ele retirou os itens um de cada vez. Havia pelo menos meia dúzia de pequenas estátuas embrulhadas em sedas de cores vibrantes, os embrulhos eram presentes por si só, e então veio uma caixa de madeira amarrada cuidadosamente com corda marrom.

— O que você estava fazendo na China? — Vera perguntou. Será que se chamava China nessa época da história? Ela não tinha ideia, mas Tristan entendeu.

Ele deu de ombros enquanto se apoiava na mesa.

— Eu gosto de viajar. Quando o rei pediu um representante para visitar, fiquei feliz em me oferecer. Pude estudar suas estratégias de batalha e aprender algumas táticas de combate fascinantes. O imperador fez muitas coisas, como o seu marido... unir tribos, construir uma nação... tudo isso.

Seus olhos eram indecifráveis e estavam fixos na porta enquanto Arthur entrava e se juntava aos outros perto da lareira. Tristan pegou a caixa do tamanho da palma da mão e sacudiu uma pilha de folhas retangulares para fora dela, virando-as nas mãos.

— Sabe o que são? — ele perguntou.

— Não — Vera disse com um olhar rápido. Mas então olhou de novo, franzindo a testa. Tristan tinha cinco placas finas na mão e as empilhou umas sobre as outras. Ela inclinou a cabeça para o lado.

— Posso? — ela estendeu a mão para elas, e Tristan as entregou. Havia pequenas imagens nelas. Uma era uma pintura esquemática do rosto de uma pessoa, e as outras tinham flores delicadas. Uma com duas flores, uma com quatro, outra com oito. Ela as virou. Todas tinham o mesmo padrão geométrico intricado cobrindo o lado reverso. Sua boca se abriu.

— Não pode ser. — Com as cinco cartas em uma mão, ela começou a folhear o resto, confirmando sua teoria. Vera riu. — Eu acho... eu acho que são cartas de baralho.

Tristan se inclinou meio atrás dela para ficar perto com o queixo sobre seu ombro, a bochecha quase tocando sua pele. Sua história com Guinevere era claramente aparente. Ele estava confortável com ela.

— O que são cartas de baralho?

— Bem, eu não reconheço exatamente esses símbolos, mas isso é fácil de resolver — Vera disse, uma ideia tomando forma. — Dá para jogar muitos jogos com elas.

— Como você sabe tudo isso? — Tristan perguntou, maravilhado. Ele estendeu a mão para tocar as cartas, mas seu mindinho também roçou o lado da mão de Vera. Seus dedos se contraíram, mas ela não se afastou como deveria. Ela olhou para Tristan pelo canto dos olhos.

Ele estava se comportando normalmente, exceto pelo modo como a olhava com ternura.

— Guinna ficou em um mosteiro peculiar durante sua recuperação.

Vera se assustou com a voz de Lancelot, sentindo-se tola, como se tivesse sido pega fazendo algo errado. Ele estava a alguns passos de distância, com o olhar fixo em Tristan.

— Ficou? — Tristan perguntou, recuando casualmente.

— Sim. — Ela pigarreou na tentativa de quebrar a tensão que provavelmente existia apenas em sua mente. Vera espalhou as cartas sobre a mesa, virando-as para que os lados únicos com as flores ou rostos ficassem para cima. Havia bem mais de cem cartas, com repetições suficientes entre os padrões e as imagens. Ela as organizou em pilhas e olhou para Lancelot enquanto a ideia se concretizava. — Você pode pegar uma pena?

Deixando de lado o sacrilégio de grafitar um artefato que seria inestimável em seu tempo, Vera fez anotações nas cartas. Ela criou dois baralhos de cinquenta e duas cartas, com algumas sobrando que foram deixadas de reserva. Lancelot a observou trabalhar. Depois de um tempo, Tristan se afastou para se juntar aos outros.

— Qual é esse jogo? — Lancelot ficou tão próximo dela quanto Tristan havia ficado. Seu braço roçou o dela, e ele até descansou o queixo em seu ombro. O nó no estômago de Vera relaxou. Viu? Amigos, especialmente amigos queridos, podiam ser afetuosos. Vera convenientemente escolheu ignorar a questão do noivado arranjado.

— Acho que deveríamos jogar pôquer — ela disse. — *Texas hold 'em.*

— Excelente — Lancelot puxou uma cadeira e sentou-se. Ela adorava o fato de que ele não questionava nada. — Me ensine.

Eles passaram a maior parte dos vinte minutos seguintes falando do jogo: o que as mãos significavam, como entendê-las e os pontos mais detalhados de como jogar. Ela fez uma folha de consulta mostrando quais mãos superavam as outras. Lancelot era ótimo com jogos, então pegou rápido.

— Isso é incrível. Vamos jogar. — Ele se virou para os outros. — Quem quer aprender um jogo? — Lancelot disse, batendo palmas.

Matilda bocejou de forma enfática.

— Estou exausta. Fica para a próxima.

— Vou me recolher também — Randall disse, olhando para qualquer lugar menos para Matilda.

Vera conteve suas suspeitas sobre o que os dois saindo juntos significava, com uma curta e contida risada enquanto Matilda se despedia, suspirando em fingida irritação enquanto suas bochechas coravam.

Todos os outros queriam jogar, exceto Marian, que afirmou categoricamente que preferia apenas observar.

— Muito competitiva — murmurou Elaine. — Com medo de perder e mostrar que não é graciosa a cada segundo do dia.

— Isso está absolutamente correto — disse Marian enquanto se afundava em uma cadeira, relaxando com cada mão apoiada nos braços da poltrona. Ela parecia uma pintura impecável em movimento.

Edwin deu uma risada ao arrastar sua cadeira para mais perto da mesa.

— Não faz sentido isso. Já vimos ela mijar na linha de frente, igual a todos nós.

— Sim — disse Marian —, mas não era uma competição. E, se fosse, eu teria ganhado. É mais divertido para todos vocês se eu apenas assistir.

Vera puxou uma cadeira ao lado da que Arthur tinha ocupado apenas alguns minutos antes. Mas, quando ele se sentou novamente, foi do outro lado da mesa. Tristan deslizou para a cadeira ao lado dela. Todos se aproximaram para que os dez coubessem na mesa. Vera e Lancelot deram as instruções, coletaram moedas variadas para usar como fichas e, após algumas perguntas e rodadas de prática, estavam prontos para começar.

Não foi sem percalços. Depois de ganhar a primeira mão, Wyatt se autodenominou um gênio e passou o resto do jogo dizendo a todos o que fazer, o que, no fim, se revelaram péssimos conselhos. Duas vezes, Tristan tentou fazer uma sequência usando naipes diferentes. Vera riu tanto ao corrigi-lo na segunda vez que mal conseguia se manter sentada.

Eles começaram a pegar o jeito depois de um tempo, e foi uma maneira brilhante de quebrar o gelo entre ela e os cavaleiros visitantes. Vera gostou muito de Elaine. Ela era extremamente engraçada e tinha o blefe mais indecifrável de todos na mesa.

Ao contrário de Wyatt, Marian vagava ao redor e oferecia conselhos sensatos até que Lancelot a repreendeu.

— Ei! Você não pode espiar nossas mãos e depois interferir no jogo.

Um dos cantos de sua boca se ergueu. Era exatamente isso que ela estava fazendo. Marian se acomodou em uma cadeira ao lado de Arthur, tornando-se conselheira exclusiva dele, frequentemente se inclinando para murmurar em seu ouvido. Ele inclinava a cabeça em sua direção quando ela falava, e Vera tentou não se irritar.

Ela percebeu, com um sobressalto, que havia estado encarando os dois durante toda essa rodada e, determinada, voltou sua atenção para Tristan.

Ele era muito divertido, animado como um filhote quando ganhava uma mão, mas não se importava o suficiente com o jogo para ficar chateado quando perdia. Isso enlouquecia os jogadores mais competitivos, já que ele apostava sem cuidado quando não devia ou aumentava a aposta com um par de três, que se transformava em uma quadra no *flop*. Ele parecia familiar para ela, de maneira semelhante a como Lancelot tinha sido, e não achava suspeito que ela adorasse ouvi-lo relembrar suas aventuras de infância. Percival estava do outro lado de Tristan e o encorajava a contar as mais embaraçosas. Essa mesa cheia era a família mais feliz que Vera poderia imaginar.

As risadas de Tristan e Percival diminuíram em seus ouvidos quando os olhos de Vera encontraram os de Arthur. Ele havia unido todos. O reino era praticamente um paraíso, mais pacífico e próspero até mesmo do que a vida confortável do futuro no qual Vera cresceu. Não parecia possível, mas lá estavam eles.

Os olhos de Arthur se ergueram das cartas e encontraram os dela. Um friozinho surgiu em sua barriga quando ele sorriu para ela. Ela retribuiu, envergonhada porque sabia que sua adoração estava estampada no rosto.

Lancelot gritou e a tirou de seu devaneio.

— Droga, Gawain! — Ele bateu com as cartas na mesa. — Isso é tão estúpido. Como você sabia que eu não tinha o ás? — Gawain havia desmascarado todas as tentativas de blefe de Lancelot. A última limpou a pequena pilha de fichas que ele tinha, e ele foi o primeiro a ser eliminado do jogo.

— Bem jogado, Sir Gawain — disse Vera, mantendo os olhos fixos em Lancelot enquanto batia na mão de Gawain em comemoração.

Lancelot fez careta e apontou para cada um deles.

— Vão se ferrar, vocês dois — ele disse.

A mesa explodiu em risadas, qualquer noção de que Vera poderia se ofender com a linguagem deles havia sido esquecida.

Na rodada seguinte, Percival foi eliminado e explodiu de frustração porque Elaine, sentada ao lado dele, tinha espiado suas cartas.

— Bem, segure-as mais perto se não quiser que eu veja. Você as segura lá longe. — Ela imitou o gesto com o braço totalmente estendido. — O que eu devo fazer?

— Eu não estou fazendo isso — ele retrucou. — Você está bem ao meu lado, não importa como eu segure. Guinna, como eles evitavam trapaceiros desonestos no mosteiro?

Era a vez de Vera, que estava ocupada estudando suas cartas enquanto respondia.

— As mesas de pôquer geralmente são circulares. Acho que isso ajuda.

— É disso que precisamos. — Percival bateu na mesa com força com os nós dos dedos. — Uma mesa redonda.

Ela escutou aquilo.

Uma mesa redonda. Ela levantou os olhos das cartas e olhou ao redor para os cavaleiros, o conselho mais confiável de Arthur. A távola redonda. Vera fez a única coisa que fazia algum sentido para ela: riu. Riu de verdade. Riu até as lágrimas molharem suas bochechas. Sem conseguir explicar, ela simplesmente teve que aceitar as sobrancelhas arqueadas e os olhares perplexos deles.

— Deve ser coisa do mosteiro — disse Gawain enquanto empurrava mais moedas para o centro.

O jogo os resgatou das risadas histéricas de Vera. Ela perdeu logo depois disso e ficou por um tempo, inclinando-se para Tristan para lhe oferecer conselhos silenciosos ou para explicar a diferença entre os naipes quando percebia que ele estava prestes a errar. Lionel começou a cantar, gritando canções inventadas de marinheiros para zombar de todos ao redor da mesa, mas, mesmo em meio à balbúrdia, os olhos de Vera ficaram pesados, e ela adormeceu onde estava.

— Ei — o sussurro de Lancelot em seu ouvido a despertou. Vera levantou a cabeça do ombro de Tristan, onde ela havia descansado enquanto cochilava. — Pronta para ir dormir?

Ela assentiu meio atordoada.

— Desculpa — murmurou para Tristan, que não se incomodou nem um pouco. Vera não estava tão sonolenta a ponto de não perceber Arthur levantando os olhos das cartas a cada poucos segundos, fingindo que não a estava observando.

— Vou te acompanhar — disse Lancelot, lançando um olhar para Gawain. Ele se levantou rapidamente.

— Eu vou também.

— Por que não? — disse Lancelot. Ele disfarçou perfeitamente, como se não tivesse orquestrado tudo com antecedência. — Vamos fazer uma escolta de verdade.

Vera pegou o odre ao sair. Esperou até chegarem à escada da torre antes de parar e entregá-lo a Gawain, explicando o que Margaret havia dito. — Tem alguma maneira de você testá-lo? — ela perguntou. — Para saber com certeza o que é?

— Sim — Gawain franziu a testa enquanto passava os dedos ao redor da base do objeto. — Se houver líquido residual suficiente. — Ele não tirou a rolha para verificar, em vez disso, fechou os olhos e murmurou algo em voz baixa. O odre brilhou verde, como havia acontecido quando ele testou a bebida de Percival a caminho do Yule. Quando o brilho desapareceu, seus olhos se voltaram para Vera. — Sinto muito, Guinna. É o que você suspeitava.

Seu coração despencou. Sem dizer nada, ela se virou e começou a subir as escadas. Sabia que Gawain e Lancelot a seguiam, pois ouvia os passos deles ecoando às suas costas. Quando chegaram ao patamar, Gawain pôs fim ao silêncio.

— Quer que eu conte ao rei? — ele perguntou.

— Sim, não — ela disse, mudando de ideia enquanto falava. Não era justo.

— Espere até depois do torneio amanhã. Só vai ser uma distração que não poderemos discutir até o dia acabar de qualquer forma.

— E não podemos deixar ele socar Merlin — Lancelot acrescentou, e Vera sabia que era apenas brincadeira apenas em parte.

— Obrigada, Gawain — ela disse, determinada a deixar isso de lado. No fim, nada havia mudado desde aquela manhã. Tudo estava como sempre esteve. — Pode nos dar um minuto, por favor? E sem dispositivos de escuta.

Gawain assentiu, os olhos oscilando entre eles.

— Espere por mim no patamar — Lancelot disse, apertando o cotovelo de Gawain.

— Estou errada em esperar para contar a Arthur sobre a poção? — ela perguntou quando já estavam no meio do corredor.

— Para ser sincero, acho que não importa. Eu o conheço a vida inteira. Ele nunca olhou para ninguém da maneira como olha para você.

Ela queria acreditar nisso também. Quando Arthur a fixava com o olhar, ela quase conseguia acreditar que era a pessoa viva mais importante e mais adorável. Quase, porque estava manchado.

— Ele também nunca esteve sob os efeitos de uma poção que o faziam adorar alguém.

Lancelot suspirou dramaticamente.

— Não há mago vivo que pudesse fazer uma poção com esses resultados. — Ele se apoiou na moldura da porta enquanto paravam do lado de fora do quarto de Vera e Arthur. — E por que isso importa? O que há de tão ruim em duas pessoas casadas estarem absurdamente apaixonadas?

— E se eu estiver seguindo em linha reta para algum destino horrível que não posso impedir? — As palavras saíam de Vera agora. — Merlin foi categórico ao dizer que as histórias sobre Arthur da minha época não acertaram nada, mas houve várias coincidências suspeitas.

— O que você quer dizer?

— Bem, primeiro, há nós dois. E eu sei que não é um caso, e não estamos apaixonados nem qualquer coisa assim…

— Fale por si mesma. — Ele ergueu a sobrancelha sugestivamente.

— Ah, cale a boca — ela respondeu, grata por ter um motivo para sorrir. — Mas Gawain também está nas lendas. No começo, não dei muita importância, porque sabia que o Gawain dessas histórias era um cavaleiro e o nosso não era, mas então…

— Ah. Entendi.

— E — Vera continuou, sentindo-se um pouco boba — há toda uma parte na história sobre como os cavaleiros de Arthur são os cavaleiros da távola redonda. Você ouviu o que Percival disse hoje?

— Sim, mas ele estava falando sobre pôquer.

— Eu sei. É ridículo. Mas... — ela disse, percebendo enquanto falava. — A história tem poucas evidências desse período. Para acertar até mesmo o nome de Arthur, quanto mais tantos outros e seus papéis, você e eu... é estranho.

— Hum... — Ele inclinou a cabeça para trás e ficou olhando para o espaço enquanto considerava. — Você disse que há muitas histórias diferentes escritas sobre isso. Há uma principal? Uma que seja melhor que as outras?

— Acho que *Le Morte d'Arthur* foi a primeira que contou toda a história.

Lancelot fez uma expressão preocupada.

— A Morte de Arthur? Que agradável. É disso que se trata?

— Eu não sei. Na verdade, eu não li.

Ele bufou.

— Droga. É uma pena. Eu gostaria que você tivesse lido.

— Eu também.

— A quantidade de tempo que você está passando sozinho no quarto da rainha agora ultrapassou o limite de aceitável para suspeito — Gawain gritou do corredor.

Vera e Lancelot riram.

— Obrigado, Sir Gawain. Estou indo. — Lancelot revirou os olhos, mas seu rosto se iluminou quando disse:

— É sempre uma aventura com Gawain. Olha, tenho certeza de que não é nada. Elas são... peculiaridades, e não estão exatamente certas, estão?

Ela supôs que não. Nunca tinha ouvido nada sobre Gawain ser mago. E certamente, a távola redonda não tinha a ver com pôquer.

Lancelot beijou a bochecha de Vera.

— Boa noite, querida. Tranque a sua porta. Arthur tem a chave.

— Eu sei. Obrigada, mãe. Vejo você amanhã. — Mas ela observou as costas de Lancelot enquanto ele saía. Sua intuição zumbiu que havia algo de estranho na interação com ele, mas não conseguia identificar o quê.

Vera não precisava de ajuda para se trocar, mas queria conversar com Matilda. Ela se aproximou da porta e escutou atentamente por um minuto, não querendo interromper se Randall estivesse lá. Após um período de silêncio que a tranquilizou, ela bateu. Sem resposta.

Se Matilda não estava lá, e ela e Randall saíram ao mesmo tempo... Vera riu sozinha no corredor. Que conversa seria essa amanhã. Mal podia esperar para contar a Arthur.

Ela se trocou e se deitou. Foi uma noite esplêndida, daquelas que levavam a coisas como amantes apaixonados se encontrando nos braços um do outro.

A imagem involuntária de Marian linda com os lábios a poucos centímetros do ouvido de Arthur surgiu na mente de Vera. Seus olhos se abriram de repente. E se ele não voltasse essa noite? Talvez ele fosse para a cama de Marian. Afinal, ele estava autorizado a isso. Vera não tinha nenhum direito sobre ele. Ele deixou claro que ela poderia se envolver com quem quisesse, e ele tinha o mesmo direito.

Eles eram amigos, e ela partiria em breve. Na verdade, seria melhor se ele arrancasse aquele curativo essa noite e encontrasse intimidade em outro lugar. Por mais que ele enfatizasse que não queria Vera encurralada, ele também estava preso. Ela não era a única sendo manipulada por uma poção para controlar seus sentimentos.

Algo já poderia ter acontecido entre Marian e Arthur. Ela parecia extremamente à vontade com ele. Havia aquele intervalo de um ano depois que Arthur testemunhou três versões de Guinevere morrerem. Ele nem queria que Merlin trouxesse Vera. Por que não teria encontrado prazer ou até mesmo amor nesse tempo?

Vera sentia vontade de vomitar.

Ela deitou-se na cama, tentando não pensar nisso e descobrindo que parecia não ter outros pensamentos. Após pelo menos uma hora, estava quase adormecendo quando o som sutil de metal batendo veio da fechadura. A abriu os olhos o suficiente para ver a silhueta distinta de Arthur na porta. Ele tomou cuidado para fechá-la e trancá-la sem fazer barulho. Ele nem sequer trocou de roupa. Tirou a camisa e se deitou na cama.

Vera ficou enfurecida ao perceber que estava tão aliviada que quase se debulhou em lágrimas. Ela se virou em direção a ele e pôs a mão em seu peito nu, surpresa com a própria ousadia. Ele não esperou para fingir estar dormindo. Levantou a mão e cobriu a dela com a sua.

Ela estremeceu. Vera queria deitar todo o corpo sobre ele, e seu coração acelerou com o pensamento.

Ele traçou o polegar sobre o dorso da mão dela.

— Boa noite, Vera.

— Boa noite — ela respondeu.

XXXIX

A única vez que Vera havia assistido a um torneio de justa foi na Feira Medieval da Abadia de Glastonbury, onde também havia um homem vestido como bobo da corte que fazia malabarismo com uma mão enquanto tocava uma flauta de plástico com as narinas. O festival de Camelot não tinha um músico malabarista, e as justas estavam longe das encenações da Feira, que incluíam desmontes graciosos que terminavam em lutas coreografadas.

Sentada à margem com Arthur na tribuna elevada para a realeza e a nobreza, assistindo a uma luta atrás da outra de justas reais, Vera em momentos arregalava os olhos de choque, em outros os fechava com força. As lanças explodiam em estilhaços, colisões lançavam os cavaleiros de seus cavalos, e havia muitas lesões. Na primeira luta de Wyatt, uma lança o atingiu direto na viseira do elmo. Embora não tivesse causado nenhum dano permanente, ele ficou bem pior após o embate. Vera agarrava com força os braços de sua cadeira a cada nova investida, encolhendo-se e se contorcendo como se pudesse afundar na cadeira caso pressionasse o suficiente para trás.

Arthur percebeu sua tensão e manteve sua mão firmemente segura. Ele a distraiu com curiosidades e piadas. Ainda nem era meio da manhã quando um servo apareceu ao lado de Vera com uma taça de vinho. Ela aceitou por educação, mas ficou confusa porque não havia pedido.

— Pensei que poderia ajudá-la a relaxar — Arthur piscou. O gesto brincalhão parecia tão charmoso em suas feições geralmente sérias.

Não havia dúvidas. Percival era o melhor cavaleiro do torneio de justas. Salvo algum acidente, ele venceria. Ele derrubou seu oponente atual em uma única investida.

Tristan e Lionel também se saíram bem. Wyatt teve dificuldades após seu infeliz começo de dia. Ele já havia perdido duas partidas. Vera estava suando quando Lancelot apareceu perto da pausa para o almoço.

— Você não está participando da justa — ela disse.

— Não — Lancelot disse com desdém. — Justa é uma bobagem.

— Ele não é muito bom nisso — Arthur comentou. Lancelot revirou os olhos, mas ignorou Arthur.

— Tenho uma ideia. — Ele tamborilou com os dedos no braço da cadeira dela, seus olhos brilhando. — Uma atividade para todas as pessoas que não são soldados fazerem depois da pausa para o almoço. Você pode ajudar?

Vera sorriu. O que ele poderia estar planejando?

Ela não tinha nenhuma das memórias de Guinevere sobre Lancelot durante a guerra, mas Arthur uma vez disse algo que ela memorizou: "Se agora parece que carrego um fardo pesado, foi assim que Lancelot esteve durante toda a guerra. Ele era um homem diferente naquela época. Eu não tinha certeza se a pessoa com quem cresci algum dia voltaria".

Mas o apreço de Lancelot pela paz apenas fortaleceu seu espírito. Quando não era guerra, grande parte da vida era diversão para ele, desde irritar Merlin até levar Vera ao fosso depois de sua primeira corrida matinal, e envolver um novo cavaleiro em seu grupo. Então, Vera deveria ter tido alguma ideia do que esperar.

Ela e Lancelot se propuseram a iniciar o primeiro torneio de pedra, papel e tesoura da história do mundo. Eles criaram uma tabela de eliminação simples e espalharam a notícia de que o povo deveria se reunir. Camelot gostava de jogos, como demonstrava a popularidade do fosso, e foi lá que realizaram o torneio. Era convenientemente próximo ao campo de treinamento que havia sido transformado em estádio de justas para o festival.

Com que frequência o querido general do rei, o herói de guerra, Sir Lancelot, servia como mestre de cerimônias e árbitro de um torneio totalmente novo, especificamente para pessoas que não eram da realeza, da nobreza nem cavaleiros, um torneio para aldeões comuns e viajantes?

— Nunca — Lancelot disse a Vera quando ela perguntou. — Nunca fizemos *nada* assim, o que, obviamente, é uma loucura. — Ele gesticulou para a multidão crescente. Quase todos que não estavam assistindo ou participando das justas haviam se reunido para o Torneio do Povo inaugural, foi assim que Lancelot o chamou. Ele subiu na parede do fosso e gritou com um bravado impressionante. — Reúnam-se, bom povo de Camelot e viajantes das colinas e vales de nosso grande reino!

— Uau, muito bom — Vera murmurou ao seu lado.

Ele olhou para ela com satisfação.

— Bom, né? — ele disse baixinho.

— Ouçam agora! Apresento a vocês um jogo que não é apenas para aqueles habilidosos a cavalo ou com a espada: é um jogo para todos. Um jogo que testará a habilidade de seu olhar em ler o rosto à sua frente, um jogo que vai

cansar suas mãos e agitar seus corações. — Ele abaixou a voz dramaticamente.
— Um jogo que, no fim, só pode ser decidido pelo destino.

— Tá bem, anda logo — Vera disse.

Obedientemente, ele o fez. Da mesma maneira dramática, ele contou as regras do jogo: que jogariam "partidas" de três "jogos" para cada oponente, e acrescentou regras que Vera não lhe havia ensinado.

— Você *deve* mostrar sua escolha no quarto tapa da sua mão. Você receberá um aviso de boa fé, mas depois disso — ele apontou enfaticamente no ar e fez uma pausa para respirar — seu oponente vence o jogo. — Ao finalizar, ele revisou as regras com a ajuda da multidão. — Isto é papel? — gritou Lancelot, segurando sua mão aberta de lado, com os dedos sobrepostos.

— Não! — gritou a multidão em uníssono. Vera riu discretamente, cobrindo a boca com as mãos.

— *Isto* é papel? — Ele corrigiu a mão, colocando-a na horizontal à sua frente.

— Sim! — gritaram.

Lancelot ergueu o punho no ar e declarou o início oficial do torneio.

— O-oh — ele pulou da muralha.

— O que foi?

— Merlin — disse ele, olhando diretamente por cima do ombro de Vera. Ela o ouviu antes de se virar para vê-lo.

— O que vocês estão fazendo? — Merlin mantinha o rosto cuidadosamente tenso, embora uma veia pulsasse em sua testa.

— Jogando — disse Lancelot, como se fosse óbvio. — Guinna me ensinou.

Merlin apontou rigidamente para a partida que acontecia atrás deles.

— Esse não é um jogo do nosso tempo, e você ensinou a todos. Você não pode fazer isso. Não pode inventar suas próprias regras!

— Ah, entendi — disse Vera. — Só você pode fazer isso.

Ele lançou um olhar severo para ela, enquanto Lancelot, sem nem se quer olhar em sua direção, levantou a mão ao lado, pedindo um "toca aqui". Vera sorriu e bateu na mão dele. Merlin ficou visivelmente irritado.

— Ah, vamos lá, Merlin. Não há mal nenhum nisso. — Lancelot deu um aperto amigável no ombro do mago. — Na verdade, eu já te coloquei para jogar no torneio, e você tem a vez nesta rodada. O que acha? Participa automaticamente na segunda?

Ele bufou, olhando para Vera com um balançar desapontado de cabeça, mas desistiu de discutir.

— Pobre Merlin — Lancelot suspirou enquanto o mago se afastava. — Entre nós dois, vamos acabar matando-o. Tenho certeza.

Vera poderia ter se sentido culpada por terem se unido contra ele, se não tivesse acabado de descobrir sobre suas malditas poções. Ele merecia mais do que um pequeno desconforto social. Mas Merlin a surpreendeu e realmente apareceu para jogar sua rodada. Quando venceu os dois primeiros jogos de três, ganhando a partida, Vera achou ter visto um leve sorriso quando os espectadores aplaudiram seu mago com orgulho.

Lancelot interveio durante as disputas das partidas quando alguém fez sua escolha na hora errada ou hesitou por muito tempo. Ele manteve o clima leve e fez Vera rir.

— Ora, ora, ora espere um minuto! — Ele se apressou quando algumas pessoas na multidão ficaram exaltadas com a percepção de trapaça. — Nós, os reunidos, temos o dever, não, a responsabilidade de manter a honra deste prestigioso torneio. Não temos compaixão?

Todos responderam em coro um sonoro não.

— Não! Não temos. Como foi concordado, daremos um aviso. — Lancelot se virou para a parte acusada. — Tudo bem, um lembrete, rapaz: pedra, papel, tesoura, e *depois* mostre sua escolha.

O torneio de justa terminou antes do de pedra, papel e tesoura, e todos os cavaleiros e soldados vieram torcer por quem ainda estava no jogo, apoiando quem era mais próximo de suas cidades. Eles vibravam com as vitórias e gemiam quando a derrota vinha.

Merlin era claramente o favorito do público e avançou até a partida final, antes de ser derrotado na terceira rodada por uma doce senhora idosa de fora da cidade. Ele riu, algo que Vera nunca tinha visto, e abraçou a mulher para parabenizá-la. Percival, o vencedor da justa, correu até Vera e entregou o prêmio, uma estátua dourada de um pavão, em suas mãos, com um olhar para a senhora.

— Tem certeza? — Ela teve que gritar para ser ouvida por cima do barulho da multidão. Ele assentiu.

Lancelot anunciou a vencedora enquanto Vera entregava o prêmio à mulher. Ela encontrou o olhar de Arthur no meio da multidão, aplaudindo com os demais. Ela viu pura, intocada alegria, certamente pelo bem do dia, pelo senso de comunidade entre seu povo, mas isso, o que ela via agora, sabia no fundo de sua alma, era por causa dela.

Vera nunca tinha sido tão feliz em toda a sua vida quanto naquele momento, olhando para Arthur através da multidão. Ele começou a caminhar em sua direção, e ela desviou os olhos para parabenizar a mulher mais uma vez antes de se virar para ele.

Sabia o que queria dizer e sentiu um arrepio nervoso percorrer seu corpo.

— Arthur, eu.. — ela começou a dizer quando ele se aproximou o suficiente para ouvir, mas ele não parou. Sem interromper seus passos, Arthur deslizou uma mão em torno da cintura dela, puxando-a para si e a beijando sem hesitação.

Suas mãos foram até o peito dele, agarrando sua camisa e o segurando como se tivesse medo de que ele pudesse mudar de ideia a qualquer momento. Quando Vera sentiu a ponta da língua dele acariciar a sua, ela arfou apenas para impedir que gemesse de prazer. Ela se afastou dele e apertou os lábios.

— Não sei como vou embora — ela disse assim que confiou na própria voz, deixando seus pensamentos egoístas vencerem e sentindo o peso da culpa que veio logo em seguida. Ela precisava voltar para casa, para os pais, para seu pai. E ela não era Guinevere, não pertencia àquele lugar.

Arthur era um mestre em controlar suas emoções, e Vera havia se tornado quase perita em interpretá-las. Ela o viu tentar conter a euforia com uma pesada deglutição.

— Eu não quero que você vá. — Foi tudo o que ele disse. O coração de Vera teria saltado se não fosse todo o emaranhado da intervenção mágica e sua inevitável e necessária partida.

Ele a beijou ternamente, dessa vez. Quando se afastou, pensou melhor e, em vez disso, encostou a testa na dela. Havia um desejo selvagem nos olhos dele... ah, claro. A poção para fazê-lo desejá-la. Arthur não sabia que estava bebendo aquilo. Ela precisava contar para ele.

Ainda não haviam se soltado do abraço quando um som ecoou por Camelot. Era uma dissonância de múltiplos tons, sua qualidade contrastava entre o forte e o estridente, e seu volume, anormalmente alto, plantou um sentimento de temor em todos que o ouviram. Era o toque de uma corneta, mas diferente daquele do dia em que o javali se soltou. Arthur havia contado a ela sobre essa corneta, que era feita para ser um alarme. Esse era o propósito dela, nunca ser soprada, exceto sob as mais graves circunstâncias.

Quando soou seu chamado torturante, foi recebido com mais terror do que teria sido se não tivesse vindo em um momento capaz de esmagar tal felicidade audaciosa. Os gritos eram mais desesperados. Muitas pessoas se abaixaram como se a corneta fosse um dragão no céu, descendo para incendiá-los. O frenesi eclodiu.

Arthur ficou tenso, mas não soltou Vera imediatamente. Ele a segurou por uma fração de segundo em meio ao tumulto, um lago congelado nas águas turbulentas, e a beijou mais uma vez, pois Arthur sabia o que a corneta significava. O que quer que estivesse vindo, qualquer que fosse o motivo do alarme, tudo se resumia a uma coisa: a vida em Camelot, como eles a conheciam, havia terminado.

XL

A quietude pesada na sala do trono oferecia um alívio do caos devastador lá fora, mas não era melhor. Era a quietude de quem espera por notícias terríveis, rezando para que fossem as menos terríveis, e não as piores.

Quando Arthur soltou Vera, ele segurou sua mão, puxando-a para segui-lo enquanto ele entrava na dissonância. Ela testemunhou uma notável ordem se desenrolando entre os cavaleiros e Arthur. Estranha para ela, mas, para eles, era tão natural quanto respirar. Ela não tinha visto Elaine o dia todo, mas agora ela estava lá, bem ao lado de Vera, com uma mão protetora em suas costas, os olhos duros, e as linhas de seu rosto quadrado marcadas. Todos eles, todos os guardas do rei e seus cavaleiros, com exceção de Randall e Lancelot, se aproximaram de Arthur como se tivessem sido convocados por alguma força invisível.

Arthur subiu em um barril, com uma das mãos, pois ainda não havia soltado Vera. Seus olhos procuraram pelos cavaleiros, pousando em Edwin. Vera observou a troca silenciosa com admiração enquanto Edwin se movia entre os outros e subia ao lado de Arthur. Ele fechou os olhos, o rosto concentrado, e colocou uma mão em volta da frente da garganta do rei. Teria parecido uma ameaça, se não fosse pela calma de Arthur, que se espalhava dele como uma onda de calor em um dia frio.

Quando ele falou, sua voz foi amplificada pelo dom fluindo através das pontas dos dedos de Edwin. As pessoas ficaram quietas ao seu chamado, e não apenas por causa do volume. Aquela onda de consolo também veio através de sua voz. Era como o sabor do caramelo, assim como ele desacelera a língua ao comer, a voz de Arthur desacelerava o pânico crescente.

Ele anunciou que as pessoas seriam bem-vindas no castelo e designou Percival para liderar, lembrando-lhes de todas as proteções ativas, assegurando que daria mais informações assim que pudesse e, acima de tudo, que esgotaria todos os recursos para protegê-los. Vera se sentiu tão pequena em sua presença que ficou envergonhada de estar tocando nele, como se ele fosse uma força grande demais para ser presa ao chão por ela.

Quando Lancelot e Randall passaram correndo pela multidão com um soldado entre eles que Vera reconheceu da muralha, tudo voltou a se movimentar.

— Conte-me — disse Arthur sem formalidades enquanto descia.

— Dois mil, pelas minhas contas — disse Randall. — Eles estão a um dia de cavalgada, mas um veio à frente. Nós o apreendemos.

Agora, na sala do trono, eles aguardavam o mensageiro. Dois mil era um número pequeno para uma invasão, tornando essa uma explicação improvável. Vera ingenuamente pensou que essa era uma boa notícia, que os poupava do peso do temor crescente, mas isso não aliviava as tensões. Dois mil era uma força grande demais para qualquer coisa que não fosse sinistra.

Todos estavam reunidos: toda a guarda do rei, Matilda, e ambos os magos de Camelot. Vera estava assustada. Todos sussurravam uns com os outros ou olhavam para a porta com expectativa, exceto Tristan. Seus olhos encontraram os dele, e uma memória floresceu em sua mente.

Vera estava em um vasto campo fumegante, pontilhado com montes de terra de uma colheita que ela não conseguia identificar, com a fumaça subindo em espirais coloridas de joias em tons sobrenaturais, sugerindo magia. Poderia ter sido bonito, se ela não pudesse sentir o odor acre de carne assada e algo terrivelmente metálico. O espaçamento irregular dos montes, os tamanhos desajeitados... Seus olhos focaram através da névoa de fumaça e da luz crescente do amanhecer. Corpos. Partes de corpos, não terra. O cheiro penetrante de sangue, os primeiros sinais de decomposição, e a compreensão crescente de que aquilo era obra sua.

Vera. Guinevere. Vera girou no lugar, seu rosto cuidadosamente composto mascarando a calma. Ela era a arquiteta daquele derramamento de sangue. Todas as vidas apagadas da existência naquele campo de batalha estavam em suas mãos.

Quando ela se virou, quase esbarrou em Tristan ao seu lado, forte, enlameado e ensanguentado. Ele não se deixava enganar por sua fachada. Ele via a verdade: Guinevere estava destruída. Por uma fração de segundo, seu queixo tremeu. Ele segurou seu cotovelo e examinou a devastação. Foi isso.

Vera piscou, afastando a memória.

Tristan ofereceu um sorriso sutil do outro lado da sala do trono, um que ela não conseguiu retribuir. A gravidade do que acabara de acontecer, uma memória, uma memória *real*, pesava sobre ela. Aquilo tinha sido diferente. Não era como as memórias de Merlin ou as coisas que pareciam um sonho na banheira sensorial. *Vera* se lembrava. Suas próprias memórias. Isso significava que ela...

As portas se abriram de repente. O mensageiro foi levado às pressas, apoiado de ambos os lados por dois soldados de Camelot. Ele não estava amarrado nem escoltado por guardas adicionais. Não usava armadura e era segurado pelos soldados porque desabaria sozinho.

Arthur foi o primeiro a se levantar. Os guardas arranjaram uma cadeira para o homem, enquanto Lancelot trouxe água. Arthur ajoelhou-se diante dele, olhando intensamente em seu rosto, uma impressionante combinação de escrutínio e compaixão.

A respiração do homem vinha em arfadas irregulares e instáveis. Ele não estaria pronto para falar por algum tempo. Arthur se voltou para o soldado à sua direita, que olhou ao redor, incerto, e só falou depois que Lancelot lhe deu um aceno rápido.

— F-foi uma invasão saxônica em Crayford, senhor. Os que estão por vir são refugiados. Sobreviventes. A cidade inteira foi destruída. Este é Robert, o administrador da cidade.

Isso fez a sala murmurar. Não havia ocorrido invasões desde a batalha final das guerras. Quando o mensageiro exausto de Crayford começou a falar, sua voz estava tão baixa que Vera quase não o ouviu a princípio. Arthur se inclinou mais perto dele.

— Silêncio — Lancelot ordenou enquanto se sentava ao lado de Vera.

— Cada pessoa com um dom foi morta. — A voz de Robert se quebrou, mas ele corajosamente continuou após uma pausa. — Havia uma luz, brilhante e feroz. Todos com um dom ao alcance dela caíram imediatamente. Os dotados que escaparam de seu alcance foram caçados e massacrados. — Ele pigarreou. — Empalados por estacas do tamanho do meu braço.

— Como eles sabiam quem tinha dons? — Gawain perguntou, seu rosto marcadamente inexpressivo.

— Nós celebramos nossos dotados mais do que qualquer outra cidade neste reino — disse o homem, seus olhos suplicando ao mago por um perdão e paz que ninguém poderia dar. — Seus nomes estão em uma lista de honra. Nós os ostentamos. Não era segredo.

— Quantos havia na força saxônica? — Arthur perguntou.

Robert recuou, sua surpresa foi suficiente para afastar o luto.

— O senhor me entendeu mal, Vossa Majestade. Não foi um exército. Foi um saxão.

— Um homem fez isso? — Merlin disse abruptamente.

— Sim. Um rei. Um mago. Não restou nada de Crayford.

— A vila foi queimada? — Arthur perguntou.

— Não. A maioria das casas e lojas estão intactas. — Robert balançou a cabeça, e seus olhos perderam o foco, voltando para Crayford. — A terra.

A terra morreu. Cada lâmina de grama. Não foi queimada — sua voz se elevou, quase em histeria. — Morta. A vida foi sugada dela.

Robert cedeu aos soluços intensos. Arthur colocou a mão no ombro trêmulo dele enquanto falava com os soldados.

— Levem-no para descansar.

— Preciso pedir a todos que saiam enquanto falo com nossos magos — disse Arthur ao se levantar, seus olhos seguindo Robert e os soldados saindo pela porta. — Percival, conte ao povo o que sabemos e depois venha me encontrar. Qualquer um do festival que quiser ficar na segurança de Camelot pode fazê-lo. Tristan, vá com ele. O resto de vocês: precisamos preparar as tropas e enviar mensagens para preparar as forças do reino. Rezem para que não sejam necessárias.

Eles saíram sem questionar. Lancelot não se mexeu.

— Devo ir? — Vera sussurrou.

— Você fica — ele disse. — Você sempre fica. — Aparentemente, ele também.

Assim que a sala se esvaziou, Arthur se virou para Merlin.

— Você acha que esse é o líder que Viviane tinha em mente?

— Acredito que sim — Merlin disse, com seriedade.

Meu Deus. O coração de Vera afundou. Eles haviam esperado demais. Agiram devagar demais. O que estavam pensando?

As próximas palavras de Merlin foram uma tábua de salvação, a única fuga do desastre em que ela os havia lançado.

— Precisamos recuperar as memórias de Guinevere. O procedimento vai funcionar, e devemos fazê-lo agora. Eu não sugeriria isso se não fosse necessário. Farei o possível para ser cuidadoso.

Ele estava certo. Claro. Como ela pôde, algum dia, se colocar acima deste reino? Tudo parecia muito mais real agora, com os dotados de uma cidade inteira exterminados. Quantos seriam? Se restavam dois mil, o que isso significava? Quinhentos mortos? Quinhentas vidas trocadas pela de Vera, pelo seu conforto e felicidade.

— Eu farei — ela disse.

O rosto de Arthur ficou pálido. Ele sabia que estavam sem opções.

— Não deveríamos forçar a mente da rainha — disse Gawain. Merlin ficou paralisado de maneira incomum. — Vossa Majestade, devemos ir ao conselho dos magos. Viviane está na sepultura há quase dois anos. O mago saxão trouxe a desgraça. Não foi uma maldição de magia se extinguindo. Foi um ato deliberado perpetrado por um mago sombrio e um agressor contra este reino. Ele destruiu a magia naquela vila e corrompeu a terra.

Não sabemos o que mais ele fez, e não podemos nos dar ao luxo de esperar para buscar ajuda.

— Também não sabemos onde ele está — Merlin rebateu. — Viajar com um grupo grande o suficiente para se manter protegido nos torna um alvo, e nos deixa vulneráveis. E se esse mago sombrio matar todos nós, Gawain? O que faremos?

Lancelot se endireitou.

— Então não viajemos com um grupo grande.

Todos olharam para ele.

— Não precisa ser informação pública — ele explicou, parecendo desenvolver a ideia enquanto falava. — Viajamos em um grupo pequeno e nos movemos rapidamente.

Merlin se remexeu no assento.

— Vossa Majestade, deve considerar as incertezas. Os magos podem não ser capazes de ajudar. *Podemos recuperar* as memórias de Guinevere.

— Se você não a matar primeiro — Lancelot disparou. Ele nem sabia o que Gawain e Vera sabiam: que não havia um desfecho em que ela saísse ilesa.

— Não faz sentido começar pela rainha. O risco é alto. Muito alto — Gawain apelou diretamente a Arthur. — Há uma probabilidade, talvez a certeza...

— Gawain... — Merlin o advertiu.

Gawain não parou. Ele falou mais alto.

— Que mais intervenções façam sua mente se despedaçar. Ela pode sobreviver, mas não terá função cerebral suficiente para engolir comida.

— Basta! — Merlin bateu o punho no braço da cadeira.

A carranca característica de Gawain não era nada comparada à fúria que distorcia suas feições.

— De que adianta se ela morrer antes de nos contar o que aconteceu? É sensato irmos aos magos primeiro e só forçar a mente de Guinevere como último recurso.

Merlin começou a argumentar, mas Arthur levantou a mão.

— Vamos aos magos.

Estava decidido. Merlin e Gawain, Arthur, Lancelot, Vera e dois outros soldados.

— Acho que também deveríamos levar mais um cavaleiro, já que Guinevere está indo — Lancelot disse. — Percival seria o melhor.

— Não. Percival ficará como regente — Arthur disse. — Levarei Tristan.

Lancelot quase escondeu o brilho de desagrado, mas Vera viu.

— Por que não Randall? Ou Marian?

Arthur balançou a cabeça.

— Quero eles em Camelot. Tristan é a escolha certa. — Ele não explicou, não estava aberto para discussão. Lancelot cruzou os braços com rigidez sobre o peito, contrariado.

Partiriam naquela noite, sob a proteção da escuridão.

Arthur e Vera foram diretamente aos seus aposentos para fazer as malas. Ela enfiou seus tênis de corrida e meias em uma mochila, ponderando o que dizer a ele. As memórias estavam *bem ali*. Ela teve uma memória real. O resto não podia estar muito longe. Mas isso levantava outra questão que Vera ainda não havia tido tempo de processar: ela realmente era Guinevere.

Antes que ela conseguisse reunir coragem para falar, Percival e Tristan estavam à porta.

Percival informou o estado atual da cidade: mais calma do que antes, mas se preparando para a chegada dos refugiados.

— Eles responderam bem a Percival — acrescentou Tristan, claramente impressionado. — Quase como responderiam a você.

Percival ignorou o elogio com um encolher de ombros.

— Quais são as notícias dos magos? — ele perguntou.

Arthur foi sincero. Havia muito que ele não podia dizer, o que Percival aceitou prontamente. Ele apenas hesitou quando Arthur transmitiu seus planos de viagem.

— Você ficará em Camelot — disse ao jovem cavaleiro. — Preciso que você sirva como regente.

Percival recuou antes que sua testa se franzisse, fazendo com que a cicatriz se destacasse em seu rosto atraente.

— A rainha deveria estar no comando — disse ele.

Arthur balançou a cabeça.

— Ela virá conosco.

— Por quê? — perguntou Percival. Era uma pergunta justa, e havia várias razões. Porque ela queria, por exemplo. Porque Arthur sabia que o lugar mais seguro seria com ele e Lancelot. E porque, se algo acontecesse com sua mente, precisariam de magos lá.

Em vez disso, Vera disse:

— Eu quero ir.

Ao mesmo tempo que Arthur disse:

— Eu não a deixarei.

Para sua surpresa, isso foi justificativa suficiente para Percival.

— Tristan — Arthur olhou para ele, que avançou diligentemente. — Preciso que você venha na estrada como guarda da rainha.

Vera se sobressaltou. Não tinha percebido que esse era o propósito do cavaleiro adicional.

— Eu ficaria honrado, Vossa Majestade — disse ele, com os olhos brilhando.

— Arthur, não sei como agir como rei — disse Percival.

— Claro que sabe. — Arthur atravessou a sala até a mesa. Pegou um monte de pergaminhos e os entregou a um Percival atônito antes de pausar pensativamente. — Vou lhe mostrar algumas coisas. Vamos. — Vera começou a segui-lo até a porta. Arthur a deteve. Seus olhos se voltaram para Tristan por um breve momento antes de se fixarem nela. — Fique. Termine de arrumar as coisas.

— Eu — ela balbuciou. — Tudo bem.

— Tristan deveria... — Percival começou.

— Não — Arthur disse. — Ele pode ficar.

Seus passos ecoaram pelo corredor, deixando-a a sós com Tristan. Incerta sobre o que fazer, ela continuou a arrumar as malas enquanto ele se dirigia à janela. A persiana estava aberta, e uma brisa agradável passava pelas barras. Tristan agarrou uma das barras e deu-lhe um sacudidela firme. Vera não percebeu que havia parado, com uma capa de viagem meio dobrada entre as mãos, para observá-lo. Havia algo que estava esquecendo sobre Tristan. Ela estava na beira disso e não conseguia avançar, não conseguia limpar a última teia de aranha que obscurecia sua memória. Fechou os olhos com força, na tentativa de se concentrar. Ela se deixou cair sobre a cama atrás dela.

— Gwen? — Tristan disse com cautela. Vera deixou os olhos se abrirem. Ele já estava fechando a distância entre eles. — Você está assustada?

— Eu estou... — Ela procurou as palavras certas, mas sua cabeça girava. Estava tão perto.

Tristan puxou uma cadeira e se sentou de frente para ela. Ele sorriu de maneira sombria.

— Eu sei. Não ficava assim desde as guerras. Vai ficar tudo bem. — Ele esfregou seu braço acima do cotovelo, e ali estava.

Vera lembrou.

Não houve um momento dramático de lembrança, nem a revivência das cenas como no tubo sensorial. Em um segundo, ela nunca teria pensado em tocar naquele canto empoeirado de sua mente, e, no seguinte, Tristan e tantas coisas sobre ele estavam simplesmente... lá, como se sempre tivessem estado. Havia toda uma infância de memórias com o homem à sua frente. Seus pais tinham um tutor que ensinava a ambos. Tristan havia mostrado a Vera como se pendurar de cabeça para baixo em um galho de árvore pelos joelhos, e ela o meteu em problemas quando começaram uma fogueira de solstício de verão que quase incendiou o campo de cevada do vizinho. Entre duas vidas de crescimento, Tristan era o amigo de infância mais querido que ela já tivera.

Há muitos anos, em um dia chuvoso de verão no celeiro do pai de Tristan, ele foi seu primeiro beijo. Amargo, salgado ou doce. Era um jogo que eles jogavam quando um dos dois fechava os olhos, e o outro devia ser surpreendido com algo de comer, e eles riam juntos quando o sabor surpreendia o paladar. Eles se revezavam, e era a vez de Tristan manter os olhos fechados. Vera tinha quatorze anos, e a tensão entre eles vinha crescendo há meses. Na verdade, havia anos. Ela decidira horas antes que aquele seria o dia. Quando preencheu os lábios dele com os seus, em vez de com o doce bolo entre seus dedos, os lábios de Tristan se juntaram à dança.

Mas não parou por aí. Os planos de seus pais para que se casassem não eram meramente vantajosos, eram bondosos. Tristan e Vera estavam apaixonados. Os anos ausentes que ela não conseguira alcançar antes inundaram sua memória. Flashes de alegria, mãos se tocando sob toalhas de mesa em banquetes, danças quando ele a abraçava um pouco apertado demais, beijos roubados quando achavam que estavam sendo discretos às escondidas de seus pais ou dos servos, mas todos sabiam.

Ela se lembrou do dia em que tudo acabou, quando o encontrou naquele mesmo celeiro. Desta vez, era um dia ensolarado e perfeito. A luz encontrava por cada fenda e rachadura na parede de madeira e iluminava Tristan e Vera em faixas desiguais. Ela chorou enquanto lhe dizia que havia decidido se casar com o rei. Ele implorou para que ela não fizesse isso e descreveu a vida que poderiam ter juntos. Seria uma vida boa, uma vida grandiosa. Ela sabia do que estava abrindo mão, mas também sabia que era o melhor para o reino… que trazer as terras e tropas de seu pai, Tristan entre eles, tornaria possível construir o novo sonho de uma nação.

Tristan havia até viajado com o grupo inteiro até Camelot, ainda sem ter desistido de que Guinevere poderia mudar de ideia depois de conhecer Arthur e que ele poderia levá-la embora. Mas então ele conheceu Arthur, e Tristan veio até ela naquela noite.

Desta vez, foi ele quem disse a Vera, entre lágrimas, que ela estava certa, porque havia visto em Arthur a luz que todos os outros também viam.

Ele havia até viajado desde sua casa no Norte após as guerras. Arthur o havia chamado quando a Guinevere original estava em seu ponto mais baixo, mal conseguindo sair da cama. Tristan ficou ao seu lado por dias, mas não fez diferença para ela.

— Lamento ter ido embora — disse Tristan. Isso tirou Vera de suas lembranças. Seu olhar se voltou para a janela. — Eu fui embora, e então você caiu. — A tristeza marcava seu rosto bonito.

— Não foi culpa sua — disse Vera. Não era isso o que tinha acontecido com a Guinevere que ele conhecia e amava. Mas ela não podia lhe dizer isso.

— Você está... feliz com ele? — Tristan perguntou, sem ousar olhar para ela.

— Sim — Vera disse, e não era mentira.

— Fico feliz por você. Falo sério — disse ele ao se levantar. — É uma honra servir como seu guarda.

— Obrigada — ela conseguiu murmurar quando ele estava a meio caminho da porta.

Quando Arthur voltou, Vera sabia que deveria lhe contar, mas não conseguia encontrar as palavras.

Eles partiram assim que o horizonte devorou a última luz do sol, e viajaram durante a noite, fazendo apenas pequenas pausas. A sede dos magos ficava em Oxford, a mais de cem quilômetros de distância. Eles continuariam viajando pelos próximos dois dias.

Ainda faltavam duas horas para o nascer do sol, e o céu era um vazio negro quando chegaram ao destino: um convento discreto ao norte de Bristol. A madre superiora era uma mulher que Arthur conhecia e em que confiava. Ela os acomodou discretamente em seus quartos de hóspedes.

Vera desabou agradecida na cama e teria adormecido sentada se Arthur não tivesse segurado sua mão. Ela piscou para ele através de sua sonolência.

— Consegue ficar acordada um pouco mais? — ele sussurrou.

Ela assentiu, intrigada o suficiente para que seu cérebro saísse da névoa. Arthur a conduziu por uma porta oposta à que haviam usado para entrar na câmara até chegarem a uma capela modesta. Vera tropeçou nos próprios pés.

— Nosso quarto leva a uma capela? — ela disse.

Era um espaço pequeno. Dois bancos diante de um altar de madeira. Arthur sentou-se no banco da frente, e Vera o seguiu, aguardando uma explicação.

Ela se virou para a porta principal que se abriu atrás dela. Lancelot entrou primeiro, seguido por Gawain.

— Só temos alguns minutos — disse Lancelot.

Arthur fez sinal para Gawain começar. Então era por isso que estavam ali, mas por que tão furtivo?

— Acredito que o mago saxão que aterrorizou Crayford é o mesmo que cometeu o massacre em Dorchester — disse Gawain. Arthur, Lancelot e Vera compartilharam expressões de choque. — Pelo que o mensageiro descreveu sobre aquelas mortes, tanto por magia quanto pela violência tradicional, foi exatamente assim que aconteceu lá.

Arthur inclinou-se para a frente, apoiando os cotovelos nos joelhos.

— Em Dorchester, todos aqueles que não tinham magia que foram mortos. Desta vez, ele massacrou todos com um dom. Não faz sentido.

Lancelot olhou para Gawain com uma expressão estranha e tensa.

— Você estava lá? Em Dorchester?

— Sim — Gawain respondeu para o espaço entre Vera e Arthur, em vez de encarar Lancelot. No entanto, a mão de Lancelot deu um impulso, como se fosse para oferecer consolo. Mas ele a fechou em um punho sobre a própria coxa.

— Eu nasci lá — continuou Gawain. — Minha família foi morta no ataque. Merlin foi o primeiro mago a responder após o massacre. Ele me ofereceu um lugar no Magistério. Ele é a pessoa mais próxima de uma família que eu tenho.

Vera não tinha percebido isso. Sentiu seu afeto por Merlin aumentar, complicado pelos atos recentes dele.

— Você confia nele? — ela perguntou.

Gawain hesitou antes de responder.

— Sim. Sempre confiei.

— Então por que estamos tendo uma reunião secreta? — ela questionou.

— Por causa da verdadeira razão pela qual precisamos ver os magos. — Gawain respirou fundo. — Eu acredito que eles podem ajudar com o saxão, mas há outro aspecto da diminuição da magia que precisa ser abordado com os magos. Merlin me impediria se soubesse.

— Por que ele faria isso? — Arthur perguntou.

— Porque tem a ver com como os magos expandem seus poderes.

Vera se sentou mais ereta. Ela sempre se perguntara sobre isso. Estava no fundo de sua mente desde o dia em que Gawain lhe disse que a maioria dos magos começa com apenas um poder.

— Como os magos acumulam mais dons?

Lancelot respondeu imediatamente, de forma automática:

— Estudo e inovação.

Arthur assentiu junto com ele.

Gawain manteve o olhar de Vera.

Ela se inclinou em direção a ele e perguntou novamente:

— Como?

Ele lambeu o lábio superior e engoliu com dificuldade.

— Você não pode dizer — ela sussurrou.

— Agora você está fazendo a pergunta certa — Gawain disse , abrindo um sorriso amarelo para ela. Ele se virou para Arthur. — Os magos só podem falar livremente no Magistério durante uma reunião do conselho convocado. Depois que pedir ajuda aos magos, você deve permanecer na sala. Eles vão pedir para você sair. Vão pressionar você para sair. Como o governante deste reino e, portanto, dos magos, é seu direito permanecer. Diga isso a eles. Não saia daquela sala. — Sua voz estava firme. Ele esfregava ansiosamente a têmpora com o polegar, sua mão tremia. Seja o que for que ele quisesse que Arthur entendesse, o aterrorizava.

— Não sairei — disse Arthur.

— Como o mago em Dorchester se parecia? — perguntou Lancelot.

— Ele estava obscurecido por magia, como uma sombra feita de carne. Horrível e, de alguma forma, invisível.

Vera estremeceu. Algo… havia algo mais. Flutuava nas bordas de seus pensamentos, esquivando-se dela. Ela continuava voltando para as histórias da lenda arturiana de seu futuro. Vera tentou afastar isso de seus pensamentos, mas não conseguiu parar o zumbido.

Le morte d'Arthur.

O nome do livro surgiu em sua mente, e ela congelou. A morte de Arthur.

Ela se lembrou de um personagem das lendas que ainda não conhecera. Ele tinha que ser ficção. E ainda assim… tantas outras peças haviam se concretizado. Um choque de medo a atravessou.

— O mago tinha um nome? — ela perguntou, na esperança de que a verdade a libertasse de seu pavor.

Não libertou.

Gawain assentiu.

— Ele se chamava Mordred.

XLI

Arthur e Lancelot não reagiram ao ouvir o nome Mordred. Arthur fez outra pergunta, mas Vera não conseguiu ouvir. Só escutava um zumbido abafado dentro da cabeça.

Gawain não respondeu à pergunta de Arthur e manteve o olhar fixo em Vera.

— Você está familiarizada com esse nome — ele disse. Não era uma pergunta.

Havia nomes da lenda do Rei Arthur que ela reconhecia, mas não tinha certeza sobre o papel deles na história. Não Mordred. Ela conhecia esse nome, e em qualquer trecho do mito que Vera tivesse ouvido, Mordred era quem matava Arthur.

— Ele é... um vilão em nossas histórias — ela disse.

Ela não tinha mais palavras. Não conseguia nem seguir a conversa que continuava em murmúrios ao seu redor. Os pensamentos foram dominados pelo medo e, acima de tudo, pela determinação de garantir que essa versão dos eventos nunca se concretizasse. Ficou em conflito consigo mesma quanto ao que fazer com a informação até que decidiu: contaria a Arthur quando chegassem ao quarto. Não haveria segredos entre eles. Ela tinha que contar tudo a ele, incluindo sobre Tristan.

Quando se separaram da capela, Vera estava ansiosa para dizer. Ela lançou a informação assim que a porta se fechou atrás deles.

— Arthur, algo aconteceu mais cedo. — Ela torcia ansiosamente os dedos enquanto se sentava na beira da cama. — Eu olhei para o salão do trono e vi Tristan, e então eu...

Arthur veio e se sentou ao lado dela, acalmando seus dedos ao cobri-los com os dele. O coração de Vera acelerou, mas, desta vez, era a apreensão e não a atração que o impulsionava.

— Eu me lembrei dele — ela disparou. — Toda uma infância de amizade e, er, crescimento juntos. — Ela não mencionaria em voz alta os sentimentos que vinham com essas memórias, mas não era esse o ponto, de qualquer forma. — Eram minhas memórias. Minha infância, embora pareça que foram há muito tempo. Eu, eu sou Guinevere. Tenho certeza disso.

O rosto dele permaneceu decididamente passivo.

— Você se lembra do que aconteceu com Viviane? — ele perguntou de uma maneira tranquila que arrepiou os pelinhos da nuca de Vera.

— Não.

Ele assentiu, e ela viu o músculo da mandíbula dele começar a se contrair e relaxar.

— Sinto muito — ela disse. Isso era o que ela mais precisava dizer, a parte que a deixava com o estômago em nós. — Isso significa que eu sou quem te traiu. Fui eu. Eu fiz isso.

— Está tudo bem — disse Arthur um pouco rápido demais. — Eu não te culpo por nada disso.

O rosto dele voltou a ser uma máscara, o que a fez querer chorar.

— Você está falando sério? — ela conseguiu perguntar sem que a voz tremesse.

— Sim — ele lhe deu um aperto na mão antes de se levantar e ir até sua bolsa. — E ambos precisamos de descanso.

Estava tudo bem. Ela decidiu confiar na palavra dele porque, em poucos minutos, poderia se deitar com ele e descansar no consolo de seus braços por algumas horas benditas.

Mas Arthur não estava procurando na bolsa por uma troca de roupas. Ele pegou o alforje e a jogou sobre o ombro.

— Vai a algum lugar? — ela perguntou.

— Há um quarto disponível no final do corredor. Vou dormir lá.

O coração dela afundou.

— Arthur...

— Gawain me contou sobre a poção que temos recebido. Eu acho... — Ele empurrou o queixo para a frente e se dirigiu ao ombro de Vera, sem olhá-la nos olhos. — Temos nos iludido ao querer que o que existe entre nós seja mais do que magia, mas não era assim antes de ela, de você, ter partido.

Vera o encarou, a única expressão que conseguiu manter que não envolvia ceder à dor das lágrimas e ao nó crescente na garganta.

— Tristan pode ficar com você se quiser — disse Arthur. — Estou bastante seguro de que ele ainda está apaixonado por você.

No início, suas palavras pareciam um emaranhado de sons.

— O quê?

— Você gosta dele. Eu posso perceber. — Arthur deu de ombros. Como ele podia dizer isso com tanta naturalidade, como se estivesse falando sobre o tempo? — Esses sentimentos não são afetados pela magia. Você não se lembrou comigo.

— Eu me lembrei dos passos da dança — Vera interrompeu, sabendo que estava se agarrando a um fio de esperança. — E durante o procedimento.

— O procedimento foi uma intervenção mágica — ele disse. — E o outro foi memória corporal. Não consciente. Você se *lembra* de Tristan. Memórias reais.

A voz determinada e impassível dele a enfureceu.

— Deixe-me entender. Você não quer que eu me sinta pressionada com você. Mas está tudo bem eu me sentir pressionada a transar com Tristan?

Isso o atingiu como ela havia pretendido. Evitou olhar para ela.

— Você não precisa, mas pode. Vai partir em breve, então está ficando sem oportunidades. Você sempre gostou dele. Talvez o amasse. — Ela percebeu um tom de amargura na voz dele. — Faça o que quiser. E se isso incluir estar com Tristan, melhor ainda. Você pode se lembrar. Eu adoraria saber o que te levou a trair nosso povo.

E ali estava.

— Você tem guardado isso há muito tempo, não tem? — Vera disse.

Arthur fez uma careta.

— Isso foi injusto. Desculpe. Estou cansado. Vou embora.

— Não. Vá em frente. Diga tudo. Diga o que pensa sobre o que eu fiz.

— Vera — ele disse com uma paciência forçada. — Você não fez nada...

— Eu fiz. Eu sou ela. Eu fiz tudo, quer eu me lembre ou não. Diga.

Ele a encarou com aquela máscara fria dos primeiros dias que passaram juntos. Isso fez sua raiva temerosa começar a explodir.

— Diga! — ela exigiu.

Arthur respirou pesadamente pelo nariz. Ele estava quase lá. Ela podia perceber. Um bom empurrão...

— Que tipo de rei compartilha a cama com uma mulher que tentou destruir seu reino? Eu deveria ser a que te matou. E você sabia disso antes do Yule. Merlin te contou. O que você *quer*, Arthur? Qual é o maldito objetivo aqui? Deixar que eu termine o trabalho?

A respiração de Arthur ficou mais rápida.

— Eu não fazia ideia de quanto você me odiava. A profundidade da traição a que você chegou é impensável. Trazer guerra para o nosso povo? Revelar os segredos da nossa segurança. Como você pôde fazer isso? Por que não *falou* comigo?

Vera riu. Era um riso carregado de desprezo.

— Conversar com você! Você acha que poderia ter consertado algo tão quebrado apenas *conversando?* Imagine como teria sido se você tivesse me dado a mesma cara de estátua que usa com todo mundo. Você gostaria que tivesse sido assim? Gritando um com o outro?

O controle sobre seu rosto se desfez em fúria desenfreada.

— Nem uma vez tinha sido assim.

Ele cuspiu cada palavra como se fosse veneno. Ela não esperava que isso o enfurecesse tanto.

— Eu teria feito qualquer coisa para melhorar as coisas para você. Eu estava pronto para deixar outro homem ocupar meu lugar na nossa cama, e não foi o suficiente para você!

— Então nada mudou — Vera disse de forma cruel. Oh, Deus. Por que ela estava fazendo isso? Estava despejando veneno sobre a dor da rejeição dele. Naquele momento, era reconfortante atirar palavras que sabia que iriam machucar, mas que a corroeriam mais tarde. Chocado, Arthur deu um passo para trás. — Você ainda está colocando meu conforto à frente do seu reino. Você ainda é o tolo enviando outro homem para sua esposa. É isso que está fazendo agora, não é?

— Jesus, Vera — Arthur disse. — Certo. — Ele a olhou como se a visse pela primeira vez e tivesse encontrado um inimigo. Ela conseguiu. Efetivamente pôs fim a qualquer afeto que ele ainda pudesse ter por ela.

— Eu pensei que você ia embora. Vá então. Ainda bem que é no outro extremo do corredor. Não quer ouvir ele me fodendo, não é?

Os olhos dele se arregalaram. Por um momento, pareceu que ele poderia voltar a colocar a máscara no lugar, mas ele a encarou com desgosto óbvio e absoluto.

— O que há de errado com você? — ele rosnou enquanto cruzava o quarto e escancarava a porta.

Vera ergueu as mãos, uma risada louca saltou de seus lábios.

— Essa é a questão, não é? — ela gritou enquanto Arthur batia a porta atrás de si.

Ela ficou encarando a porta, por um minuto inteiro, esperou que ele voltasse, então desabou no chão, caindo pesadamente de joelhos. Teria gritado se não temesse que Arthur pudesse estar no corredor para ouvir. Vera soluçava. Sua boca se contorcia na forma de um grito sem som. Ele havia terminado com ela, e provavelmente era o melhor. Arthur estava certo. Ela se lembrara de mais coisas com Tristan em poucos dias do que com qualquer pessoa em quase meio ano. Talvez devesse ir encontrá-lo.

Mas não essa noite. Era a última coisa que queria.

Quando as lágrimas secaram e ela se sentiu como uma casca vazia no chão, arrastou-se para a cama e dormiu agitada até que uma mão a sacudisse gentilmente no ombro após poucas horas. Ela esqueceu de não esperar que fosse Arthur a acordá-la. Era Lancelot. Se ele sabia o que havia ocorrido entre Arthur e Vera, não demonstrou.

A manhã estava apenas começando quando partiram. Eles só haviam dormido por quatro horas. Tudo girou a favor de Vera, ninguém estava especialmente falante, então o silêncio constrangedor entre ela e Arthur se encaixava perfeitamente. Ela o evitava, cavalgando no lado oposto do grupo, optando por ficar perto de Gawain, que não esperava qualquer conversa dela.

Enquanto se acomodavam no ritmo constante de balançar nas selas, Vera sussurrou com o atrito áspero do couro contra suas coxas doloridas. Não estava acostumada a andar o dia todo e depois voltar a montar para mais. Gawain estendeu uma mão em sua direção e murmurou palavras suaves. Então a sela de Vera parecia estar coberta por uma manta invisível e macia. Ela piscou para ele, que abriu um breve sorriso e saiu cavalgando.

Tristan encontrou Vera por volta da hora do almoço, quando todos estavam mais despertos. Ela lançou olhares furtivos para Arthur. Quando seus olhares se cruzaram uma vez, ambos logo o desviaram. Ela tentou não pensar nele porque, quanto mais tempo passava na companhia de Tristan, mais ela percebia que Arthur estava certo sobre mais coisas além das suas memórias.

Ela *realmente* gostava de Tristan. Ele tinha um jeito fácil e uma leveza de espírito que a distraíam dos obstáculos esmagadores à frente. Vera estremeceu quando a chuva começou a cair. Gawain e Merlin podiam protegê-los de se molharem com uma cobertura invisível viajando acima deles, mas o ar ficou incomumente frio. Ela não conseguia acessar seu manto facilmente, então Tristan desabotoou o dele e o passou para ela sem interromper sua história. Ele não pretendia que fosse um ato nobre digno de louvor, apenas um gesto que um cavaleiro decente que protege sua rainha poderia fazer, o que o tornava ainda mais cativante.

Ele adorava fazê-la sorrir. Ela podia perceber pelo jeito animado com que seus olhos brilhavam e pelo sorriso que se alargava quando ela achava seus comentários particularmente engraçados. Lancelot, curiosamente, passou a maior parte do dia isolado na parte traseira com Merlin. Uma pena, pois Vera estava esperando ter uma palavra com o mago mais velho.

Ela teve sua chance quando pararam no meio da tarde para dar água aos cavalos. Parecia que ele também estava esperando o momento oportuno. Quando Arthur e Lancelot se inclinaram para conversar, Merlin se aproximou de Vera à beira do rio.

— No final, é sua escolha, Guinevere - ele disse, movendo os lábios tão pouco que ela não tinha certeza se ele realmente havia falado. Quando ela o olhou com surpresa, ele continuou: — Se estiver disposta, eu tentarei o procedimento. — Ele estudou uma árvore próxima, como se ele e Guinevere estivessem falando sobre um pássaro pousado em seus galhos e não sobre um perigoso procedimento mágico.

Vera sorriu distraidamente para a árvore, embora seu coração tenha dado uma cambalhota.

— Você pode fazer isso na estrada? Se eu te encontrar esta noite...

Merlin assentiu. Ele deixou seu disfarce casual cair o suficiente para encontrar o olhar de Vera com uma gratidão pesada e triste.

Ela não pensou em nada mais pelo resto do dia. Se houvesse qualquer chance de que Mordred mataria Arthur, ela tinha que impedir. Era melhor que não estivessem se falando e que ele tivesse estabelecido uma distância dela. Se ela desaparecesse, estar em maus termos facilitaria as coisas.

Eles passaram a noite em uma pousada em Faringdon, não muito longe de Oxford. Após algumas horas de viagem pela manhã, a jornada estaria concluída. Arthur tinha quartos separados novamente, e a decisão de Vera estava tomada. Ela não esperaria. Havia anotado a localização do quarto de Merlin assim que chegaram, e, ao ter certeza de que todos estavam dormindo, levantou-se da cama, tomou dois goles rápidos de coragem líquida, de uma garrafa que Percival lhe dera havia algum tempo, e foi até a porta, determinada a não perder a coragem, pois estava com medo.

Vera puxou o ferrolho da fechadura. Não havia como silenciar o arranhar do aço contra a madeira, embora tentasse. Esperou no silêncio que se seguiu por um instante e, não ao ouvir nada, abriu a porta o suficiente para sair. Até que viu o brilho inconfundível de dois olhos e a forma escura e imponente de um homem a poucos passos dela. Vera ofegou e tropeçou para trás.

— Sou eu! Está tudo bem! — Tristan entrou correndo quarto atrás.

— Desculpe. Não quis assustar você.

— Jesus! — Vera colocou a mão firmemente no braço dele. — O que você estava fazendo lá fora?

— Estou de guarda — ele disse. — E você, o que estava fazendo?

— Ah... — Vera pensou rapidamente. Ele não sabia sobre a situação das memórias. — Eu, er, queria falar com Merlin sobre amanhã. E conseguir uma poção para me ajudar a dormir. Estou... ansiosa — disse ela e teve uma ideia, embora fraca. — Você poderia me acompanhar, e então não precisaria ficar de guarda porque eu estarei com um mago. Tenho certeza de que você vai gostar de ter um sono sem interrupções.

Tristan se mexeu.

— Não posso fazer isso.

— Por quê? — Vera perguntou, com os olhos estreitados.

Ele fez uma expressão desconfortável. Isso poderia ter feito ela rir em outra ocasião.

— Você vai ficar com raiva. Eu... não estou autorizado a deixar você sair do seu quarto. É uma ordem — ele acrescentou, como se isso tornasse tudo melhor. Pelo menos ele teve a decência de parecer envergonhado ao lhe dizer isso.

— Maldito Lancelot — Vera rosnou. Era exatamente o tipo de besteira superprotetora que ele faria. — Vá chamá-lo. Vou estrangulá-lo com um atiçador de brasa.

— Não foi ele.

Ela olhou para Tristan com um olhar vazio, embora soubesse quem sobrava.

— Recebi ordens diretas do rei — ele disse.

Vera estava cansada. Já estava furiosa com Arthur e mais magoada do que podia expressar em palavras. A bunda doía de tanto andar na sela o dia todo. Seu plano para ajudar estava frustrado, e agora o álcool para coragem a deixava levemente embriagada a sem rumo. Caso contrário, talvez ela não tivesse soltado a sequência de insultos repletos de palavrões que se seguiram. Começaram em um murmúrio, mas, à medida que a raiva aumentava, a voz também o fazia. Tristan, com os olhos arregalados e as mãos se levantando defensivamente, tratou de fechar a porta enquanto tentava acalmá-la.

— Você fez *shhh* pra mim? — ela afastou o cotovelo dele, que tentava acalmá-la.

— Quer que eu vá chamá-lo? — ele perguntou, ansioso para desviar sua fúria. Vera bufou.

— Não.

— Por que, er... — Tristan começou com cautela —, por que ele não está com você?

Ela não respondeu.

— Como ele sabia que você tentaria ver o mago? E por que ele não quer que você vá?

— Você está cheio de perguntas. — Vera se virou abruptamente, de volta para a garrafa de bebida na mesa de cabeceira. — Eu tenho uma. Quer uma bebida? Isto está permitido? — ela acrescentou com desdém, já servindo uma dose para ele.

Quando ela se virou de volta para ele, o rosto de Tristan a fez parar na meio do passo. Não era o horror desesperado que ela vira em Arthur na noite após a sua memória ser desbloqueada, mas estava naquela mesma escala.

— Por que você queria ver Merlin? — Tristan perguntou de forma mais direta.

— Eu não posso te contar — Vera respondeu, a única resposta sincera que estava disposta a dar.

Tristan suspirou e se sentou na beira da cama dela. Ele se mexeu para ajustar espada ao lado dele, ficou frustrado e tirou o cinto com um resmungo. Vera se sentou ao lado dele e lhe ofereceu um copo meio cheio de bebida.

— Você estava prestes a fazer algo autodestrutivo? — ele perguntou em voz baixa.

Vera se assustou. Levou um segundo para esconder o lampejo de culpa de quão próximo ele estava da verdade.

— O que isso quer dizer?

Não perdendo nenhuma sombra de sua expressão, Tristan assentiu. Ele virou o cálice entre os dedos enquanto Vera tomava o seu de um gole só e deixava a bebida queimar sua garganta.

— Você tende a fazer isso — ele disse. — Não sei quantas vezes você assumiu a culpa por coisas que fizemos quando éramos crianças. Porém, assumir a culpa agora como rainha tem consequências mais graves.

— Bem, neste caso — Vera murmurou, suas palavras se juntando umas com as outras —, eu forjei a espada que destruirá todos vocês. Você acha que alguém mais deveria assumir a culpa?

— Isso não faz sentido — Tristan balançou a cabeça e tomou um gole também. — Espero que saiba que eu daria minha vida por Arthur uma centena de vezes — ele disse. — Não acho que exista um governante melhor no mundo, e conheço alguns, mas... Ele é um idiota quando se trata de você. — ele colocou o cálice de lado e, ao voltar a mão para baixo, a apoiou na coxa de Vera.

Seus olhos se fixaram no rosto dele. Tristan olhava para a frente enquanto traçava círculos na perna dela com o polegar. Ele se virou para ela, com os olhos cheios de desejo. Hesitante, passou a mão pelo cabelo dela. Sua garganta se mexeu enquanto engolia. O rosto suave de Tristan, menos marcado pelo peso dos anos e das responsabilidades do que o de seu rei, era uma mistura perfeita de apreensão e anseio.

Talvez fosse melhor assim. Talvez Arthur estivesse certo, e isso fosse o que precisava ser feito. O coração de Vera estava tão partido pela rejeição de Arthur e pelas escolhas que fez na vida que mal lembrava, e que colocaram aqueles que agora amava em perigo. Com o desastre se aproximando, pode ser que seja melhor pôr fim a essa obsessão magicamente impulsionada por Arthur de uma vez por todas. E talvez estar com Tristan pudesse causar isso. Talvez pudesse ajudá-la a evitar esse procedimento que provavelmente, seguramente, iria destruí-la.

— Eu te amo, Gwen — ele disse. Vera prendeu a respiração enquanto ele se inclinava em sua direção, os olhos fixos em seus lábios.

Ela já o amara uma vez.

Mas não mais.

Vera se afastou dele com uma respiração rápida antes que seus lábios pudessem encontrar os dela.

— Eu não posso fazer isso — ela disse.

Tristan fechou os olhos e se afastou.

— Entendido — ele disse. Sem mais palavras, levantou-se e saiu do quarto. Ele não saiu em um furor nem bateu a porta. Talvez tivesse sido mais fácil.

Droga. O pobre Tristan era quem mais sofria em tudo isso.

Vera quase tropeçou na espada dele quando se levantou. Ela a pegou e correu até a porta, esperando que ele estivesse a meio caminho do corredor. Não o teria culpado por abandonar o dever de guarda, e pelo menos assim seu plano de encontrar Merlin poderia avançar. Mas Tristan estava parado logo do lado de fora da porta, sua mão se movendo instintivamente para onde sua espada deveria estar ao ouvir o som.

— Aqui — Vera estendeu a espada em direção a ele. , que a pegou sem dizer nada, e o estômago dela afundou. — Sinto muito, Tristan. Eu estou tão…

— Pare — ele disse. Ela fechou a boca, e o rosto dele suavizou com a reação dela. — Você vai ficar bem?

Ela estava prestes a responder quando um barulho no corredor os fez pular. Parecia o som de uma porta se fechando. Ambos olharam, mas estava escuro demais para ver mais do que sombras.

Bem. Se alguém visse isso, Vera de camisola enquanto Tristan recolocava o cinto… parecia pior do que ela e Lancelot se alongando no campo depois da corrida.

Mas tudo ficou quieto. Tristan fixou Vera com um olhar avaliador.

— Você vê o que Arthur está fazendo? — ele perguntou em um sussurro sarcástico. — Ele está tão convencido de que não pode te amar bem o suficiente que está tentando abrir mão de você..

Ele estava errado. Ela conhecia tantas partes que ele não enxergava.

— Não é isso — ela conseguiu dizer.

— Então o que é? — Tristan perguntou, cético. Quando ela não respondeu, ele soltou uma risada seca. — Eu admiro tudo nele, exceto pelo fato de que ele tem você e continua estragando tudo. É uma grande coisa. É uma piada amar o homem que roubou meu futuro e está fazendo uma bagunça com ele.

— Sinto muito. — Não havia mais o que dizer.

— Eu também — Tristan suspirou. Ele afastou um fio de cabelo que estava solto atrás da orelha dela. Vera sabia que ele queria beijá-la. Em vez disso, ele disse: — Se você mudar de ideia… — Ele fez uma careta envergonhada e balançou a cabeça. — Durma um pouco, Majestade.

XLII

O quarto ainda estava escuro, e ela não tinha certeza do que a havia acordado. Vera se sentou e viu imediatamente que alguém estava dormindo na cadeira à sua frente, ao lado da janela. Por um momento, pensou que fosse Arthur, como nos dias após Thomas, quando ele não saía do seu lado. Que hora estranha para sentir nostalgia. Mas era Lancelot, e ficou claro o que a tinha despertado. Ele estava roncando. Alto. Vera soltou uma risada enquanto pegava um cobertor em braços e se aproximava para cobrir o amigo.

Um movimento do lado de fora a atraiu para a janela, onde viu Merlin no pátio, desmontando de seu cavalo e entregando as rédeas a um cavalariço. O que ele estava fazendo a essa hora?

Vera olhou de volta para Lancelot. Se ele estava ali, significava que ele estava de guarda e agora ninguém estava do lado de fora da porta? Ela foi verificar, cronometrando o ruído da fechadura pesada com um ronco e conseguiu não acordá-lo.

O corredor estava vazio.

Ela podia ir. Nada a impedia de ver Merlin. Vera respirou fundo, tremendo, e escorregou para o corredor. Chegou à porta do quarto dele ao mesmo tempo que ele. O mago parecia aliviado ao vê-la ali.

— Onde você estava? — ela perguntou.

— Houve relatos de acontecimentos sinistros na cidade vizinha. Fica a uma curta distância daqui. O administrador deles soube que estávamos na área, então, suponho que nossa viagem secreta não seja mais tão secreta. — Ele esboçou um leve sorriso, uma tentativa ineficaz de disfarçar a preocupação. — Eles estão com um problema de terras morrendo, como em Crayford. Fomos com o rei para ver o que poderia ser feito. Os outros ainda estão lá.

— Por que você não está?

Ele parecia um pouco envergonhado.

— Eu estava esperando encontrar você. Eles vão ficar lá por mais algumas horas. Temos tempo para fazer o procedimento, se você estiver disposta.

A respiração de Vera estava mais rápida que o normal.

— Estamos tão perto dos magos e... e eu me lembrei de Tristan. Está voltando. Eu sei disso. Podemos esperar até depois?

— Tristan... — Ele franziu a testa. — Não esperava por isso. Mas você não se lembrou de mais nada?

Ela balançou a cabeça.

— Ele está aqui, Guinevere — disse Merlin, com os olhos fixos no final do corredor, como se Mordred pudesse aparecer ali. — O saxão está em nosso território, e ele pode estar em qualquer lugar. Estamos sem tempo.

— Mas os magos não poderiam nos ajudar? O que custa esperar mais um dia?

— Suspeito há algum tempo que Viviane não estava agindo sozinha — ele falou pacientemente, como se estivesse explicando a uma criança. — Temo que estejamos caminhando diretamente para uma armadilha. E se estivermos, pode nunca haver outra oportunidade.

— Você disse que eu poderia voltar para casa. — Vera olhou para os próprios pés. — Eu quero voltar para casa.

— Eu sei — disse Merlin. — E espero que você possa. Estou confiante de que você ficará melhor do que Gawain espera.

Mas mesmo que não ficasse, não podia continuar sendo egoísta. Não podia colocar a prioridade de ver seu pai novamente acima de todo o reino de Arthur. De Arthur. Isso. Lembrar era seu único propósito.

— Vou me vestir. — Ela poderia, no mínimo, se perder, ou perder a vida ou o que quer que fosse, com a dignidade de não estar de camisola.

— Vera? — Merlin disse quando ela começou a se afastar. Ele não a chamava assim desde Glastonbury. Ela olhou para trás, e ele abriu um sorriso triste.

— Obrigado.

Ela tentou ser silenciosa. A até conseguiu entrar no quarto e se trocar antes de tropeçar na mesa de cabeceira, e o som acordou Lancelot.

Ele a relanceou com os olhos sonolentos.

— Bom dia, Guinna — ele resmungou. — Eu estava roncando?

— Um pouco — ela disse com um sorriso involuntário. Parte dela estava aliviada por poder falar com ele uma última vez, mas isso tornaria tudo mais difícil. Ela precisava fazê-lo sair. — O que você está fazendo aqui?

Enquanto ele explicava o que Merlin tinha acabado de contar a ela sobre o problema nas proximidades, Vera fingiu ignorância.

— É só você e eu até eles voltarem mais tarde — ele acrescentou.

— Pensei que Tristan fosse meu guarda. Você não deveria ser o responsável por me vigiar — ela disse. — Vá descansar no seu quarto, onde pode ficar confortável. — *Vá. Por favor, vá.*

—Tristan é seu guarda — Lancelot ocupou as mãos, dobrando o cobertor em seu colo. — Mas ele é o melhor rastreador, e eu queria ficar com você. Isso é um problema? — ele disse de forma casual, mas seus olhos estavam sombrios. Vera sabia que suas bochechas estavam vermelhas. Ela pegou o cobertor dele e se virou para jogá-lo na cama.

—Acho essa merda uma idiotice — ele disse. — Essa coisa de "dar espaço pra você decidir se quer ficar com Tris"? — Ela se virou para ele, os olhos arregalados. — É uma estupidez.

— Você não precisa agir como um babaca — Vera retrucou para esconder o choque de que ele soubesse. — Eu não pedi nada disso.

Lancelot foi implacável com seu sorriso sombrio.

— Não, mas você o trouxe para o seu quarto ontem à noite.

A vergonha ameaçava sufocá-la, mas a indignação era mais fácil de agarrar.

— Olha quem está falando — ela apontou para ele. — Dormindo aqui sem eu nem saber.

— É diferente entre nós, e você sabe.

— Se está com raiva, fique com raiva de Arthur — disse Vera.

Lancelot cruzou os braços de modo petulante.

—Tudo isso seria muito mais fácil se você e Arthur simplesmente admitissem que estão apaixonados um pelo outro.

Ouvir isso foi como engolir uma pedra.

— Não estamos — ela disse baixinho.

Ele zombou.

— Eu a conheço, e o conheço ainda mais. Vocês estão apaixonados.

—Pare com isso — Vera disse. — Não estamos. Tudo entre nós é falso, e isso não é justo comigo nem com Arthur. Ele é um bom homem e um bom amigo. — Ela tropeçou nas palavras. Apesar da raiva, tudo era verdade. — Nós dois estamos sob a influência de alguma poção maldita, e chamar isso de amor é cruel e humilhante.

Lancelot se recostou na cadeira com as pernas esticadas à sua frente, em uma irritante exibição de confiança relaxada.

— Certo. Claro — ele disse, esfregando a testa com cansaço.

Vera se virou de forma mecânica para longe dele. Seria fácil mandá-lo embora, mas aquela descrença arrogante deixou suas mãos tremendo.

— Você sempre se intrometeu assim? — ela disse, voltando-se para ele.

— Agindo como se soubesse o que é melhor para todos ao seu redor? É por isso que eu não suportava você antes?

Ele ficou tenso. Sua testa franziu levemente. Sentindo o ponto sensível e incitada pela reação dele, Vera atacou, assim como havia feito com Arthur.

— Ah, não é isso — ela disse com doçura exagerada. Ela se odiou naquele momento. — Então, o que foi? Por que minha única lembrança de você de antes é te olhar e sentir nojo?

Lancelot recuou como se ela o tivesse esbofeteado. A linha de sua boca formava uma linha. Ele não ia responder.

— Inacreditável! — Vera gritou, jogando as mãos para o alto. — Você ainda está guardando segredos de mim. Isso não é amizade! Você não tem o direito de ficar aí, todo superior, tentando me dizer quem eu sou e quem eu amo quando nem sequer consegue ser sincero quanto a si mesmo. É tão terrível que não pode nem falar, é isso? Que coisa horrenda você fez que preferiria que eu esquecesse para sempre?

Ele fixou o olhar no outro lado da sala, longe dela, enquanto manchas vermelhas surgiam em seu pescoço. Não havia nada que Vera pudesse imaginar que a faria odiar Lancelot, mas suas palavras tocaram em um ponto sensível, e ela não iria recuar.

— Se não pode me dizer a verdade, então vá embora — ela disse.

A fachada brutal de Vera quase quebrou ao ver a dor na expressão dele.

Ele se levantou e caminhou até a porta. Ela só precisava aguentar mais alguns segundos, e então poderia desmoronar no seu poço de agonia. Mas o som da tranca nunca veio. Ela arriscou dar uma olhada. A mão de Lancelot estava suspensa sobre a maçaneta.

— Eu não vou embora — ele disse, virando-se rapidamente para ela. — Eu sei o que é isso.

Lá estava aquele senso arrogante de razão.

— Vai se ferrar — Vera disse.

— Não. — Ele balançou a cabeça e voltou a caminhar até ela. — Eu não vou me ferrar.

— Por quê? Quer escutar mais insultos…

— Cala a boca — disse Lancelot.

— Desculpa, você acabou de…

— Sim — Ele chegou bem perto dela, de modo que Vera não tinha para onde olhar além dele, enquanto ele dizia enfaticamente:

— Cala. A. Boca. Você não vai me afastar. Você é minha melhor amiga.

Vera bufou.

— Arthur é seu melhor amigo. — Soou infantil.

— Cala a boca — ele disse pela terceira vez em menos de um minuto.

— Eu vejo o que você está fazendo. Tentando facilitar quando você se for, é isso? Nos afastando para suavizar o golpe? Tentando se convencer de que não merece existir? — Vera cerrou os dentes para não reagir. — Bem, adivinha só, Guinna? Você merece pra caramba.

Isso a quebrou. Sua respiração falhou quando a raiva se revelou pelo que realmente era: medo.

— Eu não mereço. Eu o traí. Traí todos vocês. Fui salva para lembrar, para que eu possa consertar tudo. Se a minha vida prevalecer às custas de todos vocês...

— Você não sabe o que vai ser!

— Eu não posso arriscar. Eu não valho o risco! Como você não entende? Este é o meu propósito. Lembrar é tudo para o que eu sirvo.

— Não — ele disse, pegando suas mãos e segurando-as contra o peito. — Não é.

Houve uma batida na porta, mal dando tempo para que ela registrasse antes de a voz abafada de Merlin dizer:

— Guinevere? Você já está pronta?

Lancelot olhou para ela, boquiaberto.

— Você só pode estar brincando. — Ele foi até a porta e a escancarou. — Vai se ferrar, Merlin — ele disse com a mais profunda e sincera indignação. Ele bateu a porta e se voltou para Vera. — Eu não vou permitir.

— Não é sua escolha! — ela disse. E foi em direção à porta, mas Lancelot se postou em sua frente, bloqueando o caminho. Vera o empurrou forte no peito. Isso nem o fez cambalear. O som da porta se abrindo chamou a atenção dela quando Merlin entrou.

Lancelot não tinha desviado o olhar dela, nem piscado.

— Se estivesse no meu lugar — ela disse de modo mais gentil, apelando para o senso de dever dele —, se a resposta para todo esse sofrimento estivesse na sua mente, você faria isso num piscar de olhos.

— Não. Eu não faria — ele disse , com teimosia.

Uma risada desdenhosa escapou de Vera.

— Esta é a minha vida, meu corpo. A escolha não é sua!

— Você está certa — Merlin interveio. — É uma escolha corajosa a que você está fazendo.

Lancelot cerrou os dentes e respirou forte pelo nariz.

— Tudo bem — ele disse, virando-se para o mago. — Aqui está a minha escolha. — Ele puxou sua espada. — Você quer fazer isso? Tudo bem. Mas não enquanto eu tiver um sopro de vida.

Ah, droga.

— Lancelot, não. — Vera agarrou o braço dele, mas ele a afastou, com os olhos fixos em Merlin.

— Isso não é sábio — Merlin disse friamente.

Lancelot riu muito mais alto do que seria apropriado.

— Não é sábio? Você salvou a vida da sua rainha para poder moldá-la aos seus próprios desígnios. E eu sou o imprudente por me opor a você? E o que aconteceria se Arthur voltasse e encontrasse a esposa morta no chão? E então?

— Eu não sei. — A calma de Merlin vacilou quando ele disse isso, um lampejo de desprezo passando por seus olhos. — Eu não estava lá, nem fui o responsável pela última vez que ele encontrou a esposa morta no chão.

O que isso significava? Os olhos de Lancelot escureceram. Ele levantou a espada e recuou para colocar uma mão protetora em Vera.

O controle de Merlin sobre si mesmo desmoronou.

— Eu acabaria com você sem nem mesmo respirar.

Os lábios de Lancelot se torceram em um sorriso irônico.

— Ah, aí está — ele disse. — Você guardou isso por muito tempo.

— Parem com isso! — Vera gritou.

Merlin piscou, seu olhar desviando para ela como se só naquele momento lembrasse que ela era uma parte importante dessa conversa.

— Eu… eu errei ao dizer isso — ele disse. — Eu nunca… Guinevere, ele te ama. Eu posso ver. Fico feliz por isso, mas Lancelot não entende o que eu entendo.

Vera deu um passo à frente, empurrando suavemente o braço com a espada de Lancelot para baixo. Desta vez, ele cedeu e a deixou passar sem dizer uma palavra, apenas com um olhar de súplica.

— Ele não entende que eu te dei toda a vida que pude — disse Merlin. — Havia uma razão pela qual você foi a última que eu trouxe de volta. Eu queria que fosse uma das outras, para que você pudesse seguir em frente e nunca carregar esse fardo. — Ele inclinou a cabeça atenciosamente para o lado. — Vou abandonar a humildade e te dizer quanto estou orgulhoso de ter escolhido Martin e Allison para serem seus pais. Eles foram perfeitos. E você. Você, criança, foi especial. A maneira como persistiu em encontrar beleza e luz, mesmo nas limitações da sua vida… Eu te dei tudo o que pude.

Ele deu. Realmente deu. Vera tinha tido mais do que jamais mereceu. Quantas crianças haviam sido tão amadas, visto tantos amanheceres gloriosos com barriga cheia e braços seguros para os quais correr? Quantas tinham conseguido estar no lugar de uma rainha e viver em uma lenda, mesmo que por um curto período?

— Guinna, por favor — Lancelot gemeu de trás dela.

— Eu sei que você teve dias difíceis — Merlin continuou enquanto Vera dava mais um passo em direção a ele. — E eu não te deixei sofrer, também. Quando eu deixei Vincent se lembrar de você…

— O quê? — Vera parou.

— Sim — ele disse com um sorriso benevolente. — Uma falha intencional na magia que te manteve invisível por...

— Você controlava quem podia se lembrar de mim?

O sorriso vacilou. Vera viu Merlin começar a perceber que o que ele pensava ser uma gratidão chocada não era nada disso. Seu mundo estava girando, mas as palavras dele haviam virado uma chave, e as peças começaram a se encaixar. Em sua vida anterior, quando ela era Guinevere, ela claramente havia sofrido de depressão. E com as duas que vieram depois, decididas à própria destruição...

— Você tinha medo de que eu acabasse com a minha vida antes de estar pronta para voltar para cá, não tinha? — Vera perguntou. Merlin respirou profundamente, mas não falou. — Então me deu Vincent quando eu estava no fundo do poço.

Alguma parte de sua vida tinha sido dela?

É sua escolha. Merlin havia dito isso pela primeira vez naquela noite no bar em Glastonbury, logo após dizer que sua existência desmoronaria se ela não obedecesse aos desejos dele.

Era assim que tinha sido todas as vezes. Cada "escolha" vinha depois que Merlin não oferecia outra opção viável.

— Você nunca me deu escolha. Você me encurralou em becos sem saída. Controlou toda a minha vida. — Ela só percebeu a profundidade da verdade de sua declaração ao dizê-la em voz alta.

— Você existe por causa das minhas ações — disse Merlin, com toda a suavidade esvaída. — As coisas que você carrega dentro de si são a razão de você importar...

— Eu sou mais do que um recipiente — Vera disse com tanta força que o silenciou. Ela havia expressado o sentimento exato de Merlin incontáveis vezes, mas a convicção de que isso era uma falsidade agora reverberava em seus ossos.

E não foi porque Lancelot ou Arthur disseram, nem Matilda, nem Gawain, nem mesmo seus pais. Vera tinha respiração em seu corpo, um coração batendo forte no peito e uma mente que, sim, podia conter segredos, mas que eram dela, e não iria abrir mão disso. Ela passou a vida querendo importar para as pessoas ao seu redor, preencher seus espaços vazios, esperando que isso a completasse.

Mas não se tratava de estar completa. Ela estava quebrada e bagunçada e completa, maravilhosamente humana, e o peso disso importava. Ela importava.

— Eu farei o procedimento — disse ela, respirando com dificuldade como se tivesse acabado de correr uma maratona. Ainda assim, a voz estava firme enquanto ela mantinha o olhar atônito de Merlin —, mas somente depois que formos aos magos. E Gawain o fará, não você.

— Não seja ridícula — ele disse, dando um passo em direção a ela. Ele acreditava tolamente que a discussão não havia terminado. — Gawain não pode ver tudo isso. Ele só acha que o procedimento destruiria você porque provavelmente não é capaz de realizá-lo com segurança…

— Ele já fez — ela saboreou a maneira como a revelação fez Merlin ofegar e dar um passo para trás. — Gawain esteve em minha mente. Ele sabe tudo sobre mim.

Medo passou pelo rosto dele.

— Você não tinha o direito de contar — ele disse.

— Certo. Porque só é minha escolha quando beneficia você? — Ela sabia que ele não responderia, mas deixou o silêncio pairar entre eles antes de continuar. — Saia e traga o resto do nosso grupo. Partiremos para o Magistério assim que eles voltarem. Você pode contar a Arthur o que aconteceu aqui, ou pode esperar e deixar que eu conte. Fica a seu critério.

Merlin a olhou como se ela estivesse louca.

— Não a deixarei aqui…

— Eu sou sua rainha — Vera disse. — E ordeno que você vá.

Merlin puxou uma longa e ofegante inspiração. Ele tocou os dedos na testa, com os olhos cheios de descrença.

— Você condenará a todos nós.

Ele saiu sem sequer olhar para trás.

Vera observou a porta fechada por um longo momento antes de olhar para Lancelot.

— Eu cometi um erro terrível?

— Não — ele disse com firmeza. Ele a abraçou com força e beijou o topo de sua cabeça. — Estou tão orgulhoso de você. — Ela sentiu o corpo dele tremendo.

Vera se afastou, realmente o vendo, percebendo a profundidade do pânico dele e ouvindo as palavras de Merlin ecoarem em sua mente. *Eu não fui responsável pela última vez em que ele encontrou a esposa morta.* Naquele momento, ela entendeu, e seu coração doía.

— Quando Merlin trouxe Guinevere de volta, e ela enlouqueceu, foi você quem a matou, não foi?

Ele fechou os olhos e respirou profundamente antes de dizer baixinho:

— Sim. Uma versão de você morreu pelas minhas mãos. Eu não vou deixar você morrer novamente.

Ela pegou sua mão e beijou suas articulações.

— Todos nós vamos morrer um dia.

Lancelot abriu os olhos e a fixou com um olhar severo.

— Você não tem permissão para morrer.

Vera riu, e ele também sorriu.

— Eu prometo não morrer se você prometer não morrer também — ela disse.

— Fechado. Proibido morrer.

XLIII

O restante do grupo não demoraria muito para voltar, mas Vera estava cheia de adrenalina. Ela se sentia… diferente. Havia um temor pela gravidade de sua decisão, mas também certa euforia.

— Temos tempo para correr? — ela perguntou enquanto andava de um lado para o outro no quarto.

Lancelot estava quase tão ansioso quanto ela, embora insistisse que Vera usasse espada e armadura.

— Deveríamos ter feito isso mais vezes. É um bom treino.

Vera gemeu. Ela só havia corrido com a armadura e a espada que Randall fez para ela uma vez. Era incômodo como a espada, presa às costas, balançava e ameaçava derrubá-la a cada passo quando ela não pensava em sua presença.

— Mais um motivo para fazer agora e se acostumar com isso — disse Lancelot. — Esse é basicamente o objetivo do treinamento, Guinna.

Ela protestou para não usar elmo nem protetores de perna, apenas uma cota de malha sobre as roupas de corrida, com a espada e o escudo presos às costas. Lancelot, presumivelmente amolecido por sua experiência de quase perdê-la, revirou os olhos e cedeu.

Vera desceu as escadas dos fundos, passando pela cozinha, onde quase trombou com um homem enorme que carregava sacos gigantes de grãos de um carro para a cozinha da pousada.

— Bom dia! — ela chiou enquanto passava correndo por ele. Seus olhos pousaram nela e não desviaram. Ela pensou que ele poderia tê-la reconhecido, mas então sua expressão ficou vazia e ilegível. Isso deixou Vera desconcertada, mas ela logo esqueceu quando virou a esquina e encontrou Lancelot esperando por ela, com sua camisa de cota de malha e uma espada muito mais pesada presa em uma bainha nas costas.

Lancelot enfiou a mão no bolso e puxou algo que, à primeira vista, ela pensou ser um roedor. Ela deu um salto para trás ao ver a bolinha cinza e peluda dançando na palma dele. Mas não era pelo. Vera se aproximou. O objeto, do tamanho de uma bola de beisebol, era feito de fumaça cinza rodopiante, que girava satisfeita na mão dele. Não tinha rosto nem qualquer tipo de característica, mas, de alguma forma, parecia feliz.

— Queria que você soubesse sobre isso caso eu bata a cabeça em um galho e fique inconsciente ou incapacitado de outra forma. É outra invenção de Gawain — disse ele, com um sorriso torto. — Ele tem uma, e eu tenho uma. Se as coisas derem errado para eles, a dele virá voando e nos encontrará, e depois pode nos guiar de volta até ele. Da mesma forma, se algum de nós arremessar isso com força, ela encontrará Gawain.

Vera cutucou o floco de fumaça e teve a nítida sensação de que ele deu uma *risadinha*, embora não tenha ouvido nenhum som.

— Como ele pode ser... fofo?

Lancelot riu.

— Não sei. Gawain é o mais extraordinário dos esquisitos — disse ele com carinho.

Bastaram dez minutos de corrida para que os dias de estresse acumulado começassem a se dissipar. Vera e Lancelot retomaram as brincadeiras habituais. Ela o provocou sobre quantas vezes ele havia dito para ela "calar a boca" mais cedo, antes de passarem a fofocar se Randall e Matilda haviam começado um relacionamento.

Eles nunca corriam mais do que alguns quilômetros na floresta ao lado da cidade antes de darem meia-volta. Haviam contornado uma árvore para voltar e passaram por um homem corpulento com um machado, logo ao lado do caminho. Depois de alguns minutos, Lancelot ficou em silêncio. Ele só respondia a Vera com uma ou duas palavras. Então, seu sorriso desapareceu, e sua expressão ficou tensa.

A pele de Vera se arrepiou quando ela perguntou:

— O que está acontecendo?

— Continue correndo — Lancelot enfiou a mão no bolso sem interromper a corrida e puxou a nuvem amigável, jogando-a. Ela disparou por entre as árvores a uma velocidade impossível.

— Precisamos sair da floresta — ele sussurrou. Vera acompanhou o ritmo mais rápido dele. Não faltava muito para saírem das árvores e chegarem ao campo aberto e expansivo. Ela suspirou e diminuiu o passo quando o sol da manhã bateu em cheio em seu rosto, mas a sensação de segurança durou pouco. Lancelot agarrou seu braço.

— Continue andando.

Estavam a pelo menos vinte minutos da pousada ou de qualquer outro prédio, a estrada se estendia à frente deles, e, quando Vera seguiu com o olhar, viu. Três figuras vinham na direção deles.

— Droga — Lancelot sibilou. Ele olhou por cima do ombro. Vera arriscou um olhar também. Havia mais dois homens atrás deles, mais lentos devido ao tamanho, mas eles estavam correndo. O mais baixo compensava a altura pela largura, e o machado viking em sua mão. Era o homem que Vera havia visto na floresta. Supondo que fosse um lenhador, não havia pensado nada a respeito, mas aquilo era um machado de batalha. Ela não sabia de onde vinha o homem ao lado dele. Mais alto, com uma barba impressionante e cabelo selvagem, e corria com a espada desembainhada. A lâmina era tão grande que Vera dificilmente seria capaz de balançá-la uma vez. Ele a manejava com a mesma facilidade de um brinquedo de plástico

As outras figuras, aquelas que se aproximavam da cidade, estavam bem mais perto agora. Três homens, e não eram jovens: dois pareciam fazendeiros calejados, com roupas simples e sujas de terra, armados com espadas e adagas. Ela quase tropeçou ao reconhecer o terceiro como ninguém menos que o homem gigante que havia visto atrás da pousada.

Vera e Lancelot poderiam ter deixado para trás os dois que os seguiam, mas com três à frente? Estavam presos.

— Não podem estar vindo atrás de nós — disse Vera, em um apelo desesperado. Ela sabia a resposta.

— Eu estraguei tudo — Lancelot diminuiu o passo até parar. Ela o seguiu, parando ao lado dele, enquanto seus olhos saltavam de um grupo armado para o outro, agora perigosamente próximos. — Sinto muito — ele disse, enquanto desembainhava a espada. — Vamos deixar a estrada aqui, e, se eles nos seguirem, você vai ter que lutar, Guinna. Fique perto. Mantenha o foco. Eu vou te tirar dessa. — Ele segurou o cotovelo de Vera e a guiou para fora da estrada, de forma que ninguém ficasse atrás deles. Todos os cinco homens se aproximavam, indo direto na direção deles.

— Espada em punho, escudo erguido — disse Lancelot apressadamente. — Agora, Guinna. Pegue sua espada. Fique atrás de mim.

Foi tudo o que ele teve tempo de dizer antes que os dois primeiros, os que os seguiram pela floresta, os alcançassem. O homem com a enorme espada longa veio primeiro. Ele lutava com as duas mãos. Lancelot segurava sua espada com uma mão, o escudo na outra, o que lhe dava mais alcance, mas menos força. Tudo era calculado. Ele atraía o homem, fingindo vulnerabilidade, instigando o atacante a golpear com toda sua força. Lancelot ergueu o escudo a tempo de receber o golpe, que foi tão forte que Vera estava convencida de que o escudo iria se partir ao meio. Ela gritou com o impacto, mas Lancelot se manteve firme e aproveitou a postura vulnerável do homem para cortar fundo em seu abdômen e puxar a lâmina, deixando para trás entranhas e sangue.

Um a menos.

Vera fechou a boca aberta e forçou-se a respirar profundamente. Não era hora de entrar em pânico. Não era hora de processar o horror que acabara de testemunhar nas mãos de seu amigo.

O homem corpulento com o machado de batalha já estava sobre Lancelot, e os outros três vinham logo atrás. Lancelot era um grande guerreiro, mas quatro homens eram demais para lutar sozinho. Vera se aproximou, hesitante. Ela não queria piorar a situação com sua inexperiência, mas também não queria deixá-lo desamparado. Lancelot lutava contra o homem com o machado e o primeiro fazendeiro que se juntou à briga do outro grupo. Ele estava cercado com ambos quando o gigante da pousada avançou com um golpe direcionado ao lado vulnerável de Lancelot. Vera se lançou à frente com o escudo erguido e bloqueou o golpe. A força a fez cair para trás, dando uma cambalhota.

— Levante-se, Guinna! — Lancelot gritou, sem interromper a luta.

Foi a primeira coisa que ela aprendeu no treinamento: ficar de pé a todo custo. Ela se levantou às pressas, quase cortando a própria perna com a lâmina, e tropeçou para trás.

O gigante fixou o olhar nela com olhos famintos, suas pupilas negras tão dilatadas que preenchiam toda a íris.

— Escudo levantado! — Lancelot gritou por cima do ombro. Ela ergueu o escudo, nem percebendo que o havia abaixado. O gigante contornou Lancelot e os outros dois. Logo seriam três, pois o último fazendeiro já estava se juntando à briga. Lancelot tentou se mover para impedi-lo, mas não havia como. Vera teria que lutar.

Quando ela usou o escudo para desviar o primeiro golpe da espada dele, o impacto a sacudiu, reverberando desde o local em seu antebraço, atrás do escudo, até seus dentes, cerrados pelo esforço. Vera bloqueou golpe após golpe. O homem era implacável, e ganhava velocidade à medida que atacava. Ela sabia que deveria contra-atacar assim que ele perdesse o equilíbrio, mas estava apavorada de arriscar. Canalizou todo o seu foco em uma tarefa: tentar não morrer.

Lancelot combateu seus três oponentes tempo suficiente para tomar um segundo e correr para ajudar Vera. Com sua espada, ele parou um golpe rápido que visava a clavícula de Vera e gritou para ela:

— Corra!

Ela não precisava de mais instruções.

O suor encharcava sua pele enquanto ela corria pelo campo, com Lancelot logo atrás. Aquilo era diferente das corridas de longa distância, entretanto. Era uma corrida frenética após uma exaustiva luta de espadas. Eles não conseguiram manter o ritmo e usaram essa corrida apenas para conseguir uma melhor posição antes que os agressores os alcançassem e a luta recomeçasse.

Vera não conseguia imaginar como Lancelot podia enfrentar três atacantes ao mesmo tempo. Seus braços pesavam de tanto tentar mantê-los levantados para bloquear os ataques incessantes, e sua respiração vinha em arquejos entrecortados. Ela não conseguiria continuar por muito mais tempo.

— Aguente firme, Guinna! — Lancelot gritou, percebendo seu cansaço enquanto lançava um olhar esperançoso em direção à estrada para a cidade. Ninguém estava vindo. Quem sabia a que distância Gawain estava? Vera não conseguia mais suportar os golpes no escudo. A dor ardia em seu pulso. Relutante, ela começou a receber os golpes com sua espada. Teve que largar o escudo para empunhar a arma com as duas mãos. Precisava de toda sua força para estabilizar a espada.

Seu agressor sorriu maliciosamente ao pegar o escudo que ela havia descartado. Vera tentou aproveitar o movimento dele, brandindo a espada com força, ele quase não conseguiu erguer o escudo a tempo. A espada de Vera cravou-se no escudo de madeira e ficou presa. Ela não conseguia soltá-la. Foi uma péssima escolha. Isso a deixou muito perto daquele homem, cujos olhos negros e sombrios pareciam devorar sua alma.

Isso era ruim. Se ela permanecesse perto o suficiente para tentar soltar a espada, ele poderia simplesmente erguer a lâmina e apunhalá-la de lado. O risco era alto demais. Ela soltou a espada e se afastou rapidamente. Vera pegou uma pedra do chão, a única coisa perto de seus pés que lembrava uma arma. Seu agressor avançava rápido. Como ele não estava exausto? Vera balançava onde estava, lutando para se manter alerta com a pedra levantada, pronta para arremessar.

Lancelot estava completamente envolvido na luta. Ele nem sequer percebeu o que tinha acontecido com ela. Vera olhou desafiadora para o rosto cheio de ódio do seu agressor e...

Ela ouviu o estrondo de cascos de cavalo ficando cada vez mais alto. O agressor e ela olharam na mesma direção, e o gigante foi prontamente dilacerado por um guerreiro a cavalo, com um grande golpe ascendente. Vera cambaleou para trás.

O cavaleiro olhou para ela enquanto seguia em direção a Lancelot. Era Arthur. Vera pisou com força no escudo descartado, puxou sua espada presa com braços doloridos e correu atrás dele. Nem ele, nem seu cavalo estavam usando armadura. Arthur saltou da sela e correu para se juntar à batalha enquanto gritava, sem olhar para trás.

— Monte, Vera!

Ela não queria deixá-los, mas sabia que não seria de ajuda na luta. Correu em direção ao cavalo de Arthur.

— Onde está Gawain? — ela ouviu Lancelot gritar.

Vera estava lutando para colocar o pé no estribo quando olhou de volta para a batalha, no momento em que Arthur alcançou os três homens restantes. Ele mal tinha recuado o braço para atacar quando hesitou. Por um breve instante, o pânico apertou seu coração. Será que ele estava ferido?

E então ela viu.

Um buraco enorme se abriu no centro do peito do fazendeiro mais velho em frente a Arthur. Sua pele, seus órgãos, tudo o que antes preenchia aquele espaço havia sido removido em um círculo perfeito, evaporado no ar. Ele desabou no chão antes que a luz deixasse seus olhos. O mesmo aconteceu com o homem na frente de Lancelot. De onde estava, agarrada à sela do cavalo de Arthur, com o pé suspenso no estribo, Vera conseguiu ver direto através do corpo do homem até a grama intocada sob ele. Ele nem sequer sangrou. O terceiro homem estremeceu. Suas pupilas negras encolheram num piscar de olhos. Seu olhar clareou e registrou surpresa enquanto Lancelot desferia um golpe limpo e fatal.

Vera olhou para a estrada, como se algo irresistível tivesse atraído sua atenção.

Merlin, ainda a cavalo, tinha ambas as mãos erguidas diante de si. Havia fogo em seus olhos, e poder emanava dele. De todas as vezes que Vera havia ficado cara a cara com ele e o confrontado, nunca tinha pensado em temê-lo.

O alívio e a exaustão colidiram, e ela caiu de joelhos, ofegante e tonta. Então sentiu mãos em seus ombros e viu Arthur se agachando à sua frente.

— Você está bem? — ele perguntou, seus olhos examinando-a em busca de ferimentos e fixando-se em seu rosto. Uma expectativa sombria se gravava em sua testa.

Vera pensou em como seu corpo tinha se esquecido de respirar depois que matou Thomas. Mas isso era diferente. Ela assentiu.

— Ela foi brilhante — Lancelot disse, ofegante com as mãos nos joelhos. — Se virou melhor do que eu poderia ter esperado.

— Eu tive que lutar — Vera disse entre respirações pesadas. — Eu não pude... sinto muito. — Ela esperava que ele entendesse tudo o que não foi dito por trás de seu pedido de desculpas. Mas, enquanto ele acariciava seu cabelo, ela viu em seus olhos que ele compreendia.

— Eu sei — Arthur beijou sua testa, segurando seus ombros, e ela inclinou a cabeça contra ele, ainda recuperando o fôlego, mas sem tremer. Não em pedaços. E aliviada. Ele não a odiava.

Merlin os alcançou com Gawain logo atrás.

— O que vocês estavam fazendo aqui? — ele exigiu, seus olhos incendiários fixos em Lancelot.

— Treinamento. Corrida — ele respondeu. — Achei que o risco estava onde vocês estavam. Aqueles homens estavam enfeitiçados e destinados à rainha.

Vera sentou-se ereta, ignorando o suor que ameaçava escorrer para seus olhos.

— Estavam?

Lancelot assentiu.

— Eles estavam determinados a chegar até você. Eu estava apenas no caminho e…— Ele apontou para os homens mortos espalhados pelo chão ao redor deles. — Você viu os olhos deles?

Ela tinha visto. Os olhos negros, anormalmente vorazes.

Lancelot se agachou e limpou a lâmina ensanguentada na grama enquanto falava.

— O saxão? — Seus olhos se moviam entre Merlin e Gawain. — Isso significa que ele está aqui?

Gawain desceu do cavalo. Não respondeu. Em vez disso, ele caminhou com determinação de corpo em corpo, puxando camisas para o lado e passando para o próximo depois de apenas alguns segundos.

— O que você está fazendo? — Lancelot perguntou, expressando a dúvida de todos.

Gawain o ignorou. Ele se dirigiu ao próximo homem, o que Vera tinha visto atrás da estalagem, aquele com quem ela havia gastado toda a sua energia para não ser morta. Gawain permaneceu ao lado dele por mais tempo. Ele murmurou palavras baixas com os olhos fechados e a mão pairando acima da pele nua do homem. Uma brisa agitava as árvores próximas, e o cavalo de Arthur pisoteava inquieto na terra. Então, sons improváveis de respingo surgiram do corpo do homem, como uma bota presa sendo puxada da lama. Um nódulo sanguinolento voou para a mão de Gawain. Ele o limpou na calça, virou e o ergueu para Merlin.

— Um feitiço de gatilho.

— O que é isso? — Vera perguntou.

— É um feitiço em várias camadas — Gawain explicou. — Este homem era o gatilho, embebido com um frasco do seu sangue. Isso o vinculou a você. Uma vez que a pessoa embebida vê seu alvo, ela tem o cheiro e o rastreia como cães de caça. Ele infectou os outros.

— Isso é possível? — Lancelot perguntou com descrença. — Magos conseguem fazer isso?

— É sobretudo teórico — disse Merlin. — E é estritamente proibido. Eu nunca vi ser usado de forma tão eficaz na prática. Eles são imprecisos e terrivelmente perigosos.

— Como ele conseguiu o sangue dela? — perguntou Arthur.

Merlin balançou a cabeça.

— Eu diria que foi algum tipo de combinado com Viviane. Colateral, talvez?

— Isso significa que o saxão esteve aqui recentemente? — Vera perguntou.

— Não há como saber — Merlin estendeu a mão para o frasco, e Gawain prontamente o entregou a ele. Merlin o incinerou ali mesmo na palma da mão. — Depois que um feitiço de gatilho é ativado, ele vai durar até ser extraído por um mago ou até que a pessoa embebida morra. Agora que sabemos que ele os usou, Gawain e eu podemos procurar por mais.

Os homens caídos ali não eram maus. Apenas enfeitiçados. Lancelot olhou para o último fazendeiro que havia abatido, aquele cujos olhos se clarearam e que ficou confuso enquanto sua vida chegava ao fim. Ele suspirou pesadamente e esfregou a testa. Sangue escorria de um corte acima do seu cotovelo.

Com a ajuda da magia de Gawain, eles moveram os corpos para a beira da floresta enquanto Merlin se preparava para seguir para a cidade. Ele verificaria a presença de mais feitiços e iria para Oxford para preparar os magos para a chegada deles.

Ele olhou para Vera de cima de seu cavalo, com uma expressão resoluta e carregada de receio.

— Não há mais volta agora.

Vera não estava certa do que poderia dizer a ele.

— Obrigada por nos salvar.

Ele suspirou.

— Eu nunca abandonaria você, Majestade.

Ela esperava que a vergonha surgisse diante de sua lealdade e mais ainda pelo caminho que Vera os havia condenado com sua escolha, mas ela não veio.

Enquanto Merlin desaparecia na estrada, Arthur conduziu seu cavalo em um grande círculo para ajudar a acalmar o animal enquanto Gawain pairava perto de Lancelot.

A expressão de Lancelot se afastou da angústia que havia permanecido em seu rosto desde o término da luta. Ele deu uma risada.

— Você quer curar isso, não quer? — disse ele, olhando para o corte em seu braço.

— Muito — disse Gawain. Ele se lançou imediatamente para tratar do ferimento.

Lancelot sorriu para Vera por cima da cabeça de Gawain.

— Somos sortudos. Os dons de cura são extremamente raros.

O rosto de Gawain ficou vermelho no meio de sua concentração.

— Os meus não servem para muito mais do que cortes e arranhões — disse ele enquanto esfregava a ferida da mesma forma que havia feito com a de Vera. Mas ele olhou para ela por um momento antes de acrescentar: — Existem dons de cura mais poderosos, mas eu sou sortudo.

— É o dom com o qual ele nasceu — disse Lancelot enquanto Gawain fechava os olhos em concentração e sussurrava:

— Shh!

O sorriso de Lancelot se alargou. Ele inclinou a cabeça para baixo e tocou a testa na de Gawain, o mais perto de um abraço que ele podia conseguir com o braço ocupado pela magia de cura.

As bochechas de Gawain ficaram vermelhas. Ele lutou para não sorrir e perdeu a batalha, olhando para Lancelot com um tipo íntimo de adoração.

E, naquele instante, Vera entendeu o que estava perdendo o tempo todo. Aquilo não era apenas amizade. Na noite do festival de Yule, quando Vera pensou que Lancelot estava no campo com uma garota, Gawain não estava bem ali na extremidade da luz também? A forma como ela e Lancelot correram menos depois disso. A forma como Gawain e Lancelot estavam quase sempre juntos.

Puxa vida. Agora que ela notado isso, era óbvio. E um estalo de egoísmo a acompanhou. Lancelot era seu melhor amigo. Ela desejava que ele tivesse lhe contado.

Vera voltou para a cidade com Arthur em seu cavalo, e Lancelot foi com Gawain. Ela fez questão de resistir à tentação de olhar para eles a cada minuto. Era o mínimo que podia fazer, aquela não era uma história que ela deveria saber.

Os soldados estavam prontos quando chegaram. Tristan se revezou para dar um abraço apertado a todos na chegada. Vera se afastou rapidamente do abraço.

Eles precisavam se apressar. Arthur queria uma audiência com os magos assim que chegassem a Oxford, o senso de perigo mais iminente do que nunca. Gawain permaneceu para trás com Vera enquanto ela montava seu cavalo. Ela nunca conseguia saber se ele queria conversar ou simplesmente havia escolhido a área perto dela para ficar.

— Há mais do que você sabe sobre Mordred, não há? — ele perguntou.

— Ele mata Arthur — ela disse as palavras tão baixinho que, a princípio, achou que Gawain não a tinha ouvido.

Ele olhou para os outros e disse:

— Estou feliz que estamos tomando medidas para impedi-lo.

— E se for a ação errada? — Vera perguntou.

— Porque Mordred poderia ter colocado feitiços para vir atrás de você?

— Seja o que for que eu saiba, deve ser vital. Foi egoísta não fazer o procedimento mágico de Merlin se isso nos desse essa vantagem. Esse deve ser o curso de ação mais estratégico.

— Eu discordo. Lancelot me contou o que aconteceu com Merlin esta manhã — ele disse. — Merlin está muito mais interessado no que está trancado dentro de você, Guinevere. — Ele a fixou com um olhar penetrante. — Há mais em você do que memória.

A pele na parte de trás do pescoço dela se arrepiou.

— O que você quer dizer?

Gawain encarou o horizonte por um longo tempo antes de falar.

— Estou feliz que você tenha recusado e que esteja segura.

— Isso não responde à minha pergunta — Vera disse. — Você faz isso com frequência, sabe? E eu estou bem ciente de que é de propósito.

Ele deu uma risada baixa e depois um longo suspiro.

— Não subestime o que você pode ter a oferecer. — Suas palavras eram lentas, como se as selecionasse com cuidado.

Vera se lembrou de como ele se referiu a Grady como um espécime inumano, e ainda assim aqui estava ele, enfrentando uma situação difícil e respondendo com compaixão.

— Por que você está me protegendo? — ela perguntou.

Gawain olhou Vera dentro dos olhos. Ela sempre ficava tão distraída pela profundidade com que eles eram fixos, como ele frequentemente olhava para as pessoas com aquela expressão desconcertante. Mas ele tinha olhos muito gentis.

— Porque os magos têm um papel nisso, e devemos ser responsáveis por isso — ele disse. — E porque você é minha rainha.

Vera olhou para seus pés, tocada pela lealdade dele. Ela ficou atônita quando ele falou novamente.

— Mas, acima de tudo, porque você é minha amiga.

XLIV

Vera se remexeu na sela, desacostumada com o jeito que a armadura enrijecia seus movimentos enquanto cavalgava. Lancelot estava certo: ela deveria ter usado mais a armadura para praticar antes de ser necessário. Após a emboscada daquela manhã, todos usavam uma, até Gawain. Estranhamente, combinava com ele. Exceto por Vera, todo o grupo tinha estado na linha de frente da guerra. Ela era a única deslocada.

Tristan emparelhou com ela. Sua armadura de prata escura brilhava, e quando a luz da manhã a atingia de certos ângulos, os amassados e marcas se revelavam, coisas que ele certamente poderia ter consertado. Ele escolheu usar as marcas de batalha. Ele olhou de soslaio para Vera, tentando não deixar que ela percebesse.

Ela sorriu.

— O que foi? — disse, como faria em qualquer outro dia. Em um acordo tácito, estavam fingindo que os limites não haviam sido ultrapassados na noite anterior.

— Eu nunca pensei que veria você de armadura — ele disse. — Você está incrível.

Ela não conseguiu evitar olhar na direção de Arthur. Ele cavalgava com o mais jovem dos dois soldados, um homem com um rosto severo, porém juvenil, e um nariz que claramente já havia sido quebrado antes. Ele irradiava sob a atenção ininterrupta de Arthur, embora Arthur tenha desviado o olhar apenas o suficiente para encontrar os olhos de Vera, inclinando a cabeça para ela com um sorriso antes de voltar à conversa.

Ele não a estava evitando, mas, depois que ela e Lancelot lhe contaram toda a história sobre o que aconteceu com Merlin, ele manteve distância. Tristan, no entanto, ficou por perto. Ele cavalgava ao lado de Vera, tão encantador como sempre. Quando fazia comentários particularmente afetuosos, lançava olhares furtivos na direção de Arthur, verificando as reações do rei. Vera riu ao perceber que Tristan ainda estava tentando cortejá-la. Ela não conseguia imaginar que mudaria de ideia quanto a estar com ele, mas admirava sua persistência.

Não havia uma delimitação clara entre onde uma cidade terminava e a outra começava. Mas, uma hora e meia depois de saírem de Faringdon, eles cruzaram uma ponte de madeira com apenas tábuas largas amarradas sobre um riacho que corria lentamente, e, no meio do caminho, tudo à vista tremeluziu visivelmente, como o ar acima de água fervente. Vera se virou rapidamente para Gawain, alarmada.

Ele assentiu uma vez, sua calma oferecendo conforto imediato.

— Entramos na Manta dos Magos — disse ele. Aproximou seu cavalo do de Vera e murmurou: — Oxford é protegida por uma rede de magia que cobre um raio de dezesseis quilômetros ao redor da cidade. Se atacantes vierem, isso os deterá. Não há exército aqui, nenhum lorde nem rei inferior. Mas há muitos magos. — Os olhos de Gawain brilharam. — É um grande tesouro a ser protegido.

Nada poderia ter preparado Vera para Oxford. Ela podia ver à distância que não era a Oxford que ela conhecia. Onde esperava encontrar dramáticas torres góticas apontando para o céu, em vez disso, viu um horizonte pontilhado com cúpulas pontiagudas, como nuvens salpicadas sobre a cidade. Quando viraram a esquina para a rua principal, seus olhos se arregalaram. A maioria dos prédios era redonda e feita de pedras polidas em tom creme brilhando sob a luz de enormes orbes, que flutuavam mesmo durante o dia.

— É a forma mais condutora de magia — Gawain sussurrou em seu ouvido.

Elas pairavam sobre as ruas de paralelepípedos como lustres centrais a cada trinta passos. Não importava para onde Vera olhasse, ela via a magia em ação.

Eles passaram por um anfiteatro ao ar livre, onde uma equipe ensaiava a narração de uma completa aventura épica, com artistas voadores, explosões pirotécnicas precisas e coloridas, e som perfeitamente amplificado. Do outro lado da rua, caminhava um elefante de pedra cintilante em tamanho real, para qual propósito, Vera não conseguia entender. Ela quase gritou quando uma mulher de cabelo selvagem, com a cabeça baixa, concentrada em um pergaminho nas mãos, esbarrou no elefante. Mas ela não foi derrubada. Atravessou a barriga do animal, e apenas uma nuvem de névoa foi perturbada de onde ela emergiu.

Enquanto percorriam a rua principal, Vera tentou não piscar. Ela espiava por qualquer porta aberta por que passavam, avistando uma sala redonda coberta de tinta vibrante em todas as direções e duas pessoas no centro, de costas uma para a outra. Não havia traços, gênero ou roupas que pudessem ser reconhecidos, pois elas também estavam cobertas de tinta, e só eram identificáveis como humanos pela maneira como moviam os braços, como maestros, com cores sendo lançadas a cada gesto.

Mais adiante, ela esticou o pescoço para observar uma mulher enrugada, carregada de pergaminhos nos braços, dar um chute para abrir outra porta.

Uma fumaça azul magnífica escapou e se espalhou no ar, dissipando-se no vazio. Faíscas brilhantes se espalharam no laboratório além da porta, que foi rapidamente fechada.

Chegar ao fim da rua foi quase uma decepção, mas Merlin esperava ali, tenso, com a expressão indecifrável. Ele estava diante do edifício mais proeminente até agora, a estrutura redonda atrás dele tinha corredores tubulares saindo de sua base em ambos os lados, estendendo-se além do que os olhos podiam ver. Ela se erguia acima deles. Vera contou cinco andares de janelas imponentes sob a cúpula no topo. Em uma fonte menor que seu dedo indicador (inúteis comparadas ao vasto edifício que adornavam) havia letras simples em bloco gravadas acima do arco da porta: MAGISTÉRIO DE MAGIA.

— O conselho está reunido e aguardando sua chegada — disse Merlin. Ele providenciou para que os cavalos e as bolsas fossem levados para a estalagem, onde o grupo passaria a noite. Os soldados permaneceram prontos do lado de fora do Magistério, com Tristan se juntando a eles. Vera não sabia se isso havia sido discutido antes, mas ele não parecia surpreso nem ofendido por sua exclusão. O ataque naquela manhã havia feito pelo menos uma coisa útil: não havia dúvida quanto à urgência desta reunião. Gawain tomou seu lugar ao lado de Merlin, seus movimentos rígidos e o rosto pálido. Merlin os indicou em direção ao corredor arqueado.

Não havia porta, nenhuma barreira visível ali. Arthur foi o primeiro a passar, com Vera logo atrás, mas assim que seu corpo cruzou o limiar, ela sentiu uma sensação de várias mãos passando por cada pedaço de sua pele, tanto nas partes expostas ao ar quanto debaixo da roupa, até mesmo nas partes mais ocultas e íntimas. Ela se assustou e se virou a tempo de ver Lancelot erguer uma sobrancelha e estremecer. Ele também sentiu.

A alegre cacofonia havia silenciado do outro lado da porta. Merlin e Gawain atravessaram a entrada, impassíveis com a experiência.

— O que é isso? — perguntou Vera.

— É um desmascaramento — disse Merlin, passando por eles para retomar seu lugar à frente e liderá-los pela ecoante rotunda. — Qualquer encantamento em uma pessoa é retirado quando ela cruza o limiar.

Seus passos ecoaram no chão de pedras da entrada abobadada até que passaram para um longo corredor diretamente oposto, onde o som foi abafado. Havia muitas portas de ambos os lados, mas eles passaram por todas, caminhando até o corredor terminar em outra porta, dessa vez de granito, que lembrou Vera da entrada de um mausoléu.

Merlin colocou a palma da mão no centro dela. Seus dedos se iluminaram, e feixes de luz se espalharam como uma teia de aranha, lembrando vidro trincado.

Quando a rede de linhas brilhantes alcançou as bordas em todos os lados, o peso da porta evaporou, e, conforme a laje de granito deslizava para trás, não arranhava o chão. Seu movimento soou como uma brisa sobre a grama alta. A porta deslizou lentamente para o lado, deixando uma abertura grande o suficiente para que passassem em fila indiana.

A sala que eles entraram era, sem surpresa, redonda, com três fileiras de assentos em níveis em um semicírculo. Cada fileira ficava atrás de mesas estreitas.

Era um auditório de pedra, e onde eles entraram era o palco, com uma plateia de magos os observando. Os olhos de Vera foram atraídos para a primeira fileira, onde quatro dos seis assentos estavam ocupados. O homem que se sentava à direita do centro comandava o espaço e aquelas pessoas de uma forma indefinida que Vera achou que só poderia ser magia. Sua energia a atraía, e, quando ele fez contato visual com ela por cima do nariz curvo, sorriu com satisfação. Não havia gentileza nesse sorriso. Ela desviou o olhar rapidamente e sentiu o prazer dele com sua intimidação.

À esquerda do mago de nariz curvo estava um homem que parecia muito mais próximo de como Vera havia imaginado Merlin. Sua barba prateada descia até o umbigo, e os olhos estavam nublados com poças cinzentas de catarata. As costas de suas mãos tinham nós do tamanho de bolas de golfe. À direita do mago de nariz adunco estava uma mulher que usava um turbante de seda. Não havia rugas em seu rosto, embora ela carregasse a sabedoria de séculos. Ao lado dela, Vera teve que se concentrar para ver a quarta maga na frente e notá-la. Ela era uma figura pequena e etérea que parecia muito confortável em não ser percebida.

As fileiras atrás deles estavam na sombra. Vera não conseguia ver o rosto de nenhum daqueles magos, mas todos se levantaram à entrada de Arthur, uma impressionante onda de idênticas vestes de seda creme cintilando na escuridão.

— Bem-vindo, Vossa Majestade. — A mulher com turbante abriu os braços. Sua voz encheu a sala sem esforço. — Estamos honrados com sua presença.

Arthur deu um passo à frente.

— Obrigado, Naiam. Gostaria que fosse em outras circunstâncias.

Ela sorriu, inclinando a cabeça.

— O senhor é sempre bem-vindo. Não precisa ser necessário um desastre para que nos visite. Por favor, sente-se. — Naiam gesticulou para o lugar onde eles estavam, e uma fileira de cadeiras apareceu atrás deles.

Eles se sentaram. Com um aceno de braços, Merlin e Gawain trocaram para suas vestes de cor creme, combinando com o restante. Eles ficaram na primeira fileira. Vera supôs que aqueles seis eram o alto conselho. Seguindo o exemplo de Naiam, todos os magos realizaram a "respiração da vida" em uníssono antes de se sentarem.

— Eu convoco esta assembleia especial do conselho pleno para tratar da questão de uma crise mágica.

Vera percebeu Gawain soltando um suspiro longo e viu seus ombros relaxarem.

Os magos tinham ouvido a história de Crayford, mas pediram a Arthur que a recontasse, e também do ataque contra eles naquela mesma manhã.

— Tem certeza de que foi um feitiço de gatilho? — Naiam perguntou a Merlin.

— Absoluta. Gawain extraiu o frasco de sangue, e eu o destruí.

—Foi imprudente. — O mago de nariz curvo lançou um olhar sombrio para ele. — Poderíamos ter extraído informações dele, e você o destruiu sem realizar nenhum teste.

— O feitiço estava no próprio sangue, Ratamun — disse Merlin. — Acha que há algum teste que valha o risco de espalhar um feitiço indomável? Talvez três de nós nesta sala pudessem, teoricamente, realizar tal feitiço. Eu não estava disposto a arriscar a rainha dessa forma.

Vera evitou a todo custo olhar para Lancelot, que, em Camelot, teria rido alto ou se mexido desconfortavelmente na cadeira. Ela imaginou que ele gostaria de socar Merlin por reivindicar a superioridade moral sobre a segurança de Vera depois de estar disposto a arriscar sua mente.

Ratamun bufou.

— A rainha se arriscou quando se aliou à traidora, Viviane. — O nome saiu rosnado de seus lábios. — Um crime pelo qual continuamos sendo negados do direito de julgá-la ou responsabilizá-la.

Claro que eles não poderiam julgá-la. Viviane estava morta.

Então Vera percebeu que eles se referiam a ela.

— A rainha Guinevere deveria ser interrogada e julgada — disse Ratamun. Um murmúrio se levantou das outras fileiras de magos com sua proclamação. Alguns em protesto, outros em concordância.

Ratamun tinha talento para dominar uma sala, mas Arthur também. Ele se inclinou para frente em sua cadeira, os olhos escurecendo enquanto os fixava no mago.

— Ratamun — ele disse com uma calma perigosa. Isso trouxe silêncio à assembleia, tão certeiro como se ele os tivesse calado com uma espada. — Você enviou um mago à minha corte que subverteu o reino. O reino, devo acrescentar, que construímos e que antes seria considerado impossível, mas agora é a realidade em que vivemos. Guinevere foi enfeitiçada por Viviane, sua maga de confiança no alto conselho, e Guinevere teve a fortaleza de enfrentar Viviane, arriscando a própria vida. O crime dela foi contra o reino e contra mim. Estou satisfeito com a resolução, e ela foi perdoada. Se precisa de provas da lealdade de Guinevere, não procure além do ataque contra ela esta manhã. Eu não convoquei o conselho de magos a julgamento por terem erguido e enviado a traidora Viviane, e você não vai convocar a rainha. Fui claro?

O rosnado de Ratamun começou a se transformar em um argumento.

— Chega — disse Naiam, mas ela olhou para Vera como se tivesse suas próprias perguntas.

A pequena mulher foi a próxima a falar, com uma voz suave que combinava com sua estatura.

— E você acredita que seja o mago sombrio Mordred?

— Sim — disse Arthur —, e acredito que isso esteja ligado ao enfraquecimento da magia dentro do reino também.

Houve uma agitação entre os magos. Merlin franziu os lábios e olhou para os pés, descontente.

— Por quê? — Pressionou a maga de voz suave.

— Convoco o mago Gawain — disse Arthur.

— Gawain, essa teoria é sua? — perguntou Naiam, surpresa, mas gentil. A maneira como ela olhou para Gawain, pelo menos trinta anos mais novo que ela. Outros entre eles o olharam da mesma maneira, o único mago que havia sido criado no Magistério desde a infância. Era o filho coletivo deles.

Não de todos, entretanto. Notavelmente, Ratamun lançou um olhar sombrio enquanto Gawain se endireitava na cadeira.

— Sim, é minha. A descrição de Crayford corresponde à minha própria experiência em Dorchester. Mas há mais. E eu devo primeiro pedir desculpas ao conselho reunido — mas ele se dirigiu a Arthur enquanto dizia isso —, porque escondi muito do que precisa ser dito. Há uma questão maior do que Mordred a ser abordada em relação ao desaparecimento da magia. — Ele não deu tempo para ninguém intervir, prosseguindo logo em seguida em meio a um murmúrio de desconforto.

— Sabemos que a magia não é infinita, é um tipo de energia que se recicla. Nos seiscentos anos de sua história registrada, a taxa de nascimento e regeneração da magia permaneceu estável. — Muitos no conselho acenaram com a cabeça em confirmação. — Isso mudou quando os magos começaram a acumular poder, especialmente durante as guerras.

A sala estava silenciosa, mas toda a inquietação, todo o movimento e quase toda a respiração pararam com um suspiro palpável. Até Merlin se virou para Gawain, em choque horrorizado.

Ratamun rompeu o silêncio.

— Qualquer déficit mágico deveria ter sido sentido apenas entre os saxões.

Um breve brilho de triunfo passou pelos olhos de Gawain, substituído num piscar de olhos por sua expressão regular e soturna.

— Todos nós sabemos que não é assim que o dom funciona. Ele não discrimina contra o povo de uma nação em detrimento de outra. Há também o advento do Feitiço de Retenção. Quantos magos morreram, e seus poderes foram destruídos com eles? Quantos foram perdidos apenas com Viviane?

Arthur e Lancelot pareciam tão confusos quanto Vera.

Gawain continuou.

— Crayford é um microcosmo do que estamos fazendo em larga escala. Em Crayford, o mago tomou todos os dons daqueles que derrubou. Toda a magia conhecida em uma cidade inteira foi sugada por um único homem, e o que aconteceu? A própria terra murchou e morreu. Estamos drenando a terra de seus poderes.

— Devemos discutir este assunto em uma assembleia fechada — disse Naiam, em um claro tom de advertência, os delicados sinos de sua voz agora soando agudos.

— Como seu governante — disse Arthur, após um aceno de Gawain —, insisto em estar presente para uma conversa de tal gravidade. Pela primeira ordem estabelecida ao criar o conselho de magos, tenho o direito de testemunhar suas deliberações quando isso tiver um impacto direto sobre este reino. — Parecia que ele estava citando a ordem palavra por palavra e, Vera suspeitava, era exatamente o caso. No entanto, eles ficaram chocados ao ouvi-lo invocá-la. — Prossiga, mago Gawain — ele disse, sem se desviar de Naiam. O sorriso dela não alcançava mais os olhos.

— O rei precisa saber — disse Gawain. — Estamos à beira da destruição de tudo pelo que trabalhamos. Ele precisa saber. Não podemos continuar alegando que mantemos este segredo para a segurança do reino. Estamos protegendo nosso próprio poder às custas da magia em si.

— Entendo corretamente que os magos obtêm seu poder de outra fonte além do treinamento e estudo? — Arthur dirigiu sua pergunta a Naiam, que claramente hesitava em responder.

— É... complicado.

Arthur a encarou firmemente.

— Sim, Vossa Majestade — ela disse, sem encontrar outra saída.

— Como? — Uma palavra que abalou tudo. Desestabilizou. Ninguém respondeu. — Preciso ordenar que respondam? — Arthur perguntou, varrendo suas fileiras com um olhar duro.

O mago ancião e curvado, com uma barba que descia até o meio do corpo, foi quem respondeu.

— O estudo e o treinamento nos ensinam a utilizar nossos dons de forma geral. Existem duas maneiras pelas quais podemos adquirir novos poderes. Um dom pode ser dado de um ser mágico que tenha algum domínio sobre sua habilidade para outro. A segunda maneira é... no campo de batalha. Quando um inimigo com um dom é morto, se ele for apunhalado por uma arma de mago diretamente no coração enquanto houver qualquer resquício de vida, o mago pode absorver o dom com o último suspiro do moribundo. Era um segredo bem guardado, conhecido apenas pelo conselho até agora, e foi nossa maior vantagem durante as guerras. Ninguém contra quem lutamos entendia como nossos magos eram tão poderosos.

— As guerras foram longas — Gawain interveio. — Pelos meus cálculos, temos mais de dez mil dons conhecidos apenas entre os membros do alto conselho. Isso é só entre os seis de nós. Não inclui os outros magos nesta sala, sem mencionar os magos menores que não fazem parte do conselho. Creio que essa acumulação está fazendo a magia dissipar. Ela está morrendo porque estamos acumulando-a. Ela também está se escondendo.

— Você está se referindo ao menino do seu primeiro relatório fora de Camelot? — Era a maga de voz suave novamente.

Gawain acenou com a cabeça.

— Grady. O dom dele só apareceu quando ele teria perecido sem ele. A magia é mais sábia do que todos nós. Ela se escondendo ativamente, para que não possamos tomá-la. Mas para cada Grady cujo dom poderia se manifestar, quantos têm dons que aparecem tarde demais ou que não podem salvá-los? Eu apostaria que muitos de vocês viram exemplos disso durante a guerra, assim como eu, explosões de poder quando um soldado estava em perigo, extintas antes que o dom pudesse se manifestar. Quantos são perdidos em um estado de coação traumática?

— Por mais interessantes que suas histórias sejam, o que você propõe que façamos? — disse Ratamun com irritação.

Gawain relaxou os ombros, empurrando-os para trás.

— Devemos conduzir um estudo amostral do que acontece quando os magos liberam seu poder de volta para a terra.

Os magos do alto conselho trocaram expressões de surpresa.

— Você está se oferecendo? — Ratamun perguntou com desdém.

— Se for necessário, então sim, eu me ofereço — disse Gawain.

O desinteresse ensaiado de Ratamun vacilou. Ele não esperava isso.

— Você elaborou isso com ele, Merlin? — perguntou após um momento.

— Não — Merlin começou antes de Gawain interrompê-lo.

— Eu mantive minha teoria em segredo de Merlin. Este é meu trabalho, minha especialidade. Estou preparado para enfrentar as consequências.

Vera percebeu que estava testemunhando um ato silencioso de coragem extraordinária.

— Não sejamos precipitados, Gawain — disse Merlin. — De que adianta desperdiçar poder? Levaria anos para realizar uma pesquisa significativa e medir qualquer mudança. Não há como saber se tem impacto em uma escala tão pequena.

— Sim, há — Gawain cuidadosamente retirou um pacote de pano do bolso e o desembrulhou. Vera esticou o pescoço para ver. Era seu instrumento de vidro, aquele que ele havia mostrado em seu escritório.

Os magos se moveram no assento para uma melhor visão.

— Ele mede o equilíbrio entre os dons atribuídos e aqueles que se tornam disponíveis em qualquer momento dado, dentro de uma proximidade suficiente para este instrumento. Quando alguém com um dom morre sem um Feitiço de Retenção em vigor, uma substância líquida aparecerá no tubo. Se os dons são distribuídos pelo nascimento de uma nova criança mágica, eles serão transferidos para o bulbo. Quando os magos acumulam grandes quantidades de dons e morrem com um Feitiço de Retenção ativo, a magia não volta para a circulação. Nascimentos mágicos não podem ocorrer. Enquanto vivemos com milhares de dons presos dentro de nós, esses dons também não podem ser circulados. Acredito que se liberarmos alguns de nossos muitos dons, não todos, mas alguns, eles serão reciclados. Meu instrumento pode testar isso.

— A taxa de nascimento mágico começou a cair notavelmente há vinte e três anos — disse o mago mais velho, pensativo. — E o Magistério foi fundado quatro anos antes. Não sei por que nenhum de nós reconheceu o padrão antes.

— Foi lento o suficiente para que fosse fácil culpar outras coisas — disse Gawain.

Vera não estava acompanhando. Era esse o segredo que ela conhecia? Era esse o objetivo de Mordred? Roubar magia suficiente para que o reino de Arthur começasse a desmoronar?

Naiam se levantou e disse com firmeza:

— Não sabemos se isso está correto. Ouvir isso e achar que faz algum sentido lógico não significa que seja verdade. O reino nem mesmo existiria sem o poder dos nossos magos. Nós *protegemos* a magia. O mago Gawain não é velho o suficiente para lembrar. Mas muitos de nós recordam bem quando nossos avós escondiam seus dons porque eram considerados profanos e poderiam levá-los a uma sentença de morte antes da fundação da ordem. Eu respeito a capacidade de Gawain de separar seus interesses pessoais de seus estudos, mas devo lembrar: isso não significa que ele esteja certo.

— Deixe-me realizar o experimento — disse Gawain. — De acordo com nossas melhores estimativas e registros, há vinte nascimentos por dia em nosso reino. Eu liberarei vinte dos meus próprios dons esta noite. Se minha teoria estiver correta, liberar dons também colocará poderes de volta em circulação, da mesma forma que uma morte faria. Seremos capazes de verificar se essa parte foi eficaz imediatamente. E então, se fizermos uma leitura amanhã, deve haver fluido no recipiente maior.

A pequena maga se remexeu no assento antes de falar.

— Se tudo acontecer como você teoriza, significa...

— Sim. — Gawain assentiu. — Significa que essa crise é culpa somente nossa.

— E do seu dispositivo. Você fez isso usando seus dons, não fez? — Ratamun disse, com a raiva desaparecendo, substituída por fome de conhecimento. — Nunca houve nada que pudesse rastrear o poder antes. Funciona?

Gawain hesitou.

— Eu acredito que sim. — Ele não respondeu à primeira pergunta e rapidamente embrulhou o dispositivo, guardando-o.

O queixo de Ratamun se projetou para a frente, e ele exclamou, mais alto do que os murmúrios ao seu redor:

— Acho que deveríamos fazer isso.

A sala irrompeu em tumulto. Gawain não se sentiu apoiado. Ele entrelaçou as mãos com força, os nós dos dedos ficando brancos. Naiam bateu com a mão na mesa, o grosso anel de ouro que usava soando como um martelo a cada golpe.

— Faremos uma votação — disse ela, enquanto a sala se acalmava. Seus olhos estavam sombrios, e todo o tom melódico de sua voz havia desaparecido. — Você poderia se retirar? — perguntou a Gawain.

Gawain, com os ombros tensos, assentiu rigidamente ao se levantar e sair da sala, não pela entrada principal que os sepultava, mas por uma câmara lateral logo atrás dele.

A cadeira de Lancelot arrastou-se pelo chão quando ele se levantou abruptamente.

— Eu também gostaria de me retirar — ele se moveu antes que alguém o reconhecesse.

Vera começou a fazer o mesmo, mas lembrou-se de que já estavam suspeitando dela, e voltou a se acomodar na cadeira.

Arthur deu uma leve apertada na mão dela.

— Vá em frente — sussurrou ele.

Ela se apressou para seguir, notando a desaprovação rígida de Naiam e sentindo-a nas costas durante todo o caminho. Vera não se importava. Ela entrou na câmara lateral e fechou a porta. Era pouco mais do que um armário, uma masmorra de pedra sem janelas.

Gawain encostou-se no canto.

— Assinei minha sentença de morte — disse ele, com uma voz abatida, embora seus olhos estivessem arregalados e a pele pálida. — Já teria sido suficiente revelar nosso segredo, mas sugerir que sacrifiquemos nossos dons... serei executado.

— Não será — Lancelot segurou o rosto de Gawain entre as mãos, dando aos olhos errantes do mago um ponto de foco. — Não vamos deixar que isso aconteça.

Gawain parecia sentir pena de Lancelot.

— A autoridade que você tem não carrega o poder que você pensa que tem — disse ele em um tom monótono.

Lancelot suspirou, dando um tapinha no rosto de Gawain com uma risada exasperada. Isso descontrolou Gawain, que empurrou as mãos de Lancelot para longe.

— Você não ouviu o que eu disse lá dentro? Sobre como obtemos nossos dons? A faca no coração. Lancelot, eu tenho mais de mil poderes.

— Você matou tantas pessoas? — perguntou Vera em voz baixa.

— Não. — A urgência bestial se desfez, trazendo de volta o Gawain que conheciam enquanto ele pensava nos números. — Foram mais... — Sua boca se torceu, movendo-se sem som enquanto seu rosto ficava vermelho. — Droga. Não estou na sala. Não posso dizer. Eu deveria ter dito antes. — Ele gemeu e balançou a cabeça. — Mais de duzentos e cinquenta seres humanos encontraram seu fim ao olhar nos meus olhos. Entendem? — Sua voz subiu em um tom frenético.

Lancelot tentou alcançá-lo.

— Você era apenas...

— Não — ele rosnou, se afastando. — Eu sou um monstro. Olhe para mim como se eu fosse um monstro.

Lancelot não fez isso. Vera sabia que ela também não faria. Gawain se apoiou de novo contra a parede.

— Merda. — Ele escondeu as mãos no rosto.

— O que é um Feitiço de Retenção? — Lancelot perguntou abruptamente.

Gawain suspirou.

— Ele torna um dom impossível de ser roubado com a morte, desincentivando os assassinatos entre os magos. Viviane o inventou. Ela tinha mais dons do que a maioria dos magos combinados. Se eles soubessem apenas isso... que aqueles dons não foram conquistados pela genialidade dela no laboratório, mas pela disposição dela de acabar com vidas, teriam confiado nela? Teriam confiado em qualquer um dos magos?

A porta se abriu, e todos se retesaram com a combinação de movimento e barulho, relaxando um pouco quando foi Arthur quem entrou na sala já cheia. Gawain se moveu como se estivesse prestes a se ajoelhar, mas não foi rápido o suficiente.

Arthur o abraçou, murmurando "Obrigado". Ao soltar Gawain, ele disse:

— Foi altruísta e corajoso de sua parte se opor a toda a sua criação...

— Minha criação, mas também minha escolha, Arthur. Ninguém me forçou a continuar sendo mago.

— Quantos anos você tinha quando se tornou mago? — Arthur perguntou.

— Você teve que matar para receber seus primeiros dons?

Gawain balançou a cabeça.

— Todos nós recebemos nosso segundo poder, marcando o início da vida como mago. Eu tinha sete anos quando Merlin me deu o meu.

— Com isso, você também foi iniciado nos segredos que estava magicamente obrigado a manter. Então veio a guerra, e você fez o que todos nós fizemos em batalha.

A voz de Gawain começou a protestar, mas Arthur não o ouviu e continuou.

— E você foi feito o membro mais jovem do alto conselho dos magos. E, hoje, você se levantou contra eles como ninguém jamais fez, e isso pode salvar o reino e salvar a magia para todos nós. Eu o nomearia cavaleiro uma segunda vez, se pudesse.

Gawain se atreveu ter esperança, procurando os olhos brilhantes de Arthur.

— Eles aprovaram?

— Sim. Eles aprovaram o teste.

Era evidente que a votação não tinha sido unânime, mas foi aprovada, e um número suficiente de magos compartilhou o espírito de altruísmo de Gawain, oferecendo alguns de seus próprios dons para a causa. O homem idoso e a mulher silenciosa, que fez as melhores perguntas, ofereceram três dons cada um, e, para surpresa de Vera, Ratamun ofereceu cinco dos seus, então Gawain só precisava liberar nove para atingir o número acordado.

Eles se reuniram no espaço aberto, com o resto do conselho e a comitiva real assistindo. Gawain passou seu instrumento para Arthur segurar.

— Como fazemos isso? — perguntou a maga silenciosa, que Vera descobriu chamar-se Phoebe, com sua voz diminuta.

— É exatamente como se estivesse dando um presente a outra pessoa, mas focando na terra... terra, grama ou árvores — disse Gawain. — Qualquer parte da natureza que você precise lembrar, e então...

— Liberar — Phoebe completou por ele.

Ratamun sorriu com desdém enquanto enrolava as mangas de seu manto.

— E se um de nós mentir e doar menos presentes do que prometeu?

— Se o instrumento funcionar, deveríamos ser capazes de contar e saber — disse Gawain. — Se não funcionar? Nada acontecerá.

Gawain foi o primeiro. Ele se estabilizou, fechou os olhos em um silêncio que se estendeu por longos segundos e então respirou o sopro deliberado e sagrado enquanto estendia a mão, palma para baixo à sua frente. Nada mudou notavelmente, mas Arthur fez um som de aprovação ao lado de Vera, e todos os olhares se voltaram para ele.

Um redemoinho de líquido gelatinoso surgiu do nada no tubo. À primeira vista, era todo do mesmo brilho prateado. Mas, de um ângulo diferente, havia delineações nítidas e, de fato, nove seções separadas e contáveis, cada uma de uma cor ligeiramente diferente.

Os magos se agitaram com isso. Naiam aspirou com força. Um a um, os três magos que se voluntariaram também liberaram seus dons, e o tubo foi lentamente se preenchendo.

— Os dons estão em circulação? — perguntou Ratamun, aproximando-se de Arthur e do instrumento.

A mão de Gawain estremeceu em direção a Ratamun como se tentasse impedi-lo, mas o mago estava fora de seu alcance.

— Sim — disse ele.

Naiam não parecia satisfeita.

— Parece que sim. — Ela tamborilou os dedos na mesa enquanto olhava para a sala. — Nos reuniremos novamente ao amanhecer para ver o que resultará deste experimento.

Os lábios de Merlin se abriram. Ele observava o instrumento nas mãos de Arthur com incredulidade. Ratamun se inclinou sobre o globo, movendo a cabeça de um lado para o outro entre dois ângulos.

— Todos são de cores diferentes — murmurou ele, com os olhos brilhando. — Você consegue identificar o que cada poder é?

Gawain se mexeu desconfortavelmente.

— Não — disse ele com firmeza. — Apenas o número. Não há como saber mais nada.

O sorriso de Ratamun nunca deixou seu rosto.

— Se você diz.

XLV

Pareceu uma vitória, até que saíram do Magistério e chegaram ao silêncio do quarto de Vera na estalagem, onde ela, Arthur, Lancelot e Merlin se reuniram. A expressão tensa de Merlin traiu a raiva que fervia sob a superfície de sua calma.

— Por que não me contou que esse era o seu plano? — disse ele entre dentes cerrados.

— Porque eu sabia que você me impediria — respondeu Gawain.

Merlin bufou.

— Claro que sim. Mesmo que você esteja certo, foi uma emboscada. Não o jeito certo de fazer isso. Você será expulso do Magistério de Magia, no mínimo.

— Eu sei — disse Gawain. — Mas você sabe tão bem quanto eu que se não tivesse sido uma emboscada, se o rei não estivesse na sala, eles nem mesmo teriam considerado a hipótese.

O rosto de Merlin se encheu de tristeza ao olhar para Gawain. Isso assustou Vera.

— E a suspeita de Ratamun sobre seu instrumento? — perguntou Merlin.

Gawain assentiu.

— Ele sabe como pode ser usado.

— Como pode ser usado? — Arthur perguntou. Ele segurava o instrumento, colocado em seu colo, onde estava sentado.

— Ratamun acertou ao supor que essa ferramenta é a base para perceber quais dons alguém possui e quantos — disse Gawain. — Eu sabia que era um risco ao revelá-la.

— Não um risco — corrigiu Merlin. — Uma inevitabilidade. — Ele direcionou a próxima observação para Arthur. — Ratamun é um dos nossos que acredita nos grandes dons. Imortalidade e invencibilidade são os dois mais cobiçados. Ele, e outros também, não desejariam nada mais do que a capacidade de sentir e rastrear esses dons. E tomá-los, não importa o custo: inimigo, amigo, família…

Vera conseguia imaginar o perigo de tal poder, mas não nas mãos de Gawain. Ele nunca usaria o dom dessa forma.

— Por que isso é um problema? — ela disse, ansiosa para afastar todos do medo e trazer de volta a esperança que tinham sentido poucos minutos antes. — O dispositivo é feito com a sua magia, Gawain. Eles não podem usá-lo sem você. Não é a sua magia viva que o alimenta?

A expressão de Merlin se aprofundou.

Lancelot estava sentado com os joelhos afastados e os cotovelos sobre as coxas, inclinando-se para ouvir. Não era uma postura estranha para ele, e ele parecia à vontade, exceto pelas mãos, que estavam firmemente entrelaçadas.

— Isso coloca você em risco, não é? Eles precisariam do dispositivo, e precisariam de você para poder usá-lo.

Os olhos de Gawain estavam cheios de palavras não ditas enquanto encontravam os de Lancelot.

— Ou eles o iriam querer morto — disse Merlin, sentando-se ao lado de Vera. — Tudo isso é exatamente o motivo pelo qual ninguém pode saber a verdade sobre você, Guinevere. O poder atrativo que eu usei: viagem no tempo, reiniciar uma vida humana... é irresistível. Alguns não mediriam esforços para obtê-lo, e, se não pudessem tê-lo, teriam certeza de que ninguém mais o tivesse.

Vera piscou. Ela se virou para Gawain, que abriu um sorriso triste para ela.

— Droga, Gawain — murmurou Lancelot para o chão. — Seu altruísta filho da...

— Olhem! — Arthur o interrompeu, sua voz em um tom de reverência. Ele ergueu o instrumento para que todos vissem. Uma espiral de líquido prateado, com a espessura de um a folha de papel, cobria a base da esfera de vidro. Não estava lá antes.

Gawain quase derrubou a cadeira ao correr até Arthur para pegar o instrumento. Sua boca ficou aberta, e os olhos brilhavam enquanto encarava a pequena poça com reverência.

— Uma criança acabou de nascer — disse ele, quase em um sussurro. — E um dos meus dons agora é dela.

XLVI

Ninguém dormiu bem naquela noite. Já sabiam o resultado do experimento. O quarto de Vera era o mais espaçoso, então os cavaleiros arrastaram colchões extras de quartos próximos. Enquanto os outros revezavam para fazer a guarda, ela e Gawain tentavam dormir, mas, na maioria das vezes, observavam o instrumento. Observavam enquanto a magia nascia em novas almas.

Quando se reuniram no Magistério, restavam apenas os sinais visíveis de dois dons no tubo. A visão era poderosa. Mesmo os magos que haviam expressado dúvidas na noite anterior, incluindo Naiam, estavam fascinados com a poça reunida na esfera, que preenchia mais da metade. Não ajudava que, enquanto observavam, o instrumento vibrava nas mãos de Arthur, e mais uma pequena quantidade do líquido do tubo borbulhava na cúpula maior.

Diante dos seus olhos, a magia se transferia. Phoebe, a maga calada, corou, e seus olhos se encheram de lágrimas. Esse tinha sido um dos seus dons. Gawain explicou a Vera na noite anterior. Ele podia sentir quando um dom seu havia sido transferido. Evidentemente, assim como os outros. O sorriso presunçoso de Ratamun desapareceu. Seus dons também haviam sido realocados.

Merlin fez a maior parte do discurso. Convenceu o conselho de que o líquido no instrumento de Gawain havia sido descoberto acidentalmente. Não havia uma fórmula nem como replicá-lo. E que o próprio instrumento só funcionaria uma vez. Seria inútil depois.

Gawain havia argumentado contra essa tática, temendo que, sem o instrumento para responsabilizá-los, o trabalho de liberar um número considerável de dons não seria feito.

— Mas vocês terão o instrumento — Merlin ponderou —, e muita capacidade para monitorá-lo. Podemos tratar da logística mais tarde. Por enquanto, precisamos garantir que você volte em segurança para Camelot, e isso significa que eles precisam acreditar que não pode ser replicado.

Os magos sempre se apresentaram como uma ordem religiosa em busca de paz e proteção da magia. A natureza de seus poderes era desconcertante.

Arthur estava especialmente desanimado com a ameaça dentro das próprias fileiras dos magos, algo tão grave. Da noite para o dia, o conselho havia se transformado de um farol brilhante de esperança para o reino em seu maior risco, e eles sabiam disso.

Vera tinha certeza de que esse era um fator importante enquanto os magos elaboravam um plano para lidar com a nova informação. Sua prioridade imediata era rastrear Mordred e matá-lo ou, preferencialmente, capturá-lo para enfrentar a justiça. Naiam designou dez grupos de magos, um do conselho com cinco magos menores, para caçá-lo. E, no que diz respeito à magia, cada mago do conselho foi solicitado a liberar dez dons. Gawain teria preferido uma abordagem mais agressiva, claramente expressa em sua testa franzida, mas Merlin o silenciou com um olhar severo.

Eles estavam no caminho certo.

Naiam encerrou oficialmente a reunião dos magos, e o grupo de Arthur não demorou. Seus cavalos já estavam prontos do lado de fora. Despediram-se educadamente, mas de forma curta, e seguiram para a estrada, embora já estivesse quase escuro quando partiram. Nem Merlin nem Gawain queriam permanecer em Oxford para responder a perguntas que poderiam chegar mais perto da verdade. Eles viajaram dezesseis quilômetros para se manter dentro do Manto dos Magos de Oxford, onde Naiam arranjou um acampamento seguro com proteção mágica extra.

Vera guiou seu cavalo até o lado do de Gawain.

— Viviane sabia disso? — ela perguntou enquanto cavalgavam para o oeste, em direção ao sol poente e a Camelot.

Ele franziu a testa.

— Se alguém pudesse ter descoberto, teria sido ela. Ela foi a maga mais brilhante que eu já conheci. — Vera ficou abalada ao ver que a voz dele brilhava com admiração por Viviane. — Ela não precisou lançar nenhuma maldição sobre o reino, bastava roubar magia suficiente e nos convencer a fazer o mesmo até que tudo começasse a secar — ele refletiu. — Nós mesmos nos amaldiçoamos até a vulnerabilidade.

— Como *você* soube?

— Eu não teria descoberto sem o último ataque de Mordred. Suponho que isso seja ver o copo meio cheio. Não havia outra maneira de termos visto uma concentração de roubo de magia e seus impactos imediatos na terra. Ele nos fez um favor nesse sentido.

— E isso era o que eu sabia? — Vera perguntou.

Gawain franziu os lábios. Ele balançou a cabeça como se não acreditasse, embora dissesse:

— Provavelmente.

Havia acabado. Gawain havia descoberto tudo, e suas memórias nem foram necessárias.

Suas memórias nem foram necessárias.

Merlin não precisava tê-la salvado. Lancelot não precisava ter nas mãos o sangue de uma versão aos frangalhos da rainha. Arthur não precisava ter testemunhado Guinevere morrer três vezes.

Ela virou a cabeça para observar Arthur cavalgando atrás deles.

Sabia que o amava desde o dia do torneio de justas, mas as palavras de Lancelot haviam libertado seus sentimentos. E, desde então, no tumulto, isso se tornara um rugido interior. Vera era e seria completa e inteiramente de Arthur.

Os sentimentos dele, por outro lado, não eram tão profundos. Ele era um homem leal. Havia prometido ser amigo de Vera, e honraria isso, mas era a magia e apenas a magia que o convencia a desejá-la. Quanto antes ela pudesse aceitar a disparidade entre seus sentimentos e começar a desmontar os dela, melhor.

Gawain colocou a mão no ombro de Vera, puxando-a do ciclo em que havia caído.

— Quando voltarmos a Camelot, vou me concentrar em descobrir esse controle que a magia tem sobre você. Vamos desmontar a barreira e podemos levar o tempo que precisarmos.

— Obrigada — ela sussurrou.

— Você voltará para sua outra casa depois disso?

— Eu... sim. — Esse era outro aspecto que ainda não tinha conseguido processar. Isso significava que ela poderia voltar para casa e ficar com os pais. Ela poderia ajudar o pai a melhorar, e ela *realmente* queria isso. Mas... ela *era* Guinevere. Não pertencia ao futuro. Mas também não pertencia exatamente a ali.

Ela deve ter ficado quieta por um bom tempo, perdida em pensamentos, até que Gawain finalmente perguntou:

— Já terminou de falar comigo?

Vera olhou para ele, apenas para encontrá-lo sorrindo.

Já era bem tarde da noite quando eles chegaram ao acampamento, que era bastante luxuoso. Cinco barracas estavam dispostas em um círculo de carroças ao redor de uma fogueira crepitante, só que essas eram barracas fantásticas, de seda brilhante e colorida, com três metros de altura. Os magos tinham cada um a própria tenda. Mais além, havia uma tenda para os soldados e os dois cavaleiros, uma para Vera e outra para Arthur. Ela ouviu Arthur discretamente fazer o pedido a Naiam. Ela odiou. Teria dado qualquer coisa pelo conforto dos braços dele naquela noite.

Lancelot estava do lado de fora da barraca dos soldados, suspendendo cuidadosamente seu orbe com a ajuda mágica de Merlin, enquanto Vera o observava com uma sobrancelha arqueada.

Ela riu.

— Ele pode fazer isso sozinho, Merlin.

Mas Merlin olhou para cima, confuso.

— O que você quer dizer?

— A orbe — Vera começou a dizer, mas parou. Lancelot balançou a cabeça levemente atrás de Merlin. — Er… achei que você estava… deixa pra lá. Eu me confundi. — Ela estava ansiosa para que Merlin se afastasse, para poder perguntar a Lancelot o que foi aquilo, quando uma mão em seu cotovelo revelou ser a de Tristan.

— Posso te visitar esta noite? — ele perguntou rapidamente.

— Ah, é… — Vera lançou um olhar para Lancelot, que fingia não ouvir enquanto amarrava as abas de sua tenda. — Não posso te contar o que aconteceu com os magos. — Ela disse, pedindo desculpas, enquanto o afastava mais de Lancelot.

— Eu sei — disse Tristan. — Estou acostumado com esse trabalho: ser o cavalheiro musculoso, e eles me contarão, se for relevante que eu saiba — ele riu. — Eu queria lhe fazer companhia. Só se você quiser. — Ele apertou seu cotovelo, traçando um círculo com o polegar ali, como tinha feito em sua coxa na outra noite.

— Tá bom — Vera ouviu-se dizer.

— Tá bom — Tristan repetiu. — Vou me arrumar um pouco e depois passo por lá.

Ele saiu trotando, deixando Vera sob o olhar desaprovador de Lancelot, que logo foi distraído por Gawain, que rastejava para fora dos fundos da barraca mais próxima a eles.

— Gawain, o que diabos você está fazendo? — Lancelot perguntou.

O mago abaixou o rosto até o chão, examinando-o de perto.

— Verificando a linha de fronteira do nosso acampamento para ter certeza de que é seguro.

Lancelot suspirou e balançou a cabeça, rindo com Vera, aparentemente esquecendo sua desaprovação. Ele caminhou até Gawain e ofereceu-lhe a mão para se levantar.

— Vamos lá, senhor mago, eu vou me alojar com você esta noite. Seu próprio segurança particular.

Gawain olhou para sua mão com desprezo.

— Você é impotente contra a magia — resmungou.

Lancelot colocou a mão sobre o coração e fez cara de ofendido.

— Isso feriu meus sentimentos. Ei! — ele disse mais animado. — Ninguém nunca morreu em batalha ao meu lado, lembra? Você e Percival não achavam que essa era minha magia? Aí está. Problema resolvido. Agora... — Ele balançou a mão estendida para Gawain, que a encarou com desdém e relutantemente a aceitou.

— Ah, aí está ele! Esse é o Gawain que amamos! — Lancelot jogou um braço ao redor dos ombros do mago e o guiou em direção à sua tenda, dizendo para Vera por cima do ombro: — Vamos correr amanhã, Guinna. Com que frequência teremos o privilégio de correr sob o Manto dos Magos?

Ela se maravilhou com o encaixe aparentemente sem nexo, mas de alguma forma perfeitamente lógico entre eles.

Vera foi para a própria barraca, do outro lado da dos soldados. A de Merlin ficava ao lado da dela e, logo em seguida, a de Arthur, diretamente do outro lado do círculo. As abas da barraca dele não se moviam.

Pelo menos ela poderia pensar demais nas coisas com conforto, pensou enquanto entrava. O acampamento organizado por Naiam deixava o melhor acampamento de luxo no chinelo. Tapetes extravagantes cobriam o chão de ponta a ponta, sob móveis tão elegantes quanto os de qualquer pousada. A cama, que era uma cama, não uma maca, com estrutura e cabeceira de madeira entalhada, ocupava apenas uma parte do espaço. Havia uma área de estar com cadeiras de braços largos e até uma lareira. Será que a barraca tinha uma chaminé? Ela teria que verificar de manhã. Tinha uma escrivaninha como a de Camelot, e tanto suas malas quanto as de Arthur haviam sido empilhadas cuidadosamente ao lado de um guarda-roupa feito do mesmo carvalho de cerejeira que a cabeceira.

As malas de Arthur. Droga. Quem as entregou não havia recebido o recado de que o rei e a rainha tinham quartos separados. Vera suspirou enquanto colocava os dois alforjes sobre os ombros, em parte contente por ter um motivo para ir até ele, em parte temendo outro encontro perfeitamente amigável e estritamente profissional.

Quando se virou, Arthur já estava parado na entrada da tenda dela, emoldurado pela luz do orbe.

— Está procurando por isso? — ela disse, com uma animação que não sentia. Arthur se apressou até ela, aliviando-a da carga. Um calor invadiu Vera quando ele colocou os alforjes no chão, em vez de sair imediatamente.

Ela aproveitou a oportunidade.

— Gostaria de se sentar um pouco? — Vera gesticulou, de forma desajeitada, para a área de estar.

Arthur sorriu.

— Eu adoraria me sentar.

Ele ocupou a cadeira em frente a ela, apoiando os cotovelos nos joelhos, como Lancelot havia feito na noite anterior. Era engraçado conhecê-los tão bem agora. Eles não tinham nenhuma semelhança um com o outro, mas eram tão parecidos nos gestos, similares em cem pequenos detalhes.

— Como você está? — ele perguntou.

Ela soltou uma risada.

— Não sei nem por onde começar. Graças a Deus por Gawain.

Arthur assentiu enfaticamente, com uma expressão séria.

— Sem ele, temo que você teria seguido em frente com o procedimento de recuperação de memória. — Ele abriu um sorriso breve e pareceu se interessar pelo tapete a seus pés. — Estou feliz que isso não esteja mais sobre seus ombros e que possamos levá-la de volta para casa em breve.

— Ah — disse Vera. — Certo. Sim, isso é bom. — Sua garganta se apertou. Ela tentou controlar o tremor no queixo enquanto as lágrimas ameaçavam surgir no fundo de seus olhos.

— É melhor eu ir… deixar você aproveitar a sua noite como desejar. — Ele se levantou e recolheu os alforjes. Suas palavras eram perfeitamente cordiais, mas Vera sentiu o significado. Arthur se referia a Tristan.

— Pare — ela disse antes que ele desse mais que um passo. — Eu não… — Sua voz falhou e parou.

Arthur se acomodou de volta na cadeira e se inclinou em sua direção.

— O que há de errado?

Vera balançou a cabeça, procurando o que dizer, como disfarçar aquele momento. Uma estranha clareza tomou conta dela. Arthur percebeu e se sentou ereto, preparando-se. A máscara de pedra deslizou sobre suas feições. Suas lágrimas se dissiparam, e ela começou a falar antes que tivesse a chance de reconsiderar.

— Eu não quero mais fazer isso. Eu não quero o Tristan. Eu quero você, e está me deixando louca fato de que estar a menos de quinze metros de mim, acreditar que eu estou transando com ele e estar… — ela gesticulou freneticamente para ele —, e estar bem com isso!

Ele a escutou, mantendo os olhos fixos nela e o rosto inexpressivo, mal movendo um músculo. Ela teve que observar de perto para ver seu peito subir com a respiração.

— É isso que você acha? — Arthur perguntou em um sussurro.

Vera assentiu.

— Você quer saber o que eu acho? — ele perguntou.

— Sim — ela disse. Uma lágrima apareceu no canto de seu olho e escorreu por sua bochecha. Ela hesitou, quase a limpando ou tentando escondê-la, mas se conteve.

Arthur se levantou e se afastou de Vera, esfregando a boca com força. Ele se virou de repente, e seu rosto havia se transformado. Suas feições já não eram mais um poço de calma. Seu semblante escureceu, tomado por raiva e paixão intensas.

— Eu não estou bem com isso — ele rosnou. — Eu não dormi na noite em que pensei que você poderia estar com ele. Andei pelo quarto, e me custou cada grama de controle para não queimar tudo que me mantinha longe de você. E, no dia seguinte, eu sorri para ele quando tudo o que eu queria era arrancar sua garganta por ousar sequer pensar em estar com você. Eu prometi nunca aprisioná-la, mas sou um tolo egoísta, e não posso abrir mão de você. — Arthur se ajoelhou na frente de Vera e prendeu seus antebraços nos braços da cadeira.

— Eu a quero a cada respiração que entra no meu corpo. Eu quero...

Ele parou, inclinando o queixo para baixo. Vera virou os braços sob as das mãos dele, de modo que suas palmas ficassem voltadas para cima, e segurou seus pulsos.

— Me diga — ela sussurrou, esperança acendeu uma faísca nas profundezas de seu ventre, algo que ela não havia ousado deixar-se sentir.

Havia fogo nos olhos dele.

— Eu quero desamarrar seu vestido sem afastar minhas mãos quando tocarem sua pele. Quero arrancar a sua roupa sem precisar desviar o olhar. Quero abraçar você sem fingir que estou dormindo. Eu quero... — Ele fez uma pausa e se inclinou mais perto, seus olhos cravados nos dela. — Satisfazê-la e ouvir o prazer em seus lábios. Quero rasgar as suas roupas agora mesmo, jogá-la naquela cama e fazer amor com você até o sol nascer.

O interior de Vera saltou, embora ela mal tivesse prestado atenção na própria euforia. Tudo se juntou em uma onda de desejo. Ela soltou uma das mãos, deslizando os dedos pelo braço dele, subindo até o pescoço e enroscando-se em seu cabelo, deleitando-se com os cachos que se enrolavam nas pontas. Ele fechou os olhos ao toque dela e virou-se para beijar sua palma. Esse beijo enviou uma onda por todo o corpo de Vera.

— Por que não faz isso? — ela perguntou.

Aquilo aliviou a tensão o suficiente para Arthur soltar uma risada que, em suas feições ardendo de paixão, o fez parecer tão jovem.

— Chegamos até aqui e mantivemos sua mente intacta. Não vou arriscar.

— Arthur deslizou as mãos até sua cintura, deixando a testa cair no colo de Vera. Seus dedos voltaram a passear pelo cabelo dele, massageando o couro cabeludo enquanto o puxava mais forte contra suas pernas.

Ela mal conseguia sentir a respiração quente de Arthur em sua coxa, através da saia, e engoliu em seco para evitar suspirar de prazer. Foi Arthur quem soltou um suspiro que mais parecia um gemido. Ele levantou a cabeça.

— Mas não me entenda mal, Vera. Eu quero. Muito.

Um sino tocou na entrada da barraca de Vera. Ela e Arthur olharam imediatamente naquela direção. Ela não tinha percebido que as barracas tinham campainhas. Quem poderia estar vindo a essa hora da...

— Ah. Droga — Vera disse, lembrando-se dos planos que havia feito. — É o Tristan.

Arthur recuou, criando espaço entre ele e Vera. Seus olhos se moveram da porta para ela.

— Não importa, e não é importante — ele disse. — E eu não tenho o direito de perguntar...

— Eu não dormi com ele — disse Vera, e ela soube, pelo jeito que ele teve que se esforçar para suprimir um sorriso aliviado, que tinha presumido corretamente qual seria a pergunta. — Eu vou dizer para ele ir embora, está bem? — Ela se mexeu para sair da cadeira e ir até a entrada.

— Não — Arthur disse atrás dela. — Eu gostaria de falar com ele.

Ela olhou para trás. Vera reconheceu aquele tom blasé. Ela apertou os lábios enquanto segurava a aba da barraca para Tristan entrar. Ele a cumprimentou calorosamente com um aperto no cotovelo. Seu rosto se afastou um pouco enquanto ele levantava uma sobrancelha.

— Você estava correndo? Parece corada.

Vera deve ter ficado três tons mais vermelha.

— Ah, não. — Ela olhou para Arthur, que, percebeu, estava com a mesma aparência, com o cabelo bagunçado e os olhos brilhando. Tristan seguiu o olhar de Vera e teve a decência de parecer envergonhado ao dar um passo rápido para longe dela. Ele queria estar em qualquer outro lugar, menos naquela tenda, naquele momento.

Tristan olhou para o chão.

— Desculpe — ele disse. — Eu vou...

— Tristan — Arthur o interrompeu. Ele cruzou a tenda e ficou ao lado de Vera. — Você é um bom cavaleiro. Preciso que volte a Camelot imediatamente.

Vera e Tristan ficaram boquiabertos.

— Senhor? — Tristan perguntou.

— Preciso de um mensageiro de confiança para cavalgar rápido à nossa frente e levar a notícia de que estamos chegando — disse Arthur. Vera soltou um suspiro aliviado. Mas então ele continuou: — Mas, na verdade, é porque você não fez nada de errado, e eu poderia matar você.

Os olhos de Tristan se arregalaram.

— Você está apaixonado pela minha esposa e quer levá-la para a cama — Arthur disse com uma calma que tornava a situação ainda mais alarmante.

— Então eu poderia acabar matando você se ficar por aqui.

Os olhos de Vera se moviam rapidamente entre Arthur e Tristan, em choque silencioso. Ela não deveria achar isso excitante, mas achava.

Tristan deu mais um passo para trás.

— Majestade...

Arthur o deteve com uma mão erguida.

— Não é necessário. E não tocaremos mais no assunto.

Tristan abriu e fechou a boca duas vezes antes de olhar para Arthur como se tivesse passado todo o tempo interpretando uma língua que mal conhecia e só agora compreendia. Arthur acenou com um gesto curto.

Tristan fez uma reverência, evitou o olhar de Vera e saiu.

— Arthur — ela disse, deixando a boca ficar aberta com uma risada mal contida.

A calma perigosa de Arthur se transformou em um sorriso envergonhado.

— Você gostaria de se preparar para dormir? — ele perguntou.

— Sim — ela disse, sentindo uma revoada explodir em seu peito. Ela se virou para deixá-lo desatar os cordões de seu vestido.

— Parece que é a memória corporal da nossa intimidade que tem sido um gatilho para a maldição que está sobre você — Arthur refletiu enquanto passava os dedos pelos cordões. Ele não se afastou quando chegou à base de suas costas. Deslizou a mão entre o tecido e sua pele, mexendo os dedos pelo seu torso para soltar o corpete, e inclinou a cabeça para baixo, tão perto do pescoço que a respiração fez cócegas em sua coluna. Ele beijou seu pescoço, arrastando o interior dos lábios pela sua pele.

Vera fechou os olhos e inclinou a cabeça para trás.

— E se houvesse algo que seu corpo não conseguisse lembrar? — ele sussurrou em seu ouvido.

Ela estremeceu quando uma dor quente de necessidade despertou entre suas coxas. Vera olhou para Arthur por cima do ombro.

Seus olhos brilhavam com fome.

— Há uma coisa que nunca fizemos.

Vera quase gritou quando ele afastou as mãos de sua cintura, mas Arthur tomou a dela e a levou para se sentar na beira da cama. Pela segunda vez naquela noite, ele se ajoelhou à sua frente. Dessa vez, colocou uma mão em cada tornozelo e as deslizou devagar ao longo das pernas de Vera, empurrando a peça até ela estar toda amontoada em sua cintura. Após a ter ajudado a trocar de vestidos incontáveis vezes, não foi surpresa para Arthur que ela usasse calcinha. Ele fez contato visual com Vera e fez a pergunta sem dizer uma palavra. Ela acenou com a cabeça.

Arthur enfiou os dedos por baixo da cintura elástica e puxou para baixo em um movimento fluido. Ele tomou os quadris de Vera e a puxou com facilidade, arrastando-a para mais perto da beira da cama.

Seu coração batia forte, ansioso, mas tremendo em sua vulnerabilidade. Arthur beijou seu joelho enquanto deslizou uma mão para a dela e a segurou firmemente. Com a boca, ele traçou a linha do músculo de sua coxa, movendo-se mais devagar à medida que chegava mais perto do topo. A cabeça de Vera caiu para trás.

Ele fez uma pausa, apenas a um passo, a barba roçando a pele sensível da parte superior da coxa de Vera.

— Devo parar?

— Não — ela mal havia dito a palavra antes que seus lábios mergulhassem nela, e caiu de volta sobre os cotovelos com um gemido.

Arthur soltou sua mão e segurou suas coxas afastadas enquanto a língua se aventurava dentro de Vera. Sua coluna arqueava, empurrando os quadris em direção a ele, a mente se apagando em êxtase enquanto tudo, exceto isso, desaparecia da existência. Seus lábios se fecharam ao redor do ponto mais sensível de Vera, e ela soltou um grito.

— Está tudo bem? — Arthur perguntou, pausando apenas o suficiente para pronunciar a frase.

— Um pouco mais de pressão — Vera conseguiu ofegar, ansiosa para que ele não interpretasse sua indicação como desagrado.

Mas ele atendeu.

— Assim?

Vera recuou para trás.

— Sim — ela ofegou.

A realidade se restringiu a apenas aquela cama: seu corpo contorcendo-se, e a boca de Arthur explorando-a.

Os músculos de Vera se tensionaram com o crescente êxtase. Seus cotovelos cederam sob ela, e ela agarrou os lençóis com os punhos cerrados enquanto a sensação pulsava em seu centro, avolumando-se até que o som se tornasse abafado em seus ouvidos e o frenesi atingisse o auge mais sensacional de prazer físico.

Todos os seus músculos tensos se relaxaram.

— Oh, meu Deus — ela ofegou, cobrindo o rosto com a mão. Arthur se deitou ao seu lado e beijou sua mão. Ela se virou de lado para encará-lo, pronta para retribuir, traçando os dedos por seu torso, encontrando as amarrações da cintura dele, mas ele agarrou seus dedos.

— Não — ele disse. — Não é uma transação. — Ele a beijou suavemente nos lábios, e todas as suas inseguranças derreteram.

Eles adormeceram, envolvidos em êxtase. Ela ouviu as palavras etéreas, dessa vez, foram o ritmo dos seus sonhos durante a noite inteira. Uma noite perfeita e tranquila.

XLVII

Vera se aconchegou ao lado de Arthur, apreciando o calor de sua pele através da camisola. Embora ele a tivesse segurado ao longo das horas escuras de muitas noites anteriores, daquela vez foi diferente: não havia pretensão, nem tensão ou incerteza. Ela sentia a respiração constante dele em seu pescoço e sabia que ele ainda estava dormindo.

Com cuidado, saiu da cama e trocou de roupa para correr no escuro, como havia feito em tantas manhãs. Estava a três passos da porta quando ele falou com uma voz sonolenta:

— Para onde você vai?

Ela olhou para trás. Ele estava apoiado em um cotovelo com os olhos borrados e meio acordados.

Ela voltou e se sentou na cama ao lado dele, afastando o cabelo de sua testa.

— Vou correr com Lancelot — ela sussurrou, fazendo uma pausa para beijar sua testa. Um murmúrio de contentamento saiu de sua garganta. — Continue dormindo.

Ele se deitou novamente, e ela ficou ali, admirando seus traços atraentes, a linha marcada do maxilar e os lábios perfeitos, cílios delicadamente estendidos sobre as bochechas. Ela acariciou seu cabelo, e ele abriu um olho, acompanhado por uma sobrancelha erguida.

— Está tendo segundas intenções? — ele murmurou.

Ela estava. Adorava as horas deitada ao lado dele. Mas Vera riu enquanto se levantava e jogava um travesseiro em seu rosto. Arthur sorriu e abraçou o travesseiro contra o peito enquanto se virava novamente.

Havia apenas um leve brilho no ponto mais oriental do horizonte. Lancelot ainda não havia saído da tenda de Gawain, então Vera sentou-se no chão e fez alongamentos, debatendo se deveria acordá-lo ou não. Ela não queria perturbar Gawain, mas com certeza não deixaria Lancelot continuar dormindo. A corrida tinha sido ideia dele.

Ele saiu menos de um minuto depois. Ela começou a se levantar para ir até ele, mas Gawain o seguiu. Ela não tinha lugar naquele momento.

Vera não conseguiu ouvir o que o mago disse. Apenas a risada de Lancelot em resposta, um som desinibido enquanto ele se virava para Gawain e colocava a mão em sua bochecha, olhando-o com ternura. Lancelot inclinou a testa para descansar na de Gawain e então o beijou. Era tão natural quanto se já tivessem compartilhado aquele beijo centenas de vezes antes, porque certamente o haviam feito.

Mas não era para ela ver. Desejou poder se afundar na terra. Esconder-se não era uma opção. Se ela se levantasse, o movimento apenas chamaria a atenção para ela. Gawain voltou para dentro da tenda. Ele não a havia visto.

Quando Lancelot se virou em direção à barraca dos soldados, seus olhos encontraram diretamente os de Vera. Ela congelou. A alegria fácil desapareceu de seus traços. Seus ombros caíram enquanto ele inclinava o queixo para o peito e se encolhia na barraca.

Vera se levantou rapidamente. Ela ainda tentava decidir o que dizer quando ele reapareceu.

Sua expressão dura e neutra a deteve. Ele não a olhou enquanto dizia friamente "Pronta?" soando completamente diferente de si mesmo.

Eles correram em um silêncio incômodo. Vera deixou aquilo se estender por alguns quilômetros até que eles chegaram a uma colina gramada, e seus passos pararam abruptamente. Lancelot correu alguns passos mais e, a contragosto, parou, virando-se para ela.

— Vamos fazer uma pausa. — Ela não esperou que ele concordasse. Saiu do caminho e se deixou cair no chão. Por um momento, parecia que Lancelot ficaria lá, olhando para o horizonte sozinho. Mas ele se largou ao seu lado, deixando mais espaço entre eles do que o habitual.

Ela não permitiria que as coisas ficassem daquele jeito.

— Posso apenas dizer que você é tanto um grande quanto um bom homem? — Vera disse. — Alguém te disse isso ultimamente?

Os olhos dele estavam fixos de forma determinada no chão entre seus pés.

— Há algo de errado comigo.

— Hum… — Vera sacudiu a cabeça. — Há tantas coisas sobre esta época que não são como eu pensei que seriam… mas, de todas as coisas para serem exatamente tão confusas quanto eu esperava, essa deve ser a pior — ela suspirou. — Eu discordo. Não acho que há nada de errado com você.

Lancelot olhou para ela, com um brilho de esperança que se apagou em um instante.

— Bem, você é minoria.

— Não será sempre assim, sabe. Em grande parte do mundo na minha época, não é assim. Você pode ser quem você é. Poderia se casar se quisesse.

Ele fez um som de desdém ao ouvir isso. Após um momento de silêncio, ele disse abruptamente:

— Acha que Arthur vai me odiar se descobrir?

Vera respirou profundamente, suas narinas se dilataram com a ideia de que saber isso sobre Lancelot poderia impactar o modo como Arthur se sentia em relação a ele.

— Eu te amo — Vera disse, resoluta. — Não amo quem você deveria ser nem uma forma idealizada de você. Eu amo você. E se Arthur não ama ou não pode, então lamento, mas ele é quem está errado e não merece sua amizade. Não o contrário.

O queixo de Lancelot tremeu ligeiramente enquanto uma lágrima caía do canto de seu olho, que ele rapidamente enxugou. Vera sentiu um impulso de lealdade.

— Eu também não iria querer ter nada a ver com ele — ela acrescentou.

Ela ficou surpresa ao ver que esse comentário quebrou a casca da dor de Lancelot. Ele riu.

— Essas são palavras duras para a mulher que o ama.

Ela cruzou os braços teimosamente sobre os joelhos levantados.

— Bem, estou sendo sincera.

Lancelot estendeu a mão para apertar seu tornozelo. Então suas palavras começaram a fazer efeito, e ele deu um salto, com a boca um pouco aberta em um sorriso torto, enquanto toda a sua postura se animava.

— Você não negou.

— Não, eu não neguei.

— Então você o ama mesmo? — Mesmo neste momento vulnerável, os olhos de Lancelot brilhavam. Vera pensou que ele pudesse estar aliviado pelo foco ter se afastado dele.

Ela suspirou, e ele sacudiu os ombros com uma risada alegre.

— Você não precisa ficar tão detestavelmente convencido sobre isso — Vera disse, mas ela também riu.

O sol tinha rompido o horizonte. Lancelot estendeu a mão para chamar seu orbe, que estava pendurado sobre a cabeça dos dois. Ele se dirigiu para sua mão.

Vera acenou para o bolso onde ele o guardou.

— Por que diabos você não quer que Merlin saiba o que sua luz faz? Não foi ele quem a fez para você?

— Ah, er. Não. Desculpe — Lancelot fez uma careta. — Eu menti antes. Eu nunca imaginei que lhe contaria que minha mãe era maga quando nos encontramos em Glastonbury. Ela fez a minha luz. Ela era bem mais inteligente que Merlin, não muito diferente do nosso lorde-mago Gawain. — Lancelot olhou para o distante acampamento, com amor nos olhos. Não era apenas um caso passageiro entre eles. Seu semblante ficou preocupado e ele se enrijeceu.

— O que foi? — Vera perguntou.

— Eu não sei — ele murmurou. — Algo. Algo está errado.

Ela também olhou para o acampamento, embora fosse muito longe para ver as tendas. Vera não tinha certeza do que estavam procurando.

— É apenas uma sensação, e eu provavelmente estou sendo paranoico. — Lancelot tentou afastar o sentimento. — Eu...

Um clarão mais brilhante que o sol recém-nascido no horizonte surgiu do acampamento. Se havia alguma dúvida de que era uma explosão, o som que se seguiu, carregado mais lentamente pelo vento do que a luz, confirmou.

Vera e Lancelot se levantaram em um salto. Estavam correndo antes mesmo de reconhecerem em voz alta o que haviam visto. Vera se sentia mal. A náusea crescente do instinto sussurrava que isso acabaria com seu mundo. Ela via o rosto pacífico e quase adormecido de Arthur em sua mente. Quase podia sentir a suavidade surpreendente de sua bochecha, a sensação de seus dedos entrelaçados em seu cabelo. Aquela interação de manhã poderia ter sido a última deles.

Arthur já poderia estar morto. O pensamento surgiu sem ser convidado, e Vera o esmagou. Eles estavam na Manta dos Magos. Merlin estava lá. Gawain estava lá. Talvez... talvez tenha sido um acidente e tudo estivesse bem. Podia ter sido nada.

Estava mentindo para si mesma.

Ela e Lancelot correram mais rápido do que jamais haviam corrido. Ele estava alguns passos à frente dela, constantemente olhando por cima do ombro. Ela o atrasava. — Não consigo acompanhar você — Vera disse entre respirações ofegantes.

— Quer que eu desacelere?

— Não! — ela gritou. — Vá! Vá o mais rápido que puder.

— Não posso te deixar — ele disse.

— Estou bem. Apenas chegue lá!

Lancelot desacelerou para olhá-la. Ele hesitou por duas respirações, calculando o risco. Com um último olhar para Vera, ele partiu em um ritmo quase o dobro do deles. Bom. Ele chegaria lá. Tinha que chegar. Se ele estivesse lá, tudo estaria bem.

Vera correu o mais rápido que pôde. Esses seriam os quilômetros mais rápidos de sua vida se ela estivesse cronometrando, mas também eram os mais longos. Sua mente era uma nuvem de medo e angústia, que só piorava à medida que ela se aproximava.

Não havia sido apenas uma explosão em brasa. Incêndios queimavam em seu rastro. Ela estava perto o suficiente para ver chamas consumindo duas das tendas, lambendo a seda agora queimada pelo calor. As outras três já estavam reduzidas a escombros. Não conseguia distinguir rostos a essa distância, mas, através da fumaça e das lágrimas, estava quase certa de que alguns dos montes no chão eram corpos. O mundo de Vera girava. Seus pés batiam no chão com tanta força e rapidez que os pulmões gritavam por alívio. Ela não podia parar, no entanto.

Esperava gritos de batalha, sons de espadas se chocando e comandos sendo gritados… até mesmo lamentos de dor dos feridos. Mas não havia nada, e isso aprofundava o espinho do medo no coração de Vera. O crepitar do fogo poderia ter sido um som reconfortante e alegre da Noite de Fogueira, mas naquele momento era acompanhado pelo distinto cheiro de carne queimada. O ar do acampamento estava tão cheio de densas nuvens de fumaça que ela tropeçou e caiu de bruços, aspirando o ar. A pele queimava, e uma parte distante e razoável de sua mente lhe dizia para se mover, que ela devia ter caído sobre algum entulho que havia se queimado até virar carvão quente. Vera se virou. Havia apenas pasto ao seu lado, mas sua pele queimava. Atordoada, ela levantou a cabeça para ver no que havia tropeçado, e seu coração parou.

Era um corpo.

A mente exigia preciosos segundos para determinar que o rosto não pertencia a Arthur, nem a Merlin ou Gawain. Era um dos soldados, o mais jovem dos dois. Seus olhos vazios e sem vida a fitavam.

Ela se envergonhou de que o alívio a inundasse primeiro, não era um dos seus amigos. Ela nem sequer havia aprendido o nome dele. E agora, o rapaz se foi. Não era assim que deveria ser. Isso era um pesadelo.

Ah Deus. Onde estava Lancelot? Ao pensar nele, sua adrenalina disparou. E Arthur?

O outro soldado. Por que ela nunca havia aprendido o nome deles? Estava morto na grama a menos de três metros de distância. Não viu Lancelot nem Gawain, mas lá estava Merlin, de pé e avaliando os destroços, com sangue até os cotovelos em ambos os braços, espalhado pelo rosto, escorrendo de um corte na testa e salpicado pela metade inferior da túnica. Uma espada pendia frouxamente de uma das mãos trêmulas enquanto seu olhar horrorizado se voltava para Vera.

— Onde está Arthur? — ela exigiu.

— Guinevere — Merlin tropeçou em direção a ela. Sua mão tremia enquanto ele se curvava para tocar a cabeça do soldado, engolindo em seco. — Eu, ele…

— Onde ele está? — ela gritou.

Então ela ouviu Lancelot.

— Guinna!

Ela se virou rapidamente. Através do que restava de seu acampamento, Lancelot estava ajoelhado no chão ao lado de outro monte, outro corpo. Mas não podia ser. Não podia ser Arthur. Ela correu em direção a ele, esquecendo-se de ter medo de possíveis inimigos, pois o impossível estava se materializando diante de seus olhos.

Arthur, deitado de costas no chão. Lancelot pressionava um pano contra seu abdômen. Ao lado dele, havia um monte de tecido vermelho, Vera percebeu com horror que aqueles tecidos não tinham começado vermelhos. Eram compressas usadas. Muitas. Tanto sangue.

Os olhos de Arthur estavam meio abertos.

— Ele, ele está procurando por você — disse Lancelot, com o rosto pálido e atônito.

Vera caiu de joelhos. Agora estavam de ambos os lados de Arthur, Lancelot de um lado, Vera do outro.

— Eu estou aqui, eu estou aqui — ela disse, alisando o cabelo dele para trás, longe do rosto. Por um breve momento, sentiu-se aliviada por tocá-lo e sentir a força de sua vida pulsando nele. Mas foi um alívio passageiro, porque a situação era muito grave.

Arthur reagiu um pouco ao seu toque e à sua voz, piscando para ela.

— Está tudo bem — ela o acalmou. — Eu estou aqui.

Ele virou o rosto para a mão dela, e ela achou que ele tentou beijar sua palma, mas ele só teve energia para pressionar os lábios contra sua pele. Vera chorou silenciosamente.

— Está... está tudo bem. Vai ficar tudo bem.

Ela olhou para Lancelot. Ele segurava a compressa no lugar, mas seu rosto estava marcado pela derrota. Ele encontrou o olhar esperançoso e implorante de Vera e balançou a cabeça levemente. Trilhas irregulares de sujeira e cinzas cobriam seu rosto. Ele também estava chorando, e Vera desmoronou.

Ela ouviu Merlin se aproximar por trás, explicando freneticamente.

— Tinha que ser, não poderia ter sido outra pessoa. Tinha que ser um mago. Não consigo acreditar que eles...

— Onde está Gawain? — Vera exigiu, sem ser uma pergunta. Ele poderia ajudar. A cura dele poderia ajudar.

— Eu, eu não sei — os olhos de Merlin estavam desorbitados. Ele estava aterrorizado.

O coração de Vera deu um salto. Merlin podia salvar Arthur. Ele a havia salvo, não é?

— Salve-o — ela chorou.

Ele a encarou atônito.

— Eu não posso.

Por que ele não entendia?

— Faça o que você fez comigo. — Ela se levantou, agarrando os braços de Merlin. — Salve a essência dele. Faça o que for preciso!

Merlin tropeçou como se tivesse sido atingido.

— Guinevere! — Ele agarrou os pulsos dela. — Eu não posso fazer isso.

— O que você quer dizer? Você fez isso comigo. Você me salvou!

— Eu não fiz! — ele disse. — Não é meu poder!

Vera se afastou, atônita. *Que diabos?* Ele estava falando sério. Ela chorou sem som, soltando as mãos e batendo com os punhos contra o peito dele.

— Para que você serve! — ela gritou. — Volte para os magos. Encontre alguém que possa ajudar. — Sua voz vacilou em desespero. — Por favor! — ela implorou entre soluços.

Merlin estendeu a mão para confortá-la, mas ela viu o olhar de pena em seus olhos e se afastou bruscamente.

— Vá! — ela gritou.

Vera não olhou para se certificar de que ele havia ido, mas ouviu o ruído dos cascos de cavalo se afastando enquanto se virava novamente para Arthur e se abaixava ao seu lado. Ela estava tonta, enjoada e em uma agonia física intensa devido ao fogo pulsante em sua pele.

Lancelot segurou a mão de Arthur e se ajoelhou com o rosto próximo ao dele.

— Leve Vera para um lugar seguro — Arthur disse com a voz estrangulada. — Se conseguir levá-la para casa, faça isso. Se não conseguir… apenas… — Ele respirava com dificuldade devido ao esforço.

— Eu vou — Lancelot assegurou, entre lágrimas. — Você sabe que eu vou.

Lancelot segurou o braço de Vera sobre o peito de Arthur, ligando-se a ela. Ela também se agarrou a ele. Vera acariciava o rosto de Arthur com a outra mão, como se segurá-lo do jeito certo pudesse evitar que sua vida escapasse… como água entre seus dedos.

Ela queria implorar para que ele não morresse e deixasse toda a dor, queimação e medo explodir em gritos desesperados, mas esses não podiam ser os últimos sons que Arthur ouviria. Vera se perguntava se ele estava com medo enquanto lutava para respirar e lutava contra a dor, seu rosto bonito contraído e tenso quando as ondas de dor o atingiam. Ela queria que ele soubesse que estava cercado e amado. Era tudo o que ela podia dar a ele.

— Você vai ficar bem — Vera disse. Uma mentira e uma oração. Ela não sabia o que ia dizer até que já tinha saído de sua boca. — Vamos voltar para

Glastonbury juntos. Quero que conheça meus pais. Meu pai vai te amar — Lancelot soltou um soluço estrangulado. Ela apertou mais o braço dele. Lágrimas escorriam pelo seu rosto.

Vera imaginava acolher Arthur em suas palavras, e seus olhos se fixaram nela, mantidos por sua voz.

— Vamos ler *O senhor dos anéis* juntos à noite, e podemos correr até Tor ao nascer do sol se você quiser. Ou caminhar. — Os lábios de Arthur se curvaram para cima nos cantos, e Vera conseguiu dar uma risada estrangulada antes que as lágrimas a sufocassem. Ela havia pintado a vida que sonhava porque esta estava acabando, e ela queria evitar que fosse um pesadelo para ele.

Arthur piscou e fez um grande esforço para levantar a mão até a bochecha de Vera. Ela tremia. Ele não conseguia mantê-la erguida, então ela a segurou ali por ele. O sangue de sua ferida ensopava todo o seu corpo, até suas mãos, escorrendo pelos dedos em delicados rios na corrente das lágrimas de Vera.

— Vera — ele disse, mais como um suspiro. — Você me deu tudo. — As pontas dos seus dedos tremiam violentamente contra a bochecha dela. Ele sorriu levemente e com um esforço extraordinário. O sangue começou a escorrer do canto de sua boca. Arthur estava prestes a morrer. Isso não podia ser real. — Eu não trocaria o tempo com você por uma vida longa. Eu amo…

Sua voz falhou enquanto o sangue borbulhava em sua garganta.

— Não — Vera disse com firmeza.

Lancelot se lançou para frente, tentando limpar as vias respiratórias de Arthur com os dedos.

Arthur estava prestes a dizer que a amava. Ela sabia de alguma forma que isso significava que estava acabado e que ele se iria. No entanto, mal conseguia vê-lo através da dor que gritava em sua pele. Ela estava ilesa e sem manchas, mas poderia jurar que estava queimando viva, prestes a explodir de uma força acumulada sem lugar para ir.

Ishau Mar Domibaru.

Isso ecoava dentro dela de algum lugar intocável.

E ela soube.

Vera tinha uma certeza que não entendia, e ela se manifestava em palavras estrangeiras que sua língua desejava gritar.

— Você precisa se mover. — Ela disse apressadamente a Lancelot. Agora que conhecia as palavras, foi um esforço não as dizer.

— O quê? — Ele a olhou como se ela estivesse louca. Mas ela não podia explicar, e o tempo estava se esgotando.

— Afaste-se! — Vera bradou com uma voz que ecoaria por terras.

Lancelot se levantou apressadamente e tropeçou para trás.

Vera se levantou até a altura dos joelhos, e as palavras saíram de sua boca.

— *Ishau Mar Domibaru.*

Havia um poder em sua voz que ela não reconhecia. Ela sabia o que fazer a seguir. Uma profunda inspiração e expiração, o nome da origem de todas as coisas, o sopro da própria vida. Quando o último suspiro saiu de seus lábios, um silêncio estranho preencheu seus ouvidos por microssegundos. Então uma onda de poder abalou Vera, subindo dos pés e descendo do topo de sua cabeça, encontrando e explodindo em seu peito, descendo pelos braços e saindo também pelas palmas das mãos. Uma luz brilhante irradiou de dentro dela com uma explosão ofuscante.

Instantes depois, havia algo vivo dentro de Vera. Ela conhecia aquilo como um amigo antigo. Agora que estava, ela entendeu que sempre esteve. Ela e Lancelot trocaram um olhar arregalado.

— Vá — ele sussurrou.

Vera se abaixou novamente e pressionou as mãos contra a ferida de Arthur. O efeito foi imediato. *Por favor, que não seja tarde demais,* ela suplicava silenciosamente. *Que seja suficiente.*

A pele dele começou a se recompor ao seu toque. À medida que a força fluía por suas mãos e entrava no corpo dele, Vera começou a aprender mais. Fechar a ferida não era o suficiente. Ela podia sentir a perda de sangue e, por instinto, regenerou o suprimento de sangue dele. Ela conhecia os órgãos que haviam sido perfurados, mesmo sem saber seus nomes. E os selou.

Ele não morreria neste pedaço de terra hoje. A força vital dele se intensificou. Quanto mais próximo ele chegava da plenitude, mais fraca Vera ficava. Seus medos sobre se ela conseguiria dar a ele o suficiente se renovaram. Ela continuou, empurrando o poder de dentro de si, extraindo do que parecia ser o fundo do poço de seu dom até que cada ferida em seu corpo estivesse curada e seu sangue restaurado.

Vera estava aterrorizada de liberar o controle de seu poder, mas não havia mais nada que pudesse fazer. Ela caiu para trás, ofegante e aterrorizada.

Seus olhos estavam abertos, e o nevoeiro havia desaparecido. Arthur se sentou e puxou a túnica ensanguentada para trás, revelando uma bagunça de sangue em sua pele.

Mas não havia ferida.

— Você ainda está vivo — Vera disse, incrédula.

— Sim, estou. — A voz de Arthur estava carregada de admiração. Uma das barracas em chamas desabou com um estrondo, interrompendo-os de seu transe. Ele piscou e observou os destroços. De algum lugar não muito distante, um relincho de cavalo cortou o silêncio.

— Não podemos ficar aqui — ele olhou para Lancelot. — Você está bem?
Lancelot acenou com a cabeça. Estava, e não estava.

— Oh Deus. Onde está Gawain? — Vera perguntou. Ela temia a resposta.

— Ele se foi. Não há sinal dele. — A mandíbula de Lancelot se projetou para frente enquanto ele balançava a cabeça. — Vou procurar os cavalos.

— Você consegue ficar em pé? — Vera perguntou a Arthur, estendendo a mão para ajudá-lo a levantar-se. Ele estava bem. Ele estava curado.

Mas a visão de Vera ficou turva diante dela. Ela agarrou o braço de Arthur para se firmar.

— Não estou me sentindo bem — ela murmurou antes de se dobrar e vomitar. Ela se levantou e vacilou. Arthur a segurou firme. O mundo girava ao redor dela. "Acho que estou prestes a perder a consciência", ela pensou. Foi seu último pensamento consciente.

Enquanto ela desvanecia, sentiu os braços de Arthur ao seu redor. Ouviu as vozes dele e de Lancelot, mas pareciam distantes. Vera sentiu o movimento e vagamente reconheceu que estava em um cavalo com os braços de Arthur segurando-a firme, mas não sabia para onde estavam indo.

XLVIII

Vera alternava entre a consciência e a inconsciência de forma tão fluida que a realidade se tornou uma confusão obscurecida. Achou que sentia chuva, mas, ao abrir os olhos, viu o sol brilhante e flores de longos caules balançando na brisa, como as do sonho que teve durante o procedimento de memória. Talvez ela também tenha sonhado com isso. Ela viu uma casa de campo com um telhado de palha. Em algum momento, havia descido do cavalo, e talvez Arthur a tivesse carregado para dentro. Havia outra voz, familiar e ao mesmo tempo estranha.

Havia uma mão em sua testa, o toque carinhoso de dedos sobre sua bochecha em um quarto escuro. A noite havia caído.

Quando acordou, foi à luz brilhante do dia que entrava pela janela. Estava em uma cama, e, quando se sentou, dois cobertores caíram de seus ombros. A cabeça doía como se estivesse com uma ressaca horrível. As roupas de corrida haviam sumido, substituídas por uma túnica limpa e folgada que reconheceu como sendo de Arthur. Olhou ao redor. Não era o castelo em Camelot, isso era certo. Tampouco uma estalagem. Era uma casa. Havia uma lareira em um canto. O quarto estava mobiliado de forma simples, mas confortável, e havia apenas uma cadeira perto da cama. O livro que estava sobre ela indicava que Arthur havia se sentado ali ao lado dela.

Arthur. Ainda vivo. A alegria que surgiu foi atenuada pela memória crescente do olhar sem vida do soldado, do desaparecimento de Gawain, de tudo que estava perdido e arruinado. Vera esfregou o rosto, tentando juntar a confusão de tudo o que havia acontecido.

Ela ouviu vozes baixas e não conseguiu resistir ir até elas. Não queria estar sozinha, mas também não podia sair por aí com o equivalente a uma camiseta folgada. Notou um vestido simples de cor azul-escura pendurado na ponta da cama e decidiu que aquele devia ser para ela.

Ela se trocou e, antes de ir de pés descalços até a porta, abriu-a um pouco e escutou.

— ... não sei bem o que você está perguntando — disse a voz profunda e quase familiar de um homem.

— Você sabe algo sobre a extensão na qual as emoções podem ser manipuladas pela magia? — Vera fechou os olhos, sentindo uma onda de gratidão. Aquela voz, ela conhecia. Ouvir Arthur falar com facilidade, sem o peso da lesão, aliviou um fardo que ela não sabia que carregava. Deslizou pela porta e entrou na sala principal de uma casa de campo.

Havia uma mesa de madeira ao lado da lareira. Arthur estava sentado mais perto dela, de costas. O homem à sua frente, de frente para ela, era o estranho. Seu cabelo escuro, com fios grisalhos, caía até os ombros. Ele ouvia Arthur com as sobrancelhas franzidas, acentuando as linhas naturais de anos e preocupações que envelheciam seu rosto. Mas ele viu Vera quando ela entrou e sorriu calorosamente. Ela reconheceu aquele sorriso. Arthur se virou e, assim que viu Vera, levantou-se da cadeira e correu até ela. Ele a abraçou e depois a segurou pelos cotovelos, examinando seu rosto.

— Estou bem — ela disse. E era verdade, mas o mistério do que aconteceu no espaço de uma hora, quando ela e Lancelot estavam correndo, a atormentava. — O que aconteceu?

— Não tenho certeza — disse Arthur. — Eu não voltei a dormir depois que você saiu. As coisas ficaram muito silenciosas, sem brisa, nem grilos... nada. Eu não conseguia ouvir a minha própria respiração e soube que algo estava errado. — Ele balançou a cabeça. — Eu deveria ter saído para verificar, mas pensei que estava apenas inquieto. Então houve uma explosão que iluminou tudo de azul, e eu soube que era magia. Estava escuro como breu e, de repente, tão brilhante que era ofuscante. Tudo estava focado em Gawain.

— Tentei ajudá-lo, mas, quando ele me viu, estendeu a mão ao mesmo tempo que eu fui atingido por um espeto. — A mão de Arthur foi até onde o ferimento estava em seu abdômen, tocando o fantasma da ferida fatal. — Gawain me lançou para trás com uma mão, e com a outra ele tinha seu dispositivo. Acho que ele estava tentando destruí-lo, mas ele estava... preso naquele momento. Enrolado em uma corda que parecia estar em chamas. Ele gritou uma palavra. Mordred. — O estômago de Vera se revirou. Era outra peça do jogo entrando em cena na lenda. Como isso poderia acabar bem? — E a corda se apertou sozinha e... — Arthur fez careta. — Deus, ele gritou como se estivesse sendo torturado.

Dava dor imaginar o gentil Gawain naquela agonia e nas mãos de um vilão cujo nome sobreviveria ao próximo milênio.

— Gawain está morto? — ela sussurrou.

— Não acho que esteja. Eles o levaram — ele disse devagar. — Mordred e quem quer que tenha ajudado. Ninguém veio por mim depois disso. Eles não estavam interessados em mim. Ficou muito nevoento por um tempo. E então você apareceu.

A boca de Arthur se curvou em um sorriso, seus dedos esfregando a parte de trás do pescoço dela. Eles não haviam contado com a ternura do que pensavam que seriam seus momentos finais, com a adoração sincera que transbordava deles antes de Vera... bem, antes de Vera encontrar seu poder.

Mas a maneira como ela o havia forçado tão forte até não restar nada a dar... suspeitava que havia escavado suas profundezas e dado tudo a ele, e que teria sido suficiente. Mas, assim que o medo surgiu, ela sabia que o dom estava lá, vibrando em seu sangue. Vera não conseguiria usá-lo agora, não em um ferimento como o de Arthur. Sentia como se estivesse carregando um fardo pesado o máximo que podia antes de ser forçada a largá-lo. Sua força estava esgotada. Ela precisaria de mais descanso antes de poder usar o dom novamente.

O som de uma perna de cadeira raspando no chão de pedra fez Vera lembrar que havia mais alguém na sala, bloqueado por Arthur. Ela espiou por sobre o ombro dele para ver o homem que estava educadamente concentrado em entalhar um bloco de madeira do tamanho de uma palma com uma faca curta.

Arthur se virou para abrir a conversa com o homem.

— Este é meu pai.

— Otto — disse o homem, levantando-se para se juntar a eles com aquele mesmo sorriso caloroso. Claro, ela o reconheceu. Ele havia passado essa expressão para o filho, uma correspondência perfeita de efusividade. Otto era uma cabeça mais baixo que Arthur.

— Estou tão feliz em conhecê-lo. Eu sou... — Ela fez uma pausa, sem saber como se apresentar. Deveria dizer Vera ou Guinevere?

— Vera, querida, é um prazer — disse ele. Seus olhos se voltaram para Arthur, que olhou para baixo enquanto sorria.

Vera decidiu cumprimentar Otto como faria no século XXI. Ela apertou a mão dele e já a estava soltando quando percebeu que o gesto poderia ser excêntrico para ele.

Mas ele não se impressionou. Sorriu com olhos que se enrugaram, lembrando Vera de Martin.

— Ele conhecia Guinevere. Conhecia você antes — Arthur corrigiu-se. — Eu contei tudo a ele.

— Eu lhe devo o mundo, Vera. Você trouxe meu filho de volta para mim. — Ela corou com a gentileza dele. — Eu estava muito preocupado quando vocês apareceram ensopados de sangue ontem à tarde e você dormindo tão profundamente quanto um morto.

Isso tudo aconteceu ontem.

— Que horas são? — Vera perguntou.

— Meio da tarde — disse Arthur. — Você está fora de combate há mais de um dia.

Como se estivesse em sintonia, seu estômago roncou.

— Vamos arranjar algo para você comer — Otto voltou-se e puxou uma cadeira para ela na mesa. — Você deve estar morrendo de fome.

Ela estava. Arthur e Otto se sentaram com ela enquanto comia. Ela estava no seu segundo prato de sopa quando Lancelot entrou, reclamando alto antes mesmo de cruzar o limiar da porta.

— Você sabia que a porta do seu celeiro está meio fora das dobradiças? — Ele estava suado o suficiente para que a camisa grudasse no corpo, e a sujeira estava espalhada em seus braços e no rosto. Ele bateu a sujeira das botas, completamente à vontade ali, e começou a tirá-las dos pés. Seus olhos finalmente se fixaram em Vera, com um sapato para fora. Lancelot esqueceu o show indecente que estava fazendo ao ser tomado pelo alívio.

— Oh, Guinna — ele disse. E tropeçou e caiu na cadeira ao lado dela, envolvendo-a em um abraço suado que era muito mais do que alívio. Ela podia sentir a dor que ele mal conseguia controlar. Seu querido amigo, que estava aterrorizado, enfurecido, com o coração despedaçado porque não havia uma maldita coisa que pudesse fazer para ajudar a pessoa que amava.

Ela não disse nada. Não era necessário. Eles se abraçaram, com o rosto dele escondido em seu pescoço. Quando ele se afastou, havia transformado sua expressão em uma de admiração.

— Você tem um grande poder.

Isso estava incomodando Vera também. Ela agora sentia que não era uma parte nova dela, mas Guinevere sabia disso antes? E...

— Você acha que Viviane sabia sobre meu poder? — ela perguntou em voz alta.

Uma hesitação visível tomou conta da expressão de Lancelot.

— Eu acho — Arthur disse, olhando fixamente para Lancelot — que deveríamos perguntar a ela.

— O quê? — Vera recuou na cadeira.

Lancelot acenou com a cabeça, sombrio.

— Há quanto tempo você sabe?

— Desde a semana passada — Arthur disse. — Quando estavam pendurando as luzes para o festival, e Vera perguntou sobre as suas. Não sei por que não percebi antes. Você sabia o tempo todo?

Havia um tom em sua voz, uma sugestão de acusação.

Lancelot não respondeu diretamente. Ele tirou seu orbe do bolso e acendeu-o na mão.

— Eu ficava esperando que ele se apagasse. Mas ela era tão poderosa. Se a magia de alguém pudesse se sustentar além do túmulo, seria a dela. Mas, há cerca de um mês, está ficando mais brilhante. Sinto muito por não ter te contado antes. Eu não sabia o que pensar.

Vera olhou para os dois, boquiaberta. Ela também lançou um olhar para Otto, que parecia muito interessado, mas não estava nada confuso.

— Mas você disse que sua mãe fez sua luz — ela disse.

— Sim — Lancelot olhou para ela. E Vera entendeu, e deve ter transparecido em seu rosto. Ele assentiu e disse:

— Viviane é minha mãe.

— O quê? — ela exclamou. — Isso é uma coisa enorme para não me contar!

Otto limpou casual e despreocupadamente a boca, embora Vera visse a diversão em seus olhos e soubesse que ele estava tentando esconder uma risada com sua explosão. Lancelot parecia culpado, mas Arthur não parecia, e isso enfureceu Vera.

— Quem mais sabe? — ela exigiu.

— Apenas as pessoas nesta sala — Arthur disse. — Só isso.

Ela se virou para Lancelot.

— Então vocês estavam em Camelot juntos, e ninguém sabia? Vocês...

— Fingimos ser estranhos — Lancelot disse. — Ninguém podia saber. É o mesmo tipo de segredo idiota de mago que estamos enfrentando agora. — Ele revirou os olhos e bateu os dedos irritadamente contra a mesa de madeira.

— Para proteger você e ela — Otto disse com firmeza, inclinando a cabeça em direção a Lancelot, cuja expressão se suavizou com o lembrete. Otto se virou para Vera. — Foi assim que Viviane encontrou Arthur. Ela e Lancelot viviam na estrada, e esses dois cresceram juntos, causando estragos. Viviane foi quem reconheceu o chamado de Arthur para o trono, em uma idade muito jovem, devo acrescentar. Eu não estava nada satisfeito com isso. — Embora suas palavras sugerissem aborrecimento, os olhos de Otto brilhavam enquanto ele lembrava.

O fogo de Vera se apagou quando toda a verdade a atingiu.

— Sua mãe está viva — ela disse, virando-se para Lancelot.

Ele sorriu, triste.

— Sim. Minha mãe, a maga que tentou te matar, está viva. — Ele se voltou para Arthur. — Mesmo que ela supostamente tenha sido executada pelos magos. Está claro que, não é o caso. Temos um sério problema com nossos magos, senhor. E agora há esse Mordred. Ele tem o instrumento de Gawain e tem o próprio Gawain. Aquele tolo nunca lhes dará o poder para usá-lo. Você sabe o tipo de tortura que Mordred vai impor a ele?

Ele olhou para Vera, perdido por um momento em sua angústia. Ela estendeu a mão embaixo da mesa e a segurou.

— Nós o encontraremos — ela disse. — Você o encontrará.

— Como? — Lancelot perguntou. A desesperança obscureceu seu rosto.

— Deve haver algo que possamos fazer! Temos que avisar Merlin — Vera disse, com a voz aumentando. — Ele vai achar que você está morto, Arthur. E precisa saber que Mordred tem Gawain.

Ela parou. Estava tudo errado.

— Mas… como Mordred poderia saber sobre o instrumento de Gawain? Gawain só contou ao conselho de magos e…

Ah não. Um mago no conselho trabalhando com Mordred. Era a única explicação. A traição poderia realmente ser tão profunda? Era disso que Merlin tinha tentado alertá-la, não era?

— Quem executou Viviane? — Otto perguntou. — Você sabe?

— Merlin — Arthur respondeu sombriamente. — Era seu dever como colaborador mais próximo dela.

— Ele teria tido uma testemunha com ele. Outro mago — Lancelot acrescentou. — O que significa que há mais um de nossos magos que sabe a verdade.

— E… é esse mago que está trabalhando com Mordred? — Vera perguntou.

— Não sei — Arthur balançou a cabeça. — Temos que voltar para Camelot. Há refugiados lá, e se Mordred descobrir como usar aquele instrumento contra nosso povo, não posso ficar sentado aqui sem fazer nada.

Lancelot suspirou.

— Eu sabia que você ia dizer isso. Não podemos, Arthur.

— Me convença de por que não devemos — Arthur rosnou.

— Porque eu sei que você acha que Merlin não está envolvido nisso, e você pode estar errado. — Arthur começou a protestar, mas Lancelot levantou a voz e falou por cima dele. — Podemos conjecturar sobre isso o quanto quisermos, mas ele mentiu para você e não sobre algo insignificante. É traição, Arthur. Mesmo que você não esteja errado, mesmo que haja algum motivo nobre para poupar minha mãe, não podemos confiar nele. Não sei por que estou dizendo isso. Você já sabe. Além disso, há outra. — Lancelot olhou para Vera e apertou sua mão. — Por direito, você deveria estar morto. Quando não estiver, teremos que explicar como. Nunca vi um dom como o de Guinna. Eles vão querer isso. Nossos magos. Mordred. Todos eles.

Arthur acenou com a cabeça sombriamente.

— Nunca deveria ter confiado tanto nos magos. Achei que estava construindo um mundo melhor, não me posicionando como um fantoche de alto risco.

Se Merlin e sua testemunha mantiveram Viviane viva, deve haver motivo para isso. Todos concordaram com uma ação que poderiam tomar: precisavam encontrar Viviane. Para obter respostas e recuperar algum poder no jogo. O reino não estava bem, e eles não sabiam em quem poderiam confiar além de si mesmos.

— E agora? — Vera perguntou. — Como a encontramos?

Isso os deixou em um beco sem saída. Com raiva, Lancelot atirou seu orbe na mesa. Ele o encarou enquanto rolava até parar, balançando no lugar antes de mudar de direção. Ele deu meia volta para a esquerda e parou novamente. Lancelot deixou a testa cair sobre a mesa. Eles ficaram em silêncio derrotado por alguns momentos antes que o cavaleiro se erguesse abruptamente com os olhos arregalados e agarrasse seu orbe com ambas as mãos.

Vera colocou uma mão em seu braço.

— O que você está...

— Cale a boca — Lancelot resmungou enquanto se afastava abruptamente. — Desculpe. Mas cale a boca um segundo. — Ele fechou os olhos. Girou a luz em suas mãos, parou e a manteve na nova posição. Repetiu a ação duas vezes mais.

Ele riu.

— Caramba — Lancelot disse ao abrir os olhos. — Há mais energia de um lado do orbe. Não importa como eu o gire, ele... vibra na minha mão esquerda. Para o oeste.

— Você acha que ele nos levará até ela? — Arthur perguntou.

— Acho que vai fazer exatamente isso — Lancelot disse com um sorriso triunfante enquanto batia na mesa.

Vera estava pronta para partir imediatamente. Não era um grande plano, mas fazer algo parecia certo. Depois que Arthur, Lancelot e até mesmo Otto insistiram que ela deveria descansar pelo restante do dia, ela concordou com relutância. Eles partiriam pela manhã.

Lancelot convenceu Otto a ir até o celeiro com ele para consertar a porta. Arthur tentou fazer Vera deitar novamente, mas, vendo que ela se recusava com teimosia, ofereceu-se para dar um passeio e mostrar-lhe o local. Ela estava ansiosa para saber mais sobre a vida dele.

— Sua mãe? — ela perguntou enquanto saíam pela porta dos fundos.

— Morreu quando eu era jovem — Arthur disse. Ele ofereceu a Vera a mão para ajudá-la a passar por cima do muro do jardim, que era mais alto que os joelhos, atrás da casa. — Na verdade, é um dos vestidos dela que você está usando. Eu posso perceber que faz meu pai feliz vê-la usando-o.

Ele a conduziu até um cercado com meia dúzia de cabras pastando. Ela riu ao ver o menor cabrito pulando como um brinquedo de corda. Também observaram Lancelot a distância, rindo jovialmente com Otto enquanto batia nas costas dele..

— Ele não está bem, você sabe — Vera disse.

Arthur acenou com a cabeça.

— O seu desmaio foi a única coisa que o impediu de sair imediatamente em busca de Gawain. — Ele ficou em silêncio por um longo tempo, com os olhos ainda em Lancelot. — Você sabe sobre ele e Gawain. — Era uma afirmação, não uma pergunta, e Vera prendeu a respiração para não reagir. — Foi Lancelot quem te contou?

— Ah. Bem, não. Eu… — Ela olhou para os pés, com a preocupação de Lancelot sobre o que Arthur pensaria vindo à mente. — Eu os vi juntos, mas não pensei que você soubesse…

— Vera — Arthur disse com firmeza —, preciso ser claro antes de você dizer qualquer outra coisa. Não tenho certeza de como você se sente sobre a tendência de Lancelot ou se isso muda sua opinião sobre ele. Eu percebi quando éramos jovens e decidi que não importava. Você pode sentir o que quiser, e eu não tentarei mudar sua opinião, mas não quero ouvir uma palavra contra Lancelot sobre isso. — Sua confiança desapareceu assim que ele terminou de falar. Preocupado, ele a observou pelo canto do olho.

Ela achava que não poderia adorar mais Arthur, e lá estava ele, provando que estava errada.

— O que você queria dizer? — ele perguntou mais suavemente.

Vera o encarou. Por estarem sendo sinceros, só havia uma coisa a dizer. Ela balançou a cabeça.

— Eu te amo — disse ela. — Estou apaixonada por você.

Ele não esperava por isso. Um sorriso iluminou todo o seu rosto enquanto ele movia a boca sem emitir som, parecendo um homem embriagado de bondade. Ele inclinou a cabeça e repousou a testa na dela. Ele estava feliz e também… aliviado.

— Eu amo você, Vera — ele conseguiu dizer através do obstáculo de sua alegria.

Quando seus lábios encontraram os dela, o beijo foi deliberado. Não havia pressa no abraço, nem a sensação de que poderia ser roubado. Eles não disseram mais nada por um bom tempo, temendo estragar essa perfeita felicidade.

— Eu ouvi você perguntando ao seu pai sobre como a magia pode manipular emoções. — Ela finalmente disse, ouvindo sua voz vacilar e tentando torná-la forte. — O jeito que Merlin transferiu meus sentimentos por Vincent para você me assusta. E eu sabia que as poções tiveram um papel em desejarmos um ao outro, mas estive pensando na profundidade com que isso nos afetou. — Ele a olhou com tanto anseio que ela mal conseguiu respirar. — Porque — e essa parte era difícil de dizer — é também mais do que foi com Vincent. Nunca, em toda a minha vida, senti algo como o que sinto por você.

Ele assentiu.

— Eu sinto isso também. E se vier da magia?

E se. Vera deixou todas as perguntas no ar: e se fosse manipulação? E se nada que sentissem fosse real?

Arthur pegou a mão dela.

— Mesmo que tudo seja magia — ele disse —, saber agora que você sente o mesmo é mais do que eu poderia esperar. — A pele de Vera se arrepiou. Ele levantou a mão dela até os lábios e beijou seus dedos.

Não se sabia o que o amanhã traria. Por tudo o que haviam perdido, por Gawain, que provavelmente estava sofrendo horrores, por seu querido amigo, o protetor que não pôde proteger seu amado, por um reino que estava à beira do desastre, e por um amor que poderia desmoronar e traí-los como peões no jogo dos magos. Tudo estava em um equilíbrio precário.

Mas, naquele dia, pequenos pontos de flores amarelas balançavam na grama alta sob um céu claro. O sol brilhava. Os três estavam seguros. Arthur e Vera se amavam.

Eles estavam vivos.

E, por ora, isso era o suficiente.

Agradecimentos

Este livro existe graças a uma longa rede de apoio, cuidado e magia. Eu poderia preencher páginas com gratidão, mas farei o meu melhor para ser concisa. Do fundo do meu coração, obrigada ao Mike, que não sabia que me ensinava a construir o músculo da persistência necessário para escrever um livro, e ao Lochlyn, que é a pessoa mais inteligente e criativa que conheço e que me inspira com histórias todos os dias.

À minha família, especialmente ao papai e Deb, Erin e Kyle, e aos meninos!, e à mamãe, que, com olhos brilhantes, assistiram aos meus delírios e disseram: "Vá em frente!"

A uma ampla equipe de amigos queridos: Os Doze e seu interminável apoio com leitura alfa, revisão e incentivo, a equipe do MoonBass, o Saturday Coffee Club, Os Castores, a equipe e a comunidade da Peace Church KC, e os Incomparáveis. À Melissa Reynolds, que me ensinou a tentar, ter sucesso e falhar em coisas assustadoras. Ao Larry Ivy, que me trouxe como estagiária na grande aventura que plantou a semente para este livro.

À Ceva Jill Story e Michael Moore por estarem comigo em todas as situações.

À grande equipe da La Vie: Julia Whelan, que me viu na internet e se arriscou com meu manuscrito, Andrew e a comunidade da Merrick Books, Taryn Fagerness, que fez o máximo para colocar este livro no mundo, Mackenzie Walton, que me chamou gentilmente à responsabilidade, Jennifer Smith e Spin Literary, e aos artistas que tornaram este livro bonito: Catrina Paints, Dauphine Dopamine, Rachel St Clair, Aftyn Shah, Paige Dainty, Chaim Cartography, Joe Requeza e Alexia Pereira.

A tantos autores que baixaram as escadas e me puxaram para cima, a todos que apoiaram minha campanha no Kickstarter e às notáveis comunidades de livros do Instagram e TikTok, que me deram coragem para dar saltos ousados.